張恨水精品集3

典藏新版

# 金粉世家（下）

張恨水 著

# 金粉世家（下）

目錄


一 不測風雲 5

二 無力回天 60

三 樹倒猢猻散 112

四 流連花叢終不改 171

五 嫦娥應悔偷靈藥 223

六 破鏡難圓 …… 282

七 十年河東十年河西 …… 339

八 生死未卜 …… 392

九 紅樓夢斷 …… 448

十 繁華看盡 …… 510

尾聲 人生如戲 …… 566

書中字詞考釋 …… 573

# 一 不測風雲

這個時候，也就到了開稀飯的時候了。那邊金太太屋子裡吃晚餐，因為兒輩們都散了，一個人吃的時候居多，有時金銓也就於此時進來，和金太太吃飯，藉以陪著說笑。

這晚晌，金太太想起老頭子有一星期不曾共飯了，倒有點奇異起來。

金太太越想越有點疑惑。這屋子裡伺候雜事的，就是陳二姐一人，她是個中年的孀居，有些話，又不便和她說。一人喝罷了稀飯，因道：「今天晚上天氣暖和得很，這水汽管子熱得受不了，我到外面透透空氣去吧。」說著，就慢慢地踱到外面來。

陳二姐追出來道：「太太，晚上的風吹得怪涼……」

金太太喝道：「別嚷，別嚷，我就只在廊子下走走。」陳二姐不敢作聲，退進屋子去了。

金太太在廊子下轉了半個圈圈，不覺踱到小跨院子門邊來，這裡就是翠姨的私室，除了丫頭玉兒，還有一個老媽子伺候她，這時下房都熄了電燈了，只有上房的玻璃窗子有電光。那電光帶著紫色，和跳舞廳裡，夜色深沉、酒醉酣舞的時候一樣的顏色。

金太太想了一想，她屋子裡哪有這樣的燈光？是了，翠姨曾說在床頭邊要安盞紅色電燈泡，這大概是床頭邊的電燈泡了。

金太太正在凝想，不覺觸著廊下一只白瓷小花盆，噹的一聲響，自己倒嚇了一跳，向後一縮，站著靠了圓月亮門，再一看時，只見玻璃窗邊伸出一隻粉臂，拉著窗紗，將玻璃掩上了，窗子裡的燈光就格外朦朧。

金太太呆呆地站了一會兒，卻聽到金銓的嗓子在屋子裡咳嗽了幾聲，金太太輕輕罵了一句道：「越老越糊塗。」也就回房去了。

金太太走回房去，連忙將房門一關，插上了橫門，只一回身，就看到陳二姐走了過來，她笑道：「太太，你怎麼把我也關在屋子裡？」

金太太這才知道只管關門，忘了有人在屋子裡，不覺笑了起來。

陳二姐開了門，自己出去了。這裡金太太倒不要睡覺，又自斟了一杯茶，坐在沙發椅上慢慢地喝將起來，自己只管一人發悶，就不覺糊裡糊塗地坐到兩點鐘了，空想也是無益，便上床安歇了。

次日吃午餐的時候，叫人到金銓辦公室裡去看看，由衙門裡回來沒有？打聽的結果，回來說總理剛到那屋子裡去，今天還沒有上衙門呢。

金太太坐了一會兒，緩緩踱到辦公室來。在門簾子外，先問了一聲誰在這裡？有金貴在旁答應出來了。金太太道：「沒有什麼事，我看有沒有人在這裡呢？你們是只顧玩，公事不管罷了，連性命不管，也沒有關係的。」

金貴也不知什麼事得罪了太太，無故碰一個釘子，只得退到一邊，連喳了幾聲。

金太太一掀簾子，走進房去，只見金銓靠住了沙發抽雪茄。金太太進來，他只是笑了一笑，沒說什麼，也沒起身。

金太太道：「今天早上，你沒有上衙門去嗎？」

金銓道：「沒有什麼公事，今天可以不去。」

金太太道：「你什麼時候起來的？」

問到這句話，金銓越發地笑起來了，因道：「今天為什麼盤問起這個來了哩？」

金太太道：「你笑什麼？我是問你正話。」

金銓笑道：「說正話，反正不是說氣話，怎麼不笑呢？說正話，你有什麼問題要提出來呢？」

金太太道：「正經莫過於孔夫子，孔夫子曾說過，君子有三戒，這三戒怎麼分法呢？」

金銓聽了這話，看著夫人的顏色，笑道：「這有什麼難懂？分為老壯少罷了。」

金太太道：「老時候呢？」

金銓將嘴裡雪茄取出來，以三個指頭夾住，用無名指向雪茄彈著，伸到痰盂子上去落灰。那種很安適而自然的樣子，似乎絕不為什麼擔心，笑著答道：「這有什麼不能答的呢？孔子說，戒之在得。得呀，就是貪錢的意思。」

問道：「壯年的時候呢？」

答：「戒之在鬥。那就是和人生氣的意思。」

問道：「少年的時候呢？」

金銓又抽上雪茄了，靠著沙發，將腿搖曳了幾下，笑道：「戒之在色，要不要下注解呢？」說著望了他夫人。

金太太點了點頭道：「哦！少年戒色，壯年和老年就不必戒的，是這樣說嗎？」

金銓笑道：「孔子豈會講這一家子理？他不過是說，每個時候有一個最容易犯的毛病，就對那個毛病特別戒嚴。」

金太太連搖著頭道：「雖然是孔子說的話，不容後人來駁，但是據我看來，有點不對，如今年老的人哪，他的毛病可不是貪錢呢，你相信我這話，不相信我這話呢？」

說到這裡，金銓卻不向下說了，他站了起來，將雪茄放在玻璃缸子上，連忙一推壁下的懸鏡，露出保險箱子來，就要去開鎖。

原來這箱子是專門存放要緊的公文的，金太太道：「我要不來和你說話，你就睡到下午三點鐘起來也沒有事。我一來找你，你就要辦公了。」

金銓又把玻璃缸子上的雪茄拿起，笑道：「你說你的，我幹我的，我們兩不妨礙。」

金太太道：「你不要誤會了我的意思，我來和你說話，完全是好意，你若不信，我也不勉強要你信。」

金銓口裡含著雪茄，將兩隻手背在身後，在屋子裡來回地踱著，笑道：「你這話，我有點不明白。」

金太太道：「你不明白嗎？那就算了，只是我對於你有一個要求，從今天起，請你不必到裡邊去了，就在這邊樓上那間屋子裡安歇，據我看，你身上有點毛病，應該要養周年半載。」

金銓笑道：「就是這事嗎？我雖然寂寞一點，老頭子了，倒無所謂，可是這樣一來，連自己家裡的晚輩和那些下人都會疑心我們發生了什麼裂痕？」

金太太道：「絕不能夠的。」說時，將腳在地板上連連踏了幾下，又道：「你若不照我的話辦，也許真發生裂痕呢，誰要反對這事，誰就對你不懷好意，我非……」

金銓笑道：「得，得，就是這樣辦吧，不要拖泥帶水，牽上許多人。」

金太太冷笑一聲道：「你有了我這一個拖泥帶水的，你比請了十個衛生顧問還強呢，你心裡要明白一點，我言盡於此，聽不聽在乎你。」說畢，馬上站起身，就走出他的屋子了。

剛剛走出這辦公室的屋子，一到走廊外，就見翠姨打扮得像個花蝴蝶子似的，遠遠地帶著一陣香風就向這邊來。

她一遇到了金太太，不覺向後退了一步，金太太一看身邊無人，將臉色一正道：「他這會子正有公事要辦，不要去打他的攪了。」

翠姨笑道：「我不是去見總理的，今天陳總長太太有電話來，請太太和我去吃便飯，我特意來問一聲，太太去我就去，太太不去我又不懂規矩，我就不去了。」

金太太本來不高興，見她這種和顏悅色的樣子，又不好怎樣申斥，便淡淡地答道：「我不去。你要去，你就去吧。」

翠姨道：「那我也不去了。」沒著話時，閃到一邊，就陪著金太太一路走到屋裡來，又在金太太屋子裡陪著談了一會話。

因大夫瞧玉芬的病剛走，便道：「我瞧瞧她去。病怎麼還沒有好呢？」這就走出來了，先到玉芬屋子裡坐著，聽到清秋這兩天身體也常是不好，又彎到清秋這院子裡來。

走進院子，便聞到一種很濃厚的檀香味，卻是一點聲音也沒有，一掀簾子，只見清秋臥室裡，綠幔低垂，不聽到一些響動。再掀開綠幔，鑽了進去，卻見清秋斜靠在沙發上，一手撐了頭，一手拿了一本大字的線裝書，口裡唧唧噥噥地念著，沙發椅旁邊，有一個長腳茶几，上面只放了一個三腳鼎，有一縷細細的青煙，由裡面直冒上空際。

看那煙只管突突上升，一點也不亂，這也就覺得這屋子裡是十分的安靜，空氣都不流動的。

清秋一抬頭，看見她進來，連忙將書放下，笑著站起來道：「姨娘怎麼有工夫到我這裡來談談？請坐請坐。」

翠姨笑道：「你真客氣。以後把這個娘字免了，還是叫我翠姨吧，我比你大不了幾歲，這個娘字我不敢當。」說著，拉了清秋的手，一塊兒在沙發上坐下了，因摸著她的手道：「我聽說你身上不大舒服，是嗎？」

清秋笑道：「我的身體向來單弱，這幾月來都是這樣子的。」

翠姨拍著她的肩膀，笑著輕輕地道：「你不要是有了喜了吧？可別瞞人啦。你們這種新人物，總也不會為了這個害臊吧？」

清秋臉一紅道：「我才不會為這個害臊呢，我向來就是這個樣子。」

翠姨道：「老七在家，你就陪著老七。老七不在家，你也苦守著這個屋子做什麼？隨便在哪個屋子裡坐坐談談都可以，何必老悶著看書？我要學你這樣子，只要兩三天我就會悶出病來的。」

清秋笑道：「這話我也承認，你是這樣就會悶成病，可是我要三天不這樣，也會悶成病的。」

翠姨道：「可不是！我就想著，我們這種人，連讀書的福氣都沒有。」

清秋笑道：「你說這話，我就該打，難道我還在長輩面前，賣弄認識字嗎？姨娘，你別看我認識幾個字，我是十二分無用，什麼也不懂，說話也不留心，什麼能說，什麼不能說，全不知道。我有不對的事，姨娘儘管指教我。」

翠姨對於這些少奶奶們向來不敢以長輩自居的，少奶奶們雖不敢得罪她，可是總不恭維她，現在見清秋對她這樣客氣，心裡反老大地不過意，笑道：

「我又懂得什麼呢？不過我比你早到金家來幾年，這裡一些人的脾氣都是知道的，大家玩的時候，你也可以湊在一處玩玩，你公公就常說什麼人是感情動物，聯絡聯絡感情，彼此就格外相處得好的，二十塊底的小麻雀，他們也打的，玩玩不傷脾胃。聽戲，看電影，吃館子，花錢很有限，而且那是大家互相做東的。你聽我的話沒有錯，以後也玩一玩，省得那些不懂事的下人說你……」

說到這裡，翠姨頓了一頓，笑了一笑，才接著道：「說你是書呆子罷了，也沒有說別的。」清秋聽了她的話，自然很感激，也不去追求是不是人家僅笑她書呆子，可是要照著這樣辦，越發是向墮落一條路上走，因對她笑道：「誰不願玩？可是我什麼玩意兒也不行，那還得要姨娘指導指導呢。」

翠姨笑道：「行哪，你說別的事，我是不在行，若要說到玩，我準能來個雙份兒。」

清秋道：「年輕的人都喜歡玩的，這也不但是姨娘一個人呀。」

翠姨卻不說什麼，深深地嘆了一口氣。她原以為清秋有病的，所以來看一看，現在見她也不像什麼有病，說了幾句話也就走了。

清秋送著客走了，見宣爐裡香煙更是微細，添上一點兒小檀條兒。將剛才看的一本書，又拿起來靠著沙發看，但是經翠姨一度來了之後，便不住咀嚼著她說的那幾句話，眼睛雖然看在書上，心裡可是念著翠姨說的話，大概不是因話答話偶然說出的，由此可知**自己極力地隨著人意，無所競爭，結果倒是這個主義壞了事。古人所謂有不虞之譽，有求全之毀，這是個明證了**，回轉來想想，自己並不是富貴人家的女子，現在安分守己，還覺不忘本，若跟他們鬧，豈非小人得志便顛狂嗎？我只要居心不做壞事，他們大體上總也說不出什麼壞處來，我又何必同流合汙？而且就是那樣，也許人家說我高攀呢。

她一個人，只管坐在屋子裡沉沉地想著，也不知道起於何時，天色已經黑了，自己手裡捧著一本書，早是連字影子都不看見，也不曾理會得，實在是想出了神了。

自己一想，家裡人因為我懶得出房門，所以說病體很沉重，我今天的晚飯，無論如何是要到母親屋子裡去吃的。這樣想著，明了電燈，洗了一把臉，梳了一梳頭髮，就到金太太屋子裡來。

金太太戴了眼鏡，正坐在躺椅上看小說，見她進來，放下書本，一隻手扶了眼鏡腿，抬起頭來，看著清秋道：「你今天顏色好些了。我給你一盒參，你吃了些嗎？」

清秋笑道：「吃了一些，可是顏色好一些乃是假的，因為我抹了一些粉哩，省得他回來一見，就說我帶著病容。」

金太太笑道：「不要胭脂粉，那也是女子唱高調罷了。其實年輕的人，誰不愛個好兒？你二嫂天天和那些提倡女權的女偉人一塊兒來往，嚷著解放這裡，解放那裡，可是她哪一回出門，也是穿了束縛著兩隻腳的高跟鞋。」

清秋笑道：「我倒不是唱高調，有時為了看書，或者做事，就把擦粉忘了。」說著話時，走近來，將金太太看的一本書由椅上拿起來翻了一翻，乃是《後紅樓夢》，因道：「這個東西太沒有意思，一個個都弄得歡喜團圓，一點回味也沒有，你老人家倒看著捨不得放手。」

金太太笑道：「這書很有趣呀。賈府上不平的事都給他弄團圓了，鬧熱意思，怪有趣的。所有的《紅樓夢》後套，什麼續夢，後夢，復夢，重夢，圓夢，紅樓夢影，我全都看過了。我就愛這個，什麼文學不文學，文藝不文藝，我可不管，我就不懂文學是什麼意思？好好的一件事，一定要寫得家敗人亡，那才樂意。」

清秋可不敢和金太太討論文學，只一笑，便在對面椅子上坐下。

金太太道：「我就常說，你和老七的性情應該掉換掉換才好，他一談到書，腦袋就痛，總是玩，你又一點也不運動，總是看書。」

清秋道：「母親是可以坐著享福的人呢，還要看書，何況我呢？」

金太太道：「我看什麼書？不過是消遣消遣。」

清秋道：「母親是消遣，我又何嘗不是消遣？難道還想念出書來做博士嗎？我也想找點別的事消遣，可是除了打麻雀，還勉強能湊合一腳而外，其餘什麼玩意我也不行，不行就沒有趣味的。我看書，倒不管團圓不團圓，只要寫得神乎其神的，我就愛看。」

金太太笑道：「這樣說，我是文學不行，所以看那不團圓的小說心裡十分難過，我年輕的時候，看小說還不能公開的，為了看《紅樓夢》，不知道暗下掉了多少眼淚，你想一個人家落到那樣一個收場，那是多麼慘呀！」

正說到這裡，梅麗一掀門簾跳了進來，問道：「誰家收場慘？又是求幫助來了。」

金太太道：「我們在這兒談小說，你又想打聽消息和誰報告去？做小姐的時候，你喜歡多事，人家不過是說一句快嘴快舌的丫頭罷了，將來做了少奶奶，可別這樣。」

梅麗皺了眉道：「不讓我說話，就不讓我說話，幹嘛提到那些話上面去？」

金太太望了清秋笑道：「做女孩子的人都是這樣，總要說做一輩子姑娘，表示清高，可是談到戀愛的時候，那就什麼都會忘了，只是要結婚。」

梅麗不和她母親說話了，卻把手去撫弄桌上的一套活動日曆。

這日曆是用玻璃罩子罩了，裡面用鋼絲繫在機紐上，外面有活紐可以扯過去，也可以退回來的，梅麗撥了那活紐，將裡面的日曆亂撥了一陣，把一年的日曆全翻過來了。

金太太道：「你瞧，你總是沒有一下子消停不是？」

梅麗將頭一偏，笑道：「你不和我說話，又不許我動手，要我做個木頭人兒坐在這裡嗎？」

清秋就站起來，笑著將日曆接過來，一張一張翻回來，翻到最近的日子，翻得更慢了。及至翻到明日，一看附注著陰曆日子，卻是二月十二日，不覺失聲呀了一聲。

梅麗道：「我弄壞了嗎？你呀什麼？」

清秋道：「不是，我看到明日是花朝了。」

金太太道：「是花朝嗎？這花朝的日子各處不同，有定二月初八的，有定十二的，有定十五的。明天是陰曆什麼日子？」

清秋道：「是十二，我們家鄉是把這日當花朝的。」

金太太道：「是花朝也不足為奇，為什麼你看到日曆有些失驚的樣子？」

清秋笑道：「糊裡糊塗，不覺春天過去了一半了。」

金太太道：「日子還是糊裡糊塗混過去的好，像我們算著日子過，也是沒有事，反而會焦燥起來，倒不如糊裡糊塗地過去，忘了自己是多大年紀。」

清秋先以金太太盤問起來，倒怕是金太太會問出什麼來，現在她轉念到年紀老遠的問題上去，把這事就牽扯開了。

大家吃過晚飯，清秋卻推有東西要去收拾，先回房去。在路上走著，碰到大姐阿囡，清秋便叫她到自己房裡來，因問道：「我聽說你在這個月內要回上海去，這話是真的嗎？」

阿囡微微一笑，將身子連忙掉了轉去，手掀了簾子，做要走的樣子。

清秋扯著她的衣裳道：「傻子，回來吧。我並不是和你開玩笑，有正經話和你說呢，因為你若是真回南去的話，我倒有些事要託你辦，所以我把你拉住，好問幾句話。」

阿囡聽她如此說，就回轉身來，望著清秋微笑道：「我也是這樣說，你不至於和我開玩笑哩。」

清秋將她按了一按，讓她在沙發上坐下，又倒了一杯茶遞給她。

阿囡見她倒茶，以為她是自己喝，及至一伸手過來，連忙站起來，兩手捧著，呵了一聲道：「那還了得！折煞我了。」

清秋笑道：「你這叫少見多怪，你又不是伺候我的人，我順手遞一杯茶給你喝，你就受折。你不過窮一點兒，在我家幫工，又不是晚輩對著長輩，折什麼呢？」

阿囡笑道：「七少奶奶，你這話和二少奶奶常說的一樣，可是要論到你這樣客氣，她可沒有做出來呢。」

清秋道：「她為人的確是很講平等的，不過因為你少和她接近，你若是常和她在一處，她自然也和我這樣的客氣了。」

二人談了一陣子，清秋就問到她的生辰上去，又問這些少奶奶過生日平常是怎樣的辦法呢？阿囡道：「也無所謂辦法，大家鬧一陣子，吃吃喝喝，回頭聽聽戲罷了。」

清秋道：「除此以外，沒有別的樂子嗎？」

阿囡道：「這也就夠了，還有什麼鬧的呢？七少奶奶是什麼時候生日？」

清秋昂著頭想了一會，微笑道：「早著哩。」

阿囡道：「我彷彿聽到說是春天似的，春天都快過完了，怎麼還遠著呢？」

清秋微笑，又想了一想道：「也許要等著明年了。」

阿囡道：「啊！你把生日都瞞著過去了，那可了不得。」

清秋笑道：「這也無所謂了不得，不過省事罷了。」

阿囡又談了一會，見清秋並沒有什麼事，又恐怕敏之、潤之有事，便起身走了，回房之後，她姊妹二人寫信的寫信，看書的看書，都沒有理會到她。

次日吃午飯的時候，阿囡在一邊陪著閒談。談到清秋真是講平等，潤之笑道：「你和她向無來往，怎麼好好地和她宣傳起來了？」

阿囡便說：「並不是無緣無故的。」就把昨晚上的事細述了一遍。

潤之道：「這可怪了，她好好地把你叫了去，又沒有什麼事，不過和你閒談幾句，這是什麼意思呢？」

敏之道：「據我想，一定是她有什麼事情要問，又不好意思說出來，於是就叫阿囡去閒談，以便順便將她口風探出來，你看對不對？」

潤之道：「我想起來了，清秋的生日不是花朝嗎？今天陰曆是什麼日子呢？」

敏之道：「我也彷彿記起花朝，那就是今天了。」

阿囡道：「怪不得我問她是哪天的生日，她就對著我笑，先不肯說，後來才說早過去了，我看那神氣就很疑心的，倒不料就是今天。」

潤之道：「我先去瞧瞧，她在做什麼？」說著，馬上吃了飯，跟著淨了手臉，就到清秋這邊院子裡來。

轉過走廊，屋子裡還是靜悄悄的，寂無人聲。潤之以為是還在金太太屋子裡吃飯，不曾回屋子。正待轉身，卻聽到清秋房子裡一陣吟哦之聲達於戶外，這正是清秋的聲音，於是停了腳步，聽她念些什麼。

可是清秋這種念書的調子是家傳的，還是她故鄉的土音，因之潤之站在外面聽了一會子，一個字也聽不出來，還待要聽時，老媽子卻在下房看見了，早叫了一聲六小姐。潤之只得一掀簾子，自走進房去。

清秋站著在收拾窗戶前橫桌上的紙筆，笑道：「六姐靜悄悄的就來，也不言語一聲。」

潤之指著她笑道：「言語一聲嗎？我要罰你呢？」

清秋道：「你罰我什麼呢？」

潤之道：「你手裡拿些什麼稿子？只管向抽屜裡亂塞。」

清秋將手上的稿子一齊塞進去了，然後將抽屜一推，便關合了縫，笑道：「沒有什麼可研究的價值，我是一個人坐在屋子裡無聊，瞎塗了幾句詩。」

潤之走過來，笑道將她一拉，向沙發上一推，笑道：「你一個小人兒，可別和我講打，要打，你是玩不過我的。」

清秋根本就未曾防備到她會扯上一把的，所以她一拉一推，就讓她拉開了。

潤之也不徵求她的同意，扯開抽屜，將稿子一把拿在手裡，然後向身後一藏，笑問道：「你實說，是能看不能看的呢？若是能看的，我才看，不能看的，我也不胡來，還給你收起。」

清秋笑道：「我先收起來，不是不給你看，因為寫得亂七八糟的。你要看就看，可別見笑。」

潤之見她如此，才拿出來看。原來都是仿古雲箋，攔著細細直橫格子，頭一行，便寫的是《花朝初度》。

潤之雖是個新一點的女子，然而父親是個好談中國舊學的。對於詞章也略為知道一點，這分明是個詩題了。初度兩個字，彷彿在哪裡念過，就是生日的意思，因問道：「初度這兩個字怎麼解？」

清秋道：「初度就是初次過，這有什麼不懂的？」

潤之也不敢斷定初度兩個字就是生日，她說初度就是初次過，照字面也很通順的，就沒法子再追問她，且先看文字。

清秋道：「你不要看了，那是零零碎碎的東西，你看不出所以然來的。」潤之且不理會，只看她寫的字。只見頭一行是：

錦樣年華一指彈，風花直似夢中看，

終乖鸚鵡貪香稻，博得鯰魚上竹竿。

那鸚鵡一句，已是用筆圈了一路圈兒，字跡只模糊看得出來。第二行是：

不見春光似去年，卻覺春恨勝從前。

這底下又沒有了。第三行寫的是：

百花生日我同生，命果如花一樣輕。

潤之叫起來道：「這兩句我懂了。這不是明明說著你是花朝過生日嗎？只是好好地過著生日，說這樣的傷心話，有點不好吧？」

清秋道：「那也無所謂，舊詩人都是這樣無病而呻的。」

潤之道：「你問我要罰你什麼？我沒有拿著證據，先不敢說，現在可以說了，你今天的生日為什麼一個字也不吐露出來？怕我們喝你一杯壽酒嗎？」

清秋道：「散生日，過去了就過去了，有什麼可說的？」

潤之道：「雖然是散生日，可是到我們金家來的第一個生日，為什麼不熱鬧熱鬧呢？你不說也罷了，老七這東西也糊塗，為什麼他也和你保守秘密？」

清秋鼻子微微哼了一聲，淡淡地笑道：「他忙著哩，哪裡還記得這個不相干的事？」

潤之看她這種神色，知道燕西把清秋的生日忘了，雖明明知道燕西不對，然而無如是自己的兄弟，總不好完全批評他不對，因道：「老七這種人就是這樣，絕對不會把正經事放在心上的。」

清秋道：「過散生日，這不算什麼正經事，不過他有兩天不見面了，是不是還記得我的生日，我也無從證明。」

潤之道：「兩天沒有見著他，難道晚上也沒有回家來嗎？」

清秋想了一想笑道：「回來的，但是很晚，今天一早他又出去了，這話你可以不要告訴兩位老人家，我早是司空見慣的了！」

潤之道：「你願意替他遮掩，我們還有替他宣布的道理嗎？不過你的生日，我們不知道也就算了，我們既然知道，總得熱鬧一下子才好。」

清秋連連搖手道：「那又何必呢，就算今天的生日，今天也過去大半天了。」

潤之道：「那不成，總得熱鬧一下子。」說著，將稿子丟了下來，就向外面跑，清秋想要攔阻，也來不及了。

潤之走回房去，一拍手道：「可不是今天生日嗎？」

敏之道：「你怎知道？她自己承認了嗎？」

潤之就把來看出證據的話說了出來。因道：「那張稿上，全寫的是零零碎碎的句子，可想她是心裡很亂，你說要不要告訴母親去？」

敏之道：「她寫些什麼東西不必說了，至於她的生日，當然要說出來，她心裡既然不痛快，大家熱鬧一下，也給她解解悶。」

潤之笑道：「我這麼大人，這一點事都不知道，還要你先照應著哩？」說著，便向金太太屋子裡來。

金太太斜斜地躺在沙發上，看著梅麗拼益智圖，梅麗將一本畫樣放在桌上，手上拿著十幾塊大小木板，只管拼來拼去，一心一意的對著圖書出神。

潤之笑道：「我瞧這樣子，大概大家都無聊得很，我現在找一個有趣味的事情，大家可以樂一陣子了。」

梅麗站起來，拍著胸道：「你這冒失鬼，真嚇我一大跳，什麼事？大驚小怪。」

潤之向她笑道：「你這會打聽新聞的人，要宣告失敗了，清秋是今天的生日，你怎麼會沒打聽出來？」

梅麗一拍手，哦了一聲道：「我想起來了，怪不得昨日她見日曆發愣哩，這明明是想起生日來了。」

金太太也道：「她昨日吃飯的時候提到過花朝來的，原來花朝是她的生日，這孩子就是這個脾氣不好，過於守緘默了。這也不是什麼不能告人的事，為什麼守著秘密呢？日子過了半天去了，找什麼玩意呢？到賬房去拿兩百塊錢，由你們大家辦去。她是到我們金家來的第一個生日，冷淡了她，可不大好。」

梅麗笑道：「喝壽酒不能安安靜靜地喝，找個什麼下酒哩？」

說到這裡，燕西由外面嚷了進來，問道：「喝誰的壽酒，別忘了我啊！」

他這一說，大家都向他笑。正是：**粗忽恆為心上事，疏慵轉是眼前人。**

卻說燕西問起誰過生日，大家向他發笑，他更是莫名其妙，因道：「大家都望著我做什麼？難道我這句話說錯了嗎？」

金太太正色道：「阿七，你整天整晚地忙些什麼？」

燕西笑道：「你瞧，好好的說著笑話，這又尋出我的岔兒來了！」

金太太道：「我找你的岔兒嗎？若是像你這樣地瞎忙，恐怕將來連自己姓甚名誰都忘了。你自己媳婦的生日，你不記得倒也罷了，怎麼連人家說起來了，你還是不知道？你兩個人不像平常的小倆口兒，早是無話不說不談的，難道哪一天的生日都沒有和你提過嗎？」

燕西伸起手來，在自己頭上輕輕地拍了一下，笑道：「該打！今天是她的生日，我全忘了，她倒不在乎這個，忘了就忘了，可是我們那位岳母冷老太太，今天一定在盼這邊的消息，等到現在，音信渺然，她一定很奇怪的。我瞧瞧去，她在做什麼事？」說著掉轉身子，就向自己屋子裡來，一掀簾子便嚷道：「人呢？人呢？」

清秋答：「在這兒。」

燕西聽聲音，在臥室後面浴室裡，便笑問道：「我能進來嗎？」

清秋道：「今天怎麼這樣客氣？請進來吧。」

燕西走了進去，只見她將頭髮梳得溜光，似乎臉上還微微地抹了一點胭脂，那白臉上，猶如喝酒以後，微微有點醉意一般，因笑道：「除了結婚那一天，我看見你抹胭脂，這還是第一次呢！今天應該喜氣洋洋的。這樣就好。」

清秋笑道：「今天為什麼要喜氣洋洋的？特別一點嗎？」

燕西深深地點了一個頭，算是鞠躬，笑道：「這是我不對，你到我家來第一個生日，我會忘了，昨晚晌我就記起來了的，偏是喝的醉得不成個樣子，我也不好意思來見你，就在外面書房裡睡了，今天起來又讓人家拉去吃小館子，剛剛回來，一進門我心裡連說糟了，怎麼會把你的生日都忘了呢？你是一定可以原諒我的，只是伯母那裡，也不知道你今天是熱熱鬧鬧地過著呢？也不知道是冷冷清清地過著？所以我急於來見你，問問你看要怎麼樣地通知你家裡？你覺得我這話說得撒謊嗎？」

清秋笑道：「什麼人也有疏忽的時候，我一個散生日並不是什麼大事，這一陣子我又沒和你提過，本容易忘記的，何況你一進門就記起來了，究竟和別人的關係是不同。不要說別的，只這幾句話，我就應該很感激你的了。」

燕西一伸手，握住清秋的手，一隻手拍著她的肩膀，笑道：「你這一句話，好像是原諒我，又像是損我，真教我不知道要怎樣答覆你才好？本來我自己不對。」

清秋道：「你別那樣說，我要埋怨你就埋怨幾句，旁敲側擊損人的法子，我是向來不幹的，這是我對你諒解，你倒不對我諒解了。」

燕西點著頭笑道：「是是是，我說錯了，這時候要不要我到你家去通知一聲呢？」

清秋笑道：「你今天真想得很周到。最好是自己能回家一趟，但是大家都知道了，我要回去，反是說我矯情了。」

燕西道：「你偷偷去一趟，也不要緊，不過時候不要過多了，省得大家盼望壽星佬。」

清秋搖搖頭道：「你做不了主，等我見了母親問上一問再說吧。」

正說到這裡，只聽得院子裡一陣嚷著：「拜壽拜壽，壽星佬哪裡去了？」

清秋聽說，連忙迎到外邊，這裡除了敏之妹妹，還有劉守華都擁了進來。

劉守華雖是年長，然而他是親戚一邊，可以不受拘束地開玩笑，因笑道：「這事老七要負一大半責任，怎麼事先不通知我們？這時候要我們預備壽禮都來不及。」

清秋笑道：「這不能怨他，原是我保守秘密的，我守秘密，就因為十幾歲的人鬧著過生日，可是有點寒磣。」

敏之道：「這話可就不然，小孩周歲做壽，十歲也做壽，十幾歲倒不能做壽嗎？」

清秋道：「那又當別論，因為過周歲是歲之始，十歲是以十計歲之始，是一個紀念的意思。」

梅麗笑道：「文縐縐的，你真夠酸的了，媽正等著你，問你要什麼玩？走吧，我們還要樂一陣子呢。」說著，拉了清秋的手向外就跑。

清秋笑道：「去就去，讓我換一件衣服。」這句話說出來，自己又覺得不對，這更是裝出一個過生日的樣子了。

梅麗笑道：「對了，壽星婆應該穿得齊齊整整的。穿一件什麼衣服？挑一件紅顏色的旗袍子穿，好嗎？」

本來已是將清秋簇擁到走廊子上來了，於是復又簇擁著她回房去。

清秋笑道：「得了，我也用不著換衣了，剛才是說著玩的，你想，真要換新衣服，倒是自己來做壽，豈不是笑話嗎？而且見了母親也不大方便。」

梅麗究竟老實，就聽她的話，又把她引出來，大家到金太太屋子裡，金太太笑道：「你這孩子太守緘默了，自己的生日縱然不願取個鬧熱，也該回去看看你的母親。我拿我自己打比，娘老子對於兒女的生日，那是非常注意的。」

說到這裡，抬頭一看清秋臉上頭上，笑著點了點頭道：「原來你是預備回家去的，這也好，你先回家去吧，這裡讓大家給你隨便地湊些玩意兒，你早一點回來就是了，若是親家太太願意來，你索性把她接了來，大家玩玩。」

清秋聽她如此說，覺得這位婆婆不但是慈祥，而且十分體貼下情，心中非常地感激，便道：「我正因為想回去，打算先來對母親說一聲，母親這樣說了，我就走了。」

金太太道：「別忙，問問家裡還有車沒有？若是有車，讓車子送你回去。」

燕西道：「有的，剛才我坐了那輛老車子回來。」說了這句，覺得有點不合適似的，就向清秋看了一看。

清秋對於這一層，倒不甚注意，便道：「好極了，我就走吧。」

燕西也十分湊趣，就道：「你只管回家吧，這裡的事，都有我和你張羅。」

清秋道：「你不阻止大家，還和我張羅鬧熱嗎？」

燕西道：「你去吧，你去吧，這裡的事你就不必管，反正不讓你擔受不起就是了。」

清秋聽了他如此說，這才回房換了一件衣服，坐了汽車回家去。

到了門口，汽車喇叭只一響，冷太太和韓媽早就迎了出來。

韓媽搶上前一步，攙著她下了汽車，笑道：「我就猜著你今天要回來的，太太還說，不能定呢，金家人多，今天還不留著她鬧一陣子嗎？我正在這裡盼望著，你再不回來，我也就要瞧你去了。」

冷太太道：「依著我，早就讓她去了，倒不料你自己果然回來。」三個人說著話，一路進了上房。

韓觀久提著嗓子，在院子裡嚷起來道：「大姑娘，我瞧你臉上喜氣洋洋的，這個生日，一定過得不錯。大概要算今年的生日是最歡喜了。」

清秋道：「是啊，我歡喜，你還不歡喜嗎？」說著話，隔了玻璃向外張望時，只見韓觀久樂得只用兩隻手去搔著兩條腿，韓媽也嘻嘻地捧了茶來，回頭又打手巾把。

清秋道：「乳媽，我又不是客，你忙什麼？現在家境寬裕一點了，舅舅又有好幾份差事，家裡就雇一個人吧。」

冷太太道：「我也是這樣說呀，可是他老夫妻倆都不肯，說是家裡一併只有四人，還有一個常不落家的，雇了人來也是沒事，我也只好不雇了。」

清秋道：「雖然沒有什麼事可做，但是家裡多一個人，也熱鬧一點，那不是很好嗎？」

說著話時，韓媽已在外面屋子裡端了一大盤子玫瑰糕來，笑道：「這是我和太太兩個人做的，知道你愛吃這個，給你上壽呢。」她將盤子放在桌上，拿了一片糕遞給清秋手上，笑道：「若是雇的人，也能做這個嗎？我們自己做東西，雖是累一點，倒也放著心吃。」

清秋吃著玫瑰糕，只是微笑。

冷太太道：「你笑什麼？你笑乳媽給你上壽的東西太不值錢嗎？」

清秋道：「我怎麼說這東西不值錢？你猜得是剛剛相反，我正是愛吃這個呢，我歇了許久沒有看見這種小家庭的生活，今天回來，看見家裡什麼事都是自己來，非常地有趣。我想到從前在家裡過的那種生活，真是自然生活。而今到那種大家庭去，雖然衣食住三大樣都比家裡舒服，可是無形中受有一種拘束，反而……」

說到這裡，她只將玫瑰糕咀嚼微笑。

韓媽道：「喲！我的姑奶奶，你怎說出這種話來了呢？我到了你府上去過幾次，我真覺得到了天宮裡一樣。那樣好的日子，我們住一天半天也是舒服的，何況過一輩子呢？我倒不明白，你反是不相信那種天宮，這不怪嗎？」

冷太太道：「在家過慣了，突然掉一個生地方，自然有些不大合適，由做姑娘的人變到做少奶奶，誰也是這樣子，將來你過慣了，也就好了。」

清秋笑道：「媽這話還只說對了一半，有錢的人家和平常的人家那種生活，可是兩樣呢。」說到這裡，笑容可就有點維持不住，便借著將糕拿在手上看了幾看，又復笑道：「可真是比平常家裡有些不同，又乾淨，又細緻，這樣就好，只要我受用就得了。金家那些小姐少奶奶們，這一下午可不知要和我鬧些什麼？」說完了這話，又坐下來說笑。

冷太太道：「既是你家裡很熱鬧，你就回家熱鬧去吧，人家都高高興興地給你上壽，把一個壽星翁跑了，可也有點不大好。」

清秋道：「媽，你記得嗎？去年今日，我還邀了四五個同學在家裡鬧著玩呢，今年我走了，我想你一個人太寂寞，你也一路跟我到金家去玩玩好嗎？」

冷太太道：「等一會兒你舅舅就要回來，他一回來，就要開話匣子的，我不會寂寞；再說，和你在一處鬧著玩的，都是年輕的人，夾我一個老太婆在裡面，那有什麼意思？我能那樣不知趣，夾在你們一處玩嗎？」

清秋一想，這話也對，看看母親的顏色又很平穩，不像心中有什麼傷感，這也就不必再勸了。又坐了一會兒，回來共有兩小時之久了，心想，對於那邊怎麼樣地鋪張，也是放開不下，因笑道：「這玫瑰糕是我的，我就全數領收了，帶回去慢慢地吃吧。」

韓媽笑道：「是呀，我們這位姑爺就很愛吃這個呢。」說著，就找了一張乾淨紙來，將一盤玫瑰糕都包起來了。

冷太太和韓媽也都催著清秋早些回去。清秋站著呆了一呆，便走到裡面屋子裡去，因叫著韓媽送點熱水洗手，趁著冷太太不在面前，輕輕地道：「乳娘，我有點事託你，請你過兩三天到我那裡去一趟，可是你要悄悄地去，不要先說出來。」

韓媽連連點著頭，說是知道了。清秋見韓媽的神氣似乎很明白，心裡的困難覺得為之解除了一小部分。這才出門上汽車回家。

一到上房，大家早圍上來嚷著道：「壽星回來了，壽星回來了。」也不容分說，就把她簇擁到大客廳樓上去。

樓上陳設了許多盆景，半空懸了萬國旗和五彩紙條，那細紙條的繩上還垂著小紅綢燈籠。正中音樂臺掛了一副絲繡的《麻姑騎鹿圖》，前面一列長案，蒙上紅緞桌圍，陳設了許多大小錦匣，都是家中送的禮，立時這樓上擺得花團錦簇。

清秋笑道：「多勞諸位費神，布置得真好真快，但是我怎樣承受得起呢？」因見燕西也站在人叢中，就向燕西笑道：「我還託重了你呢！怎麼讓大家給我真陳設起壽堂來？」

燕西道：「這都是家裡有的東西鋪陳出來，那算什麼？可是這些送禮的給你叫了一班大鼓書，給你唱段子聽呢。」說著，手向露臺上一指。

清秋向露臺上看時，原來是列著桌椅正對了這樓上，桌上擺了三弦二胡，桌前擺了鼓架，正是有鼓書堂會的樣子，因笑道：「你們辦是辦得快，可是我更消受不起了，我怎樣地來答謝大家呢？」

燕西笑道：「這個你就不用操心了，我已經叫廚房裡辦好幾桌席面，回頭請大家多喝兩杯就是了。」說時，佩芳和慧廠也都來了，一個人後面，跟隨著一個乳媽抱著小孩。

佩芳先笑道：「七嬸上座呀，讓兩個小侄子給你拜壽吧。」兩個乳媽聽說，早是將紅綢小褥子裡的小孩向清秋蹲了兩蹲，口裡同時說著給你拜壽。

佩芳也在一邊笑道：「雖然是乳媽代表，可是他哥兒倆，也是初次上這樓參加盛典，來意是很誠的呢。」

清秋笑著，先接過佩芳的孩子，吻了一吻，又抱慧廠的孩子吻了一吻。當她吻著的時候，大家都圍成一個小圈圈，將兩個孩子圍著。

梅麗笑著直嚷：「你瞧，這兩個小東西滿處瞧人呢。」只這一聲，就聽到有人說道：「你們這些人一高興，就太高興了，怎麼把兩個小孩子也帶出來了呢？這地方這多人，又笑又嚷，仔細把孩子嚇著了。」

大家看時，乃是金太太來了。燕西笑道：「這可了不得！連母親也參加這個熱鬧了。」

金太太道：「我也來拜壽嗎，你這壽星公當不起吧？我聽說兩個孩子出來了，來照應孩子的。」

燕西笑道：「你老人家這話漏了，兒子受不住，特意的來瞧孫子，孫子就受得住嗎？」說畢，大家哄堂一笑。

金太太連忙揮著乳媽道：「趕快抱孩子走吧，這裡這些個人，這麼點大的孩子，哪裡經得住這樣嘈雜呢？」

兩個乳媽目的只是在拜這個壽領幾個賞錢。壽是拜了，待一會兒，賞錢自然會下來的，這就用不著在這裡等候了，因之她們也笑著抱孩子走了。

只在她們走後，樓下就有人笑了上來道：「這可了不得，連這點兒大的小孩子都把壽拜過去了，你瞧，我還不曾出來呢。」

大家一看，原來是玉芬到了。當時玉芬走上前握了清秋的手，一定要她站在前面，口裡笑道：「賀你公母倆千秋。」

清秋笑道：「三嫂，你這樣客氣，我怎樣受得了？有過嫂嫂給弟媳拜壽的嗎？」

玉芬笑道：「這年頭平等啦。」

清秋看她眉飛色舞，實實在在是歡喜的樣子。便道：「道賀不敢當，回頭請你唱上一段吧。」

玉芬道：「行，上次老七做壽，我玩票失敗了，今天我還得來那齣《武家坡》。」說時，望了望大家一笑。

清秋心裡好生疑惑，她鬧了大虧空之後，病得死去活來，只昨天沒有去看她，怎麼今天完全好了？而且是這樣的歡喜。向來她是看不起人的，今天何以這樣高興和親熱？這真是奇怪了，難道自己的生日還會引起她的興趣嗎？那倒未必。

不但清秋是這樣想，這壽堂一大部分人也是這樣想。她前幾天如喪家之犬一般，何以突然快樂到這步田地呢？不過大家雖如此想，也沒有法問了出來，都擱在心裡。

這舞廳上，已經安設了一排一排的椅子，一張椅子面前一副茶點，燕西笑著請大家入座，一面就有聽差將大鼓娘由露臺下平梯上引上來。佩芳、慧廠是初出來玩，玉芬又高興不過，她們都願意聽書，其餘的人也就沒有肯散的。

燕西一班朋友，有接著電話的，也都來了，所以也有一點小熱鬧，到了晚上吃壽酒的時候，臨時就加了五席，家裡人自然沒有不到的，這期間卻只有鶴蓀在酒席上坐了一半的時候，推著有事下了席。

女賓裡頭的烏二小姐正坐在壽星夫婦的一桌，回過頭來，一看鶴蓀要走，便笑道：「二爺，我有一件事託你。」說著，走近前來道：「我有一個外國女朋友，音樂很好，還會幾種外國語，有什麼上等家庭課，請你介紹一兩處。」

鶴蓀說著可以，走出了飯廳外，烏二小姐又覺著想出了一句什麼話要追加似的，一直追到走廊上，回頭望了一望，低低地笑道：「你們老七知道嗎？」

鶴蓀道：「大概知道吧？但是回頭怕要打小牌，他未必走得開。」

烏二小姐道：「你先去，我就來，你和他們說，我絕不失信的。」說畢，匆匆又歸座了。只說到這裡，那邊桌上已有人催烏二小姐喝酒，便回座了。

鶴蓀輕輕悄悄地走到外邊。今天家裡的汽車都沒有開出去，就吩咐金榮，叫汽車夫開一輛車到曾小姐家裡去。

汽車夫們坐在家裡，是找不著外花的，誰也願意送了幾位少爺出門，不是牌局，便是飯局，總可以得幾文，今又聽說是到曾小姐家去，更是樂大發了。

鶴蓀溜出大門，坐上汽車，就直上曾美雲家來。原來曾美雲和家庭脫離關係，自己在東城另覓了一幢帶著濃厚洋味的房子，一人單獨住家。屋子裡除了幾個不甚相干的疏遠親戚而外，其餘就是僕役們。

她在這裡，無論怎樣交際也沒有人來干涉她，有些男朋友，以為她這裡又文明，又便利，也常在她這裡聚會。

鶴蓀和曾美雲的感情，較之平常人又不同一點，有時竟可借她這地方請客。客請多了，曾美雲多次作陪，也不能不回請一次，今晚這一會，就是曾美雲回席，除了幾位極熟的女朋友而外，還有兩位唱戲的朋友，約了今晚大家小小同樂一宿。

鶴蓀在三日前就定好了今天的日期，不料突然發表出來卻是清秋的生日，在情理上固然是非到不可，同時也覺得不到又很露形跡，所以勉強與會，吃了半餐飯。這邊曾美雲也早已得了他的消息，好在這些朋友一來各家都有電話，二來他們並不怕晚，所以都通知了一聲，約著十點鐘才齊集。

鶴蓀吃了半餐就跑了出來，不過九點鐘剛剛過去，還要算他來得最早。

他一下汽車，只見裡面屋子裡電燈接二連三地一齊亮著，很像是沒有客到的樣子，所以他走到院子裡便笑道：「我總以為來得最晚呢。原來倒是我先到。」

隔著紗窗，就看見曾美雲娜娜婷婷地由裡面屋子走到外面客廳裡來。等到鶴蓀上了走廊下的石階，她就自己向前推著那鐵紗門，來讓鶴蓀進去。

鶴蓀望了她笑道：「你這樣客氣，我真是不敢當。」曾美雲等人進來了，也不說什麼，就一伸手，在他頭上取下帽子，一回手交給了老媽子。

鶴蓀見她穿了綠綢新式的旗衫，袖子長齊了手脈，小小地束著胳膊。衣服的腰身小得一點點空幅沒有，胸前高高地突起兩塊。這綢又亮又薄，電燈下面一照，衣服裡就隱約托出一層白色。這衣服的底襟長齊了腳背，高跟皮鞋移一步，將開岔的底擺踢著有一小截飄動，她在左擺上面又垂著一掛長可二尺的穗子，上面戴著一束通草藤蘿花，還有一串小葡萄，走起來哆哩哆唆，倒有個熱鬧意思，鶴蓀不由得先笑了。

曾美雲見鶴蓀老是笑嘻嘻地望著他，便笑問道：「什麼事，你今天這樣地樂，老是對著我笑？」

鶴蓀笑道：「我看你這一身美是美極了，不過據我看來，也有些累贅似的，不知道你覺得怎麼樣？」

曾美雲道：「這就太難了。我常穿西服，你們說我過於歐化，失去東方之美。我穿著中國衣服，又說太累贅了，到底是哪一種的好呢？」

鶴蓀道：「這話還是你不對，中國衣服有的是又便利又好看的，這種衣服，我敢說渾身上下都受了一種束縛，而且還有許多不便。」說著，燃了一支煙捲抽著，斜靠在沙發上，望了曾美雲。

她瞟了鶴蓀一眼道：「你這人是怎麼了？總說不出好的來。」挨了鶴蓀，也就在沙發上坐下，笑著道：「你說你說，究竟是哪一點不便利？你自己不往好處著想，我有什麼法子呢？」

鶴蓀道：「我就指點出幾種壞處來，譬如手胳膊上的癢，你可沒有法子搔，用手做事，如下水洗手之類，不能不小心。這衣服下擺是這樣的小，雖然四角開了岔口，總不像短旗袍，光著兩腿，可以開大步，上起高臺階，自己踏著衣服，也許摔你一個跟頭，再說，如今講曲線美，兩條玉腿是要緊的一部分，長旗袍把腿遮了起來，可有點開倒車。」

曾美雲笑道：「據你這樣說，這種最時新的衣服，倒是一個錢不值。」

鶴蓀道：「衣服不管它時新不時新，總要合那美觀和便利兩個條件，若是糊裡糊塗地時新，究竟是不久就會讓人家來打倒的。」

曾美雲笑道：「這樣時新的衣服，我還做得不多，要說打倒的話，我很願意這種衣服先倒，因為大袖子短身材的衣服我還多著呢，我自然願意少數的犧牲。」

只說到這裡，院子外就有人接著嘴說道：「要犧牲誰呀？無論站在哪一方面說，我都是少數的，不要將我犧牲了。」

鶴蓀聽了這話，向外問道：「咦！這不是老五？」

外面答道：「是我呀。你料想不到今晚來賓之中有我這樣一位吧？」說著話，這人已是由外面推了門進來，就是上次燕西和曾美雲所討論有曲線美相片的那個李倩雲小姐。

她手上搭著一件紫色夾斗篷，身上穿一件對襟半西式的白褂子，袖口比兩肋長出二三寸。

下面穿著猩猩血的短綢裙，其長不到一尺，上面兩條光胳膊，下面兩條絲襪子裹著大腿，都是圓圓溜溜的。

鶴蓀因她說了猜不到我吧，這裡面言中有物，不好意思把這話追下去說了，便笑道：「這孩子真是，只要俏，凍得跳，為什麼這樣早的時候，你就穿著這樣露出曲線美的衣服？」

李情雲還不曾答覆，曾美雲便笑道：「你這人怎麼這樣說話？我穿了這長袖子的衣服，你說是不好，人家穿了短衣服，你又說不好。」

鶴蓀道：「我並不是說不好，不過我覺得這樣太薄一點罷了。」說時，便伸手撈住李倩雲的胳膊。

李倩雲笑道：「你摸著我的手，我涼不涼，你還不知道嗎？」說時，也就向她一挨身坐下，擠著下去。

曾美雲是坐在鶴蓀右邊，她就在鶴蓀左邊，將頭靠在鶴蓀肩膀上，臉一偏望著曾美雲笑道：「我這樣，你討厭不討厭？」說畢，昂著頭，眼睛又向鶴蓀一溜。

曾美雲道：「老五，你這話是什麼意思？」

李倩雲將嘴對鶴蓀一努，笑道：「他不是你的嗎？我們朋友太親熱了，與你友誼有礙吧？」

曾美雲道：「你這話就自相矛盾，你既然承認是你的朋友，又說恐礙了我的友誼，分明大家都是朋友了。朋友和朋友親熱，與別個朋友有什麼相干？二爺又怎能夠是我的呢？」

李倩雲道：「雖然都是朋友，可是朋友也要分個厚薄呀。」

曾美雲道：「我和二爺很熟，這是我承認的，但是你和二爺熟的程度也不會在我以下，我就是聽到別人說，關於和二爺交朋友，你我發生了誤會。我想，這是哪裡的話？誰也不能只交一個朋友哇?所以我今天請客非把你請到不可，表示我們沒有什麼成見。」

李倩雲笑道：「唯其是這樣，所以你一請，我今天就來，我要有成見，今天我也是不會到的了。」

鶴蓀笑道：「你二位不必多說了，所有你們的苦衷，我都完全諒解。」

李倩雲將右手伸出，中指按住大拇指，中指打著掌心，啪的一下響。在這響的中間，眼睛斜望著鶴蓀道：「反正你不吃虧，你有什麼不諒解的呢?」

鶴蓀伸著手，將她的大腿拍了幾下，笑道：「瞧你這淘氣的樣子。」

曾美雲笑道：「你們倆在這裡蘑菇吧。」說畢，她就起身入室去了。

鶴蓀和倩雲都以為她果真有事，這也就不跟著去問。

過了一會兒，她走了出來，卻是煥然一新，原來她也照著李倩雲的裝束，換了一身短衣短袖的西服出來。

鶴蓀本想說兩句俏皮話，轉身一想，那或者有些不好意思，也就向她一笑而已。

只在這時，院子裡一陣喧嘩，劉寶善、朱逸士、趙孟元三個人一同進來了。

鶴蓀劈頭一句便道：「老劉，你今天有一件事失於檢點。」

劉寶善聽說，站著發愣，臉色就是一變。鶴蓀道：「老七的少奶奶今天生日，你怎麼也不去敷衍一陣?」

劉寶善笑道：「我的二爺，你說話太過甚其詞，真嚇了我一跳。」說完這一句話，才將頭上的帽子摘下來。

朱逸士笑道：「二爺，你有所不知，人家成了驚弓之鳥了，還架得住你說失於檢點這一句話嗎？」

鶴蓀笑道：「你們一說笑話，就不管輕重，真把劉二爺看得那樣不值錢，為了上次那點小事，就惶恐到這樣子？」

劉寶善將肩膀抬了一抬笑道：「二哥，你別把高帽子給我戴，我到現為止，心裡可真是有點不安呢，今天七少奶奶壽辰，我並不是不知道，可是我就怕碰到了總理，問起我的話來，我沒有話去回答，衙門裡的事，現在我託了有病請著假，真得請你們哥兒幾位給我打個圓場才好。」

鶴蓀見曾李二小姐在一邊含著微笑，自己很不願朋友失面子，便道：「你在哪裡喝了酒？說些無倫次的話。」

朱逸士、趙孟元也很知鶴蓀的用意，連忙將別的言語把這話扯開。

朱逸士就問曾美雲道：「還有些什麼客沒到？我給你用電話催一催。」

曾美雲笑道：「你這話有點自負交際廣闊，凡是我的朋友，他們的電話你都全知道，這還了得？不過這裡頭有兩個人你或者認識，就是王金玉和花玉仙。」

朱逸士笑道：「了不得！這兩位和他們哥兒們的關係，你也知道嗎？你說我的交際廣闊，這樣看起來，實在還是你的交際廣闊，這件事，知道的人還不會多哩。花玉仙的電話……」

只這一句未完，院子裡有人接著答道：「是六八九九。」

說這話的，正是花玉仙的嗓音，已是一路笑著進來了。

王金玉、花玉仙兩個人牽著手笑嘻嘻地走了進來，鶴蓀道：「今天晚上怎麼回事？提到誰，誰就來了。」

花玉仙道：「倒有個人想來，你偏不提一提。」

鶴蓀便問是誰，花玉仙道：「我們來的時候，黃四如在我那裡，她很想來，可是她不認識曾小姐，不好意思來。」

曾美雲道：「那要什麼緊？只管來就是了，朋友還怕多嗎？花老闆，就請你打個電話，替我請一請。」

鶴蓀道：「那不大好吧？她是王二哥的人，只有她沒有王二哥，王二哥年紀輕，醋勁兒大，會惹是非的。」

王金玉道：「他們倆感情有那麼好，那就不錯了，四如倒真有點癡心，可是王二爺真看得淡極了，總不大理會她。」

曾美雲道：「哪個王二爺？不就是金三爺的令親嗎？我也認識的，那就把他也請上吧。」

鶴蓀道：「你請多少客，還能夠添座？」

曾美雲道：「除現在幾位之外，就是李瘦鶴和烏老二，原是預備臨時加上兩位的。」

劉寶善聽說，便去打電話催請。花玉仙家到這裡不遠，首先一個便是黃四如到了。她一進來，就請花玉仙給她介紹兩位小姐，曾美雲見她異常地活潑，就拉著她的手笑道：「我為了黃老闆要來，把王二爺也請了，你想我這主人翁想得周到不周到？」

黃四如笑道：「曾小姐，你別聽人家的謠言，王二爺和我也不過是一個極平常的朋友，他來不來，與我是沒有關係的。」

鶴蓀笑道：「你這人，看去好像調皮，其實是過分地老實，我聽說你對王二爺感情不錯，可是王二爺對你很寡情。既是這樣，你應該造一個空氣才好，為什麼反說你和王二爺沒有什麼關係，這樣一來，他是樂得推個乾淨了。老劉，我們可以做點好事，小王來了，我們給她拉攏拉攏。」

劉寶善笑道：「這個我是拿手，只要黃老闆願意的話……」說著，望了黃四如。

黃四如道：「劉二爺，你別瞧我，我總是樂意的，拉人交朋友，總是好心眼。」

李倩雲聽了，向她點了點頭，笑道：「你說話很痛快，我就歡喜這樣的人。」

黃四如看到李倩雲那樣子，似乎是個闊小姐，便借了這個機會和她坐在一處談話，一會子工夫，李瘦鶴來了，王幼春也來了，只有烏二小姐一個人了。

曾美雲吩咐聽差不用等，在別一間小客廳子裡開了席，請大家入座。

劉寶善早預備席的次序，四周放了來賓的姓字片，將王黃二人安在鄰席，王幼春不知道黃四如在這裡，進來之後也沒法子躲，就敷衍了幾句。

黃四如也很自量，只和李倩雲說話。王幼春見李倩雲渾身都露著曲線美，臉上淡淡的胭脂，襯著深深的睫毛，眼睛微微低著看人，好像有點近視似的，越發地增了幾分媚態。她又不時地微笑，露出一嘴齊整的白牙來。王幼春只聞其名，今日一見，果然名不虛傳，不覺多看她幾眼。

他只知道李倩雲小姐和金家兄弟們有交情，卻不知黃四如卻也和她好。現在看出來了，要想認識認識她，少不得還要走著黃四如的路子才好，因此把不理會黃四如的心思又活動一點。這時入席見自己的位子和黃四如的位子相連，待要不願意，很顯然得罪她，得罪了她，怎能借著她和李倩雲去親近？因此只裝模糊，大家按著名字入席，自己也就按了名字入席。

黃四如坐下，拿起王幼春的杯筷，就用碟子底的紙片來擦，王幼春笑道：「你還和我來這一手？」

黃四如笑著輕輕地道：「怎麼樣？巴結不上嗎？」

王幼春道：「哪有這樣的道理？你就說得我這人那樣不懂事？我是說我們不應該客氣。」

黃四如道：「既不應該客氣，你就讓我動手得了，又說什麼呢？」於是王幼春也就只好一笑了之。

他二人說話，聲音是非常地細微，在座的人有聽見的，少不得向著他們笑。

李倩雲道：「大家笑，我可不笑，朋友在一處，客氣一點，擦擦杯筷，這也不算什麼。」因看見右手李瘦鶴的杯筷還不曾擦、便笑道：「我也給你擦擦吧。」說著，就把他面前的杯筷拿了起來擦。

李瘦鶴只呵呵兩聲，連忙站了起來，一面用雙手接了過來道：「真不敢當！真不敢當！」口裡說著，眼睛又望了鶴蓀。

劉寶善在對面看見，笑道：「這樣一來，我倒明白了一個故典，曉得書上說的受寵若驚是一句什麼意思了，你瞧我們這李四爺。」

李瘦鶴笑道：「你不是心裡覺著難受嗎？這一會子你的嘴又出來了。」

劉寶善道：「不錯，我心裡是很難受，可是我這會子難受，也應該休息一會兒，若是老這樣難受下去，你猜我不會急死嗎？」

李瘦鶴笑道：「你這話我倒贊成，中國真正的過渡時代總算咱們趕上了，在這只破船裡遇著這樣的大風大浪，咱們都是不知命在何時？幹嘛不樂上一樂！」

李倩雲已是把杯筷擦乾淨了，聽他這樣說，就伸手拍了他的脊梁道：「你這話很通，我非常地贊成。」

王幼春見李倩雲是這樣的開通，他想道：自己若是坐在李瘦鶴那個地方，就是不要什麼介紹，也未嘗不可以和她玩起來的，可惜事先不知道，要知道她這樣容易攀交情的，我就硬坐到那邊去。

他心裡是這樣想著，眼睛少不得多看了李倩雲幾眼，李倩雲的眼光偏是比平常人要銳利些，她便望著王幼春抿嘴一笑。

這個時候，聽差斟過了一遍酒，大家動著筷子吃菜，王幼春見李倩雲笑他，他就不住地夾了幾筷子咀嚼著，想把這一陣微笑敷衍過去。

李倩雲笑道：「二爺這人有點不老實，既然是看人家，就大大方方地看得了，幹嘛又要躲起來不好意思呢？」

這一說不打緊，王幼春承認看人家是不好，不承認看人家也是不好，紅著臉只管笑著說：「沒有這話，沒有這話。」

心裡可就想著，這位小姐浪漫的聲名，我是聽到說過的，可不知道她是這樣敞開來說。

趙孟元就道：「李老五，我有一句話批評你，你可別見怪。」

李倩雲一偏頭道：「說呀！你能說，我就能聽，我不知道什麼叫著見怪？」

趙孟元道：「那我就說了，你這人開通，我是承認的，可是兩性之間多少要含一點神秘的意味，那才感覺得有趣，若是像你這一樣，遇事都公開，大殺風景，譬如王老二，他偷看你，是賞鑑你的美，據你剛才那種表示，雖不能說是你歡迎他的偷看，可是不拒絕他偷看，你既不是拒絕，口裡就別言語，或者給一點暗示也可以，那麼，王老二對於你這分感情那就不必提了，至少他把你心事當啞謎猜，夠他猜一宿的了。你這一說，他首先不好意思再看你，或者還要誤會你故意揭他的短處，把他羡慕你的心思至少也要減除一半，你把一個剛要成交的好朋友兜頭澆了一盆涼水了。」

李倩雲且不答覆趙孟元，卻笑問王幼春道：「老趙的話對嗎？你真怪我嗎？」

王幼春怎樣好說怪她，連說：「不不。」

李倩雲笑道：「我不敢說我長得美，可是哪一個女子也樂意人家說她美的，要不然，女子擦粉、抹胭脂，燙頭髮，穿高跟鞋為著什麼？為著自己照鏡子給自己看嗎？所以我並不反對人家看我的。」

在桌上的男賓，除了王幼春而外，都鼓起掌來。

趙孟元就向她伸了一個大拇指，笑道：「你這種議論總算公道，所有女子不肯說的話，你都說出來了。」

李倩雲笑道：「你別瞧我歡喜鬧著玩，可是交朋友又是一件事，誰要願意和我交朋友，我嘴裡不說出來，心裡未嘗不明白。譬如王二爺他今天一見著我，就有和我交朋友的意思，不過初次見面，不好意思十分接近。其實社交公開年頭，那沒有關係，愛和誰交朋友，就和誰交朋友去。至於那個人願意不願意和你交朋友，那又是一個問題，就別管了。」

李瘦鶴道：「這樣說，你願不願和王二爺交朋友？」

李倩雲道：「在座的人，誰要和女人交朋友，都有這意思，就算是發生了戀愛。這一點，我不便直說。」

趙孟元拿了手上的筷子輕輕在桌子上一敲，笑道：「得！我們索性敞開來說，我問你，你和鶴蓀交情是不錯的了，究竟是朋友是愛人呢？」

李倩雲倒不料他會問出這一句話來，不直說了，他們一定要批評自己還是不能硬到底，果然直說了，又怕會對不住曾美雲，先望著鶴蓀笑了一笑，然後右手用筷子夾了幾絲菜，在嘴裡咀嚼著，左手端起酒杯子來，咕嘟喝了一口酒，笑著用筷子指著鶴蓀道：「我和他的事，你不是明知故問嗎？」

曾美雲一看他們這樣的玩笑，不免有點不高興，可是礙著面子又不便說什麼，只得望了大家傻笑。

鶴蓀因為李倩雲說的話也是太露骨一點，便笑道：「傻孩子，你喝醉了酒了嗎？」

李倩雲道：「你別怪我，我是騎虎莫下，你想，我拿人家打衝鋒，已經說在前面了，到了我自己，我就不說，那還不是自己打自己的嘴巴嗎？其實我們也不過深進一層的朋友，談到愛人，你當著大眾，是不肯承認的。就是我在這席上面，也不敢硬說出來我和你有什麼關係。」

曾美雲道：「老五，你今天的酒果然是喝多了，他們都拿你開心，你上了人家的當，還不知道嗎？」

李倩雲見鶴蓀和曾美雲都有點不樂意的樣子，心想，若繼續地向下說，一定會鬧得不歡而散，不如就借了這個機會轉圜，因笑道：「可不是嘛？他們都拿我開心的，我不說了。」回轉頭來，就向李瘦鶴笑道：「老李，你怕嚷不怕嚷？若是不怕，我們來豁上幾拳，你看好不好？」

李瘦鶴也是醉心於李老五的，他特別地見邀，豈有不從之理？馬上點頭笑道：「來來來！」說著話時，左手捲著右手袖口，左手已是伸出拳頭來了，馬上七巧八馬，總算把剛才的話鋒遮掩過去了。

但是一開了端，大家豁起拳來，就鬧了個不休。曾美雲看了李倩雲風頭出足了，卻提議道：「老五的酒量很好，拳也很好，能打一個通關嗎？」

李倩雲道：「你想灌醉我的酒嗎？」

曾美雲道：「並不是我要灌醉你的酒，不過我看你這樣興高采烈，給你湊一湊趣，你若沒有那個膽量，你就不必嘗試了，好在你又不是三歲兩歲的小孩子，給人家一冤就冤上了。你說我是冤你，就算是冤你，我也不去否認。」

李倩雲笑道：「得！我就打一個通關。」於是左手將右手的光胳膊擦了一擦，就向李瘦鶴笑道：「來來來！這該先輪著你了。」

李倩雲究竟是個女子，對於這種武劇化的猜拳，決不也像男子那樣有經驗，因之打到一半就退回來，她又不服這口氣，非打通不可，只管向下打了去，這樣一來，酒就喝得可以了。

只有半餐酒席的工夫，李倩雲兩臉喝得通紅，只管笑哈哈地高聲說話，只看耳朵根上帶的兩根耳墜子，只管搖擺不定，已經醉得可以了。

鶴蓀看了有些不過意，就對她笑道：「你還鬧什麼？人家糊弄你，你不知道呢。我看有好幾拳都是你贏了，人家手快，手指頭一伸一縮，就混過去了，你的拳實在好，人家不和你正正經經地豁，也是枉然。」說著，向李瘦鶴丟了一個眼色。

李瘦鶴一見會意，便笑道：「老五，他們大家都不忠厚，你不要來吧？」

李倩雲道：「是真的嗎？」說著話，鼓了嘴，呼都呼都地呼出兩口氣，因見旁邊茶几上放有兩碟水果，便起身拿了一個大梨，站在當地咬。

恰好王幼春也起來拿煙捲，李倩雲就笑問他道：「你看我醉不醉？」

王幼春笑道：「醉不醉？問你自己，我怎樣知道呢？」

李倩雲笑道：「也許我喝得多一點了，臉上都發燒了，你摸摸我的臉。」

王幼春當了許多人，已經覺得不便伸手摸人家的臉，況且李倩雲又說了在先，自己是偷看人家的，更不好摸人家，只得向她笑了一笑。

李倩雲見他不好意思摸，就拿著他的手，用臉向前一伸，一直伸到王幼春懷裡，踮起腳來，臉在王幼春臉上一貼，斜著眼睛問道：「你看發燒了不是？」

王幼春真不料她有這種直率，嚇得向後一退。

李倩雲將嘴一撇道：「你瞧，他還害臊！」

鶴蓀皺了皺眉道：「她真是醉了，讓她躺下吧。」於是站起身來，兩手挽著她，向隔壁屋子裡一張長椅上躺下，她倒是睡下了，鶴蓀待要走時，她一把將鶴蓀拉住，笑道：「你別走，咱們談談。」

鶴蓀坐在長椅的尾端，笑道：「你今天也鬧得夠瞧了，還打算鬧嗎？」

說到這裡，那面散了席，大家一窩蜂似的擁到這邊屋子來。

劉寶善笑道：「飯是吃過了，我們找一點什麼娛樂事情？」

李瘦鶴道：「打牌打牌。」

劉寶善道：「我們有這些個人，一桌牌如何容納得下？」

李瘦鶴道：「打撲克，推牌九，都成。」

劉寶善道：「娛樂的事情也多，為什麼一定要賭錢？讓曾小姐開了話匣子，我們跳舞吧。」

黃四如一見李倩雲和王幼春鬧得那樣熱鬧，心裡十二分不高興，可沒有法子勸止一句，只是臉上微笑，心中生悶氣。

這時劉寶善提到跳舞，她不覺從人叢中跳了起來，拉著劉寶善的手道：「這個我倒贊成，我早就想學跳舞，總是沒有機會，今天有這些個教員，我應該學一學了。」

王金玉道：「我也是個外行，我也學一學，哪個教我呢？」

劉寶善用手指著鼻子尖，笑道：「我來教你，怎麼樣呢？」

王金玉笑道：「胡說！」

劉寶善道：「你才胡說呢？跳舞這件事，總是男女配對的，你就不讓爺們教，你將來學會了，難道不和爺們在一處跳嗎？你要是不樂意挨著爺們，乾脆你就別學跳舞。」

王金玉道：「我也不想和別人跳，我只學會了就得了。」

劉寶善道：「那更是廢話！不想和人家跳，學會了有什麼意思？」

曾美雲道：「不要鬧，你先讓她看看，隨後她就明白了。」於是指揮著僕役們，將屋子中間桌椅搬開。

話匣子也就放在這屋子裡的，立刻開了機器，就唱了起來，只在這時，烏二小姐嚷了進來，連說：「來遲了，來遲了。」

鶴蓀道：「你怎麼這時候才來呢？可真不早哇。」

烏二小姐還不曾答覆這問題，趙孟元迎著上前，將她一摟，笑道：「咱們一對兒吧。」說著，先就跳舞起來，其餘曾美雲和鶴蓀一對，劉寶善和花玉仙一對，王幼春和李倩雲一對。

王幼春不曾想到和李倩雲一對跳舞的，只因站在沙發椅的頭邊，李倩雲一聽到跳舞音樂，馬上站立起來，他看見王幼春站著發愣，笑道：「來呀。」面對王幼春而立，兩手就是一伸，王幼春到了這時，就也莫名其妙地和她環抱起來，環抱之後，這才覺得有言語不可形容的愉快。

王金玉和黃四如站在一邊，都只是含著微笑。

曾美雲這個話匣子，是用電氣的，放下一張片子，開了電門，機器自己會翻面，會換片，所以他們開始跳舞之後，音樂老沒有完，他們也就不打算休息，還是曾美雲轉到話匣子邊，將電門一關，然後大家才休息。

劉寶善走過來問黃四如道：「你看，這不是很平常的事情嗎？值得你那樣大驚小怪。」

黃四如看他們態度如常，也就只對他們微笑點點頭。

劉寶善道：「你若願意來的話，我就叫王二爺來教你。」

李倩雲道：「王二爺的步法很好，讓他教你吧。」

王幼春見人家當面介紹了，自然是推辭不得，也就只是向著大家微笑。

又休息了一會，話匣子開了起來，便二次跳舞。黃四如雖是有點不好意思，但是看著有人為之在先了，也就不十分害臊。

王幼春道：「你一點都不懂嗎？」

黃四如抿著嘴唇，點了點頭。

王幼春笑道：「你這個蘑菇，我告訴你一個死訣竅，你既是不會跳，你就什麼也不用管，只管身子跟我轉，腳步跟我移。」

黃四如笑著，點了點頭。於是王幼春將她環抱著，混在人群中跳。

黃四如剛才在一邊，仔細看了那麼久，已經有些心得，現在王幼春又教她不要作主，只管跟了跑，當然還不至於十分大錯。

王幼春原是不大歡喜黃四如的，這個時候手環抱著她的腰，她的手在肩上半搭過來，肌膚上的觸覺，有兩個消息告訴心靈，便是異樣的柔軟與溫暖，加上一陣陣的粉香，儘管向人鼻子裡送來，人是感情動物，總不能無動於衷，因之經過一回跳舞之後，王幼春也就和黃四如坐在一張沙發上同喝茶，笑問道：「你覺得有趣沒有趣？」

黃四如道：「當然是有趣，若是沒有趣，哪有許多人學跳舞呢？」

王幼春道：「你吃力不吃力？」說著，伸了手摸黃四如的胳膊，覺得有些汗涔涔的。

黃四如因輕輕地用腳碰著他的腿道：「這一會子你不討厭我了嗎？」

王幼春覺得她這話怪可憐的，不由得哈哈笑起來，因道：「你這話可得說清楚，我什麼時候又討厭你了？」

黃四如是明明有話可答的，她想著是不答覆出來的好，便笑道：「只要這樣就好哇！我還不樂意嗎？」說時，握了王幼春的手，望了他一眼，輕輕地道：「明天到我家裡去玩，好不好？」

王幼春笑著，點了點頭。

黃四如拉住他的手，將身子扭了兩扭，哼著道：「我不！你要說明你究竟去不去？我不！你非說明不可。」

王幼春笑道：「去是去的，不知道是預備什麼送你？」

黃四如正色道：「那樣你就是多心了，難道說我要你到我家裡去，我是敲你竹槓嗎？」

王幼春道：「不是那樣說，因為我初次到你府上去，就這樣人事一點沒有，似乎不大好看似的。」

黃四如道：「你真老媽媽經了，怎麼還要帶東西，才好到人家家裡去呢？若是二爺要一點面子的話，給我們老媽子三塊五塊的，那就很好了，只要交情好，還在乎東西嗎？喲！這話我可說得太親熱一點。」說著，掏了手絹掩住嘴笑。

王幼春喝的酒，這時慢慢地有點發作了，精神興奮起來，不覺得有什麼倦容，就只管和黃四如談話，偶然感到口渴了，站起來要倒一杯茶喝，四周一看，這屋子裡只剩電光燦爛，那些坐客全不知道哪裡去了，因笑道：「我聽說他們要到前面打牌去，也沒有留神，怎麼就去了？」

黃四如將右手中間三指捏著，將大拇指小指伸出來，大拇指放在嘴上一比道：「是這個吧？」

王幼春道：「不能吧？他們都沒有癮的，除非借此鬧著玩兩口，我瞧瞧去。」於是悄悄地掀開左邊的帷幔，只見裡面點了兩盞綠電燈，並不見人。

由這屋拐過去，便是曾美雲的內室了，走進去，聽到隱隱有笑聲，好像是曾美雲說把客送到這裡再說吧，王幼春便退出來了，右邊是剛吃酒的地方，拐過去是東廂房，果然有鴉片氣味，卻是劉寶善橫在一張小銅床上吸煙，王金玉陪著。

王幼春道：「一會子工夫，人都哪裡去了？」

劉寶善道：「他們說是打撲克去了，大概在前院吧，他們的意思，是怕吵了主人翁。」

王幼春走回來，叫著黃四如道：「小黃，他們打撲克去了，我們也去加入。」

黃四如卻沒有答應，縮了腳，側著身子睡在沙發上。王幼春道：「別睡著呀，仔細受了凍。」

黃四如伸了一個懶腰，朦朧著兩眼，慢慢地道：「好二爺，什麼時候了？我真倦，你有車子嗎？請你送我回家去。」說畢，又閉上眼睡了。

王幼春推了她幾推，她還是睡著。沒有法子，一個人只好坐著陪了她。靜靜悄悄的，過了一會子，黃四如坐起來，手撫著鬢髮道：「呀！電燈滅多久了？窗子上怎麼是白的？天亮了吧？」

王幼春將窗紗揭開，隔玻璃向外張望，因笑道：「可不是天亮了嗎？春天的夜裡何以這麼短？混了一下子，天就亮了！」

黃四如笑道：「現在，你該送我回家了吧？還有什麼可說的？」

王幼春道：「這個時候天剛亮，誰開門？索性等一會子吧。」

黃四如笑道：「真是糟心，回又回去不得，睡又沒有地方睡。」

王幼春道：「你在那沙發上躺著吧，我到別的地方找個地方打個盹兒。」

黃四如果然在沙發上睡了，王幼春卻轉到燒鴉片那間屋子裡去。只見煙盤子依然放在床中間，劉寶善卻和王金玉隔著燈盤子睡了，再轉到前面，只見那小客廳裡，桌子斜擺著，上面鋪了厚絨墊，散放了一桌的撲克牌和紅綠籌碼子，還有一張五元的鈔票。

王幼春自言自語地道：「這也不知是誰的錢太多了？」撿了起來，向褲子袋裡一塞。屋子裡並沒有人，李倩雲、李瘦鶴、烏二小姐都不知道到哪裡去了？這時候也不便去叫聽差的，還是回到上房，就在一張小沙發上坐下，把兩隻腳抬起來，放在別張沙發上，這也可以算是躺下，就睡下了。

及至醒來，已是十二點鐘了，有人搖著他的肩膀道：「你這樣睡著，不受累嗎？」抬頭一看，卻是鶴蓀。

王幼春將兩隻腳慢慢地放下來，用手捶著腿道：「真酸真酸。」

鶴蓀道：「既然酸，為什麼還睡得很香哩？」

王幼春道：「你不知道，昨天晚晌實在鬧得太厲害，倦極了，所以坐下來就睡著。」

曾美雲也在身後站著了，笑著，向王幼春道：「這樣鬧，可是可一而不可再呀。」

王幼春笑道：「要鬧也是大家鬧，不是我一個人呀。」

王金玉搭著花玉仙的肩膀，走進了屋來，笑著對黃四如道：「小黃，睡夠了沒有？我們該走了。」

黃四如在裡面屋子裡理著頭髮，和曾美雲深深地道了一聲謝，然後走了，其餘男客女客也各有事，各自告辭。唯有鶴蓀本人，曾美雲要留著吃了午飯再走。

鶴蓀因鬧了一夜，總還沒有睡得好，在這裡能休息一會兒，也是好的，因此就表示可以吃午飯。又是兩點鐘才開出來，吃過了午飯，天就快黃昏的時候了，鶴蓀想起有幾件事，要辦一辦，又到別處混了一混，並沒有回家，到了晚上八點鐘，電話約了曾美雲在中外飯店吃飯，帶看跳舞，算是對於昨晚的宴會小小回席。

到了九點鐘的時候，只見飯店裡的西崽引著金榮一直到舞廳裡來。

鶴蓀見金榮的顏色有些不對，連忙在跳舞場出來，將金榮拉到一邊，輕輕地問道：「家裡有什麼事嗎？是二少奶奶找我嗎？」

金榮滿面愁容的道：「不是的，總理喝醉了酒，身體有些不舒服，恰好幾位少爺都不在家，我們這個忙，不用說，到處找人。」

鶴蓀道：「喝醉了酒，也不妨事，你們大驚小怪的做什麼？」

金榮道：「不是光喝醉了，而且摔了一跤，人……是不大好，找了好幾個大夫在家裡瞧。二爺，你趕快回家去吧，現在家裡是亂極了。」

鶴蓀聽了這話，心裡也撲通一跳，連問：「怎樣了？」一面說話，一面就向外走，連儲衣室的帽子都忘了去拿，走出飯店門，才想起沒有坐車來，看看門口停的汽車號碼，倒有好幾輛是熟朋友的汽車，將裡面睡的汽車夫叫醒，說明借車一用，也不讓人家通知主人，坐上去就逼著他開車。

到了家門口，已經停了七八輛車在那裡，還有一兩輛車上畫了紅十字。鶴蓀一跳下車，進了大門，遇到一個聽差，便問總理怎麼樣了？聽差說：「已經好些。」

鶴蓀一顆亂蹦的心才定了一定，往日門房裡面，那些聽差們總是紛紛議論不休，這時卻靜悄悄地一點聲息沒有。

鶴蓀一直向上房裡走，走到金銓臥室那院子裡，只見嘰嘰喳喳，屋子裡有些人說話，同時也有一股藥氣味，送到人鼻子裡。

鳳舉背了兩手，在走廊上走來走去，儘管低了頭，沒有看到人來了似的，燕西卻從屋子裡跑出來，卻又跑進去，隔了玻璃窗子，只見裡面人影搖搖，似乎有好些人都擠在屋子裡。

鶴蓀走到鳳舉面前，鳳舉一抬頭，皺了眉道：「你在哪裡來？」

鶴蓀道：「我因為衙門裡有幾件公事辦晚了，出得衙門來，偏偏又遇到幾個同事的拉了去吃小館子，所以遲到這個時候回來。父親究竟是什麼病？」

鳳舉道：「我也是有幾個應酬，家裡用電話把我找回來的，好端端的，誰料到會出這樣一件事呢。」

鶴蓀才知這老大也犯了自己一樣的毛病，是並不知道父親如何得病的，只得悶在肚裡，慢吞吞地走進金銓臥室裡去。

原來金銓最近有幾件政治上的新政策要施行，特約了幾個親信的總長和銀行界幾個人在家裡晚宴，本請的是七點鐘，因為他的位分高，做官的人也不敢擺他的官派，到了六點半鐘，客就來齊了。

金銓先就發起道：「今天客都齊了，總算賞光，時間很早，我們這就入席，吃完飯之後，我們找一點餘興好不好？」

大家都說好，陪總理打四圈。金銓笑道：「不打就不打，四圈我是不過癮，至少是十六圈。」

聽差們一聽要賭錢，為了多一牌多一分頭子的關係，馬上就開席，格外陪襯得莊重起來。賓主入席之後，首席坐的是五國銀行的華經理江洋，他是一個大個兒，酒量最好，二席坐的是美洲鐵路公司華代表韓堅，也是個酒罈子。

金銓旁邊坐的財政趙總長，便笑道：「今天有兩位海量的佳賓，總理一定預備了好酒。」

金銓笑道：「好不見得好，但也難得的。」於是叫拿酒來。

大家聽說有酒，不管嘗未嘗，就都讚了一聲好。

金銓笑道：「諸位且不要先說好，究竟好不好，我還沒有一點把握。」便回頭問聽差道：「酒取來了沒有？」

聽差說：「取來了。」

金銓將手摸了一摸鬍子笑道：「當面開封吧，縱然味不好，也讓大家知道我決不是冤人。」說著，於是三四個聽差，七手八腳的扛了一罈酒來。

那罈子用泥封了口，看那泥色轉著黑色，果然不是兩三年的東西了。

金銓道：「不瞞諸位說，我是不喝酒，要喝呢，就是陳紹，我家裡也有個地窖子，裡面總放著幾罈酒，這罈是年遠的了，已有十二年，用句爛熟的話來讚它，可以說是爐火純青。」

在座的人就像都已嘗了酒一般，又同讚了一聲好。

聽差們一會兒工夫將泥封揭開，再揭去封口的布片，有酒漏子，先打上兩壺。滿桌一斟，不約而同的，各人都先呷了一口，呷了的，誰也不肯說是不好。金銓也很高興，吩咐滿席換大杯子，斟上一遍，又是一遍，八個人約摸也就喝了五六斤酒。

金銓已發起有酒不可無拳，於是全席豁起拳來。直到酒席告終，也就直鬧兩個鐘頭了。

金銓滿面通紅，酒氣已完全上湧，大家由酒席上退到旁邊屋子裡來休息的時候，金銓身子晃蕩晃蕩，卻有點走不穩，笑道：「究竟陳酒力量不錯，我竟是醉……」一個了字不曾說完，人就向旁邊一歪。

恰好身邊有兩個聽差看到金銓身子一歪，連忙搶上前一步將他扶住。然而只這一歪身子之間，他就站立不住，眼睛望了旁邊椅子，口裡囉囉說了兩聲，手扶了椅子靠，面無人色的，竟倒了下去。這一下子，全屋子人都嚇倒了。

這個時候，聽差李升在一邊看到，正和他以前伺候的李總長犯了一樣的毛病，乃是中風，說了一聲不好，搶上前來一把攙住，問道：「總理，你心裡覺得怎樣？難受嗎？」

金銓轉眼睛望著他，嘴裡哼了一聲，好像是答應他說難受。大家連忙將金銓扶到一張沙發上，嚷道：「快去告訴太太，總理有了急病了。」

旁的聽差早跑到上房去，隔著院子就嚷道：「太太，不好了！太太，不好了！」

金太太一聽聲音不同，將手邊打圍棋譜的棋盤一推，向外面問道：「是誰亂嚷？」

那一個聽差還不曾答覆，第二個聽差又跑來了，一直跑到窗子外邊，頓了一頓才道：「太太，請你前面去看吧。總理摔了一下子，已經躺下了。」

金太太覺得不好，一面走出來，一面問道：「摔著哪裡沒有？」

聽差道：「摔是沒有摔著哪裡，只是有點中風，不能言語了。」

金太太聽說，呀了一聲，雖然竭力地鎮定著，不由得渾身發顫，在走廊上走了兩步，自己也摔了一跤。也顧不得叫老媽子了，站了起來，扶著壁子向前跑。到了前面客廳裡，許多客圍住一團，客分開來，只見金銓躺在沙發上，眼睛呆了，四肢動也不動。

金太太略和他點了一點頭，便俯著身子，握著金銓的手道：「子衡，你心裡明白嗎？怎麼樣？感覺到什麼痛苦嗎？我來了，你知道嗎？」

金銓聽了她的話，似乎也懂得，將眼睛皮抬起望了望她。

那些客人這一場酒席吃的真是不受用，現在主人翁這樣子，走是不好，不走也是不好，就遠遠地站著，都皺了眉，正著面孔，默然不語。

有一個道：「找大夫的電話，打通了沒有？」

這一句話，把金太太提醒，連忙對聽差道：「你們找了大夫嗎？找的是哪個？再打電話吧，把我們家幾個熟大夫都找來，越快越好，不管多少錢。」

幾個聽差的答應去了，同時家裡的人都擁了出來。來賓一看，全是女眷，也不用主人來送，各人悄悄地走了，因為這正是吃晚飯剛過去的時候，少奶奶小姐們都在家裡，只有二姨太和翠姨不曾上前。

原來二姨太聽了這個消息，早來了，只是遠遠地站著不敢見客，一看金銓形色不好，也不知道兩眶眼淚水由何而至，無論如何止它不住，只是向外流，自己怕先哭起來，金太太要不高興，因此掏出手絹，且不擦眼睛，卻握住了嘴，死命地不讓它發出聲音來，及至大家來了，她擠不上前，就轉到一架圍屏後去，嗚嗚咽咽地哭。

翠姨吃過晚飯之後，本打算去看電影，攏著頭髮，擦好胭脂，換了一身新鮮的衣服，正待要走，聽說金銓中了風，舉家驚慌起來，這樣子上前，豈不先要挨金太太一頓罵？因此換了舊衣服，又重新洗了一把臉，將臉上的胭脂粉一律擦掉，這才趕忙地走到前面客廳裡來。

好在這時金太太魂飛魄散，也沒有心去管他們的事，叫聽差找了一張帆布床來，將病人放在床上，然後抬進房去，同時，金太太也進房了。

將金銓抬入臥室，就平正放在床上，他們家那個衛生顧問梁大夫也就來了。

梁大夫一看總理得了急病，什麼也來不及管，一面掛上聽脈器，一面就走到床面前，給金銓解衣服的鈕扣，將脈聽了一遍，試了一試溫度，這才有工夫，回頭見身後挨肩疊背的擠了一屋子人，因問道：「大爺呢？」

聽差的在一旁插嘴說：「都不在家。」

梁大夫一看金太太望著床上，默然坐在旁邊的椅子上，便半鞠著躬向她問道：「這病不輕，名叫腦充血，救急的辦法，先用冰冰上，當然還得打針，是不是可以，還要請太太的示。」

梁大夫這樣半吞半吐地說著，話既沒有說完全，金太太又不明白他的意思所在，便道：「人是到了很危急的時候了，怎能救急，就請梁大夫怎樣作主張去辦，要問我，我哪裡懂得呢？」

梁大夫待要說時，德國大夫貝克也來了。梁大夫和他也是朋友，二人一商量之下，便照最危急的病症下手。

劉守華急急忙忙地首先來了，他手上拿著帽子亂搖，口裡問：「怎麼樣？怎麼樣？」他雖不是金家人，究竟是個半子職分的女婿。只走到房門口，道之就將他攔住，把大略情形告訴了他。

劉守華連連點頭道：「當然當然，這還有什麼問題。」於是到了房裡，輕輕和兩位大夫說了，責任由家庭負，請他只管放手去診。

兩位大夫聽了這話，就準備動手，可是一個日本田原大夫又帶了兩個女看護來了。金銓睡的臥室雖大，無如裡面的人也不少，因此梁大夫就和金太太商量，將家裡人都讓出屋子外來，只留金太太和劉守華在裡面。

梁大夫和德國大夫日本大夫一比，當然是退避三舍，就讓貝克和田原去動手，正在動手術的時候，燕西卻由外面首先回家了。

走到走廊外，聽屋子裡鴉雀無聲，只是屋子裡電光燦爛，在外面可看到人影幢幢，正要向前，那腳步不免走得重一點，潤之卻由外面屋子裡走出來，和他連連搖搖手，並不說話，這樣子分明是不讓進去，不讓高聲。

燕西便皺了眉，輕輕地問道：「現在怎麼樣了？」

潤之道：「正在施行手術，也許打了針就好了。」

燕西走過一步，探頭向裡面看時，只見父親屋子裡，四個穿白衣服的，都彎了腰將床圍住。劉守華背了兩隻手，站在醫生後面探望，母親卻坐在一邊躺椅上，望了那些人的背影，一語不發。

由人縫裡可以看見金銓垂直地躺在床上，一動也不一動，而且是聲息全無，燕西一見，才覺得情形依然很是嚴重，站在門口，呆呆地向裡望著。

劉守華一回頭，見他來了，便掉轉身，大大地開著腳步，輕輕地放下來，兩步跨到門外，拉了燕西的衣襟，嘴向屋裡一努，意思是讓他進去。

燕西聽到父親突患急病，這是一生最大關鍵的一件事，怎能夠忍耐著不上前去看？因此輕輕地放著腳步，踏一步，等一步，走到裡面。在醫生後面伸頭望時，見女看護手上拿了一個玻璃筒子，滿滿的裝了一筒子紫血，似乎是手術已經完了，三個大夫正面面相覷，用很低微的聲音說著英語！看那神氣，似乎也許病要好一點。

因為他們說著話，對了床上，極表示很有一種希望的樣子，再看床上，金銓上身高高地躺著，垂著外邊的一隻手略略曲起來，臉是像蠟人似的，斜靠在枕上，只是眼睛微張，簡直一點生動氣色沒有。

燕西不看還好，一看之下，只覺心口連跳上了一陣。一回頭，鵬振也站在身後，一個大紅領結，斜墜在西服衣領外面，手上拿了大衣和帽子，也呆了。

三個醫生在床前看了一看，都退到外面屋子來，燕西兄弟也跟著，早有聽差過來，將鵬振的衣帽接過去，輕輕地道：「三爺坐的汽車是雇的吧？還得給人車錢呢。」

鵬振在身上掏出一搭鈔票，拿了一張十元的，悄悄塞在聽差的手上，對他望了一望，又皺了一皺眉，聽差知道言語不得，拿著錢走了。

燕西已是忍耐不住，首先問梁大夫道：「你看老人家這病怎麼樣？現在已經脫了危險的時期嗎？」

梁大夫先微笑了一笑，隨後又正著顏色道：「七爺也不用著急，吉人自有天相，過了一小時再看吧。」

燕西不料他說出這種不著痛癢的話來，倒很是疑惑。凡是大夫對於病人的病，不能說醫藥可活，推到吉人自有天相上去，那就是充量地表示沒有把握。

鵬振聽了，更是急上加急，**一想起他們的這個家庭，全賴老頭子仗著國務總理的一塊牌子，一個人在那裡撐持著，所以外面看來，覺得非常地有體面，而他們弟兄們也得衣食不愁，好好地過著很舒服的日子，倘然一旦遭了不諱，竟是倒了下來，事情可就大大地不同了。**

這實是一種切己的事情，任他平日就是一個混蛋，當他的念頭如是地一轉，除了著急之外，心中自然覺得一陣的悲切，這眼淚就再也忍不住，幾乎要撲簌簌地掉下來了。

像他已是這般地悲切，這二姨太比他的處境更是不同，正有說不出的一種苦衷，心中當然更要加倍地難過，早坐在外邊屋子垂淚，一會兒，方揩著淚道：「老三走來，我和你商量商量。」她口裡叫著人過來，自己倒走出屋子去了。

鵬振、燕西都跟了來，問什麼事？二姨太看看屋子裡的醫生，然後輕輕地道：「西醫既沒有辦法，我看請個中醫來瞧瞧吧，也許中醫有辦法呢。」

鵬振道：「也好，幾個有名的中醫都託父親出名介紹過的，一找他們，他們自會來的。」

於是就吩咐聽差打電話，把最有名的中醫譚道行大夫請來，一面卻請幾位西醫在內客廳裡坐，以免和中醫會面。

這個譚大夫，是陸軍中將，在府院兩方都有掛名差事，收入最多，為了出診便利起見，也有一輛汽車。所以不到半個鐘頭，他也來了。

聽差們引著，一直就到金銓的臥室裡來，他和鵬振兄弟拱手謙讓了一會兒，然後側身坐在床面前，偏著頭，閉著眼，靜默著幾分鐘，分別診過兩手的脈，然後站起來，向鵬振拱拱手向外，意思是到外面說話。

鵬振便和他一路到外面屋子來，首先便問一句怎麼樣？譚大夫摸了兩下八字鬚，很沉重地道：「很嚴重哩！姑且開一個方子試試吧。」

桌上本已放好筆硯八行，他坐下，擂著墨，出了一會子神，又慢吞吞地蘸著筆許久，整了一整紙，又在桌上吹了一口灰，才寫了一張脈案，大意是斷為中風症；並云六脈沉浮不定，邪風深入，加以氣血兩虧，危險即在目前，已非草木可治。

鵬振拿起方子一看，雖不知道藥的性質如何，然而上面寫的邪風深入，又說是危險即在目前，這竟和西醫一樣，認為無把握了，因道：「看家父這樣，已是完全失了知覺，藥熬得了，怎樣讓他喝下去呢？」

譚大夫道：「那只好使點蠻主意，用筷子將總理的牙齒撬開灌了下去。」

鵬振雖覺得法子太笨了，然而反正是沒用了，將藥倒下去再說，於是將方子交給聽差們，讓快快地去抓藥。

譚大夫明知病人是不行了，久待在這裡，還落個沒趣，和鵬振兄弟告了辭，匆匆地就走了。

## 二 無力回天

金太太先聽說請中醫，存著滿腔的希望，以為多少有點辦法。及至中醫看了許久，結果還是鬧了個危險即在目前。而且藥買來了，怎樣讓病人喝下去，也還是個老大的問題。看看床上躺的人越發地不動了，連忙嚷道：「快請大夫，快請大夫。」

大家一聽嚷聲，便不免各吃一驚。有些人進房來，有些人便到客廳裡請大夫。這三個大夫已經受了燕西的委託，就在這裡專伺候病人，至於醫費要多少，請三個大夫只管照價格開了來，這裡總是給。

三個大夫聽了這種話，當然無回去理由之可言，所以都在客廳裡閒談，只一請，便都來了。

那梁大夫和金家最熟，在頭裡走，以為病人有什麼變卦了，趕緊走到床前，診察了一回，因對金太太道：「現在似乎平穩了一點，還候一候再說吧，急著亂用辦法來治是不妥的。」

金太太道：「病人這個樣子沉重，還能夠等一會兒再看嗎？」

梁大夫皺了一皺眉道：「雖然是不能等待，但是糊裡糊塗，不等有點轉機又去扎上一針，也許更壞事，至於藥水，現在是不便用了。」說著，三個大夫又用英語討論了一陣子。

這時，鶴蓀回來了。

等了一會兒，大夫還是不曾有辦法。金家平常一個辦筆札的先生，託人轉進話來，說是他認識一個按摩專家，總理的病既是藥不能為力，何不請那位按摩大夫來試試。

聽差們悄悄地把金太太請到外面來，就問這樣可以不可以？金太太道：「總理正是四肢不能動，也許正要按摩，就派一輛汽車把那大夫接來吧。」

金貴站在一邊道：「我倒有個辦法，也不用吃藥，也不用按摩，就怕太太不相信。」

金太太道：「除此之外，還有什麼法子呢？你說出來試試看。」

金貴道：「我遇上有個畫辰州符的，法子很靈。他只要對病人畫一道符，就能夠把病移在樹上去，或移到石頭上去。」

鳳舉走了過來道：「這個使不得，讓人知道，未免太笑話了。」

金太太冷笑一聲道：「你知道什麼使得使不得？不是四下派人找你，你還不知道在哪裡找快樂呢！設若你父親有個三長兩短，我看你們這班寄生蟲還到哪裡去找快樂？」

鳳舉不敢作聲，默然受了。

金貴道：「把他請了來，他只對著總理遠遠地畫下一道符，縱然不好，也決計壞不了事。」

金太太道：「你不必問了，乾脆就把那人請來吧。」

金貴道：「那個按摩大夫請不請？」

金太太道：「自然是請，只要有法子可以治好總理的病，你們只管說，不管花多少錢，你們只管給我作主花，總理病好了，再重重地提拔你們。」

金貴見金太太這樣信任，很得意地去了。

鳳舉雖然覺得這樣亂找醫生不是辦法，然而自己誤了大事，有罪還不曾受罰，若是從中多事，又不免讓母親駁回。駁回了，不要緊，若把自己兄弟們全不在家，父親病了，沒有人侍候的話也說出來，真會影響得很大，因此只好讓母親擺布，並不作聲。

就和這三個西醫混在一處，詳細地問了一問病狀，及至按摩醫生來了，聽差悄悄地給鳳舉一個信，鳳舉就把三位西醫引出金銓臥室來。

那按摩大夫走到臥室裡床面前一看，才知道病已十分沉重，屋子裡站著一位總理夫人，三個公子，眼睜睜地看他治病。

他想，總理不像平常人，已是不可亂下手，而況這病又重到這種程度，設若正在按摩的時候，人不行了，千斤擔子都讓按摩的人擔著，這可不是鬧著玩的，因伸手按了一按金銓的脈，又故意看了一看臉色，便往後退了一步。因聽到人家叫鶴蓀二爺，大爺不在這裡，自然是二爺作主了，因向鶴蓀拱拱手道：「二爺，我們在外面說話吧。」說著，就到外面屋子去了。

金太太攔住鶴蓀輕輕地道：「這樣子，他是要先說一說條件哩。無論什麼條件，你都答應，只要病好了，哪怕把家產分一半給他呢。」

鶴蓀不料母親對於這位按摩醫生倒是如此地信任，既是母親說出這種重話來，也就不能小視，因此便一直到外面來和按摩醫生談話。

按摩醫生一見，就皺了眉道：「總理的病症太重，這時候還不可以亂下手術，只好請他老人家先靜養一下子吧。」

鶴蓀道：「難道按摩這種醫治的方法，也有能行不能行的嗎？」

他道：「醫道都是一理，那自然有。」他說著話時，充分地顯出那躊躇的樣子來。

鶴蘇看那神情，明知道他是不行，也只好算了，和他點了點頭，就讓聽差將他帶了出去。

他一出去，那個畫辰州符的大夫就來了，這位大夫情形和西醫中醫以及按摩醫生都不同。

他穿了一件舊而又小的藍布袍子，外罩一件四四方方的大袖馬褂，頭上戴了一頂板油瓜皮小帽，配上那一張雷公臉，實在形容不出他是何性格。

聽差引他到金銓臥室外時，他已經覺得這裡面的富貴氣象真可嚇人，轉過許多走廊與院落，只覺頭暈目眩，這時，見屋裡屋外這些人，而又恰是鴉雀無聲，不由得不肅然起敬。早是兩隻大袖按了大腿，一步一步，比著尺寸向前走去。

到了外邊屋子裡，鶴蓀出來接見，聽差告訴他，這是二爺。他一聽二爺兩個字，便齊了兩隻袖子，向鶴蓀深深地作了三個揖，一揖下去，可以打到鞋尖，一揖提上來，恰是比齊了額頂。只看那情形，可以知道他十二分恭敬。這個樣子很用不著去敷衍他的了，就很隨便地向他點了一點頭。

燕西、鵬振在一處看著，也是十分不順眼，這是天橋蘆席棚內說相聲帶賣藥的角色，怎麼也找來了？只是金太太有了新主張，只要是能治病，管他什麼人，用什麼辦法來治，她都一律歡迎，那麼，也只好讓他試試再說，天下事本難預料，也許就是他這種人能治好，本來中西醫以及按摩大夫都束手無策，也不能就眼看著不治。

這個畫辰州符的，倒不像旁人，他的膽子很大，和鶴蓀作了一揖以後，便拱拱手問道：「但不知道總理在哪裡安寢？」

鶴蓀向屋裡一指道：「就是那裡。」

這畫符的聽說，先向屋子裡看了一看，然後又在屋外周圍上下看了一看，點了一點頭，似乎有什麼所得的樣子，然後又向鶴蓀道：「二爺，請你升一步，引著我進去看看總理。」

這時，屋子裡只有金太太和道之夫婦，大家都在外面屋子裡候著。

畫符的醫生進去之後，先作了一陣揖，然後走到床面前，離床還有二尺路，便不敢再向前一步了，只是伸了腰，向前看了一看金銓的顏色，再倒退一步，向鶴蓀輕輕地道：「我不敢說有把握，讓我給總理治著試試看。請二爺吩咐貴管家，給預備一張黃紙，一碗白水，一枝朱筆，再賜一副香燭，我就可以動手。」說著，又向鶴蓀笑著將手拱了兩拱。

這樣一來，一家人便轉得一線希望，大家以為他能治，金銓未必到了絕境了。

聽差們連忙就照著他的話，將香燭朱筆白水一齊預備了來。那醫生吩咐聽差，將香燭在院子裡牆根下燃燒了，他然後手上托了那碗清水，在香頭上熏了一熏。碗是在左手托著的，右手掐了訣，就手對著水碗，遙遙地在空中連畫了幾遍，連圈了幾圈。做了一套手腳之後，喝了一口飽水，回過頭來，呼地一聲，就向金銓的臥室窗子外一噴，噴過之後，便拿了朱筆黃紙，在院子走廊下的電燈光裡，伏在一個茶几上畫了三道符。

鶴蓀背了兩手，在遠遠地看著，心裡不住地揣想，像這種行為，照著道教中說，這是動天兵天將的勾當了，是如何尊嚴的事，不料他就含含糊糊地在廊子下鬧將起來，看來是未必有何效驗吧？

他正這樣想著，那醫生拿了這三道符，就向著天打了三個拱，然後在燭頭上將符焚化了。昂著頭向了天，兩片嘴唇一陣亂動，恍惚口中念念有詞，然後左手五指伸開，向天空一把抓下來，捏了一個訣，右手拿了一枝朱筆，高抬過頂，好像得著了什麼東西似的，連忙掉轉身子，向屋子裡跑了進來。

走到床面前，距離著金銓約摸也有二尺路之遠，挺著身子立定，閉了雙眼，只管出神。鶴蓀兄弟都靜靜地跟隨在身後，燕西看了這樣子，倒嚇了一跳，這是什麼意思？莫不是傳染了中風？

那畫符醫生嘴唇又亂動了一陣，然後兩眼一睜，渾身一使勁，將筆對準了金銓的頭，遙遙地就畫上了三個大圈圈，左手的訣一伸，再向空中一抓，這右手的筆就如通了電流一樣，只管上下左右，一陣飛舞，畫了一個不停。

這一陣大畫之下，又把左手作佛手式的中指伸直向上，其餘四指全在下面盤繞起來，鶴蓀見他忙個不了，不敢從中插言，只管遙遙地看著他。

這時，鳳舉溜開了那三位西醫，特地到屋子裡來，看看他是怎麼醫治的法子。進來之時，便見金銓的面色有點不佳，那醫生越畫得凶，金銓的面色越不好看。

鳳舉忍耐不住了，走上前，正待和醫生說一句話，那醫生就像是如有所得，立刻向金銓作抓東西之勢，抓了三大把，掉轉身去，就向屋子外跑，然後又作抛東西之勢，對牆頭上抛了三下，將朱筆一丟，喝了一聲道：「去！」

去字剛完，鳳舉接著在屋子裡大嚷起來，原來他這種手腳，鳳舉卻不曾看，只是在屋子裡細察父親的病，伸手一摸金銓兩手，已是冰冷。又一提鼻息，好像一點呼吸沒有，不由得嚷了一聲不好了，接上道：「快請前面三位大夫來瞧瞧吧。」

那畫符的醫生本來還想做幾套手腳，以表示他的努力，現在一聽鳳舉大嚷，知道事已危急，趁著大家忙亂，找了一個聽差引路，就溜走了。

這裡鶴蓀兄弟向屋子裡一擁，把床圍住，只見金銓面如白紙，眼睛睜著望了眾人，金太太從人叢擠了過來，握住金銓的手道：「子衡，你不能就這樣去呀！你有多少大事沒辦呢！我們幾十年的夫妻，你忍心一句話也不給我留下嗎？你你……」

金太太說到這裡，萬分忍不住了，眼淚向下流著，就放聲哭了起來。二姨太在外面屋子裡逡巡了幾個鐘頭，可憐要上前，又怕自己不能忍耐，會哭出來，要不上前，究竟不知道病人的現象是什麼樣子，萬分難受，這時，聽到金太太在屋子裡有哭聲，一陣心酸，哇的一聲，由屋外哭到屋裡來。

幾位小姐早是眼淚在暗中不知彈了多少，現在母親一哭，也引動了，小姐們一哭，少奶奶們也哭，一時屋裡屋外，人聲鼎沸。

究竟鳳舉年紀大一點，有些經驗，垂著淚向大眾搖手道：「別慌，別慌，大夫還在這裡呢。請大夫來看看，縱然不能治好，或則將時間延長一點，也許讓父親留下幾句遺囑。」

大家聽了這話，更是傷心，哭聲哪裡禁得住？三個西醫已經讓聽差請了進來，還是梁大夫擠著上前，到床邊仔細看了一看。

只一看金銓的顏色，也不用再診脈了，便正著顏色對鳳舉道：「大爺，你還是預備後事吧、縱然再施手術，再打針，也是無用，總理已經算是過去了。」說畢，向後退了一步，其餘兩個醫生也不願在這裡多討沒趣，一齊走了。

金太太聽到說完全絕望，便猛然地向銅床上一撲，抱著金銓的頸脖放聲大哭。

金太太究竟是有學問的人，傷心是傷心，表面上總是規矩的。二姨太和金銓的感情本就不錯，而今又失了泰山之靠，心裡有什麼事就藏不住，擠到床邊，伏在床欄上，一邊哭著，一邊說著，只說是：「我怎樣得了呢？日子還長著啦，我靠著誰呢？你待我們那些好處，我們一絲絲也沒報答你，叫我們心裡怎樣過得去呀？你在世，你讓我們享福。你陡然把我們丟開，我們享慣了福，幹什麼去呢？你是害了我們啦。」

二姨太這一遍老實話，也差不多是全家人心裡要說的話，她一說不打緊，兜起大家一肚皮心事，越發地大哭起來。

金太太垂著淚向佩芳、慧廠道：「叫奶媽把兩個孩子快抱了來，送他爺爺去吧。是他的骨肉，都站到他前面來，一生一世，就是這一下子告別了。」說畢，又放聲大哭起來。不多一會兒，兩個乳孩子也抱了來。孩子聽到一片哭聲，也嚇得哇哇地直哭。兩個小孩子一哭，大家倒不像往常一樣，怕小孩子受了驚，卻覺得這大的小孩子都哭了，這事是十分地淒慘，於是大家更哭起來。

在大家這樣震天震地的哭泣聲中，金銓所剩一縷悠悠之氣，便完全消滅了。

金銓一去世，在屋子裡的人，大家只有哭的份兒，一切都忘了。

翠姨走近前，靠了牆，手上拿了手帕，掩著臉，也哭得淚珠雨下。聽差們丫頭老媽子因屋子裡站不下，都在房門外，十停也有七八停哭。

鳳舉哭了一陣，因對金太太道：「媽，現在我們要停一停哭了，這喪事，要怎樣地辦呢？」

金太太哭著將手兩邊一撒道：「怎麼辦呢？怎麼完全，就怎樣辦吧。」

鳳舉正待回話，金銓的兩個私人機要秘書韓何二先生，站在走廊下，叫聽差來請大爺說話。鳳舉將袖子擦著眼淚走了出來，兩個秘書勸了一頓，然後韓秘書道：

「現在大爺要止一止哀，裡裡外外，有許多事要你直起肩膀來負責任了。第一，是國家大事，政府方面，得用你一個名義，趕快通知院裡，總理已經出缺，一方面也要以私人名義寫一封呈子到府裡去報喪，這樣院裡就好辦公事。總理在政治上的責任很大，這是不可忽略的；第二，府上與外省的疆吏和國外的使領，很多有關係的，是否要馬上拍電去通知，應當考量一下。」

鳳舉聽了這話，躊躇了一會道：「這種事情，我不但沒有辦過，而且沒有看人辦過，我哪裡拿得什麼辦法出來？就請你二位和我辦一辦吧。」

韓秘書聽了，幾乎要笑出來，但立刻想到，少主人正有這樣重大的血喪，豈可當面笑人？於是臉色沉了一沉道：「大爺，這是如何重大的事，我們豈能代辦？對於府院兩處通知一層，那是必不可少的，這倒無所謂。至於對京外通電一層，這是不是影響到政局上面去，很可研究。在政府方面說，當然是願意暫時不把消息傳出去，可是在府上親友方面，私誼上有該知道的，若是不給他們知道，也許他們見怪。大爺總也要到政治上去活動的，是否要和他們聯絡，這就在大爺自己計畫了。」

鳳舉聽了這話，心裡才恍然大悟，便道：「既是這樣，我一時也拿不定主意，讓我去和家母商量商量看。」

兩個秘書道：「既然如此，那就請太太出來，大家商量一下也好。」

鳳舉於是轉身進房，將金太太請到外面屋子裡來，把話告訴了她。

金太太坐下，一面擦著眼淚，一面心裡計畫這件事，因道：「對外的電報，那還從緩拍出去吧。你們將來的出身，總還少不了要府裡提拔，就是內閣一部分閣員也都是和你父親合作的人，在他們還沒定出什麼法子以前，回頭疆吏就來了兩個電報，讓他們更難應付，那不是我們的過錯嗎？」

鳳舉道：「我也是這樣想啊！那麼，媽就不必出去見他們，我叫他們辦通知府院兩方的事情就是了。」

金太太道：「這一說通知，我倒想起一件事了，是親戚和朋友方面，都要去通知一個電話，你們兄弟居喪，有些事情是不能出面過問了，我把裡面的事都交給守華辦，外面的事，我想劉二爺最好。」

鳳舉道：「不過他有了上次那案子以後，有些人他不願見，我想還是找朱逸士好一點。」

金太太道：「關於這一層，我也沒有什麼成見，只要他周旋得過來就是了。」於是鳳舉走至外面，回覆兩個秘書的話。

這時，已是十點多鐘了，劉寶善、朱逸士、趙孟元、劉蔚然都得了消息，先後趕到金府來。因上房哭泣甚哀，有許多女眷在那裡，他們不便上前，只在內客廳裡坐著。現在鳳舉抽出身子來辦事，聽差就去告訴他，說是劉二爺都來了。鳳舉聽說，走到內客廳裡，他們看到，一齊迎上前道：「這件事我們真出於意料以外呀。」

鳳舉垂著淚道：「這樣一來，我一家全完了，老人家在這個時候實在丟下不得呀。」說著，兩手一撒，向沙發上一躺，頭枕著椅子靠，倒搖頭不已。

劉寶善道：「大爺，你是長子，一切未了的事，你都得扛起雙肩來辦，你可不能過於傷心。」

鳳舉擦著淚，站了起來，一手握著劉寶善的手，一手握著朱逸士的手道：「全望二位幫我一個忙。」因把剛才和金太太商量的話說了。

朱逸士道：「照情理說，我們是義不容辭的，不過這件事，我怕有點不能勝任吧。」

趙孟元道：「現在鳳舉兄遭了這種大不幸，我們並不是說客氣話的時候，既是鳳舉兄把這事重託你，你就只好勉為其難。」

鳳舉道：「還是孟元兄痛快，我的事很麻煩，就請你也幫我一點忙吧。」

趙孟元偏著頭想了一想，因道：「這裡沒外人，我倒要打聽一件事，關於喪費的支出，以及喪事支配，你託付有人沒有？」

鳳舉道：「沒有託人，我想這事，由守華大概計畫一下子，交賬房去辦，反正儘量地鋪張就是了。」

趙孟元聽了這話，且不答言，望著劉寶善。劉寶善微微擺了一擺頭。

鳳舉道：「怎麼樣？不妥嗎？」

劉寶善道：「令親劉先生，人是極精明，然而他在外國多年，哪知道北京社會上的情形。你說諸事緊縮一點也罷了，你現在籠統一句話，放開手去辦，這不是讓……」

說到這裡，走近一步，低聲道：「這分明是開一條賬房寫謊賬的大路，經理喪事的人，趁著主人翁心不在焉的時候最好落錢，何況你們又是放開手辦呢？」

說到這裡，鵬振鶴蓀兄弟都出來了，接上和金家接近的一些政界要人已經得了消息，也紛紛地前來探候，於是推了朱逸士、劉寶善二人在前面客廳裡招待。鳳舉和一些至好的親友，就在內客廳會議一切，一面吩咐賬房柴先生、庶務賈先生，合開一分喪費單子來。

賈柴二位在賬房裡又商議了一陣，將單子呈上。趙孟元和他兄弟們圍在桌上看，只見寫道：壽材一具，三千八百元，壽衣等項五百元，珍寶不計，白棚約一千五百元，添置燈燭五百元，酒席三千元，槓房一千元。

只看到這裡，趙孟元一看單子後面，千元上下的還不計有多少，因將單子一按道：「大致還差不離。只是我有一個疑問，這壽材一樣東西，原是無定格的，開三千不為少，開五千不為多，何以開出一個零頭三千八百元？」

他手按了單子，回過頭去，望了柴賈二位先生的面孔。

賈先生笑道：「這事不是趙五爺問，我們也得先說明呢。剛才我和幾家大槓廠子裡通了電話，問他們有好貨沒有？我可沒有敢說是宅裡的電話，他們要知道是總理去世了，他準能說有一萬塊錢的貨，反正他拿一千的貨來抵數，我們又哪裡知道，所以我只說是個大宅門裡有喪事，要打聽價錢而已。問到一家，有一副沉香木的，還是料子，不曾配合，他說四千塊錢不能少，我想：一二百塊錢總可以退讓，所以開了三千八百塊錢。不過這也沒有一定，我們還可以設法去找好的。」

趙孟元聽他說畢，點了點頭道：「這算二位很在行，可是這單子上漏著沒開的還多，請你二位到前面再去商議一下子，我們再在這裡計議。」

柴賈二人聽了如此說，自出去了。

鳳舉連忙問道：「怎麼樣？這裡面有弊病嗎？」

趙孟元望了一望屋裡，見沒有聽差，又看了一看屋外，然後拉著鳳舉的手，低了聲音道：「不是我多事，也不是我以疏間親。」

鶴蓀連忙插嘴道：「五哥，你為什麼說這話？豈不是顯得疏遠了？」

趙孟元道：「是啊！因為你們託重了我，所以我不管那些，就實在辦起來。我看這單子，頭一下子我就看出毛病了，一說到價目，他們就說是用電話在槓廠子裡打聽來的，他不舉這個證據也罷了，舉了這個證據，我倒發生一個極大的疑問。無論是誰，不會注意到棺材鋪裡的電話，若是注意到棺材鋪裡的電話，當然和他們是很熟，我們叫他開單子，統共有多少的時間，居然就在槓廠子裡把價錢打聽出來了，這裡面不能無疑問。

「無論南北，替人經手喪事的，多少要落一點款子，說是以免倒楣，就是至親好友也要從中落個塊兒八毛，買點東西吃，我看你們賬房怕不能例外。而且壽材這樣東西，果然像他所說的那話，完全是蒙事，你嫌三百元的東西不好，回頭他將一百元的東西給你看，說是最好的了，要值五百元，你有什麼法子證明他不確？一個經手人要和槓廠子認識，你想，這買賣應該怎樣呢？」

這一席話，說得鳳舉兄弟真是聞所未聞。燕西道：「五哥，你說得很有情理，但是這些事情，你怎樣又會知道？」

趙孟元道：「你們過的快活的日子，怎麼會料到這些事上來？而且賢昆仲所接近的，都是花錢不在乎的大爺，又哪聽過這樣打盤算的事？我曾有過兩回喪事，吃虧不小，當時經過也不知道，事後慢慢人家點破，所以才知道很多了。這些事，諸位也不必說破，只說諸事從簡省入手……」

鳳舉聽他說到這裡，連忙接嘴道：「那不很妥當吧？我們本來就不從簡省入手。老人家做了這一生的大事業，到了他的喪事倒說從簡省入手，人家聽了，未免發生誤會，而且與面子有關。」

趙孟元皺了眉，向鳳舉拱了拱手道：「呵喲！我的大爺，這不過一句推諉之詞罷了，並不是把喪事真正從簡省入手。我們和賬房這樣說，別人怎麼會知道？」

鳳舉道：「那究竟不妥，寧讓他們從中吞沒我一點款子，我也不對他們說從簡省入手。無論怎樣說一句推諉話都可以，為什麼一定要說從簡省入手呢？」

趙孟元聽了他這話，肚子裡嚷著：他們怎樣得了！可是一想到一向受金家父子提攜之處，人家有了這種大事，當然和人家切實的幫忙。他們要這樣的虛面子，且自由他，犯不著和他們去計較，便點點頭，低低說了一聲那也好。

鶴蓀見趙孟元有一種有話要說又止住的樣子，連忙道：「五哥說得很對的，我老大只是怕賬房發生了誤會，真會省儉起來。我看這事就重託五哥仔細參酌開一個單子，吩咐他們照了這單子去辦，是辦得體面，或是辦得省儉，這都用不著細說的。」

趙孟元是一番好意，替金家省儉一點款子。現在聽他們弟兄口音，總是怕負「省儉」兩個字的名義，自己又何必苦苦多這事去吃力不討好，便道：「還是這話適得其中，就照這樣辦吧。現在第一要辦的，便是府上大大小小，上上下下要穿的孝衣，總在一百件以上，就是上房裡穿的，也有三四十件。這要叫一班裁縫來，連夜趕快地做。」

鳳舉道：「這倒說的是。不過平常人家用的，都是一種粗白布做的，未免寒酸，我們不在乎省那幾個錢，我想用一種俄國標或者漂白竹布。」

趙孟元聽了這話，眉毛又皺了幾皺，雖有十二分的忍耐性，到了這時，也不得不說上一兩句，便道：「若論平常的孝衣呢，寒酸倒是寒酸，不過古人定禮，這種凶服本來就不要好布，為了形容出一種淒慘的景象出來。自古以來，無論誰家都是這樣，府上若用粗布做了，越顯得很懂古禮，我想絕沒人反說省錢的。關於這些事，都會斟酌，賢昆仲用不著操心，只要給我一個花錢的範圍就是了。」

鳳舉道：「沒有範圍，家母說了，儘量去辦。」

說到這裡，柴賈二位把賬單已經開來了，趙孟元卻不似先那樣仔細地看，只看了一個大概。就是這賬單子也不是先前那樣嚇人，把數目都寫了個酌中。趙孟元道：「這樣子就很好了，應該只有添的，沒有減少的了。事不宜遲，你們就去辦起來吧。」

柴先生道：「現在賬房裡還共存有一千多元現款，動用大數目，少不得要開支票。」

鳳舉道：「這個你又何必問呢？只管開就是了。」

趙孟元道：「大爺這話可沒有領會到柴先生的意思，往日賬房動用數百元的數目，或者開支票，都是要向總理請示的，現在總理去世了，他還照著老例，遇到大事不能不問大爺一下。」

鳳舉被他一提，這才明白，因道：「你這話說得對，我想這兩天要用整批款子的地方，一定不在少處，可以先報一個總數目，然後我再向太太請示去。」

柴先生道：「太太這兩天是很傷心的，我們不能時時刻刻到上房去麻煩，我想遇事請大爺作主就行了，就是大爺不在前面，還有二爺三爺七爺呢，都可以問的，那就便當多了。」

鳳舉也不曾深為考量，聽到這種說法，倒以為賬房裡很恭維他們兄弟，就點點頭答道：「你這話也說的是，就是這樣的辦吧。」

柴賈二位照著往日對金銓的態度，向鳳舉連說兩聲是，便退下去了。

劉守華本早出來了，他一看到前面客廳裡來的客很多，因此替鳳舉弟兄們出去應酬了一遍。這時他到內客廳裡，聽了他們所議喪事的辦法有點不對。在外國看過許多名人的喪事，只是儀式隆重而已，沒有在乎花錢圖熱鬧的，可是開口，又怕他們說洋氣重，不懂中國社會風俗，因此也不說什麼。鳳舉說是託他和趙孟元共同指揮著，他也就答應了，這樣一來，僕役們都知道喪事是要鋪張的，大家也就放開手來幹了。

自這日十點鐘起，金家上上下下，電燈一齊亮著，烏衣巷這一條胡同都讓車子塞滿了，上房裡是親戚來慰問的，外客廳裡是政界銀行界來唁問的，內客廳裡齊集了金家的一些親信，賬房裡是承辦喪事的來去接洽，門房圍著許多外來的聽差，廚房預備點心，這除了上房女眷們哭聲而外，這樣鬧哄哄的，令人感覺不到有抱恨終無的喪事。

前後幾重院子為了趕辦喪棚，臨時點著許多汽油燈，這汽油燈放著白光，燃燒出一種嗡嗡的聲音，許多人在白光之下跑來跑去，自然表示出一種凌亂的景象來。

上房裡，許多女眷們都圍著金太太在自己屋裡，不讓她到停喪的屋子裡去，金太太的喉嚨帶著啞音，只向眾人敘述金銓一生對人對己種種的好處，說得傷心了，便哭上一遍。舉家人忙到天亮，金太太也就又哭又說坐到天亮。

鳳舉兄弟們神經受了重大的刺激，也就忘了要睡覺，混混沌沌鬧到天亮。還是朋友們相勸，今天的事更多，趁早都要去休息一下子，回頭也好應酬事情。鳳舉兄弟們一想，各自回房安息。

**弟兄裡面，這時各有各的心事，尤以燕西的心事最複雜，他知道，男女兄弟或有職業，或有積善，或有本領，或有好親戚幫助，自己這四項之中，卻是一件也站立不住。父親在日，全靠一點月費零用，父親去世了，月費恐怕不能維持，要說去弄差事，好差事已經失了泰山之靠，不容易到手了，小差事便有了，百兒八十的薪水何濟於事？有父親是覺察不到可貴，而今父親沒了，才覺得失所依靠了。**

他這樣一肚子心事，在大家一處談著，還可以壓制一下，離開了眾人，心事就完全湧上來。走到自己房裡，只見清秋側著身子躺在沙發上，手托著半邊臉呆了，只管垂淚珠兒。

燕西進來了，她也不理會。燕西道：「這樣子，你也一宿沒睡嗎？」

清秋點了點頭，不作聲。

燕西道：「你不是在母親房裡嗎？幾時進來的？」

清秋道：「我們勸得母親睡了，我就回房來。我想，我這人太沒有福氣，有這樣公正這樣仁慈的公公，只來半年，便失去了，我們夫婦是一對羽翼沒有長成的小鳥，怎能……」說到這裡，就哽咽住了。

燕西聽她這一番話，正兜動了自己滿腹的心事，不覺也垂下淚來，因拿手絹擦著眼睛道：「誰也作夢想不到這件事。事到如今有什麼法子？我們只好過著瞧瞧吧。」

正說到這裡，院子外有人叫道：「七爺在這裡嗎？」

燕西在玻璃窗子裡向外一看，只見金榮兩手托著一大疊白衣服進來，因道：「有什麼事？你進來吧。」

金榮將衣服拿進來，放在外面屋子裡桌上，垂著淚道：「你的孝衣得了，少奶奶的也得了，連夜趕起來的。」

燕西一看，白衣服上，又托著兩件麻衣，麻衣上，又是一頂三梁冠，自己一想，昨日早上很高興起來，哪料到今日早上會穿戴這些東西哩？兩手捧了臉，望著桌子，頓腳放聲大哭。哭到傷心之處，金榮也靠了門框哭起來。

清秋垂了一會兒淚，牽著燕西的手道：「淨哭也不是事，你熬了一夜，應該休息一會子了。待會兒起來，恐怕還有不少的事呢。」

燕西哭傷了心，哪裡止得住？還是兩個老媽子走來帶勸帶推，把他推到屋子裡床邊去，他和衣向下一倒，伏在床上嗚咽了一會，就昏睡過去了。但是他心裡慌亂，睡不穩貼，只睡了兩個鐘頭便醒了，起來看時，清秋依然側身坐在沙發上，可把頭低了，一直垂到椅靠轉拐的夾縫裡去，原來就是這樣睡著了。

燕西見她那嬌小的身材，也不是一個能窮苦耐勞的人，父親一死，這個大家恐怕要分裂。分裂之後，自己的前途太沒有把握，難道還讓她跟著去吃苦嗎？想到這裡，望著她，不由呆了一呆。

只在這靜默的時間，卻聽到遠遠有哭聲。心想，這個時候，不是房間裡想心事的時候，於是便向外面走來，剛出院門，只見家中僕役們都套上了一件白衣。自己身上還穿一件綢面襯絨袍子，這如何能走出去？復轉身回房，將孝衫麻衣穿上了，更捆上白布拖巾，戴了三梁冠，這才向前面來。

到了上房堂屋時，各大小院子裡已是把孝棚架起來了，所有的柱子和屋簷一齊都用白布彩掛繞著。來來往往的人，誰也是一身白，看了這種景象，令人說不出有一種什麼奇怪的感想。

剛走到母親房門口，金太太垂淚走了出來道：「去看看你父親吧，看一刻是一刻了，壽材已經買好了，未時就要入殮了。」說著，一面向前走。

燕西一聲言語不得，扶了金太太向金銓臥室裡去。

這時，鳳舉正陪著梁大夫和兩個助手在屋子裡用藥水擦抹金銓的身體。女眷們在外面屋子裡坐著，眼圈兒都是紅紅的。

鳳舉見母親來了，便上前攔住了道：「媽，就在外面屋子裡坐吧。」

金太太也不等他說下句，便道：「我還能見幾面？你不讓我看著你父親嗎？」說時，便向前奔。可是一到房門口，就哽咽起來了。

在外面屋子裡的女眷們一齊向前，再三勸解，說是等洗抹完了，再看也不遲，這時候上前，不免礙大夫的事，金太太勉強也不能進去，只得算了。

然而就是坐在這外面屋子裡，對著金銓那屋子，想到室在人亡，也不由得悲從中來。加上滿眼都是些穿白衣的，金銓屋子玻璃窗裡垂著綠幔。往日捲著綠幔，遠遠地就可以看到他坐在靠窗子一張椅子邊，很自在地抽著雪茄，而今桌子與綠幔依然，卻在玻璃上縱橫貼了兩張白紙條。便是這一點，結束了四十年的夫妻，不由得金太太又哭起來。

她昨天一晚，已經是哭了數場，又不曾好好地睡上一覺，因此哭得傷心了，身子便昏暈著支持不住，人斜靠了椅子慢慢地就溜了下去，同時哭聲也沒有了，嘴裡只會哼。

燕西連忙就叫梁大夫過來，問是怎麼了，梁大夫診了一診脈，說是「不要緊，這是人過於傷感，身體疲倦了，讓太太好好地休息一會兒，也就回過來了，不吃藥也不礙事的，為慎重一點起見，我可以打一個電話回家，叫家裡送點藥水來。」

燕西於是叫聽差們將母親抬到一張藤椅上，先抬回房去。

這裡剛進房，外面又是一陣大嚷，只聽說是：「不好了！二姨太不好了！快快找大夫吧。」

燕西聽了這話，也是一陣驚慌，便問：「誰嚷？二姨媽怎麼樣了？」

二姨太屋裡一個老媽子走上前拉住燕西道：「七爺瞧瞧去，二姨太不好了！」

燕西見那老媽子臉色白中透青，料是不好，遂吩咐屋子裡的人好好地看著母親，自己連忙到二姨太屋子裡來。只見二姨太直挺挺睡在床上，聲息全無。

梅麗站在面前，亂頓著腳，娘呀媽呀的哭著嚷著。

燕西問道：「二姨媽怎麼了？怎麼了？」

梅麗哭道：「我也不知道是怎麼的，剛才我要進房來拿東西，門是關的，隨便怎樣叫不應。還是劉媽打破玻璃窗，爬進來開的門，見娘睡在床上，一點聲音沒有，動也不動，我才知道不好了。七哥，怎麼樣辦呢？」說著，拉了燕西的手，只管跳腳。

燕西伸手摸了二姨太的鼻息，依然還有，再按手脈，也還跳著，因道：「大夫還在家裡，大概不要緊的。」說到這裡，清秋同鳳舉夫婦先來了，接上其餘的家人也都來了，立刻擠滿了一屋子的人。

梁大夫在屋外就嚷著道：「無論是吃什麼東西，只要時間不久，總有法子想。」說著擠上前，就看了看脈，口裡道：「這是吃了東西，請大家找找看，屋子裡犄角上，桌子抽屜裡，有什麼瓶子罐子沒有？知道是吃什麼東西，就好下手了。」

一句話將大家提醒，便四處亂找，還是清秋在床底下發現了一張油紙，撿起來嗅一嗅，很有煙土氣味。便送給梁大夫看。他道：「是的，這是用煙泡了水喝了，不要緊，還有救。我再打電話回去，叫他們送救治的東西來。」說著，他馬上又在人叢中擠了出來。

梁大夫一面打電話，一面就吩咐金宅聽差的去取藥品。不到二十分鐘，藥品取來了，梁大夫帶著兩個助手就來救治。

這時，二姨太在床上睡著，兩眼緊閉，臉上微微白中透青，不時地哼上兩聲。梁大夫解開她的胸襟，先打了兩藥針，接上就讓助手扶著她的頭，親自撬開她的口，用小瓶子對著嘴裡，灌下兩瓶藥水下去。

二姨太似有點知道有人救她了，又大大地哼上了兩聲。梁大夫這才回轉頭來對大家道：「大概吃的不多，不過時間久一點，麻醉過去了，再給她洗洗腸子，就可沒事。府上哪裡來的煙土呢？」

鳳舉道：「這都是為了應酬客預備的，誰提防到這一著棋呢！」

梁大夫道：「大爺有事，就去料理事情吧，這裡病人的事，有我在這裡，總不至於誤事。」

鳳舉也因為要預備金銓入殮，就讓佩芳陪梅麗在屋子裡看守二姨太。清秋也對燕西說，若是沒有什麼事，暫時也願在這屋子裡。燕西也很贊成，他們兄弟們這才出了二姨太屋子去應付喪事。一大清早，都算為了二姨太的事混過去了。

到了一點鐘以後，是金銓入殮的時候了。前面那個大禮堂，只在一晚半天之間，把所有一切華麗的陳設撤銷得乾淨，正中，藍白布紮了靈位，兩邊用白布設了孝帷，正中兩個大花圈，一是金太太的，一是二姨太的。此外大大小小分列兩邊，一進這禮堂，滿目的藍白色，已是淒慘。加上正靈位未安，一張大靈案上，兩支大蠟臺上插了一對綠蠟，正中放著空的壽材不曾有東西掩護，簡直是不堪入目。

金家是受了西方文明洗禮的，金銓向來反對僧道鬧喪的舉動，加之主持喪儀的劉守華又是耶穌教徒，因之，並未有平常人家喪事鑼鼓喇叭那種熱鬧景象，這只將公府裡的樂隊借來了，排列在禮堂外。

關於入殮的儀典，劉守華請了禮官處和國務院幾位秘書，草草地定了一個儀式。一，金總理遺體在寢室穿國定大禮服。二，男女公子由寢室抬遺體至禮堂入棺。三，入棺時，視殮者全體肅靜，奏深沉哀樂。四，封棺，金夫人親加栓。五，金夫人設靈位。六，哀樂止。七，三位夫人獻花。八，家族致敬禮。九，親友致敬禮。十，全體舉哀。

以上儀節，又簡單，又嚴肅，事先曾問過了金太太，她很同意，到了入殮時，便照儀式程序做下去。

金銓屍體在寢室裡換了衣服之後，在醫院裡借得一張帆布病床來移了上去，將一面國旗在上面掩蓋了，然後鳳舉、鶴蓀背了帶子，抬著兩端，其餘男女六兄弟，各用手扶著床的兩邊，慢慢抬上禮堂來。金太太和翠姨帶著各位少奶奶，在後面魚貫而行，到了禮堂，有力的僕役們就幫助著將屍體緩緩移入棺去。

金銓入棺之後，金太太親自加上栓，然後放下孝帷，大家走到孝帷前來，旁邊桌上，已經題好了的靈牌，由鳳舉捧著送到金太太手上，金太太再送到靈案前。

這時，那哀樂緩緩地奏著，人的舉動，因情感的關係，越是加倍地嚴肅。設靈已畢，點起素蠟，哀樂便止了，司儀喊著主祭人獻花，金太太的眼淚無論如何止不住了，抖抖擻擻地將花拿在手上，眼淚就不斷的灑到花上與葉上。

只是她是一個識大體的婦人，總還不肯放聲哭出來，金太太獻花已畢，本輪到二姨太，因為她剛剛救活過來，不能前來，便是翠姨獻花了。

關於這一點，在議定儀典的時候，大家本只擬了金太太一個人的，金太太說：「不然，在名分上雖說是妾，然而和亡者總是配偶的人，在這最後一個關節，還是讓兩位姨太太和自己平等的地位，誰讓中國有這種多妻制度呢？再說，二姨太的孩子都大了，也不應看她不起。」

因為有金太太這一番宏達大度的話，大家就把儀式如此定了。

當金銓在日，只有二姨太次於金太太一層，似乎有半個家主的地位，翠姨無論對什麼人，都不敢拉著和家主並列，就是對於小姐少奶奶們還要退讓一籌呢，所以關於喪儀是這樣定的，她自己也出於意料以外，心想，或是應當如此的吧？

金太太獻花已畢，司儀的喊陪祭者獻花，翠姨就照著金太太樣式做一套，獻花已畢，用袖子擦著眼睛，退到一邊去。

這以下晚輩次第行禮。到了一聲舉哀，所有在場的人，誰不是含著一腔子淒慘之淚？尤其是婦女們，早哇的一聲哭將出來，立刻一片哀號之聲，聲震屋瓦。在場有些親友們，看了也是垂淚。

朱逸士將趙孟元拉到一邊，低聲道：「我們不要聽著這種哭聲了，我就只看了這滿屋子孝衣，像雪一般白，說不出來有上一種什麼感想哩。」

趙孟元道：「就是我們，也得了金總理不少的提拔之恩，我們有什麼事報答過人家？而今對著這種淒慘的靈堂，怎能不傷心？」說到這裡，朱逸士也為之黯然，不能接著說下去。

這天正是一個陰天，本來無陽光，氣候現著陰涼。這時，恰有幾陣風由禮堂外吹進裡面來，靈案上的素燭立刻將火焰閃了兩閃，那垂下來的孝帷也就只管搖動著，朱逸士、趙孟元二人站在禮堂的犄角上窗戶邊，也覺得身上一陣涼颼颼的。

趙孟元拉了一拉朱逸士的衣襟道：「平常的一陣風，吹到孝帷上，便覺淒涼得很。這風吹來得倒很奇怪，莫不是金總理的陰靈不遠，看到家裡人哭得這樣悲哀，自己也有些忍耐不住吧？」

朱逸士呆呆地作聲不得，只微微點了一點頭。旁觀的人尚屬如此，這當事人的悲哀，也就不言可知了。

這裡孝堂上，大家足哭了半小時方才陸續停止。女眷仍都回到上房，鳳舉兄弟卻因為有許多親密些的親友來謁靈和慰問，事實上不能全請劉寶善代表招待，也只得在內客廳裡陪客。所以喪事雖然告了一個段落，鳳舉兄弟們依然很忙。

金家雖不適用舊式的接三送七，但是一班官場中的人物都是接三那天前來弔孝，這又大忙了一天。哀感之餘，又加上一種苦忙，男兄弟四個之中，到了第四天，一頭一尾都睡倒了。

大夫看了一看，也是說：「這種病，吃藥與不吃藥都沒有多大的關係，只要好好地休養兩天就行了。」

燕西住在屋子裡，前面有深廊，廊外又是好幾棵松樹，大夫說：「陽光不大夠，可以掉一個陽光足的屋子，讓病人胸心開朗一點。」

清秋聽了大夫的話，就和燕西商量，將他移到樓上去住。

這樓上本是清秋的書房，陳設非常乾淨，臨時加了兩張小鐵床，清秋就陪著他在樓上住。

這幾日，天氣總也沒有十分好過，不是陰雨，便是刮大風。燕西在樓上住著第二天，又趕上陰天，天氣很涼。

依著燕西，就要下樓在外面走動，清秋道：「你就在屋子裡多休息一天吧，大哥對內對外比你的事多得多，他信了大家的話，就沒有出房門，你又何必不小心保養一點？家裡遭了這種大不幸，你可別讓母親操心。」

燕西道：「這個你怕我不知道嗎？一天到晚把我關在屋裡，可真把我悶得慌。」

清秋道：「你現在孝服中，不悶怎麼著？你就是下了樓，還能出大門嗎？」

燕西嘆了一口氣道：「這是哪裡說起？好好的人家會遭了這樣的禍事，我這一生的快樂就從此而終了。」

燕西說話時，本和衣斜躺在床上。清秋拿了一本書，側身坐在軟椅上看著，帶和他談著話。燕西說了這句話，她將手上拿著的書向下一垂，身子起了一起，望了燕西一下。但是她又拿起書來，低著頭再看了。

燕西道：「你好像有什麼話要說的樣子，怎麼又不說了？你還有心看書？」

清秋道：「我的心急比你還恐怕要過十二分呢，你都說我有心看書，我真有心看書嗎？我不看書怎麼辦？呆坐在這裡，心裡只管焦急，更是難受了。」

燕西道：「你和我談話，我們彼此都心寬一點，剛才你有一句什麼話，不肯直說出來？」

清秋道：「這話我本不肯說的，你一定要我說，我只得說了。剛才你說一生的快樂從此完了，這個時候哪裡容你我做子媳的談快樂二字？你既是說了，倒可以研究研究，**不知道你所說的快樂，是從前那種公子哥兒的快樂呢？還是做人一種快樂呢？**」

燕西皺了眉道：「你這是什麼話？快樂就是快樂，怎麼有公子哥兒的快樂，做人的一種快樂？難道公子哥兒就不是做人嗎？」

清秋道：「所以我說不和你討論，我一說你就挑眼了，你想，一個人隨便談話，哪裡能夠用講邏輯的眼光來看？你願聽不願聽呢？你不願聽，我就不必談了，省得為了不相干的事又惹你生氣，況且你現在正有病，我何必讓你生閒氣？」

燕西道：「據你這樣說，倒是我沒有理了。你有什麼意見？你就請說吧。」

清秋道：「你別瞧我年輕，但是我的家庭從前雖不大富大貴，究竟也不曾愁著吃喝，後來我父親一死，家道就中落了。自我知道世事而後，人生的痛苦，我真看見和聽到不少，凡是沒有收入，只有花錢出去的，這種窮是沒有挽救的窮，自己有錢，慢慢會用光，自己沒錢，只有借貸當賣了，我家裡就過了這樣不少的日子，所以我覺得人窮不要緊，最怕是沒有收入。」

燕西道：「這個我何嘗不知道，不過我們總不至於像別人，多少有一點財產，產業不能說不是一種收入，只是這種收入是有限的，不能由我們任性地花罷了。」

清秋道：「你這話就很明白了，**所以我就問你是要哪一種快樂？若是要得做總理兒子時代的快樂，據我想，準是失敗；若是你要想找別的一種快樂呢，我以為快樂不光是吃喝嫖賭穿最大的快樂，是人精神上可以得著一種安慰**。精神上的安慰也難一言而盡，譬如一件困難的事，自己輕輕易易地就做完了，這就可以算的。」

燕西道：「這個我也明白的，何須你說。」

清秋道：「這不就結了，剛才我所說的話還是沒有錯呀，我以為你不像大哥，他早就在政界裡混得很熟了，人也認識，公事也懂得，無論如何，他要混一點小差事總不成問題，你對於那些應酬的八行，老實說，恐怕還不在行，更不要談公事了。」

燕西道：「你就看我這樣一錢不值？」

清秋道：「你別急呀。不懂公事那不要緊的，一個人也不是除了做官就沒有出路，只要把本領學到就得了。」

燕西道：「到了這個年歲了，叫我學本領來混飯吃，來得及嗎？我想還是在哪個機關找一個位置，再在別的機關掛上一兩個名，也就行了。」

清秋道：「若是父親在日，這種計畫要實現都不難，現在父親去世了，恐怕沒有那樣容易吧？」

燕西道：「哪個機關的頭兒不是我們家的熟人？我去找他們能夠不理嗎？你一向把事情看得難些，又看得太難了。」

清秋見燕西談到差事，滿臉便有得意之色，好像這事只等他開口似的，他的態度既是如此，若一定說是不行，也許他真會著惱，因道：「你對於政界活動的力量，我是不大知道，既是你自己相信這樣有把握，那就很好。」

燕西道：「據我想，找事是不成問題的，我急的，就是我從來沒有辦過事，能不能幹下去，倒不可知呢。」

清秋先是疑他未必能在政界混到事，現在他說有如此之容易，未必他就毫無把握，只要真能在政界混下去，以後好好地過日子，未嘗不可以供應自己兩小口子的衣食，只是他一做官之後，還是和這些花天酒地的朋友在一處混，那麼，是他自己本領賺來的錢更要撒手來一花，那如何是好？

她心裡如此想著，關於燕西所答應的話，一時就不曾去答應。燕西望著她道：「我所說的話你看怎麼樣？不至於說得很遠嗎？」

清秋道：「當然啦，你們府上是簪纓世家，有道是百足之蟲，死而不僵，何至於你要出來找事會生什麼困難，不過是你們府上門面是這樣的大，混到政界上去若是應酬大起來，恐怕也是入不敷出呢！」

燕西點點頭道：「這個你倒說的是。譬如老大去年在外另組織一個小家庭，一月用一千還不夠呢，何況我們將來還要正式布置呢。」

當燕西說鳳舉小家庭一句，清秋就想說如何能比？不料這一句話還沒有說出來，他連忙就說：「比這還要正式地布置一番。」如此說，是比鳳舉那番組織還要闊。

待要批評兩句，這又不是三言兩語說得清的？說不清，彼此恐怕還會發生糾葛，這倒不如不說，還可以省了許多事了，因此又默然坐著。

燕西道：「說著說著，怎麼你又不作聲了？」

清秋道：「這種事情，至少也在三個月以後吧？我們又何必忙著討論呢？你的身體又不大好，我不願意空著急分你的神。將來等家中喪事了結了，慢慢地磋商吧。」

燕西也是因為提到這種事，心神不免要增加許多煩惱，清秋不肯說，也就不說了。

可是有了這一番談話，清秋又平空添了無限的心事，這一生，真要是像燕西執著維持原有生活狀況的態度過下去，不能沒危險。別的事不必說，就以現在而論，他不但沒有一個錢私蓄，倒有好幾千塊錢的私債，設若一旦自己組織家庭起來，馬上就會感到拿錢不出來了。關於將來謀生的事，燕西雖未必肯聽自己的話，然而這件事關係甚大，究竟不能不和他說個詳細，自己年輕，見解總還有不到之處，這件事少不得要私自向自己母親請教一下，看她怎樣說。不過自己母親以為金家有的是錢，女婿也很像有才幹，將來也不可限量的，這時若把實話告訴她，她不但要大大地失望，恐怕也要把燕西的為人看穿，在母親面前，揭出丈夫的短處來，這究竟也是不相宜的事情呀，這樣看起來，還是自己慢慢地打算，不要告訴母親為妙吧。

清秋沉沉地想了又想，反而把自己弄得一點主意沒有，神志昏昏的，手上捧著一本書，坐下一邊，只是愛看不看的。

這一天的天氣格外的壞，到了下午六七點鐘，竟是稀稀沙沙的下起雨來。自從家中有了喪事以後，金太太總不很大進飲食。大家勸著，或者喝一碗稀飯，或者用熱湯泡一點飯，就是這樣麻麻糊糊的算了。

清秋雖不至於像金太太那樣的悲傷，然而滿腹憂愁，不減於第二人，要她還是像平常一樣地吃飯，當然是不能夠的。但是向來是陪著金太太吃飯的，在金太太這樣眼淚洗面的日子裡，不能不打起精神來，增加她的興趣。

因之這天晚上，縱然是一點精神沒有，也不得不勉強走下樓，到金太太屋子裡來吃晚飯。飯盒子這時已經拿到屋子裡來了，正坐了一屋子人，原來這兩天，除了梅麗陪著二姨太，佩芳陪著鳳舉之外，只有道之夫婦另外是一組，其餘金太太的子女都在這裡吃飯，是好讓母親心裡舒服些。

金太太一看到清秋進來，便道：「今晚上你還來做什麼？你屋子裡不是還躺著一個嗎？」

清秋道：「他睡著了，現時還不吃晚飯呢。」

金太太道：「我這裡坐著一大桌人，夠熱鬧的了，你還是到自己屋子裡去吃飯吧，若是沒有心思看書，把我這裡的益智圖帶去解解悶，省得那位一個人在屋子裡。」

清秋本來也吃不下飯去，既是金太太叫自己回房去，落得回自己房裡靜坐一番。因是在書櫥子裡拿著了益智圖逕自先走了。

這個時候，雨下得正緊。清秋回到自己屋子裡，雖然全有走廊可走，可是那一陣陣的晚風由雨林裡吹過來，將雨吹成一片的水霧，挾著冷氣，向人身上直撲過來，那雨絲絲地吹到臉上和脖子裡，不由人連打了兩個寒噤。

自己所住的這個院子本來就偏僻的，往常還聽到鄰院裡有各種嬉笑娛樂之聲，現在都沒有了，彷彿就是特別的冷靜，加上自己又搬到樓上去住了，就只有廊簷下一盞電燈，其餘的燈都熄了，遠遠望著自己屋子裡，也好像又新添了一種淒涼景象似的，心裡也就有點害怕。

走到那海棠葉門邊下，就叫了兩聲，都沒有人答覆，更是害怕。自己勉強鎮靜著，生著氣道：「我越是好說話，這些底下人越是不聽話，只是我一轉眼的工夫，又不知道他們跑到哪裡去了？」一面說著，一面趕快地上樓。

走進房去，燕西已是醒了，便道：「我彷彿知道你走了的，這一會子工夫，你就吃了飯嗎？」

清秋道：「我哪裡要吃飯？我原是去陪母親，那裡倒有一屋子的人，她說讓我回屋子來陪著你。我也以為你一人在屋子裡怪悶的，所以回來了，幸而是我來了，你瞧，就是我走開這一會子的工夫，兩個老媽子都不見了。要不然，你一個人在這裡更要悶呢。」

燕西道：「既是母親那裡人多，我去坐一會子吧，你可以一個人在這裡吃飯。」說畢，出房就走。

清秋正有些害怕，幸得燕西是醒的，正好向他說幾句話。不料他反要去趕熱鬧，自己又不好說兩個老媽子走了，留他作伴，只得說道：「外面雨倒罷了，那雨裡頭吹來的風，可有些不好受。」

燕西道：「你讓我出去談談吧，若是在屋子裡坐著，那更是憋得難受呢。」說著，已是下樓而去。

清秋一時情急，樓壁上有個叫外面聽差的電鈴，也不問有事沒有，忙將電鈴一陣緊按。因之燕西出院去不多大一會兒，金榮就進來了，站在樓下高聲問道：「七爺叫嗎？」

清秋道：「我這院子裡一個人沒有，我還沒吃飯呢。」

金榮道：「我剛才看到這院子的李媽在廚房裡呢，我去叫她吧。」

清秋道：「不，不，你先找一個人來給我作伴吧，然後你再找他們去。」

金榮見清秋真是害怕，就隔著牆大聲嚷道：「秋香姐在院子裡嗎？七少奶奶叫你過來有事呢。」

秋香以為果然有事，答應著就走過來了。

清秋聽到秋香的聲音，心下大喜，連忙走到欄杆邊，向下面連招了幾招手，笑道：「快來，快來，我正等著你呢。」

金榮道：「少奶奶，我該叫他們送飯來了吧？」

清秋道：「稀飯就行，一兩樣菜就夠了。」

金榮答應著去了。秋香走上樓來，清秋握著她的手道：「你吃過了飯沒有？」

秋香道：「我們少奶奶到太太那裡去了，我們用不著等，吃過了。」

清秋執著她的手，一路走進房來，因道：「幸而你來給我做個伴，要不然，我一個人守著這一幢樓，孤寂死了。」

清秋在沙發上坐下，也讓秋香坐了，秋香笑道：「七少奶奶，你的脾氣有好些和七爺相同，七爺和我們不分大小的，從前這裡的小憐和他很好。小憐走了，阿囡、玉兒和我都和七爺不錯，只是春蘭年紀太小些，不和我們在一處玩。」

清秋聽了這些話，忍不住要笑，便問道：「你說話這樣天真爛漫，你今年幾歲了？」

秋香道：「我哪裡知道呢？我是小的時候，拐子把我拐出來的，那個時候問我，我自己會說四歲，就算是四歲，其實我是瞎說的，後來讓拐子把我賣在楊姥姥家裡，也不知過了多少年，就轉賣到王家，跟著三少奶奶到這裡來了。我到王家的時候，都說是十二歲，連那年共四個年頭了，我就算是十五歲了。」

清秋道：「你姓什麼呢？」

秋香搖了一搖頭道：「我不大記得，好像是姓黃，可是和黃字音相同的房呀，方呀，王呀，都說不定呢。」

清秋道：「你記得你的父母嗎？」

秋香道：「我還記得一點，我父親還是個穿長衣服的人，天天從外面回來，都帶東西給我吃。我母親也常抱著我，但是這不過是一點模糊的影子罷了，仔細的情形，我是一點也不記得。」

清秋道：「你家在什麼地方，你知道嗎？」

秋香道：「我的少奶奶，我哪裡能記得清許多呢？就是我在楊姥姥家裡的事，而今想起來，也好像在夢裡的一樣，你想，我還能夠記得許多嗎？我若記得許多，我為什麼不逃回去呢？我就常說，像我這種人，在世上就算白跑了一趟，姓名不知道，年歲不知道，家鄉父母不知道。」

清秋聽她說得這樣可憐，心裡一動，倒為她垂下幾點淚。秋香究竟是孩子氣，自己說著，起初不覺得怎麼樣，及至清秋一垂淚，自己也索性大哭起來。

清秋擦著淚道：「傻孩子，別哭了，我心裡正難受呢，你再要哭，我更是止不住眼淚了。有手絹沒有？擦一擦吧。」

秋香聽她如此說，一想也是，人家正喪了公公，十分地懊喪，不能安慰人家，還要特意去惹出人家的眼淚來嗎？因之立刻止住了哭，掏出手絹將兩隻眼睛擦了兩擦。

這時兩個老媽子都回屋來了，接上廚子又送了稀飯小菜來，清秋讓老媽子一直送到樓上屋子裡來，掀開提盒，送上桌子，早有一陣御米香味襲人鼻端。

老媽子將菜碟搬上桌子來看時，乃是一碟花生仁拌香乾，一碟福建肉鬆，一碟蝦米炒菜苔。除了一大瓷罐子香米稀飯而外，還有一碟子蘿蔔絲燒餅。

清秋對秋香道：「這菜很清爽，你不吃一點嗎？」

秋香道：「我剛吃完飯了。」說著，便在老媽子手上接了碗，在暖水壺裡倒了小半碗熱水，將碗蕩了一蕩，然後給清秋盛了一碗稀飯，放在桌上，又把書桌上的紙裁了兩小方塊，將筷子擦了一擦，齊齊整整地放在桌沿上，再端一張方凳讓清秋坐下。

清秋道：「你們少奶奶太享福了，有你這樣一個孩子伺候，多麼稱心！」

秋香道：「這很容易呀。七少奶奶出錢買個使女來就是了。」

清秋道：「我聽了你剛才所說的話，我恨不得把天下做拐子的全殺了才稱心，我還能自己去做這個孽，花錢拆散了人家的骨肉嗎？」

李媽便接嘴道：「少奶奶你是知其一，不知其二呢，賣人口，誰是親爹娘作主呀？都是拐子手上的人了，你若不買，他也賣給別人，像賣到咱們這種人家來當使女的，真算登了天了，有些人家的使女，吃不飽，穿不暖，那還罷了，叫人家孩子做起事來，真是活牛馬，做得好，沒有一個好字，做不好，動不動打得皮破血出，或者把好孩子逼傻了，或者把活跳新鮮的孩子打死了，有的是呢。你若買了使女，你就算是救了那孩子了。」

清秋道：「說雖然是這樣說，我總不願在我手上買使女。一個人不買使女，兩個人不買使女，大家不買使女，這拐子拐了人來，沒有人要，也就不幹這壞事了。」

秋香點點頭道：「七少奶奶，你存這樣好心眼，將來一定有好報。」

清秋嘆了一口氣道：「小妹妹，你還沒有我那種閱歷，你哪裡知道！」說時，見老媽子還站在一邊，因道：「我有一個人在這裡做伴就行了，你們晚飯還沒有吃吧？去吃飯去。」

李媽便笑著請秋香多待一會，自下樓去了。

清秋吃一碗稀飯，又吃一個半蘿蔔燒餅，說是餅很好吃，一定要秋香吃了一個。

秋香給她收了碗碟到提盒子裡去，送到廊外，又陪著清秋到樓下洗澡屋裡去擦了手臉。清秋復上樓來，她又跟著上樓。清秋道：「我這院子裡的人回來了，你來得太久了，你們少奶奶回來了，不看到你，又要怪你了，你去吧。」

秋香道：「不要緊，三爺回來了，蔣媽會來叫我的，我在別個院子裡，常常玩得很晚回去，也沒有說過呢。」

清秋道：「你平常怎麼不到我這裡來玩玩呢？」

秋香聽說，向清秋微微一笑。

清秋道：「喲！你因為七爺在這裡，就不來嗎？一家人避什麼嫌疑哩？」

秋香道：「不是為了這個，我們從前和七爺老在一處呢，那要什麼緊？這件事你就別問了，我也不願意說出來。」

清秋道：「為什麼不願說出來？難道還有什麼不能說的事嗎？」

秋香望了一望清秋的臉，又不敢向下說，向屋子外看了一看，見沒有人上樓，這才低著聲音微笑道：「七少奶奶，你和我們少奶奶感情怎麼樣？」

清秋道：「不壞呀，我和三位少奶奶，四位小姐都過得像自己的姊妹似一樣，和誰也不錯。你幹嘛問我這一句話？」

秋香道：「我也是這樣說，你和誰也不錯，可是你有件事不大清楚吧？從前有一位白小姐，和七爺很好，她是我們少奶奶的表妹呢。」說著，向清秋又是微微笑道：「這話我不能說了，說了又要說我多事。」

清秋道：「我怎麼不知道？我知道得很清楚呢，這位白小姐和我在舞場會過，人也很和氣的。而且很活潑，不像我這樣死板板的，你們七爺不能要她做少奶奶，真是可惜。」

秋香望著清秋的臉，好大一會才道：「果然是那樣，你怎麼辦呢？我們也不會認識的，那更可惜了。」

清秋道：「你這孩子，不知高低，倒問得我無言可答，我來問你，你說不能到我這裡來，和白小姐有什麼關係？」

秋香笑道：「少奶奶，你有點裝傻吧？我這樣說了，你有什麼不明白的？」

清秋道：「明白雖明白，我還不知道詳細，這件事，怎麼會讓你都知道了？」

秋香道：「我怎會不知道呢？我們少奶奶就常和三爺提這一件事，三爺先還和少奶奶抬槓，後來說不過少奶奶，也就不說了。」

清秋聽了這話，當然是十分地難過，轉念一想，她究竟是個小孩子，她一高興，能把聽到的話都告訴我，也就許她把我的話告訴人，有了她這幾句話，事情也很明白，不必多問了，因道：「你這孩子有點胡扯！你少奶奶也不過和三爺說著開開玩笑罷了，哪真會為我的事抬槓呢？這句話可不許再說了，說多了，我也會生氣的。」

秋香笑道：「你這人真老實。」

清秋道：「你們少奶奶大概也就回到家裡來了，你回去吧。」

秋香因她提到這句，也不敢多說，就自行下樓了。

這樣一來，清秋倒不害怕了，一個人對著一盞慘白的銀燈，也不看書，也不做事，只是坐了呆想。

這時，樓外一陣陣的雨聲又不覺地送入耳鼓。那雨本是鬆一陣，緊一陣，下得緊的時候，也不過聽到他屋上樹上一片潮聲。及至鬆懶之際，一切的聲音都沒有了，只有那松針上的積雨滴答滴答不絕地溜下雨點。偶吹上一陣風，這雨點子也就緊上一陣。

古人所謂松風，所謂松子落琴床，都是一種清寒之韻，這種清寒的夜色裡，院子裡又沒有一點人聲，那雨點聲借著松裡呼呼的風勢，那一分淒涼景象，簡直是不堪入耳，清秋在喪翁之後，本已感到自己前途的蒼莽，再又感到自己環境惡劣，傷心極了。

就在她這傷心的時候，那雨點是撲篤撲篤只管響著，那一點一滴，都和那淒涼的況味一齊滴上心頭。因之這種響聲不但不能打破岑寂，而且岑寂加甚。這屋子門外懸的那幅綠呢簾子只管飄蕩不定，掀起來多高，樓廊外，由松樹穿過來的晚風一直穿進屋子來。

清秋身上只穿了一件舊綢的襯絨旗衫，風掀動了衣角，不知不覺之間，有一種寒氣直由皮膚透入心裡。這種冷氣，比把自己的身子放在冷水缸裡還覺得難受。本待先去睡覺，然而燕西身體不好，自己本來伺候他的，而今他還不曾回房，自己先倒去睡了，這也未免本末倒置。因之只管坐在了沙發上靜靜地等候。

等了一點鐘，又等一點鐘，只聽到樓下的壁鐘噹噹的敲過了十下響，這院子裡，也就覺得又度過了一重寂寞之關似的。

這夜色是更深沉了，聽聽樓下時，一點聲音沒有，連那兩個老媽子都無甚言語了，坐著也是很無聊，便站起來，將茶壺裡的茶倒了一杯，喝著消遣。

恰是吃過飯以後，忘了添開水，這一杯茶也就一點熱氣也沒有，喝到嘴裡，把口漱了一漱便吐出來了，放下茶杯子，又呆坐著。

那雨點聲依然不曾停止，清秋煩惱不過，就索性走出房門來，看看這雨色，究竟是怎樣？

只剛伏到欄杆邊，燕西站在樓下海棠葉的門中，只管向她亂招著手。

清秋道：「你有事不會上樓來？偏偏要我下去。」

燕西不答，只管笑著招手。清秋不知不覺之間，翩然下了樓。

燕西執著她的手道：「你一個人坐在屋子裡不是煩悶得很嗎？雨聲是多麼討厭啦！」

清秋道：「那也不見得，仁者見仁，智者見智，小樓一夜聽春雨，深巷明朝賣杏花，這不是由很好的印象中產出來的香豔句子嗎？」

燕西笑道：「果然的，這是看杏花的時候了。你瞧，咱們後院子裡那幾棵杏花又紅又白，開的是多麼好看！走，咱們一塊看花去。」

清秋道：「雨是剛剛停止，路又濕又滑，不去也罷。」

燕西道：「不要緊，攙著你一點，不趁著這花剛開的時候去看，等花開過了，再想看又沒有了。走吧！」說時，拉了清秋的手就走。

清秋雖然不願，可是在燕西一方面，總是好意，也只得勉強跟了他走。走的路上，正長遍了青苔，走得人前仰後合，好容易到了後院，果然幾棵杏花，開得像堆雲一般繁盛，杏花下面，有一個女子一閃，看不清是誰，燕西丟了清秋便趕上去。

清秋原是靠了他扶持的，他陡然一揮手，清秋站立不住，由臺階向下一滾。這裡恰是一個水坑，清秋渾身冰冷，拖泥帶水爬了起來，又跌下去，身上的泥水也越滾越多，便招手亂嚷燕西，燕西只管追那女子去了，哪裡聽見呢。

這個時候，清秋心裡又是急，又是氣，掙命把手伸了出來，只管亂招亂抓，忽然省悟過來，原來是一場惡夢。

自己依然斜躺在沙發上，渾身冰冷。屋子裡那盞孤燈慘白地亮著，照著人影子都是淡淡的。自己回想夢中的情形，半天作聲不得，身子也像木雕泥塑的一般，一點兒也不會動，只管出了神，心想，**夢這樣事情，本來是腦筋的潛憶力回復作用，算不得什麼。不過這一個夢，夢得倒有點奇怪，這豈不是說我已落絮沾泥，人家置之不顧了嗎？**

正想到這裡，屋子外面稀稀沙沙又是一陣雨，響聲非常之急，這才把自己妄念打斷，起來照著小鏡子，理了一理亂髮，覺得在樓上會分外的淒涼，就一人走下樓來，吩咐李媽沏上一壺熱茶，斟了一杯，手裡端了慢慢呷著出神。

呷完了一杯，接上又呷一杯，接連喝完幾杯茶，也不知道已喝足了，還是繼續地向下喝。老媽子送她新沏的一壺茶，不知不覺之間都喝完了。這時心神完全鎮定了，想著又未免好笑起來，我發個什麼傻？只管把這種荒誕不經的夢細細地咀嚼什麼？腿上還穿的是單襪子，坐久了，未免冷得難受，不如還是睡到被裡去的舒服。

於是將床上被褥展開了，預備在枕上等著燕西，不料人實在疲倦了，頭剛剛挨著枕頭，人就有點迷糊，不大一會兒工夫，就睡著了。

睡得正香，只覺身體讓人一頓亂搓。睜眼看時，只見燕西站在床面前掀了被亂推過來，連忙坐起來笑道：「對不住，我原打算等你的，身上有些涼，一躺到床上就睡著了。」

燕西解了衣服，逕自上床來睡，並不理會清秋的話。

清秋道：「現在什麼時候了？你覺得舒服些嗎？」

燕西道：「沒事，你別問。」

清秋道：「你瞧，就算我沒有等人，也不是存心，這也值得生這麼大的氣。」

燕西依然不理會，在那頭一個翻身向裡，逕自睡著了，清秋倒起來替他蓋好了被，自己坐著喝了一杯熱茶再睡下去。

到了次日，自己起來，燕西也就起來了，清秋見房中無人，便低聲問道：「你昨晚為什麼事生氣呀？」

燕西道：「昨晚在母親那裡談話，大家都瞧不起我，說現在家庭要重新改換一下子了，別人都好辦，唯有我們一對，恐怕是沒有辦法，母親說讓我好好的念幾年書，大家的意思，以為我再念書也是無用。」

清秋道：「就是這個嗎？我倒嚇得一跳，以為又是我得罪了你呢。他們說你無用，那就能量定嗎？我雖不能幫助你的大忙，吃苦是行的，我情願吃窩窩頭，省下錢來供給你讀書，你就偏偏努一努力，做一點事業給他們看看，只要有了學問，不愁做不出事業來。你以為我這話怎麼樣？這並不是光生氣的事呀。」

燕西將腳一跺道：「我一定要爭上這一口氣，我看那些混到事情的，本事也不見得比我高明多少，我拿著那些人作標準，不見得就趕他們不上。」說著，又將腳跺了兩跺。

清秋道：「你的志氣自是很好，但是這件事，只要慢慢地做給人家看的，不是一不合意就生氣的。」

燕西道：「我自然要慢慢地做出來給人家看，為什麼只管發氣？」當時他說完了，板著臉也不再提。漱洗完了，點心也不及吃，就向外走。

清秋道：「你到哪裡去？這個樣子忙。」

燕西道：「我到書房裡去，把書理上一理。」

清秋道：「這也不是說辦就辦的事呀。」

燕西哪裡等得及聽完，早出了院子門一直向書房裡來。

到了書房裡，一看桌子上，全擺的是些美術品，和一些不相干的小雜誌，書櫥子的玻璃門可是緊緊地鎖上了，所有從前預備學習的中西書籍，一齊都鎖在裡面，因之按了電鈴，把金榮叫來，吩咐用鑰匙開書櫥門。

金榮道：「這兩把鑰匙放到哪裡去了，一時可想不起來，你得讓我慢慢找上一找。」

燕西道：「你們簡直不管事，怎麼連這書櫥鑰匙都會找不著。」

金榮道：「七爺，你就不想一想，這還是一年以前鎖上的了，鑰匙是我管著，你總也沒開過，再說，有半年多了，不大上書房，哪裡就會把這鑰匙放在面前呢？」

燕西道：「你別廢話，趕快給我找出來吧。」說時，坐在一張轉椅上，眼睛望了書櫥，意思就是靜待開書櫥。

金榮也不敢再延誤，就在滿書房裡亂找，只聽到一片抽屜滑達滑達抽動之聲。

燕西道：「你這樣茫無頭緒，亂七八糟地找，哪裡是找？簡直是碰。你也應該想一想，究竟放在什麼地方的呢？」

金榮道：「我的爺，我一天多少事，這鑰匙是不是你交給了我的，我也想不起來，你叫我想著放在什麼地方，哪成呢？」

燕西眉毛一皺道：「找不著，就別找，把這櫥門子給我劈開得了。」

金榮以為他生氣，不敢作聲，把已經開驗過的抽屜，重新又檢點回來，找得滿頭是汗。

燕西冷笑道：「我叫你別找，你還要找，我就讓你找，看你找到什麼時候？我等著理書呢，你存心搗亂，不會把玻璃打破一塊嗎？」

金榮道：「這好的花玻璃，一個櫥子敲破一塊，那多麼可惜！」

燕西正待說時，屋子外有人叫道：「七爺，太太有話說呢，你快去吧。」

燕西聽到聲音呼得很急促，不知道有什麼要緊的事，起身便走了。

金榮見他等著要開書櫥門，恐怕是要取什麼東西，不開不成，真要打破一塊玻璃，取出了東西來，恐怕還是不免挨罵，想起金銓屋子裡四架書櫥和這裡的鑰匙是差不多的，趕快跑到上房，把那鑰匙尋了來。拿著那鑰匙。和這書櫥一配，所幸竟是同樣的，一轉就把鎖開了。將鎖一一開過了之後，把櫥門大大地打開，就等著燕西自己來拿東西。書櫥門既是開了，自己也不敢離了書房，說不定他有什麼事要找，不料足足等了兩小時，還不見燕西前來，自己原也有事，就不能再等了，只好將書房門一總鎖起來，自到門房裡去等著。

直到下午，送東西到燕西屋子裡去，才順便告訴他。

清秋在一旁聽到，便問道：「你追著金榮要開書櫥做什麼？難道把滿書櫥子書都要看上一遍嗎？」

燕西道：「我原來的意思，本想翻一翻書本子的，可是自己也不知道要看哪一部書好？所以把書一齊翻了出來，偏是越急越不行，書櫥子關著，老找不開鎖，我因為媽叫我有事，我就把這事忘了。」

金榮道：「櫥子都開著呢，我把書房門鎖上的了。」

燕西皺眉道：「我知道了，你怪麻煩些什麼？」

金榮不料鬧了半天，風火電炮要開櫥門，結果是自己來問他，他倒說是麻煩，也就不敢再問了。

燕西道：「我今天一天，都沒有看見大爺，你知道大爺在哪裡？」

金榮道：「我為著七爺要看書，整忙了一天，什麼事也沒有去辦，上午聽說蒙藏院的總裁介紹了幾個喇嘛來，好像是說要給總理念喇嘛經，大爺就在內客廳裡見著那些喇嘛的。又聽說不一定要在家裡做佛事，就是廟裡也行的。」

燕西道：「那麼，他一定是在家裡的了，我找他去。」說著，一直向鳳舉院子裡來。前面院子裡寂焉無人，院子犄角下，兩株瘦弱的杏花，長長的、小小的幹兒，開著稀落的幾朵花，在涼風裡搖擺著，於是這院子裡更顯得沉寂了。

燕西慢慢走進屋去，依然不見一個人，正要轉身來，卻聽到一陣腳步聲，只見那牆後向北開的窗子外，有一個人影子閃了過來，復又閃了過去。

那牆後並不是院子，乃是廊簷外一線天井，靠著白粉牆，有一個花臺，種了許多小竹子，此外還有些小樹，倒很幽靜。燕西由鳳舉臥室裡推開後門，伸頭一望，只見鳳舉背著了兩隻手，只管在廊下走來走去，看那樣子，也是在想什麼心事。

他忽然一抬頭看見燕西，倒嚇了一跳，因道：「你怎麼不作聲就來了？有事嗎？」

燕西道：「我找你一天，都沒有看見你，不知道你到哪裡去了？我有兩句話要和你商量一下子。」

鳳舉見他鄭而重之說起來，倒不能不聽，便道：「我也正在這裡打悶主意呢。」

燕西道：「現在家裡事都要你擔一份擔子了，我的問題，你看怎樣解決？就事呢？我怕沒有相當的。讀書呢？又得籌一筆款，但是讀書而後，是不是能有個出路，這也未可料。」

鳳舉道：「我以為你要商量什麼急事，找著我來問，這個問題很複雜的，三言兩語，我怎能替你解決？」

燕西道：「當然不是三言兩語所能解決，但是你總可以給我想一個計畫。」

鳳舉道：「我有什麼計畫可想？我私人方面，有一萬多塊錢的債務，這兩天都發生了，你們都是這樣想，以為父親去世了，錢就可由我手裡轉，我就能夠胡來一氣了。」

燕西道：「你何必在我面前說這種話？只要別人不問，你隨便有多少私債，由公款還了都不要緊。」

鳳舉道：「你以為錢還在我手裡管著嗎？今天早上，母親把兩個賬房叫了，和我當面算得清清楚楚，支票現款賬本一把拿過去了，這事難為情不難為情我不去管他，有兩筆款子，我答應明天給人家的，現在叫我怎樣去應付呢？真是糟糕！到了明日，我沒有什麼法子，只有裝病不見人。」說著，依然在走廊下走來走去。

燕西一看這種情形，沒法和他討論，回身又折到了金太太屋子裡來。

這裡正坐了一屋子人，除了道之四姊妹，還有鵬振夫婦。佩芳和金太太斜坐在側面一張沙發上，金太太道：「也許是鳳舉有些覺悟了，從來銀錢經過他的手，沒有像這樣乾淨的。」

佩芳道：「這一層我倒知道的，他雖是亂七八糟地用錢，公私兩個字可分得很清楚。現在家裡遭了這樣的大難，他也心慌意亂，就是要扯公款，也想不到這上面來的了。」

說到這裡，正是燕西一腳由外面踏了進來，金太太道：「老七，你今天有什麼心事？只看見你跑進跑出，坐立不安。」

燕西一看屋子裡有這些人，便道：「我有什麼心事？我不過是心裡煩悶得很罷了。」說著，在金太太對面一張椅子上坐下。

這一坐下，不覺稀沙一陣響，連忙回頭看時，原來是椅子上有一把算盤呢，因道：「媽現在實行做起賬房來了，算盤賬簿，老不離左右。」

金太太道：「你知道什麼？凡是銀錢經手的人，誰見了會不動心？不過總有一種限制，不敢胡來罷了。一到了有機可乘，誰能說不是混水裡撈魚吃？現在除了家裡兩位賬房經手的賬不算，外面大小往來賬目，哪裡不要先審核一下？光是數目上少個一萬八千，我都認為不算什麼。最怕就是整筆的漏了去，無從稽考，錢是到人家手上去了，他不見你的情，還要笑你傻瓜呢，所以我在你父親臨危的那一天，我只把裡外幾只保險箱子管得鐵緊。至於喪費怎樣鋪張，我都不會去注意。他們要花，就放手去花，就是多花些冤枉錢，也不過一萬八千罷了。若總賬有個出入，那可難說了，所以人遇到大事，最忌的是察察為明。」

說到這裡，用眼望了道之姊妹道：「**我也是個婦人，不敢藐視婦女，可是婦女的心理，往往是抱定一個錢也不吃虧的主義，為了一點小事拼命去計較，結果是你的眼光注意在小事上的時候，大事不曾顧到，受了很大的損失了，這是哪一頭的盤算呢**？前幾天，我心裡有了把握，什麼也不管，這幾天我可要查一查了。總算不錯，鳳舉辦得很有頭緒，花錢並不多。」

道之姊妹聽了，倒也無所謂，只有玉芬聽了，正中著心病，倒難過一陣。當時望了一望大家，都沒有說什麼。

在她這眼光像電流似的一閃之間，清秋恰是不曾注意著，面向了金太太。金太太向她補了一句道：「你看我這話說得怎麼樣？」

清秋本來是這樣的主張的，何況婆婆說話，又不容她不附和呢，因道：「你老人家不要談修養有素了，就是先說經驗一層，也比我們深得很，這話自然是有理的，我們就怕學不到呢。」

玉芬聽了這話，深深地盯了清秋身後一眼。清秋哪裡知道，回轉身見道之望著她，便道：「四姐是能步母親後塵的，其實用不著母親教訓，你也就很可以了。」

道之不便說什麼，就只微點了一點頭。道之不說，其餘的人也是不肯說，金太太所說的一番話無人答覆，就這樣消沉下去了。

玉芬向佩芳丟了一個眼色，輕輕地道：「大嫂，我還有兩樣東西在你那裡，我要去拿回來。」

佩芳會意，和她一同走出來。

走出院子月亮門，玉芬首先把臉一沉道：「你瞧，這個人多麼豈有此理！上人正在說我，你不替我遮掩，倒也罷了，還要火上加油，在一邊加上幾句，這是什麼用意？讓我大大地受一番教訓，她就痛快了嗎？」

佩芳望了玉芬的臉道：「夾槍帶棒，這樣的亂殺一陣，你究竟說的是誰？我可沒有得罪你，幹嘛向我紅著小臉？」

玉芬道：「我是說實話，不是開玩笑，憑你說句公道話，清秋剛才所說的話應當不應當？」

佩芳道：「母親那一番話，是對大家泛說的，又不是指著你一個人，幹嘛要你生這樣大的氣？」

二人說時，不覺已是走到佩芳院子裡。佩芳道：「你調虎離山把我調了回來，有什麼話說？」

玉芬道：「別忙呀，讓我到了你屋子裡去再說也不遲，難道我身上有什麼傳染病，不讓進屋子不成？」

佩芳道：「你這人說話真是厲害，今天你受了什麼骯髒氣，到我頭上來出？」沒著，自己搶上前一步，給她打著簾子，便讓她進去。

玉芬笑道：「這就不敢當了。」

佩芳讓她進了房，才放下簾子一路進來，也笑道：「你總也算開了笑臉了。」

玉芬道：「並不是我無事生非地生什麼氣，實在因為今天這種情形，我有點忍耐不住。」

佩芳道：「你忍耐不住又怎麼樣呢？向著別人生一陣子氣，就忍耐住了嗎？」

玉芬道：「不是那樣說，我早有些話要和你商量。」說著，拉了佩芳的手，同在一張沙發椅上坐下，臉上立刻現了一種莊嚴的樣子道：「我們為著將來打算，有許多事不能不商量一下子，就是這幾天我聽母親的口音，這家庭恐怕不能維持現狀了，而且還說，父親既去世，家裡也用不著這樣的大門面。就是這大門面，入不敷出，也維持不了長久。」

佩芳笑道：「你這算是一段議論總帽子吧？以下還有什麼呢？帽子就說得這樣透澈，本論一定是更好的了。」

玉芬把眉頭一皺道：「怎麼一回事？人家越是和你說正經話，你倒越要開玩笑。你想想看，家庭不能維持現狀，我們自然也不能過從前一樣的生活了。」

佩芳道：「這是自然的，我看多少有錢的人家，一倒就倒得不可收拾，這都是由於不會早早地回頭之故。母親的辦法，我們當然極力贊成。」

玉芬道：「極力贊成什麼？也用不著我們去贊成呀。你以為家庭不能維持現狀以後，她老人家還要拿著這個大家庭在手上嗎？這樣一來，十分之九，這家是免不了要分開的，憑著這些哥兒們的能耐，大家各自撐立門戶起來，我以為那是盲人騎瞎馬，夜半臨深池的情形。」

佩芳先還不為意，只管陪著她說話，及至她說到這裡，心中一動，就默然了。

她靠了沙發背躺著，低了頭只管看著一雙白手出神，手卻翻來覆去，又互相掄著指頭，好像在這一雙手上就能看出一種答案出來的樣子似的。半晌，便嘆了一口氣。

玉芬道：「你嘆什麼氣？這樣重大的事情，你不過是付之一嘆嗎？」

佩芳這才抬頭道：「老妹，這件事，我早就算到了，還等今天才成問題嗎？據你說，又有什麼法子呢？」

玉芬道：「這也不是沒有法子一句話可以了卻的，沒有法子，總也得去想一個法子來，我想了兩天，倒有一條笨主意，不知道在你看去以為如何？」

佩芳道：「既有法子，那就好極了。只要辦得動，我就唯命是聽。」

玉芬道：「那就不敢當，不過說出來，大家討論討論罷了，我想這家產不分便罷，若是要分的話，我們得向母親說明，無論什麼款子，也不用一個大，可是得把賬目證明清清楚楚的，讓我們有一分監督之權。除了正項開支，別的用途大家不許動，若是嫌這個辦法太拘束，就再換一個法子，請母親單獨地撥給我們一分產業。我們有了產業在手，別人無論如何狂嫖濫賭，管得著就管，管不著就拉倒。」

佩芳聽著這話，默然了一會，將頭連擺了幾下，淡淡地道了一個字，難。

玉芬道：「為什麼難？眼睜睜地望著家產分到他們手上去，就這樣狂花掉嗎？」

佩芳道：「我自然有我的一層說法。你想，產業當然是兒子承繼的，兒媳有什麼權要求監督？而且也與他們面子難堪，他們肯承認嗎？現在他們用錢，我們在一邊囉唆著還不願意呢，你要實行監督起來，這就不必問了。至於第二步辦法，那倒成了分居的辦法，未免太著痕跡。那樣君君子子地幹，恐怕母親首先不答應。」

玉芬道：「這就難了。那樣也不成，這樣也不成，我們就眼巴巴的這樣望著樹倒猢猻散嗎？」

佩芳道：「這有什麼法子？只好各人自己解決罷了，公開地提出來討論那可不能的。」

玉芬聽了這話，半晌不能作聲，卻嘆了一口氣。

佩芳伸著手在她肩上連連拍了兩下道：「老妹，你還嘆什麼氣？你的私人積蓄不少呀。」

玉芬道：「我有什麼積蓄？上次做公債，虧了一塌糊塗，你還有什麼不知道？我一條小命都幾乎在這上面送掉了。」

佩芳笑道：「你還在我面前弄神通嗎？你去了的錢早是完全弄回來了，連誰給你弄回來的我都知道，你還要瞞什麼呢？」

玉芬聽了這話，不由得臉上通紅一陣，頓了一頓，才低低地說了一句：「哪裡能夠全弄回來呢。」只說了這樣一句，以下也就沒有了。

佩芳知道她對於這事要很為難，也不再討論下去。坐了一會兒，扶著玉芬的肩膀起來，又拍了兩下，笑道：「你的心事，我都明白了，讓我到了晚上和鳳舉商量商量看，先探探他們弟兄是什麼意思？若是他們弟兄非分居不可，我們也無執拗之必要，然後再和他們商議條件，別忙著先透了氣。」說時，又連連拍了玉芬幾下。

玉芬眼珠一轉，明白這是佩芳不願先談了，只得也站起來道：「可也不急在今日一天，慢慢商量得了。要是急著商量，他們還不定猜著我們要幹什麼事哩。」

佩芳點了一點頭，玉芬出門而去。可是她走出院子裡來，卻又轉身回來，笑向佩芳道：「我知道你們夫妻感情好的時候，是無話不談的，你和大哥談論起來，不許說這話是我說的。」

佩芳道：「我們有什麼無話不談？人家可是說你夫妻無所不為哩。」玉芬聽著，啐了一口，才搶著跑了出去了。

佩芳聽了玉芬這一番話之後，心想，機靈究竟是機靈的，大家還沒有夢到分家的事，她連分家的辦法都想出來了。照著她那種辦法，好是好，可是辦不通，若是辦不通，就任憑鳳舉胡鬧去，自然是玉芬所說的話，樹倒猢猻散了。

心裡有了這樣一個疙瘩，立刻也就神志不安起來，隨後彷彿是在屋裡坐不住，由屋後轉到那一條長天井下，靠了一根柱子只是發呆望著天。

自己也不知道站了多久，正待回屋子裡去的時候，只聽鳳舉在屋內嚷道：「不是在屋子裡的嗎？怎麼沒有看到人呢？」

佩芳道：「什麼事，要找我？」

鳳舉聽說，也走到後面天井裡來，咦一聲道：「這就怪了，我今天躲在後面想正事了，你也躲在後面想心事，這可以說是一床被不蓋兩樣的人了。」

佩芳將眼瞪了一瞪道：「說話揀好聽的一點材料，不要說這種不堪入耳的話。」

鳳舉道：「這幾句話有什麼不堪入耳？難道我們沒有同蓋過一床被嗎？」說到這裡，就伸著脖子向佩芳微微一笑。

佩芳又瞪了他一眼道：「你有這樣的熱孝在身，虧你還笑得出來！這是在我面前做這樣鬼臉，若是讓第二個人看見，不會罵你全無心肝嗎？」

這幾句話太重了，說得鳳舉一個字也回答不出來。還是佩芳繼續地道：「你不要難為情，我肯說你這幾句話，我完全是為你好，並不是要找出你一個漏洞來挖苦你幾句，我就心裡痛快。我私下說破了，以後省得你在人面前露出馬腳來。」

鳳舉一個字也不說，對著佩芳連連作了幾個揖道：「感謝，感謝！我未嘗不知道死了老子是平生一件最可痛心的事，但是這也只好放在心裡。叫我見著人就皺眉皺眼，放出一副苦臉子來，我實在沒有那項工夫，反正這事放在心裡，不肯忘記也就是了，又何必硬幫幫地搬到臉上來呢？」

佩芳道：「你要笑，你就大笑而特笑吧。我不管你了。」說畢，身子向後一轉，就跑進屋子去了。

鳳舉道：「你瞧，這也值得生這樣大的氣。你教訓我，我不生氣倒也罷了，你倒反要生我的氣，這不是笑話嗎？」

佩芳已經到了屋子裡去，躺在沙發椅子上了。鳳舉說了這些話，她只當沒有聽見，靜靜地躺著。

鳳舉知道雖然是一句話鬧僵了，然而立刻要她轉身來，是不可能的，這也只好由她去，自己還是想自己的心事。不料她這一生氣，卻沒有了結之時，一直到吃晚飯，還是憤憤不平的。鳳舉等屋子裡沒有人了，然後才問道：「我有一句話問你，讓問不讓問？」

佩芳在他未說之先，還把臉向著他，及至他說出這話之後，卻把臉向旁邊一掉。鳳舉道：「這也不值得這樣生氣，就讓我說錯了一句話，駁我一句就完了，何必要這樣？」說時，也就挨著佩芳，一同在大睡椅上坐下。

佩芳只是繃著臉，愛理不理的樣子。鳳舉牽著她一隻手，向懷裡拖了一拖，一面撫著她的手道：「無論如何，以後我們做事要有個商量，不能像從前動不動就生氣的了，何況父親一大部分責任都移到了我們的頭上來，我正希望著你能和我合作呢。」

佩芳突然向上一站，望著他道：「你居然也知道以後不像從前了，這倒也罷。我要和你合作，我又怎麼辦呢？你不是要在外面挑那有才有貌的和你合作嗎？這時才曉得應該回頭和我合作了。」

鳳舉道：「咳！你這人也太媽媽經了，過去了這久的事情，而且我又很懺悔的了，為什麼你還要提到它？」

佩芳道：「好一個她！她到哪裡去了？你且說上一說。」

鳳舉道：「你又來挑眼了，我說的它，並不是指著外面弄的人，乃是指那一件事。有了那一件事，總算給了我一個極大的教訓，以後我絕不再蹈覆轍就是了。」

佩芳鼻子一聳，哼了一聲道：「好哇！你還想再蹈覆轍呢。但是我看你這一副尊容，以後也就沒有再蹈覆轍的能力吧？」

鳳舉道：「我真糟！說一句，讓你駁一句，我也不知道怎樣說好？我索性不說了。」說畢，兩手撐了頭，就不作聲。

佩芳道：「說呀！你怎樣不說呢？」

鳳舉依然不作聲。

佩芳道：「我老實告訴你吧，事到如今，我們得做退一步的打算了。」

鳳舉道：「什麼是退一步的打算？你說給我聽聽。」

佩芳道：「家庭倒了這一根大梁，當然是要分散的了，到了那個時候，我們這一部分，你是大權在握，你有了錢，敞開來一花，到後來用光了，只看著人家發財，這個家庭我可過不了，趁著大局未定，我得先和你約法三章，你能夠接受，我們就合作到底，你不能接受，我們就散夥。」

鳳舉道：「什麼條件，這樣的緊張？你說出來聽聽。」

佩芳道：「這條件也不算是條件，只算是我盡一筆義務。我的意思，分了的家產，錢是由你用，可是得讓我代你保管。你有什麼正當開支，我絕不從中阻攔，完全讓你去用。不過經我調查出來，並非正當用途的時候，那不客氣，我是不能支付的。」

鳳舉道：「這樣說，客氣一點子，你是監督財政。不客氣一點，就是我的家產讓你代我承受了，我不過仰你的鼻息，吃一碗閒飯而已。你說我這話對不對？」

佩芳道：「好！照你這樣說，我這個條件，你是絕對不接受的了？」

鳳舉道：「也並非不接受，不過我覺得你這些條件未免過於苛刻一點，我希望你能通融一些。我也很知道我自己花錢太鬆，得有一個人代我管理著錢。但是像你這樣管法，我無論用什麼錢，你都認為不正當的開支，那我怎麼辦？」

佩芳見他已有依允之意，將頭昂著說道：「我的條件就是這樣，沒有什麼可通融的。你若是不願受我的限制，我也不能勉強，你花你的錢，花光了就拉倒，但是我不像以前了，有了你一個孩子了，你父親給你留下不少的錢，你也是人家的父親，就應當一文不名的嗎？你也該給我的孩子留下一些，這一筆款子，在你承受產業的時候，就請你拿出來，讓我替孩子保管著。將來孩子長大，省得求人，你也免得由自己腰包裡掏出來有些肉痛。我的話，至此為止，你仔細去想想。」說畢，逕自出門去了。

鳳舉望了她的後影，半晌作聲不得，究竟不知道她毅然決然地提出這樣一個條件什麼用意？既是她已經走了，也不能追著她去問，只好等到晚上，她回房之後再來從從容容地商量，自己也就慢慢地踱到前面客廳裡來。

## 三　樹倒猢猻散

金家因為有了喪事以後，弟兄們常在這裡聚會的，鵬振一見鳳舉進來，起身相迎，拉著他的手道：「我有話和你說。」說了這句，不容分說，拉了鳳舉就向屋外走。

到了走廊下，鳳舉停了腳，將手一縮道：「到底有什麼事，你說就是了，為什麼這樣鬼鬼祟祟的？」

鵬振道：「自然是不能公開的事，若是能公開的事，我又何必拉你出來說呢？」說了這句話，聲音便低了一低道：「我聽到說，這家庭恐怕維持不住了，是母親的意思，要將我們分開來，你的意思怎麼樣？」

鳳舉聽說，沉吟了一會，沒有作聲。

鵬振又道：「你不妨實說，我對於這件事，是立在贊成一方面的，本來西洋人都是小家庭制度，讓各人去奮鬥，省得誰依靠誰，誰受誰的累，這種辦法很好。做事是做事，兄弟的感情是兄弟的感情，這絕不會因這一點受什麼影響。反過來說，大家在一起，權利義務總不能那樣相等，反怕弄出不合適來哩。」

鳳舉聽他說話，只望著他的臉，見他臉上，是那樣的正板的，便道：「你這話未嘗沒有一部分的理由，但是在我現在的環境裡，我不敢先說起此事，將來論到把家庭拆散，倒是我是罪魁禍首。」

鵬振道：「你這話又自相矛盾了，既然分家是好意的，罪魁禍首這四個字又怎能夠成立？況且我們辦這事，當然說是大家同意的，決計不能說誰是被動，誰是主動。」

鳳舉抬起手來，在耳朵邊連搔了幾下，又低著頭想了一想，因道：「果然大家都有這意思，我絕不攔阻。有了機會，你可和母親談上一談。」

鵬振道：「我們只能和你談，至於母親方面，還是非你不可。」

鳳舉道：「那倒好，母親贊成呢，我是無所謂，母親不贊成呢，我算替你們背上一個極大的罪名，我為什麼那樣傻？果然非此不可，我還得邀大家一同和母親去說。現在我又沒有這意思，我又何必呢？」

鵬振讓他幾句話說得啞口無言。呆立了一會，說了三個字：「那也好。」

正這樣立著，翠姨卻從走廊的拐彎處探出頭來，看了一看，縮了轉去。不多一會兒，她依然又走出來，便問道：「你們兩個在這裡商量什麼事呢？能公開的嗎？」

鵬振道：「暫時不能公開，但是不久總有公開之一日的。」

翠姨點了點頭道：「你雖不說，我也知道一點，不外家庭問題罷了。」

鳳舉怕她真猜出來了，便道：「他故意這樣說著冤你的，你又何必相信。」一面說著，一面就走開了去。

但是翠姨剛才在那裡轉彎的地方已經聽到兩三句話。現在鳳舉一說便跑，她更疑心了。而且鵬振又說了，這事不久就要公開，彷彿這分家就在目前，事前若不趕做一番打算，將來由別人來支配，那時計較也就遲了。

她這樣想著，心裡哪能放得下？立刻就去找佩芳，探探她的口氣，然而佩芳這時正在金太太那邊，未曾回去，就轉到玉芬屋子裡來，恰是玉芬又睡了覺了，不便把她叫醒來，再問這句話。回轉身來，聽到隔院清秋和老媽子說話，便走到清秋院子裡來。

一進院子門，便道：「七少奶奶呢？稀客到了。」

清秋正站在走廊下，便迎上前，握了她的手，一路進房去坐著。見她穿了一件淡灰呢布的夾襖，鑲著黑邊，腰身小得只有一把粗。頭髮不燙了，梳得光溜溜的、左耳上，編著一朵白絨繩的八節花，黑白分明。那鵝蛋臉兒，為著成了未亡人，又瘦削了兩三分，倒現著格外地俊俏。

清秋這一看之下，心裡不覺是一動。翠姨將她的手握著，搖了兩搖道：「你不認得我嗎？為什麼老望著我？」

這樣一說，清秋倒有點不好意思，便索性望著她的臉道：「不是別的，我看姨媽這幾天工夫格外瘦了，你心裡得放寬一點兒才好。」

翠姨聽了，深深地嘆了一口氣，然後坐下道：「一個二十多歲的人，死了丈夫，有不傷心的嗎？可是我這樣傷心，人家還疑我是故意做作的呢。咳！一個女人，無論怎樣，總別去做姨太太，做了姨太太，人格平白地低了一級，根本就成了個壞人，哪好得了呢？」

清秋寬解著她道：「這話也不可一概而論，中國的多妻制度又不是一天兩天，如夫人做出驚天動地的事情的，也不知多少，女子嫁人做偏房的，為了受經濟壓迫的，固然不少，可是也有很多的人為了恩愛兩字才如此的，在恩愛上說。什麼犧牲都在所不計的，旁人就絕對不應看輕她的人格。」

翠姨道：「你這話固然是不錯。老頭子對我雖不十分好，但是我對他，絕無一點私心的，他在的日子，有人瞧不起我，還看他三分金面。現在他去世了，不但沒有人來保護我，恐怕還要因為我以前有人保護，現在要加倍地和我為難呢。我這種角色，誰肯聽我的話？就是肯聽我的話，我只有這一點年紀，也不好意思端出上人的牌子來。我又沒有一個兒女，往後，誰能幫著我呢？再說，有兒女也是枉然，一來庶出的，就不值錢，二來年紀自然是很小，怎樣撫養得他長大？總而言之，在我這種環境之下，無論怎樣家庭別分散了，大家合在一塊兒去，大家攙帶我一把，我也就過去了。現在大家要分家，叫我這一個年輕的孀婦孤孤單單的，怎麼辦呢？七少奶，你待我很不錯，你又是個讀書明理的人，請你指教我。」

清秋不料她走了來會提起這一番話，不聽猶可，一聽之下，只覺渾身大汗向下直流，便道：「我並沒有聽到說這些話呀。姨媽，你想想看，我是最後來的一個兒媳，而且又來了不多久，我怎敢提這件事？而且就是商議這事，也輪不到我頭上來哩。你是哪裡聽來的？或者不見得是真的吧？」

翠姨以為清秋很沉靜的人，和她一談，她或者會隨聲附和起來，不料現在一聽這話，就是攔頭一棍完全擋了回來，便淡淡地笑道：「七少奶，你以為我是漢奸，來探你的口氣來了嗎？你可錯了。我不過覺得你是和我一樣，是個沒有助手的人，我同病相憐，和你談談罷了，你可別當著我有什麼私心啦。」

清秋紅了臉道：「姨媽說這話，我可受不起，我說話是不大漂亮周到的，有不到的地方，你儘管指教我，可別見怪。」

翠姨道：「並不是我見怪，你想，我高高興興地走來和你商量，你劈頭一瓢冷水澆了下去，我有個不難受的嗎？這話說破了，倒沒有什麼，見怪不見怪更談不上了。」

清秋見她這樣說著，又向她賠了一番小心，翠姨這口氣總算咽下去了，然而清秋對於分家這件事既然那樣推得乾乾淨淨，不肯過問，那麼也就不便再說，只說了一些別的閒事，坐了一會子就走了。

清秋等她走後，一個人坐在屋子裡納悶，這件事真怪，我除了和燕西談了兩句而外，並沒有和別人談過，她何以知道？再說，和燕西談的時候，並不曾有什麼分家的心思，不過這樣譬方說著，將來前途是很暗淡的，家庭恐怕不免要走上分裂的一途。這種話漫說是不能作為根據的，就是可以作為根據，這是夫妻們知心之談，怎樣可以去瞎對第三個人說？

翠姨雖然是個長輩，究竟年輕，而且她又不是那種談舊道德的女子，和她談起分家的話來，豈不是挑撥她離開這大家庭？這更是笑話了。她誰也不問，偏來問我，定是燕西在她面前漏了消息，她倒疑心我夫婦是開路先鋒。

這一件冤枉罪名，令人真受不了呀！設若這話傳了出去，我這人緣不大好的人，一定會栽一個大跟頭，這是怎樣好？我非得把燕西找來，問他是怎樣說出來的不可，越想越是不安，也就不能再在屋子裡坐了。又轉身到金太太屋子來，可是燕西早已離開此地了。

清秋因為屋子裡只金太太一個人，便陪著金太太坐下。金太太說到金銓在時，事事有人拿主意，也就無所謂地過太平日子。現在孀居，才感到了種種痛苦，說著，又談到了冷太太。

金太太便說：「我有這些兒女，衣食也是不必去發愁的了，當年親家老爺去世，丟下親家太太，你們母女孤苦伶仃度到現在，真是不容易哩。」

這幾句話，說得清秋加倍難受，兩行眼淚不由人作主便流了出來，轉念一想，怕如此更惹出金太太眼淚，忙掏出手絹，將眼睛連擦了幾擦。

金太太似乎也知道她的意思，便向著她嘆了一口氣。所幸不久的時間便吃晚飯，人也來多了，這種傷心的話，擱下不提。

吃過晚飯，金太太屋子裡兀自坐著許多人。金太太心裡煩得很，暫時不願和這些人坐在一起，就一人走出來順著走廊，不覺到了隔院翠姨屋子邊。

只聽到翠姨一個人在屋子裡說著話不歇。心裡不覺得暗罵了一聲，只有這種人，是全無心肝的，一個女子，年輕死了丈夫，還有工夫發脾氣，你看她倒不在乎。金太太想著，就慢慢騰騰地走過來，到了窗戶外，靠著一根柱子立著，一聽那口聲，卻是翠姨和一個老媽子說話。

那老媽子道：「你怕什麼？拔出一根毫毛來，比我們腰杆兒還粗呢。你還愁吃喝不成？」翠姨道：「一個人不愁吃喝就完了嗎？再說，就靠我手上這幾個錢也不夠過日子的，就叫我怎樣不發愁呢？」

金太太一聽，心裡大吃一驚，心想，她為什麼說這話，有吃有喝還不算，打算怎麼樣呢？於是越發沉默了靠了柱子，側著頭向下聽去。

只聽見老媽子道：「天塌下來，有屋頂著呢，你怕什麼？」

翠姨冷笑一聲道：「屋能頂著嗎？要頂著天，也是替別人頂著，可攤不上我呀！我想到了現在，太陽落下山去，應該是飛鳥各投林了，我受他們的氣也受夠了，現在我還能那樣受氣下去嗎？你瞧，不久也就有好戲唱了，還用不著我們出頭來說話呢。」

金太太聽了這話，只氣得渾身抖顫，兩隻腳其軟如綿，竟是一步移動不得，本想嚷起來，說是好哇，死人骨肉未寒，你打算逃走了。這句話達到舌尖，又忍了回去，心想，和這種人講什麼理？回頭她不但不說私議分家，還要說我背地裡偷聽她的話，有意毀壞她的名譽，我倒無法來解釋了，她既有了這種意思，遲早總會發表出來的，到了那個時候，我再慢慢地和她計算，好在我已經知道了她這一番的意思，預防著她就是了。

金太太又立了一會，然後順著廊簷走回自己屋子去。一看屋子裡還坐有不少的人，這一肚子氣又不便發洩出來，只是斜著身子坐在沙發上，望了壁子出神。

鳳舉這時也在屋子裡，一看母親這樣子，知道生了氣，不過這氣由何而來卻不得而知，因故意問道：「還有政府裡撥的一萬塊錢治喪費，還沒有去領，雖然我們不在乎這個，究竟是件體面事，該去拿了來吧？」

金太太對於鳳舉的話就像沒有聽到一樣，依然板著面孔坐在一邊。

鳳舉見母親這樣生氣，將話頓了一頓，然而要想和母親說話，除了這個，不能有更好的題目，因此又慢慢地踱著，緩步走到金太太前面來，像毫不經意似的，問道：「你老人家看怎麼樣？還是把這筆款子收了回來吧。」

金太太鼻子裡突的呼了一口氣，冷笑道：「還這樣鑽錢眼做什麼？死人骨肉未寒，人家老早地就要拆散這一份家財了，弄了來我又分了多少？」

鳳舉一聽這話，才知母親是不樂分家的這一件事。

這一件事自己雖也覺得可以進行，似乎時間還早，所以鵬振那一番話很是冒昧，自己並無代說之心，而今母親先生了氣，幸而不曾冒失先說，然而這個空氣又是誰傳到母親耳朵裡來的哩？鵬振當然是沒有那大的膽，除非燕西糊裡糊塗將這話說了，這件事，母親大概二十四分不高興，只有裝了不知道為妙。因之默然的在屋子裡踱來踱去幾步，並不接嘴向下說去。

金太太看他不作聲，倒索性掉過臉來向鳳舉道：「我也要下到這一著棋的，但是不知道發生得有這快。一個家庭，有人存下分家的心事，那就是一簍橘子裡有了一個壞橘子，無論如何，非把它剔出來不可。我也不想維持大家在一處。分得這樣快，只是說出去了不好聽罷了。」

金太太發過了一頓牢騷，見鳳舉沒有搭腔，便回轉臉來問道：「你看怎麼樣？這種事情容許現在我們家裡發生嗎？」

鳳舉對於這件事本來想不置可否，現在金太太指明著來問，這是不能再裝麻糊的了，因道：「我並沒有聽誰說過這個話，你老人家所得的消息或者事出有因，查無實據……」

金太太突然向上一站，兩手一張道：「怎麼查無實據？我親耳聽到的，我自己就是一個老大的證據呢。」

鳳舉道：「是誰說的？我真沒有想到。」

金太太道：「這個人不必提了。提了出來，又說我不能容物，現在我開誠布公地說一句，既是大家要飛鳥各投林，我水大也漫不過鴨子去，就散夥吧，只有一個條件，在未出殯以前，這句話絕對不許提。過了七七四十九天，在俗人眼裡看去，總算滿了熱服，然後我們再談。俗言說得好，家有長子，國有大臣，我今天對你說了，我就絕對地負責任。你可以對他們說，暫時等一等吧。」

鳳舉道：「你老人家這是什麼話？我並沒有一點這種意思，你老人家怎麼對我說出這種話來？」

金太太道：「說到家事，你也不必洗刷得那樣乾淨，我也不怪你，我對你說這話，不過要你給我宣布一下子就是了。」

鳳舉一看金太太的神氣，就知道母親所指的人是翠姨，不過自己對於翠姨平常既不尊敬，也不厭惡，現在反正大家是離巢之燕，也更用不著去批評她，母親說過了，自己也只是唯唯在一邊哼了兩聲，等著金太太不說，也就不提了。

坐了一會兒，金太太氣似乎消了一點，鳳舉故意扯著家常話來說，慢慢地把問題遠引開了。金太太道：「說到家庭的事，我總替燕西擔心，你們雖是有錢便花，但是也知道些弄錢的法子，平常賬目自然也是清楚的，燕西他卻是第一等的糊塗蟲，對於這些事絲毫不關心，將來有一天到了他自己手上掌家，那是怎樣辦？而且他那個少奶奶，又是對他一味地順從，他更是要加倍地胡鬧了。」

鳳舉道：「我想他還不急於謀事，今年只二十歲，就是入大學裡讀書去，畢了業出來再找事，還不晚啦。」

金太太道：「我也是這樣想，這個日子，叫他出去做什麼事？想來想去，總是不妥。從前讓他在家裡遊蕩，那本就不成話，而今失了泰山之靠，這更不能胡來了，第一，就是那三百塊的月錢，我要取消，原是給一筆整數，省得時時要錢零用，結果為了有這一筆錢，放開手來用，更大鬧虧空了。」

說到這裡，只見門外邊，有一個人影子一踅，又縮轉去了，金太太伸頭向外望了一望，連問兩聲是誰？外面答應著是我，燕西卻走進來了。

金太太道：「你這樣鬼鬼祟祟的作什麼？」

燕西道：「並不是鬼鬼祟祟的，因為這兒正提到了我，我為什麼闖進來？」

鳳舉道：「母親說，要裁掉你的月費哩，我不敢贊一詞。」

燕西站著靠了桌子，五個指頭虛空地扶了桌沿，撲通撲通地打了一陣，只是默然不作聲。

金太太道：「我剛在屋子裡說的話，大概你也聽見，你因為有了這一筆月費，倒放開手來亂用，你想對不對？結果錢反而不夠，你的手筆反而也用大了，那是何必呢？」

燕西聽了這話，依然不作聲，將五個手指頭把桌子撲通撲通，又打著響了幾下，那臉微微朝下，可沒有理會到金太太說些什麼。

金太太道：「你說吧，怎麼不作聲？我這話說得對不對呢？」

燕西依然向下看著，才慢慢地道：「若是家用要縮小呢，當然把我的月費免了，不過我除此以外，可沒有什麼收入，至於用錢用得過分的話，那也不能一概而論。」說話時，將鞋尖只管在地板上亂畫。

金太太道：「論說，也不省在你頭上這一點兒錢，只要你不胡花，我照常給你，也不算什麼。」

鳳舉聽說這話，心想，這倒好，剛才對我說要裁他的月費，這會子當面說，只要他不胡花，也不在乎，那麼，我若先說出來，倒像是我多事了，因對燕西道：「我也是這樣想，你是沒有就事的人，這月費如何可以取消？可是我也不敢保舉，免得我們像約好了，通同作弊似的。我的主張，最好你還是找個相當的學校去讀書。」

燕西道：「為什麼你們主張我去讀書呢？」

金太太道：「據你這種口氣說，好像你的學問已經夠了，大可以就事了？」

燕西道：「倒不是那樣說，我想父親去世了，我要趕快做個生利的人，不要依然做個分利的才好，並不是我覺得自己的能力夠了。」

金太太道：「只要你有這一番意思，你就有出頭的希望了，平常人家還把兒女讀書讀上二十多歲呢，咱們家裡何至於急急要你掙錢？只要你明白，好好讀書將來自然是生利的，無論你用多少錢，我都供給你。」

燕西當金太太說時，背了兩手，在屋子裡當中走兩步打一個轉身，似聽不聽的樣子，更也沒有去看金太太的顏色，這時，忽然轉身向著金太太道：「你老人家這話真的嗎？」

金太太道：「你這話問得奇了，我做娘的人，以前只有替兒子圓謊的，幾時向兒子撒過謊？」

燕西道：「這話誠然，哪個也不能否認，但是我的意思不是那樣說，怕是反過來說我無用呢，既是你老人家有這樣好的意思，我一定努力去讀書，本來前幾天我就預備看過一次書了。」

鳳舉聽他說出這種話來，只管向他望著，頭微微地點上幾點，金太太哼了一聲道：「這倒是你的老實話，預備過了一次。這一次不知道有多少時候？第二次在什麼時候預備呢？大概是不可知的了。」

燕西這才知是失言，微微笑了一笑，因為有了這兩個愛兒在身邊，金太太略微解除了一些愁悶。因為解除愁悶的緣故，對於翠姨說的那一番話暫時也就擱了一擱，就不像以前那樣憤憤不平的樣子了。

鳳舉自父親去世以後，孝心是格外的重了，每日都要抽出工夫來陪著母親說說話，而且每日的賬目，金太太大致要問一問，小節目都是鳳舉報告，因為這樣，鳳舉更是不能不多費一點工夫，細細報告出來。

鳳舉先是背靠了桌子和金太太說話，那樣子好像隨時都可以走的樣子，現在索性走到金太太對面一張椅子上坐下來，便不像要走的情形了。

燕西見老大所說的一些家常話非常之細瑣，金太太倒偏是愛聽，心想，老大也為什麼學得一肚子奶奶經？半天沒有插嘴的機會，就自行走出房來。

燕西自關在家裡不能出去，苦悶異常，只是這個屋裡坐坐，那個屋裡坐坐，始終也得不到適當的安身法，今晚為了不知怎樣好，才到母親房裡來的，到了母親房裡以後，又遇著鳳舉在談家常，依然是不愛聽的事，所以又跑出來。跑出來以後，倒是站在走廊下呆了一呆，這應該到哪裡去好？母親說是讓我再進學校，以後要和書本子做朋友了，無聊的時候，正好拿書本子來消遣，自然不會感到苦悶，書也就慢慢地到肚子裡去了。這樣想著，不覺得信著腳向書房這院子裡走來。

老遠地向前一看，連走廊下一盞電燈也昏暗不明，書房裡面黑洞洞的，一線光明也沒有，這又跑去做什麼？夜是這樣深，何必跑到那裡去受孤寂？只這一轉念之間，人已離開了院子門好幾步，一直向自己房子裡走來。隔了窗戶就微微聽到清秋嘆了一聲氣。

進房看時，清秋側著身子坐了，抬起一隻右手撐了半面臉，兩道眉毛深鎖，只管發愁。燕西道：「這日子別過了，我整天地唉聲嘆氣，你是整天地嘆氣唉聲。」

清秋這才將手一放，站了起來，向燕西道：「你還說我，我心都碎了。我剛才接到韓媽一個電話，說是我母親病了。」

燕西道：「既是岳母病了，你就回家去看看得了，這也用不著發什麼愁。」

清秋道：「我就是愁著不能回去了，一來是在熱孝中，大家都不出門呢，偏是我首先回去，自己覺得不大妥當，二來我怕這話說給人家聽，人家未必相信，倒說是我藉故回家去。電話裡說，我母親不過一點小燒熱，也不是什麼大毛病，不回去看，我母親知道我的情形，當然也不會怪我。真是睡在床上不能起來的話，我想韓媽明天早上一定會來的，那個時候都問明白了，我再前去，或者妥當一點。」

燕西皺了眉道：「人家說你小心，你更小心過分了，你母親病了，你回去看看，又不是好玩，有什麼熱孝不熱孝？依我說，趁著今天夜晚，什麼人也不通知，你就坐了家裡的車跑去看一趟，一兩個鐘頭之內悄悄地回來，誰也不會知道，我替你通知前面車房裡，叫他們預備一輛車子，又快又省事多麼好。」

清秋本來急於要回去看看母親，只是不敢走，現在燕西說悄悄地回去一趟，馬上就回來，果然可以做得俐落，不會讓什麼人知道。這樣想著，不覺是站起身來，一手扶了桌子，一手扣著大襟上的鈕扣，望了燕西出神。

燕西腳一跺，站了起來道：「你就不用猶豫了，照了我的話準沒有錯，我給你通知他們去。」清秋對於這種辦法，雖然很是滿意，但是終覺瞞了出門，不大慎重。自己只管是這樣考量，燕西已經走出院子門去了。

不多一會兒，燕西走回房來，將清秋的袖子拉了一拉，低聲道：「時候還早，趁此趕快回去，我在家裡等著你，暫不睡覺，你上車子的時候，打一個電話回來，我就預先到前面去等著你，然後一路陪你進來。你看，這豈不是人不知鬼不覺的一件事？」

清秋隨著燕西這一拉起了身，對著桌上一面小鏡子，用手托了一托微蓬的頭髮，在衣架上取了一件青斗篷向身上一披，連忙就出門。

剛剛走到院子門下，又向後一縮，燕西正在身後護送著，她突然一縮，倒和燕西一碰。燕西問道：「做什麼？你又打算不去嗎？」

清秋躊躇了一會子，斜牽著斗篷，向外一翻，因道：「你瞧！這還是綠綢的裡子，我怎能穿了出去？」

燕西跺著腳，咳了一聲，兩手扶了清秋的肩膀只向前推。清秋要向回退，也是不可能，縱然衣服是綢的，好在是青嗶嘰的面子，而且又是晚上回娘家去，也就不會有誰看見來管這閒事的。

自己給自己這樣地轉圜想著，已是一步一步地走上了大門口，老遠見大門半開，門上的電燈放出光亮來，果然一切都預備好了，走到大門下，已有兩個門房站在大門一邊伺候。據這種情形看來，分明是大家都知道的事情，這還要說是瞞這個瞞那個，未免掩耳盜鈴。不過已經到了車成馬就的程度，就是不回家去，也是大家都知道的了。低著頭，一聲不言語出門，家裡一輛最好的林肯牌汽車，橫了門外的臺階停著。

這是金銓往日自用的汽車，家裡人不敢亂坐的，不料燕西卻預備了這樣一輛，心裡又覺得是不安，燕西已對車夫說好，是開往落花胡同，原車子接七少奶奶回來。汽車折光燈一亮，一點響聲沒有，悠然而逝地去了，燕西覺得這件事很對得住夫人，心裡很坦然地回房去。

但是，這晚瞞著出門的人，不止清秋，還有個王玉芬。

清秋的車子走到半路上的時候，玉芬坐了家裡另一部汽車，由外面回家的時候，在一條胡同口上兩個相遇了。清秋心裡一面念著母親的病，一面又在惦念著怕在金家露出了馬腳，心裡七上八下，只低了頭計畫著，哪有工夫管旁的閒事。

玉芬由外面回家，心裡卻是坦然的，坐在車子裡只管向外亂看。這胡同出口的地方，雙方汽車相遇，彼此都開慢了許多，在這個當兒，玉芬向外看得清楚，對方開來的這一輛藍色林肯牌汽車，正是自己家裡的車子，再一看車子裡坐的不是男客，卻是女性，更是可注意的了。

玉芬猜想中，以為家裡有女子坐這汽車出來，不過是道之姊妹，及至仔細一看，卻是清秋，這真是一樁意料所不及的事了。

恰是清秋低著頭的，又好像是躲開人家窺視她似的，這讓玉芬更加注意了。她這樣跑出來，絕不會得燕西同意的。別的事我不能說，至少的成分，是跑回娘家去商量分家的事。看她不出，她倒是先下手為強了，我回去得查一查這件事，看看這分家的意思，是誰先有意？

這樣一味的沉思，汽車不覺到了家門口，自己下車走進大門，門房站在一邊，玉芬便問道：「七少奶奶剛才坐車出去，你們知道嗎？」

門房看她那樣切實的說著，不敢說是沒有出去，只得隨便用鼻子哼了一聲，答應是不錯的樣子。玉芬一聽這話，站著偏了頭問道：「大概她回娘家去了吧？誰叫人開這輛好汽車走的？這件事若是讓七爺知道了，我看你們是吃不了兜著走呢。」

門房道：「不是七爺自己跑出來吩咐開這輛車，我們也是不敢開的。」

玉芬臉一沉道：「這要是七爺對你說的，那就好。」說畢，挺著胸脯趕快地就向裡邊去。

鵬振在屋裡軟榻上躺著，一聽到的得的得一路皮鞋聲，就知道是玉芬回來了。他自己跑出屋來，擰著了屋簷下的電燈，等玉芬進去。

玉芬笑著和他點了一點頭道：「勞駕。」玉芬進了屋子，鵬振跟了進來。鵬振隨手將房門向後掩著，就輕輕地對玉芬道：「密斯白對於這件事，態度怎麼樣？總是出於贊成的一方面吧？」

玉芬皺了皺眉道：「無論什麼事，總是不宜對你商量的。若是對你說了，你總是不能保守秘密的。我去商量了，有沒有結果，我自然會對你說，何必掛在口頭？若是讓別人聽去了，你看夠有多麼大麻煩？」

鵬振道：「我哪知道你總會對我說呢，我是個性急的人，心裡有了事，非急於解決不可。」

玉芬向他連連搖著手，又擺著頭道：「不要說，不要說，我全明白了。」說畢，向椅子上一坐，左腿架在右腿上，兩手十指交叉，將左腿膝蓋一抱，昂著頭，卻長嘆兩口氣。

鵬振心裡倒是一嚇，這是什麼事得罪了她？要她發出這種牢騷來。剛才問了她一句，已經大大地碰了一番釘子。若要再問，正是向人家找釘子碰，恐怕非惹得夫人真動氣不可，還是不說的好。於是將兩手插在西服褲子袋裡，半側著身子，望了玉芬，只管出神。

玉芬道：「你不要疑神疑鬼的，做出那怪樣子來，我老實告訴你，我們所做的事，是德不孤了。」

鵬振搶著問道：「真有這樣的事嗎？這真怪了！誰？誰？」

玉芬於是將在胡同口上碰到了清秋的事，對鵬振說了一番，因道：「你想，她這樣更深夜靜溜了出去，又是燕西同意的，不是有重要的事，何至於此？冷家是有名的窮親戚，趁火打劫的，還不趁我們家裡喪亂的時候拼命地向家裡搬嗎？我倒要去探探老七的口氣，看他說些什麼？」

鵬振連忙搖著手道：「這可使不得，誰都是個面子。你若把人家的紙老虎戳穿了，不但難為情，而且他以為我們有心破壞他的秘密，還要恨我們呢。」

玉芬笑道：「你以為我真是傻瓜嗎？我不過試試你的見解怎樣罷了。不過他們也走上這條路了，我們可別再含糊，回頭我多出了主意，你又說是女權提高，我可沒有辦法。」

鵬振笑道：「我幾時又說過這種話呢？我沒有你給我搖鵝毛扇子，我還真不行呢。」說時，比齊兩袖，向玉芬深深地一揖，然後又走進一步。

玉芬一掉臉道：「你可別患那舊毛病，你可知道你在服中？我雖不懂什麼叫古禮今禮，可也知道什麼叫王道不外乎人情。」

鵬振臉一紅道：「我又患什麼舊毛病？不過說一句實心眼的話罷了。」

玉芬也不計較，自到後房去，換了一件舊衣服，一雙蒙白布的鞋，出了房間，卻向佩芳這邊來。

玉芬向佩芳這邊院子經過鶴蓀的院子，卻聽到慧廠冷笑了一聲，這一聲冷笑，不能說是毫無意思，玉芬一隻腳已經下了走廊臺階，不覺連忙向後一縮，手扶了走廊的柱子，且聽她往下說些什麼？

只聽見鶴蓀道：「你就那樣藐視人，無論如何，我也要做一番事業你看看。」

慧廠道：「你有什麼事業？陪著女朋友上飯店，收藏春宮相片，這一層恐怕旁人比你不上。若論到別的什麼本領，你能夠的，大概我也能夠，我勸你還是說老實話，不要用大話嚇人了。」

鶴蓀對於慧廠這種嚴刻的批評，卻沒有去反詰，只是說了三個字：「再瞧吧。」

玉芬心裡一想，他們夫妻倆雖然也是不時的抬槓，但是不會正正經經談起什麼事業不事業，這個裡頭恐怕依然有什麼文章，且向下聽聽看。

這一聽，他兩人都寂默了五分鐘，最後還是鶴蓀道：「我就如你所說，不能做什麼大事，難道我分了家產之後，做一個守成者還不行嗎？」

慧廠道：「這樣說，你就更不值錢了。你們兄弟對於這一層，大概意見相同，都是希望分了家產來過日子的，還有一個女的，……」

說到這句，她的聲音忽然低了一低。這話就聽不出來了，玉芬聽那話音，好像是說自己分了財產之後，那家產可是收到自己腰包子裡去的。

鶴蓀又低聲道：「別說了，仔細人家聽了去。」

玉芬怕鶴蓀真會跑出來偵察，就繞了走廊，由外面到佩芳那邊去，遠遠地只看到佩芳房間的窗戶上放出一線綠光，這是她桌子上那一盞綠紗燈亮著，她在桌子上寫字了。屋子裡這時是靜悄悄的，並無人聲，也不見什麼人影子，這分明是鳳舉出去了，佩芳一個人在屋子裡待著。

這個時候進去找她說話，那是正合適的了。於是在院子門外，故意地就先咳嗽了一聲。佩芳聽見，隔著窗戶，就先問了一聲誰？玉芬道：「沒有睡嗎？我一個人坐在屋子裡，無聊得很，我想找你談一談。」

佩芳道：「快請進吧，我也真是無聊得很，希望有個人來和我談談哩。」說著，自己走了出來，替玉芬開門。

玉芬笑著一點頭，道了一聲不敢當，然後一同走進屋子來。

佩芳笑道：「我閒著無事，把新舊的賬目尋出來，翻了一翻，敢情是虧空不小。」

玉芬一看桌上，疊了兩三本賬簿，一個日本小算盤，斜壓著賬簿的一隻角。一枝自來水筆夾在賬簿書頁子裡面，桌子犄角上有一只手提小皮箱，已是鎖著了，那鎖的鑰匙還插在鎖眼裡，不曾抽出來。

玉芬明知道那裡面的現款存摺，各種都有，只當毫不知道，隨便向沙發上一靠，將背對了桌子，斜著向裡坐了。

佩芳對於這只小皮箱竟也毫不在意，依然讓它在桌面前擺著，並不去管它，坐到一邊去陪玉芬說話。

玉芬道：「說句有罪過的話，守制固然是應該的事，但是也只要自然的悲哀，不要矯揉造作，故意做出那種樣子來。就以我們做兒媳的而論，不幸死了一個頂天立地的公公，自然是心裡難受。可是這難受的程度，一定說會弄得茶不思飯不想，整日整夜地苦守在屋子裡，當然是不會的。既是不會，何必有那些做作？」

佩芳微笑道：「你說的話，我還不大明白。你說那些做作，是些什麼做作？」

玉芬道：「自然就是指喪事裡面那些不自然的舉動。」

佩芳道：「嘿！看你不出！你膽量不小，還要提倡非孝，打倒喪禮呢。但是我想，你也不會無緣無故說出這種話，必是有感而發。」

玉芬點頭道：「自然是。你知道我心裡擱不住事，口裡擱不住話的。我有點小事非回家去走一趟不可，但是鵬振對我說，不回去也罷，熱孝在身上，平常他要這樣攔我，我是不高興的，這次他攔我，我可要原諒他，他實在是一番好意，我也不能不容納，不過他自己有些家事，萬不能不出去，也像大哥一樣，出去幾回了。今天晚上。他也出去的，他回來，可報告了我一件可注意的新聞。」

佩芳道：「什麼新聞？他還有那種閒情逸致打聽新聞嗎？」

玉芬偷看佩芳的顏色，雖然乘間而入，問了一句令人驚異的話，但是她臉上很平常，在桌上隨手摸了一張紙條，兩手兩個大指與食指，只管掄著玩。

玉芬這才道：「這話我雖不相信，我料定他也不敢撒這樣一個謊，去血口噴人。據他說，在路上遇到了我們七少奶奶，一個人坐了父親那輛林肯牌的汽車，在街上跑呢。」

佩芳道：「真的嗎？她為什麼要瞞著人，冒夜在街上跑呢？」

玉芬道：「這也很容易證明的事，大嫂派蔣媽到她屋子裡要個什麼東西，看她在家不在家，就曉得了。」

佩芳手上依然不住地掄著那張紙條，眼光是完全射在那紙條上，卻是沒有看玉芬的臉色是怎樣，淡淡地道：「管他呢？家裡到了這種田地，各人自掃門前雪，休管他人瓦上霜。」

玉芬點點頭，表示極贊成的樣子，答道：「這話誠然，我也是這樣想。我也不過譬方說，叫蔣媽去看一看。其實證明了又怎麼樣？不證明又怎麼樣？」

佩芳道：「她沒有出去倒罷了。若是出去了，我們也不必再提，因為夜晚出去，平常也不大好，何況現在又是熱孝中？你對於她這事的批評怎麼樣？」

玉芬斜躺著，很自在的樣子，左腳的腳尖卻連連在地板上敲了幾下，頓了一頓才道：「出去是不應該的。不過有急事也可例外，然而她何必瞞著大家呢？人家都說她對於娘家如何如何，我想或者不至於。像今天晚上的事，外面門房聽差車夫等等那些下人，毫無知識，豈能不疑心她是回娘家去有所圖嗎？咳！聰明人究竟也有做錯的時候。」

佩芳這才去收拾桌上的筆硯賬簿，對於玉芬所提一番話好像是忘了，就沒有再去答覆。等得東西都收拾好了，然後就找了別的事來談，越談越有趣，卻讓玉芬把話轉不過來，玉芬坐了許久，談不入正題，起身走了。

這時，便是晚間十二點鐘了，鳳舉由外面回房來，佩芳道：「我料定你一點鐘以前，不能進房的，不料居然早來了。」

鳳舉道：「往日你說我，猶所說焉，現在我在服中，你怎能疑惑我有什麼行動？」

佩芳道：「你這真是作賊的心虛了，我說不能早回房，也作興是說你有事，不見得就是說你花天酒地胡鬧去了。我沒有說，你自己倒說出來了，這個我今天也不和你討論，剛才玉芬在這裡談了半天的話，她說清秋今晚一個人坐汽車出去了，疑惑有點作用，你看怎麼樣？」

鳳舉道：「怪不得我在前面聽到老七陪著清秋，一路唧唧噥噥說著話進來。原來他們小倆口子倒在另找出路！他們少高興，母親正在生氣，要調查誰提倡分家呢，我聽了母親那口氣，好像說要分家的是翠姨，倒不料是他兩口子做的事。清秋那孩子，你別瞧她不言語，她的城府極深，你們誰也趕不上她哩。」

這一席話，鳳舉隨口道出不大要緊，可是又給清秋添上一項大罪。

佩芳心裡想著，婆婆終是疼愛小兒子小女的，保不定私下分給了燕西一件什麼東西，所以燕西預先騰移到岳母家裡去，鳳舉總有手足之情的，大概就是在實際上吃一點虧也未必肯說。趁了清秋剛回來，必定有些話和燕西商量，且偷著去聽聽，看他們說些什麼？於是也不通知鳳舉，輕輕悄悄走向清秋這邊院子裡來。

恰好這個時候，院子門口那盞電燈已經滅了，手扶著走廊的柱子，一步一步走向清秋的院子裡。

清秋的屋子裡還亮著電燈，她的紫色窗幔，因為孝服中換了淺藍的了，電燈由窗子上向外射，恰好看見窗子下有一個黑影子，斜立在廊下。佩芳貿然看見，渾身一陣冷汗向外一冒，全身都酥麻了，心裡撲通撲通亂跳，只是來得尷尬，不便喊叫，就自己下死勁鎮定了自己。

仔細看那影子，卻是一個女子，心裡忽然明白，這也是來聽隔壁戲的了，所幸自己還未曾走過去，輕輕向後倒退一步，便是院子的圓洞門，縮到圓門裡，藉著半扇門掩了自己的身子，再伸著頭看看那人是誰？

自己家裡人，只要看一個影子，也認得出來的，這人不是別個，正是報告清秋今晚消息的王玉芬哩。

看了一會兒，見玉芬不但不走，反而將頭伸出去，微微偏著，還要聽個仔細。自己在門邊，也聽到燕西在屋子裡說話，他道：「既是你母親病不怎樣重大，我就不去看她了。要不然人家又要說我只知道捧丈母娘。」

直待聽完了這句，玉芬才移動了腳。

佩芳總怕彼此碰到了，會有許多不便。趕快一抽身，扶著牆壁走了幾步，然後閃到向自己院子的路上來。果然玉芬輕輕悄悄由那院子門出來，回自己院子去了。

佩芳直待她走遠了，然後從從容容回到自己屋子裡去，心裡有了這樣一件事，且按捺下不作聲，看看玉芬、清秋他們什麼表示。

然而清秋自己總以為昨晚回家的事，很秘密的，決計沒有人知道，但是就是有人知道，至大的錯處，也不過是不該隨便出門，而況且這事又完全是燕西主張的，更不必擔多大的憂慮。因之到了次日，照常還像平常一樣。

玉芬呢，遇到了佩芳之時，卻不斷地以目示意，有清秋在當面時，那就彼此對看看，又要看一看清秋。在王玉芬意思之中，好像說我已經知道她一件秘密工作，那個秘密工作的人還悶在鼓裡呢。佩芳看了玉芬那得意的樣子，倒也有趣。

不過這件事，起初是四五個人知道，過了兩天，就變成全家人知道。就是金太太的耳朵根下也得著這件事一點消息。

金太太對於清秋，本來沒有什麼懷疑之點，這種消息傳到她耳朵裡去，她雖不全信，可是清秋回家去了一趟，這總是事實，覺得這孩子未免也有點假惺惺，在表面上，對於一切禮節都很知道去應付，怎麼在這熱孝之中，竟私下一個人溜回家去了？這豈不是故意犯嫌疑？然而平常一個自重的人，絕無去故意犯嫌疑之理。那麼，清秋這次回去，總是有些原因的了。金太太這樣想著，就把以往相信她之點，漸漸有點搖動。

等清秋到屋子裡來坐的時候，金太太的眼光便射到她身上去，見她依然是那樣淡然的神情，就像不曾做一點失檢事情樣子，這可以證明她為人是不能完全由表面上觀測的。

當金太太這樣不住地用眼光看清秋的時候，清秋也有些感覺，心裡想著，婆婆為什麼忽然對我注意起來了？是了，現在是時候了，這腰身未免漸漸地粗大起來，她一定是向我身體上來觀察，看著到了什麼程度，雖然這件事情遲早是要公開的，然而在這日期問題上推起來，最好是事先不要說開。因為心裡這樣想著，金太太越去觀察她，她越是有些不好意思，這錯誤就擴大起來。

在喪期中，內外匆忙，人心不定，日子也就閃電似的過去，不知不覺之間，已過二七，家中就準備著出殯了。

對於出殯的儀式，鳳舉本來不主張用舊式的，但是這裡一有出殯的消息，一些親戚朋友和有關係的人，都紛紛打聽路線，預備好擺路祭。

若是外國文明的葬法，只好用一輛車拖著靈柩，至多在步軍統領衙門調兩排兵走隊子而已，一個國務總理，這樣的殯禮，北京卻苦於無前例，加上親友們都已估計著金家對於出殯必有盛大的鋪張。若是簡單些，有幾個文明人知道是文明舉動，十之八九必一定要說金家花錢不起了，家主一死，窮得殯都不能大出，這件事與面子大有妨礙了。

有了這一番考量，鳳舉就和金太太商量，除了迷信的紙糊冥器和前清那些封建思想的儀仗而外，關於喇嘛隊，和尚隊，中西音樂，武裝軍隊都可以儘量地收容，免得人家說是省錢。

金太太雖然很文明，對於要面子這件事也很同意，就依了鳳舉的話，由他創辦起來。鳳舉因儀仗雖可廢，但是將匾額輓聯依然在街上挑著，這卻無傷大雅，這樣一來，提取那稍微有名者送的輓聯，一共就有四百多副，每人舉著一副，也就有四百多人。同時把各區半日學校的童子軍都找了來，組織一個花圈隊，這也就夠排場，抵過舊式的儀仗有餘了。

鳳舉還怕想得不周到，就問朋友們還有什麼熱鬧的辦法沒有？他一問，大家也就少不得紛紛貢獻意見。有兩個最奇怪的建議，一個主張和清河航空廠商量，借一架飛機來，當著出殯的路線，讓飛機在半空裡撒著白紙；一個主張經過的路線所有的商家都下半旗。這一件事並不難，只託重警察廳通知一聲就是了。

鳳舉也覺這個辦法很好，大可以壯壯面子。照說，父親在日，很替國家辦些大事，而且這次病故，政府也有個哀恤令，這樣鋪張也不過於，就託人去辦，航空廠那邊首先回了話，說是沒有這個前例，不敢私下答應，總要陸參兩部有了命令才敢照辦，警察廳裡人聽了，卻連信也沒有回，鳳舉很是生氣，說是總理在，他們要巴結差事，還怕巴結不上，這樣小而小的兩件事他們都不肯辦，真是勢利眼。不過他們要這樣勢利，權不在手，沒有他們的法子，也只好算了。

又過了兩天，便是出殯的日子，早一晚上，全家電燈放亮，就開了大門一晚到天亮。

次日上午，親友和僚屬們前來執紼的，除了內外幾個客廳擠滿了，走廊上及各人的書房裡也都有了人了。全家紛紛擾擾。鳳舉兄弟除了履行已措置妥當的大事而外，其餘的事，自己都不能過問，一例讓劉守華和朱逸士去主持。

裡面太太小姐們又是哭哭啼啼，覺得死別中又是一層死別，自然也是傷心極了，哪裡能過問一切瑣事？所有內外都是紛亂的。出殯的時間，原是約定了上午九點鐘，但是一直到上午十點鐘已經敲過，一切儀仗都沒有預備妥當，還是外面來執紼的等得不耐煩，紛紛打聽什麼時候可以走，這才由辦事人裡面推出兩個人來主持，將棺柩抬出去了。

女太太們跟著來送殯的，都坐著馬車汽車，有車子的親友們，知道金家搜羅車輛很費事的，大家都帶了車子來。親友裡面最窮的，自然是冷家一門，冷太太雖然身體不好，但是據清秋說，所有的親戚沒有不來送殯的，她心想，這一門親戚只有自己一個人，雖然清秋的舅父也可以代表，然而他姓宋，不姓冷，究竟又隔了一層了。因之將家事交給了韓媽，也到了金家來。

這金家支配送殯車輛的人，對於金氏幾門至親，知道都有車輛的，就不曾支配著。因為不曾和有錢的親戚支配，連這個無錢的親戚也就算在內。清秋自己又是在混亂中，跟著大家出門，對於母親車輛這一件事也不曾想到。大家送殯的女眷們，紛紛讓帶來的底下人去找車，沒有車的，早經這邊招待好了，分別坐上署著號頭的汽車與馬車。這倒把冷太太愣住了，自己沒車子帶來，也不知道要坐這裡的車子有什麼手續，不要胡亂地來，一失儀，就給姑娘丟臉了。

這些送殯的車子，除了家屬而外，數目太多了，都是沒有秩序的，哪輛車子預備好了，哪輛車子便開了走。

車子開著走了三分之二了，冷太太還是在大門口徘徊著，沒有辦法，看到一個聽差似的人，便將他攔住道：「勞你駕，將我引一引，我們親戚送殯的車子，哪些是的？」

那聽差的又不認識冷太太，便道：「老太太，我也摸不清，你的車子是多少號碼？我給你找個人查查去。」

冷太太一時說不上來，他也沒有等，見人群中有個人和他招手，他就走了。冷太太只得重新進大門，找著門房，告訴要坐車子。

門房認得她是親家太太，便迎了上前笑道：「沒有給你預備一輛車嗎？」

冷太太道：「也沒有人來通知我，我哪裡知道？」

門房笑道：「這天家裡也真亂，對不住你，我給你外面瞧瞧吧。」門房出去了一會兒，笑著進來道：「有了，有了，是王家那邊多下來的一輛車，正找不著主兒，你要坐，就坐了去。」

冷太太也未曾考量是哪個王家？以為是給親戚預備的車子，這個不坐，那個就可以坐了去，因此就讓這門房引導著上了那輛車子。

這輛汽車開的時候，門口停的車子已經是寥寥無幾了，這汽車夫將車機一扭，擺著車頭偏向路的一邊，卻只管超過一些開了的汽車去，一直開過去三四十輛車子，再過去，就是眷屬的車子了，車夫才將車子開慢，緊跟著前面的車子走。

在這送殯的行程中，無所謂汽車馬車人力車之別的，所有的車子，一律都是一尺一尺路挨著走，冷太太所坐的車，是玉芬娘家的車子，當然車夫會把車子開到王家車子一處。王家自己本只有兩輛汽車，今天除了自家兩輛汽車都開來而外，又在汽車行另雇兩輛汽車，玉芬的大嫂袁氏，原把自己的車子留著自坐，但是一出門，白秀珠卻臨時坐了哥哥的汽車送殯來了，一見袁氏，便在車子裡招手。

袁氏走到車邊，扶了車門道：「你怎麼這時候才來？」

秀珠道：「你有什麼不明白？我是不願到金府上去的，但是金老伯開弔，我沒有來，送殯我可不能不來，我叫了這裡的聽差打電話給我，一出了門，我就趕來，送到城外南平寺，行個禮我就回去的。」

袁氏笑道：「喲！你至今……」說到這裡又忍回去了，改口道：「你車上還搭人嗎？要不，我坐你的車，一塊兒談談，我們好久不見，也該談談了。」

白秀珠道：「歡迎歡迎。」口裡說著，已經是把車門打了開來，於是二人同坐在車內談心。

袁氏偶然一回頭，卻由車子後窗裡看到後面緊跟著一輛車子，乃是自己的，因對秀珠道：「我坐著你的車子，我的車子，倒……」說時，把後面車子看清楚了，呀了一聲道：「這是誰？這樣不客氣！哦！是了，這位老太太，我也見過一回的，不就是冷清秋的娘嗎？」

秀珠聽了這句話，也不知是何緣故，臉色立刻轉變，問道：「冷清秋的娘？你的汽車幹嘛讓給她坐？」

袁氏道：「我和她並不認識，怎會把車子讓給她坐？我想，她總以為是這邊金家的車子，糊裡糊塗上去的，反正我也不坐，就讓她坐到南平寺去吧。」

秀珠道：「我不看你往常的面子，我非逼你上自己的車子去不可，這一趟算讓你坐去。有話在先，回來要坐我的車子，可是不行。」

袁氏笑著伸手將秀珠的臉蛋掏了一把，笑道：「你這個人醋勁真大，到現在你這股子酸勁還沒有下去，我聽說現在金七爺和你慢慢恢復感情了，你也應該變更態度呀。」

秀珠將臉一偏道：「廢話！恢復感情怎麼樣？不恢復感情又怎麼樣？」

袁氏笑道：「事在人為呀！有本事，人家在你手裡奪過去，你再在人家手裡奪過來。」

秀珠鼻子裡哼著，冷笑了一聲。

袁氏道：「得！我瞧你的，反正這日子也不遠啦。」

秀珠微微點了一點頭，又冷笑了一聲。袁氏和秀珠雖不十分親密，然而因為玉芬和秀珠要好的關係，她也就不把秀珠當作外人，因此彼此都很隨便的說話。這話一談開了端，袁氏就不斷的和她談起燕西的事來。

這話越說越長，汽車一直到了南平寺，已然停在廟門口了。秀珠道：「到了，下車吧，倒走得不慢。」

袁氏將手錶抬起看了一看，笑道：「十點鐘動身，現在一點多了。還不慢？」

秀珠道：「下車吧，不要多說了。」於是二人夾雜在許多男女吊客之間，一路走進廟去。這南平寺的和尚，知道這是一等闊人金總理的喪事，廟裡的各處客堂佛堂都布置得極好，男女來賓紛紛擾擾分布在各處。各處雖然都有金家的人招待，然而這些客彼來此去，招待的人當然也有照顧不到之處。秀珠和袁氏進來之後，因為她不願一直到金家內眷那邊去，旁邊有個小佛堂，多半都是些疏遠親友屯集著，秀珠也就急走兩步，走到那邊去。

那裡只金家兩個管事人的太太出面招待，本來是敷衍之局，無足輕重。袁氏是不大到金家去，秀珠也是疏遠親友之流，自然也是平常的招待，只迎著一點頭，說聲請坐而已。

秀珠剛是落坐，恰是冷太太也跟著來了，她可沒有知道這地方是些疏親遠友，也跟了過來。這裡的招待，偏是認得她的兩個人，一直迎下臺階來，笑著點頭道：「冷太太，你請到上面內院佛堂裡去吧，七少奶奶都在那邊。」

冷太太道：「我倒是不拘，隨便在哪裡坐都可以的。」

一個招待說：「這裡也很曲折的，我來引你老人家去吧。」說著，就在前面引導，帶了冷太太去了。

秀珠親眼得見這事，只把臉氣得通紅，鼻子裡呼呼出氣，用眼睛斜瞟著院子裡，不住地發著冷笑。袁氏在一邊，看著也有點不平，都是兒女親戚，為什麼七少奶奶的母親來了，就這樣地捧，三少奶奶的嫂子來了，就沒有人理會？

你們只知道捧太太喜歡的親戚捧，哪裡知道人家是窮光蛋一個，連汽車還是借坐我這不受歡迎的呢？袁氏心裡這樣想著，見著秀珠生氣也不去攔阻，巴不得秀珠發作出來，倒可以出一口氣。

但是秀珠儘管不好，嘴裡卻不肯多吐出一個字來。袁氏走上前，扯了一扯她的衣角，秀珠回頭來，袁氏招招手，將她引到一邊，因低聲道：「你瞧，這些當招待員的真是不稱職了，招待這邊客人的，放了正經客人不招待，倒飛出界限，去招待別個所在的客人。咱們微微教訓他一下子，你看好不好？」

秀珠道：「看在主人面上，不要理他就算了。」

袁氏笑道：「咦！你倒不生氣了？平常你還不肯在面子上吃虧的，怎麼今天你倒很隨便起來？」

秀珠道：「不是我不發脾氣，但是人家有喪事，心裡都鬧嘈嘈的，就是他們自己出面招待，也不免有不能周到之處。至於這請的兩個招待員，我看他們就是小家子氣象，他不纏我們，我們不去纏他也罷，哪個有許多工夫生那些閒氣？其餘的人，怪我們兩句不要緊，若是太太知道，倒說我們不是送殯來，而是鬧脾氣來了，我如何承受得起？」

袁氏見秀珠並不十分生氣，也不便一味挑撥，因道：「你既來了，也應該到他們一處去打個照面，一面向主人表示人到禮到，二來也讓這些不開眼的招待員知道咱們是誰！」

秀珠道：「我們的心盡了就是了，又何必在人家面前表示人到禮到呢？他們不知道我是誰，就讓他們不知道我們是誰吧。」

袁氏微笑著低聲道：「你不是和這邊的人有些言歸於好的意思嗎？為什麼又是這樣言無二價的樣子呢？」

袁氏說著話，可就伏在秀珠肩上，嘴直伸到秀珠的耳朵邊又道：「你不是那樣傻的人，來都來了，為什麼不和他們打一個照面？」說時，拉了秀珠就走。

秀珠雖要掙脫，也是來不及，也就只好由著她，跟到金氏家眷聚居的佛堂上來。

這裡的佛堂很大，有孝服的，究竟不便出來招待，十幾個人都擠到左邊屋子雕花落地罩後面去。

親戚們都在外面走，就可以隨便地談笑。袁氏和秀珠一來，一直就到裡屋子裡去，將大家安慰了一番，然後重到外面來坐。

冷太太本也在這裡，一見袁氏，起身相迎道：「請坐請坐，我好面熟，年老了，記性不大好，我忘了你貴姓了。」

袁氏笑道：「我不敢說貴人多忘事，但是剛才伯母來到這裡，還坐的是我的車子呢！我們本也沒有車子富餘，因碰到了我們這位妹妹，坐到她車子上來說話，就把自己的車子空下來了。」說著，用手拍了秀珠的肩膀。

這一句話，似乎是隨便說的一句玩話，然而用心人聽起來，分明又是譏笑冷太太自己沒有汽車坐，所以坐人家的車子。

冷太太平常為人倒是模糊，唯有和金家的人事往來，總是寸步留心，以免有什麼笑話。今天由金家門口登車之時，因為時間匆促，不曾加以考量，現在袁氏一說這話，想起來了，她是王玉芬的娘家嫂子，剛才便坐著是她的車子了，自己真是大意，如何坐著她們家的車子？我知道王家人是最不滿意我們冷家人的……到她們面前露怯，真是不湊巧。

不過這事已經做了，悔也是悔不來的，只有直截了當承認就是了，因道：「這可對不住，我還沒有謝謝呢。」然而說了這句話，覺得對不住這三個字有點無由而起，自己也就臉上紅了一陣。

袁氏道：「都是親戚，還分個什麼彼此呀？你老人家若是要用的話，隨便坐一天兩天也不要緊，怎麼還談謝呢。」

她越是這樣說，冷太太越覺得是難為情，只紅著臉。

有些親戚知道冷家是很窮的，聽袁氏那種話，大有在人家面前擺闊的意思，心裡也就想著，在這大庭廣眾之中，再三地要現出人家是沒有汽車的，豈不是故意笑人？同時，各人的臉上自然也不免得這種神氣露出，只望了袁氏，又望望冷太太。

有一兩個人怕冷太太下不了場，就故意找她說話，把話扯開了。冷太太也知道人家拉著說話，是避開舌鋒的，這樣一來，心裡就未免更難堪。

金家在寺裡安靈，男女來賓，大家都謁靈了。冷太太因所事已畢，就不願再到金家去了，因對清秋道：「我不知道怎麼一回事，心裡突然難過起來，我不能到你家去了，我要先回去休息休息。」

清秋知道母親身體不好，今天來得就勉強，若是不要她回去，一定拖到金家去，恐怕真會把她拖出大病來，因答道：「你若是身體真不好，就先回去吧。這邊母親，我自會和她說，你有車坐嗎？」

冷太太恐怕當真說了出來，女兒心裡要難受，只說有車，就輕輕悄悄地溜出大門來，租了一輛人力車回家去了。

這些來賓裡面，要算是秀珠最注意冷太太的行動。她一見冷太太不聲不響走了，分明是為了剛才一句話，馬上躲了開來的，於是她悄悄地走到袁氏身邊，將她的衣服輕輕一拉。袁氏回過頭，望了她一望。在這一望之間，便是問她有句什麼話說？秀珠向前面一望，望著前面一努嘴，輕輕地道：「老的讓你兩句話氣走了，你也特難一點，怎麼硬指明著她借了你的車坐呢？」

袁氏眉毛一揚道：「誰叫她自己沒有車呢？我要是沒有車，我就不來送殯了。」她們兩人說話之所，原來離開了眾人，自坐在佛堂一個犄角上，這犄角便緊鄰著內眷們休息的那間屋子，袁氏重聲說地幾句話，恰是讓隔壁的清秋完全聽去了，心裡倒不由吃了一驚。這個時候，玉芬也坐在近處，清秋待要多聽兩句，又怕她留了心，反正知道是這樣一回事，便好像沒事一樣，自避開了。

在裡邊轉過落地罩，就看見秀珠穿了一件黑旗袍，一點脂粉不塗，也在賓客叢中，自從那回在「華洋飯店」與她會面而後，已知道她和燕西交情猶在。本想對她淡然置之，可是心裡總放不下，這次見了面，越是覺得心裡難受。

這一股子氣，雖然不能發作，然而這一陣熱氣，由耳朵根下直湧上臉來，恍惚在火爐上烤火一般，望了她一望，依然避到落地罩裡去了。心想，怪不得形容我家沒有汽車，原來是有她在這裡，你真厲害，一直逼到我母親頭上來。無論如何，我已然嫁過來了，我看你還有什麼法子？你只宣布我家窮，我可沒有瞞著人，說我是有錢人家的小姐呢！這樣想著，不覺坐在椅子上，一手靠了桌子，來撐住自己的頭。

金太太也在這屋子裡歇著的，老媽子剛打了一把手巾來，擦過滿臉的淚痕，她一見清秋斜坐在一邊，似乎在生悶氣，便問道：「清秋，你母親大概是實在身體支持不住，讓她回去就是了。送殯送到了這裡，她總算盡了禮，你還要她怎麼樣？」

清秋道：「我也知道她不行，讓她回去的，但是我轉身一想，怕親戚們說閒話。」

玉芬正把眼睛望看她呢，就淡淡的樣子，將臉偏著向窗外看著天道：「哪個親戚管那閒事？有愛盡禮的，有不愛盡禮的，何必拉成一律？」

金太太聽她二人的口音彼此互相暗射著，不由得淡淡地嘆了一口氣，對她二人各望了一望，卻沒有再說什麼。

清秋究竟膽小的，她一見金太太大有無可奈何的神氣，只得低了頭，再不作一句聲。

金太太道：「事情也完了，殯也送了，我要先回去一步了。」說著，她已站起身來向外走。

佩芳道：「你老人家怎不把孝服脫下來呢？這是不帶回去的。」

金太太道：「沒關係，現在家裡算我是頭了，要說有什麼喪氣的話，當然是我承受。我也看得空極了，還怕什麼喪氣？」說著，依然是向外走。

幾個跟來的老媽子看見，知道太太要回去，就搶上前兩步，趕快吩咐前面預備開車。金太太只當一切都不知道，就一直地向門外走，這一下子，大家料定她是氣極了，早有道之領頭，帶了女眷們一齊跟了出來。

本來這裡送殯的人，一個一個到停靈的屋子外去行禮，是很延長時間的事情，直到這時，還在行禮，大家都不便哪個先走。現在金太太是主要人物了，她既走了，大家也不勉強去完成那種虛套。門口的車輛停著在大路上，有半里路長，一大半不曾預備，這時突然要走，人喊聲，汽車喇叭放號聲，跟來的警察追逐人力車聲，鬧成了一片。

金家的人四處地找自己車子，一刻工夫，倒有七八輛車子搶著開了過來。金太太依然不作聲，坐上一輛，只對車夫說了一句回去，就靠著坐靠，半躺著坐在一個犄角上了。

大家站在廟門口目望金太太的汽車風馳電掣而去，都有點擔心，不知道她今天何以狀態突變，也不等這裡的事情完就走了？不過她一走，大家也就留不住，紛紛地坐車散了。

金家女眷們，一部分留在廟裡料理未了的事，一部分就跟著回家來。

清秋見金太太今天生氣，自己倒要負一半的責任，金太太回去了，怕她還要生氣，也就趕著回來。但是回家以後，金太太只是在她屋子裡閒躺著，一點什麼話沒有說，這事似乎又過去了。

清秋也總希望無事，金太太不提，那就更好，也就不敢來見金太太，免得再挑起她的氣了。到了吃晚飯的時候，勉強去陪著吃飯，燕西卻不在那裡，金太太依然沒說什麼，清秋心裡這一塊石頭才落了下去。

直等吃完了飯，金太太才道：「你們暫別走，我還有話說呢。」

這裡同餐的，只有敏之、潤之，她們是不會發生什麼問題的，清秋一想，恐怕是事到頭上了，這也沒有法子，只得鎮靜著坐定。

金太太卻叫老媽子道：「我先告訴你的，叫他們一齊都來。」兩個老媽子答應著分頭去了，不多大一會工夫，燕西和三對兄嫂，道之夫婦，二姨太和翠姨，還有梅麗都來了，大家坐著擠滿了一屋子。

金太太四周一望，人不缺少了，便正著臉色道：「我叫你們來不是別事。我先說了，棺材還沒有出去，不忍當著死人說分家。現在死人出去了，遲早是分，我又何必強留？今天我問你們一個意思，是願私分，還是願官分？」

大家聽到金太太說出這一套，都面面相覷，誰也說不出話來。

金太太道：「你們為什麼不作聲？有話可要說，將來事情過去了，再搶著來說，可有些來不及了。」

這句話說過，大家依舊是默然。金太太冷笑道：「我看你們當了我的面，真是規矩得很，其實恨不得馬上就要把家分了，這樣假惺惺又何必呢？你們不作聲也好，我就要來自由支配了。」

到了這時，玉芬忍不住了，本坐在一張圈椅上的，於是牽了一牽衣襟，眼光對大家掃了一遍，然後才道：「照理，現在是攤不著我說話的，無奈大家有話都不說，倒讓母親不知道是什麼意思，說到分家的心思，母親是明鏡高懸，不能說大家就一點這意思都沒有，但是要說父親今天剛剛出殯，馬上就談到分家的頭上，或者不至於。母親就有什麼話要吩咐大家，也不妨再擱些時，一定要今天提起來，恐怕傳到外面去，要說這些作晚輩的太不成器了。」

當她說時，金太太斜著身子靠在一個沙發犄角上，兩手抱在懷裡，微偏著頭聽了。一直等玉芬說完，點點頭道：「這倒對，這急於分家，倒是我的意思了。我倒也想慢慢地，但是我不願聽那些閒言閒語。至於怕人家笑話，恐怕人家笑我們也不見得就自今天為始。散了就散了，比較痛快，還要什麼虛面子？玉芬，你不要誤會，我並不是駁你的話，我只是想到分開來地妥當，並無別意，也不單怪哪一個人。」

玉芬碰了這樣一個釘子，真忍不住要說兩句。她心裡正計畫著要怎樣地說幾句才好，忽然一想，今天晚上她老人家發號施令，正要支配一切，我為什麼在上菜的時候得罪廚子，當然是忍耐住了的好，小不忍則亂大謀，現在正用得著那一句話了。這樣想著，便立刻把一肚子話逼了回去，也是呆呆坐在一邊。

一時之間，反而鴉雀無聲起來。

金太太見大家不作聲，便將臉朝著鳳舉道：「這該你說話了，你有什麼意見？」

鳳舉正拿了一支煙捲，靠著一張椅子抽得正出神，兩手抱在胸前，完全是靜候的態度，要等人家說話，現在金太太指名問到自己頭上來，這卻不容推諉，放下手來，拿著煙捲彈了一彈灰，對大家看了一遍，用手向外攤著道：「我又沒預備怎麼樣，叫我說些什麼呢？」

金太太道：「這又不是叫你登臺演說軍國大計，要預備什麼？你有什麼意思說出來就是了。」

鳳舉道：「我也不敢說那句話，說能擔保大家依然住得很平安，不過這事要怎麼辦，我是不敢拿主意。官分呢？私分呢？我也不懂。」說著，把手上的煙捲頭丟了，又在身上掏出一支煙捲來，離著金老太太遠遠的，卻到靠窗戶的一張桌子上拿洋火，將煙捲點了。

金太太道：「你過來，你跑什麼？你不是問官分私分嗎？官分就是請兩個律師來，公開地分一分，私分就是由我支配，但是我也很公的，把一切賬目都宣布了再來分配。有反對的沒有？」

慧廠道：「本來呢，中國人是贊成大家庭制度的，其實小家庭制度可以促成青年人負責任去謀生活，英美文明國家都是一樣，母親是到過外國的，當然和普通人見解不同。不過我們既是中國人，對於中國固有的道德也應該維持。折衷兩可的話，我就說句很大膽的話，分家我雖不曾發起，可是我很贊成。不過怎樣的分法，我以為倒可以隨便，母親以為怎樣支配適當，就怎樣支配，手掌是肉，手背也是肉，母親也絕不會薄哪個厚哪個的，就假如有厚薄，我們分家，為了是各人去奮鬥，謀生活獨立，這一點就不必去注意。」

慧廠先是很隨便的說，越說到後來，聲調越高，嗓子直著，胸脯挺著，兩隻手掌平鋪地疊起來，放在大腿上，就像很用力似的。

大家聽了慧廠一番話，見她竟大刀闊斧這樣地幹起來，又都替她捏一把汗。

哪知金太太聽了，一點也不生氣，卻點了一點頭道：「你這話倒也痛快！本來權利的心事，人人都有的，自己願怎樣取得權利，就明明白白說了出來，要怎樣去取得。若是心裡很想，嘴裡又說不要，這種人我就是很痛恨。」

金太太說到痛恨兩個字，語音格外重一點。大家也不知道這種人三個字，是指著哪一個。大家都不免板了面孔，互相地看了一眼。

金太太倒不注意大家的態度如何，她立起身來走到裡邊一間屋子裡去，兩手卻捧了一個手提小皮箱出來，向著屋子中間桌子面上一放，接上掏出鑰匙將鎖開了。

大家看到金太太這樣動手，都眼睜睜地望著，誰也不能作聲。也料不到這手提箱裡究竟放的是些什麼？

只見金太太兩手將箱子裡的東西，向外一件一件檢出，全是些大大小小的信套紙片等類，最後，卻取出了一本賬簿，她向桌上一扔道：「你們哪個要看？可以把這簿子先點上一點。」

這裡一些兒女輩，誰也不敢動那個手，依然是不作聲地在一邊站著。

金太太道：「我原來是拿來公開的，你們要不看，那我就完全一人收下來了，但是，榮華富貴我都經過了，事後想著，又有什麼味？我這大年紀了，譬如像你們父親一樣，一跤摔下地，什麼都不管了，我又要上許多錢做什麼？你們不好意思動手，就讓我來指派吧。慧廠痛快，你過來點著數目核對。鳳舉說不得了，你是個老大，把我開的這本賬，你念上一念，你念一筆，慧廠對一筆。」

慧廠聽說，她已先走過來了。

鳳舉待還要不動，佩芳坐在他身後，卻用手在他膝下輕輕推了一把，鳳舉會意，就緩緩地走上前來，對金太太道：「要怎樣的念法？請你老人家告訴我。」

金太太向他瞪了一眼道：「你是個傻子呢？還是故意問？」說著，便將那賬簿向鳳舉手裡一塞道：「從頭往後念，高聲一點。」

鳳舉也不知道母親今天為何這樣氣憤？處處都不是往常所見到的態度，接過那賬簿，先看了一看，封面上題著四個字：家產總額。那筆跡卻是金太太親自寫下的。

金太太倒是很自在了，就向旁邊一張椅子上坐下去，專望著鳳舉的行動。

鳳舉端了那簿子，先咳嗽了兩聲，然後停了一停，又問金太太道：「從頭念到尾嗎？」

金太太道：「我已經和你說得清清楚楚的了，難道你還沒有瞭解不成？」

鳳舉這才用著很低的聲音念了一行道：「股票額一百八十五萬元。」

他只念了一行，又咳嗽了一聲。金太太道：「你怎麼做這一點事會弄得渾身是毛病？大聲一點念行不行？」

鳳舉因母親一再見逼，這才高著聲道：「計利華鐵礦公司名譽額二十萬元，福成煤礦公司名譽額十八萬元，西北毛革製造公司名譽額五萬元。」

金太太道：「且慢一點念。在場的人，對於這名譽股票恐怕還有不懂得的，我來說明一下，這種股票，就是因為你們父親在日，有個地位，人家開公司做大買賣，或者開礦，都拉他在內，做個發起人，以便好招股子，他們的條件，就是不必投資，可以送股票給我們，這種股票是拿不到本錢的，甚至紅利也攤不著，不過是說起好聽而已，平常都說家裡有多少股票，以為是筆大家產，其實是不相干的。鳳舉，你再往下念。」

鳳舉當真往下念，一共念了十幾項，只有二十萬股票是真正投資的。但是這二十萬裡面，又有十五萬是電業公司的。這電業公司，借了銀行的債幾百萬，每月的收入還不夠還利錢，股東勉強可以少還債，硬拉幾個紅利回來，這種股票，絕對是賣不到錢。那麼，一百八十五萬股票，僅僅零頭是錢而已。

鳳舉念了一樣，慧廠就拿著股票點一樣。鳳舉把股票這一項念完，金太太就問：「怎麼樣？這和原數相符嗎？」慧廠自然說是相符。不過在她說這一聲相符的時候，似乎不大起勁，說著是很隨便的樣子。她是這樣，其餘的人更是有失望的樣子了，但是金太太只當是完全不知道，依然叫鳳舉接著向下念。

鳳舉已是念慣了，聲音高了一點，又念道：「銀行存款六十二萬元，計：中西銀行三十萬，大達銀行二十萬。」

鳳舉只念了這兩家，玉芬早就忍不住說話了，就掉轉頭望了佩芳，當是說閒話的樣子，因道：「大嫂，你聽見沒有？」

佩芳笑著點了一點頭。

玉芬道：「父親對於金融這件事也很在行的，何以在兩家最靠不住的銀行有了這樣多款子？」她雖是說閒話，那聲調卻很高，大家都聽見了。

金太太道：「這兩家銀行和他都有關係的，你們不知道嗎？」

佩芳道：「靠得住靠不住，這都沒有關係，以後這款子不存在那銀行裡就是了。」

玉芬道：「那怕不能吧？這種銀行，你要一下子提出二三十萬款子來，那真是要它關門了。」

大家聽了這話，以為金太太必然有話辯正的，不料她坐在一邊並不作聲，竟是默認了。

翠姨坐在房間的最遠處，幾乎要靠著房門了，她不作聲，也沒有人會來注意到她。這時，她忽然站起身來，大聲道：「這賬不用念了，據我想，大半總是虧空。縱然不虧空，無論有多少錢，都是在鏡子裡的，看得著可拿不著。」

金太太冷笑一聲道：「你真有耐性，忍耐到現在才開口，不錯，所有的財產，都是我落下來了，我高興給哪個，就把錢給哪個，你對我有什麼法子？」

翠姨道：「怎麼沒有法子？找人來講理，理講不通，還可以上法庭呢？」

剛說到這裡，咚的一聲，金太太將面前的桌子一拍，桌上有一只空杯子，被桌面一震，震得落到地上來，砰的一聲打碎了。

金太太道：「好！你打算告哪個？你就告去！分來分去，無論如何，攤不到你頭上一文。」

翠姨道：「這可是你說的，有了你這一句話，我就是個把柄了。你是想活活叫我餓死嗎？」

金太太向來沒有見翠姨這樣熱烈反抗過的，現在她在許多人面前執著這樣強硬的態度，金太太非常之氣憤，臉上顏色轉青變白，嘴唇皮都抖顫起來。

佩芳一看這樣子，是個大大的僵局，若是由翠姨鬧去，恐怕會鬧出笑話來，於是走上前一把將她的袖子拉住，讓她坐下，笑道：「這又不是誰一個人的事，母親自然有很妥當的辦法說出來。這裡算賬還沒有開端，何必要你先著起急來？」

翠姨道：「我是為了不是一個人的事，我才站起來說幾句廢話，若是我一個人的事，大家不說，我才是不說呢。」

金太太道：「你說又怎麼樣？你能代表這些人和我要產業嗎？除了梅麗而外，都是我肚皮裡養出來的，他們的事，還不至於要你這樣一個人出來說話。就是梅麗，也不過她娘出來說話罷了。」

二姨太聽著這話，早喲著一聲，站立起來，金太太用手向她一揮道：「你坐下，沒有你的什麼事，我不過這樣譬方說一句罷了。」

二姨太要坐下去，剛剛落椅子，但是想到金太太這一句話，千萬未便默認的，復又站了起來。

金太太道：「大概這句話不說，一定是憋得難受。有什麼話？你就簡單說出來吧。」

二姨太道：「我上半輩子那樣可憐……」

梅麗原坐在金太太這邊，站起來一跳腳道：「你這是怎麼了？請你簡單地說，你索性從上半輩子說起，若要是不簡單，這得說上前十輩子了。」

在孝期中，本來大家都不敢公然露出笑容來的，有了二姨太這一番表示，又經梅麗這樣一攔，大家實在忍不住笑了，都向著二姨太微笑。

二姨太被大家這樣笑一頓，這才有些難為情，到底是把話忍回去了。金太太看她老實人受窘，也有些不忍，便道：「你的話，不必說我也明白的，你就是說你原來很可憐，總理在日待你很不錯，才享了後半輩子福，而今後半輩子未完，總理去世了，難過已極，萬事都看灰了，哪有心談到財產……」

二姨太連道：「對了！太太，你這話說對了。我雖說不出來，我心裡可是這樣地想著。」

金太太道：「本來我們對於死者的關係，哪個也不會比你淺薄，可是只有你能說這句話，叫人想起來，真要難過。」說著，深深地嘆了一口氣。

有了二姨太這一樣打岔，比金太太正顏厲色的效力還大，把一屋人那種憤憤不平之氣自然的就這樣鎮壓下去了。在這種情形之下，剛才那一番緊張的情形完全和緩了。

慧廠就把桌上的契紙完全疊好，向小皮箱子裡一放，因道：「這許多賬目，不是一時可以點完的，慢慢再點吧。而且我為人也就最怕計數目字，大哥，你看怎麼樣？」

當她問這句話時，已是伸了手出來，要接鳳舉的那本賬簿。鳳舉自也不能將這賬簿一定拿在手裡，就交給她了。

她接過向箱子裡一放，然後對金太太道：「今天各人的心緒都亂了，一會子工夫，這賬可對不清。」她嘴裡說著，已是隨手把那箱子蓋蓋上。鳳舉依舊坐回原位了。

金太太道：「那不行！快刀斬亂麻，要辦就是今天一勞永逸地辦。我告訴你們，賬全在這裡，除了現在住的這一所房子不算，還有城外一個莊子的地，這個得暫時保留著。其餘的現款，還有三十萬，提出十萬來，他們四姊，每人分兩萬。二姨太她說了，她自己有幾個錢，而且願跟著我一輩子，什麼也不要，然而沒有這個道理，暫分一萬。」說著，將頭向二姨太連點幾下道：「以後有什麼事，我可以貼補你。」說畢，臉又一板，向翠姨瞪著眼道：「我並不是怕你鬧，公道話，我不讓人家來說我的，你若不出金家的門，你也有一萬。」

回轉頭對鳳舉道：「明知道不能給你們多錢，但是替你們也保留不了一輩子，還有幾萬現款和那些股票，作四股份，你們兄弟們拿去。字畫古董書籍，統歸我保管，我絕不動，別人也不能動一根毛。」

金太太這樣雷厲風行地說了一篇支配法，雖有一大半人不贊成，然而都不敢明白地起來反對。翠姨她一想，反正是破臉了，便站起來道：「無論加我一種什麼罪名，若是沒有證據，我是不怕的，話我也是要說的。大家想，這樣一個大名鼎鼎的國務總理，該有多少錢呢？若說丟下來的產業只有這些，我就不相信。我的年紀還輕，一萬塊錢，我活不了一輩子，還得給我錢。若是不給，我就破了面子，要登報聲明了。若是怕我聲明，除非把我殺了。」說著，又站著跳起來。

金太太是個吸了文明空氣的太太，而且又是滿堂兒女，若去和翠姨對罵，這是她認為極失身分的事，便指著道：「看你這樣潑辣的樣子，就知道不是一個好東西！你儘管無賴，我是不怕你的。」

翠姨也用手指著金太太道：「我怎麼無賴？你說！用無賴兩個字就可以把我轟了出去嗎？」

金太太氣得說不出什麼話來了，只指著翠姨叫大家你看你看。

二姨太一見，這風潮要更會擴大，連忙站起身來，拉著翠姨的手道：「你今天怎麼啦？倒像喝醉了酒似的。」說著，便拉了她的手向屋外走。

佩芳也走了過來，在後面推著，再也不容翠姨分說，就把她推出了房門，於是玉芬也跟在後面，就把她推回房去。

金太太望著鳳舉兄弟們，半晌不作聲，大家也默然了。

還是金太太先開口道：「你們瞧，這樣子，這個家不分開來還成嗎？你們還有什麼意見？」說著，把目光就轉移到清秋身上來。

清秋看了一看燕西，雖然沒有說什麼，那也就是問他。自己能不能說話。燕西也會意，卻沒有什麼表示。清秋這就對金太太道：「剛才二嫂說了，讓大家去奮鬥圖著生活，分家本不能說不好，不過我和燕西，年紀都太輕了，我對於維持家務，以及他怎樣去找出身，都非有人指點不可，再說，他還打算求學呢，說不定到外國去跑一趟，我一個人怎樣能擔一分家？我很想母親還帶攜帶攜我們幾年。」說著，望了金太太，又望大家。

平常若是說著這話，金太太一定很同情的，現在聽了這話，知道清秋有回娘家去的一件事，覺得她這話不見得出於本心，便淡淡地道：「話倒是對的，不過我到了現在，也是泥牛入海，自身難保，你要靠我，未必靠得住，其實你就自撐門戶，還有你的母親可以顧問呢。」清秋竟不料金太太會說出這句話來。這幾天也知道上次回家的事已經露了馬腳，知道的人已是不少，分明婆婆這話有點暗射那件事。想到這裡，也不知是何緣故，臉上一熱，有點不好意思了。

燕西便道：「那是什麼話？我們家裡的事，怎麼會請外姓作顧問呢？我對於分不分，實在沒有預料到，若是勾結外人，我可以發誓，絕對沒有這件事。」

道之站起來，向燕西丟了一個眼色，拉著他一隻手道：「你又來了，母親心裡不大痛快，大家要想法子安慰她才是，幹嘛大家都和她頂嘴？你別說了，出去吧！今天晚上，什麼事也不談了。」

清秋正也怕鬧成了僵局，自己無法轉圜，趁了這個機會就站起來了。道之一手牽著她，就拉她回房去。

到了屋子裡，清秋默然無語地坐著。

道之笑道：「傻子，你還生什麼悶氣？今天無論是誰說話，也得碰釘子的，其實剛才你所說的話，合情合理，自然是誰也不能駁回的。你這種辦法，我很贊成，你別焦心，好歹全放在我身上。」說著，站起來，走到她身邊，拍了兩拍她的肩膀，笑道：「你今天這個釘子碰得冤枉，我也很給你叫委屈的。」

清秋也站起來道：「這也不算碰釘子，就是碰釘子，作晚輩的，還有什麼可說的呢？」道之見她總還不能坦然，又再三再四地安慰了一番，然後才走了。

當天晚上，鬧一個無結果，這也就算了。

到了次日，大家也就以為無事，不至於再提了。不料到了次日，吃過午飯，金太太又把鳳舉四兄弟叫了去，說是：「從種種方面觀察，已經知道這家有非分不可的趨勢，這又何必勉強相留？這家暫時就是照昨天晚上那樣分法，你們若是要清理財產後徹底一分，那要等我死了再說。」

於是就將昨日看的股票、存摺都拿出來，有的是開支票為現款，有的是用摺子到銀行裡過戶，作四股支配了。這種辦法，除了鵬振外，大家都極是贊成。因為這兩年以來，兄弟們沒有一個不弄成渾身虧空。現在一下各拿五萬現款在手。很能做一點事情，也足以過過花錢的癮，又何必不答應呢？

鵬振呢，他也並不是瞧不起這一股家產，因為他夫妻兩人曾仔細研究多次，這一次分家，至少似乎可以分得三十萬上下。現在母親一手支配，僅僅只有這些，將來是否可以再分些，完全在不可知之列。若是就如此了結，眼睜睜許多錢都會無了著落，這可吃了大虧。

因之鳳舉三人在金太太面前不置可否的時候，他就道：「這件事，我看不必汲汲。」

金太太道：「對於分家一件事，有什麼汲汲不汲汲？我看你準不比哪個心裡淡些呢，你不過是嫌著錢少罷了。你不要，我倒不必強人所難，你這一股，我就代你保管下了。」

這樣一說，鵬振立刻也就不作聲。

金太太將分好的支票股票，用牛皮紙捲著的，依著次序交給四個兒子。交完了，自己向大沙發椅上斜躺著坐下去，隨手在三角架上取了一掛佛珠，手裡掐著，默然無言。

他弟兄四人既不敢說不要，也不能說受之有愧，更絕對的不能說多少。受錢之後，也就無一句話可說，因之也是對立一會，悄悄地走了。

金太太等他們走後，**不想一世繁華，主人翁只死了幾天，家中就鬧得這樣落花流水，不可收拾。這四個兒子，口頭上是不說什麼，但沒有一個堅決反對分開的。兒媳們更不說，有的明來有的暗來，恨不得馬上分開。倒是女兒雖屬外姓，她們是真正無所可否，然而也沒有誰會代想一個法子來振作家風的，人生至於兒女都不可靠，何況其他呢？**思想到這裡，一陣心酸，不覺流下淚來了。

金太太在這裡垂著淚，道之抱著小貝貝進來了，問道：「你又傷心，小外孫子來了，快親親吧。」說著，抱了小孩子，真塞到金太太懷裡去。

金太太撫摸著小孩子的頭，望了道之道：「守華看了半年的房子了，還沒有找著一處合適的嗎？」

道之道：「已經看好一處了，原打算這兩三天之內就搬。」

金太太道：「不是我催你搬家，我這裡不能容納你一家了，就是鳳舉他們也要搬家，自立門戶去了。你還寄住在這裡，那成什麼話呢？」於是就把剛才分財產的話說了一遍。

道之道：「你真這樣急，眼見得這家就四分五裂了，好比一把沙一樣，向外一撒，那可容易，再要團結起來，恐怕沒有那一日。」

金太太道：「團結起來做什麼？好讓我多受些閒氣嗎？有你老子在日，他有那些錢，可以養住這些吃飯不做事的人，我可沒有那些錢。遲早是一散，散早些，我少受氣，不好嗎？不過我養了這一大班子，到了晚年還落個孤人，人生無論什麼都是空的，真無味呀。」說著，在袖子裡抽出一條手絹，在兩隻眼睛角上又擦了兩擦，接著將小貝貝抱了放在大腿上坐著，只管去摸他的頭。

道之聽母親所說，也覺黯然，不過自己是個出嫁的女兒，有什麼法子來慰母親的寂寞呢？頓了一頓，因道：「那也不可一概而論，老七夫婦就太年輕一點，讓他們離開，也不大好嘛。」

金太太聽到這裡，先搖一搖頭，接著又嘆了一口長氣。道之道：「你老人家為什麼嘆氣？」

金太太道：「我嘆什麼氣？我看最不了的，就是這一對了，清秋這孩子，我先以為她還不錯，而今看起來，也是一個外實內浮的女子，我這兩天才知道，她和老七胡鬧得夠了，才嫁過來的，大概不久，笑話就出來了。」

道之道：「有什麼笑話？難道到了日子了？」

金太太道：「這也不算什麼，這年頭兒，乳著孩子結婚的也多著啦，只是我最近發現她有一晚上，漏夜回家去了一趟，辨什麼事我不知道，可是老七也是通了，分明是商量著辦的了。我只知道這一位……」說著，將三個手指頭一伸，接著道：「她很有幾個錢，老早就大做其公債買賣，而今由清秋這事一推，哪個不是一樣呀？他們有錢不能讓誰搶了去，偏是表面上極力裝著窮，我為這一點也恨他們不過，讓她去造一番乾坤吧。」道之知道母親是極能容物的人，現在是這樣的不平，這話也就不好相勸，因嘆了一口氣道：「若是大家就是這樣的散了……」說不下去了，又唉著一聲。

母女對坐無言地坐了一會，接著玉芬來了，才開始說話。

玉芬卻望著道之道：「四姐，剛才你在這裡嗎？我們真分了嗎？」說著這話，把聲浪壓得極低，好像有極端不忍的樣子。

金太太道：「這事我就是這樣辦，並不算分家，家留著我死了再分，現在不過給你們一點錢，讓你們去做奮鬥的基礎罷了，真有不願要的，誰願光了手去做出一番事業來，我更是贊成。」說畢，板了臉不作聲。

坐了一會兒，玉芬覺得一肚子的議論給婆婆一個大帽子先發制人地制住了，暫時也就只好不說，恰好老媽子說有電話找，借著這個機會就離開了這裡，回自己屋子裡去接電話。一說話時，卻是白秀珠，她道：「現在你總可以出來了吧？我有幾句話和你談談，請你到我這裡來。」

玉芬道：「關於哪一方面的事，非馬上來不可嗎？」

秀珠在電話裡頓了一頓，笑道：「不忙，但是能馬上來是更好。」

玉芬以為電話裡或不便說，就答應馬上來，掛上電話，回頭見鵬振將所分的那一股紙券放在桌上，遠遠坐在沙發上，望了桌面，只管抽煙捲。

玉芬一把將那些東西完全拿在手上，打開衣櫥向一只小抽屜裡放進去，一面鎖抽屜和櫥門，一面回過頭來說道：「你真沒有出息，不過這幾個錢，你就看得那樣出神。我姓王的，就不分家產，也比你這個超過幾倍去呢，那又算什麼？」

鵬振笑道：「原是因為錢不多，我才想了出神，覺得做這樣不夠，做那樣也不夠。若是錢多的話，手邊非常順適，我就用不著想了。秀珠她在電話裡怎樣地說，是合作的事嗎？」

玉芬道：「合作也好，不合作也好，與你可沒有什麼關係，你也不必問。」說時，將鑰匙放到小皮包裡，自己匆匆換了一件衣服，就走出來。

這兩天家裡的汽車都閒著的時候多，便坐了一輛，獨自到白家來。也不用老媽子通報，一直到秀珠屋子裡來找她，在窗子外先笑道：「我夠交情不夠交情？一個電話，馬上就來了。」

秀珠聽到玉芬的聲音早迎了上前，握住她的手笑道：「真是夠朋友，一個電話就來了」。將玉芬讓在一張軟榻上，自己也坐在上面，因低聲說道：「你要怎樣謝我呢？你的款子已全部轉存到華國銀行去了，因為這筆款子是由華國銀行轉撥的，家兄不知道你能不能信任那銀行，不敢給你存定期的，只好給你存活期的，和公司方面糾纏了幾個月，總算告了一個段落。」說著，連忙打開箱子，拿了一個摺子，交給玉芬。

玉芬雖知道公司裡那筆款子有白雄起在公司的貨款上，有法子能弄回來，然而錢沒到手，究竟不能十分放寬心，現在不但錢拿回來了，而且人家都代為存好了，白雄起雖係表兄的關係而出此，然而也虧得秀珠在一旁鼎力吹噓，不然，絕不能辦得這樣的周到，於是站起身來，一隻手接了摺子，一隻手握了秀珠的手，笑道：「我的妹妹，這一下子，你幫我的忙幫大了，我怎樣的謝你呢？」

秀珠笑道：「剛才我也不過說著好玩罷了，當真還要你謝我嗎？」

玉芬道：「你雖然不要我謝，然而我得著你這大的好處，我怎能說不謝？」

秀珠笑道：「你真是要謝，請我吃兩回小館子就得了，因為這全是家兄辦的，我可不敢搶別人的功勞。」

玉芬道：「吃館子，哪時候不吃，這算得什麼謝禮？」說著，定了眼神想了一想，自言自語地道：「我有辦法，我有辦法。」

秀珠拉了她的手，又一塊兒坐到軟椅上去，兩手扶了玉芬的右肩，將頭也枕在肩上，笑問道：「這麼久不出來，你也不悶得慌嗎？」

玉芬覺得她這一分親熱，也就非常人所可比擬，反過一隻手去，撫摸著秀珠的指尖，又撫摸著秀珠的臉，笑道：「表妹，真的，我說要感謝你，是必定要做出來的，絕不是口惠而實不至的人。」

秀珠站了起來，拍著她的肩膀笑道：「誰讓我們是這樣的至親呢？難道說能幫忙的時候，都眼睜睜望著親戚吃虧去，也不幫助一把嗎？得啦，不要再提這話了，我們再談別的吧。」

玉芬見她這樣開誠布公地說了，就不好意思再說酬謝的話，只是向著秀珠笑。

秀珠道：「現在你金府上總可以不受那喪禮的拘束了，你在我這兒多談一會兒，吃了飯再回去，我想伯母總不會見怪吧？」

玉芬一抬肩膀，兩手又一伸，一撇嘴道：「不成問題，樹倒猢猻散，我們家今天分家了。但是這家可以說是分了，也可以說是沒有分，你覺得奇怪不是？讓我……」

秀珠便接著道：「不用說，我已經知道了，這種辦法也很好，事實上大家幹大家的，表面上並沒有落什麼痕跡。」

玉芬道：「你怎麼會知道？這事也不過剛發生幾小時，真是好事不出門，惡事傳千里了。」

秀珠微笑道：「這也不算惡事，也沒有傳到一千里，我有耳報神，把消息告訴我了。」

玉芬一想，就猜著十有八九是燕西打了電話給她了，這話她若不說，也就不必說破。便裝麻糊道：「這事本也用不著瞞人，親戚家裡自然是首先知道的，我想著，為了種種便利起見，很打算搬出來，找一所小一點的房子獨住，你看如何？」

秀珠笑道：「喲！這是笑話了。像你這樣的智多星，哪樣事情不知道，倒反過來請問於我？」

玉芬笑道：「就算我是智多星，老實說，你也比我不弱呀。我來問你的話，你倒不肯告訴我？」

秀珠笑道：「你既承認是智多星，我就不妨說了。我以為你最好還是搬出來住，要做個什麼，要辦個什麼，還不至於受拘束。就是我，也可以不受拘束，隨便到你府上去談天了。」

玉芬道：「你到現在為止，對我們老七還有些不滿意嗎？」

秀珠聽了她這話，頓了一頓，沒有答覆，兩手叉了腰，昂著頭道：「不！我對他完全諒解了。玉芬姐，你不是外人，我所告訴你的話，諒你也不會宣布。哼！像金燕西這種人才，沒有什麼出奇，很容易找得著，不過人家既在我手上奪了去，我一定要現現本領，還要在人家手上奪回來。我說這話，你相信不相信？」說著，她又是一擺頭，把她那燙著堆雲的頭髮就在頭頂一旋。

玉芬拍著她脊梁笑道：「我怎麼不相信，只看你這種表示堅決的樣子，我就可以相信了。」

秀珠被她說破，倒伏在椅子背上笑起來。

玉芬道：「不是你自己說明，我可不敢說，我看我們老七，就是在孝服中，大概也不止來找你一次了，今天有約會嗎？」

秀珠一抬頭道：「有，他說舞場上究竟不便去，我約他在咖啡櫃房裡談談。咱們名正言順地交朋友，那怕什麼?絕不能像人家弄出笑話來了，以至於非要這人討去不可，這種卑劣的手段，姓白的清白人家不會有的。」

玉芬真不料她大刀闊斧會說出這樣一套，笑道：「你很不錯，居然能進行到這種地步，我祝你成功吧。」

秀珠又哼著一聲道：「這種成功，沒有什麼可慶祝的，然而我出這一口氣，是不能不進行的。」

玉芬看她的顏色，以至於她的話音似乎有點變了常態，要再繼續著向下說，恐怕更會惹出什麼不好聽的話來，只得向她默然笑著，不便提了，便道：「我也要看看表兄去，應當專誠謝他兩句哩。」說著，就出了秀珠的屋子，去看白雄起去了。

秀珠拿起床頭邊的電話插銷，就向金家要電話，不多一會兒，燕西就接著電話了。秀珠道：「請你到我們家來坐坐，好不好?你三嫂也在這裡。」

燕西答說：「對不住，有我三嫂在那裡，我實在不便來，但是晚上的約會，我可以把鐘點提早一點。她在那裡，就是你也覺著不方便。」

秀珠道：「彼此交朋友，有什麼叫方便不方便?」

燕西道：「我剛剛將錢拿到手，少不得我也要計畫一下，我們哥兒們正有一個小會議哩，我明天到府上來拜訪就是了。」

當他二人正在打電話的時候，玉芬在白雄起那邊屋子裡，也拿了插銷打電話，一聽有秀珠和燕西說話的口音，就聽了沒有作聲，把這事擱在肚裡，也不說出來。當日在白家吃了便飯回去，便留意起燕西的行動來。

到了晚上八點鐘打過，燕西就不見了。約摸有一點半鐘，在隔院子裡聽得清楚，燕西開著上房門進屋裡去了，於是一切的話都已證實。

燕西這種行動，連玉芬都猜了個透明，清秋和他最接近的人，看他那種情形豈有不知之理？所以燕西一進房來，清秋睡在床上了，只當睡著了不知道，面朝著裡，只管不作聲。

燕西道：「也不過十二點多鐘罷了，怎麼就睡得這樣的死？」

清秋也不以為他說得冤枉，慢慢地翻轉一個身，將臉朝著外，用手揉著眼睛道：「還只十二點多鐘嗎？不對吧。跳舞場上的鐘點怎樣可以和人家家裡鐘點相比呢？」

燕西是穿了西服出去的，一面解領帶，一面說道：「你是說我跳舞去了嗎？我身上熱孝未除，我就那樣不懂事？我要是到跳舞場上去了，我也該換晚禮服，你看我穿的是什麼？你隨便這樣說一句不要緊，讓別人知道，一定會說我這人簡直是混蛋，老子的棺材剛抬出去，就上飯店跳舞了。你轉著彎罵人，真是厲害呀。」

清秋道：「我是那樣轉著彎罵人的人嗎？只要你知道這種禮節，那就更好哇，不過你鬧到這般晚才回家，是由哪裡來呢？」

燕西道：「會朋友談得晚一點，也不算回事。」

清秋道：「是哪個朋友？」

燕西把衣服都脫畢了，全放在一張屜桌的屜子裡，於是撲通一聲，使勁將抽屜一關，口裡發狠道：「我愛這時候回來，以後也許我整宿不回來，你管得著嗎？這樣地干涉起來，那還得了！我進你一句忠告，你少管我的閒事！」說話時，用腳上的拖鞋，撲通一聲，把自己的皮鞋踢到桌子底下去。

到了這時，清秋有些忍不住了，便坐了起來道：「你這人太不講理了，你鬧到這時候回來，我白問一聲，什麼也不敢說，你倒反生我的氣？我以十二分的信託你，你卻一絲一毫也不信託我。男子們對於女子的態度，能欺騙的時候就一味欺騙，不能欺騙的時候，就老實不客氣來壓迫。」

燕西道：「怎麼著？你說我壓迫了你嗎？這很容易，我給你自由，我們離婚就是了。」

清秋自嫁燕西而後，不對的時候總有點小口角，但是「離婚」兩個字卻沒有提到過。現在陡然聽到離婚兩個字，不由得心裡一驚，半晌說不出話來。

燕西見她不作聲了，也不能追著問，他一掀被角，在清秋腳頭睡了。

清秋在被外坐了許久，思前想後，不覺垂了幾點淚，因身上覺得有些冰涼，這才睡了下去。心裡便想，再問燕西一句，是鬧著玩呢？還是真有這個意思？盤算了一晚，覺得總是問出來的不妥，無論是真是假，燕西一口氣沒有和緩下去，只有越說越僵的，總是極端地隱忍著。

到了次日早上，清秋先起，故意裝出極平常的樣子，彷彿把昨晚的事全忘了。燕西起來了，一聲也不言語，自穿他的衣服，穿好了衣服，匆匆忙忙地漱洗完了，就向前面而去。

清秋雖然有幾句話想說，因為要考量考量，不想只在這猶豫的期間，燕西便走了，一肚子的話，算是空籌劃了一陣。

燕西出來，自在書房裡喝茶吃點心，在家裡混到下午兩點鐘，秀珠又來了電話，說是在公園裡等他了。燕西總還沒有公開地出去遊逛過，突然提出上公園去，怕別人說他，因之先皺眉，見人只說頭痛，因之也沒有哪個注意到他，就告訴金榮道：「我非常煩悶，頭痛得幾乎要裂開了。我怕吃藥，出去吸吸新鮮空氣。有人問我，你就這樣說。」

金榮也不知道他命意所在，也就含糊答應著。

燕西吩咐畢了，就坐著一輛汽車向公園裡來。知道秀珠是專上咖啡館的，不用得尋，一直往咖啡館來。遠遠看見靠假山邊一個座位上，有個女郎背著外面行人路而坐，那紫色漏花絨的斗篷，托著白色軟緞的裡子，很遠的就可吸引人家的目光。

在北京穿這樣海派時髦衣服的人，為數不多，料著那就是秀珠。及走近來一看，可不是嗎？她的斗篷披在身上，並不扣著，鬆鬆的搭在肩上，將裡面一件鵝黃色簇著豆綠花邊的單旗袍透露出來，見著燕西，且不站起，卻把自己喝的一杯蔻蔻向左邊一移，笑著將嘴向那邊空椅子上一努，意思讓他坐下。燕西見她熱情招待，自然坐下了。

秀珠看了一看手錶，笑道：「昨天兩點鐘回去的，今天兩點鐘見面，剛好是一周。」

燕西道：「你這說我來晚了嗎？」

秀珠道：「那怎樣敢？這就把你陪新夫人的光陰整整一日一夜分著一半來了，昨天晚上回去，你夫人沒有責備你嗎？」

燕西道：「她向來不敢多我的事，我也不許她多我的事，這種情形是公開的，絕不是我自吹，你無論問誰，都可以證明我的話不假。」

秀珠這時似乎有了一點新感動，向著燕西看了一眼，發出微笑來。

這種微笑，在往日燕西也消受慣了，不過自與清秋交好，和秀珠見了面，便像有氣似的，秀珠也是放出那種憤憤不平的樣子，後來彼此雖然言歸於好，然而燕西總不能像往日那樣遷就。

燕西不還就，秀珠縱有笑容相向，也看著很不自然。總而言之，她笑了便是笑了，臉上絕無一點嬌羞之態，就不見含有什麼情感了。現在秀珠笑著，臉上有一層紅暈，笑時，頭也向下一低，這是表示心中有所動了。

燕西不覺由桌子伸過手去，握了她的手，因問道：「請你由心眼裡把話說出來，我的話究竟怎麼樣？有沒有藏著假呢？」

秀珠將手一縮，向燕西瞟了一眼道：「你又犯了老毛病？」

燕西笑道：「並不是我要犯老毛病，我要摸摸你，現在是不是瘦了一點？」

秀珠道：「你怎麼說我瘦了？我又沒害病。」

燕西道：「雖然沒有害病，但是思想多的人，比害病剝削身體也就差不多。」

秀珠笑著搖了一搖頭道：「我有飯吃，有衣穿，我有什麼可思？又有什麼可想？」說著這話，對燕西望了一望，意思是說，除非是思想著你。

燕西被她這一望，望得心神奇癢，似乎受了一種麻醉劑的麻醉一樣，說不出來有一種什麼奇異的感覺，望著她也笑了。

茶房見秀珠的大半杯蔻蔻已經移到燕西面前來，於是給秀珠又送了一杯新的來，這時，燕西才知道是喝了人家的蔻蔻，杯子上還不免有口脂香氣，自不覺柔情蕩漾起來，於是兩手一撐，伸了一個懶腰，笑道：「你今天到公園裡來，光是為了等我說話，還有其他的事情呢？」

秀珠笑道：「這個你可以不必問，你看我坐在這裡靜等，還做有別的事情沒有？若是沒有做別的事情，你想我一個人坐在這裡做什麼？」說到這裡，向著燕西望了一眼，現出那要笑不笑的樣子來。

燕西笑道：「這樣說，由今天起，你就是完全對我諒解了？」

秀珠將小茶匙伸在杯子裡，只管旋著，低了頭，一面呷蔻蔻，一面微笑。

燕西躺著在藤椅子上，兩腳向桌子下一伸，笑道：「你怎麼不給我一個答覆？我這話問得過於唐突一點嗎？」

秀珠鼻子裡哼著，笑了一聲道：「這樣很明顯的事，不料直到今天你才明白，我還有什麼可說的呢？」

燕西笑道：「這樣說，你是很早對我諒解的了，我很慚愧，我竟是一點都不知道。不過我現在完了，我不是總理的少爺了，是一個失學而又失業的少年，我的前途恐怕是黯淡，不免要辜負你這一番諒解盛意的。」

秀珠臉色一正道：「你這是什麼話？難道我是那樣勢利眼？再說，你這樣年少，正是奮鬥的時代，為什麼自己說那樣頹唐不上進的話？」

燕西當自己說出一片話之後，本來覺得有點失言，總怕秀珠不快活。現在聽秀珠的話，卻又絲毫沒有生氣的意思，不但彼此感情恢復了，覺得她這人也和婉了許多，大不似從前專鬧小姐脾氣了。

在他這樣轉著良好念頭的時候，臉上自然不能沒有一點表示。秀珠看見，笑道：「你今天怎麼回事？好像是初次見著我，不大相識似的，老向我望著，要吃一些點心嗎？若不吃點心，我們就在園裡散散步如何？」

燕西當然目的不是吃東西，便道：「我是在家裡悶得慌，在園子裡走走，我很贊成的。」於是招呼了一聲茶房，二人就向樹林子走去。

秀珠的斗篷並不穿在身上，只搭在左胳膊上，於是伸了右手，挽著燕西左胳膊，緩緩地走著。

燕西心裡也想著，就是在從前，彼此也不曾這樣親熱的，這一句話還不曾出口，不料秀珠倒先說起來，她就笑道：「我們這樣的一處玩，相隔有好久的時候了。」

燕西道：「可不是，不過朋友的交情原要密而疏，疏而又密，那才見得好的。」

秀珠笑道：「你哪裡找出來的古典？恐怕有些杜撰吧？」

燕西笑道：「我也不知道是不是杜撰的，不過我心裡覺得是這樣，所以我就照著這樣子說出來。」

秀珠點點頭道：「原來你為人是這樣喜好無常的，往日如此，來日可知了。」

燕西笑道：「這話在你，或者應當這樣說的，現在我是無法辯明，將來你往後瞧自然就明白了。」說到這裡，燕西固然是不便向下說，秀珠也就不便向下說，二人倒是默然地在樹林外的大道上走著。

走了許久，秀珠卻不自禁的嘆了一口氣，燕西道：「好好的為什麼你又傷感起來？你這口氣，嘆得很是尷尬呀。」

秀珠笑道：「嘆氣有什麼尷尬不尷尬？我一年以來全是這樣，無緣無故就會嘆上一口氣，為了什麼連我自己也不知道。」

燕西道：「這自然是心裡不痛快的表示，希望你以後把這脾氣改了。這也容易改的，只要遇事留心，就可以忍回去了。」

秀珠笑道：「多謝你的厚意，但是這個脾氣也不是空言可以挽回來的。」說到這裡，秀珠自搖了一搖頭，似乎這話說得不大妥當，於是彼此默然了一會，二人在公園裡走著，整整兜了兩個圈子。

秀珠彎了腰，用手在腿上捶了兩下，笑道：「老這樣走著嗎？我有點累了。」

燕西道：「再去喝一杯咖啡去。」

秀珠道：「喝了又走，走了又喝，就留戀在公園裡，不用走了。我家裡還有一點事，要回去料理料理。」

燕西道：「不忙不忙，還兜兩個圈子。」

秀珠皺了眉道：「我實在有事，怎麼辦呢？但是你的命令我也不敢違拗，陪你走一個圈子，我的確要走了。」

燕西聽她說出這種話來，倒過意不去，便道：「你真有事的話，不要為了玩誤了正事。」

秀珠勉強地笑道：「再走一個圈子也不要緊，我的事固然不能丟下，也不能與你心裡不痛快。」說著，縮了脖子一笑。

燕西也笑了，又走了一個圈子，倒是燕西先說：「你回去吧，這個圈子走了有三十分鐘，工夫耽誤不少了。」

秀珠的一隻胳膊讓他挽著還不曾抽開，便笑道：「那麼，請你送我上大門口。」

燕西連說著可以可以。秀珠笑著望了他一眼道：「你的脾氣比從前好多了。」

燕西笑道：「這話可以代替我說你，我對於你，也是這樣的感想。」

秀珠這就不用再說了，只是微笑。二人很高興的一路出了公園，還是燕西用汽車送了秀珠回家，然後才回去。

# 四　流連花叢終不改

燕西回到家門口，剛一下汽車，只見門房裡有個中年漢子先迎了出來。燕西很眼熟，卻記不起他姓什麼，只看他穿了一件黑色長衫，又戴了黑色的呢帽，不是什麼高明的衣飾，頗帶一點流派。他早走上前，給燕西請了一個安，問道：「七爺，你好？」

燕西望了一望他道：「我很是面熟，你貴姓？」

那人道：「我是李大，白蓮花是我妹妹。」

燕西微笑道：「哦！我記起來了，她好嗎？好久不見了。我們老爺子過去了，我是什麼應酬也不能理會。」

李大向後一站，道了一聲是。

燕西道：「你令妹在天津一趟不錯吧？」

李大皺了眉道：「別提，賠了。回來之後，倒是有幾處邀她，她是讓你捧起面子來了，為了戲碼子，東不成，西不就。現在倒是自己來個班子，早就要來請七爺的示，知道宅裡有白事，不敢過來，連電話也不敢打，今天舍妹讓我過來，給七爺請安，給三爺大爺二爺請安。」

燕西道：「我們現在不比從前了，雖然說不見得就窮下來，可是這樣熱鬧地方前去不得，給人家議論一陣，可受不了。」

李大連連答應了幾個是，可是站著也沒敢動。燕西站著想了一想，便道：「你的意思我明白了，再說吧。」說著，進內去了。

李大見他匆匆地進去了，一點沒有得著結果，這和今天來的目的相差未免太遠，望著上房，未免發了愣。

那門房就叫道：「李大哥，怎麼樣？和我們七爺說著，得了個信兒嗎？」

李大走回門房裡，皺了一皺眉道：「七爺忙得很似的，沒有給我一句準話，我就這樣回去了，交不了差，家裡準得有麻煩。要不，勞你駕，進去再給我提一聲，若是有點好處，我準忘不了你。」說著，笑了起來，和門房連拱了兩下手。

門房笑道：「不用上去回，要是照你這一套話，走上去準是碰釘子回來。我的意思，最好就是你請李老闆自己來說，七爺礙著面子，他自己不便上戲館捧場的話，他幫個忙，拿出幾個錢來，總也沒有什麼不可以。」

李大道：「現在能來嗎？她糊裡糊塗跑了來，又是個亂子。」

門房一笑，接著將頭一搖，現出他那很自負的樣子來，因笑道：「這就用得著我們了，她來了，我們給她找個地方先坐著，然後悄悄地上去一回話，一見了面，怎樣地去說話，我想李老闆準比我們還機靈，用不著我們去擔心。」

李大笑道：「那敢情好，可是舍妹不像我，要她在這兒等上三四個鐘頭，那辦不到。」

門房用手一指鼻子尖道：「要我們幹嘛的？你先打個電話來，七爺在家裡，她才來，不在家，回頭再打第二回電話，你看這辦法妥當不妥當？」

李大不料門房自告奮勇能幫這樣一個大忙，就連作兩個揖道：「那我就感激不盡了，過兩天，我先請你喝一壺。」

門房笑道：「咱們朋友，交情不在乎這上頭，你就照我的話辦吧。」

李大有了這樣一個機會，自是喜之不盡，回家去對白蓮花一說，白蓮花是到過金府多次的，只要門房不擋駕，自己有法子見著面，那就好說了。

當日自然是來不及去見燕西，到了次日，梳洗好了，連午飯也不吃，就打了電話到金宅的門房裡去。門房連說正是機會，今天上午他要在家裡等一個人，不會出門的。白蓮花聽了這話，掛上電話，趕快就坐了車子前來。

到了金宅門口，那門房不待人去找他，他逕自迎上前去，笑道：「李老闆你來得好，七爺這時候在書房裡，你先請到外客廳坐一坐，我去給你送個信兒。」

白蓮花道：「我帶了名片來了，你先給我遞了這張名片去。」於是交了一張名片給他，向他笑著說了一聲勞駕。

門房聽了這一聲勞駕，比得了什麼重禮還要高興，連道：「這不算什麼，李老闆難得來的，這一點小忙，我們還不應幫的嗎？」說著，將那張小名片握在手板心裡。

到了書房裡，只見燕西手上捧了一本圖書雜誌，架起腳來，躺在沙發上看。門房叫了一聲七爺，燕西並不曾起身，只是放下雜誌，對他望了一望。

門房也不說什麼，就把那張白蓮花的名片輕輕向雜誌封面上一放，燕西一望是「白蓮花」三個字，將名片拿在手裡，將雜誌一扔，便笑道：「她來了嗎？這真胡鬧了，怎麼辦呢？你讓她在哪裡坐？」

門房知道他已完全軟化了，便笑道：「我沒有敢往裡頭引，讓她坐在外邊小客廳裡。」

燕西道：「胡鬧了，一個女客怎麼讓人家在外邊小客廳裡待著呢？」

門房道：「那麼，請她到書房來坐吧？」

燕西對於這辦法還在猶豫著，門房已經走了。不多大一會子工夫，房門一推，白蓮花輕輕悄悄地伸著半邊身子進來，探望了一下，見並沒有別人，然後笑著叫了一聲七爺。

燕西道：「請進吧，好久不見了。」白蓮花也不見外，就在燕西坐著的那張沙發上坐下。

燕西握了她一隻手，見她穿的是一件灰嗶嘰夾袍，便道：「你穿得這樣的素淨？」

白蓮花道：「你府上有了白事，我穿得那樣花花哨哨地來，也不近情理，再說，我不是我大哥回去說七爺讓我來，我還不敢來呢。」

燕西心想，我何曾叫你來？你哥哥和我說話，我都沒有聽完呢，不過心裡雖然是這樣的想，口裡可不能這樣的對人說，便笑道：「這更見得你為人客氣過分了。」

說時，便伸手要按鈴，白蓮花攔著道：「你又要叫聽差張羅一氣嗎？茶也不要，煙也不要，我們的交情不在這上面，說兩句話我就走，我也不便在這裡多耽擱。」

燕西道：「不要緊，我雖然在服中，難道客還不能來嗎？你的來意，我也明白了，我暫時是不好明目張膽出去玩的，這一層你當然也明白，用不著我來說。」

白蓮花笑道：「我連來還不敢來呢，自然是不敢要七爺出去的了，只要肯幫忙，也不敢勞你大駕。」

燕西道：「用不著我出門的事，像我們這樣的交情，我哪裡推得了？你實說，要我出多少錢？我盡力而為。」

白蓮花笑道：「七爺雖然是一句老實話，我們聽了，可是罪過了，憑著什麼要七爺在金錢上幫忙呢？我的行頭，湊合著還可以唱幾齣戲，就是怕上臺的日子，上座兒不行，那可要了面子。我想，只要七爺給我提倡三個禮拜，我這頭一關打破就好辦了。你別聽著說三個禮拜，這日子長久了，其實一個禮拜也不過唱兩天戲，憑你七爺代銷幾個包廂和三排散座，總不成多大問題。」

燕西先聽她說，並不要在金錢上幫忙，倒有些奇怪，這時她掉了一個方向，就是不做行頭，只銷戲票，由她的說法算來，不做行頭，就不能算是花錢了，這戲票和包廂票不用拿錢去買嗎？心裡這樣的想著，臉上便有些個不高興。

白蓮花原是因為燕西把話說得太直率了，所以說著這話想來遮掩遮掩，不料越遮掩越壞，倒引起主人翁不高興起來，於是將頭斜靠著燕西的肩膀，一手繞過來，搭在燕西的肩膀上，鼻子裡連哼了幾聲，扭著身子道：「七爺，你總得幫我的忙，你若不幫我的忙，我可急了。好七爺，你最疼我的，你別讓我著急了。」

這一下子，不由得燕西不把一肚子氣消了乾淨，便道：「你的事情，我有什麼法子不答應？不過我現時在服裡，實在不敢大鬧，花了錢不要緊，真會找上一頓罵挨。」

白蓮花見燕西已是不能拒絕了，便握著他的手道：「你是知道我的情形的，我除了你以外，並沒有第二個捧我的，就是有那些不相干的人來捧我，我也不希罕他捧，平常也沒有什麼關係，到了這樣要緊的時候，我媽就說我平常不肯應酬人，現在怎麼樣？我讓她說了我好幾次，我也沒有法子替自己來分說了，我明知道七爺這個時候是不能出面捧人的，我來找你，真是十二分沒法，我說這話，我想你未必相信。」

這一陣不痛不癢的話，鬧得燕西真無法可以說個不字，便笑道：「我真是要捧場，不但要瞞著外頭人，就是自己家裡也要守極端的秘密，若是讓人知道了，我們老太太就不能答應我。

你是什麼日子上臺？請你先通知我一聲。我雖然不能來，也會請劉二爺代表的。」

白蓮花知道他已是完全答應了，便笑道：「你若是不便聽戲，到後臺去玩玩也不要緊，說不定我還可給你介紹介紹兩位。」

燕西伸手一摸白蓮花的嫩臉，笑道：「有這樣一個我就受不了，我還能再讓你介紹嗎？你真大方，倒肯不吃醋。」

白蓮花瞟了他一眼道：「你這是什麼話？難道你只認識我一個？那也太難了，你以後就只許捧我一個，你若是捧別人，我不依你的。」說著，鼻子裡連哼兩聲。

燕西對於這種醋意，明明是越酸越情濃，心裡十分得意，便笑道：「我就聽你的話，不捧別人了，可是介紹還得介紹呢。」

白蓮花道：「哼！我不介紹了。」

燕西哈哈大笑。

白蓮花道：「你這是不成問題的了，我也不便多在這裡坐，我先去。」

燕西道：「何必回去？就在我這裡吃午飯吧。」

白蓮花道：「那更是不妥，讓老太太知道了，真成了那句話，我吃不了兜著跑呢，你若是誠心賞面子，願意和我吃飯，中晌來不及了，就請晚上到我家裡去吃便飯，我不敢說有什麼好菜，我一定親自做兩樣菜給你吃。」

燕西道：「真的嗎？不要是把館子裡菜冒充的吧？」

白蓮花道：「只要你肯賞光，我一定親自做菜給你吃，你若是不肯信，回頭你就監督著我做菜，你看好不好？我家裡到菜市上還不遠，我不但是做出來，我還要親自到市上挑選一番，看是什麼東西做出來好吃。可是我忙了一陣，你要不去的話，我真會怪你。」說著話，她已是站了起來，兩手都握了燕西的手，裝出那種十分親熱的樣子來。

燕西始終也沒有說去，不料她倒說得那樣肯定，簡直是非去不可，因點點頭，向她微笑。白蓮花噘了嘴，微微地跳著腳，又扭著身子道：「那不行，你騙著我去買了菜，我倒是自己來吃嗎？」

燕西笑道：「你有點不講理了，你說要做菜，又說要親自去買菜，好意雖是一番好意，但是我自己想著我自己的事，是不是有工夫去呢？我還沒有算計好。」

白蓮花不等他向下分辯，便道：「我明白七爺的心事，以為我現在要七爺捧場，才請七爺去吃飯，有點勢利眼，其實吃飯是吃飯，捧場是捧場，絕不能混在一處說的。」

燕西道：「糟了，這樣說，倒是我怕捧場，所以今天不去吃飯，我們一言為定，下午六點鐘，我一定到你家去。可是我和你有約在先，千萬不要弄出許多菜，要弄出許多的話，留著我下回再去吃。你看我這樣多乾脆，你只約我吃這一餐，我連第二第三餐都答應去了。」

白蓮花一聽燕西的口音絕不會反悔的，這就高高興興地辭別回家。

燕西當時原是礙著她的面子，及至她走了，一想到這樣熱孝在身，就到女戲子家裡去捧場，人家知道了，固然是要罵，就是自己良心上說來，這種舉動也太不通情理，難道說父親去世，又接著分家，這樣生離死別的環境之下還能作樂嗎？

白蓮花自己來了，這面子駁不過去，給她幾個錢也就完了，何必一定要自己捧場？這樣一想，所說的話也就不覺得完全推翻。正午本約了兩位舊同學，商量自己出洋求學的問題，留著吃過飯，談談說說，自然也就不覺是下午三四點鐘了。

所談的結果，是自己要補習英語，這一步不預備得充足，縱然是身邊多帶一些錢，也減少許多興味，自己一想，也是不錯，我的英文本來有些底子的，無故把它丟了實在可惜，就是不出洋，把英文練習好了也不算壞。

這樣想著，客去以後，就在書房裡不走，翻出幾本英文書出來看。然而當他翻著英文書看了幾頁之時，白蓮花催請的電話就來了。她在電話裡說，不一定在吃飯的時候到，早些去也可以多談談。

燕西一接電話，便笑道：「何以這樣快？我這人真未免太饞了。」

白蓮花在電話裡再三央告著，說是必得去，若不去，我就急了，燕西被她央告不過，笑了一笑，只好答應就來。

白蓮花還怕他這話靠不住，說畢，又切實叮嚀了幾句，燕西原是想著用話能敷衍過去也就算了，現在白蓮花這樣殷勤地表示著，若是不去的話，未免太不給人家面子，好在到女伶家裡和到戲院子裡去捧場完全不同，這不過男女朋友彼此往來，絕不能認為是捧場，就是讓人家知道，也不能說我什麼閒話的。

這樣想著，把剛才要讀英文的計畫就完全拋開。

在孝服中穿綢衣是不可能的，穿布衣服，又從來沒有養成這樣的習慣，這只有一個法子，改穿西服，至多不過是袖子上圈上一道黑紗，於漂亮上是毫無妨礙的。他這樣的一想，立刻挑了一套漂亮西服換上，然後坐了汽車，匆匆向白蓮花家來。

白蓮花聽到門外汽車聲響，卻一直接到大門外來，手攙著燕西下車，笑道：「真對不住，還要你抽空跑來了。」手握著手，二人笑嘻嘻地走進門去。

白蓮花的母親，也是蒼蠅見血一般，老遠地拍著手笑道：「真是給面子，一個電話就催得來了。」迎上前，說了一句好久沒見，就放連環銃似的，胡亂著問了一陣好。燕西也來不及答應，只口裡含糊答應著好，點頭而已。

白蓮花已是有名坤伶，所以她家就住了一所獨門獨院的屋子。北房三間，是白蓮花住所，在這三間中，一間是白蓮花的臥室，兩間打通了，作了白蓮花的會客室。燕西來了，白蓮花毫不躊躇地一直引他到臥室裡來。

白蓮花已大有南方人的風味了，臥室裡面，正中也放了一張銅床，也擺兩張大小的沙發，沒有炕，也沒有北方人用的那種粗笨的大四方凳子。燕西笑道：「你去了一趟上海，幾趟天津，慢慢也講究舒服了。」說著，坐在床上，用手連按了兩下被褥。

白蓮花道：「也不是為了圖我一個人的舒服。」

燕西笑道：「不是圖你一個人的舒服，這是為了圖多少人的舒服？我倒要問個清楚明白。」說時，拉了白蓮花，就向著她臉上望了，逼她回話。

白蓮花紅了臉笑道：「你又猜到哪兒去了？我的意思，不過說是有客來了，可以引到這屋子裡來坐坐。」

燕西道：「這不結了，我問的話沒有錯呀。」

白蓮花瞟了他一眼，笑道：「到我這屋子裡來的客，姊妹們不算，男的可只有你一個呢。」

燕西握著她的手道：「我不信，你有什麼法子證明你這一句話不是假的？」

白蓮花道：「那很容易，叫我媽來問一聲，你就明白了。」

燕西道：「不用別人證明，只要你自己證明就行了。」

白蓮花道：「我自己要證明什麼？我已經說了，就是你一個人到我屋子裡來的時候，那就只有你一個人到我屋子裡來。」

燕西道：「不是口說，要事實來證明。」

白蓮花低聲微笑，向外一努嘴道：「別胡鬧。」

白蓮花母親李大娘正沏了一壺好茶，要向屋子裡送，隔了門簾子聽著這句話，就默然站在外邊屋子裡，不進去了。過了十幾分鐘，李大娘故意將外面屋子裡東西弄得響，燕西和白蓮花就出來了。

白蓮花母女這個時候是二十四分快活，比買彩票得了頭獎還有把握些，李大娘走進走出，張羅著茶水，白蓮花坐在身邊，陪著談話。

還是燕西笑著先開口道：「你不是要親自做菜給我吃的嗎？」

白蓮花笑道：「就是這一層，可把我為難死了，我要是去做菜吧，這裡就沒有人陪你，我要陪你吧，又沒有人做菜，所以我在陪你說話，心裡可就估量著，這事要怎樣的辦？」

燕西笑道：「這可真叫你為難，但是我有個辦法了，我和你一路下廚房去，於是你也陪了我，你也做了菜我吃。」

白蓮花笑道：「那怎樣行？廚房裡有煤灰，髒了你的衣服。」

燕西道：「不要緊，我也愛看人做菜。」

白蓮花搶著道：「你別信口開河了，你愛看人做菜，你在家裡的時候，天天待在大廚房裡嗎？」

燕西笑道：「我說的人，是美人的人，不是廚房裡那些笨豬似的廚子，你不信，我在家裡的時候，還喜歡用火酒爐子，在自己屋子裡自己做菜呢。」

白蓮花頓著眼皮想著，微微地一笑，搖著頭道：「你下廚房，那使不得，還是我陪你，讓他們去做吧，其實我做的菜也不如他們。」

燕西學著那戲院子裡小生的樣子，將右手一個食指，橫著在鼻子下一拖，接上提起大腿，在大腿上一拍，於是將食指向地下畫著圈圈，身子一扭道：「我是醉翁之意不在酒喲……」

白蓮花輕輕在他胳膊上捏了一把，低聲道：「你少說兩句好不好？他們聽見，有什麼意思？」

燕西見她那種風情流動的樣子，也就忍不住笑將起來。

白蓮花道：「你若是有工夫出來玩，在我這裡吃過晚飯之後，我們一路去看跳舞，你看好不好？我反正還沒有唱戲，就是回來晚一點也不要緊。」

燕西笑道：「好，我哪裡有那樣大的膽子，現在居然就去上跳舞場？」

白蓮花笑道：「你今天怎麼回事？老是這樣死心眼兒哩。」

燕西聽說，於是又哈哈大笑起來。

他兩人在這裡談話，李大娘自去做菜，等到把菜飯做好了，已經晚上了。吃過了晚飯，白蓮花糾纏著他，非要他陪了去看跳舞不可，燕西覺得她意思太殷勤了，總不便過拂，果然就依了她，一路到巴黎飯店去看跳舞。

這個跳舞場，常是一直跳到大天亮的，燕西和白蓮花到了飯店裡，索性叫汽車夫開了汽車回去，不用在此等候。

到了次日，燕西又在白蓮花家裡吃午飯，白蓮花才正式開口，叫他拿出一些錢來，好籌備登臺的一切事情。燕西手裡正有著幾萬塊錢，一點兒小應酬，當然是不在乎，便道：「這個你用不著為難了，要多少錢，我給你籌多少錢就是了。」

白蓮花聽說，偏了頭，做出那沉思的樣子，右手點著左手的指頭，口裡念著，這樣一百，那樣八十，竟數出不少的賬目來。

燕西估量著已經有四五百塊，便道：「不用算，我下午送五百塊錢來吧，這也許不夠，不夠的話，我給你再行補上。你看我辦事乾脆不乾脆？」

白蓮花聽說，什麼也不曾答覆，先就是一笑。

他們是在屋子裡說話，李大娘在隔壁屋子裡聽了，便接著笑道：「那敢情好，將來我們怎麼謝謝七爺呢？」

白蓮花由屋子裡向外一跑，皺著眉道：「這又礙著你什麼事？要你在外邊搭碴兒。」

李大娘心裡也明白，年輕人坐在一處講情話，是討厭年老的人在一邊坐著礙眼或答話的，於是笑著一縮脖子道：「算我多事！可是我也是實心眼兒的話呢。」她說著，已是走出去了。

白蓮花回轉身來，燕西握著她的手笑道：「你對於媽，一點不客氣，你媽也太慣你了。」

白蓮花道：「並不是我和她不客氣，她說話東一句，西一句，聽了怪膩的。」

燕西往常來，李大娘總是不即不離地在一邊照應，燕西真也有些不願意，可是白蓮花卻是絲毫沒有什麼感想，今天她只搭了一句腔，就讓白蓮花把她趕走了，當然是極痛快的事，因笑道：「今天回家，她沒有問你什麼話嗎？」

白蓮花說：「沒有問。」

燕西道：「她放得下心嗎？」

白蓮花瞟了他一眼笑道：「有什麼不放心？難道怕你把我拐去賣了嗎？我們還是談正經事好不好？」

燕西起身笑道：「不用談，就是我剛才所說的話，五百塊錢，晚半天送來。我今天下午萬抽不開身，家裡有好些事。」

白蓮花只說得一句不是為錢，第二句也就說不出來了。

燕西急於要走，不能停留，白蓮花就握著他的手，送出大門口來。燕西上了汽車，白蓮花還在門口站著呢。

他到了家，已見兩乘大車在門口停著，堆滿了東西，燕西問門房道：「四小姐不是說還有兩天搬嗎？怎麼今天就搬起來了？」

門房道：「我也不知道，四姑爺今天上午帶了兩個人來收拾東西，接上就搬，聽說那邊新房子還沒有裱糊好呢。」

燕西覺得也是奇怪，便一直到劉守華這邊屋子裡來。只見屋子中間放了一只大箱，箱子大開著，劉守華一樣一樣的向裡面塞，西服脫下了，只穿了一件襯衫，然而他頭上還一陣一陣向外冒汗珠。道之手上提了一個小皮包，由裡面套間裡出來，小皮箱上還掛一把鑰匙，似乎最後一只緊要箱子也收拾完了。

道之看見燕西，便道：「這樣子，你是剛才得著消息來看情形的，對不對？」

燕西怎能說是不對，便道：「很奇怪，你們怎麼突然地就搬了？」

道之道：「不搬做什麼？在這裡當重大的嫌疑犯嗎？我們總還可自立，不至於去靠父親一點遺產。」

她說這話時，臉色已是慢慢地板起來。劉守華皺著眉，唉了一聲，又一跺腳。

道之眉一揚道：「你姓劉，你不敢惹他們，我姓金，我怕什麼？」

劉守華道：「你就是為了充好漢，弄得沒有人緣，現在只剩兩個鐘頭了，你還要充好漢？老七還沒有懂得原委，你糊裡糊塗說上一大堆，人家還不知道為了什麼事呢？」

燕西道：「果然的，為了什麼事呢？」

道之冷笑道：「什麼事？三嫂很不滿意我，說要分，從外姓分起。你想，在這裡住的外姓還有誰？我早就要搬了，而且還有一個姨奶奶在外面呢，偏是大家留著。」

燕西聽了這話，才知道她和玉芬又有口角的事了，便笑道：「她縱然有什麼話，也不能代表我們大家的意思。樹倒猢猻散，大家都是要走的了，你又何必先忙？」

劉守華道：「你既知道樹倒猢猻散，那還有什麼說的？而且我們還扔了一個日本姨奶奶在外面。」

道之冷笑道：「這一來，禿子做和尚，你倒將就著，若不是父親過世去了，我就在家裡住一輩子，也不搬出去，弄得你離而不離，合而不合，看你怎麼樣？」

劉守華笑道：「當著你兄弟的面，這可是你自己說的。怪不得這幾月說找房，總是一句話而已。」

道之道：「你別高興，搬出去之後，我也不難為她，和你好好的說說，讓她回國去，嫁到中國來，還不免給人做姨太太，那何必呢？」

這樣一提，劉守華不敢再說什麼了，一人自去撿他的箱子。

燕西站著望了一會兒，也是不好說什麼，自回自己屋子裡去。

只見清秋伏在案上，似乎在列一張什麼表似的，畫了一些橫格子直格子，格子裡面寫了許多細字，遠遠地看了一看，也不去理會。

清秋見他向軟椅上一躺，腿伸著直直的，似乎是疲倦了，笑道：「你在哪裡來？累了嗎？」

燕西心裡有事，以為這話是譏刺他的，很不高興，默然沒有作聲。

清秋哪裡知道這一層緣故，依然畫她的表，一直將表畫完了，高高興興地拿到燕西身邊來，笑道：「請你看上一看，我這個表列得怎麼樣？你還有比這完全些的計畫沒有？」

燕西睡在那裡，先是想到白蓮花的那筆錢，繼而想到劉守華之走，伏了大家分散的預兆，照此下去，不定哪一天要散到自己。散到了自己頭上，那就錢也為數不多了，現在似乎不能不謹慎一點，以為將來之計。由省錢便又想到了白蓮花的那一筆款子，這是不是要拿出來哩？這不成問題，當然要拿出來的，難道還能在一個坤伶面前丟了這臉不成？好在也就是花這一次，以後不要浪費就得了，我在歌舞場中，多少錢也花了，豈在乎這一點款子。這樣地想著，把要消極的意思又興奮起來。

正想到這裡，清秋把那張表送來了，燕西也不曾伸手去接，就拿在手裡一看，上面寫的幾個稍大的字是：「小家庭第一年預算表」。

燕西將手一揮，淡淡一笑道：「不要讓人家笑話了！我們家裡這樣大的家庭，也不知道什麼叫預算表。到了我們手上，就要做起預算表來，真是會做作。」

清秋一頭高興，碰了他這樣一個釘子，真是不快活，然而就這樣拿了轉去，也有些不好意思，勉強笑道：「並不是我做作，你想呀，以前我們家開銷雖大，進款也大，只要用得不十分大，就不必預先籌付，將來到了我們自己手裡，能有多少進款，現在也不知道。就是分這樣一點家產，我們也要好好保留著，怎麼不要在事先預算一下？」

燕西突然站起來道：「這樣說，你是料定我沒有本事弄錢的，我縱然弄不到錢，我的家也用不著你操心來支配！」

清秋讓他說了一頓，愣住半天不能作聲，默然地將那張表放在桌上，然後才很和緩地道：「不要我畫表，我不畫就是了，這也用不著生這樣大的氣。我也不懂什麼道理，我現在做事，總是不如你的意，彷彿我和前幾個月另變了一個人。我也知道你的心事，大概是被那跳舞場紫色燈光和那沉醉的音樂迷住了，不過我想，一個人必定要到舞場上發洩愛情，恐怕總不會走上正常的道路，依我看來，那不過是求一時愉快的人所做的事，絕不是永久的辦法。」

燕西臉一變道：「你這不明不暗的話，指著誰說？我什麼時候上了舞場了？你說這話，在平常還不要緊，當我有孝服在身的時候說我，你簡直是加上我一行罪，但是我也不怕你說，縱然是事實，也不見得有什麼法律來制裁我。」

他說著，腳就在地板上用力一頓，咚的一下響。

清秋再想說一句，見他氣勢洶洶的，絕也不會接受，這樣說下去，徒然使二人的感情破裂，那又何必。因之燕西站著，她倒反而默然無聲地拿了一塊橡皮，似有心似無心的，去擦磨表上的格子，擦出了許多紙屑，低了頭只管吹著。

燕西見她不作聲，自己的確是有虛心事，不能反去責備人家，因此也就不說什麼了。

這時，清秋一人在椅子上躺了一會，道之卻來了，站在房門外道：「清秋妹，我馬上就搬走了，改天來看你吧。」

清秋只知道她要走，不知道走得這樣快，自己唯有和她最好，聽了一個走字，心中立刻一跳。

道之說了一句告別的話，抽身便要走，清秋連忙趕上前來，一把將她拉住道：「既是要走，何不在我這裡坐一會兒子？你知道的，你若是走了，我更顯得枯寂了。」

道之執了她的手道：「好在你是很愛清閒的人，不見得為了短一個我就會寂寞，你真要感到寂寞的話，可以到我家裡去玩玩。我的東西都捆紮好了，不能再耽誤了。」

清秋也不知道為了什麼，心中無限地悽愴，道之在前面走，她在後面跟，竟有幾點眼淚無端滴了下來。當然，在這種情形之下，不能不將道之送了出去。

燕西對姊妹之間卻無所謂，道之在外國多少年，也不覺得什麼，現在道之不過搬出去住家，更是淡然，所以清秋雖然送道之走了，燕西倒落得打開箱子，取出了兩疊鈔票，揣在身上。這鈔票是親自開支票，在銀行裡取來的，乃是五十元一張，十張一疊，隨隨便便正是藏了一千元在身上。身上既揣了錢，便覺屋子裡坐不住，於是緩步踱到書房裡，和白蓮花通了個電話，叫她自己來取錢。

那邊白蓮花接的電話卻出於他意料以外，說是身體不好，自己不能來。燕西一想，費了許多工夫，才得我鬆了口，給她的錢，怎麼我叫她來拿錢，倒反而不急呢？難道是用不著要錢了嗎？無論如何，不能這樣子傻，恐怕真是病了，也未可定。

當日白天因為出去的時間太久了，不能再出去，直到次日吃過午飯，才一直向白蓮花家來。

本來是很熟的，直向她臥室裡走。他一掀門簾子，倒不由得不猛吃一驚，原來白蓮花屋子裡這時卻另有一個女子在那裡，看那年紀，也不過十六七歲，身上穿了一件黑色雁翎縐的長袍，一直拖平了腳面，烏的顏色不算什麼，最妙的是沿衣服四周，釘了一匝白絲瓣盤的花邊。衣服的下面開了長長的岔口，露出那芽黃色的長管褲子，顏色極是調和。

這種裝束也不是什麼特別的，很容易看到，只是這個女子的皮膚白得像雪搏的一般，有了這烏衣在身上一襯，就黑白分明了。

她是鵝蛋臉兒，天生的白中帶紅的顏色，沒有擦上一點脂粉，配上那微鬈下梢的黑髮，如黑漆一般的眼珠，實在由那絕不豔麗的當中表示豔麗出來，真不料白蓮花家裡有這種人才，也猜不透是什麼人，因之燕西進也是不好，退也是不好。

白蓮花正躺在那沙發上，看見燕西進去，連忙向前相迎，那個女子將身子一側，就想由燕西身旁擠了出去。

白蓮花笑道：「傻孩子，別走，七爺又不是外人，我給你介紹介紹。」一面就對燕西道：「這是我的妹妹。」

於是她走前一步，客客氣氣和燕西鞠了一個躬，但是鞠躬之後，也不等燕西說第二句話，一字不響就走了。

燕西望著門簾出了一會神，笑問道：「你又冤我，我從來沒有聽見你說過有這樣一個妹妹。」

白蓮花道：「她是三嬸的閨女，比我小兩歲，能叫妹妹不能叫妹妹呢？」

燕西笑道：「以前怎麼總沒有聽見說？」

白蓮花道：「以前她是人家一個姑娘，我和你們提起來做什麼？現在她沒有法子，為了經濟壓迫，也只好來唱戲，所以我能給你介紹。」

燕西連連鼓了兩下掌道：「好極了，她也要上臺嗎？我一定捧場。」

白蓮花瞟了燕西一眼道：「你這人生的是什麼心眼？人家落難落得唱戲，你倒鼓起掌來說好。」

燕西道：「你誤會了我的意思了。我鼓掌說好，說是她這種人才去唱戲，一定是會成名的。你給我介紹介紹，好不好？」

白蓮花道：「我不是已經介紹了嗎，又介紹什麼？」

燕西笑道：「你讓她和我點個頭就跑了，這算什麼介紹？必得介紹她和我成個朋友，那才算是介紹呢。」

白蓮花笑道：「你又存了什麼心眼？打算怎麼著？」

燕西道：「你這是什麼話，咱們這一分朋友交情總算不錯，靠著你的妹妹這一點，讓我們做個朋友，這很算在人情天理之中的事情，我要存什麼心眼？」

白蓮花笑道：「若是這樣說，那倒沒有什麼。」便向外面叫道：「老五，你來你來。」

她在外面答道：「我不去，有什麼話，你出來告訴我吧。」

白蓮花道：「你這樣大的孩子，還是跑過上海的，我的朋友在這裡，你害什麼臊？」

白蓮花這樣說，她索性連話也不回答了。

白蓮花笑道：「這個丫頭，非我去拉她不成。」說著便出去了。

燕西聽到門簾子外面吃吃笑了一陣，腳步很亂的在外面響著。門簾子一掀，白蓮花將她拉了進來，她立刻將手一縮，正了臉色，後面跟著。

燕西一見她進來，早是笑著迎了上前，那女子卻沒一點笑容，緊跟在白蓮花身後，一塊兒坐下。

燕西明知道她是一個戲子，然而她極端地莊重，也就沒有法子可以和人開玩笑，只好掉過臉來問白蓮花道：「令妹怎樣稱呼？」

白蓮花笑道：「幹嘛這樣客氣？乾脆你就問她叫什麼名字得了，她因為我的關係，就叫白玉花。你看能用不能用？」

燕西笑道：「玉本是白的，這樣叫著就好聽。」說這話時，偷眼去看白玉花，見她側轉身子坐在沙發上，也不知什麼時候，讓她取得了一根絲條，她將絲條放在椅子上，只管盤來盤去，盤著海棠葉、梅花瓣等等的樣子。

燕西不但想不到看她的笑容，她的臉色是怎樣的都沒有法子去看到了，於是對白蓮花道：「她什麼時候上臺？和你一塊兒出演嗎？」

白蓮花道：「不！我想捧她一下子，讓她去唱一回大軸子試試看，只要廣告上字寫得大，說是上海新到的，也許可以嚇人家一下子，她的扮相很好，唱是學了多年了，我想總不至於不能對付。若有人捧上幾回，也許就捧上去了。七爺能不能看我的面子，捧捧她？」

白蓮花說了這樣一大套，白玉花還是在那裡盤絲條子，也不轉身，也不回頭，也不答話。

燕西料著她初次來交際的姑娘，一定是害臊，便道：「若是短人幫忙的話，我少不得湊一角。不過像令妹這樣的人才，總不至於沒有人捧，似乎用不著我們這種人來湊數吧？」

白蓮花聽了燕西這話，見白玉花還是背了身子坐著，便問道：「你聽見沒有？」

白玉花這才回轉頭來道：「我怎麼沒有聽見？」

白蓮花道：「你既是聽見了，怎樣也不說一句話？」

白玉花道：「我的話，都請你代我說了，我還用得著說什麼？」說畢，依然端端正正坐在那裡。

燕西聽了她的話，又看看她的顏色，心想，這個女孩子真合了那一句古話，豔如桃李，冷若冰霜。憑我這種人，她都不大理，不相干的人，她更是不在乎了，我無論在什麼女人面前也沒有碰過這種橡皮釘子，我倒要試試她的毅力如何，便對白蓮花笑道：「這話可又說回來了，我既答應捧你在先，當然還是捧你。」

白蓮花瞟了他一眼，又搖一搖頭，笑道：「喲！你捧我還要有什麼條約嗎？我這份不算，你得另外捧捧我妹妹。」

燕西道：「我一個人哪有那大的力量，連捧兩個大名角呢？而且我看令妹也不至於非我捧不可。」說著這話，眼光可就射到了白玉花身上。

白蓮花用右胳膊將白玉花拐了一下，笑道：「你總不學一點交際手段，怎樣混得出來？連七爺這樣好說話的人都不高興了，別人還行嗎？求佛求一尊，你這樣子，還是請七爺多幫忙吧。說呀！別不作聲啦。」

白玉花沒有經她姐姐說明，她還繃了臉坐著，經她姐姐一說之後，索性伏在沙發靠背上，抬不起頭來。

燕西雖不能知道她是不是在發笑，然而她還是沒有受過人捧的，那是絕對無疑的了。這個女子猶如一塊璞玉一般，未經磨琢，正是可捧的。

他在這裡如此揣想，白蓮花坐在一邊，已經偷看得很明白，便笑道：「你別瞧我這妹子不作聲，她肚子裡有數的，設若你捧她，她心裡十分感激的。」

白玉花就望了她姐姐一下，又低了頭。在望的時間，勢子來得非常之猛，好像是說白蓮花的話太冒昧了。

燕西笑道：「人家自己都不著急，倒要你說了個不歇，你有什麼話沒有？我要走了，這點款子，你拿去做籌備費。」說著，將一疊鈔票塞在白蓮花手上。

她道了一聲謝謝，接著錢，順便就握住了他的手，笑道：「你坐一會兒，我真的有事和你商量。」

白玉花這就正式開口了，望了燕西道：「你坐一會兒，忙什麼？」

她這一句話，好比吸鐵石吸鐵一般，把燕西要走意思就完全打消，笑道：「這裡我是來熟了的，隨便地來去，你有什麼話和我說嗎？要是有，我就坐一下。」

白玉花這才向他微微一笑，瞟了他一眼道：「還不是剛才那句話，要請你多幫忙。」

這一個微笑在旁人不算什麼，現在出之於白玉花，燕西認為是極可貴的事，至少證明她並非不睬，乃是性情如此，便笑道：「只要你承認我有捧的資格，你打三天泡，我準捧三天。除了我自捧不算，另外還去拉幾個陪客來，你看怎麼樣？」

白蓮花微笑道：「那還問什麼怎樣呢？我們自然是歡迎極了。」

燕西望著白玉花微笑道：「這話是真的嗎？」

白玉花本又要笑出來，卻把上牙咬了下嘴唇皮，把笑忍回去了，只借著燕西問話的機會，向上點了一點頭，表示白蓮花的話是對的。

燕西見她真個有了表示，說到幫忙，便是心肯意肯，因笑道：「我這人做事，說辦就辦，絕不會口惠而實不至的，李老闆，你對令妹說一聲，要怎樣的辦？」說著，就望了白蓮花，待她答覆。

白蓮花先望著白玉花，然後抬頭想了一想，笑道：「我想，你在我姐兒倆面前總也不好意思待誰厚待誰薄，那就是這樣辦，跟我一樣。」

燕西連點著頭道：「行行行，另外我還要送二老闆一點東西，以為紀念。」

白蓮花笑道：「什麼呢？大概不能送戒指吧？」

燕西道：「我也不能有那樣冒昧，我打算送一只手錶。」說時，目射著白玉花黑衣袖外的白手。

白蓮花見他這樣子顛倒，心裡又喜又氣。喜的是和妹妹找到了一個主顧，登臺這一件事不用發愁了，氣的是自己和燕西的交情恐怕要讓妹妹奪去，燕西全副精神都注意的是她，難道我就沒有她美？

**女子們這個妒字，有時比生命看得還重，二人雖是姊妹，卻也不肯含糊的**，因之白蓮花臉上漸漸泛起紅暈來，所有的笑容都是勉強發出來的，很不自然。

燕西看她的情形，也有點覺察出來，便笑道：「我捧令妹，自然是客串的性質……」於是又對白蓮花望了一眼道：「總聽你的命令，你讓我捧到什麼時候，我就捧到什麼時候。」

白蓮花伸著手高高舉起，比了一比，然後在燕西手背上輕輕拍了一下道：「照你這樣子說，我姐兒倆還要吃個什麼醋不成？」

白玉花不說什麼，卻瞟了她姐姐一眼。

白蓮花笑道：「要什麼緊，七爺和我也是老朋友，高攀一點，簡直和哥哥妹妹差不多。哥哥，你說是不是呢？」說著這話，將臉仰著望了燕西笑，燕西連說是是。

白玉花將嘴一撇，對著白蓮花用一個指頭連在腮上耙了幾下，白蓮花拖了燕西一隻手，就伏在他的胳膊上吃吃笑了一陣。

燕西見白玉花漸漸活潑起來，心下大喜，好在今天身上的現款帶的不少，又掏出五百塊錢來，交給白蓮花道：「我就照著你的話，平等辦理，這也是五百塊錢，作為令妹上臺的籌備，其餘的事，我們過一二天再說。」

白蓮花接著鈔票，在空中一揚，向白玉花道：「七爺待咱們真不錯，你別傻頭傻腦的，也得謝謝人家呀。」

白玉花聽說，果然向燕西微鞠著一個躬，口裡說了一聲謝謝。

燕西笑道：「先別忙著謝，我還有一半勞力沒有盡呢。」

白蓮花道：「說謝我也不敢，今天，我姐兒倆請七爺來吃晚飯，七爺肯不肯賞面子？」

燕西聽說是姐兒倆請，就是一百個肯來，不過今天家裡搬走了一房人，母親是不大高興的，吃飯，心裡恐怕她會生氣。今天不知有弟兄幾個在家裡，若是有兩個不在家，說不定生出什麼是非來，今天還是回家吃晚飯的好，便對白蓮花道：「老要你請我，那也不成話，今天不行了，我還有事，明天我再來請你二位吧。」

白蓮花也想到，或者是他家裡有什麼事，不然，他不會推辭的，便道：「我們天天有空，聽你的便就是了。」

李大娘在外面屋子裡，她聽了一個夠，早知道燕西又花了五百塊錢了，這時也笑著跳了進來道：「你們雖然應該謝謝七爺，可是也別耽誤人家的正事，只要七爺賞臉，你們就來一個隨傳隨到的吧。」說著，拍手一笑。

燕西有個脾氣，就是討厭和上了年紀的婦人周旋，李大娘跑進屋來恭維，燕西就感到老大的不痛快，本來是要走的，現在卻是片刻也不願停留了，對白玉花說了一聲再會，匆匆的就走出來。

回到家裡時，電燈已是上了火了，清秋這幾日知道燕西手裡有了錢，不免要大大地揮霍一頓，雖然沒有法子攔住他，然而卻不斷地注意他的行動。

當清秋送道之走了以後，並不見燕西出房門一步，預料他要拿錢出去玩的，便不敢延誤，趕回房來，以為自己在當面，燕西拿起錢來多少有點顧忌。

不料走回房來看時，燕西已經不見了，看看放錢的那個大皮箱，蓋子卻沒有蓋得十分完好，就近一看，更是嚇了一跳，那箱子蓋兩個搭扣，竟有一個不曾搭住，用手一按綳簧，那個搭好的搭扣也撲的一聲綳了上來，原來開了箱子，卻未曾鎖。

在地板上看看，並沒有鑰匙，打開箱蓋看時，倒是衣服上面擺著。清秋心想，這個箱子放有好幾千塊現款，這樣敞開，老媽子進來，隨手拿去一筆，有什麼法子來證明，自己又不知道這箱子裡的詳細數目，也不敢聲張，便將箱子關好，等燕西回來。

這時燕西回來了，清秋首先一句便問道：「你今天出去，拿了多少錢走的？」

燕西聽到她盤問錢，便不大高興，臉上的顏色就有些紅黃不定。

清秋很從容地站起來，向著他笑道：「你不要多心，我並不是追問你拿了多少錢，因為你走得太快，沒有鎖上箱子，你走了一會子，我才回房來的，錢的數目上若是有些不對，我可負不起這個責任，所以我要問上你一問。」

燕西道：「什麼，我沒有鎖上箱子嗎？」說著，伸手到衣袋摸了一摸，果然沒有鑰匙，便道：「這可糟了，你數了我的錢沒有？」

清秋道：「我不知道你箱子裡存了多少，又不知道你拿走了多少，我數一數，又有什麼用？」

燕西連忙打開箱子，見鑰匙放在箱子裡面上，笑道：「我這人真是荒唐，怎麼會把鑰匙放在裡面不鎖起來？讓我來點了一點數目看。」於是他一人就將箱裡現款點了一點，笑道：「僥倖得很，居然一個錢沒有丟。」

清秋道：「你仔細數了，果然一個錢沒有丟嗎？」

燕西道：「不會錯的。我放的是整數六千五，我拿了一千，這裡還有五千五。」

清秋道：「你今天有什麼要緊的事，竟會用上一千塊錢？」

燕西被她一問，這才知道自己失言了，便笑道：「我現在哪裡還有那樣大的手筆，一用就是一千塊錢，我是把這錢存了一筆定期存款。」

清秋道：「你有許多錢，為什麼單獨存這樣一筆款子？」

燕西說不出所以然來，微笑了一笑，頓了一頓，然後道：「我不過是先試一試，其餘的自然也是要存上的。」

清秋笑道：「那樣就好，可不要是存無期的長年，連利息都免了，那是有些不合算的。」

燕西突然聽到，還沒有悟會到她的意思，想了一想才明白了。這錢本來是自己花費了，她既知道，也不敢說什麼，自己也未便有什麼表示，只是微笑了一笑。

清秋見他並沒有說什麼，就知道燕西所提的這筆款子已是完全用過去了，錢已用了，怪他也是枉然，便微笑道：「只要箱子裡的錢不少，這也就萬幸了。雖然用了，那也不算什麼。」

燕西把箱子關好，便將鑰匙向清秋懷裡一扔，自己在對面沙發上躺下。清秋本想說兩句俏皮話，轉身一想，難得他如此大方，將鑰匙拿過來，替他看守一天是一天，不要把他弄翻了，於是撿了鑰匙揣在身上。

燕西心裡也就念著，今天上午在外面跑了一天，下午又不聲不響地花了一千塊錢，這也應當在家裡休息一會，不得再出去了。如此想著，躺在沙發上，就把雙腳架得高高的，還是不住地搖曳著，表示那無所用心而又是很自在的樣子。

他心裡定了這個念頭，還不到十分鐘，金榮就在院子裡喊七爺接電話。燕西問是哪個打來的？金榮說是劉二爺打來的，有緊要的話說。

燕西卻也相信是劉寶善的電話，因為他這一程子，不得意的事接連地來，最近又為一家銀行倒了，倒了他好幾萬塊錢。他覺得北京不大妙，趕快遷地為良，他有電話來找也未可知，於是便走到書房去接電話。

燕西一出來接電話，才知道猜想錯了，打電話來的乃是白秀珠，並不是劉寶善，便笑道：「這個時候打電話給我做什麼？是請我吃晚飯嗎？」

秀珠也笑道：「除此之外，還有什麼話呢？我在普魯士飯店等你。」

燕西道：「我們吃中國館子吧，何必到那種地方，花錢不少，吃三四個單調的菜？」

秀珠道：「那裡的音樂好，我就去了，你快來吧。」說著，便掛上了電話。

燕西心想，這也真是一件怪事，為了音樂好去吃飯，目的是在吃飯的呢？還是聽音樂呢？但是剛才在電話裡，她已經說著先去了，若是不去，讓她一人在飯店裡等著，也是會打電話來催的，倒是不如先去的乾脆。書房裡有帽子，戴著便走，也不再回房去了。

清秋也是看到他有點倦遊的意思，以為他今天不會再出門的，不料一去接電話，卻永久不見他回來，便叫老媽子到前面去打聽，老媽子回來報告，七爺早已出門了。

清秋手上撫弄著鑰匙，許久不能停止，望了藏著現款的箱子，深深地嘆了一口氣，神志頹廢，就在沙發上躺下，一直躺到七點多鐘，老媽子問：「快開飯了，還是在屋子裡吃飯呢？還是到老太太屋子裡去吃呢？」

清秋道：「我還是到太太屋子裡去吃吧，一個失意的人，若是再讓她孤孤單單的，更難過了。這種情形，只有我知道的。」說著，先站起來，到浴室裡去洗了一把臉，對鏡子裡理了一理頭髮，還對鏡子做了一點笑容，覺得臉容並不悲苦，才上金太太屋子裡來。

這時，金太太屋子裡果然擺下了碗筷。因為這些兒女們，最近都是輪流到她屋子裡來吃飯，以便安慰著她，所以這屋子裡總預備下六七個人的座位，如道之夫婦，燕西夫婦，梅麗，這幾個人到的時候為多。

今天道之夫婦走了，燕西也走了，梅麗有點頭暈發燒，二姨太太叫她不必出房門，喝一點稀飯。清秋呢，又是在沙發上想心事，把時間忘了，敏之、潤之雖知劉守華走了，卻不料其餘的人都未曾來，敏之是在寫給未婚夫的信，正催著他回國，信要寫得切實點，就不能來陪母親。潤之偏也是心裡煩悶，懶出房門。金太太一個人在屋子裡，見擺了一桌子飯菜，竟只自己一個人吃，她何能聽一個一個下人去分別解釋，只覺兒女們都是靠不住的，這後半輩子，還有什麼意思？一陣心酸，又掉下淚來。

其實金銓在日，金太太一人吃飯的時候也很多，但是那個時候就不曾有什麼感想，而且現在也忘了從前有這種時候。

女僕站在一邊，只知道金太太傷心，哪知道傷心何在？這裡只有一個陳二姐，她是個過來人了，便瞭解金太太意思，連忙跑了出來，先就進到鳳舉屋子裡來，輕口喊道：「大爺大少奶，趕快去吧，太太今晚一個人吃飯，在掉眼淚呢！」

鳳舉最近是很孝順的，雖然見飯已擺上了小桌，一面起身，一面對佩芳道：「去吧，我先走了。」佩芳也不願一人在屋裡吃飯，就跟他一路到金太太屋子裡來。

金太太正背臉坐著，聽到腳步響，回頭看見他夫婦來了，便問道：「你們吃過飯了嗎？」佩芳在鳳舉後面，倒搶著說：「沒有，我們是打算連孩子帶了來，一齊到這兒來吃呢。」一提到了小孩子，金太太心裡便自然高興起來，因道：「可別胡來，天色黑了，抱著孩子穿過幾個院子，別說受驚不受驚，吹了風也是不好。」

佩芳道：「因為這樣，所以沒有抱了他來，媽吃飯吧。」

金太太見他夫妻二人已經快要坐下，自然也就跟著來坐下。

金太太先用勺子舀了一勺子湯喝，便道：「陳二姐呢？這湯冷得這個樣子，也該用火酒爐子熱上一熱才好。」

金太太說這話時，陳二姐正是引了清秋進來。因為她要叫清秋，清秋已經出了院子門了，二人連忙趕了來。

這裡已經上桌，陳二姐在房門口答道：「我預備好了。」說著，進房來，匆匆忙忙的搬了火酒爐子燒了起來。

清秋見鳳舉夫婦在這裡，倒想起今天若是沒有他們來，這裡便要十分冷淡，幸而自己是來了，於是在一邊坐下，沒有作聲。

金太太道：「你是陳二姐叫來的嗎？老七呢？」清秋只顧答應後面一個問題，說是他今天在外面跑一天的了。

金太太見陳二姐將湯熱好了，又把別樣拿去熱，便道：「又不是冷天，將就著吧。明天對廚房說，這裡只預備一兩個人吃的菜也就行了。大事都完了，撐著這空架子做什麼？我遲早是廟裡修行去，用不著找人來熱鬧。」

大家聽了這話，都覺是言中有物，然而各人的感想不同。鳳舉、佩芳以為不來呢，也就不知道，來了倒要挨罵。清秋以為我本是要來的，何嘗要陳二姐去找我，其實除了害病而外，我又哪一次沒有到呢？但是大家也只好安然地受著，不過是在心裡不快而已。

自金銓去世以後，金太太屋裡要算這一餐飯，吃得大家不痛快，也就要算這一餐飯，金太太心裡最是難受。**其實世界上每天一個人吃飯的，又哪裡可以用數目去計？然而沒有多人共餐的盛況在前陪襯著，也就很平常了，所以一個冷淡的所在，最怕是有過去的繁華來對照呢。**

這一晚上，吃完了飯，大家自然陪著金太太坐一會。因為敏之、潤之來了，金太太對佩芳道：「我這裡已經夠熱鬧的了，乳媽子一人帶著孩子在屋子裡，你也瞧瞧去。」

佩芳因為鳳舉和金太太商量好了，要停了前面那兩位賬房先生，明天就要發表，今天已經告訴賬房，結一盤總賬，心想，這兩位賬房也不知掙了多少錢，現在叫他結總賬，他雖然料不到明天就停職，然而也必為時不久，這個日子豈有不做壞事的？因之也不通知別人，就向前邊來。

佩芳自遭喪事以後，並沒有晚上到前面來過，就是白天也很少來，這時走到前面來，大異往常，僅僅是留著長廊下一兩盞電燈，金銓辦公那個院子裡，以至於兩個客廳全是漆黑。到了前面那樓廳下，也只簷下有一盞燈，讓那碧綠的柳樹條子一罩，更陰沉沉地。

廳下那個芍藥臺，芍藥花的葉子都已殘敗了一大半。想起去年提著補種花苗，預備開跳舞大會的情景，就在昨日一般。如今情形可就完全不同了。

金銓故後，在這裡停靈多日，樓下有兩扇窗子開著，風吹得微微搖動，咿呀作響。向裡一望，黑洞洞，不覺毛骨悚然，連忙向後退了兩步。

正在這時，前面有個聽差拿著東西，送到後面來，佩芳這才放大了膽。然而再也不想去打聽賬房先生的什麼秘密，便走回上房來。

走到翠姨的院子裡，只聽到她屋子裡有哭泣之聲，停腳聽了一聽，正是翠姨自己哭，就順步走了進來。只見她側面坐在沙發上，用手掩了臉，嗚嗚咽咽，像是很傷心。

佩芳走進來，她才揩著眼淚，站起身來道：「大少奶奶，今晚上得閒到我這裡來坐坐。」

佩芳道：「並不是得閒，我聽到姨媽在哭，特意來看看，好好的，又是怎樣傷心了？」說著，她在沙發上坐下。

翠姨道：「我並不是無故傷心，因為我今天不大好，沒有吃晚飯，在床上躺著，迷迷糊糊的，夢見你父親，還是像生前那種樣子。」

佩芳聽到她說夢到了亡故的人，這本也不算什麼。只是剛才走那大客廳樓下過，已是嚇了回來的，現在又聽說是夢見了金銓，暗中又不覺打了一個寒噤，因道：「這是心裡惦記著他老人家，所以就夢見了。剛才我還走大客廳下面過來，想到去年開芍藥花，開賞花大會的事，恐怕是也再無希望有這樣的盛會了。」

翠姨道：「你們有什麼要緊？丟了靠上人的日子，現在是自己的世界了。你看我這樣年輕輕的，讓你父親把我摔下來，這是怎樣辦？除了靠我自己，我還靠誰？你母親一朝權在手，便把令來行，還要趁這個機會來壓迫我，叫我怎樣不加倍的傷心呢？」說著，又嗚咽起來。

佩芳對於一朝權在手，便把令來行的話倒很贊成，卻不能說出口。

對於翠姨，覺得她到了現在，果然是個可憐的女子，便道：「這話不是那樣說，父親去世，這是大家的不幸，也不能望著哪一個人沒有辦法。他們還有這些弟兄，你總是個長輩，難道能不問嗎？」

翠姨道：「我長了二十多歲的人，難道這一點我都不懂，還打算搭出庶母的架子來和人講個什麼理嗎？我仔細想了一想，只有兩條路，一條我是當姑子去，一條我找職業學校，學一點職業，認識幾個字。但是我說第一條路，像那些葷不葷素不素的庵堂，我是不能去的；若是進學校，北京也好，上海也好，都可以找到相當的。我的主意拿定了，誰也改不過來。再說，我多年沒有到南方，我也趁此工夫回家去看看。」

佩芳聽她如此說，心裡倒嚇了一跳，一想，她這是什麼用意？簡直是要脫離金家了，真是不巧，偏是我首先聽到她說這話，不要讓我又沾著什麼是非，於是趕快將話扯開來道：

「人事真難說，誰也料不定什麼時候走上風，什麼時候走下風的，從前那樣鋪張過日子，要完全改了才好，但是看他哥兒們，覺得一樣也減少不得，這樣鬧，總有一天不可收拾的。我有什麼法子？這也只好過一天算一天罷了。」

翠姨道：「你怕什麼？除了自己的積蓄不算，還有大靠山娘家在後面呢，我這娘家等於無……」翠姨覺得這話，有點和先說的矛盾，便改口道：「雖然等於無，不是因為他們窮，放心不下，不能不去看看。」

佩芳聽她的話，簡直是非回南方去不可，這一齣戲就有得鬧了。不過她既要走，還不知道走在何時，索性緊她一句，把時間擠出來。因道：「現在天氣倒是不十分熱，出門很便利的。」

翠姨道：「我就是要走，恐怕還有兩三個禮拜，若是有什麼意外，也許要延遲到一個月以外去。我是知道的，說了一聲走，少不得有閒是閒非吹到我耳朵裡來。但是我已經決定了走，無論是誰，也攔阻不下來的。」

佩芳道：「那也談不到吧？」

佩芳似是而非的說了這樣一句話，就算答覆過去，因站起來道：「我要瞧孩子去，不能多坐，你別再傷心了。」說著，在翠姨肩上輕輕拍了兩下，就很匆忙回房去了。

到了屋子裡，鳳舉已先在那裡，他問道：「你到哪裡去了？怎樣這時候才來？」

佩芳且不答覆他這一句話，在衣櫥下層抽屜裡取出一雙拖鞋，啪的一聲，放在地板上，坐在矮椅上，一面脫了鞋子換拖鞋，一面就嘆了一口氣道：「討姨太太有什麼好下場頭？」將一雙鞋子向抽屜一放，向矮椅上一靠，道：「反對娶妾，絕不能說是女人有什麼酸素作用，實在有道理的。」

鳳舉望著他夫人，停了許久才道：「到了現在，還有工夫去翻這個陳狗屎？」

佩芳道：「你以為我是說你，你做的那種事，我都不好意思提起，你倒先說了。」

鳳舉道：「要不然你剛才為什麼要發牢騷？」

佩芳架著腳顛動著，很自在地把剛才翠姨說的話學說了一遍。

鳳舉聽了這話，倒不能不有些驚異，便問道：「這話是真嗎？那她一走就算完了，誰也不能承認她姓金的！」

佩芳冷笑一聲道：「你以為你這個金字，也像黃金一樣值錢呢，你不承認她姓金又怎麼樣？她非要你這金字不可嗎？」

鳳舉道：「不是那樣說，她既出去了，知道她要幹些什麼事？若惹下什麼亂子，說是姓金，我們當然要負一份責任。」

佩芳道：「不是我說句不知大體的話，她不但不會利用這個金字，也許她見人還要瞞住這個金字不說出來呢。」

鳳舉道：「這倒好，合了南方人說的話，破籃裝泥鰍，走的走，溜的溜了。」

佩芳道：「也不過走了兩個人，何至於落成那樣子？」

鳳舉道：「五妹接著巴黎的電報，要到法國去了，剛才拿了這電報，和母親去商量，說是已經回了一封信去，說是暫不能走，母親倒批評她不是，說是你們到巴黎結婚去也好，省了一筆無謂的耗費。那樣子十之七八是去成功了。」

佩芳道：「自己家裡人少個把兩個，倒沒有什麼，從明日，大批的裁傭人，家裡就要冷淡起來了。兩個賬房的賬結出來了沒有？」

鳳舉道：「結出來了。我剛才草草地看了一遍，竟看不出一點漏縫來，外面閒言閒語很多，都說柴賈二人發了財，怎麼回事呢？」

佩芳道：「越是會裝假的人，表面是越裝得乾淨的。今晚上還早，我和你查查看吧。」

鳳舉皺眉道：「查是要查，我最怕拚數目字費腦筋，怎麼辦呢？」

佩芳冷笑道：「這倒好，有家產的人都不必盤賬，完全讓人吞沒掉了，那也無法知道了，你這種話，幸而是對我說了，若是對賬房先生說了，他會拚死命地去開你花賬，這話若讓你母親知道，家裡的事哪裡又再能放心讓你去問。」

鳳舉道：「我也知道這種話說了出來，是要受你批評的，但是我因為有你做我的後臺，我才這樣說，沒有你，我也只好練習著算算了。」

佩芳道：「你這簡直不像話！為了查賬才來學算盤，天下真有這種道理？」

鳳舉覺得自己的話根本上就站不住，越辯論是越糟，只得含笑坐在一邊，在皮煙盒子裡取出一根雪茄煙，慢慢地來抽著。

佩芳道：「明天就要辭賬房了，賬不盤個徹底清楚，怎能讓他走？你坐在那裡抽上一陣子煙，這事就算了嗎？」

鳳舉銜著煙道：「我正想法子要怎樣才沒有毛病呢？我的意思，明天把朱逸士、劉寶善他們請來，先查個徹底。」

佩芳站起來，向了鳳舉呸了一聲道：「你這種屎主意，趕快收起來吧，這班人把你金家的秘密還沒有知道夠嗎？到了現在，大事完了，還要整個兒讓人知道呢？」

鳳舉笑道：「何必這樣凶？你聽我說，這些賬本來就是很普通的，沒有什麼不能公開，何況沒有外人管賬，把管賬的一辭，他也無和你保留秘密之必要，這秘密自然也就讓傳漏出去了，這與朱逸士他們知道，有什麼分別呢？」

佩芳道：「據你這樣說，倒是人越知道的多越好了？你不想，管賬的當然也有其秘密的地方，如何敢亂說？事外之人，他有什麼顧忌的？」

鳳舉無可說了，便笑道：「既是如此，我這件事就煩重你，請你和我查一查吧。」說著，就把兩個賬房先生送來的賬簿放到桌上，笑著和佩芳拱了拱手。

佩芳見鳳舉不行，自己眉毛一揚，笑了一笑，心裡越是要在賬簿上尋出一點破綻來，以表示自己不錯。無如這兩個賬房都是在金銓手下陶熔過來的，縱然有弊，在書面上哪裡能露出什麼馬腳？這一次呈賬簿上來，明知道是辦結束，金家的親戚朋友勢力尚在，若有舞弊的事情發生，當然脫不了干係，所以他們的賬目，除了大項，由金太太核過一次，已經不錯而外，就是大項下的小款，也分釐絲毫都開了出來。

佩芳先查了一查，賬房經手的外面往來款項，再看看家中收支總數，此外抽查了幾項小賬，不見有破綻，但是心裡一定要立功，絕不肯含糊，且將那新式簿記的來往賬放到一邊，只把記雜用的流水舊賬本，一頁一頁由前向後翻。翻來翻去，竟翻了一個鐘頭，依然沒有破綻可查。

鳳舉站在桌子邊看看，又坐到一邊去，坐了一會兒，又過來看，只是嘴裡不肯說出。

佩芳心裡也很急，不覺把簿子一陣快翻。不料在她一陣快翻之時，在書面以外有點小發現，她立刻按住簿子仔細一看，拍著桌子突然站起來，笑道：「哼！我手裡哪偷得過去？」

鳳舉見她如此驚訝，便問道：「你看出什麼情形來了嗎？」說著，伸著頭過來看。

佩芳兩手捧了賬簿子向上一舉道：「你看，這是什麼？照字面上看，你就看得他們的毛病出來嗎？」

鳳舉笑道：「在字面上我也就無查賬的能力了，你還要我到字面以外去查，那如何能夠？」

佩芳得意極了，身子搖了兩搖，指著鼻子尖道：「有他們會作弊，也就有我會查弊。你看一看，這賬簿子，他們撕了好幾頁。」

鳳舉道：「不能夠吧？我們賬簿都是印刷局裡定製的，每本一百頁，由首至尾印有字碼，這就原為固定了，免得事後有倒填日月，插賬進去的事，這頁數他們敢短嗎？」

佩芳道：「他們不敢短，他們可敢換。你看這八十八至九十一頁賬簿，比原來的紙料要新一點，這已經很可疑。」

鳳舉道：「這也許是印刷局裡偶然用了兩種紙印的，不能作為證據。」

佩芳道：「印刷局裡，印幾千本書幾萬本書，也不至印出兩樣的紙來，何況印我們百十本賬簿？就算印錯了，應該有一部分，絕不能僅僅是四頁。你想，四頁賬簿不過一兩張紙，印刷局印許多賬簿，何至於拿一兩張別色紙來湊數呢？便是這四頁格子的顏色也不同。這還不算，這賬簿原是用紙捻子暗釘了，再用線訂的，現在紙捻子斷了到八十七頁為止，八十八頁到九十一頁，沒有什麼眼，可是九十二到一百，有兩個穿紙捻子的窟窿。你想，這四頁豈不是拆了賬簿，換了進去的？」

鳳舉道：「據你如此一說，果然有些破綻，但是只看出他們撕了賬簿，沒有看出他們假造賬目，就算知道也是枉然。」

佩芳道：「既然知道這幾頁賬簿是添進去的，自然是可以斷定這裡有假賬，我們把這四頁賬簿慢慢來研究，總可以研究出來。」

鳳舉聽她如此一說，也像得了什麼把握似的，便道：「果然有道理，讓我來看看。」

佩芳將賬簿子一推，站起身來道：「讓你看吧，我不行了。」

鳳舉笑著向後一退道：「我說看看，這正是試試的意思，並沒有什麼把握，你若讓開等我來，那就是取笑我了。」

佩芳向鳳舉微笑道：「這種話，也就虧你說出口，你就不會爭上一口氣，賽過我去嗎？」

鳳舉只是微笑，不說什麼。佩芳又坐下來，將賬簿子再仔細地看了一看，點頭道：「我看出來了，這四頁賬裡，怎麼會付出六筆大賬去？這裡有一筆是付西山公司煤款的，這家公司已經在陰曆年冬倒閉了，為什麼在公司倒閉後，還追付一千餘元的欠賬？在公司未倒閉以前，他就不追著向咱們要嗎？」

鳳舉道：「提到別一件事，我不知道，若提到這筆煤賬，我是知道的，彷彿記得有一家煤號裡，在去年夏天和我們借過一大筆錢，說是本錢年冬準還，將煤來還息錢，不然我也不留神，那天我到賬房裡想去挪幾個錢用，遇到那公司裡的人，老在那裡麻煩著不去，因之我不好開口，誤了我的事。」

佩芳道：「不用說，就是這家煤號了，他們只利息不入賬，煤就可以算買來的了。」

鳳舉道：「據你這種猜法，有了我這種事實來證明，完全是對，我去問問他，這賬究竟是怎麼回事？」說著，拿起賬簿子挾在肋下，打算就要到前面賬房裡去。

佩芳一把將他拖住，問道：「你這是怎麼了？存心去打草驚蛇嗎？」

鳳舉道：「打草驚蛇也不要緊，我料他們跑不出我的手掌心。」

佩芳道：「既是如此，你何必今天晚上去問？明天難道就遲了嗎？你這個人，簡直沒有出息，一點兒芝麻大的事還擱不住，你還在外交界裡混呢！」

鳳舉放下了賬簿笑道：「你又把事看得太重了。對付他們還要用什麼手段，什麼時候查出了他們的弊，什麼時候就許大爺盤問。」

佩芳道：「你這話在平常可以這樣說，現在是盤結總賬的日子，你就不能如此說，他做了多少弊，我們還沒有完全查出來，豈能為了這一件事就動手？我看你還是安安穩穩地去休息，等我把這賬盤一宿，你明天起來，我一樁一樁告訴你，你拿了這賬簿去查個現成的賬，你看好不好？你再要攪我，我就不能查了。」

鳳舉雖然不能完全接受夫人的命令，但是想了一想，究竟是他夫人所說的有理，便笑道：「我要看看你的本事究竟如何，就依了你的話先行睡下，無論如何，在這四頁假賬之內，我想你總可以再找出幾個證據來吧？」說畢，果然就睡了。至於佩芳是幾時上床的，自己都不知道。

到了次日起來，佩芳又是先起，鳳舉首先一句，便問賬查得怎樣了，佩芳笑道：「賬雖是我查出來，大炮可要你去放。並不是我怕事，把這種責任交給你。你要知道，這是現手段的事，你現了這個手段，人家都佩服你有才具，也許將來能得著一些利益。」

鳳舉道：「你說得這樣地好聽，但是我還不知道這賬弊病在哪裡，我就這樣去放一個空炮嗎？」

佩芳在身上掏出了鑰匙，將抽屜打開了，然後在抽屜裡拿出一張單子，交給鳳舉道：「這就是我一夜工夫的成績，你先仔細看上一看，等自己胸中有了把握，然後再到前面對賬房們說去，我包你說一樣，他們要驚異一下子呢。」

鳳舉拿著那單子一看，只見第一項，便是三千一百十五元的鉅款，這筆賬並不是在那四頁假賬裡面寫著的，乃是假賬上有一筆補付古董店的數目，三千一百十五元，由這欠數去追查原數，是前二月付的款子。

鳳舉看了，先還不懂。佩芳道：「我解釋你聽吧。父親在日，常收些古董送人，這是事實。然而有時候他付支票，有時候付現款，卻沒有記過賬，這筆總賬上，寫了有該店三千二百元收據一張，正是這收據露出了馬腳。賣東西的人，交貨得錢，這就完了，還另外寫個什麼收據？顯係父親先付古董錢若干成，免得古董為人所得，一時古董或有收拾之處，古董店不及交來，所以先寫了一張收條。不知如何，這收條未曾收回，落在他們手裡，恰好那個日子，賬房付了八十五元，買了一件小古董，現在他們以為死無對證，就添上三千一百十五元，湊成那收據的數目。」

鳳舉道：「這收條大概不至於偽造，這古董店也大意，有三千多元的收據交了古董，怎麼不收回去？」

佩芳道：「收條遺失也是常事，只要我們這麼寫著字給他，說是那張收據業已遺失，古董業已收到，該收據作為無效，不也就算了嗎？至於你自己家裡，要借著這個開一筆謊賬，他如何管得著？」

鳳舉道：「極對！極對！我們再拿了這賬簿子到古董店裡一對賬，不怕對不出來。」說著，再看那幾筆賬，也有千數的，也有百數的。鳳舉一面漱洗著，一面計畫要如何盤這幾筆賬？漱洗之後，便對佩芳道：「這事非同小可，我要到母親那裡去請一請示。」於是將單子賬簿，一齊帶到金太太屋子裡來，因把詳細情形對她說了。

金太太也很吃驚，便道：「這還了得，他們膽敢換賬簿造假賬，平常吞沒銀錢可想而知。這是你們私下管不了的，說不得了，我要賣個老面子，你打個電話給楊總監，我親自和他說話，請他派幾個警察來，先把這兩個東西看管，再問他願官了私了？若願私了，要他找出保來，徹底的把賬盤一下，有一個錢靠不住，也得要他吐出。」

鳳舉也是氣極了，也不再考慮，就打了個電話給警察總監。金銓去世未久，他們的官場地位自然還在，楊總監果然親自接話。鳳舉一告訴他家母有事請教，楊總監更是愕然。金太太接過話機，親自說了一個大概，楊總監恐怕牽涉到了金家的產業，事情非小，便親自坐著汽車前來。

金太太聽到說警察總監要自己來，覺得有些小題大作，然而人家既是願意來，也無拒絕之理，只得吩咐鳳舉出來招待。

不多一會兒，楊總監到了，鳳舉先讓至客室裡陪著，說了幾句客氣話，然後就把賬的情形說了。總監道：「府上的銀錢出入，都是歸這兩個賬房嗎？」

鳳舉道：「除了銀行往來的大賬目而外，都是歸他們，大概每年總也有六七十萬的額數。」

總監含著微笑道：「這裡面當然有點弊的，就請你把這二位賬房先生請出來吧。」

鳳舉答應著，叫了個聽差，去請柴賈二人。同時，這總監也就對跟著他的兩名隨從警察丟了一個眼色。一個警察出去了，卻引了七八名帶手槍的警察進來。

鳳舉哪裡看見過這個，倒吃了一驚。他們進來，都知道鳳舉是大爺，還舉手行了個禮，站在一排紅木椅子背後。不多會工夫，兩位賬房進來，鳳舉究竟是天天見面的人，還站起身來。這位警察總監卻把臉一板，橫了眼珠向他二人望著。

他二人進門，看到客廳裡有許多警察，而且警察總監也來了，就知道事情不妙，彼此對看了一眼，作聲不得，老遠地就站住了。

總監用手將鬍子一抹，望著柴賈二人道：「你們二人代金總理管了這些年的賬，北京城裡買了幾所房子而外，大概還在家裡買了不少的地，照說你們也可以知足了，為什麼總理去世，你們還要大大的來報一筆謊賬？」

柴賈二人臉上變了色，望望總監，又望望鳳舉。

鳳舉雖知道楊總監要奚落這二人兩句，但是不料他連柴賈二人在北京置有產業的事都說出來了。這件事，始終就沒有聽到提過，不知他如何知道了？再者，柴賈二人的臉色，竟是犯什麼大罪一般，不見有一點血色。

楊總監道：「你們做的事，照道德上說，簡直是忘恩負義，沒有什麼可說的，若是照法律上說，你也是刑事犯。」說到這裡，對旁邊站的警察一望，喝了一聲道：「將他帶了。」

賈先生一看這情形，諒是脫不了干係，就對鳳舉拱拱手道：「大爺，這件事，我們實在冤枉，請你仔細派人查一查。我們伺候總理這些個年月，縱然有點不到之處，請你還念點舊情。」

楊總監喝道：「知道念什麼舊情，你也不能在總理死後揑造許多謊賬了。」

柴先生也道：「就是宅裡的賬，我們還沒有交代清楚，請總監讓我們找個保，隨傳隨到。」

楊總監喝道：「我只曉得抓人，不管別的，你們要保，到法院裡保去！」

警察見總監絕無半點鬆口之意，大家一齊向前，不容分說，就把柴賈二人擁起走了。

鳳舉不知道楊總監說辦就辦，自己倒覺得有些過分，站在一邊也作聲不得，楊總監卻回過頭來，對他笑起來了，走上前，用手連拍了鳳舉肩膀幾下，笑道：「你看我辦的這件事，痛快不痛快？」

鳳舉看看他那情形，剛才對柴賈二人那一番凜凜不可犯的威風完全沒有了，因笑道：「到今日，我才知道總監的威風有這樣的大。這件事，舍下也不願意怎樣為難他二人，只要把實話說出來就行了。」

楊總監笑道：「俗言道，旁觀者清，我們的職業，就是誠心做社會一個旁觀者，其實也沒有什麼特長。請大爺把查出來的賬開個單子給我，也許不必到法庭，我就可以找出一個辦法來了。」

鳳舉拱拱手道：「那就更好，他們都是先父手上的老人，只要賬交出來，家母饒恕他們，我也不十分追問。」

楊總監道：「那就很好，府上究是忠厚之家，我也不去拜太夫人了。」說畢，他告辭而去。鳳舉很感謝他，一直送到大門口才回來。

這一幕戲，鳳舉也覺是過於嚴重一點。這些僕役們，一見兩個老賬房從前常和幾位少爺一處玩笑的都落了這樣一個下場，其餘的僕役們哪個敢說沒有一點弊病，若是援例一一查起來，大家少不得都有一場官司。

看看金家的排場，已經收拾了十之五六，也絕不會再用以前那麼些個下人，大家要想個太平下場，也就無留戀之必要了，如此想著，除了幾個有親密關係和老成些的，都交頭接耳，紛紛議論起來。

商議了半天，大家都得了一個結果，就公推兩個代表去見太太，說是總理去世以後，家中事情少得多，都是受了總理太太恩典的，不能在這裡拿錢不做事，大家都要辭職，將來太太少爺有用我們的時候，我們立刻回來伺候。這樣說很光彩，太太也不至於不放手的。

但是這樣商議了，哪個去當代表呢？一推起來，誰也覺得這事有些冒險，設若太太一變臉，又叫了警察來，那真是招禍上身了。大家白商議了一陣子，結果是誰也不敢去做代表。

這聽差之中，要算李升跟金銓年月多，他就不當聽差，也可以有飯吃了，對於得失的一層，倒不怎麼放在心上，而且伺候金銓的時候，也共過不少的機密，料得太太是不會為難的，因之聽差們鬧恐慌，他卻不動聲色，後來看大家鬧得凶了，便私下找鳳舉，將事情告訴了他。

鳳舉一頓腳道：「這些東西太可惡，總理在日，他們敢這樣嗎？分明是瞧不起我哥兒們，我得把楊……」

李升連連搖手道：「大爺，你別嚷！就怕他們不那樣辦，他們真要那樣辦，落得打發他們走。反正咱們宅裡又沒有以前那些事，用不著許多人了，他們要走，趁此收拾也好。」

鳳舉道：「話雖如此，但是依我的主張，寧可我辭他們，不要他們推代表來辭我，我家不用人，別家還用人呢，此風斷不可長。」

李升道：「大爺，你怎麼能和這些人一般見識？打發他們走開，了結這一檔子事，不也就完了嗎？」

鳳舉道：「等我去問一問老太太，看她的意思怎樣？」說著，便到金太太屋子裡來，把這事詳細地告訴她了。

金太太冷笑道：「這是應有的事，沒有什麼可怪的，既是他們怕吃官司，當然放過他們去，我家雖不如從前，不至於馬上就用不起這幾個下人，現在可以留一個門房，兩個聽差，廚房裡也留下兩個，其餘打發走，每人另賞兩個月工錢，讓他們看看金家是窮是沒有窮？」

鳳舉道：「這個辦法，我倒極是贊成，馬上就去對他們說去。」說畢，抽身就要走。

金太太道：「這也不是說辦就辦的事，難道你還真把他們叫到當面，和他演說一段不成？你盤算一下，要留哪幾人？先把他一個一個叫來，告訴了他們，然後寫一張字條貼在門房裡，讓他們一個個到上房來拿錢走，就省事極了。我想著，李升是要留的。」

金太太說時，陳二姐正在一邊倒茶，連忙放下了茶杯，走過來給金太太請了一個安道：「太太，我給我兄弟求個情，把他留下吧，我想他絕不是那樣不懂好歹的人，這回搗亂，準沒有他。」

金太太道：「你給金榮講情嗎？其實也不必吧，以後我們這裡，是一天比一天冷淡的。他人很聰明，在我們這裡恐怕也不上算。」

陳二姐道：「喲！太太，你說這話，我姐兒倆還當得起嗎？金榮十四五歲就到宅裡來伺候幾位少爺，長到快三十歲了，都是靠著宅裡一碗飯養大的，漫說大爺二爺三爺七爺，將來都是了不得，就算不吧，哪怕不掙錢呢，也得在這兒伺候著，報你一點恩。」

金太太向鳳舉笑道：「別管怎樣，她的話說得很受聽，那就把金榮也留下吧，可是只能留這兩個，不能再留人了。」

鳳舉道。「還有車夫呢？」

金太太道：「只留一個。你們誰要坐車子，車子是公的，車夫和汽油可得自己出錢，還像以前嗎？你們自己胡跑不算，還要滿街滿市去請客，鬧得烏煙瘴氣。」

這樣說著，鳳舉就不敢向下提了。

李升知道鳳舉這一去請示，就不定會出什麼花樣，因之就慢慢地溜進到院子裡來，悄悄地聽裡面說些什麼，聽到自己已經留用了，這還無所謂，本在預料之中，及至聽到陳二姐求情，金榮也被留用了，這倒是個好消息。趕忙就跑到前面去找金榮，拉到僻靜的地方，把話一齊說了。

金榮道：「我姐姐說的是，我在金府長了大半個人，就是以後不給我薪水了，我也應當在宅裡做事。」

李升笑道：「你總算是很機靈的，設若不聽到我的報告，你就不會這樣說了。」

金榮道：「我不是那種人，你打聽打聽，今天他們鬧風潮，有我在內嗎？」

李升笑道：「今天他們鬧著，根本我就沒有理這個茬，我哪知道哪個在內，哪個不在內。」

金榮笑著，也就不說什麼了。

就在這時，只聽到鳳舉叫著李升呢，李升向金榮點點頭道：「是那事情動了頭了，我先去，你也別走開，也許大爺就要叫你呢。」他說著，走向上房去了。

金榮當真不敢走開，就在進內院的院門下等著。不多大一會兒工夫，李升手上拿著一個紙條走了進來，只是把眉毛皺得深深的，走過來，兩手一揚道：「這個是一件難差事，怎麼會讓我去貼這張字條呢？」

金榮道：「一張什麼字條會讓你這樣地為難？」

李升更不答話，就把字條遞給他看。金榮接過手來，只見上面首一行寫的是：男傭工等鑒……金榮笑道：「這樣客氣，還來個鑒字兒，大概這都是太太的意思，是要落個好來好去呢。」

李升道：「你先別廢話，你看看這張字條，我能不能出去貼起來？」

金榮從頭一看，上面寫的是：

男傭工等鑒：

本宅現因總理去世，一切用費都竭力節省。所有以前之男女傭工，均當大為裁減。自本日起，所有男傭工除已經通知留用者外，其未通知之人即日歇工，其解職之傭工雖可以另謀生路，但念其相隨有日，不無勞苦，除本月工資照給，並不扣除外，另按人加賞薪水兩月，以示體恤。仰各人向大爺手分別支領，切切莫誤。

金榮笑道：「這個像一張告示，大爺是辦公事辦慣了，一提筆就是一套公文程序上的文章。」

李升道：「你認得幾個字，又要賣弄，這話讓大爺聽見了，你該受什麼罰？」

金榮笑道：「不要緊，大爺和我們從小就鬧慣了的。」

李升道：「那很好，你和大爺的關係很深，你應該替大爺辦一點事，這張字條，你就拿去貼吧。」

金榮道：「我就拿去貼要什麼緊？我們套兩句戲詞，是奉命差遣，概不由己，料同事的，不能說是我出的主意，就算我出的主意，每人都撈上三個月工錢，這不算壞吧？」

金榮說著，果然並不考量，就拿了一張字條送到門房裡去貼起。

這字條一貼，僕役們一喧嚷，就都擠了一屋子人，認得字的看字，不認得字的，用耳朵聽人家嘴裡念。

大家雖丟了事情，覺得還是主人不錯，有些人竟是悔著今天不該搗亂的。這些聽差們，前些日子得著兩位賬房先生消息，都猜著金家是所剩無幾了，現在看全家的情形，分明還是與以前一樣，花錢毫不在乎，那麼，大家想著在這裡守著，沒有多大好處的念頭未免錯了，字條上寫得明明白白，沒有通知留用的，都去拿錢，大家互相一看，竟都不像受了通知的情形，那麼大家乾脆是領錢走路，於是大家半憂半喜地收拾鋪蓋。

到了下午，金家所用的男役差不多完全走光了，前面兩大進屋子立刻冷淡起來。尤其是大門口，平常東西橫著兩條板凳，總不斷的有人坐在那裡說笑，現在可沒有了。因為大門口只有一個門房，李升和金榮不斷要到上屋來做事，所以一到天色黑了，門房關起大門來，以便容易照應。

這都罷了，最感到不便的，就是鳳舉兄弟。

汽車夫不能用公家的，誰也不敢私下用人，一來怕金太太說話，二來也怕將來難乎為繼，只保留了一個車夫，只能開一輛車，大家簡直分潤不過來，好在兄弟幾個都會開汽車，汽油家裡還存著不少，有了急事，只好開了車子出去。

這兩天，燕西正迷戀著白蓮花姊妹，怎能不出去？依然是玩到晚上十二點鐘才回來。

清秋天天在燈下候著，等到他回來了，便皺著眉向他道：「快發表了，怎麼辦？你先給我漏一點風聲出去吧。」

燕西口裡總是答應著，但是一到白天起了床，他就有他的事去忙，清秋含有一種什麼痛苦，他哪裡會知道？這天家裡散賬房、散聽差。清秋知道了消息，心想，男僕既大為裁減，女僕自然也是要裁減的，自己屋子裡，用兩個女僕實在多了一個，若是要裁人的話，當然要裁去。只是自己臨產在即，若是那個時候比平常倒少一個老媽子，也許感到不便，這話應該先和燕西商量一聲才好。

不料家裡雖有這樣大的事，燕西事先沒有理會到，也就不在意，依然出門玩去。由上午到吃晚飯，還不看見回家來。

在吃晚飯前兩個鐘頭，清秋便覺得肚子有點痛，心裡也念著，據自己算，總還有兩個禮拜，大概不是的，自己事先都籌劃好了，到了那個日子，一輛汽車悄悄地坐到醫院去，待生產出來然後再說，千萬要不是今天才好，現在一點沒有準備，孩子下來了，自己是有生以來所未經的事，那怎麼辦呢？

轉念一想，恐怕是自己心理作用，把這事扔在一邊去，不想也許就好了，於是走出屋子來，在太湖石下，徘徊了一陣，看看竹子，又看看松樹。

但是無論你怎樣放懷自得，這肚子痛便是一陣緊似一陣。這種痛法，與平常那種小病不相同，又是脹人，又是墜人，痛得人站立不定。沒有法子，只好走回房去，在沙發椅子上躺著。剛一躺下，似乎痛止了一點，身上舒服一陣。然而不到兩分鐘，又痛得和以前一樣，躺不得了，便坐起來。坐了幾分鐘，還是心神不寧，又站了起來。但是無論如何不肯說出來，只望燕西馬上回來，好替她作主。

李媽進進出出和清秋做事，見她坐立不安，面色不對，便輕輕問道：「七少奶，你不要是發動了吧？這可不是鬧著玩的事，我看要向太太去告訴一聲。」

清秋背靠了椅子，兩手反撐著，皺皺眉道：「我知道是不是呢？若要不是的，那可鬧出笑話來了。」

李媽道：「就算不是的，也到了日子了，應該讓姥姥來瞧瞧。你這兒是用日本姥姥的，日本姥姥早兩三個月就瞧著，這時候通知也不算早啊！」

清秋道：「雖然如此，也別讓今天搶著去通知。」

金家的下人，都是有一種訓練的，不曾得著主人的許可，誰敢作主去辦一件事?因之李媽也不敢去通報，只是在一邊乾望著，和清秋著急。

到了吃晚飯的時候，陳二姐通知清秋去吃晚飯，見清秋坐在沙發上不住地哼著，便問道：「少奶奶又不舒服了嗎？」

清秋哼著道：「可不是，我不吃晚飯了，你去吧。」

陳二姐看那樣子，也就明白過了八成，加之李媽站在一邊，和她丟了一個眼色，她心裡更有數了，到了院子裡，她忽然叫道：「李姐，請你出來給我找個東西。」

李媽出來了，她先老遠地張著嘴，走到陳二姐身邊，低低的道：「我看是發動了，她不讓說，這不是鬧著玩的，你去和太太說一聲吧。」

陳二姐道：「我也是看著很像，我去了。」

陳二姐跑回了金太太屋子裡，先笑了一笑，金太太道：「又是誰在外面駭嚇你了吧？」

陳二姐見屋子裡還有好些人，不知這話能不能冒昧的說出來，因之又笑了一笑。

金太太看她那神情，似乎要搶著說，又不敢說的樣子，便道：「你說，什麼公事吧？」

陳二姐望了望屋子裡坐的人，然後走到金太太身邊，低著聲音道：「我剛才到七少奶奶屋子裡去，看那情形，好像……好像快要給你道喜了。」

金太太一聽這話，心裡就明白了，問道：「七爺沒回來嗎？」

陳二姐道：「就是他沒回來，所以七少奶奶不讓旁人來說，就沒有人知道了。」

金太太微微皺了眉，對屋子裡的人道：「你們先吃飯，不用等我，我到清秋那裡去看看。」說著，站起身就向清秋屋子裡來，陳二姐也在後面緊緊跟著。

到了院子門邊，就聽到清秋屋子裡就微微有一種哼聲，及至走進她屋子裡，只見她兩手伏在椅子上，枕了頭，一聽腳步聲，她猛然抬起頭來，還微笑著道：「媽不是吃飯嗎？」金太太走上前，握了她一隻手，三個指頭便暗中壓住了她的手脈，問道：「你這孩子，太緘默了，這樣重大的事情，事先你怎樣一句不說？我雖知道一點，不料是這樣地快。」清秋不由得臉上一紅，低了頭道：「我也是沒有料得這樣快的。」金太太見她已不否認了，這事已完全證實，便道：「這還了得！趕快把那個日本產婆找來。」一回頭對陳二姐道：「就叫你兄弟開一輛汽車去接吧，越快越好。」清秋道：「我想到醫院裡去。」她說的這七個字聲音非常低微，幾乎讓人聽不出來。金太太很奇怪的，便問：「那為什麼？」

在金太太這樣吩咐時，這一件事也早驚動了全家，是女眷們差不多都擁向清秋這院子裡來。

只有玉芬，她和清秋的意見越鬧越深，聽到清秋要生產了，她一個人在屋子裡冷笑起來道：「這二十世紀，人類進化，生理也變更狀況了，八個月不到，這就該有小孩子出世。」鵬振也在屋子裡，聽了這話，卻怕玉芬會到清秋屋子裡來譏笑她，便笑道：「你別引為奇怪，生理變態的事這也常有的。」

玉芬道：「你又懂得生理學，在我面前瞎吹。」

鵬振道：「我雖不懂得，但是我有做大夫的朋友，耳朵裡可聽見人說過。」

玉芬一想，這事若是科學上有什麼根據，別是沒有打著蛇，倒讓蛇咬了一口，便道：「有也好，沒有也好，只要她丈夫認為是對的，那就對了。旁人要說，那不是瞎說嗎？」

鵬振笑道：「大家都捧場去，你不去捧一個場嗎？」

玉芬大聲道：「呸！誰捧那種臭場？」

鵬振見她說不去，亦可少一場是非，就不作聲了。

但是玉芬雖不到清秋那邊院子裡去，讓她一概置諸不問，她也是有點辦不到。這邊院子和那邊是一道小粉牆隔著，燈光人語，走出屋子來，一律可以聽見看見。她在屋子裡坐了一會，覺著悶不過，就站在廊子下，靠了柱子靜靜地聽著。

只聽到那邊人語喁喁，始終不斷。一會子聽到日本產婆的聲音進去，一會子聽到有些人散了出來，又聽到佩芳說：「大概還早，別在這裡攪亂，我待一會兒來吧。」玉芬知道她是回自己屋子去了，再也忍不住，就向佩芳來打聽消息。

玉芬這裡要向佩芳那邊去，恰好是她也要向這邊來，兩人就在院子外邊遇著了。玉芬低聲笑道：「現在事情出頭了，她取什麼態度？不難為情嗎？」

佩芳笑道：「這個時候，她痛得要命了，還顧得了什麼害臊不害臊？你不瞧瞧去？」

玉芬道：「老實說，這還算是私生子呢，我可不願意瞧，我到你屋子裡去坐坐，你把消息告訴我，我也強如去了一般。」

佩芳覺得她的話未免言重一點，但是事不干己，也犯不著上去替人家辯論，笑道：「你到我那裡去談談，倒是歡迎，但是消息我可沒有，等著十一個鐘頭以內，總有消息吧？」於是二人一路向佩芳這邊走。

# 五 嫦娥應悔偷靈藥

恰好是鳳舉不在屋子裡，二人可以開懷暢談。

玉芬一坐下來，首先一句便道：「怪不得去年秋天，老七那樣八百里加緊跑文書，搶著要結婚，敢情為了今天這事下的伏筆。幸而這還賴上八個多月，勉強算八個月。若是再遲一個月，賴也就不好賴了。」

佩芳笑道：「你真是前朝軍師諸葛亮，後朝軍師劉伯溫，天文地理，無所不知。」這一句話，說得玉芬倒有點不好意思，微笑道：「你以為我愛管閒事嗎？我才管不著呢。」

佩芳也怕這一句話又說的得罪了她，便笑道：「不但是你，就是我，也覺得去秋他急著結婚大有原因，可笑四妹為了這事，倒和我們抬了不少的槓，如今水落石出，看是誰錯誰不錯呢？」

玉芬道：「水落石出，她更不錯了，她替他們圓了場，免得生出意外來，而且給金家保留一條後。」

正說到這裡，只聽一陣喧嘩聲從走廊下過去。其中有個人說話，就是燕西，他道：「開什麼玩笑，這也不算什麼喜事。」

玉芬和佩芳都默然不作聲，等著他走了過去，佩芳笑道：「這位先生這幾天很忙，聽說又和兩個女朋友走得很熱鬧，幾乎每天都在一處。」

玉芬道：「不見得是女朋友吧？不是跳舞場上的交際家，就是女戲子。老七倒有一樣好處，不向八大胡同裡去鑽。」

佩芳一瞧自己這話，又失神了，現在要說燕西的女友，好像就是白秀珠的專利，說他和女友在一處，那就不啻說他和秀珠在一處了，於是昂著頭，故意裝成想什麼事情似的，把這事拋到一邊去。

玉芬笑道：「出了神的樣子，又在想什麼？」

佩芳道：「我想老七添了孩子，應該叫什麼名字呢？」

玉芬笑道：「這個不用想，現成的在那裡。若是一個男孩子，就叫秋聲；若是一個女孩子，就叫天香。」

佩芳道：「這都不像小孩子的名字，而且現在是夏天，何以不按現在節令，卻按著秋天方面起意思？因為他母親叫清秋的原因嗎？」

玉芬笑道：「表面上是這樣，骨子裡不是這樣。你想，秋聲不是秋天的消息嗎？天香不是說桂花嗎？我還記得有這樣一句詩：天香雲外飄，這孩子是雲外飄來的。」

佩芳笑道，「你也太刻薄一點了，你也仔細人家報仇。」

玉芬冷笑道：「也未見得吧？她開別人的玩笑，開得夠了，現在也該人家開她的玩笑了。你想，我表妹……」

佩芳聽玉芬這話，覺得她已明張旗鼓地和秀珠幫忙，便笑道：「你的話很有道理。從前老七在結婚以前，我很贊成他和秀珠妹的婚姻，不說別的，就是你表哥現在是個紅人兒了，親戚方面，彼此也可以幫個忙，現在呢，老七自己手裡有了錢，我怕冷家還得要他幫貼一點。」

玉芬道：「這是不成問題的事，不然，那位冷家太太也不是那樣開通的人，以前她就肯讓老七在她家裡胡鬧。」

說著話，聽見金太太咳嗽著由屋簷下過去，接著燕西和一個人說話，也由自己院子出來，向金太太屋子去了。

玉芬道：「管他呢，我也到那屋子裡去點個卯，至於七少奶歡迎不歡迎我，我管不得許多了。」說著，她就走了出來。

但是她走出了佩芳的院子，並不到清秋院子裡去，卻向金太太這邊來。走到屋子外頭，只聽到有燕西咳嗽聲，金太太雖在說話，聲音卻很低。於是輕輕的走到窗戶邊，用耳朵貼住了窗子，聽他說些什麼。

聽到燕西帶著笑聲道：「自然是我的過失，但也不能完全怪我一個人，反正是我們金家的孩子就得了。」

金太太道：「你為什麼不早點和我說？我早知道了，把她送到南方去過幾個月，等著孩子有幾個月再回來，就也省得親戚朋友生議論了。」

燕西道：「我本來要說的，偏是家裡趕上了喪事，我那就沒有法子提了，就是提了，也不能離開呀，反正我金燕西承認是我自己的孩子，也就沒有什麼可議論的。」

這句話說完，屋子裡寂然了許久。

玉芬聽了這話，心想，別瞧老人家面上高興，敢情在背後她還很仔細的，老七這樣好勝過分的人，若不是他的孩子，他哪有承認之理？不過這個疑點，不但是母親，裡裡外外誰也在所不免。拿著這個疑點，無論如何，將來也可將燕西取笑一番吧？

這時，屋子裡頭，母子們似乎又在唧咕一陣，好像金太太對此事大不為然，還在責備燕西。玉芬正把心事按捺住，要聽上兩句，不料就在這時，後面一陣腳步聲，回頭看時，是清秋屋子裡的老媽子急急忙忙跑了來。

玉芬閃開走到路中間，問道：「我正要瞧瞧去呢，現在怎麼樣了？」

李媽道：「三少奶，你去吧，那東洋婆子說，快了。」她口裡說著，並沒有停住，一直就向金太太屋子裡跑。

玉芬知道他們也是要出來的，趕緊就走回院子去。到屋子裡以後，剛剛要坐下，便聽到隔壁院子裡一陣人聲喧嘩。她禁不住，復又走到廊簷下來。

鵬振在沙發上看著，抬著肩膀笑道：「人家添孩子的人也不過如此，我看你倒忙得不亦樂乎了。」

玉芬聽說，走到屋門口，伸著頭，進來問道：「你說我什麼？」

鵬振笑道：「我先說的話，我自己取消，你要去看熱鬧，你就趕快一點吧。」

玉芬道：「你管得著嗎？」她說著話，索性走到屋子裡來，對著鵬振臉上來問。

鵬振只是笑，將臉偏到一邊去。玉芬見他不管了，然後又走出屋子來。

這時，那邊院子裡的電燈光，映著高牆都是亮的。那來往的大小腳步聲也是響著不斷。

玉芬雖不願意過去看，然而聽到那邊那樣的熱鬧，又禁不住不問，在院子裡徘徊了許久，又到佩芳屋子裡來閒談，一進屋門，只見二姨太也在這裡，她拿住佩芳一隻手，低了聲音說話，看到玉芬進來，便微笑了一笑。

玉芬道：「二姨媽，恭喜你又要抱孫子。」

二姨媽嘆了一口氣道：「這可不像小同、小雙出世了，沒有了爺爺，做奶奶也沒意思呀。」

玉芬道：「若是爺爺在世的話，我想這個孩子出世，他老人家也不十分歡喜的，他老人家就講的是個面子，面子上說不過去哪成呀？」

二姨太將手擺了一擺，低聲道：「別說了，我剛才看你母親那副神氣，笑又不是，氣又不是，就愁著這話傳揚出去有點不好說。其實也不算什麼，八個月添孩子的多著啦，再說，這改良的年頭兒，添了孩子結婚也有的是，做上人的，只要模糊得過去，那也就算了。」

玉芬笑道：「都要遇到你這樣的上人，這事就好辦了。」

二姨太道：「我沒有做上人的資格，我有這資格，也管不了誰，一定是多哭幾場。」

佩芳、玉芬聽了這樣無能的話，也都笑起來了。

笑聲未歇，蔣媽笑嘻嘻地走了進來，向佩芳道：「挺大的一個胖小子喲！初生子有這樣的快，我是第一次瞧見呀。」

二姨太問道：「孩子下來了嗎？」她雖問道，也不待蔣媽的答覆，已經走出房來。

玉芬聽說，便問蔣媽道：「你看見孩子了嗎？那模樣兒像誰？」

蔣媽不曾考慮，立刻答道：「很像七爺的。」

玉芬道：「真像七爺嗎？那麼，你七爺用不著再找別的什麼證據了。」說著，又向佩芳一笑。

佩芳覺得她這話很是嚴重，若是傳到清秋耳朵裡去了，很容易出是非，因之連笑也不敢笑，默然含混過去。玉芬見佩芳不搭腔，覺得她也太怕事了，又是一笑。

因外面大家都是一陣亂，玉芬見佩芳有要走的樣子，也就先走出來了。走到清秋院子外面，果然聽到小孩子的哭聲。

那哭聲很高朗，要照中國人孩子哭聲的辦法推論起來，這孩子的前途也是未可限量的。玉芬在院子門外站了一會，卻見金太太出來，要閃開也來不及，便向金太太道了一聲恭喜。

金太太也是忙糊塗了，玉芬是否已經過去看孩子，她並不知道，便微笑道：「雖然沒足月分，孩子倒長得挺好的，你看像他老子不像？」

玉芬不便說沒有進去看，隨便地答應了一句，卻問道：「祖母應該給小孩取個名字才好。」

金太太道：「什麼沒有預備，我忙著啦，哪有工夫想到這上面去。」

玉芬笑道：「我倒想到了一個名字，叫小秋兒怎麼樣？」

金太太笑道：「夏天出世的孩子，怎麼叫秋兒？」

玉芬道：「他母親不是叫清秋嗎？學著他母親吧。」

金太太正要到自己屋子裡去找東西，對於這句話也沒有深考就走了。

恰好燕西跟著走過來，把這些話都聽見了，他笑道：「為什麼不學父親，要學母親呢？」

玉芬倒不料他會突如其來的這時候出現，便笑道：「湊巧這話是你聽去了。但是我說的，不過是一種笑話，並不見得就能算數。」

燕西道：「雖然不能算數，這個理由可不充足。」

玉芬笑道：「說笑話還有什麼理由？有理由就不是笑話了。」

玉芬說到「笑話」二字，嗓子格外提得高，似乎很注意這兩個字似的，燕西本就知道自己和清秋結婚以後，玉芬就常是表示怨色的，而且她說話，向來是比哪個也深刻，在今天這種情形之下，正是她有隙可乘的時候，這幾個笑話字樣不見得是無意思的，當時便笑道：「得了！算我是笑話就得了。」他說了這句，也不再和她辯論，就到金太太屋子裡來。

金太太到她後邊屋子一個收藏室裡去找了許久，找出一個玻璃盒子來。這盒子裡面，收著兩支很大的人參，放在桌上，隔著玻璃看到，整支兒的擺著，都不曾動。

金太太揭開蓋來，取了一支，交給燕西道：「這一支就給你吧。」

燕西道：「這也不過要個一錢二錢的，泡點水給她喝就是了，要許多做什麼？」

金太太道：「你心裡就那樣化解不開，多了不會留著嗎？從前你父親在日，和關外政界上朋友有什麼往來，就免不了常收到這個，收慣了我也看得稀鬆，誰要我就給誰。現在我清理著，也不過五六支了，再可得不著了，要拿錢去買的話，可得花整把的洋錢呀，**無論什麼東西，有的時候，總別太不當東西，將來沒有的日子，想起才是棘手呢。**」

燕西領了母親一頓教訓，也不敢再說什麼，很快地回房去。到了屋子裡，只見清秋睡在床上，將被蓋了下半截，枕頭疊得那樣高，人幾乎像坐在床上一般，倒也看不出她有什麼痛苦。她見燕西進來，含著一點兒微笑，將胸前的被頭按了一按，兩手將孩子捧出來，和燕西照了一照。

在屋子裡收藥包的日本產婆，插嘴道：「真像他父親啦。」

燕西也是一笑。

這時屋子裡不少的人，都給燕西道喜，但是說也奇怪，燕西對於這件事，總覺難以為情似的，因為人家道喜雖無法避免，卻也不願老是道喜下去，把人參切了一點，吩咐李媽熬水，自己就收拾了一副被褥，讓老媽子送到書房裡去，笑對清秋道：「我到外面至少要睡一個月了，你這屋子裡總得要一個人。還是添一個人呢？還是就讓這裡兩個人來回替著呢？」

清秋道：「我本來就沒有多少事，不必添人了。」

燕西道：「我看還是和你母親通個信……」

清秋連忙皺了眉道：「今天夜深了，明天再說吧。」

燕西也就不說什麼，到了外面書房去了。這樣一來，燕西心裡倒很是歡喜，這一個月以內，無論怎樣地大玩特玩，也不必想什麼話去遮掩清秋了。

這天晚上，金太太到清秋屋子裡來了不少的次數，見清秋總沒提向娘家去報喜信的話，知道她是有點難為情，等人散完了，才假意埋怨著說，大家忙糊塗了，都沒給孩子姥姥去送個信。清秋道：「夜深了，知道了，我媽也是不能出來的。」

金太太道：「這件事，說起來還要怪你，你為什麼事先不通知你母親一聲呢？」

清秋對於這句話，卻不好怎樣答覆，只得答道：「我也料不到這樣快的。」

她說這話，聲音非常之低，低得幾乎聽不出來，金太太聽了這話，覺得她是無意出之，或者真是不足月生的，這也只好認為一個疑團罷了。

到了次日，金太太見燕西夫婦依然未有向冷家通知消息的意思，覺得再不能聽之了，便讓陳二姐坐了車子到冷家去報信。

陳二姐是個會說話的，看見冷太太，先問了好，然後才說：「我家七少奶，本來還有兩個月就替你抱外孫子啦，也不知道是閃了腰是怎麼著，昨天晚上就發動了，這一下子，不但旁人沒預備，就是她自己也沒預備，你瞧我們昨天這一陣忙。」

冷太太啊喲了一聲道：「這可怎麼好呢？你們怎樣……」

陳二姐笑著向冷太太蹲了一蹲，請了個雙腿兒安，然後笑道：「給你道喜，大小都平安，昨天晚上十二點，你添了個外孫子了。我看了看，是個雪白的胖小子，本來昨天晚上就該送信來的，夜深了，怕你著急，所以今天我們太太少奶奶打發我來。」

冷太太道：「小孩子好嗎？不像沒足月的嗎？」

陳二姐道：「不像，長得好極了。」

冷太太口裡說著話，心裡可就記著日子，連結婚到現在，勉強算是八個月，小孩子倒是怎樣，這事可就不便深究了，因道：「我家小姐對你還說了什麼？」

陳二姐本沒見清秋，這話怎說呢？倒不覺為難起來。

冷太太見陳二姐這種為難的樣子，也就知道其中尚有別情，因先道：「你先回去，待一會兒我也就來看你太太。」

陳二姐聽如此一說，也就把話忍回去，先告辭走了。

冷太太卻把韓媽叫來，向她商量道：「你瞧瞧，我們這孩子做出這樣糊塗的事，以前也不告訴我一聲。現在到金家去，那些少奶奶小姐們誰都會咬字眼挑是非的，叫我什麼臉見人說話？你去一趟吧，我不去了。」

韓媽道：「那不行啦！你去了，模模糊糊，一口咬定是沒有足月生的，也沒有什麼，你若是不去，倒好像我們自己心虛似的，那更糟了。你為著咱們姑娘，你得去一趟；你若不去，他們那兒人多，說是孩子姥姥都不肯來，連底下人都要說閒話了。」

冷太太見韓媽這樣說著，雖是把理由沒有說得十分充足，但是仔細一推敲起來，果然是不去更為不妙，便道：「我去一趟吧，去了我就回來，少見他們家的人也就是了。小孩子的東西，我一點也沒有預備，這只好買一點現成的了。」

韓媽總是心疼清秋的，見冷太太不高興，百般的解說，催著冷太太換衣服，陪著她一路上街去買東西。東西買好了，又替她雇好車到烏衣巷，這才不包圍了。

冷太太也是沒法，只好板著面孔前來。到了金家，見東西雙棚欄門已經關了一邊，棚欄裡面，從前那一大片敞地總是停了不少的車輛，還有做車夫生意的，賣零食的，而今都沒有了。一排槐樹，今年倒長得綠蔭蔭的，依然映著那朱漆大門樓。大門樓下，擺著兩排板凳，以前總是坐滿了聽差，今天卻也未見一個人，門洞子裡空洞洞的，不像往日早有許多人歡迎出來。

冷太太讓車夫拉到門洞邊，下了車子，所有自己帶來的東西，既不見有人出來迎接，只得一包一包地由車子上拿下來，放在長凳上，然後給了車錢，自己一齊捧著走了進去。

看著左邊門房關得鐵緊，右邊門房開著半掩的門，看見有個長了鬍子老聽差在那裡打盹，冷太太知道金家排場很大的，自己就是這樣衝了進去，又怕不妥，只得先咳嗽了兩聲。無如那個老聽差睡得正甜，這兩聲斯斯文文的咳嗽可驚不醒他，冷太太沒有法子，只得走到門房外，用手將門拍了幾下，那老聽差一連問著誰誰誰？然後才睜開眼來，見是一位穿了裙的老年婦人，將眼跌了幾跌，當著是他注視的掙扎，然後才站起來向冷太太望著。

這一下他看清楚了，是七爺的岳母，連忙上前將冷太太手上的東西接了過來，笑道：「門房裡現在就是我一個人了，我給你送到裡頭去吧。」

冷太太也不知是何緣故，門房裡只剩了一個人，也不便問得，就跟了他去。

進到上房，人多點了，有個老媽子看見，上前來接著東西，便嚷著冷太太來了，她並不考量，就引到金太太屋子裡來。

金太太因為冷家貧寒，越是不敢在冷太太面前擺什麼排子，早就自己掀了門簾子走出，一直到院子裡來。照說，這個時候，冷太太可以和金太太道一聲喜，金太太也應當如此，但是現在兩人見面之後，誰也覺得這話說出有些冒昧，因之兩人把正當要說的話不談，彼此只談著平常的應酬語，你好你好。

金太太將冷太太請到了屋子裡坐下以後，這才含糊地說道：「本來昨天就應當送個信去，無奈夜已深了，捶門打壁的去報信，恐怕反會讓你受驚。」

冷太太笑道：「倒也沒什麼，我家那個寒家，縱然半夜三更有人打門我也不怕，哪裡還有人光顧到舍下去了不成嗎？今天你派陳二姐到我那裡去了，我聽說了，比你還要加倍地歡喜，因為我總算又看見一層人了。」

金太太笑道：「我現在還是三個小孫子，也不見得就嫌著多啦。」於是哈哈一陣笑。

冷太太站起來笑道：「我要去看看你這不嫌多的孫子，回頭咱們再長談。」

金太太便吩咐陳二姐陪了她去，好讓母女談話。

陳二姐引著冷太太到清秋這院子裡來，一進院子門，就聽到呱呱一陣小孩子哭聲。她忽然有個奇怪的感觸，心想，自己當年生清秋的日子，彷彿還在目前，轉眼之間，清秋又添孩子了，人生是這樣的容易過去，不由人不悲感。

好在這個觀念，就只片刻的工夫。一腳踏進了清秋的臥室門，見清秋躺在床上，她先是很難為情的樣子，叫了一聲媽。那個媽字，也只好站在面前的人聽見罷了。

冷太太走到床前，握了清秋一隻手，低聲問道：「我今天才知道，你事先怎不和我說一聲哩？」

清秋到了此時，還有什麼可說？沉默了許久，才說一句道：「我也不知道有這樣快的。」

說著這話可就低了頭。

冷太太看這情形，這些話大可不必追求下去了，便笑道：「孩子呢？我看看。」

清秋這才轉了笑容，在被裡頭將小孩子抱了出來。

冷太太一抱過來，這小孩正好睜開著一雙小眼滿屋子張望。看那小臉蛋兒雖然像燕西，這一雙小眼睛可很像清秋。究竟是一個血統傳下來的人，冷太太想著，也是自己一點骨肉。這一個愛字，也不知是什麼緣故自然會發生出來，看了孩子頭上，那一頭的蓬鬆的胎髮，紅紅的臉蛋兒，便想到了從前在他母親的時候，他母親也是這個樣子，於是在小孩子臉上就接了兩個吻。

清秋心裡正捏了一把汗，不知道自己母親對於這個孩子存一種什麼觀念，就怕母親要把他當一個不屑之物來看待。現在見母親對孩子連親了幾個吻，這正是表示她很愛這外孫子了，母親既愛外孫，對於自己女兒更不能有什麼問題的。因之冷太太這幾個吻，比吻在她自己臉上還要心裡舒服許多了，也就笑嘻嘻地望著她母親。

冷太太又將孩子看了一看道：「這倒很像他爸爸，什麼都可跟著爸爸，只有他爸爸那樣地會用錢，可不能跟著往下學。」

清秋笑道：「不能跟他爸爸學的事情太多了，他若是也像他爸爸那樣會用錢，用著一直到自己添孩子，那倒也是不壞的事情呢。」

正說到這裡，有玉芬的女僕在外屋子喊著七少奶。清秋道：「田媽，大概是你三少奶要那個酒精爐了吧？你拿去吧，我們的這一個已經拾掇好了。」

那個田媽走進房來，望了冷太太一望，在旁邊茶几上，拿著酒精爐子就走了。

金家的規矩，親戚來了，男女僕役們都要取十分恭敬態度的，清秋見田媽對自己母親簡直不理會，很有點不高興，便道：「這個老媽子也太不懂禮節了，不請安罷了，問句好也不要什麼緊？」

冷太太笑道：「你到這兒來做少奶奶有多久，就講這些了，她不理會也好，我們這樣的窮親戚不大來，來了，又不能十塊八塊的賞給下人，要人家恭維一陣，自己伸不出手來，也就怪難為情的。不如兩免了，倒也是好。」

她母女倆如此說著，那個田媽恰是沒有去遠，句句聽得清楚，她雖不敢公然地向他們提出什麼抗議，然而她可回轉頭來，惡狠狠地對著窗子瞪了一眼，接上她把那雷公臉式的下巴，向著窗子裡一翹，在她這表示之間，以為要我恭維你這樣的窮鬼，你也配！她不作聲，可就極忿恨地走了。

冷太太和清秋都是隨話答話，哪裡會注意到這一點上去了?當時談了一些家常，冷太太又告訴清秋一些產後保重之道，並約了過一兩天再來看她。
因許久不曾看到燕西，便問道：「我們這位姑爺總是這樣大忙特忙，怎麼也不去看看我呢？」

清秋有一肚子的話都想說出來，既而一想，說出來也是多讓一個人煩惱，便隨口答道：

「他也是忙一點。」

冷太太道：「哦！他忙一點，我們姑爺現在有了差事了嗎？」

清秋道：「現時在服中，他怎麼能就事？」

冷太太道：「那大概是上學了，他不是常說要出洋嗎？」

清秋道：「他在家裡溫習功課呢。」

冷太太一想，這就是姑爺不對，在家裡溫習功課，丈母娘來了，為什麼也不來打個照面？但是這話對清秋說是無益，叮嚀了兩句，復到金太太屋子裡來。金太太便留著她多坐一會兒，吃了晚飯再走，冷太太說是家中離不開人，早點回去好。

金太太知道她母女的性格差不多，是不愛在禮節上周旋的，她要走也不勉強，便說：「以後希望常來，清秋一個月內不能回去，可以多來看她兩次。」

冷太太笑道：「親母是多兒多女的人，我就不來看她，也是放心的了。」於是笑著走了。當她走出了外院門，恰是頂頭碰見燕西，不但是他一個人，後面還跟著個白蓮花。

冷太太並不認得白蓮花，但是看她那樣裝束入時，極長的紅色的旗袍，極細的腰身和袖子，又是高跟鞋，走起路來屁股兩邊扭。這絕不是金家親戚朋友，人家喪事未久，到人家裡來，不應穿得這樣豔麗，同時燕西看到了冷太太，也不知何故，突然向後一縮，退了兩步，而且臉上紅一陣白一陣地變了顏色，這裡面更有文章了。

冷太太早知道他胡鬧慣了的，說了也不見得改過來，徒然讓他懷恨，只當不知道。便先笑著叫了一聲姑爺，道：「我回去了，明後天我還來呢。」

燕西本來想說一句伯母來了嗎，怎麼就回去？於是當面的應酬話就過去了，現在冷太太自己先說要回去，只得改口道：「我也想和你老人家談談，坐一會兒不好嗎？」

冷太太道：「你有什麼話談，明天到我家裡去吧，我也許後天來。」

燕西道：「好好！我明天就來。」逕自向他書房裡走了。

白蓮花跟著到了他書房裡，一頓腳笑道：「糟糕，一進來就遇到你們家親戚，背後準得罵我穿這一身紅。你叫她伯母，她是你什麼人？」

燕西笑道：「你真問得奇怪，明知我叫她伯母，怎麼又問是我什麼人呢？」

白蓮花道：「不是那樣說，伯母這種稱呼很普通的，只要是年長些的，都可以叫伯母，還有些人叫丈母娘做伯母的呢。」

燕西笑道：「不能夠吧？譬如你母親，我就沒有叫過伯母。」

白蓮花瞟了他一眼道：「這樣無味的便宜，討來有什麼好？」

燕西笑道：「這是無味的便宜嗎？你想，我們這點關係……」

白蓮花皺眉道：「別提了，你這兒人多，讓人家聽去了，我有什麼意思？你想，我母親那一塊料，憑哪一點可以做你的丈母娘？你不是說拿一點東西就走嗎？快去拿吧，別讓我老等了。」

燕西道：「我就去拿，你就在我屋子裡等一會，門的暗鎖眼裡，插著有鑰匙，你若是再怕人撞著，可以把門先鎖上，等我來叫門你再開。」說著，一人向自己院子裡來。

一進房，見清秋睡著，面朝裡，一點動靜沒有，心中倒是一喜，拿了鑰匙在手，便去開箱子。清秋原是醒的，她聽到腳步聲，以為是老媽子進來拿什麼，便沒有去留意。及至聽到箱子上的鑰匙有發動聲，不免嚇了一跳，口裡問著是誰？轉過身來，燕西倒不能含糊，便笑道：「我沒有零錢用了，進來拿點錢用。」

清秋道：「我也知道的，你不是要錢用是不會進來的。」

燕西一邊開著箱子，一邊笑道：「你這話說得有點不對吧？我進來就是拿錢嗎？早上我進來一趟，上午我也進來一趟，這都不是拿錢吧？」

清秋道：「了不得！你進來兩次了，錢是你名分下應得的，你愛怎樣花就怎樣花，與我什麼相干？反正也就是那些錢，今天也拿，明天也拿，拿完了你也就沒事了。不過現在你這兒還有一個小的，你還顧他不顧呢？多少留點給他花吧。」

燕西道：「你這人也太囉嗦了，我進來拿一回錢，你就說上許多話，難道我這錢放到了箱子裡去，就是不許動用的？你的意思，我就只靠這些錢來用，不能做一點別的事嗎？」

清秋道：「我不敢這樣說你，但是像你這樣子用，恐怕掙錢有些不夠花吧？據我看，你現在花錢，比父親在日闊去三倍四倍還不止哩。譬如一個月用一千，要找一個月掙一千的事，不容易吧？現在你一個月用的數目是多少？大概你自己知道，用不著我來說了。」

燕西本拿了五百塊錢鈔票到手上的，聽到清秋這一篇話，心想，掙五百塊錢送到箱子裡來果然是不容易。如此一想，手就軟了。

清秋躺在床上，反正總是不作聲，你拿也好，不拿也好，看破了這錢總是留不住的，隨他花費去。燕西一看清秋側身望著，卻是不作聲，好像聽憑自己胡拿似的，這樣一來，倒更覺得不便漠視人家，便將五百減去一半，只拿二百五在手。他又有點後悔了，答應了白蓮花姊妹給她買許多東西，若只拿二百五十塊錢去，東西買不全，那多麼寒磣！

這是不必考量的，還是多帶一些在身上的好。寧可帶而不用，卻不可臨時缺了款。如此想著，他依然又開了箱子，把放下那二百五十塊錢的鈔票重新拿在手上，匆匆忙忙地就向袋裡一塞，那意思自然是不肯讓清秋知道。

但是他這種要拿又止，止而復拿的樣子，清秋怎能不猜個十分透澈？卻向他微笑了一笑，同時，好像頭也在枕上點了一點。

這一點頭一微笑，好像是說你的心事我已經知道了，燕西問道：「你笑什麼？我也是不得已，有幾筆款子非用不可。今天拿了，以後我就不會拿什麼錢了。」

清秋道：「我又沒說什麼，管你拿多少，又不是我的錢，你何必對我表白什麼呢？快點出去吧，大概朋友還等著你呢，你不必為著敷衍我，把人家等急了。」

燕西聽她這話，不由得心裡撲通跳上了一下，臉一紅道：「我這錢又不是馬上就花，外面有什麼人等著我？你為什麼這樣多心？」

清秋向著他又點了一點頭，加上一個微笑，燕西對於她這一笑，自己也不知道是甜是苦，也就對她微笑一笑，拿著錢，很匆忙地就走出來了。

一到了書房裡，白蓮花果然將屋門緊緊閉住，燕西告訴一聲我來了，她並不忙著開門，先埋怨著道：「你來了，別忙呀，和少奶奶慢慢地辦完交涉再說吧，我們拘禁三點鐘兩點鐘，那又算什麼？」說著，將門鎖剝落一聲開了，鑰匙向桌上一拋，人就板著臉坐在一邊。

燕西握了她的手笑道：「對不住！我不是成心，遇到我母親，叫住我說幾句話。你想，我能不聽著嗎？我自己也好像沒有耽誤多少時候，可不知道去了許久哩，得啦，我正式給你道歉。」

白蓮花將嘴向他一撇，笑著道：「除了送你沒出息三個字，也就沒什麼別的可說了。」

燕西笑道：「那就走吧，別讓令妹在家裡又等著發急，我一個人回家來一趟，倒惹得兩個人著急，這可是我的不對了。」說著，攜了白蓮花的手就向外面跑。

燕西因為家裡的汽車沒有開，卻偷偷地把舊汽車車夫找回來一個，又自己買著汽油，一天到晚地坐著，所以出起門來很是方便，比從前大家搶著要汽車，反覺現在舒服多了。

他和白蓮花坐了汽車，一路向李家而來。這裡一條路，走得是更熟了。

下車之後，一直向裡面走，只見白玉花拿了一根長帶子，站在屋子中間帶唱帶舞地練習著，因笑道：「還好，還好，這樣子她倒是沒有等得著急呢。」上前用手拍了拍白玉花的肩膀，笑著問她：「著急不著急？」

白玉花回轉頭來，對他瞟了一眼道：「七爺，你幹嘛總是不能正正經經的，一進門就動手動腳？」

燕西笑道：「這年頭兒男女平等，彼此摸了一下子，這也不算什麼，幹嘛瞪眼？」

李大娘聽見這話，由屋子裡笑了出來說道：「喲！七爺，誰有那麼大膽，敢對著七爺瞪著眼呢？玉花你怎麼著，敢和七爺開玩笑？」

她笑著迎到面前來，就伸了手道：「七爺，我給你接住帽子，寬寬外衣，請到屋子裡坐吧。」

燕西只得拿下帽子交給了李大娘，一面笑著脫下了馬褂，就跟她走進了白蓮花屋子裡去，白蓮花握了燕西的手，一同在沙發椅子上坐下。

白玉花原是不大高興的，一見李大娘一張臉迎著燕西說話，心裡已經有些轉動了，及至燕西走進屋子來，看到他穿的長衣服裡腰上有一個包微拱起來，分明是口袋裡盛滿了鈔票，這一進房來，就要開發了，自己為什麼在這飯要上桌的時候去得罪廚子？便也笑著跟進來道：「七爺，我和你鬧著玩兒，你還生氣嗎？」說著話也就擠到燕西一塊來坐著，伸著手握了燕西的手，將頭靠住了他的肩膀，身子是緊疊著身子。

燕西本來是無所用心，倒是李大娘一陣胡巴結才覺得有些不對勁，白玉花又是一陣親熱，倒反而疑惑起來，心想，今天她們為什麼有些態度失常，難道對我有什麼新舉動嗎？即是有新舉動，我倒不能不提防一二，如此一想，態度便持重起來。

他這一持重，李氏母女三人怕他不滿，更是加倍地恭維了。燕西先雖覺得討厭，後來李大娘走了，就剩李氏姊妹在一旁恭維，這就很樂意。過了一會兒，白蓮花又不知道臨時發生了什麼事情，走開去，就剩白玉花一個人了。

燕西見屋子裡沒有第三個人，便笑道：「玉花，我對於你，總也算鞠躬盡瘁了，何以你對於我總是淡淡的神氣？要怎麼樣，你才可以回心轉意呢？」

白玉花笑道：「這是笑話了。我和你無怨無仇，這回心轉意四個字從哪兒提起？」

燕西道：「咱們雖不是仇人，可也不是愛人，要望你作我的愛人，怎樣不望你回心轉意呢？」

白玉花連連搖手道：「言重言重，這怎麼敢當？再說，還有我姐姐呢？」

燕西笑道：「你姐姐太調皮了，和我初認識她的時候，簡直變成了兩個人。」

白玉花也不答覆他的話，便笑著朝外連叫了幾聲姐姐。燕西搖搖手，笑道：「幹嘛，你要對質嗎？對質也不要緊，她已經答應退讓一步了。」

白玉花將嘴一撇，鼻子哼著一聲道：「我算把男人看透了，只要是乍見面的女子，模樣兒生得端正些，其餘都不管，就想著人家做他的愛人。或者在相識了以後，或者在做了愛人以後，不論遲早，總要把那女子嫌成一堆狗屎，再去重新找人。你想，男子們口裡說出來的愛人這兩個字能值錢嗎？」

燕西笑道：「男子不是我一個人，我也不去辯護，但是你年輕輕兒的，就看得這個樣子透澈，也會減少許多樂趣的。我若是也照你這種法去想，我會不賭錢，不跳舞，也不捧場了。」

白玉花笑起來道：「這樣子，你是真生了氣，連我都不願意捧的了。」

燕西笑道：「我怎麼不捧？不捧你，我今天還會來嗎？」

白玉花再也不敢說什麼了，就挽了手，陪他在一塊兒坐著，這一番談話，時候可是很久，幾乎就兩三個鐘頭呢。

燕西同著白玉花在屋子裡談心，白蓮花不知有什麼事，走開了去，去了許久，也就來了。三個人說笑了一陣，就一同坐汽車出去。

他們首先所到的一個地方，就是烏斯洋行。因為李氏姊妹知道這洋行裡值錢的外國貨不少，而且燕西對這個洋行又是十分熟悉的，因此拉著他同來，要參觀參觀。

燕西到這種地方來，決計是不能小氣的，所以不得不先跑回家去，拿了一筆現款放在身上。到這種洋行裡來，就是帶了一萬二萬也未必花不了。燕西不過是預備五百塊錢，已經少而又少了。

當時到了烏斯洋行裡，白蓮花看那玻璃格子，有幾個綿絨盒子，托著金燦燦的鑽石戒指，就伏在玻璃上向裡面看著。

這裡的夥計，知道金家人買東西是不大怕貴的，就對白蓮花笑道：「小姐，拿出來看看吧？東西真好，價錢也極是便宜。」他說著話，已經就把幾只盒子拿出來，一齊放在旁邊桌上，請他們坐下來細看。

燕西一想，不必問價錢了，反正五百塊錢一齊拿了出來，也不會夠買一只的，便笑道：「不必看了，比我自己那兩只小得多。」

店夥笑道：「要好的還有。」

燕西連搖手道：「你不必當大買賣做，我們不過是來參觀參觀，買一點小東西的。」

白蓮花聽了這話，就不便再問什麼價錢，可是手上拿著那戒指，可有些捨不得放下去呢。燕西已經交代明白了，她就不能再去干涉，他既不看鑽石，自己只管漫不經心地走了開去，到別的玻璃格子外，去看一些普通的玩意。

白蓮花知道大東西是不成，也只好拉著白玉花，一同走了過去，隨著在燕西身後面看。燕西提了幾樣花圍巾香水鏡匣之類，放在外面，故意說著不錯，讓她們去買。她姊妹倆雖然買不到珍寶，反正這些好東西也都用不著拿錢去買的，多要一樣是一樣，因之稍微合意的都買下來了。共總算一算，竟也三百多塊。

白玉花究竟還不曾深受社會陶熔的，一想，買零碎東西就買了這些錢，人家也就相待不錯，良心上不能再要人家花錢了，要不然第二回也許不肯再同著上街哩，因對著白蓮花再望了望，見燕西正走到店堂裡去，就低低說著「行了」二個字。

白蓮花也是眼皮一撩，頭微擺著笑了。那意思說，這便不值得注意，於是她一人又增加著買了幾樣東西，大一個紙包，小一個紙盒。

店夥做了好幾捧，送到汽車上去，於是燕西再同上汽車，帶著姊妹倆，到館子裡吃了一餐晚飯。晚飯以後，復又把她們送回家去，一天之間，這一輛汽車向白蓮花家跑了四五趟，汽車夫也不知何以如此忙？

這一次車子在她家門首卻停了好久，結果是十一點鐘的時候，燕西、白蓮花、白玉花一齊到大門口。白玉花對燕西低聲笑道：「有我姐姐陪著，也就行了，他們不讓我去看跳舞，我也沒法子。」

燕西無精打采，低著聲音道：「那是你不賞光，我也沒有法子。」

白玉花道：「你問我姐姐，我自己沒有說要去嗎？我媽說我比不得姐姐，夜裡不讓出門。」

燕西笑道：「好吧，過天見吧。」說著，他就和白蓮花同坐上汽車去。

汽車開到飯店門口，燕西說是不用等，讓車夫開了空車回去了。

清秋對於燕西的行動，本來抱著放任主義，現在產後，自己在屋子裡靜養，更不管燕西的事，這天晚上，金太太到清秋屋子裡來，要看小孩子。在燈下抱了一會子，而且決定了名字，叫小和，順著小同的名字一路下來，而且這和字，同著秋字的半邊，也說是一半像母親哩。

金太太以為這名字還有點意思，清秋一定有什麼議論的，一看清秋斜躺在床上，雙眉緊鎖，金太太握了她一隻手道：「你怎麼回事？身上有病嗎？」

清秋道：「並沒有什麼病，只是心裡有點煩悶。」

金太太道：「這兩天熬了一點參水喝嗎？」

清秋道：「就只喝過一回，以後沒有喝過了。」

金太太道：「我叫燕西別把東西糟踏了，並不是說就擺在那裡不動。」就吩咐李媽就泡上一點。

李媽說：「那是七爺收的，不知道放在哪裡？」

金太太道：「你到書房裡去問他，叫他自己進來拿，我還有話要問他呢。」

李媽去了一會，走進來說：「七爺不在家。」

金太太一看壁上掛的鐘，已經十二點多鐘了，便嘆了一口氣道：「這個東西，也是至死不悟，事到如今，他們還要昏天黑地地鬧下去，如何得了？」

清秋本也不想揭破燕西的行為，現在既是金太太知道了，她就用不著代守秘密，默然地坐著。

金太太問道：「他這一程子，常在外面整夜地鬧嗎？」

清秋道：「在鬧喪事的那幾天，他是在家裡的。除此以外，他整夜不歸，那是常事，而且他這種行動，還不許人過問，誰要問問他的事，他會生氣的。」

金太太將孩子交給了清秋，坐在床邊默然了許久，突然又問道：「據你這樣子看來，他分得的那些錢，大概用了不少吧？」

清秋道：「誰知道呢，鑰匙在他身上，只見他開箱子拿錢，可不許人家問他拿錢做什麼。拿了多少，更是不得而知的了。」

金太太嘆了一口氣道：「我拿錢在手裡不分開來呢，我受不了那種冷氣，分出來了呢，又眼睜睜地望著這幾個人像流水似的花了去，這叫我也不知道要怎樣是好？」

清秋道：「其實他的行動，我也不敢問，不過現在既然有了孩子，這孩子讀書的錢，總得預備一點，若是像他這樣，……」清秋越說越聲音小，說到後來，無話可說了，也是嘆了一口氣。

金太太到了這時，也是無詞可措，坐了一會子，自回屋子裡去。

一到屋子裡，便叫陳二姐去看看七爺在家沒有？若是不在家，就把門房叫了來。陳二姐去了一會子，卻是把門房叫了來了，金太太叫著門房當面，就將鳳舉兄弟最近進出的時間仔細盤問了一遍。

這弟兄四個，是燕西跑得最厲害，鶴蓀次之，鵬振又次之，鳳舉卻是不大出去，出去也是有事，金太太聽了這種報告，氣憤已極，便追問燕西出去向在一些什麼地方？門房對於這個問題卻不肯怎樣答覆，因笑道：「你想，七爺要到哪裡去，還會在門房留下一句話嗎？」

金太太料著門房是不肯說的，就也不再追問，只吩咐門房，燕西回來了，不必告訴他就是了。

到了次日早上，金太太首先一件事，便是派人問燕西回來了沒有？到了十點鐘了，還是沒有回來，金太太實在忍耐不住，就坐在外面書房裡等著。

到了十一點多鐘的時候，燕西才高高興興回來了，肋下正夾著一個紙包，向桌上一放，一回轉頭來，才看見自己母親斜靠在沙發上坐了。

金太太且不說什麼，首先站起來，就把那個紙包搶在手上。燕西笑道：「那沒有什麼，不過是兩張戲子的照相片。」說著，便也要伸手來奪。

金太太正著臉色道：「我要檢查檢查你的東西，你還不許我看嗎？」

燕西看見母親臉上白中透紫，一臉的怒色，就不敢多說什麼。

金太太解開那紙包一看，見是兩張四寸女子半身相片，燕西坐在一張椅子上，一個女子攜了他的手，站在一邊，一個卻伏在椅子背上，三人幾乎擠在一堆了。

燕西說這是戲子，金太太看著，想起來了，其中有一個叫白蓮花，是在自己家裡演過堂會的，由這張相片上，想到燕西不曾回來，可以明白許多了，於是拿著相片向桌上一拋，板了臉道：「就是這兩個人鬧得你喪魂失魄？」

燕西真不料母親今天突然會有這種舉動，照形勢上看起來，一定是清秋不滿意自己拿錢，昨天對母親說了，她難道也要學大嫂她們一樣，來壓迫丈夫不成？我不是那種男子，絕不能夠讓婦人來管著的。他心裡只管如此想了，表面上是不作聲，似乎對於金太太是敬謹受教了。

金太太道：「你以為現在還是國務總理的大少爺，有無窮盡的財源，可以供你胡花？你不想你箱子裡那些錢，大概再過兩三個月也就完了，完了以後，我看你還有什麼法子弄錢來花？本來你花你分去的錢，我管不著你，但是你究竟是我的兒子，你若鬧得不可收拾了，將來也是我的過錯，人家也會說我的，所以我不能不說一聲。」

燕西道：「就是照兩張相，這也很有限的錢，何至於就鬧到那樣不可收拾？」

金太太冷笑一聲道：「你以為我是個傻子呢，人家大姑娘陪著你玩，陪著你照相，她為的是什麼？能夠白陪你開心嗎？我今天警告你，你少花天酒地地鬧，若是再鬧下去，我就憑著幾位長親，把你的錢封存起來，留著你出世的兒子將來讀書。」

燕西聽了這話，更猜著是清秋的主意，於是也不敢作聲，靜坐在一邊，一手撐了椅靠，一手托著頭，一隻腳亂點了地板作響，等著金太太一人去責罵。等金太太罵得氣平了，才道：「我也覺得有些不對，從今天起，我不出門了，你若是不信，可以派一個人到書房裡來監督著我。」

金太太臉一偏道：「我不用監督，我就照我的法子辦，不信，你試試瞧。」說畢，嘆了一口氣，出門去了。

燕西也向睡椅上一躺，兩腳架了起來，搖曳了一陣，心裡就玩味剛才母親所說的話，覺得這事絕非突然而來，必定是清秋出的主意，於是跳了起來，就向內院裡走。

到了自己屋子裡，見清秋面朝外，在枕上已經睡著了，便嚷道：「呔！醒醒吧。」說著，兩手將她亂推。

清秋猛然驚醒過來，口裡還連喊了兩聲哎喲！睜眼看是燕西，便問道：「有什麼事嗎？」

燕西向椅子上一坐，兩腿一伸，兩手插到褲袋裡去，昂了頭不作聲，清秋看他這樣子，又像是要生氣了，便坐起來道：「你要什麼？」

燕西道：「我要錢，把錢花光了，大家要飯去，有什麼要緊？我就是這樣辦，你干涉我也是不成。」說著又跳了起來。

清秋道：「這真怪了，跑進屋子來，把人叫醒，好好地罵上一頓，你花你的錢，我干涉你做什麼？昨天你拿錢，我雖然說了幾句不相干的話，聽不聽本來在你，而且錢由你拿去了，又沒礙著我的事，你把錢花光了，倒回家來找人生氣？」

燕西道：「你還要裝傻嗎？你把這些事全告訴了母親，讓母親去和我為難，你好坐現成的天下，對是不對？你只管運動母親封存起來，我就是沒錢，也不至於在家裡守著你，我有地方找樂兒去。我現在並沒帶錢，你看看。」說時，將手在腰裡拍了幾下，又道：「我一樣的出去玩幾天給你看！我走了，你又有我什麼法子呢？」說畢，到房後身，拿了一套西服和一件夾大衣，挺著脖子走了。

清秋殊不料燕西是如此地不問情由胡亂怪人，他發完了脾氣，連別人解釋的機會也不給，就掉頭走了。聽他的口音，竟是只圖眼前的快活，將來他自己怎樣已經不放在心上，更哪裡會去管別人的死活哩？

心裡如此的想著，只管想起去年這時，二人正度著甜蜜的愛情生活，自己一片癡心，以為有了這樣一個丈夫，便是終身有所寄託，什麼都在所不計，到了現在，不但是說不上什麼寄託，簡直自己害了自己了，在家裡度著窮苦的生活，雖然有時為了錢發愁，但是精神上很自然的，不用得提防哪一個，也不用得敷衍哪一個，更不會有人在背後說一句閒話，現在連說一句話走一步路，都得自己考量考量，有得罪人的地方沒有？這樣的富貴日子，也如同穿了渾身的錦繡，戴著一面重枷，實在是得不償失。

懊悔起來，不知不覺的垂下幾點淚。因聽得玉芬在院子門外說話，又怕她撞了進來，在枕頭底下，找出一塊手絹，將眼睛擦了一擦，自己嘆了一口氣道：「這樣的人生，過著有多大意味？管什麼產後不產後，我還老躺在床上做什麼？」將被一掀，就下床來在沙發上坐著。

呆坐一會兒，也是悶不過，就緩緩地走出屋子，到廊簷下來，看看院子裡的松竹。她只一出正屋的門，李媽看見，老遠地呀了一聲道：「我的少奶奶，你怎樣就跑出來了哩？受了風，可不是鬧著玩的呀。」說著，她已是迎上前來，擋住了去路。

清秋笑道：「我的命很賤，死不了的，受一點寒風並不要緊的。」

李媽只管將她向屋子裡面推，笑道：「千萬請你進去，若是讓太太知道了，說我們不小心伺候，我們是吃不了兜著走呢。」

清秋笑道：「這是笑話了，我又不是三歲兩歲的小孩子，難道還要你做保姆不成？」

清秋口裡雖然如此說，到底還是向後退著，退到屋子裡去了，只是她心裡已增加了無限的煩惱，無論如何在床上已經不能安靜地躺著，一人坐到了下午，在沙發上打瞌睡。

金太太悄悄地進來，要看燕西在做什麼，在廊子外聽聽屋子裡寂然無聲，由窗子眼向裡面一望，倒吃了一驚，便在窗外叫道：「清秋！清秋！」

清秋也是睡得正熟，猛然被金太太一聲叫醒，身子一哆嗦。

金太太說著話，已是走進屋來，站著望了清秋的臉色道：「你這是怎麼一回事？是和燕西生了氣，故意這樣作踐身體呢，還是在床上坐不住了，要下地來走走？」

清秋笑道：「我好好的，並沒有和他生什麼氣，我是睡得不耐煩了。」

金太太道：「那不行，你得趕快去躺下。你初生就這樣胡鬧，你不知道是危險萬分的事嗎？那不行，上床去，上床去。」說著牽了清秋一隻手，就讓她到床上去。

清秋也是看到老人家用意殷勤，不便執拗，只得笑著上床去了。

金太太道：「我看你這樣子，對於帶孩子一件事簡直是不行，你不要再拒絕我的主張，還是雇個乳媽吧。」

清秋道：「並不是我敢拒絕母親，不過沒和燕西說好，我就這樣辦了，他將來又是不快活，而且，我想小孩子能夠喝自己的乳更好，省得經過那些無知識乳媽來盤弄。」

金太太道：「好雖好，我看你什麼不知道，可讓我操心呢，你或者是為了省那幾個錢，可是不用存那心思，就讓燕西沒出息，難道咱們家雇乳母的錢，還會發生什麼問題嗎？」

清秋心裡想著，那未必不發生問題，只是口裡不敢說出罷了，當金太太在這裡，就忍耐著躺在床上，接著又是道之回家來看她，二姨太也來談說了一陣，倒不寂寞。

到了晚上，依然不見燕西的影子，料是又出去了，照他這兩個月行動看起來，只管和白秀珠一天親密一天，當然是和她在一處周旋，然而白秀珠的哥哥新近已放了鎮守使，手下帶有一萬多兵，駐在的地方，民脂民膏都是他的，秀珠家裡很有錢用，她和燕西住一處，就讓吃喝逛三個字完全是燕西花錢，也不能一天花好幾百塊，這於白秀珠之外，必另有個花錢的地方。

**一個人當父喪未久的時候，還能這樣花天酒地地鬧，那世界上還有什麼事再可以讓他傷心的？**我就再悲苦些，他能正眼看一看嗎？越想越難過，自己就慢慢地由最近追溯到以前，覺得去年這個時候，燕西圖著接近自己，在落花胡同租下房子，那一番鋪張揚厲，真個用錢如泥沙一般，那個日子便不覺得他太浪費，只覺得待人殷勤，終於是讓他買了這顆心了。

清秋由這裡一想，自己是個文學有根底，常識又很豐富的女子，受著物質與虛榮的引誘，就把持不定地嫁了燕西。再論到現在交際場上的女子，交朋友是不擇手段的，只要燕西肯花錢，不受他引誘的，恐怕很少吧？**女子們總要屈服在金錢勢力範圍之下，實在是可恥，憑我這點能耐，我很可以自立，為什麼受人家這種藐視？人家不高興，看你是個討厭蟲，高興呢，也**

**不過是一個玩物罷了，無論感情好不好，一個女子人做了紈褲子弟的妻妾，便是人格喪盡。**

她一層想著逼進一層，不覺熱血沸騰起來，心裡好像在大聲疾呼地告訴她，**離婚，離婚！**原是躺在床上沉思了，想久了，不覺坐起來。坐起來之後，更又不覺踏了鞋子下床。坐在椅子上，聽聽屋外寂無人聲，便掀開玻璃裡面一角窗紗，向外看了一看。因為身子背了屋子裡的燈光，只見假山邊一叢野竹搖搖不定的有些清影晃動，對面粉牆上也似乎格外白些了，抬頭看著天上，一輪團圓的月亮，正在白雲縫裡鑽將出來，於是找了一件夾旗袍加在身上，就走到廊子下來看月。

這時，那一輪月亮不偏不倚正在當頭，抬頭看看，兩棵松樹在月下留著兩個亭亭的清影，在雪白的月色地上微微移動。清秋走到樹下，看了樹幹，抬了頭，由樹縫子裡看了出去，這樹裡的月亮似乎更亮，也覺別有風致，只管呆呆地看著月亮，就不覺想到月亮裡面去。

在科學上說，月亮是個地球的衛星，而且是沒有生物的了，若是照著神話一方面看去，倒很有趣味，說是嫦娥吃了后羿的靈藥，奔進了廣寒宮，做了月宮之主。這種說法，不管是靠得住靠不住，然而可想到上古時代，更是體面人以至於王與后也並不諱言什麼離婚的，古人詩上說的什麼「**嫦娥應悔偷靈藥，碧海清天夜夜心**」，還去替嫦娥發那閒愁，其實像后羿那種武夫，嫦娥那種美麗的女子，絕對不會成一對兒，散了倒也乾淨。

**為什麼嫦娥應悔偷靈藥呢？不過碧海青天夜夜心這句話，不能指為她是掛念丈夫，也可以說是她看到人家兒女團圓，她不免動心罷了。**

從來中國人的思想，除了聖經賢傳以外，不能弄官做，不能裝面子，就大不贊成，**其實真正的男女愛情思想，還是道學先生認為風花雪月的詞章上很有表示，《詩經》是不必說，像屈**

原、宋玉的賦，以至於唐人的詩，宋人的詞，元人的曲，哪裡不代表兒女子一種哀呼？「早知潮有信，嫁與弄潮兒」，在唐朝就很膽大的有人說出來了，現在女子們還甘愛丈夫的壓迫而不辭嗎？

清秋本是個受舊書束縛的人，今天忽然省悟，恰是在舊書本子裡找著了出路，越想越覺環境不對，望著天上一輪圓月在青天上發著清輝，今天晚上是何等的好看！

可是推想著到了明晚再明晚，就不能夠了，**月亮或圓或缺，還是那個月亮，可是看月的人就不相同了**。古人說得好，「人生幾見月當頭？」月夕花晨，人人不能好好的欣賞，在愁裡恨裡過去，倒不如不看見是乾淨，自己傳襲亡父的遺志，空有一肚子詩書，而今不過是增加些自己的懊惱而已。想到這裡，不覺望著月亮墮下幾點淚來。

但是這時天氣還很涼，清秋在月下站立許久，覺脊梁上有一陣寒氣只向外冒，站立不住了，就走回屋子去，又找一件小坎肩加披在身上，不料這寒氣襲在身上卻不能再驅逐出去，自己撫摸著自己的手背已是冰涼的，這才上床鑽進被去，緊緊的裹著身子睡。

一覺醒來，涼是不涼了，身上卻有些發著燒熱，自己原不知燒熱到了什麼程度，但是口渴得很，半夜裡是不願驚動人，只好自己爬起來找茶喝，等到自己下床之時，忽然頭腦昏暈，在燈光下望著屋子裡的物件都一律轉動起來，這才知道自己的病深了。

就伏著身子，用手枕了頭縮著身子睡了許久，睡得頭已不是先前那樣沉重了，慢慢地掀開一角被，伸直身子睡著，然而自這時候起便睡不著了，隔壁屋子大掛鐘，一點二點三點四點，都聽得清清楚楚。

到了六點鐘以後，偶然睡熟了一會兒，但是不多久的工夫依然驚醒了。李媽進了房來，因小孩兒哭得很厲害，卻見清秋閉著眼睛，隨手拉了一個枕頭在懷裡摟著，並沒有抱小孩，笑著向前將小孩抱著送到她懷裡去，覺有一陣熱氣拂面熏來，李媽看到這情形，知道她是病了，而且這病來得突然，可不敢含糊不語，擔這個責任，當時就到金太太屋子裡去報告。

金太太還不曾起床，陳二姐正在外面屋子裡洗茶壺茶碗，見她匆匆忙忙跑進，便問有什麼事？李媽便說：「七少奶奶病了，連孩子都不會乳，看那樣子，有點迷糊呢。」

陳二姐道：「太太沒醒，別驚動，這位老人家現在也是提心吊膽過日子，受不了嚇的。」說著話，放了茶碗，就跟著到清秋這院子來。

她一進門，清秋便醒了，睜開眼，先哼了一聲，然後在枕頭上點頭微笑道：「你來得很好，我有點不舒服，我想託你去問一問母親，水果能不能吃？我心裡燒得很，想吃一點涼的。」

李媽道：「我的少奶奶，那怎麼使得？這講究的，一個月還不許手下涼水呢，能吃生冷嗎？」

陳二姐是個少年寡婦，這事也是外行，便說：「去問太太再說。」伸著手摸了一摸清秋的額角，卻是燒熱得很，因道：「燒得這樣厲害，用涼的一蓋，也許蓋出事來。」

清秋用手摸了一摸胸口，皺著眉道：「難過得很，給我一口冷茶喝也是好的，茶是煮開了的水，喝一點涼的，也不要緊。」

陳二姐道：「你忍耐點，喝口溫熱的吧。」

清秋見要求不到涼的，便不作聲，側了臉睡著。

李媽倒了一杯溫熱的茶來，清秋搖搖頭，閉上眼睛不肯喝。陳二姐端著，送到她頭邊，說了許多的好話，清秋才昂著頭，用嘴親著杯子，很隨便在杯子沿上呷了一口。

陳二姐見清秋那種神氣，衰弱到不知所以然，同時她臉上兩道紅暈和平常人臉紅不同，滿腮都是紅的，在顴骨上更紅得變成了紫色，由這一點，更可以知道她燒熱得厲害，因執著清秋一隻手，低聲問她心裡難過不難過？清秋搖了一搖頭，意思好像是說不怎麼樣。

陳二姐道：「月子裡，那是很麻煩的，趕快去找個大夫來瞧瞧吧。」

清秋睜眼望了望她，沒說什麼，又搖著頭，陳二姐這已明白她不是懶說話，簡直不要診病，這事頗為緊要，不能含糊，因對著清秋道：「少奶奶，我這就去對太太說了。」

清秋連忙一伸手，拉住她一隻袖子，連連擺了兩擺頭。

陳二姐道：「這不是鬧著玩的事，怎麼可以不對太太說呢？我不來瞧，我知道了還要去說呢？而今我已都來看見了，能不說嗎？七少奶奶我知道你，你可得想開些。」

清秋聽了這話，竟會流下淚來，趕快掉轉臉去，在枕頭下找了一塊手絹，將眼淚擦了兩擦。

陳二姐站起身來，清秋又用一隻手拉著她袖子，低聲道：「請你別忙說吧，我是昨天才起來一下子，也許就是那樣吹了一口風，受了一點寒了，過一會子就會好的，你若去說了，倒覺得是大驚小怪。」說畢，哼了一聲。

陳二姐將她的手扯開，又遠遠站著安慰了幾句，然後就向金太太屋子裡來報告。金太太未到醒的時間，卻睡得正熟，陳二姐怕叫醒了她會吃一驚，只得等著，然而等著金太太醒來再說時，已是出了禍事了。

當時陳二姐要報告清秋的病狀，偏是金太太不醒，自己正在這裡著急，不料跟翠姨的胡媽慌裡慌張，一腳踏進屋子裡，見陳二姐一人坐在這裡，就縮了轉去。

縮了轉去之後，停了一停，她又回轉身來。陳二姐看她那種躊躇不定的樣子，料著有事，便迎上前拉著她的手，站到一邊問道：「你有什麼事嗎？」

胡媽低著聲音道：「怎麼辦？我們三姨太走了。」

陳二姐聽了這話，心裡撲通跳了一下，頓了一頓，問道：「什麼時候走的？」

胡媽道：「今天一早，她就起來了，說是到醫院看病去，又恐怕自己身體支持不住，要玉兒一路去，我心裡就奇怪得很，她就是昨晚上說了兩聲身上不舒服，也並沒有別的什麼病樣，為什麼情形那樣重大呢？剛才我接到玉兒的電話，說是由車站偷著打來的，姨太太已經買了火車票，帶著她要上天津了，她說不願跟姨太太到上海去，特意打電話告訴我一聲，讓我告訴太太，把她們攔回來，可是我來說了，我又怕太太說是我勾通一氣的，那我更受不了。」

陳二姐倒好像關心她的什麼事似的，臉上紅一陣白一陣，便道：「這事非同小可，怎能不告訴太太？我去把太太叫醒來吧。」於是走到床面前，從容叫了兩聲，兩聲沒有叫醒，只得放大著聲音，喊將起來了。

金太太一個翻身坐將起來，問道：「什麼事？什麼事？」

陳二姐道：「三姨太一早就帶著玉兒出門去了。」

金太太冷笑道：「一早就走了，由她去吧，現在她無法無天的時代，誰還干涉得了她出門嗎？」

陳二姐知道金太太依然誤會了意思，便道：「三姨太不是出去買東西，也不是作客，是搭了火車，到天津去了。」

金太太一面下床踏著鞋，一面問道：「你是怎麼知道的？」

陳二姐道：「胡媽進來說的。」

胡媽在房門外，已經聽到金太太下床說話，便進來把事情又告訴了一遍。

金太太冷笑了兩聲，又坐到沙發椅子上去，半晌作聲不得，忽然站立起來，就向翠姨屋子裡走，陳二姐和胡媽也不知道她有什麼事，也在後面緊緊的跟著。

及至趕到翠姨屋子裡，金太太首先就將不曾鎖的櫥子屜桌先翻了一翻，裡面雖還有東西，都是陳舊破爛的，一回頭對陳二姐道：「有我作主，你把鎖的箱子打開一只來我看看。」

陳二姐向前，兩手只將箱子一托，把箱子托得老高，因道：「用不著開了，箱子輕得很，大概是空的。」

金太太於是將所有的箱子都提了一提，都是隨手而起，毫不吃力，掉轉臉就對胡媽道：「你是故意裝傻呢？還是今早上才知道？」

胡媽道：「我難道還瞞著太太，和姨太太勾通一氣嗎？」

金太太道：「你難道是個死人？天天跟著她在一塊，她把這些箱子裡的東西搬個乾乾淨淨，你怎麼會絲毫不知道？」

胡媽道：「太太，你想呀，她自己搬她自己的東西，明的也好，暗的也好，旁人怎樣會去疑心她有什麼作用呢？哪個能猜到她會逃走呢？」

金太太沉吟了一會子，便道：「你是阿囡找來的人，阿囡又是五小姐由蘇州帶來的人，照說，我是不應該疑惑你，但是你要知道，你跟著她有這樣久，對著大家說話，我不能保你這個險，你應當這兩天好好待著，讓大家去查個水落石出，果然查得你沒事了，你才可以出這個大門。」

胡媽聽了這話，臉上一陣紅似一陣，鼻子一聳，竟掉下淚來。這眼淚一流，就保持不了原來的狀況，哽咽著道：「我在宅裡這樣久，不料落這樣一個壞的名聲。」

陳二姐道：「胡姐，你怎麼著？太太說得清清楚楚的話，你會聽不清楚？太太正為的是相信你，才要你等水落石出，若是疑惑你，現在就不能這樣對你了。」

金太太滿肚皮都是心事，這時可就管不著胡媽受屈不受屈，即刻叫陳二姐把鳳舉兄弟找來，只有燕西不在家，三個大兄弟一會兒工夫就來了。

金太太將翠姨的事一說，大家都默然無聲，這因為金太太對於這個家庭早存著一個不可救藥的念頭，可是又要維持這個面子，不願人家說閒話，因此事實和心思老衝突著，已惹下她一身的毛病，現在再要和她說這些事，那是加增她的痛苦，恐怕真會病倒的。

金太太坐在一張沙發上，將一手托了頭，也悶著一句話不說。還是佩芳來了，金太太一拍腿道：「你們從前都說這個人不錯，跟著一處混，現在看看她做了些什麼事？死鬼做一輩子的大事，就是這件事辦得二十四分糊塗。」說著，又一頓腳。

佩芳倒不料為了這事反來受金太太當大眾一頓教訓，到了這圖窮匕見的時候，當然不能去和翠姨辯論，便笑道：「誰又知道誰將來是好人，誰將來是壞人呢？這又合了那兩句古話，叫做『周公恐懼流言日，王莽謙恭下士時』了，從前她總是一個……」

佩芳說到這「一個」兩字，知道這下面一個字是不能說出來的，頓了頓，然後才道：「無論如何，同住一家的人，總有一個來往，並不是怎樣待她特別好呀。」

金太太道：「這些話不用去分辯了，現在我們大家要商量一下子，對這件事，我們要執個什麼態度？」

鳳舉道：「哪有什麼法子？當然是取放任主義，隨她去了。」

金太太道：「她這種忘恩負義的東西，就讓她這樣便便宜宜地遠走高飛，去逍遙自在嗎？」如此一說，鳳舉就不敢多嘴了。

鵬振道：「我們先把箱子打開來，檢查一遍再說，也許在箱子裡檢出一點把柄，我們更有制服她的法子。她走了自然是走了，誰還將她拉了來不成？不過讓她嘗嘗厲害罷了。」說著，找了一把剪子和釘錘子，在箱子上亂打亂敲，先敲開了一只白皮箱，一看裡面，哪有什麼？只有兩卷破舊的棉絮和幾張報紙。

接連打開了幾只箱子，裡面都只有一兩件破衣服，並無什麼把柄可找。

他們開箱子時，金太太很自在的向著箱子裡閒望著，一直開到第五個箱子的時候，金太太一搖手道：「算了吧，鬧個什麼勁兒？她既然是早早預備走的，還會在箱子裡留著把柄嗎？」

鳳舉道：「這話倒也是真，若是有計劃逃走的人，事前事後都會關照的，何至於還有大批的證據落到旁人手上去呢？」

金太太坐著呆了一呆，突然站起來道：「我總不服，她就收拾得乾乾淨淨，我還要查查。」於是將屋子裡的櫥子櫃子，格扇抽屜全都翻著看了一看，凡是信札賬單以及零碎的紙張，都拿起來檢查一番。

但是無論怎麼樣檢查，決無什麼形跡可尋，其中有兩封是上海寄來的掛號信，但是只有一個信封，信囊裡的信紙都沒有了，金太太點點頭道：「哼，真有本領，但是我真找不著你一點毛病嗎？」說著話，依然將一堆字紙繼續清理著。

在這樣清理的中間，居然檢出還有一封帶有信紙的信，金太太連忙抽出來一看，字體寫得非常惡劣，顯然不是一個通人*寫的字。那信上寫道：

翠姐大人臺鑒：

寄來快信收到。知姊逃出龍潭虎穴在急，妹不甚喜歡之至，阿要*先租好房子，請你先寫信來關照好了，鑽戒勿要北方賣脫，留著在身邊好了，萬一嫌擱多了不能生利，等到至申再賣亦好，此地珠寶在好脫手，你自己唔不真心人，說把婢女帶來，再好不過。從前寄來的……

只有這一張，以後的殘缺了，但是翠姨和上海方面通信，預約逃走，並且要帶錢和人去，都有很實在的證據了，冷笑一聲道：「好賤貨！這一下子偷拐我家的不少。」

鳳舉看到母親那種情形，也不知道這信上說的是些什麼，望了母親，卻不敢說要看。

金太太道：「你們拿去看吧！你父親在日，我就常對他說，他是到過歐美的人，應該用一夫一妻的制度，不能討姨太太，討一個也就夠了，何必再討第二個？他倒說得好，歐美的人何嘗不討姨太太？不過是外室罷了。有錢的人，討三個四個外室的也很多呀，與其討外室，就不如名正言順地娶姨太太，你看，他倒有這一篇大道理，他就不明白金錢買來的愛情，勢力奪來的愛情總是靠不住的，如今怎麼樣呢？」金太太說著說著，馬上就掉下兩行眼淚來了。

鳳舉道：「她走了就走了吧，也犯不上去和她賠眼淚。」

金太太道：「我難道還捨不得她嗎？我只恨你們在太平無事的時候，全不聽我的話，如今有了毛病，百孔千瘡，所有以前留下的病菌，趁著病人一倒，一齊冒出來作禍了，這樣的病症，恐怕是挽救不好的了。我想，你們還是趁著手上有幾個錢，各自早奔前程吧，不要再在這枯樹下面乘涼了，大風暴雨來了，抗是抗不住，找躲的地方又來不及，鬧得不好，那是會同歸於盡的。」

金太太越說越傷心，將手裡的信一扔，坐到沙發椅子上，背轉身去，眼淚如泉地流將下來。這時，大家都受了教訓，都不便上前去勸解，只是怔怔地望著。

鳳舉一彎腰，搭訕著將信撿起來看了一看，這個時候，翠姨逃走的消息已經傳遍了，全家的人都跑來看這邊情形，大家不明白這後半截的事，見金太太倒在沙發上垂淚，沒一個不驚異的。翠姨跑了，金太太會哭她，這簡直是顛倒的事情呀。

金太太擦著眼淚，也想起來了，我這樣重看，他們不會發生誤會？便道：「到了今日，把我以前所說非分家不可的話，可以證明了吧？事事讓人家稱心如意，人家還要逃跑，若是我一點不放鬆，恐怕到了今日，連我這條老命都保不住了。」說到這裡，嗓子提了一提道：「鳳舉，你給我把她屋子裡這些東西仔細給我檢查檢查，再有什麼把柄，一齊給我看，我不能放過她！我要打電報到上海去，託人把她在上海處治她一下子。」說著，板了臉，一拍衣服走了。

金太太一走，滿屋子裡的人，大家就紛紛議論起來，大家異口同聲說，知道翠姨免不了一走的。鳳舉檢查東西，正檢查得不耐煩，一跺腳道：「你們都是劉伯溫的後天八卦，既然知道她勢在必走的，為什麼早不報告一聲？現在人走出八百里外去了，都來放這馬後炮。」

佩芳道：「你又發什麼大爺脾氣？事先沒有人說過嗎？我就說過。我說翠姨不像二姨太，你們應當給她安頓安頓，可是你說不會有這種事呢。我知道，你有心病，你是自己跑過了一位姨奶奶的了，所以不願談這種事。」

鳳舉鼻子一哼道：「你罵我雖罵得痛快，也有點擬不於倫吧？」

佩芳那服這口氣，正想駁覆一句，慧廠在旁邊笑道：「唉！既往不咎，過去的事你還說它什麼？」

佩芳道：「他若不發這一頓大爺脾氣，我也犯不著說，可是他忘了前事，我要不提一提，他倒以為別人都不如他呢。」

鳳舉這時把威風完全減下了，只是去清理著文件，卻不敢再說什麼。

這一開始清理，少不得破賬本字條兒都拿出來清理了一陣。翠姨雖然把可作把柄的文件完全收去了，但她只限於正式的字據，至於別的文字內偶然有一二點存下的病根，她自己也不會去注意。可是這事經有心的人細細一檢查，毛病就完全出來了，鳳舉看到一樣，就撿起來一樣，然後作一大捲包起來了。

在這屋子裡來看熱鬧的人這時都走了，只有佩芳一人在這裡，鳳舉笑道：「剛才許多人在這裡，你就那樣給我大釘子碰，讓我多難為情！你要知道，我就是發大爺脾氣，我也不是對你說的，你為什麼充那個英雄，出來打倒我呢？」

佩芳道：「都是家裡的人，我就給你碰一個釘子也沒有多大關係，況且我說的也是實話。」

鳳舉道：「我以為不應該這樣，最好是我的事，你可以和我遮掩，你的事，我也可以和你遮掩。」

佩芳道：「我沒有什麼事要你和我遮掩，除非……其實我沒有什麼事，要你和我遮掩。」

鳳舉笑道：「只要你說這句話，那就得了。」說著，將那一大包文件拿起，向肋下一夾，向外便走。

佩芳道：「別忙，我問你，這包裡究竟是些什麼？而且，我還得要問問你，難道我還有什麼事要你遮掩的不成？」

鳳舉微笑道：「也許有，可不知道是什麼時候發現。」

佩芳原是跟著在他身後一路說著話的，這時可就一把將鳳舉的衣襟扯住道：「你說你說！我有什麼事要你給我遮掩？難道翠姨逃走，是我出的主意嗎？」

鳳舉站著，轉過了身來，就對她笑道：「你這人說話真是咄咄逼人，我說也許有，並不是指著一定就有，你著什麼急？譬如說，你問我害病不害病？我只能說也許有那一天，可不敢說絕對的沒有，因為我說了也許害病，你就要問我害的什麼病？哪一天害病？請問，我怎樣答覆得出來呢？」

佩芳站著望了他微笑道：「你所說的意思，原來就是這樣的嗎？」

鳳舉道：「當然原來的意思就是這樣。」

佩芳站著沉吟了一會子道：「我怕你有什麼新發現呢？然而你真有什麼新發現，我也自有正當的理由來駁倒你。」

鳳舉笑道：「這就很好了，你既自恃有正當理由來駁倒我，管我有什麼新發現沒有？好在……」他本說著話又向前走，佩芳卻扯住他的衣襟道：「你忙什麼？把話說清楚了走也不遲，你說有新發現，究竟發現了什麼？」

鳳舉又站住了，回轉身來向她笑道：「我這樣一句開玩笑的話，你為什麼這樣充分地注意？」說著，眼睛望了她，一雙手卻把食指按著拇指彈得啪啪作響，放出一種很調皮的樣子來。

佩芳正待用話來問他時，慧廠卻迎面地走來了，佩芳看到了慧廠來了，不得不將鳳舉鬆手，就退了一步。

慧廠笑道：「還是先前那段公案沒了嗎？我看你們還在交涉似的呢。」

佩芳笑道：「不相干，我們的麻煩反正搗一輩子也是搗不了。」

鳳舉趁著她在和慧廠說話，一個不留神，就先走了，走到金太太屋子裡，金太太一見有許多文件，便道：「你不要胡鬧，哪裡就有這麼些個把柄？」

鳳舉道：「自然沒有這些，不過裡頭總有些彼此有著關連的文字在內，讓我就在這屋子裡清理清理，可是要你老人家下一道命令，無論是誰，不能參與我清理文件的這一件事。」

金太太道：「那是自然，若要讓好幾個人弄，七手八腳，會弄得茫無頭緒的。」

鳳舉有了母親這句話，很高興地就將文件攤放在桌上，一件一件從頭翻閱著。

也不過翻閱四件稿子，佩芳就來了，一見鳳舉坐在方桌子一面，左手邊疊著一大堆東西，卻把一件放在懷裡，把幾件放在右手下，佩芳在桌子邊一張方凳子上坐下來，半扭著身體道：「這又夠累的了，我幫著你一點吧。」說時，伸手便把那些稿件捧到自己這一邊來。

金太太道：「你隨他一個人弄去吧，也不急在頃刻工夫。若是兩個人，他沒有頭緒，依然還是要清理第二道的。」

佩芳若在自己屋裡，簡直不讓鳳舉清理，也沒有什麼關係，但是在金太太當面，金太太說是推鳳舉一個人去清理，這可不能不遵從的。鳳舉得了勝利，心中自是歡喜，但是他臉上卻絲毫也不表示出來，只當是金太太的命令是要責重他一個人辦，所以他更是平心靜氣地將稿件清理起來，連頭也不抬。

佩芳雖然想對他做個什麼顏色，也沒有法子讓他去看到，鳳舉好像是不知道佩芳有什麼不高興似的，看完了面前的，隨手就把佩芳面前的稿子拿過去，佩芳雖不知道是有心如此，或者是無心如此，然而卻恨著他不和自己有個商量，突然起身就走開了。

金太太道：「佩芳有什麼話要和你說嗎?我看她坐在這裡很有些焦躁的樣子，不耐煩的樣子走了。」

鳳舉笑道：「沒事，剛才在翠姨屋子裡又拌了兩句嘴，沒有得著結論，我就跑開了，她是嫌辯論還沒有辯論得痛快呢。」

金太太道：「你們快要自撐門戶了，怎麼還是這樣爭吵不歇?夫妻是家庭的元素，若是夫妻一人不能合作，家庭幸福根本上就發生問題了。」

鳳舉笑道：「她不願和我合作，我也沒有法子，就我個人論，我是很遷就她的了。」

鳳舉口裡說著話，眼睛依然還看著文件，這裡一本小賬簿上，清清楚楚的列著一行，大明銀號翠記項下定期存款，過戶佩芳大少奶，計洋二千元正，下面的日子，不過是相距兩個禮拜，鳳舉看著，隨手一捏，捏了一個紙團，隨手向痰盂子作個一扔之勢，紙團依然捏在手心。因到衣袋裡取煙捲匣子，這紙團落在衣袋裡，就不再向外面拿了。

金太太哪會想到這字紙團一扔含有一大關鍵在內?所以只在一邊發她的悶氣，卻不曾說什麼。鳳舉接連扔幾次紙團，金太太道：「不相干的，一齊歸到一邊就是了，這樣的扔法，把我的痰盂扔得亂七八糟。」

鳳舉站起來，兩手一舉，伸了一個懶腰，微笑道：「這一篇總賬，你不必去管了，你若詳詳細細地知道，你會生氣的。」

金太太道：「你這是笑話了，我不要知道，我何必要你費這大事，把這些東西清理出來?」說時，伸了手，向鳳舉點了點頭。

鳳舉因母親伸著手，不能不拿過去，只好把清理出來了的稿件送到金太太手裡。

金太太看到第一張稿紙就是綢緞莊索款的一紙賬單，共有一千二百多塊錢，掀開這一張，下面的一張，又是洋貨店裡的賬單，共有五百多塊錢。金太太道：「所有外面的賬，上年年底下不都是結清楚了的嗎？怎麼又會鑽出許多賬目來？」

鳳舉道：「這自然是今年的新賬。」

金太太道：「這個賤人，簡直把錢當水用了，在你父親未死以前，不過兩個月，怎麼會在衣飾上面用了許多錢？這個賬付了沒有付呢？」

鳳舉道：「當然是付了，做買賣的人，他一看形勢不對就會要錢的，若不然，又何必開這種清單？」

金太太道：「這樣子看來，這賤人的錢真是不少，這樣子狂用，我都看不出她一點為難的痕跡，這賬上能不能查出她有多少錢？」

鳳舉道：「這可沒法子查，若是照情形推測起來，大概有十萬上下吧。」

金太太道：「胡說，你怎麼知道她手下有這麼些個錢？」

鳳舉道：「我自然有根據推演下來的，怎麼能夠胡說？存款賬目是沒有了，我在幾筆利息的存款上面已經查出了有幾筆很大的收入，就是用長年七厘計算，我看那數目都超過八萬。此外利息所沒有表出來的自然很多，說她有十萬上下，自然不能說是過分了。」說著，他就在賬簿子裡尋出幾款賬目指給金太太看，果然上面有寫著收利息半年二千元，有寫著利息半年八百元的，其餘，還有幾筆零星小數目，都不在百元以下。

金太太將這些稿件向桌上一拍道：「不是你父親死了，我還要罵他一句糊塗，對這種女人，拿許多錢給她用做什麼？錢越多，她越是心猿意馬，同是姨太太，為什麼二姨太常常鬧著恐慌，有時還要在我這裡借錢？」

鳳舉道：「她沒有機會和父親要錢，八妹又是常常和她要錢花，所以她就恐慌了。」

金太太並不理會鳳舉的話，側身坐在沙發上，只管呆想。她忽然站起身來，向外就走，鳳舉見母親負氣走了出去，好像是有什麼事要解決的樣子，不敢呆坐，也就放下稿件，跟著後面走出來。

只見金太太並不回顧，一直就向翠姨屋裡走，到了翠姨屋子裡，胡媽正在收拾剛才翻亂的東西。金太太向大椅子上一坐，對她道：「你把這箱子裡的東西，不管是衣服是鞋襪，一齊給我清理出來，歸到一個箱子裡。」

胡媽道：「沒有什麼好東西了，撿它做什麼呢？」

金太太道：「你就不必管了，我叫你怎麼樣子辦，你就怎麼樣子辦。」

胡媽對於此案已經是個嫌疑犯了，還敢多說什麼話，因之也不再說什麼，把各箱子裡零零碎碎的東西，向一個箱子裡搬去。

這時，鳳舉跟著來了，站在一邊，只看著納悶，卻不作聲。

陳二姐也是見金太太生氣，不知有什麼緣故，隨後跟著，站在房門口，金太太回頭看到，就對她道：「你去和我找幾壺煤油來。」

陳二姐道：「要煤油做什麼？」

金太太皺眉道：「你也喜歡管這些閒事？你去和我找來就是了。」

陳二姐答應著是，轉身去了。不一會兒，陳二姐找了兩壺煤油來，這裡胡媽也就把東西完全歸到了一個箱子裡，金太太道：「把這些東西搬到院子裡去。」

胡媽望了望金太太，便請陳二姐幫忙，把一只皮箱抬到院子裡，金太太見桌上有盒取燈，隨手拿了揣在身上，走到院子裡，將皮箱看了一看，見鳳舉站在身邊，望著他道：「你和我倒出來，箱子提走。」

鳳舉見母親臉上依然是氣憤的樣子，也不敢多說，就把箱子一翻，東西完全倒了出來。

金太太再不吩咐人了，兩手分提了兩壺煤油，向著一堆衣襪周圍四轉一淋，將煤油斟得乾乾淨淨的，把壺向旁邊一扔，擦了取燈，將衣服四處點著，一刻兒工夫，烈焰飛騰，在日光下燒將起來。

鳳舉在一旁微笑道：「你老人家忙了半天，就為的是這事，這有什麼意思呢？倒成了……」

金太太道：「倒成了什麼？你以為是兒戲嗎？我就兒戲一下子。」

鳳舉見母親依然是生氣，這話可就不敢向下再說，站在一邊，只是微微地笑。

這火勢起來得更是凶猛，院子吹來一陣風，將衣服燒成焦片，打著迴旋，捲入空中。

金太太坐在走廊上一張椅子上看著，只是目不轉睛，彷彿她一肚子憤激無可發洩，都跟著這火焰向空中直冒。一直等這衣服完全燒著了，鳳舉道：「你老人家可以回房去了。東西都燒毀了，就算搶出來了，也不能拿去用，不必再守著了。」

金太太道：「哼！我就是這個意思，我不讓她這些東西再在我面前出現，我若看見了，我會眼睛裡出火！好吧，我到房裡去。」說著，她很快地走回房去了。

金太太這樣一來，不但把全家驚動了，連親戚朋友們也驚動了，大家對於這件事，都不分黑白胡亂揣測起來，以為金太太要燒掉姨太太這些東西，絕不能是為了要出一口氣那樣的簡單，其中必有緣故，於是這一件事，就鬧得滿城風雨了。

這一把無情之火燒過以後，當時金太太才覺痛快，吐出了一口悶氣，至於外面因此傳說，如何能料到。

當她進房的時候，陳二姐覺得漫天的風潮過去了，這才想起來一件事，七少奶不是病著，還得找大夫瞧嗎？她就向著金太太吞吞吐吐地道：「七少奶奶病重些了，你知道嗎？」

金太太道：「我就不知道她有什麼病，怎麼會病重了？」

陳二姐道：「太太你自己去看看吧，究竟是怎樣個病症，我可也說不上，一早我去瞧她，就像很重似的呢。」

金太太忙了半天，實在也想去休息一下子，但是聽到兒媳有了重病，就不能不去看看。嘆了一口氣，慢慢地就走向清秋院子裡來，在外面就只聽到微風擺著松針的聲浪，屋子裡，可是靜悄悄的。

金太太在窗子外，就輕輕喊了一聲清秋，也沒有聽到人答應，走進屋子去看時，那個小毛孩子遠遠地睡在床裡邊，清秋卻是將身子側著向外，一直睡到床外沿上，那兩腮上通紅通紅的，已是燒得很厲害的樣子。

只看她睫毛簇成兩排黑線，知道她是睡得很熟了，走上前一摸她的額頭，如烙鐵一般燙手，因低著頭連叫了兩聲，清秋由嗓子眼裡輕輕地哼出來一聲，眼睛依然未曾睜開，金太太將手擦著她的身體，她只半轉著身，由側著身子躺正了。

金太太見她迷糊得緊，握著她一隻手捏了一捏，又在她胸口上摸了一遍，只覺她渾身都是滾熱的，的確是病重。產後的人溫度增高，這是最危險的一件事，何況她又是如此的迷糊，因之呆呆地站在床面前有三四分鐘之久，作聲不得。

見李媽在屋裡，便問七爺呢？李媽答道：「七爺還是昨天下午到屋子裡來了一趟，往後就沒有看到。」

金太太道：「怎麼著？又是一天一晚沒有回來嗎？他也變得這樣子的快，倒是我猜想不出來的，若是這樣子鬧，我倒是死了乾淨，我哪裡忍心看到這種淒慘的下場呢？」

陳二姐在一邊看到，便道：「太太，這個時候，也不是你生氣的時候，應當找哪個大夫，就趕快打電話找大夫吧。」

金太太道：「其實這種事，都不應該我分心的了，偏是我不能不問。」因道：「你去叫金榮打電話，還是找梁大夫，把他的太太也請來，他太太是看產科的。他打完了電話，讓他到冷家去，把冷太太請來。」

陳二姐答應著去了，金太太便坐在一邊沙發上，呆望著床上的病人。

陳二姐一去吩咐，佩芳、慧廠都知道了，心想，不要出了什麼意外，那才是禍不單行哩。二人走到清秋屋子裡來時，見金太太坐在這裡發悶，一看床上的清秋，竟是像暈過去了一般，只是鼻子裡還有呼吸，人簡直一點不動了。

慧廠伸手摸著清秋的額角一下，因問金太太道：「燒得這樣厲害，不要緊嗎？」

金太太兩手一揚道：「要緊，我又有什麼法子？只好聽之天命了，老七固然是不好，這孩子那遇事冷淡消極的毛病，也是讓老七向外轉的一個大原因。剛才據李媽說，她爬起來坐著看書寫字不算，還跑到院子裡去看月亮，看到很深夜才進房，產後的人，這不是胡鬧嗎？若是冷家親母來了，我把這話對她一說，她也只有怪她姑娘不好，絕不能說是我們不理會。」

慧廠問道：「老七這一程子真是大忙特忙，總不曾見著他的面，清秋病得這個樣子了，不能不讓他看看，產後有了這種病症，應該要慎重一點，不然老七對起病是不知，對病重了也是不知，在事實上，他是要負責任的。」

金太太道：「這個東西，實在糊塗一萬分！豈但他媳婦的病他應當負責任，他要負責任的事也太多了，咳！」

說著話時，陳二姐跑進來說：「梁大夫到了。」

接著一陣皮鞋響聲，梁大夫和他太太都穿了白色的罩衣，後面李升一隻手提了一個大皮包，跟著進來。鄭而重之的樣子，似乎在電話裡所聽到的話是很危險的了，他夫婦倆和金太太寒暄了兩句，馬上就測溫度，聽脈，先忙了一陣。

梁大夫為特別尊重少奶奶起見，自己避到外邊屋子去，讓他太太在清秋身上仔細檢查了一遍，檢查完了，梁太太將梁大夫叫進來，說說中國話，又說說德國話，討論了許久。

梁大夫似乎還不敢決斷，又將脈聽了聽，因對金太太道：「據我仔細檢查，不像是產科裡的病，是受了感冒，但不知道這位少奶奶到過屋子外面沒有？」

金太太道：「到過的，昨天晚上還在院子裡看月亮呢。」

梁大夫一面在皮包裡把酒精燈、藥瓶子向外搬，一面向他太太點著頭，似乎有把握似的，對金太太道：「這就不錯了，是感冒，因為產婦抵抗力小，所以病勢來得凶，這二位少奶奶添孫少爺的時候，府上都看護得很好。」

大夫說了這話，眼望著佩芳和慧廠。金太太心想，難道我們對這位少奶奶就看護得不好不成？只是這話放在心裡，卻不好說出來罷了。

大夫忙碌著給清秋扎了一針，將皮包內的小瓶子藥水由她口裡灌進去一瓶，站在旁邊望著，清秋哼哼兩聲，已漸漸有些清醒。

這時，屋外一陣腳步亂響，男女僕人搶著進來報告，說是冷太太到了，金太太迎出房門一看，冷太太已是踉蹌走進房來，向著金太太伸了兩手互相握著，望了她道：「又得要你操心了。」一面說著話，一面向裡走，對屋子裡的人點頭，各稱呼了一聲，就走到床面前，伸手摸著清秋的頭腳和手心，見她昏迷不醒，連叫了兩聲孩子，那眼淚就像拋珠一樣，不斷地流將下來。

金太太一想，人家就只有這一個姑娘，也難怪人家看著心裡難受，因拉著冷太太坐下道：「大夫說，不過是受了感冒，不要緊的，你知道，我自遭了喪事以後，心緒惡劣到一萬分，偏是……」說到這裡，看了一看大夫，便道：「今天因又有別的事發生，我不能十分照顧到她。」

冷太太道：「這孩子實在也太不小心了，有了許多下人伺候著，還會受感冒？」說著，不住地嘆氣。

接著鳳舉和鶴蓀也來了，在外面屋子裡，請了大夫去問病，冷太太一看，就是不見自己姑爺，本想問一句，料著金太太也答不出所以然來，若是有原因不見面，她不待問，已經自己先說出來的了。

金太太和冷太太說著話，卻見她很注意到外面屋子裡談話，過一會兒工夫走了，鳳舉、鶴蓀也進屋子來看了一看，然後走去。冷太太道：「他們哥兒幾個倒是很和氣，彼此的事也都能幫著做，姑爺不在家，就得煩大哥二哥招待大夫了。」

金太太聽她話提到這裡，本也就可以撒個謊，說是燕西有什麼事出去了，然而燕西這樣胡鬧，一時縱然可以瞞過去，將來清秋還是會說出來的，冷太太倒不免說自己姑息兒子，而且看冷太太的樣子，也並非完全不知道，不過不好說出來就是了，於是將這話頭撥開，先嘆了一口氣，很誠懇的樣子，望了冷太太道：「大家庭真是不容易當，哪一件事我能不問，我能不受氣呢？我現時在這裡瞧病人，你不知道我早一小時幾乎氣死過去呢。」於是把翠姨的事從頭至尾，說了一個詳詳細細。

有這一套很長的談話，才把冷太太注意燕西的事暫時牽扯過去。

這時，清秋哼了幾聲，慢慢睜開眼睛醒了過來，冷太太連忙上前問道：「孩子，我來了，你知道嗎？」

清秋很細微的聲音答道：「我哪裡病得那樣重，連人都認不出來嗎？」她說著話，胸口肌肉顫動著，喘了幾口氣。

冷太太道：「你怎麼不自己保重一點呢？你瞧弄成……」冷太太哽咽著，將一隻衣襟角擦著眼睛，忍住了淚，回頭對金太太道：「其實她太年輕，哪裡能出閣？但是現在年輕人，都說愛情比什麼事重大，要結婚就結婚，做上人的哪裡好說呢？」

金太太聽了這話，也替冷太太難受，可是無法接住她的話說，便向冷太太道：「許多家事都要我親身料理，親母大概是知道的，我就沒有法子來照應她，親母若是能將家事丟開兩三天，就請在舍下寬住些時，清秋也會感覺舒服一點。」

冷太太雖覺得願意在這裡陪著清秋，但是金家這些人沒有一個可以和自己談得攏的，自己在這裡住，恐怕會惹起人家的不快，因之對於金太太這句話只管躊躇，卻不能馬上答應出來。

清秋這時人清楚了，聽到婆婆留母親住下，正合她的意思，見母親並沒有答應的意思，眼睛只管望了母親，一隻手直伸到冷太太懷裡來，向她點點頭，哼哼道：「你就在這裡住兩天吧。」

冷太太看到她有很盼切的樣子，這倒不可拂逆了，便握住她手道：「我可以在這裡陪你兩天。」

清秋點著頭閉上眼睛，又昏昏睡過去了。

金太太見冷太太答應不走，就和她告辭，回房料理家事了。佩芳、慧廠也各自走開，請了二姨太來陪客。二姨太和冷太太倒對勁兒，談得很有味，慢慢地談到燕西身上。

二姨太就說：「他也不是這兩天不在家，這一程子他就忙。」她的意思，原是要和燕西洗刷，他並不是故意和清秋搗亂，然而冷太太聽了就知道他是常不歸家的，怪不得每次來都不容易見著他了。

冷太太嘆了一口氣道：「女兒總是人家的，看破了，我也不那樣操心了，好在府上什麼都是方便的，姑爺沒有工夫照應她，也沒有什麼關係。」

二姨太道：「唉！養兒女總是一件費心的事，縱然是男婚女嫁，各自成家了，做父母的，還是少不了要操心的。」

冷太太道：「看破了，我也不大過問了。女孩在家裡，自己還留心點，不知道她將來落個什麼結果，若是已經出閣了，就算是有了結局，人家的人了，讓人家去操心吧。」

二姨太笑道：「你既是不操心，今天為什麼又來了呢？」

冷太太道：「我並不是要操心，我聽到說她病了，也不知道什麼緣故，我就有一樁事放不下似的。」

二姨太笑道：「還是呀！自己肚子裡出來的，哪裡能說不操心呢？」

冷太太讓人家駁得沒有話說了，也笑起來了，因問道：「你的那位小姐，婚姻事情談到了沒有？」

二姨太道：「這年頭兒，這件事要去問父母，哪裡答得出來呀？好在她哥哥不少，她自己找著了是很好，找不著讓她哥哥拿主意。前幾個月倒有人提，就是我們老七做喜事的那個伴郎。男家是誰？也沒仔細問。聽到家境不大好，是個窮苦學生，後來孩子父親去世，也就沒提到了。」

冷太太道：「是不是另外一個伴郎呢？那兩個伴郎我都看到，是很清秀的，無論是哪一個，和你八小姐都是一對兒，不過貧寒就沒法子了。」

二姨太道：「也許是，至於貧寒，那倒沒有什麼，**誰能闊一輩子？誰又能窮一輩子呢？**」

二姨太說著，向冷太太露著微笑，那意思，她也就是一個半向著冷太太解釋，冷太太心裡自也是了然。

只在這時，老媽子在外面一聲嚷道：「八小姐。」接著就聽到梅麗問話的聲音道：「你們少奶奶的病好些了嗎？」

二姨太道：「你瞧，說曹操，曹操就到了。」因喊著道：「梅麗，快來，伯母在這兒。」

梅麗隨著聲音就進來了，冷太太看她穿了一件灰色芝麻點子的薄綢衣，細細的，長長的，一根絆帶束著腰，下面露著一尺長的白地藍格裙子，裙子下面便是套著綠襪子，她袖子上圍著一塊黑紗，她的頭髮，圍著前後腦一個黑圈兒，兩鬢長長的貼著腮，在左邊鬢髮上繫著一朵絨繩編的白菊花，那種活潑天真的樣子，看了真是令人喜歡。

她進來笑著叫了一聲伯母，冷太太且不理會她，就向二姨太道：「你這位小姐真好哇！這個洋裝，穿得多緊俏。」

二姨太說：「她進的那個學堂，是法國人辦的，學生一大半是洋裝，她自小兒就是這樣鬧慣了，我倒嫌著不老實，咱們是中國人，為什麼穿洋裝？洋人穿過咱們中國衣服嗎？」

梅麗皺眉道：「這屋子裡有病人，你也是這樣囉哩囉嗦的，我在院子外早就聽了半天了。」梅麗剛說完了這句話，發覺自己的話有些不大妥當，便走到清秋床面前，連喊了兩聲清秋姐。清秋一睜開眼睛看到她，微哼哼道：「妹妹，多謝你來瞧，我不成……」她一面說著話，一面向床外看，又見著自己母親和二姨太太，連忙就改著口道：「我可不能坐起來。」

梅麗伸手一摸她身上的皮膚燒得如熱鐵一般，呀了一聲道：「病有這樣重呀！」

冷太太見她人已十分清楚了，便道：「看你這樣子，病是好多了，現在怎麼樣？」

清秋將眼睛閉了一閉，立刻又睜開來，哼了一聲道：「我不能閉眼睛，我一閉眼睛，糊裡糊塗的，就什麼都看見了。」說著話，抬起一隻手來，摸著頭上的汗。

冷太太看到，心裡很難過，復又走向前，握住她的手道：「孩子，你就別閉上眼睛，我陪你多談一會子吧。」

清秋因她母親如此說著，果然就不閉眼，睜著眼和她母親說話。

梅麗又坐到椅子上來了，她卻對梅麗招了一招手，頭在枕上挪了兩挪，梅麗會意，便將身子放在枕上，問道：「你有什麼事麼？」

清秋見她衣襟上插了自來水筆，就順手扯了一下，可是力氣小，扯不下來，梅麗會意，連忙在桌子抽屜裡找了一張硬紙來，將自來水筆解下，轉開了筆套，和紙片一齊遞給她。

她將紙片在枕上極力按住，用筆寫道：「他兩天不回來，我沒關係，家母在此，請你找他來敷衍敷衍。」寫畢，望了梅麗，將筆和紙都放在枕上。

梅麗點點頭，表示知道了。

清秋重重地哼了一聲，冷太太道：「你這樣子沒有力氣，有話說就是了，何必寫字？八小姐，她寫的什麼？」

梅麗微笑道：「沒有什麼，她不過開單子買兩樣吃的，我把這單子叫人買去。」因握著清秋的手道：「你別著急，好歹我給你辦到。」

清秋望著她哼了一聲，又道了一聲勞駕，梅麗將字條揣在衣袋裡，轉身就向外走。

二姨太道：「買什麼呢？得問一聲大夫能吃不能吃？這可不是能亂來的呀！」

梅麗拿著那字條，一直就向外面書房裡來。走到書房門口，自己忽然止住了腳步，記得有一次在門外說笑話，裡面不是七哥，是那位姓衛的在裡面，我真臊得可以，而今想起來，那件事真做得有點冒昧，幸是不曾有人知道，今天糊裡糊塗跑了來，不要又是他在這裡吧？

心裡如此想著，腳步就格外走得慢，心想，若是今天遇著了他，我一定更要大方些，縱然有人說閒話，我也不怕。

她如此想著，一步一步地向前，及至走到了書房門口，才發覺了自己這個念頭真是完完全全的幻想，那書房門今天是大大的開著，金榮正拿了一根雞毛帚在掃灰塵呢，因問道：「七爺不在家嗎？」

金榮看看梅麗身後沒有別人，料著她又是不管燕西事情的，便皺了眉道：「咳！我們這位七爺樂大發了，在家裡簡直待不住。」

梅麗道：「七少奶病著呢，他得管管，上哪兒去了，你知道嗎？」

金榮想了一想，微笑道：「八小姐，你猜猜，還不是他那些熟地方嘛？」

梅麗道：「你打電話找找他看，找著了他，讓我和他說話。」

金榮道：「八小姐，你進上房去吧。電話歸我打得了，你打電話，也許不大方便。」

梅麗一聽他這話音就明白了，便道：「你就快些打電話吧，你就說我找他，家裡有要緊的事。」

金榮道：「這個我全知道，我準能把他找回來，不過找回來之後，八小姐可要說是你的意思，再說，你也別和太太說，要不七爺會怪我走漏消息的。」

金榮猜著燕西勾留的地方不過兩處，一處是白秀珠家裡，一處是白蓮花家裡，這兩處都是有電話的，很容易找，所以對於梅麗的叮囑一口就答應了。

梅麗去了，金榮首先向白蓮花家打電話，而且怕那方面會隱瞞，自己先通了姓名，果然他一猜就著，燕西正在那裡，便在電話裡問有什麼事？

金榮道：「七爺，你回來吧，七少奶病得人事不知，太太可找你好幾回了，我只說也不知道你上哪兒去了，可別讓太太知道了，要不然，回家來可有得麻煩。」

燕西道：「你別撒謊，七少奶有什麼病？昨天我出來還是好好的。」

金榮道：「你不信，打個電話去問梁大夫，病是他瞧的，有多麼重，他準不能撒謊。」

燕西聽他說得如此切實，在電話就答應回來，掛上電話，金榮就來告訴梅麗，說是已經把電話打通了。

梅麗原在二姨太屋子裡，聽了這話，自己便先迎到外面書房裡來，在書房裡等了一會兒，還不見到，又迎到大門口來。

當她到大門口時，燕西的這一輛汽車也就開到了，梅麗遠遠見一輛汽車馳來，還以為來了一位客，及至汽車開近了，認得是自己家裡的車子，就在門洞上等著。

車子門一開，見燕西從從容容地下來，自己先奇怪了，家裡只開一輛汽車的，汽油不多買了，車夫也不多用了，他這車子又是誰開鎖？

燕西一進門，笑問道：「出門嗎？你打算上哪兒？我把車子送你。」

梅麗道：「家裡鬧成這個樣子，我還有心逛嗎？我這人也太沒有心肝了。」

梅麗對於燕西向來不曾這樣正顏厲色說過話的，燕西忽然看到她這樣子，倒不由得愣住了，因道：「家裡有什麼事情發生嗎？」

梅麗道：「我也不說，你到裡面去問問別人吧。」說著，轉了身就向裡走。

燕西緊緊地跟在後面，用柔和的聲音道：「你告訴我吧，究竟為了什麼呢？」

梅麗道：「家裡跑了一個人。」也只就說了這一句，依然向裡走。

燕西本來就心裡發生了疑團，梅麗又說跑了一個人，這倒是更讓他吃一驚，問道：「清秋呢？」

梅麗道：「她病得要死了，還跑得了嗎？翠姨跑了。」

燕西不料大半天的工夫不在家，家裡就會出這種大事，因扯著梅麗的衣服道：「你別走，我問你翠姨怎麼會跑了的呢？」

梅麗道：「病著的人不問，你倒先忙著問跑了的人？你快自己屋子裡去看看吧。」

燕西見梅麗滿臉都有不平之色，所說的話又是有頭無尾，分不清楚，也就急於要回屋子去看看，於是且不追問梅麗，一直就向自己院子走來。

一走進院門，便有一種不同平常的感覺，第一，是這院子裡一點聲息沒有。第二，是在這和暖的陽光下，那竹子和松樹另有一種清幽的綠色，配著那走廊外的牆陰，越覺得這樣靜悄悄的，恰是綠紗窗子裡透出一絲安息香的氣味來，彷彿已有個病人在屋裡等著似的。

他走到走廊下，先咳嗽了一聲，兩個老媽子聽到這一聲咳嗽，早跑了出來，迎著笑道：「七爺回來了，七爺回來了。」

燕西見她們有那種喜不自禁的樣子，料著等自己回來也等急了，因道：「少奶奶的病怎麼樣了？現在回了一些頭嗎？」

老媽子道：「好了，你進去瞧瞧吧。」

燕西道：「我說不要緊，大家都這樣大驚小怪催我。」一面說著，一面就向裡走。一腳踏進房，只見冷太太和二姨太兩個相對坐在床面前，這倒是出於意料以外的事，不覺向後退了兩步。

冷太太倒是客氣，先站起來勉強笑道：「姑爺，你回來了。」

燕西也笑道：「我剛才打電話回來，聽說清秋病了，所以我趕回來，這幾天實在忙一點，忙得沒有工夫在家裡待著，不料清秋就是這個日子病了。」說著，回過頭來一看，只見清秋一隻手，撐住了床褥子，抬起頭來望著，似乎有什麼話要說似的。

燕西不能再裝模糊，就向前一步，在床面前俯著身子問道：「我聽說你病得很重，現在怎麼樣？不覺有什麼痛苦嗎？」

清秋覺得生孩子以來，他也不曾如此殷勤問過，現在這種樣子，當然是有所為而發的，便慢慢地平躺下去，用手提著燕西的手，輕聲道：「我好一點兒了，大夫說是小感冒，沒事。」

燕西道：「我就在劉家，你先該打個電話給我。」

清秋微微一笑，將她的一口白牙露出來，緩聲道：「你既然有事，你還是去進行吧，不要為了我，耽誤了正事。現在我媽又來了，你更可以放心出去，不必有後顧之憂了。」

燕西正因為對著岳母在這裡，不知道如何敷衍是好？現在清秋叫他出去，他倒正合心懷，便道：「我實在還有兩件事沒有料理完畢，本來是抽空跑回來的，你既然有伯母在這裡照應，我倒是可以放心，我可以到外面去混兩個鐘頭，下午再回來吧。」

清秋點點頭，暗中卻嘆了一口氣，又竭力地忍回去了。

燕西回過頭來，冷太太問道：「姑爺大概有什麼事辦成功了？」

燕西道：「現在有兩個位置，每月有點薪水，我正想弄到手。」

冷太太點點頭道：「這就好，我早就這樣想著，讀書讀得做了博士，也無非是出來就事。既然可以就到事，那就很好，不必一定再讀書了。姑爺，你有事，你放心去吧，清秋的病也不重，有我在這裡，盡可以放心的。」

燕西一面聽話，一面看二姨太的顏色，見二姨太的臉色似乎有些不以為然的樣子，正望著冷太太，有一句話要說出來，燕西便道：「二姨媽，我找事這一件事怕不能成就，還沒有在家裡發表呢，你也就別和我公布吧。」

二姨太笑道：「那敢情好，我聽了也很歡喜的，鳳舉不也就是你這大年歲就出來找事的嗎？」

燕西道：「所以我這幾天非常之忙，過了明後天，我想總可以告一個段落了，那麼，我就放心出去了。」說著，回轉身來，復又伏在床沿上問道：「你要什麼吃的不要？我可以給你帶一點回來。」

清秋的手讓他握著，不能擺動，卻擺了兩擺頭，說了不要兩個字。

燕西見屋子裡三個人都沒有留他，他大可以走了，於是對清秋點點頭道：「若是我能早一點回來，一定可以趕回來吃晚飯，要不然，我也會打一個電話回來的。」

清秋在床上望著他，哼著點了一點頭道：「你去吧，家裡的事就不用管了。」燕西又對冷太太道：「伯母多住一兩天，我閒了再陪你談。」說畢，就走出去了。

燕西這樣來去匆匆，二姨太看了都有些不過意，便問清秋道：「老七真忙，可以就什麼事呢？你總知道吧？」

清秋道：「他還沒有提到呢，本來我就不大愛管他的事，添了孩子以後，也不得空談，所以我不知道。」

二姨太聽此話音，知道她是衛護燕西，也就不提了。

但是燕西一去之後，並沒有回來吃晚飯，也就沒有打電話回來探問消息，冷太太只是陪著清秋在屋子裡，有人來就閒談一會兒，沒有人閒談，她就靜靜地坐在屋子裡。這一晚上，岳婿自然是沒有見面，到了次日，由上午一直到下午，依然不見燕西進房來。

冷太太對清秋道：「姑爺應酬果然是忙，忙得晝夜不能回家，這事情大概有個八成希望了。」

清秋道：「這可說不定，也許待一會兒，他就回來了。」說著這話，不再去討論，復等了一會兒，又等到了晚上電燈亮了，依然不見燕西回來。

冷太太又道：「姑爺又忙著不能回家了，這事有個大八成了吧？」

清秋便皺了眉道：「咳！你老談這個做什麼？」

冷太太的意思，本也是想了這幾句話用來安慰清秋的，現在清秋既是不願她說，更可以不必提起，只當沒有燕西這個人，回來不回來都沒有關係。

## 六 破鏡難圓

燕西是白天在白蓮花家裡打小牌，晚上又因為白蓮花、白玉花在共樂園出臺，捧場捧到十二點鐘方才回家。

剛一進門，金榮搶著迎上前道：「七爺，你怎麼這時候才回來？」

燕西道：「我知道，沒有什麼了不得的病，我又不是大夫，在家裡淨瞧著也沒用。」

金榮道：「不是說這事，白小姐打了好幾次電話來了，說你回來了，務必回她一個電話。」

燕西道：「十二點多鐘了，還打個什麼電話？明天再說吧。」

金榮只聽到這裡，便走到燕西書房外面，書房裡面的電話鈴已是叮鈴鈴響起來，金榮將電話一接，便連道：「七爺剛回來呢。」

燕西本想一直就到後面院子裡去的，聽到金榮如此說，不覺也走進房來，問道：「是白小姐的電話嗎？」

金榮便讓過一邊，將話機子拿著，向燕西手上交過來。

燕西一問話，秀珠第一句便道：「你什麼事這樣忙呢，找你一天也找不著？」

燕西笑道：「沒法子呀！我自己要找一找出路了。」

秀珠道：「年輕輕的人，別那樣犯了官迷了，讓人家聽到了倒怪寒磣，我倒有一件事正要找你，你能不能到我家裡來一趟？」

燕西道：「多麼晚了，戲園子裡都散戲了，我還要向外頭跑？」

秀珠道：「你放心來，我並不是要找你去跳舞，有一件極好的事情，要和你談一談，你千萬不能把這機會丟了。」

燕西聽到秀珠這樣說，似乎是真有什麼要緊的事情，因道：「既不是要我陪你，這樣夜深了，何必要我出來？你不能在電話裡告訴我嗎？」

秀珠道：「你這人真是不通，若是電話裡能說，我早就三言兩語告訴你了，何必要你來呢？我在家裡等著你了，快來吧。」說著，那邊電話已經掛上了。

燕西掛上了電話，站著發了一會兒愣，心想，岳母在這裡，應該到屋子裡去看看夫人的病才對，不然這一天一晚鬧些什麼？可是真要去看病，少不得有一番糾纏，而且也許受著什麼監督，晚上就不能再出門。秀珠正在那裡等著，她可急了。不進去吧，反正只說我沒有回來，這也就是一行罪而止。

想完了，轉身回來，就向外走。外面的汽車剛剛開進汽車房，汽車夫也打算休息了，燕西站在車夫房門口，連叫著開車開車，汽車夫原不敢說什麼，慢慢吞吞答應了一句，覺得一點氣力也沒有。

燕西一頓腳道：「怎麼回事？不願開車還是怎麼著？我總拚得你們過，我還要出門呢，你們就想圖舒服嗎？」汽車夫連忙跑進車房，咚咚一陣響，將車子開出去。

燕西一車子坐到白家門首，果然人家這兒是很興旺的樣子，大門外那盞球罩電燈大放光明，照見門外一字排開上幾輛汽車，還有一個警察在門口逡巡，似乎是新添的崗位。

燕西一下車，這裡的門房就伸著頭向外看，一見是燕西，先笑著叫了一聲七爺，低聲道：

「姑小姐等著呢。」

燕西笑問道：「你們家今天怎麼這樣的熱鬧？有什麼舉動嗎？」

聽差道：「這一程子我們這裡天天鬧到半夜，大概我們師長的事快要發表了。」

燕西聽了他的話，很覺他有些誇耀的意思，真是不開眼，半夜裡亮著大門口的電燈，這是我們家常幹的事，這又有什麼可說的呢？這種人也就不屑於去和他多說話，彎過了前面的客廳，一直就到上房裡來。

他一到院子裡，秀珠早就知道了，已是從上房裡迎將出來，在屋簷電燈光下，看得很清楚，見燕西西服的上口袋裡塞了一條綢花手絹，便笑道：「你這樣子，是由外面剛剛到家，就到我這裡來了吧？」

燕西道：「金榮在電話裡已首先告訴你了，你還問什麼呢？」

秀珠站定了腳，將一個食指含在嘴裡，由燕西上身看到腳下為止，點了兩點頭，微笑道：「我看你，不是在朋友那裡商量什麼要緊的事，一定是一個很好玩的地方，取樂回去的吧？」

燕西笑道：「我現時還在服裡，能到什麼地方去取樂呢？」一面說著，一面跟著秀珠向裡走。

秀珠一直引著他到臥室外的一個小客室裡坐著，卻在茶几上拿了一把大茶壺，斟了一杯熱氣騰騰的咖啡，送到燕西面前，接著在茶櫃裡取出一盒未開封的古力糖，打開了蓋，用雪白的手指鉗了三粒，放在咖啡杯子裡，笑道：「夠了嗎？」

燕西道：「咖啡要喝個熱熱的，甜甜的，你還給我來上三塊。」

秀珠抿著嘴微笑，又鉗了三粒古力糖放下去。秀珠在他對面一張椅子上坐下，瞟了他一眼道：「你嘴裡自然是很甜，不過你這種甜話，我已經聽得太多了，你再在我面前說，不但你說得乏味，我也聽得乏味了。」

燕西笑道：「果然如此，為什麼叫我來呢？我來了，讓我說著你心裡歡喜，倒讓我說著你心裡煩惱嗎？」

秀珠道：「雖然不讓你引起我的煩惱，但是要你說實話，不是要你把我當三歲兩歲的小孩子，用些甜蜜蜜的話來騙我，我那樣要聽你的謊話，半夜三更把你叫了來說嗎？我告訴你，現在有個好機會，我哥哥要派兩個人到德國去，和政府辦一筆軍用品，我和他商量著讓我也隨了這兩個專員去，他已經答應了，設若你也高興，我可以叫他和你添上一個專員的名字，不但不花錢，可以白到歐洲去玩一趟，而且買賣成功了，還可大大的拿一筆康密辛＊。」

燕西笑道：「這哪使得，我一不懂洋文，二不懂軍事，憑什麼資格去呢？」

秀珠道：「反正有兩個懂的人在那裡了，你不過做個幌子，有什麼使不得？而且論起資格來，你也是大外交家的兒子，你就冒著懂外交的身分去，也不算勉強。這事只要成功了，我們就可發個小財，在歐洲什麼事不好做？你現在整天整晚說謀事，能謀個什麼事呢？恐怕未必一下子就能掙上幾千幾萬吧？」

燕西用小勺子舀著咖啡，慢慢地喝著，沉吟著道：「這倒是個辦法。但不知道什麼時候走呢？」

秀珠道：「你想，若是不急的話，我何必一天打四五遍電話找你？」

燕西聽了這話，立刻卻答覆不出來，但是笑了一笑。

秀珠道：「我可是真話，你為什麼發笑？以為我是鬧著玩嗎？或者以為我的話說錯了呢？」

燕西道：「笑話了，你一番好意，我為什麼倒說你錯了呢？不過我的家庭不像以前了，雖然還大家合在一塊兒，已經是各人打算各人的。我母親也看出來了，心裡十分難過，我突然要出洋去，在我母親看來，一定是十分奇異的，而且因為初次出門，就到了這麼遠去出洋，母親當然也有些捨不得，所以我要走，卻是忙不得，總得先和母親商量好。」

秀珠聽了這話，突然站起身來，將臉一板道：「你不必說了，我知道你有許多困難，你不去，你就不去，何必要扯上許多不相干的理由？我這人總算太不識時務，為什麼和你談上這樣不相干的事？夜深了，請你回府休息吧，不必談了。」

燕西見她那一種言不二價的神氣也很是不快活，不過卻不願和她生氣，靜默了兩三分鐘，然後才道：「你不體諒我的苦衷，我可沒有法子，請你想一想，在我這種環境之下，不要和我母親商量商量，這事辦得通嗎？」

秀珠站在面前，兩手互抱著在胸前，昂了頭聽他說話，等他把這一遍理由說完了，將腳尖在地板上敲著響了一陣，鼓著嘴道：「既是你環境上有困難，就不去也罷，難道你在北京還會找不出一條路子來嗎？」

燕西見秀珠的神情已不是像先前那樣生氣，便道：「你仔細想想我的話，一定能相信，我不是胡說，總而言之一句話，關於出洋的這個總答案，我是同意的，現在我不能不考慮的一點，就是對我母親說著，要怎樣讓她不留難。」

秀珠抿了嘴唇，在他對面椅子上坐下，眼睛皮下垂，眼珠可是望著他，好像在審查一件什麼事情似的。

燕西道：「你想想看，我這話對不對呢？」

秀珠擺了一擺頭道：「你這話不對，你除了伯母以外，就沒有第二個人留難你的嗎？我不信。」

燕西道：「這話很是，不過我只要我母親答應了，其餘是絕對不成問題的。」

秀珠眼珠釘住了燕西的臉，問道：「真個絕對不成問題？」

燕西點了點頭道：「我敢說這句話，你肯信不肯信呢？」

秀珠道：「能那樣就好，我給你整三天的期限，你在家裡把各事弄好，若是過了這三天的期限，我哥哥恐怕不能等了。我想無論什麼難說的話，有三天三宿去談判總可以解決，若是還解決不了，當然這事也就無進行之必要了。」

燕西一聽只三天的期限，不免就把眉峰一皺，及至更聽到秀珠後面一段解釋，點頭笑道：「好吧，我總盡著這三天的力量，切實解決一下，好歹在兩天以內，我可以先告訴你一點情形，多少也就看出六七分了，你不用性急。」

秀珠將嘴角一動，鼻子哼著，微笑一聲道：「我性急什麼呢？我逍遙自在的，跟著哥哥在北京有這些年了，難道我急於要脫離他嗎？」

話談到了這裡，彼此都覺得不好再怎樣地切實說了，燕西只好勉強微笑了一笑，那一杯咖啡，因為他不住地用茶匙去攪擾，已經涼了，他端了杯子起來，一口便喝了。

秀珠笑道：「現在還是甜甜的，熱熱的嗎？」

燕西道：「雖然不是熱熱的，可是依舊是甜甜的，不熱不要緊，我喝進肚去，在肚子裡，自然就熱起來了。」

秀珠笑著哼了一聲。

燕西笑道：「你還有話吩咐我嗎？若是沒有話吩咐，我就要走了，回去晚了，我怕家母會見責的，現在舍下不像從前了，過了十二鐘點，全家都睡了，就是馬上回去，家母要問起來，我還得說是由這裡回去的呢！」

秀珠聽他先說的兩句話，本來想駁他兩句，聽到了最後一句話，便昂了頭笑道：「你這不是存心搗亂，這個消息怎好預先說出去呢？那麼，你請回府吧，實在也不宜太晚了。」

燕西笑著道了一聲是，還帶著彎了一彎腰，秀珠道：「你怎麼前倨而後恭？」

燕西道：「我一來就是這樣，今天並沒說什麼不客氣的話呀。」

秀珠道：「別談今天，你往前說。」

燕西道：「就是最近幾天，我也想不起來有什麼事得罪了你。」

秀珠道：「別談最近幾天，還得往前說，在半年以前，你的態度是怎麼著？由今日看來，不是前倨而後恭嗎？」

燕西又無話可說了，只好笑了一笑。

秀珠道：「你別多心，我這人是死心眼兒，不會到現在還來怪你的，我要是怪你，今天也不一天打四遍電話給你了，你想我這話對是不對呢？」

燕西道：「對的，可是我不信你，也不會深夜向這裡跑了，你看對不對呢？」

秀珠道：「這些話，我們都不必說了，你要回去，你就回去吧，我不過和你說句笑話罷了，你可別多心。」說畢，向燕西笑了一笑。

燕西看她那情形，似乎是沒有什麼氣了，便撈住她一隻手，搖撼了兩下，笑道：「你這樣地替我幫忙，我很感謝你。」

秀珠笑著一縮脖子道：「只要你心裡記著我一點就得了，我倒不在乎你口頭怎樣的感謝不感謝。」

燕西也不鬆手，隔了小茶几，將她牽著走過來，然後二人一路出屋子裡，走到外面。秀珠將手一縮道：「家裡這些個人，讓人家瞧見，什麼意思呢？」

燕西只得鬆了手，跟著她走到了大門口，秀珠又低聲和他說了兩句，他才坐上自己的汽車回家去了。

燕西這一場談話，足占了一個半小時，到家時，已經快兩點鐘了。敲著門走了進去，家裡更是漆漆黑黑的，什麼聲音也不聽到，這個樣子，也不必走回自己院子裡去看病人了，走了進去，更是要驚動岳母，還不知道自己做了什麼事，到這樣夜深回家呢？於是就在前面書房裡睡了。

其實這個時候，清秋並沒有睡覺，正等著燕西回來，有幾句話要背著母親對他說一說呢，因為冷太太總也怕燕西晚上會回來的，所以老早的避到樓上睡覺去了。

清秋亮了床頭邊一盞電燈，正捧了一本書在看，彷彿之間聽到前院有些聲響，似乎是燕西回來了，今天有母親在這裡，料著他會進來敷衍一下子的，不料等了許久，卻又是聲息渺然了。

清秋伸著手到枕頭底下去掏出一只錶來看了一看，已經是兩點半鐘了，將錶依然塞在枕頭下，用一隻手撐著被，坐了起來，向屋子四周一看，只覺燈雖亮，還帶著一種陰寒之色。

外面院子裡，風聲也停止了，在空氣的沉靜裡面，聽到兩個老媽子一種呼嚕呼嚕的鼾睡聲，遠遠送到耳鼓裡來，回頭看看這床上躺著的孩子，也閉了一雙小眼睛，縮著兩手，睡得很香，對著兒子點了點頭道：「孩子，你這時候，糊裡糊塗，睡得這樣安穩，你哪裡知道你命宮的魔星也就逼著你一步一步地上前了？你知道你將來是多麼危險啦？咳！不知是你害了我，也不知是我害了你？我們誰也不要怨誰，只怨命吧。」

清秋悶極了，自言自語一番，夜闌人靜，未免覺得無聊，於是嘆了一口長氣，就睡下去了。但是終日終夜躲在床上的人，睡眠是不會不夠的，所以清秋雖然耐著性子睡了去，然而她並不會睡著，只是清醒白醒的在床上，一直到了窗戶上發亮，才迷迷糊糊地睡了一會子。醒來以後，冷太太已是坐在床面前椅子上了。

冷太太見她睜開眼來，首先便問道：「你睡得好了一些嗎？我摸著你的額頭，我覺得還有些燙手呢。」

清秋勉強掙扎著笑道：「我沒有事了，你別替我擔心，今天可以回去了，在這裡，你也究竟過不慣。」

冷太太走上前一步，向著她低了聲音問道：「怎麼著？有誰不大願意嗎？」

清秋道：「那倒不是，我想你惦記家裡事沒人管，放不下心呢。」

冷太太道：「家裡的事固然我是放心不下，但是你的病我也放心不下，我在這裡，家裡也不過怕出什麼毛病，我若回去了，想起你的病，我就很著急了。」

清秋笑道：「著急也不至於怕我死，現在我這樣子是會死的人嗎？」

冷太太道：「你又胡說了，我也不過怕你很悶，陪著你罷了。」

清秋見她母親的樣子，倒也不十分擔憂，更趁機逼著母親回家，冷太太究竟看她又說又笑，也就答應回家了。

吃過了午飯，冷太太說是回家去看看，過一半天再來，就向金太太告辭回去。到了下午，清秋又回復到一個人獨守空房的態度了。

這初出世的嬰兒，除了喝乳，便是睡覺，倒不怎樣占她偎抱去的工夫，她無可奈何的中間，唯一的法子還是看書。她自己下床找了一本書，躺在床上看，只是心中有事，書中的字句看到眼裡，卻印不到心裡去，看了許多頁數，並不知道書中說的什麼，結果只好把書一拋，睜了兩眼，在床上躺著。

躺了一會，依然感到無聊，又把書拿起來看，這一回極力地忍耐用心看下去，算是知道書上說什麼了。但是也不過看到兩頁書，燕西進來了。

清秋手舉著將書擋了臉的，見他進來，只將書放下一點，眼睛在書頭上望了一望，依然是高舉起來擋了臉。

燕西道：「又看書了，病完全好了嗎？」

清秋默然著許久，才用鼻子微微哼了一聲。

燕西在床邊一張軟椅上坐下，斜靠著，很自然的道：「你不大愛理人，生我的氣嗎？」

清秋道：「我沒作聲，敢生你什麼氣？」

燕西道：「你這話就不對了，這話和他人說，或者還費點事，你是有一肚子中國書的，和你說說，你不至於不承認。我記得古書上有這麼一句話，乃是『不敢言而敢怒』，氣是生在心裡的，有什麼不敢？」

清秋微笑道：「你可別和我談書，要說我看過書，我真的糟踏得文章掃地*，一個人念書念成我這種樣子，那有什麼意思呢？」

燕西道：「我恭維你兩句，你倒越要和我抬槓，未免太難點。」

清秋將書按下，一抬頭道：「我又沒說你什麼，我不過埋怨我自己罷了，你怎麼說我和你抬槓呢？」

燕西道：「聽你的話音，看你的顏色，就知道你是說我，你以為你有一肚子書，嫁了我這樣一個人，就算是文章掃地了，哼！那也不要緊，現在還不遲，你還可以高抬身價呢。」

清秋坐了起來，向燕西緩緩地擺了兩擺頭道：「七爺，別這樣呀！對於無抵抗的人，只管進攻，那不算什麼本領的！我就為了這個孩子，還為了我一個老母，所以我這樣的委屈求全，要不然，我……早……」說到這裡，她哽咽著再也說不出來，一翻身便伏在桌上哭將起來。

燕西道：「你以為你母親在這裡，你做出這種樣子我就怕你嗎？無論去憑什麼人說，你好好兒的和我哭著鬧著，這是什麼意思呢？」說畢，坐著架起腳來抖著，慢慢地道：「也無非是說我沒來伺候你的病，光是這一件事，我想不犯什麼大罪。」

清秋哭了一陣子，才抬起頭道：「我為要瞞著母親，才受你這樣的罪呢！她早走了。」

燕西道：「好！你倒說出這種話來了，愛怎麼樣？聽憑你。不過今天這事不管你是不是有意無意的，你起先和我鬧總是事實，我好好地問你的病，你倒對我冷嘲熱諷起來。」

清秋道：「多謝你來看我的病了，有病的人，都要這樣的等你來看，我想死也死過去好幾個了。你是來看我的病嗎？恐怕是玩倦了，回家來休息休息，或者回家來拿錢的吧？你愛怎麼著，你就怎麼著，我也犯不上去問你。」

燕西冷笑道：「果然我就受你的挾制不成？」

清秋垂著淚道：「你不屈心嗎？你欺侮我到這種樣子，還說我挾制你呢？」

燕西坐著椅子上，半晌沒說話，突然站起來道：「好！你反正說我是沒有誠意的，我就沒有誠意，把開箱子的鑰匙交給我，我要拿錢。」

清秋臉一偏道：「怎麼樣？我的話不是說對了嗎？鑰匙在這裡，你拿去。」說著，在枕頭底下摸索了一陣，將鑰匙摸出，然後伸手向桌上拋去。

偏是她這一下用勁過了分，啪吒一聲打在那架衣櫥的玻璃磚鏡子上，鏡子中間打了一個小窟窿，四周如蛛絲網一般分開了許多裂痕。燕西看到，心中倒怔了一怔，不知道清秋如何發這大的氣？

清秋也是心裡嚇了一跳，順手這樣一下，怎麼把這面鏡子打破了？照著平常的迷信來說，這可是一件不大吉祥的事情，縱然不必迷信，把一面天天應用的鏡子打破了也是怪可惜的，值錢不值錢倒在其次。她如此一想，也是默默著說不出話來。

屋子裡沉寂了許久，究竟是燕西忍不住，先開口了，冷笑一聲道：「這就是你的示威運動吧？這屋子裡的東西不值多少，就讓你全毀壞了，也不要什麼緊。」

清秋道：「我並不是拿東西出氣，不過失手打了。不過你在這一點上怪我，我也承認。」

燕西道：「我哪敢怪你？是我得罪了你，你應該砸東西的。」說著話，自開了箱子，取了一卷鈔票在手上，鑰匙也不交給清秋了，就這樣拿在手上帶著出門去了。

清秋坐在床上，眼望丈夫走出去，一句話也說不出，本來也是自己弄錯了，怎麼會把這面大鏡子打碎了呢？自己在追悔不及的當兒，想到古人樂昌破鏡*的那句話，於是後人總把破鏡當為夫妻分離的一個象徵，本來和燕西的感情一天淡似一天，大有分離可能，偏偏在這個當兒，打破了這面鏡子，讓人心上拴了一個疙瘩。這樣看來，也許真有那樣一天了。

如此慢慢地想著，偶然一回頭，卻見自己剛才看的一本書落在地板上，忽又想到說的文章掃地那句話，心想，**我到現在不就是像這本書落在地板上一樣嗎？我不為自己爭氣，也當為一般女子爭氣，我就離開金家，難道我就會餓死嗎？**想到這裡，便披衣下床，端了一杯茶，坐在沙發上慢慢地喝著。

忽聽到阿囡在窗子外叫了一聲七少奶，清秋答應了一聲，說是請進來吧。

阿囡走了進來，先笑道：「七少奶總是這樣客氣，對我們還是下這個請字呢。」

清秋笑道：「這也不算是客氣，我向來是這樣的，人生在世，不到進棺材的那一天，總也不能決定他的終身怎樣？我豈能早早地端什麼排子？將來我也有你這樣一天，人家要到我面前來發威風，我就更是難受了。」

阿囡笑道：「七少奶說這話我怎敢當呢？你拔出一根毫毛，比我們腰桿子還粗呢，你這一出洋將來回國，更要好了。」

清秋笑道：「我出洋嗎？望哪一生了。」

阿囡笑道：「你這就不是老實了，剛才我在太太屋子裡就聽到七爺和太太商量，要到德國去。七爺去，你還有個不去的？」

清秋聽了這話，心裡倒跳了兩三下，便笑道：「這是他說的鬧著玩的，那怎麼靠得住？」

阿囡道：「不能，七爺和太太說的時候，是正正經經的樣子，不像是鬧著玩，太太還對他說，這事辦不到呢。」

清秋笑道：「也許出洋吧，你到這裡來有什麼事嗎？」

阿囡笑道：「我就是來打聽這事的，你若是出洋，一定會到上海去上船的，我願意跟著你一同回上海。」

清秋道：「到德國去，是不一定坐船，由鐵路也可以走，你去聽七爺還說些什麼？若是真到上海去搭船，我可以帶你去。」

阿囡聞說，果然高高興興地去了。

去了許久，阿囡走回來，向清秋笑道：「七少奶，我剛才說的話，是我聽錯了，別提了，將來七爺問起來，千萬別提到我告訴你了。」

清秋道：「這是什麼意思？難道他要出洋還是什麼秘密的事情嗎？」

阿囡遲疑了一會子，笑道：「反正將來你會明白的。」

清秋看到阿囡這樣為難的樣子，微笑道：「既喜歡多事又怕惹事，這麼大姑娘了，還這樣地淘氣！你放心吧，我不說你說的就是了，其實你七爺先和我說了，事後再去告訴太太的。」

阿囡將信將疑的，笑著去了。

這一個消息可把清秋驚動了，等阿囡去後，可有點不耐煩起來，洗了一個臉，將頭髮梳理了一會，牽整齊了衣服，吩咐李媽看好毛孩子，自己便要向金太太這裡來。

兩個老媽子見她要走，都攔住了房門，說是前兩天在院子裡站了一站，惹下一場大病。現在病沒好，人都坐不住，怎麼又要走呢？清秋被她們一攔，走不上前，復在椅子上坐下了。果然頭上昏沉沉的，如戴了鐵帽子一般，簡直抬不起頭來。頭一持重，身子也支持不住，靠在沙發上，就坐著呆住了。

兩個老媽子牛頭不對馬嘴的瞎勸解了一陣，清秋也沒有去聽他們的，只是坐著想心事，慢慢地抬起頭來，用一隻手靠了椅子撐著，恰好對面是剛才打破的那面鏡子，鏡子下半截卻還完好，照著自己的像，除了又黃又瘦之外，而且雙眉緊皺，眼色無光，簡直沒有一點精神。

那托著頭的手，手腕上的螺螄骨很顯然的高撐起來，這倒不由得自吃一驚，萬不料自己會憔悴到如此的地步，若要再病下去，那會成了蠟人了。

自己害病，那沒有什麼關係，只是這個初出世的孩子，乳汁要發生問題，小孩子何辜受這樣的厄運呢？這樣想著，便儘管望了鏡子出神。

清秋對著鏡子，一陣想到傷心之處，便回想到了前此一年，覺得那個時候的思想，完全是錯誤，那時以為穿好衣服，吃好飲食，住好房屋，以至於坐汽車，多用僕人，這就是幸福，而今樣樣都嘗遍了，又有多大意思？那天真活潑的女同學，起居隨便的小家庭，出外也好，在家也好，心裡不帶一點痕跡，而今看來，那是無拘束的神仙世界了。

**我當時還只知齊大非偶，怕人家瞧不起，其實自己實為金錢虛榮引誘了，讓一個紈褲子弟去施展他的手腕，已經是自己瞧不起自己了，念了上十年的書，新舊的知識都也有些，結果是賣了自己的身子，來受人家的奚落，我這些書讀得有什麼用處？我該死極了。**

想到這裡，淚如雨下，望望鏡子裡那個憔悴不堪的女子，掛了滿臉的淚痕，已不成人模樣了，看著，更是傷心要哭。

李媽因她不走了，本來出去了，現時在院子裡，聽到屋子裡有嗚咽的哭聲很是奇怪，走進來見清秋已經兩手伏在椅靠上枕著頭哭，卻不知道這事由何而起？勸也不好勸得，於是一個人擰把熱手巾過來，請她擦臉，又倒了杯熱茶送到她手上。

李媽道：「這一程子，你動不動就傷心，何必呢？你年紀輕，好日子在後呢，別惱壞了身子。」

清秋嘆了一口氣道：「你們不懂我的心事。」說著，搖了一搖頭，將茶杯放下，把床上的那本書拿過來，又側著身子靠了椅子看。

她一看書，就不理人的，兩個老媽子又走了。清秋拿著書，只看了兩頁，便煩膩起來，不知不覺地把書放下，只是手捏了書枯坐。

忽然有人叫道：「清秋姐，你怎麼了？孩子哭得這樣厲害，你也不理會。」一句話提醒了清秋，回頭一看床上，那毛孩子把臉都哭紅了，張著小嘴，哭得渾身只管顫動，連忙走上前，把小孩子抱了起來，再一看說話的是誰，才知道是梅麗進來了。

梅麗笑道：「你剛才睡著了嗎？怎麼小孩子哭，你都不知道？」

清秋嘆了一口氣道：「妹妹呀！我的魂靈都不在身上了，漫說小孩子哭，恐怕我自己哭，我都不會知道了。」

梅麗道：「唉！我也給你打抱不平，你們是愛情結合的婚姻，為什麼現在感情薄弱到這種樣子呢？」

清秋道：「我倒不怪他，**愛情絕不是強求得來的，而且越強求越覺得自己沒身分，以至於惹起人家的討厭**，我只恨我自己太沒有主張了，怎麼會讓人家討厭，自己一點不爭氣？」

梅麗道：「你千萬不要說這話了，我七哥就是這個脾氣，風一陣，雨一陣。」

清秋道：「唉！我也不希望他回心轉意，嘿！我是玉環領略夫妻味了。」她說著話，摟了小孩子斜靠沙發上，臉上竟帶著一點淡淡的笑容。

梅麗雖不懂得她說的這個故典，但是察言觀色，也可以知道她是看透了世情之意，便道：「這話就不對，難道就這樣僵了下去不成？」

清秋默然不作聲，許久許久才冷笑了一聲。

梅麗看了她這種情形，未免發生一點誤會，心想，人的心思，朝夕有變遷，清秋對於七哥這樣冷冷的，一定是灰了心。灰了心原也可原諒，她實在是有些不堪了，不過她說著話，好像很有決斷，別是她要尋什麼短見了？心裡如此想著，就偷眼看看清秋的臉色，見她臉上冷冷的，似乎就帶了一種淒慘的神氣，面無人色。

她越看越像，越像也就越怕，不敢在這裡多說話了，悄悄地離開，一直就到金太太屋子裡來。

只見金太太板著臉和敏之、潤之談話，她道：「這糊塗東西，若是這樣胡鬧下去，豈不是給我添上了一層累？他的婚姻本來就沒有和我商量過一句，等事情成了功才來告訴我，這本來就嫌著根基不穩固，現在他果然要散夥了，他自己也當想法子去解決去，不能不了了之地來害我。」

潤之道：「老七這件事要不得、就是沒有婚姻問題在內，如今父親一去世，就靠著秀珠出洋混出身，也沒有什麼面子。清秋新產之後，又沒有一絲事情得罪他，要說模樣，性格，學問，哪樣又配不上老七呢？」

金太太道：「倒別提學問了，這孩子就為著有了一點學問，未免過於高傲，至於她那性情，以前我也覺得很溫柔，不過最近我有幾件事觀察出來，覺得她也是城府過深，這種人最是難於對付的，我想她和老七鬧不來，恐怕也是為了這一點，你想，老七有一點事故就嚷嚷的人，哪裡擱得住她暗地裡抵抗呢？」

梅麗慢慢地走到屋子裡，聽到金太太如此說，心想，連母親對於清秋的批評都是如此，那麼別人說她的壞話，更不足為奇了，剛才聽了清秋的話，本來想告訴金太太的，現在看這情形，要怎樣的說出來，倒不能不考量一番，因之走到敏之一處，隨身坐下，故意微微嘆了一口氣。

敏之道：「你又有什麼心事呢？兩道眉毛皺得聯到一處來了。」

梅麗道：「我自己有什麼心事？我是替人家著急。」

金太太也是注視著她的臉，很久很久地道：「你替人家著急，誰呢？」

梅麗道：「你們剛才說的是誰呢？」

敏之笑道：「嗳喲！你的心眼太好了，燕西已不出洋了，你別替別人擔憂了。」

梅麗道：「咳！我不是說這個，我在清秋姐那裡來，我看她都有些迷糊了，孩子在床上哭得要死，她坐在屋子裡會不聽見，和她說，原來什麼也不在乎，好像就要死似的，我怕她是吃了什麼了。」

金太太倒嚇了一跳，身子顫了一顫，問道：「你怎麼知道呢？」

敏之道：「這話也有些可能，她一聽到老七要拋家到德國去，而且是跟著秀珠一塊兒走，她那個肚子裡用事的人，沒有法子，只好走上這一條路。」

金太太站起來道：「這不是鬧著玩的，這孩子怎這樣胡鬧起來？真是家門不幸，一波未平，一波又起。」說著，就向外走。

敏之、潤之猜了她是到清秋那裡去，也就在後面跟著。

三人很快地走進清秋的房，只見她抱了小孩子在那裡垂淚。

清秋自梅麗去後，正也有些感觸，加之一個小院子裡靜悄悄的，一點聲音沒有，自然的愁從中來，慢慢地垂下淚來。這時金太太和敏之、潤之走進來，出於意料，倒嚇了一跳，連忙站起身來迎著。

金太太看了她那種樣子，更是疑心的了，向她臉上注視著，問道：「孩子，你怎麼了？有什麼話，總可以好好地商量，何必做什麼傻事？你怎麼了？快說！」

這幾句話問得突然，清秋倒不知如何答覆是好，望了別人，也是發愣。

敏之道：「你是個聰明人，怎麼想出這個笨主意？你吃了什麼了？」

潤之道：「你說吧，不說，我們就把你送到醫院去。」

這一句話，問得她更是莫名其妙了，便道：「我沒有吃什麼呀！」

金太太道：「不能沒有吃什麼，剛才梅麗跑去告訴我，臉上都變了色了，她心裡是擱不住事的，可是也不會撒這大的謊，現在時髦人都講究自殺。我真不懂，每一個人只有一條命，沒有兩條命，把命取消了……」

清秋這才算完全明白，她們誤會了她想自殺，而且疑心她已經吃了毒藥了，便笑道：「這是哪裡說起！我並沒有起這個念頭，你是怎麼知道的？」

金太太道：「不是梅麗在你當面看見的嗎？」

清秋道：「不能夠吧？我要尋短見，也不能當著人的面幹哪，一個人要自殺，絕不會讓人知道的，若是讓人知道，那就是假自殺，我何必在八妹當面做出那個樣子來呢？」

梅麗本也跟著金太太後面來的，只是站在窗子外面，沒有進房，這時聽到屋子裡所說，完全是由於自己一種誤會而生，倒有些不好意思，便往屋子裡一跳道：「算我說錯了，大家別往下追究了，沒有這種事，我們不是更情願的嗎？」

清秋見梅麗紅著臉，不能不和她解釋兩句，便道：「八妹原沒有錯，倒是她一番好心，因為我說到燕西要出洋了，心裡很難過，所以她就急了。」

敏之道：「出洋也不要緊，我們不都是出過洋的嗎？也就安然回來了。」

金太太聽清秋的口音，料著她對於這件事也都已明白了，用不著隱瞞，便道：「你放心吧，我絕不能讓他這樣胡鬧的，從前他說一個人出洋，我還可以答應，現在他就是一個人要走，我也不能讓他走，除非是他帶了你一路走。」

說著話時，金太太就在她對面一張椅子上坐下，對了清秋望著，見她將兩手環摟著孩子，低了頭望著孩子的臉，不知不覺之間，竟有幾點眼淚落在孩子的臉上，她便伸出一隻手，輕輕的在孩子臉上撫摸著，把滴在孩子臉上的眼淚珠兒揩抹去。

金太太看了她那樣子，心裡也是老大不忍，便道：「我的話，你當然可以相信，我絕不能用話來騙你。」

清秋低著聲音道：「你老人家自然不能騙我，但是燕西要出洋去，聽憑他的自由，我也不攔阻他的，夫婦是由愛情結合，沒有愛情，結合在一處，他也不痛快，我也不痛快，一點意思也沒有，倒不如解放了他，讓他得著快樂。」

金太太道：「不必說這些話了，我不能讓他胡來的。」

潤之道：「這是的確的話，就是我們，也沒有一個贊成他的，他今天和母親提起來，經大家一說，也就把他那股子豪興打回去了，他並沒有說什麼就出去了，自然是回覆別人的信，他再不出洋了。」

清秋將孩子臉上的眼淚擦乾了，又在衣袋裡掏出一條小手絹，捏成一小團，在眼睛角上極力按捺了幾下，鼻子裡也是窸窣有聲。

在這時間，她兩隻肩膀不住地向上扛抬著，旋又落下，她雖是沒哭出，金太太看她那樣子，知道她是很傷心的了，因道：「你的身體剛好一點，你又這樣子不知道保重，就算這個初出世的孩子，你不要去理會他，但是你還有個母親呢，你不和她想想嗎？」

金太太不說這句話倒也罷了，一說這句話，清秋嗚嗚咽咽，索性哭出聲音來，那眼淚一陣比一陣擁擠，再也忍耐不住。

梅麗站在椅子犄角邊，哭喪著臉，也掉下幾點淚來。

金太太一回頭看見，便道：「你又懂得人家心裡有什麼事傷心，要你也陪著掉淚？這就是你不好，無事生非，造起謠言來。」

梅麗一難為情，將手絹揉著眼睛，就很快地走開了。

金太太向清秋道：「你也無須乎再傷心了，你且上床去安息安息，夫妻們總是這樣地孫龐鬥智，絕不是長局，我自然會和你想個法子把這事解決了，你不必胡思亂想。」

清秋擦著眼淚道：「我本來就不一定抓著他不放，你老人家是很明白的，有了這話，我更放心了。」

金太太道：「你可不要誤會了我的意思，難道我還能主張你們離婚嗎？我所說解決的這一句話，也無非讓你們以後和和氣氣，向前找一條光明的路來，並不是……」

清秋不等金太太說完，連忙答道：「你老人家的意思，我完全明白，但是我可以斬釘截鐵答應他一句話，他愛什麼人，要和什麼人結婚，都聽憑他的便，我自有我的辦法。」

金太太當然不好追問她有什麼辦法，若要問她的辦法，那就是說燕西一定要離婚了，皺了眉道：「年輕的人何必這樣消極？」

清秋道：「一個人，總沒有生成就是消極的，當然有些道理。我……」只說了一個我字她就忍住了。

金太太老坐在這裡勸兒媳婦，她很覺無聊，叫敏之、潤之在這裡陪她坐一會，就先走了。

平輩說話比較的自由，她們就盤問清秋，燕西對她可有什麼表示，清秋冷笑一聲道：

「有表示倒好了，就是他並無什麼表示，對我取一種行同陌路的樣子，我為尊重我自己的人格起見，我也不能再去向他求妥協，成一個寄生蟲。我自信憑我的能耐還可以找碗飯吃，縱然找不到飯吃，餓死我也願意。」

潤之笑道：「你倒是個有志氣的，不過聽你這話音，很是恨他，間接的，我們兄弟姊妹也在可恨之列了。」

清秋道：「那是什麼話？就是對燕西，我也不恨，他娶我，是我願意的，上當也是我自己找上門的，怎能怪他？我心裡難過，就為了我白讀書，意志太薄弱了。」

敏之笑道：「人家都說你是個賢人，這樣看來，你真是個賢人了，寧可自己吃虧，並不埋怨別人，這是多麼難得！」

清秋道：「你別以為我做不到，我……我早就決定了是這樣辦的了。」她如此說著，把頭一低，又是幾點眼淚水滴在小孩子的臉上。

她自己哽咽了喘著氣，就不替孩子擦去眼淚水，那眼淚流到孩子嘴裡，孩子以為是乳汁，唧咕著兩片小嘴唇只管吸起來。

大家看了這樣子，都不免有些難受，因之默然起來。

敏之道：「你上床去休息休息吧，隨便你有什麼主張，有什麼辦法，你總要上床去睡才是，不能夠坐在這裡馬上就拚出個什麼道理來。」

清秋道：「並不是我不肯上床去睡，只是我一上床去睡，心裡更覺悶得慌，所以還是熬著點，坐在這裡的好。」

潤之走上前，兩手將她肋下微挽著，笑道：「別人罷了，我們大姐兒仨總算對你不錯，你應該給我們一點面子，你就不願意上床，勉強也得上床去休息一會兒。」

清秋聽她提到面子問題，只好抱著孩子上床去。

敏之笑道：「你是個學文學的，從來文人都談什麼三上構思*。你有什麼計畫，也不妨在枕上慢慢地去想著呀，躺下吧。」說著，她就伸手接過孩子，潤之又給她牽著被，然後還要伸手來給解衣襟上的鈕扣。

清秋忍不住笑了，便道：「二位姐姐，這是把我當小孩子來哄了。我睡就是了，不必費事了，我真是不敢當。」說著，解了衣服，真個躺下。

敏之將孩子交給了清秋，笑道：「這是你二人的愛情結晶，就看這一點，也別生氣了。」

清秋嘆了一口氣道：「話是由著人說的，我要不是有這個冤家，也許不會這樣沒有解決的辦法了。」她說著，摟了孩子躺下去，不再說什麼。

究竟她是勉強起床的，身體一得著休息，充分地現出疲倦樣子，敏之坐在一邊，看她眼皮微微合攏，竟不知道招呼屋子裡的人就迷糊過去了，看看她的眼睛合成兩條縫，睫毛深深地簇擁著，兩個顴骨上抹了胭脂似的，兩個大紅印子。

潤之望著敏之道：「這樣子又是要熬出病來的，作踐身體何苦呢？」

姊妹兩人看到，也覺黯然，就默默相對的在屋子裡坐著。

潤之嘴向床上一努，輕輕地道：「聽她的話音，她倒是很願離婚。」

這一句話剛說完，門簾子一掀，卻是燕西回來了，敏之、潤之都沒有說什麼話，同時卻咦了一聲。

燕西道：「怎麼你兩人都在這裡呢？」

敏之一看床上的清秋睡得正熟，便道：「她不好過，我們來看看她。」說畢，二人起身向外走。

燕西道：「怎麼沒有人陪著，坐住了？有人回來了，你們倒是要走，那為什麼？」

潤之道：「你沒回來的時候，我們暫時看護著病人，你回來了，就用不著我們了。」

敏之正色道：「不說笑話，這個人確有幾分病。」

燕西也沒說什麼，送著他兩個姐姐出院門。

潤之兩邊望了望沒人，便皺著眉用手指著燕西道：「老七，你也太忍心一點了。」說畢，二人便走了。

燕西默然靠著院門站定，竟像呆了似的。還是李媽在院子裡看到，隨便問了一句：「你不進屋子去嗎？」

燕西無精打采，慢慢走回屋子裡去，對床上看了一看，隨便在床對面椅子上坐下，不覺吁了一口氣。

清秋睡在床上，雖然迷糊著，然而對於屋子裡屋子外人的行動，卻是似乎聽見又不大聽見，直待燕西吁了一口氣，她覺這聲音有些不同，於是睜開著迷糊的眼睛，向床下看了一看。一看是燕西回來了，轉著身子，依然把眼睛閉上了。

燕西道：「你既是醒的，見我進來，為什麼不作聲？」

清秋睜開眼來望著，便冷笑道：「你是回家來挑釁的，對不對？不必，你要到什麼地方去，聽你的便，我是不敢攔阻你的。君子絕交，不出惡聲，要散便散，要離便離，也就完了，何必借題發揮吵著鬧著才散呢？」

燕西在身上掏出銀煙盒，取了一根煙捲，躺在沙發上吸了一陣，手指上夾著煙捲彈灰，一面噴出煙來，一面發著冷笑。

清秋道：「你不要以為我是假話，我已決定了主意這樣子辦了。」

燕西道：「這可是你說要離，你說要散。」

清秋將孩子一放，手撐著枕頭坐了起來，點點頭道：「你就說是我出了主意得了，我既願成全你的前途，我就成全到底，你就說是我的主意，也不要緊，你當然是千肯萬肯，我既然願意了，馬上就可以宣布，你若是定了日子起程的話，我相信還不至於誤你的行期。」

燕西聽得這一遍話，就不由得心中一動，因道：「不耽誤我的行期，你知道我要到哪裡去？」

清秋道：「你不是要和白小姐出洋，一路到德國去嗎？」

燕西默然，拿起煙捲，又抽了兩口。

清秋道：「你要去，只管去，我也不敢攔著，何必瞞了不告訴我？」

燕西道：「就算有這事，又是誰對你說的？」

清秋道：「這種話，你想有哪個肯對我說？我是參照好幾個人的話，猜想出來的。」

燕西冷笑道：「這樣說，你完全是捕風捉影的話了？」

清秋道：「不管我是猜得對不對，只要你自己說一聲有沒有這種計畫？若是果然有了這種計畫，我這樣說了，你還有什麼不滿意的嗎？」

燕西哈哈打了一個冷笑道：「滿意滿意！但是我現在要走也走不成功了，你這個人情可惜送遲了一點，現在我是不領情的了。」

清秋道：「為什麼遲？陪你的人在北京並沒有走開，就算走開了，到德國的火車輪船還不許你去嗎？」

燕西又默然著抽香煙，許久許久，才很從容地道：「我若是果然到德國去，倒希望你做惡意觀察。」

清秋笑道：「我想你是有點想不通吧？你若是不把真情告訴我，我雖然一切都不明白，可是你和白女士始終只能做個甜蜜的朋友而已，假使我知道得很清楚，我讓開你們，你們正正堂堂地結合起來，那多麼痛快！」

燕西對於她的話並不怎樣答覆，一人自言自語地道：「假使就不是什麼誠意的話。」

清秋也淡笑了一聲道：「我也不知道這誠意兩個字怎樣解釋呢？」

燕西道：「你是說我沒有誠意嗎？」

清秋不理，坐在那裡，臉上一點愁苦的樣子也沒有，只是笑嘻嘻的。

燕西坐在沙發上，偷眼看看她，卻猜不出她究竟是好意的還是壞意的，便道：「你也不必陰一句陽一句地說，我知道你有母親和許多人作後援。我是鬥爭你不過的，但是我們做一天和尚撞一天鐘，未必……」不曾說完，一轉身就跑出房門去了。

清秋躺在床上，眼望著他走了，接二連三地嘆了幾口氣。一人坐了許久，無聊得很，自己又不願拿書看，翻了一個身，便躺下來睡了。

這一天晚上，燕西自然是不肯回來，到了十一點多鐘的時候，金太太卻帶著梅麗來了。見清秋側身向外，眼睜睜望著那盞懸著的電燈，動也不動，她見有人進門，才起身坐了起來。金太太將手遙遙地和她招了兩招，帶著笑容道：「你身體不大好，躺下吧。」

清秋微笑道：「也沒有那種情理吧？」

金太太和梅麗在床邊椅子上坐下，先問清秋身子好些了沒有？再又看看孩子，然後才向屋子四周看了一遍，因道：「這樣子，老七又出去了，他不是回來了一次嗎？」

清秋含糊答應著。

金太太道：「他可和你說了什麼沒有？」

清秋也不隱瞞，就把先前和他的話說了一遍。

金太太向梅麗點點頭道：「你七哥倒是真話。」

清秋道：「燕西大概又和你提到，說是我不干涉他，他還是要出洋了。」

金太太道：「你何必鬆口說是由他呢？」

清秋看看金太太的顏色，便道：「不是我鬆口，我實在是這種意思。」

談到此處，金太太無故嘆了一口長氣。

清秋道：「你老人家放心，絕不讓你操什麼心。」

金太太道：「我真料不到你們這樣由愛情結婚的人，只這短短的時候就變了卦，而且我也不見你們有什麼事大爭吵過，何以就絲毫不能合呢？」

清秋道：「總也是知其一不知其二，若是真的什麼大事爭吵，決裂也就決裂了，唯其是他儘管不願意我，我又儘管讓步，他沒有法子可以和我說出離婚的理由，逼得沒奈何，只有一走了之。在我呢，我一天不答應離婚，他一天不痛快，為了不痛快，他用什麼法子對付我，沒有什麼問題，設若把他逼得出了什麼毛病，我又有什麼好處？我想開了，是聽他的便為妙。」

金太太默然了許久，點點頭道：「你這是好心眼的話，不過他不是和你很好嗎？何以現在會和你意見大不同呢？」

清秋道：「這也很容易明白。根本上我們的思想不同，我不愛交際，我不愛各種新式的娛樂，而且我勸他求學找職業，都不是他願聽的。此外，我家窮，他現在是不需要窮親戚的了。」

金太太聽了她這話，臉上有點紅暈泛起，接著臉色板下來道：「那也不見得吧？就算他不成人，從前你也不交際，也不會新式娛樂，也不算富有，他何以會和你求婚的呢？你這樣瞧他不起，也難怪他不痛快了。」

清秋道：「我怎能瞧他不起，我都說的是實話，至於他為什麼喜好無常，這個我哪裡說得上？」

金太太突然道：「如此說，你們都願意離婚，孩子呢？」

清秋道：「孩子嗎，在金府上不成問題吧？找一個乳媽就解決了。」

金太太到這兒來，本來覺得兒子不對，要來安慰兒媳幾句的，現在經清秋這一番話說過之後，她覺得清秋對燕西的批評太刻毒了，而且沒有一點留戀，照著她這話音去推測，那簡直是看不起燕西，對燕西的感情如何可以想見，那麼，燕西對她不滿，自然也是情理中事了。她如此想著，口裡雖不能說了出來，就默然了許久，未曾再提一個字。

還是清秋先開口道：「夫妻是完全靠愛情維持的，既沒有了愛情，夫妻結合的要素就沒有了，要這個名目上的夫妻何用？反是彼此加了一層束縛，請你轉告訴他，自明天起，就不必和我見面了，他要什麼東西，都可以拿去。至於哪天要我離開府上，聽他的便。我除了身上穿的一身衣服而外，金府上的東西，我絕不多動一根草，我就是對這個……孩子……」

她說著話，把睡在被裡的毛孩子兩手抱了起來摟在懷裡，哽咽著垂下淚來。

金太太道：「你口口聲聲要離婚，你說，這是他逼你，還是你逼他呢？」

清秋用手挽著一隻袖頭，在眼角揉了兩揉，哽咽著道：「你替我想想，若是像他不理會我，我也沒法子理會他，這樣過下去還有什麼味？就算勉強湊合在一起，有多少日子，便生多少日子的氣，未免太苦了。所以我想來想去，還是讓他快活去。我也落個眼不見，心不煩。」

金太太道：「你既是捨不得這個孩子，那又何必……」

清秋什麼話也說不出來，只是淚如牽線一般，由臉上墜了下來。

梅麗當他們說話之時，一點也不作聲，也不知道怎樣說才好，及至清秋說到最後，在這種情形之下，她實在不能不說了。便道：「清秋姐，你別說了，瞧我吧。」

金太太聽了她這一句話，倒不由得噗哧一笑，立刻又正色道：「一張紙畫個鼻子，你好大的臉子，這個大問題，瞧你什麼？」

清秋道：「我可不敢說那話，八妹也是一番熱心，都是手足，不過年輕點罷了。」

梅麗笑道：「既然如此說，你就聽我的勸，別說什麼離婚了。」

清秋嘆了一口氣道：「我哪裡是願意這樣，也是沒有法子呀。我不離開你哥哥，你哥哥也是要離開我的，光我一個人說不離，又有什麼用呢？」

說到這裡，金太太依然是不能再說什麼，只有悶坐著，於是全屋子都十分地岑寂起來了。

當金太太和梅麗一路來勸清秋的時候，金太太屋子裡還坐著一屋子的人等著消息，過了許久，還不見金太太回去，大家就料著這裡頭多少還有些別的問題，因之在屋子裡的敏之、潤之有些不放心，首先跟著來。

二姨太因為梅麗來了，怕小孩子不知道利害，會亂說了什麼話，也就緊隨在敏之之後，立刻清秋屋裡熱鬧起來。

大家說了大半夜的話，依然無結果，金太太看清秋對梅麗的感情似乎還不壞，就讓梅麗陪著清秋在這裡睡，然後才大家散去。

清秋倒也沒什麼異樣的感覺，有了人陪著說話，什麼問題談到了，都討論一陣，好在也不顧慮什麼了，話倒可以說個痛快，竟忘了睡覺了。二人說話說到三點鐘，還是梅麗先疲倦了，慢慢地睡去，清秋叫了她幾聲，不聽到她答應，也就睡了。

次日清秋醒來，已有十點鐘了，在枕上一睜眼時，便看到燕西在開箱子拿錢，猛然看到，還以為是自己眼睛花了，將眼睛閉了一下，再仔細看看，可不是他匆匆忙忙打開了箱子蓋，在那裡點著鈔票嗎？

清秋也不作聲，由他拿去。他將那箱子關好，又把箱子搬開，把最下層一口鐵皮箱子，先打開了，然後彎著腰去開裡面一個小保險盒子的鎖。

原來這個盒子本是金太太一個不用的東西，清秋要了來，就裝她一些珠寶首飾。最初燕西拿來的款子和存摺本也要擱在這裡面，燕西怕清秋隨時可檢點數目，不曾答應，這時燕西打開了保險箱子，清秋還疑心他忽然謹慎起來，要把他所有的錢全放到裡面去，因之也睜眼望著，依然不動聲色。

及至他把保險箱打開了，並不是放東西進去，卻是捧了首飾盒子出來，拿了一個小藍絨的長盒子，向身上一揣，清秋一驚道：「你這是做什麼？」

燕西一回頭，見清秋是醒著，重聲答道：「你管我做什麼？」

清秋坐了起來道：「我親眼見你把一個小盒子揣到身上去了，那是一個珍珠別針，不是你用的東西，你為什麼拿出來？」

燕西道：「我不能用就不能送人嗎？」

清秋一板臉道：「那不行！」

燕西放下首飾盒子，掉轉身來對著清秋微笑道：「不行？是你冷家帶來的東西呢？還是你自己掙的錢買下來的東西呢？」

清秋道：「不是我冷家帶來的，也不是我掙錢買來的，但是這東西也決計不能說是你的，不能讓你拿去。」

燕西道：「是我金家的東西，我姓金的人就能拿，你能說是你的不讓我拿去嗎？」他一面說著，一面蓋這鐵色皮蓋子，大有了卻這層公案之勢。

清秋只得一掀被條，坐在床沿上踏鞋子。

燕西望著她道：「怎麼樣，你敢在我手上把東西搶了去嗎？」

清秋道：「我搶什麼？這東西固然不是我的，也不是你的，是你母親賞給我的，就算我不配得著，我也不能辜負老人家那一番好意，應當原物退回去。你要拿去賣掉也好，你要拿去送人也好，但是必定要把母親請了來，將話說明，你就是把所有的首飾完全搬了去，我也不哼一聲，要不然，我是窮人家的姑娘，將來追問起東西來，還不知道我帶到哪裡去了，我豈不要蒙不白之冤？」

他兩人一陣爭吵，把梅麗也吵醒了，睡意朦朧中，聽到燕西有拿了東西要走的意思，便也坐起來。她一頭的短髮，睡得像亂草團一般，兩手抬起，爬梳頭髮，眼睛視著燕西，看他在做什麼，見他臉上凶狠狠的樣子，箱子又搬得很亂，心裡便明白了，因皺了眉道：

「七哥，你怎麼著？簡直一點都想不開嗎？無論什麼事，總有個了結的時候，你就是這樣老往下鬧去，也沒有大的意思！」說著，伸著手扶了清秋的雙肩，向下帶推著道：「清秋姐，你又何必起來？躺下吧。」

清秋道：「他把母親給我的東西要拿走，我能置之不理嗎？」

清秋趁著這個機會，就把燕西今天來拿東西的事完全說了出來。

梅麗道：「七哥，這就是你的不對了，那個珍珠別針是女人用的東西，你何必拿去？」

燕西道：「我怎麼沒有用？我不能拿去送人嗎？」

清秋道：「八妹，你聽聽，他分得的錢，我不能動一個，我分得的一點首飾，他反要拿去送人，我窮要窮個乾淨，叫李媽把母親請了來，把我所有的首飾完全收了回去。」

燕西不拿東西了，將兩手向西裝褲袋裡一插，向沙發椅子上坐下去，兩腳架了起來，冷笑一聲道：「你真能窮得乾乾淨淨，有點難吧？不說別的，你照一照鏡子，由頭上到腳下為止，哪些東西是金姓的，哪些東西是姓冷的，請你自己檢點一下。」

清秋突然站立起來，指著燕西道：「你就這樣量定了我嗎？我今天就恢復原來的面目，不用你金家一點東西。這是你的戒指，你拿去。」說著，左手在右手指頭上極力一擄，脫下那個訂婚的戒指，向燕西懷裡一拋，接著彎了腰將鞋子一拔，隨手在床欄杆上抓了一件長衣，向身上一披，向外便走。

梅麗因為在清秋這裡睡，沒有穿睡衣，穿的是件短的對襟褂子，看見清秋向外走，也來不及穿長衣了，見椅子上有一件斗篷，連忙隨手抓了過來，就向身上一披，口裡喊著道：「清秋姐，你到哪裡去？」口裡說著，趕快就向外面追了出來。

清秋剛出院子門，梅麗跳上前，一把拉著道：「清秋姐，你到哪裡去？真要鬧出大問題來嗎？」

清秋正向前跑，突然被梅麗一拉，身子支持不住，腳站不穩，身子一虛，幾乎栽了下去，所幸身邊走廊下有一根柱子，連忙扶著站定了，一回頭喘著氣，定了定神道：「你拉我做什麼？我現在並不走出大門去，不過去見見媽，把話先說明來。」

梅麗道：「你就是有話和母親說，你也可把她請來，何必還要帶了病，自己跑去呢？」

清秋道：「請已經來不及了，還是我自己去見她老人家吧。」說著，擺脫了梅麗的手，依然向前跑。

梅麗身上披的斗篷來不及抓著，也落到地下來了，一手抓著，隨便搭在身上，也只好在後面緊緊跟著。

清秋頭也不回，一直走到金太太屋子裡去。金太太看到她姑嫂兩個，蓬著頭髮，披著衣服，氣呼呼地跑了來，倒嚇了一跳，以為她倆睡在一處打架了，連忙迎上前問道：「怎麼了？怎麼了？」

清秋站定了，還不曾答覆出來，梅麗一腳跨進了房門，便道：「媽，你勸勸清秋姐吧！她要和七哥分手了。」

金太太無頭無腦地聽了她這樣一句話，更不知道這是怎麼一回事？便望了她道：「怎麼下了床又鬧起來了？」

清秋於是把燕西的言行說了一遍，她只說七八成，已經眼淚向下亂滾，把話說完了時，那眼淚更是一粒跟著一粒，滴了衣襟一片淚痕，因道：「他這種話都說出來了，是徹底地不合作了，我為自己顧全自己的人格起見，我還只有回家去，穿我冷家的衣服，做我窮人家的女兒。」

金太太看了清秋這情形，料得這事決裂到了二十四分，且不向清秋說話，卻偏轉頭來問梅麗道：「燕西現時在哪裡？你把他給我叫了來。」

梅麗心裡本來也有些不平，既是把他叫來問一下，那也好，看他還有什麼話說？於是急急忙忙，就跑回清秋屋子裡去。

不料清秋白淘了一陣子氣，燕西究竟把那個珍珠別針帶起走了。梅麗跑回來，一進屋子氣吁吁地道：「七哥已經走了。」

金太太愣住一會兒，沒有話說。

清秋道：「請你想想，他這個人變到什麼樣子了？這還能夠望他回心轉意嗎？得了，我決計讓他，我也不說離婚，請你先放我回家去住幾天，把我自己的衣服清理出來，把金府的衣服再脫下，從此以後，他不能說我從頭至腳沒有一樣姓冷了。」

金太太皺眉道：「唉！你怎麼還解不開呢？這種話也能信他嗎？就算你二人不合作，你的東西也不完全是他和你做的……」

清秋不等金太太說完，垂著淚說道：「現在和他不是講情理的時候，我只希望再不受他的侮辱，無論什麼犧牲，我都是肯的，那個孩子是金家的，我不敢負這個責任帶了去，我在你面前求個情，讓我回去躲一躲，我現在想起住小家，穿布衣，吃著粗茶淡飯，真是過天堂裡的日子了。」

說到這裡，哽咽著不能再說，索性坐下，伏在桌子上放聲哭起來。

金太太搖了一搖頭，又嘆了一口氣道：「這樣鬧，一天不如一天，這個家簡直是很快要敗完了。」

梅麗跑來跑去，卻把佩芳驚動了，也跟著過來看是什麼事，這時正站在門外，見清秋堅決地要回家去，金太太的身分只能硬阻止，卻不能用好言去勸解她，對於她哭沒有辦法，這事很僵。她看到不能不理會，就走進來對清秋道：

「噯呀！你這個生產沒有滿月的人，慢慢地商量，何必這樣性急？你若是這個日子真跑回家去，不但伯母不知道什麼重大的事發生了，就是親戚朋友們也要大大地驚異起來，豈不是大家不好？」

清秋道：「事到如今，還打算向好的路上做嗎？那恐怕是不能夠了。」因把燕西的態度，又簡略的說了一遍，問道：「大嫂，大哥他會對你說出這種話來嗎？說出來了，哪個又能忍受呢？我若是無人格，我就在這裡吃金家的穿金家的，終身讓他笑去，我若表示我的人格還不錯，我絕不能在這裡一刻待著。」

她說到這裡索性不哭了，說著話，趕緊一陣把眼淚揩乾，繃了面孔坐著。

佩芳道：「你就是要和燕西決裂，也不是一走了之的事情，總得先商議出個辦法來吧？」

清秋搖著頭道：「沒有商量，沒有辦法，我就是要媽答應，讓我回去住幾天。」

金太太道：「回去住幾天，沒有什麼不可以，也不忙在今天哭喪著臉回去。」

清秋不說話了，一隻手搭著茶几上撐了頭，靜等人家去勸。

梅麗一想，這事只有道之可以轉圜，也不通知別人，就走出房去，打了一個電話給道之。

道之得了這個消息，也是一驚。覺得母家真是不幸，接一連二的，只管出這種分離的事。就是隨身的衣服，坐了汽車趕回家。來到了金太太房門外時，已看到屋子裡許多人，圍著清秋在那裡垂淚。

佩芳一見，便笑著迎出來道：「四妹來了，好極了。清秋妹最相信你的，你來勸勸吧。」

道之道：「我接著梅麗的電話，只知道又發生了波折，究竟是什麼一回事呢？」

金太太道：「梅麗她在場，你讓她說吧。」

道之於是靠了清秋身邊坐下，伸手就握了她一隻手，然後才昂著頭望了梅麗道：「究竟是怎麼一回事呢？」

梅麗也來不及坐著，站在屋子中間，就把這事的經過敘述了一番。

道之站起來，用手拍了清秋的肩膀道：「這事是老七不對，你暫消氣，我準能和你辦個圓滿解決。你最大的目的，是要表明你不穿金家的衣服，不用金家的錢，不吃金家的飯，依然可以過活，要表明這件事的辦法也很多，何必一定要回家去？你暫消氣吧。」

清秋道：「我除了回家去，實在沒有別的辦法，你讓我回去吧。」

金太太道：「你說了一天了，還是這樣一句話。」

道之向梅麗丟了一個眼色，便道：「你真要回去，也不能攔住你，八妹，我們三個人找一個地方去細細談上一談吧。」說著，就拉了清秋一隻手，把她攙了起來。

梅麗會意，也就向前拉住清秋一隻手道：「我們一路去談談吧。」

清秋不能連談話也拒絕人家，只得和她姊妹倆一路走出金太太屋子。

三人走到廊子上，梅麗道：「我們到哪裡去坐呢？」

道之笑道：「這兩天孩子長得好嗎？我要看看孩子去。」

梅麗道：「這兩天孩子長得好多了，我們看孩子去吧。」說著，拉了清秋就向她自己屋子裡走。

清秋向後一退道：「我今天從那院子裡出來了，我決計不回去了。」

道之將她的手一拉道：「你這人就是這樣想不開，你就是出來了，不願再在那屋子裡住，那也不要緊，進房去，看過了孩子，我們再出來，也是可以的。難道我們把你騙進房去，就當牢一樣把你關起來不成嗎？走吧，一路去坐坐吧。」

清秋聽了她這話，不便再執拗不去，只得垂著頭跟了他們一路回去。

到了屋子裡去，剛好那毛孩子醒了在哭，道之就抱了起來，送到清秋懷裡，清秋一看到孩子哭，自己也禁不住要餵孩子乳吃，因之將孩子摟在懷裡，低頭注視著孩子，只管垂下淚來。

道之和梅麗默然坐在一邊，看她究竟怎麼樣？大家約沉靜了五分鐘沒有說話。還是梅麗忍耐不住，先道：「清秋姐，這可以不說走吧？」

清秋哪裡作聲，眼望了孩子由垂淚加緊，又在嗓子眼裡哽咽起來。

道之知道她的心已經軟化了，便耐下性子，慢慢地將離婚的利害關係直說了兩小時之久，才把清秋說得有點活動，因道：「四姐說了許多好話，我也不能絕對不理，現在我可以提出一個辦法，試辦給諸位看，到了這個辦法都辦不通的時候，那就不能怪我姓冷的不講情理了。」

道之道：「只要你肯說出條件來，那就好辦，你說你要怎樣呢？」

清秋道：「這樓上一列屋子，不是沒有人住的嗎？今天我就搬上樓去。我既不能回去找舊衣服，我總不能赤身露體，我要撿幾件隨身衣服帶了上樓去，請告訴廚房，以後每餐只給我一碗素菜，一碗湯，多送了我就不吃。我沒有別的事，暫時餵這孩子吧，在沒有解決婚姻問題以前，我不下樓，除了一個老媽子送東西而外，無論什麼人都不能上樓。」

道之笑道：「這是做什麼？自己畫牢自己坐嗎？無論什麼人都不能上樓，我能不能呢？」

清秋臉一偏道：「當然不能，絕對沒有個例外的，你們能答應不能答應呢？」

道之想了一想，笑道：「好！我就答應你吧，不過坐牢是悶得慌的，總要找一點書看看。」

清秋道：「書倒是要的，請你念我交朋友一場，幫我一個忙，把書給我送一二百本來。」

道之點點頭道：「我又成了朋友了，朋友就朋友吧，我也不想一定爭著親熱起來，一屋子書呢，只要一二百本就夠了嗎？」

清秋道：「看完了，我可以再要。」

道之笑道：「那也好，也許你就這樣大徹大悟了。就只要書，還要佛像蒲團，木魚，磬，香爐蠟臺……」

梅麗一拉道之的衣服道：「人家正是有心事，你還要和人家開玩笑做什麼？」

道之笑道：「她這個人有點瘋了，我不好說什麼，只有和她開玩笑。」

清秋道：「四姐，你若和我開玩笑，你就不是誠心和我解圍，我依然是要回家去的。我現在要走，不必通知什麼人，說走就走的，反正大家不能成天看守著我。」

她說著這話，臉可是板得鐵緊，道之一想，也許她真會做出來，就讓她一人坐在樓上看書，那也沒有多大關係，因道：「好吧，我答應你就是了。」

清秋再也不說什麼，將孩子放到床上，打開衣櫥，撿了一些衣服，抽了床上一條被罩，胡亂一包，然後一手抱了孩子，一手提了包袱，向道之、梅麗點點頭道：「看你二位的面子，我這就上樓了。」說著，一步一搖地向外面走。

道之道：「嗳呀！這個包袱你就讓老媽子提著上去，也沒關係吧？」

清秋這才將包袱向地板上一放，抱了孩子匆匆上樓去。

道之、梅麗在後面跟著，一腳剛要踏上樓梯，清秋在樓口上一隻手一橫，道，「你們遵守條件不遵守條件？說了無論什麼人都不上樓的，怎麼先就來了？」

道之搖了搖頭道：「真這樣堅決，你初次上樓，我們送送你也可以。」

清秋板著臉道：「我又不是上廟出家，送什麼？若是一起來我就不照規矩辦，以後怎樣對付別人呢？」

梅麗拉著道之的手道：「四姐，我們就依著她，不要上去吧，她在氣頭上，我們何必和她爭執許多呢？」

道之看著清秋板著臉皮，泛出一層紅色來，挺著腰桿在樓口上站著，這自然是不受通融的，遲疑了一會子，道：「真照這樣辦，豈不成了笑話？」

梅麗聽說，卻暗中牽了一牽道之的衣襟，道之以為她有什麼轉圜的辦法，也就不再說，跟著一路，走到房子裡去，避了清秋的眼光。

道之先低聲問道：「你有什麼辦法嗎？」

梅麗道：「你隨她鬧去吧，一個人住在樓上，一步也不動，那多麼悶人？我瞧她就不能住幾天，她自然會下來的，你又何必這個時候攔著她一頭高興呢？」

道之笑道：「你就是這樣一個主意，這一點我都不知道，我成了個傻瓜了。」

梅麗以為這話也有些道理，不料倒碰了姐姐一個釘子，因道：「那我就不說了，可是你既知道，為什麼還一死勁兒地勸她呢？」說著，臉就紅了。

道之一想這幾句話，果然有點令小妹妹難為情。便笑道：「你說得對，不過我怕她愣住了，硬不受調停。你是很知道她的脾氣的，既是這麼著，就依了你的話，隨她去吧。」於是走出屋子來，叫老媽子給清秋送東西上樓去，吩咐兩個老媽子，七少奶奶要在樓上靜養，你好好伺候著，如若不然，就告訴太太。說畢，姊妹倆自去了。

這樓上的屋子本也有一張床，前不久燕西就在這裡養病的，未生產以前，清秋也常在樓上看書，所以樓上的設備倒也是齊全的，不用得到樓下去搬上來。

只是清秋許久未曾上樓，又是老有心事，不曾注意到樓上的事。這時拉開一扇房門，只見桌上椅上，塵灰堆積得如蒙了一層灰色墊子一般，電燈線上還網著幾根蛛絲，人震動了空氣，那細絲只管在空中飄蕩。

清秋在屋子四周看了一遍，嘆了一口氣，然後把前後的窗戶一齊開了。

李媽將她在樓下放的一包衣服提了上樓，微笑道：「七少奶，你何必呢？有些事，看破一點吧，你又沒滿月……」

清秋一板臉道：「你只做你分內的事，別廢話，這裡滿屋子都是灰，快些給我收拾乾淨。」

李媽究竟是金家的老傭人，很知道燕西的事，未免替清秋可憐，雖然碰了釘子，依然還笑嘻嘻的，請清秋到廊子下去站著，把屋子裡撣過灰，掃過地，急急忙忙下樓去，把清秋陪嫁的一套被褥抱上樓來，鋪在小鐵床上。

原來清秋來時，以為東西少，婆家看不上眼，索性一點嫁妝也不預備，完全由金家製備一切。

一月之後，冷太太想起在家中清秋那分東西，留著也是白放著，便找了一箱書籍，和一套被褥送了來給清秋作紀念，清秋也不好意思拿出來，只有李媽知道，放在下房隔壁一間空房子裡。

這時清秋見她抱了來，心裡倒是一喜。李媽微笑道：「我這件事，大八成兒辦得對你的勁了吧？」

清秋道：「這樣看起來，別怕寒磣，還是有點娘家東西好哇。」

李媽把床鋪收拾好了，便道：「七少奶奶你真該躺躺了，你的身體也不見得怎樣好，設若出了什麼毛病，那可是個累贅，就是不出什麼毛病，將來到了你上了歲數的時候，可要發作的呢！」

清秋道：「你說的倒管得遠，我眼面前就不得了呢。」說著，抱了孩子和衣就向床上一滾。躺好了，舒一口氣道：「舒服。」

李媽看了她那樣子，便笑道：「七少奶，我說你累著了不是？這應該好好的躺一會子了。」

清秋正依了她的話，閉著眼睛睡去。及至醒過來時，屋子裡已是收拾得清清楚楚。

李媽她並未走遠，就在樓廊下坐著，聽到屋子裡有響動，便走了進來，對清秋道：「飯早過去了。我看你睡得好好兒的，不願把你叫醒。你要吃什麼，我叫去。」

清秋想了一想道：「我這一程子，心裡怪難受，無論見了什麼油膩的東西就要吐，你告訴廚房裡，以後每餐給我弄兩樣素菜，一個碟子一碗湯就得。」

李媽哪裡知道她有什麼意思？富貴人家倒不想什麼珍饈美味，總是愛吃個新鮮素菜的，她這種吩咐，自也是在情理之中。便答應著向廚房吩咐去了。

自這天起，便是這樣吃飯。到了晚上夜深，燕西又進房來拿衣服換，扭了電燈，一看屋子裡是空的，倒吃了一驚。

李媽跟著進來，問要什麼？燕西兩手一揮，望著床上道：「人呢？」

李媽道：「七少奶要養病，到樓上待著去了。」

燕西四周看了看，屋子裡東西不像移動了什麼，便問道：「這話是真嗎？怎麼一樣東西也沒有拿走？」

李媽笑道：「你還不知道七少奶的脾氣？說愣了，是扭不轉來的，她把家裡帶來的那捆行李搬上去了。」

燕西聽說，便想到樓上去看看，轉念一想，她搬到樓上去，正是要恐嚇我，我若去了，正是中了她的計，我偏不理會她，看她怎麼樣？冷笑道：「搬上樓去算什麼？反正還沒有出這個院子呢。」

偏是燕西這樣在樓下說著，在樓上的清秋完全聽到了，心想，幸而我是死了心，並不是假惺惺，要你來轉圜，設若我希望丈夫來轉圜的話，我豈不是作法自斃嗎？這樣想著，把她已灰的心又更踏進兩步。

到了次日早上，等老媽子送過茶水之後，自己便把樓梯口上的樓門鎖住了。她早已預備下一個小簸籮，和一根長繩子。要什麼東西，用繩子將簸籮墜下去，然後叫老媽子放在裡面，自己拉了上樓來，非萬不得已，不讓老媽子上樓。自己也不下去。這樣一來，自有許多人來看清秋都上不了樓。

就是金太太來過一次，清秋也是站在樓廊上告罪，不肯開門。

道之在家裡得著消息，又跑了來，隔著樓門和清秋說話。

道之道：「你這豈不是自己給自己牢坐？你拼倒別人什麼？」

清秋道：「我根本就不想拚人，因為我要回家，你們都不放我走，我只好躲在樓上，若是我的目的達不到，我就永不下樓了。設若你再把書送來，讓我心思更定些，你就功德無量。」

這樓門本是格子的，道之站在那邊，看見清秋穿了一件舊的黑綢旗衫，瘦怯怯的身子，白而無血的皮膚，又是蓬著一頭長髮，一個大長樓廊子，並無第二個人。

她斜倚著身子站定，高處的風，吹著她的衣服和頭髮飄動起來，那樣子怪可憐的。一個花樣嬌豔的人，不到一年就蹂躪到這般田地，燕西實在不能不負些責任。她如此想著，倒望呆了。

二人相隔了格子門，彼此呆呆的對立了一陣子，還是道之先道：「清秋妹，你真是下了決心，我有什麼法子？但是你打開樓門，讓我們進去，陪你坐坐，這也無礙於你的事呀。」

清秋兩手扶了門格子，向格子縫裡和道之點頭道：「四姐，我和你告罪了。我為了自己要拘束我自己，開門這是做不到的。」

道之伸手摸了她的手指頭，嘆了一口氣。於是和她握了一握手道：「好吧，你進房去，我去和你把東西點來就是了。」

她於是望了一陣子，轉身下來徑直地跑到存書的樓上去，搬了幾十部書，一齊叫傭人送給清秋。清秋得到了這些東西，如獲至寶，一般齊齊整整地完全陳設起來，更不做下樓之想了。

清秋閉樓封居以後，一連三日都是這樣，這可把全家都震動起來，真是這樣鬧下去，那就不好辦了。清秋的表示是不必說了，大家都注意到燕西身上來，看他的態度怎樣？

燕西第一晚，本來睡在自己屋子裡，到了第二日，心裡想著，若是不理會她，她一人睡在樓上，若是鬧出什麼意外來，可是不得了。但是自己要進房去睡，大家都會說我是軟化了，那就丟大了面子，只要告訴老媽子一聲，叫他們留意就是了。

如此想著，借著到屋子去拿東西先看動靜。因為不願表示軟化，就沒有向老媽子問清秋的話，老媽子又知道燕西的脾氣是很強硬，說了清秋的事怕碰釘子，也一字不提，因之燕西雖有意而來，卻無所得而去，到了外面，消息更是不通，只得把這事擱下去。

在這樣僵持的態度中，又經過了一天，燕西也覺得太不痛快，既不能一下子就離婚，又是一副絕對不能合作的神氣，在家不妥，在外老不回來，也是不妥，想來想去，想到這只有找梅麗去探探清秋的口氣是怎樣？然後才能作定主意。

這樣想著，於是裝著無事閒散步的樣子，溜到二姨太院子裡來，到了院子裡，故意放重腳步，又咳嗽了兩聲。

二姨太在屋子裡聽到，伸頭在玻璃窗子裡望著，先呵呀了一聲，接上說道：「老七今天有工夫在家裡，難得呀！」

燕西笑道：「大家都這樣說我一天到晚在外面跑，其實……」說著話，一步踏進屋子來，很隨便地道：「梅麗呢？也是老見不著她。」

梅麗手上拿了一本書，捲著一個筒子在手裡，由裡面屋子跑了出來，一偏頭道：「那是，你五湖四海到處逍遙，我知道你在什麼地方？怎能送著你看去？你一到我屋子裡來，準見得著我，只可惜你沒來。」

燕西也不去理會她這生氣的話，卻很隨便地道：「我有兩本新的小說雜誌，不知道在你這兒沒有？」

梅麗道：「你又胡扯！你去年訂的一些雜誌早滿了期，今年你又沒有訂，哪裡來的新書？」

燕西道：「我說新的，不過說是不曾看過的書罷了，我那幾個書架子實在也亂得厲害，我想自告奮勇來清理一下子，你能不能夠幫我一點忙？」

梅麗還不曾答應出來，二姨太道：「去吧，去幫七哥一點忙吧。自己看的書，總是自己清理的好。」說著，倒撫了梅麗兩下頭，又給她牽牽衣服。

燕西笑道：「梅麗這麼大人了，姨媽還是像帶小孩子一樣地哄著。」

二姨太笑道：「不是我把她當小孩子，這東西矯情著啦，不哄著一點可不成。」

燕西道：「矯情還能再哄嗎？就當打。」

二姨太笑道：「打？誰讓一家人算她小呢？就是你媳婦兒在娘家的時候，你岳母也是哄，可不打呀。」

燕西聽二姨太說到這裡，就不願讓她往下再提了，因對梅麗道：「要說哄，也已經哄過你了，現在可以和我一路去撿東西去了吧？」他說著，先在前走。

梅麗正有一肚子話要和他說，他既約了前去，正合其意，就很高興的跟著他走了去。到了書房裡，燕西找著鑰匙，開了書櫥門，只見堆著上起下落的書本，鋪著很多的灰塵。櫥門一開合，震動的灰塵的霉氣味向鼻子裡直撲將來。

梅麗搶著把櫥門一關，笑道：「這個差使我受不了。你反正也不看書的，讓它生了蠹蟲算了，幹嘛讓我受這罪？」

燕西道：「怕髒就算了，我回頭叫金榮跟我拾掇就是了。」

梅麗道：「你往後可別起新花樣，添事人做，今天又要散掉一半老媽子了。母親說了，現在一個院子裡只用一個老媽子，誰要另外用人，誰一個月交出十二塊錢來，工錢伙食一齊在內由母親去給，你想，誰還肯吃這個虧呢？結果是散了。你那院子裡，就剩下李媽一個人了，樓上跑到樓下，到外面去做事，少不得交給金榮去辦了。」

燕西道：「這個與我沒關係，我不管，你到我院子裡去過嗎？」

梅麗聽了這話，卻向燕西望著，因道：「說到了你院子裡的事，你也會想到清秋姐嗎？」

燕西故意皺了眉，裝出苦臉子來道：「她這個人真是不容易應付，你想在這年頭，夫妻還有什麼大問題，合則留，不合則去，她卻要鬧著彆扭，死也不肯解決。」

梅麗冷笑道：「你說這話，以為夫妻拆開，也像主人辭退一個下人一樣呢。」

燕西道：「那本來沒有什麼分別。」

梅麗道：「你說她鬧彆扭，以為她不肯走嗎？其實她要走，比你還急得多呢。」因把這幾天清秋的態度對燕西說了一遍。

燕西一鼓掌道：「那就好極了，讓她走就是了，她要什麼條件，只要我力量辦得到，我就完全答應。」

梅麗道：「你以為人家是那沒有志氣的女子，離婚還要什麼贍養費嗎？她就是要這樣隨身一套衣服走了出去。看你一聽到離婚你就鼓掌，真是令人寒心，可是現在你既然這樣討厭她，為什麼去年又那樣不顧一切要討她？」

燕西淡笑一聲道：「你別說那話，我對於她，也犧牲了相當的代價的，我先是不知道她的志向怎樣，既是她很明白，那就兩個情願，可以……」

梅麗不等他說完，突然將身子一偏道：「我不愛聽你這種話，你這人太欺侮人。」梅麗一面說著一面向外走，臉上紅紅的，還有一片怒色。

恰是玉芬匆匆的由外面走了進來，在她後面笑問道：「八妹打算出門嗎？怎麼上前面來了？」

梅麗本就知道玉芬來了，故意裝了不知道，這時她問出來，倒不能不答應了，裝麻糊裝不過去了，才道：「我是七哥叫我出來的。」

玉芬攜著她的手，輕輕對著她耳朵道：「這個人不要是得了精神病吧？我看他的舉動，真有些反常了。」

梅麗倒不料站在玉芬的立場上，她會怪燕西反常，便淡淡的道：「人是難說的。」

玉芬笑道：「你這個喜歡打抱不平的人，怎麼不出來說兩句公道話哩？我們的身分不同呀，你說錯了話是不要緊的。」

梅麗一想，人心都是肉做的，七哥做得太過不去了，自然她也不能再嫉妒清秋，因道：「我說是無可說的，不過我對七哥有些不高興，不像以前，認他是可親愛的了。」

玉芬道：「你的哥哥們都是這樣哇，老七現讓兩個唱戲的迷住了，一個叫白蓮花，一個叫白玉花。」

梅麗道：「唔，也是姓白的！」

玉芬頓了一頓，一看梅麗的樣子還不怎樣著惱，便挾了她一隻手臂道：「你到我屋子裡去坐坐，我把這二花的事談些你聽，這才覺得有趣哩。」

她如此的親熱起來，弄得梅麗心軟起來，卻不好意思不跟她走。

走到玉芬屋子裡，鵬振也在屋子裡，玉芬笑道：「不湊巧，我們要談幾句私話，偏是你在這裡。」

鵬振道：「既是你們有話說，我又何必打攪？我就讓開吧。」說著，已是站起身來，做一個要走的樣子。

玉芬連搖了兩下手道：「不用不用！我好久沒有到公園去過了，我和八妹一路到公園去走走。八妹，去吧？」說著，見梅麗並沒有十分願意的樣子，又笑道：「太熱鬧的地方，我們當然不能去，上北海水邊走走吧。」

梅麗原是想推辭不便到公園去，現在玉芬說，公園不去也不要緊，可以到北海僻靜地方走走，再不好意思不去了，便道：「你剛回來，又要出去嗎？」

玉芬道：「不要緊，這兩天我有點事，借了白家一輛汽車坐著，來來去去都是很快的。現在車子還放在門口，我們就走吧。」

梅麗聽說白家的汽車，很不以為然，心想，自己家裡有汽車，為了省工省汽油不肯坐，倒要坐人家的車子，這是什麼算盤？寧可不坐車子，也不向親戚家去丟這個臉。

玉芬見她有些猶豫的樣子，卻猜不著她是為什麼猶豫，便道：「不要緊的，就是母親說你，有我承當，就說是我把你拉出去的就是了。走吧走吧，不要猶豫了。」說時，又挽了梅麗一隻手臂，只管向外拉。

梅麗被她拉了一隻手臂，總不好意思說不去，只得勉勉強強地一同走出大門，果然有一輛不認得的汽車停在大門外，汽車夫看見人到，跳下車來，將門開著，讓她二人上車去。

梅麗坐上車子，自己有一種說不出來的感想，玉芬卻是絲毫也不在意，談笑自若地到了北海。進得門來，遠望見瓊島上的樹林綠成一片。經過長橋，望到水裡的荷葉，如堆碧浪似的，高出了水面好幾尺。

歇了許久不曾到此地來，不覺得是時光更換，彷彿是這個地方的景致完全變動了，一看之下，好像又是一番滄桑，另到了一個地方一般，在梅麗眼光看來，便覺著不如和任何人來那樣有趣了。

玉芬見梅麗東看看，西瞧瞧，似乎有了什麼感觸似的，便道：「八妹，好久不來了，乍到這裡，倒很快樂似的。」

梅麗道：「我還有什麼快樂？這合了那一句文語，風景不殊，什麼……喲！抖文我可不成，我說不上來了。」

玉芬雖說不上那一句話，但是梅麗命意所在，倒是知道的，因道：「這話也難怪，無論什麼有趣的事情，我覺得都不如父親在日那樣好了。」

梅麗默然，跟她走著。

玉芬見梅麗感觸很深，自己當然是不便高興太過分了，因之只能默然的走著。

過了北海，在五龍亭找著茶座，玉芬引著她看荷花，說些風景上的話，慢慢談得梅麗高興了，才笑道：「這話還得說回去，我不是說老七捧上兩個女戲子嗎？因為這兩個戲子叫白蓮花、白玉花，人家只知道老七為姓白的忙著，哪知道白蓮花、白玉花是她們唱戲的名字，其實她們是姓李，由這個假姓白的頭上白生了誤會，人家以為老七最近的行動是受了秀珠的關係，你說冤枉不冤枉呢？」

梅麗道：「哦！這裡頭倒有這些曲折，不過七哥自己說著有時候也會到秀珠姐的，不見一點沒有來往。」

玉芬停了一停，才微笑著答道：「來往當然是不能一點也沒有，他兩個人平常的友誼本來還保持著，來往也是人情呀。」

梅麗道：「那麼，七哥要跟她到德國去的這句話，倒有些真了？」

玉芬道：「真也沒有用，你想，秀珠肯帶他去嗎？總之，老七是好惡無常的人就是了。」

梅麗對於玉芬這種答覆，認為不甚滿意，便笑道：「無論這件事是哪個主動的，不過這種遠道同遊的計畫，說出來是很令人注意的，而況在以前，他們本有些關係呢。」

玉芬道：「你這種說法，是普通的眼光觀察出來的，若照我說起來，可又不同，光明正大的，又不瞞著誰，同道要什麼緊？從前的關係儘管是從前的關係，好在早已散開了，現在幹現在的事，有什麼相干？」

梅麗道：「照理說，這是不容易駁倒的一句話，但是我又要問一句了，陸軍部派員到德國去，有讓他兩人跟著去的必要嗎？白小姐呢，沾她哥哥的光到德國去一趟，倒也無所謂，我七哥到德國去做什麼？跟我一樣，連一個德國字母也不認識的。」

這一句話，真把玉芬問著了，半晌答覆不出來，想了一會兒才笑道：「那或者還有別的原因，老七不是急於要得一個位置嗎？或者是他走白家的路子，想在使館或領事館裡找一件事做吧？」

梅麗道：「這樣說，還是秀珠姐攜帶他了，他要是走路子的話，不找秀珠姐還找誰呢？」

玉芬笑道：「人要走起路子來，什麼都不顧的，也許就是走的她這一條路子吧？你聽到清秋她有什麼話沒有？」

梅麗心想，你還把我當小孩子呢，繞了一個大彎子，倒是在我口裡討口風，因道：「唉！

她現在自己罰自己坐牢，是十二分消極的了，還有什麼話說呢?而且她有什麼話也不會對我說，怕我嘴不謹慎，又亂說出來了。」

玉芬笑道：「你總是這樣熱心，倒很幫她的忙。」

梅麗道：「人類同情心總是有的，這也不算是幫忙吧？」她說著這話，臉上就有些氣鼓鼓的。玉芬也就不談這個問題，又訕訕地扯到別的問題上去了。

恰好兩人談到有些不合調的時候，遠遠望見劉寶善的太太在樹蔭底下，紗旗衫被風吹得飄飄然，笑著向亭子裡走來。

玉芬站起身來，和她招了一招手，讓她坐下。

梅麗道：「怎麼是劉太太一個人出來?」

劉太太道：「那邊茶座上還有好幾個人，烏二小姐、邱小姐都在這裡，我想在茶座上找找寶善的，不想會到你二人。」

玉芬笑道：「你兩口子算是生活問題解決了，吃一點，喝一點，樂一點，可以老三點兒了。」

劉太太聽說，回過頭對前後茶座上望了一望，便低聲道：「我的少奶奶，你還不知道嗎?自從鬧了那一回案子，已經受了很大的損失，這幾個月來接一連二的丟差事，現在算一點什麼都沒有了。這也不但是他一個人，還有那朱逸士，總算是個老公事，前兩天也把差事丟了，我倒正想找你，白師長聽說有外調督軍的希望，你和那邊是親戚，幫寶善一個忙，給他介紹一下吧。」

玉芬聽了這話，眉毛一揚，嘴角微牽，臉上表示得意之色來，笑道：「你的消息真靈通呀！這事是不假，可是你要走這條路子，有一個人可找，比我說話靈得多哩。」梅麗站起身來，笑道：「你二位談談吧，我到那邊去瞧瞧，看有些什麼人。」說畢，她站起身來就走。

劉太太正巴不得梅麗走開，她既走遠，也不攔住她了。

梅麗沿水岸走，那海裡的荷葉一陣的清香吹送到鼻子裡來，令人精神為之一爽，眼貪看著荷葉，只管走去，就忘了經過了茶座，及至省悟過來，已離開遠了，心想，和烏二小姐這些人坐在一處，也談不出什麼好的來，走過來就算了，不必和她見面了，因之一人沉思著，只走了去。

繞了大半個彎子，已走到老槐樹下面了。現正是槐花半謝的時候，一陣風過，那槐花如雪片一般由樹枝上落將下來，人行路兩邊的草外，齊齊地堆著一行槐花，遠看尤其是像殘雪。梅麗見槐花正落著，就站在樹下徘徊觀望，賞鑑景致。

正在這時，卻見遠處有個西服青年也在那裡徘徊，好像是要走過來的樣子，看到梅麗在這裡，又不敢過來。這裡綠槐陰森，除了行人，是沒有專在這裡流覽的，梅麗見有男子窺探，倒嚇了一大跳，正待抽身要走，那少年卻取下帽子，鞠了一個躬，叫了聲八小姐。

他叫出一聲，梅麗才想起來了，這正是燕西的朋友謝玉樹，便也點了個頭，站在樹蔭下讓他過來。

謝玉樹將帽子拿在手上，連連點著頭走過來，隔了三四尺路就站住了，笑道：「八小姐，久違了。」

梅麗點了點頭，也道了一聲久違。

謝玉樹道：「令兄在家嗎？燕西在家嗎？」

他第二句本是因為第一句說得含糊，特意解釋的，可是連道兩句在家嗎？自己覺得有點語無倫次，臉上有點紅暈了。

梅麗也不知是何緣故，到了這時，向身前身後看了兩回，又低著頭牽了牽衣服。謝玉樹本來就鼓著十二分的勇氣前來說話的，梅麗再害臊起來，更不知如何說是好了。

還是梅麗振作起精神來，向他笑道：「謝先生也好久沒有會到七家兄吧？」

她有了這一句話問出，謝玉樹才定了一定神，笑道：「可不是嘛？我到府上去奉訪過兩回，燕西都不在家。」

梅麗微微嘆了一口氣道：「唉！他現在的行為有點不對了，和拿書本子的朋友一天遠似一天，和玩的朋友可又一天近似一天。」

謝玉樹笑道：「他很聰明的，只要一用功，無論什麼功課，自然地就做上來了。」

梅麗道：「那也不見得吧？」

謝玉樹道：「是的，我和他同過學，還不知道嗎？」

梅麗聽到這裡，不便得把一個哥哥為題只管談下去了，但是除了接著這話說，一刻兒工夫又不容易牽扯到別的問題上去，因此只向著他笑了一笑。

謝玉樹想了一想，才道：「八小姐是一個人來的呢，還是同府上哪位來的呢？」

梅麗道：「是和三家嫂來的，她和幾個女朋友坐在五龍亭裡，我是走出來散步散步。」

謝玉樹趁她說話，偷眼看她的身體，見她穿了一件黑紗長衫，露出手胳膊來，越是顯得白，她那貼著蝴蝶翅的短髮，又貼上一朵白絨線紮的菊花，在這素淨之中，又充分的現出美麗來。但是這偷看的時候也極其短促，不等梅麗的眼光覺察出來，他已經把眼光回避到一邊去了。

正在這個時候，有一個西裝少年，手挽著一個時髦裝束的女子，並著肩膀，比著腳步，笑嘻嘻的低聲軟語過來，謝玉樹和梅麗都側目而視，看人家走了過去。

謝玉樹笑道：「公園裡散步，恐怕要算北海為最好了。」

梅麗笑著點了點頭。

謝玉樹道：「吳藹芳女士沒有信給八小姐嗎？」

梅麗笑道：「謝先生和衛先生的交情在我和吳女士之上，他二人總有信給你吧？」

謝玉樹道：「咳！不要提起，自從分別以後，一個字也沒有接著他的，也許是蜜月風光，把朋友忘懷了。」

梅麗道：「這麼久了，難道還算蜜月風光？」

謝玉樹道：「這蜜月似乎不應該只限定一個月，只要是認為是甜蜜的期中，不難把這個月延長到一年以至於無窮期。」

梅麗和謝玉樹也會面不少了，每次會到他，他都是羞人答答的，隨便說幾句話就算了，倒不料他今天開了話匣子，絮絮叨叨就說上許多。

自己本是暫時避玉芬的，既不曾和烏二小姐一處，耽誤時候久了，倒怕玉芬會疑心，可是謝玉樹正談得高興，忽然告辭而去，又覺大大地掃了人家的面子，而且心裡雖這樣躊躇，臉上也不願顯露出來，因為只略微表示一點出來，像謝玉樹這樣的聰明人，沒有不知道的，讓人家掃興而去，無異是表示討厭人家了，於是只管裝微微的笑容來，站在一邊。

謝玉樹因她只管笑著，並不答話，心裡也就明白，因點著頭道：「過一兩日，我再到府上去奉看燕西兄吧。」

梅麗笑了一笑道：「那是很歡迎的。」

說到這裡，所談的話差不多告一個段落，可以走了，但是謝玉樹依然在那裡站著，梅麗就不能不陪著他，相對而立。

所幸這位謝先生今天比以前要臉老得多，所以只頓了一頓，他又想起話來了，因道：「八小姐現在沒有上學嗎？」

梅麗道：「舍下遭了這樣不幸之事，什麼事都灰了心了，哪還有心上學？」

謝玉樹倒覺有十分惋惜的樣子，便道：「令尊去世，雖然是一件很不幸的事情，但是也不能因為這個，荒廢了自己的學業。」

梅麗道：「謝先生說的是，下個星期，我依然是要到學校裡去的。」說到這裡，這個問題又算告一段落了，謝玉樹若不另找題目的話，又得呆呆地站著。

梅麗一回頭，見後面有兩個女子走來，其中一個似乎就是玉芬，只得向他點一點頭道：「三家嫂來找我來了，再見吧。」

說畢，抽身向來路走，及至與那兩個女子見面，並沒有玉芬在內，自己一想，這樣匆匆忙忙走開，卻是何苦？不過已經走過來了，絕無再回去和人談話之理，回頭看看謝玉樹時，正也是向這邊走了來，於是就放緩了腳步，一步一步的走著。

謝玉樹聽說梅麗的三嫂來了，他並不認識，就不敢再向前面跟了來，但是雖不跟來，遠遠看著，似乎也並無妨礙，因之他又只是遙遙地跟隨，並不向前。

梅麗不向後看倒也罷了，梅麗一向後看，他心裡想著，跟在女朋友後面，這成什麼話說呢?身子一縮，縮到樹蔭下去。

梅麗回頭看了幾回，見他依然是不肯上前，就放出了平常的步子，依然走回五龍亭來。

玉芬皺了眉道：「啊喲！我的八小姐，我怕你丟了，上哪兒去了呢?烏二他們都到這裡來了，說是並沒有看到你。」

梅麗笑道：「反正在北海裡頭，不出大門，不出後門，會跑到哪裡去？」

玉芬道：「你一個人溜到哪裡去了呢？」說著，拖著椅子，靠近了她，低了聲音道：「你一個人瞎走，仔細碰到拆白黨，公園裡，一個年輕的姑娘是走不得路的。」

梅麗紅了臉道：「青天白日要什麼緊？」

玉芬笑道：「你倒膽子大，只要是那樣就好，我忘了叫汽車開到後門接我，我們在水邊下溜達溜達，走到大門口去，別坐船了。」

梅麗對於這層，倒無所謂，就跟著玉芬由海邊繞出來，走到東邊老槐樹林子裡大道上，經過剛才和謝玉樹說話的所在，心中倒不免略有所動，偏是玉芬前後看看人，扶著梅麗的肩膀，對她耳朵道：「這一條路，又幽靜，又遠，晚上走這裡過，常有不好的男人衝出來瞎說八道，就是白天，也算這地方最不妥當。」

梅麗道：「怎麼又說上了？」

玉芬笑道：「我這是指導你們的好話，你倒嫌我貧嗎？」

梅麗對她這話，也不再去辯論，只隨她走。

走到瓊島邊，又遇到謝玉樹從山上下來，玉芬眼光銳利得很，將梅麗輕輕一推道：「那個和燕西做儐相的美男子來了。」

謝玉樹遠遠見她一望，又是和梅麗說話的神氣，以為人家是打招呼，便取下帽子點了一個頭。這一下子，真把梅麗為難死了，心中不住地亂跳，心想，這個書呆子未免過於老實，怎麼好在我家人面前客氣起來呢？這樣一來，未免給人家許多笑話的材料了。

她如此想著，心裡亂跳，原是和玉芬並排走著的，不覺退後了一步。玉芬心想，他是認得自己的，只得笑著叫了一聲謝先生。

這一叫，謝玉樹無所用其客氣，更是迎了上前，點頭道：「三少奶奶，久違了。」

玉芬也笑著答應久違了，謝玉樹的眼光於是射到梅麗身上去。梅麗卻對他丟了個眼色，他不覺地就連著哦了兩聲，才說出一句話來：「八小姐不再逛逛嗎？」

梅麗答應一句是，於是大家點頭而別。

這一下子，讓玉芬就猜了個透澈，剛才她兩人藏頭露尾想說話，顏色很是驚慌，分明是有意閃避，而且兩人見面，並不說什麼寒暄之詞，只含糊的過去了，很是可疑，尤其是謝玉樹說不再逛逛嗎？這個再字，似乎知道梅麗已經逛過去了，怪不得剛才梅麗一人走開，原來是會她的情人來了。

這個小鬼頭，大家都說她天真爛漫，到了談戀愛的時候，也就不能保全她的天真了。心裡如此想著，且不說破，依然當是不知道，和梅麗同車回家。

# 七　十年河東十年河西

玉芬到家之後，白天是沒工夫談論，到了晚上，她心中再也擱不住了，就借著到佩芳屋子裡去看侄子小雙兒，在燈下逗著孩子玩了一陣，便笑道：「大嫂，令妹沒有來信嗎？」

佩芳道：「他夫妻二人婚姻很美滿，現時正在預備英語，他們要到英國去呢。」

玉芬笑道：「天下的事，真是說不定，不料老七那次結婚，竟會惹下他們這一段好姻緣。」

佩芳道：「可不是，天下事就是這樣難說。」

玉芬笑道：「不但惹下一段姻緣，大概是惹下兩段姻緣呢。」

佩芳道：「兩段姻緣，還有一段出在哪個身上？」

玉芬道：「那一個，自然是那位伴郎姓謝的，女的卻是我們家的。」

佩芳笑道：「不錯，我彷彿聽到說，那姓謝的很注意我們家一位姑娘，我想再不能有冒充小姐的小憐出現，要是有這樣的人，一定是八妹。不過八妹在學校裡讀書的時候，汽車來，汽車去，就很少與男子接交的機會，這半年來，人也彷彿大了，懂事多了，有了父喪，從不出門……」

玉芬搖了一搖頭道：「得了，得了，你沒聽見說過女子善懷嗎？她要是有了什麼心事，哪裡會讓你知道？」

善懷呢？」

佩芳笑道：「當年你和鵬振沒結婚時，對於他大概就善懷過，要不然，你怎麼就知道女子善懷呢？」

玉芬笑道：「我老皮老臉的，還怕些什麼？要說笑，你就儘管說笑吧。」

佩芳道：「這個不管它了，我問你，你忽然說出來，一定有點憑據，你告訴我，讓我參考參考。」

玉芬於是將今天在北海的情形添了些穿插，自頭至尾告訴佩芳聽。

佩芳笑道：「據你這樣說，倒有八九成相像了，八妹嫁得這樣一個如意郎君，她也很好，不過二姨媽的意思，以為兒女婚姻，上人多少要參加一點意見的，這段婚姻，她能不能同意呢？」

玉芬道：「我想八妹的婚姻，二姨媽也未必能作主，而且這個姓謝的，也沒有什麼可駁的，只是一層，這人未免貧寒一點。據老七說，他在學校裡是個著名的窮學生，往將來說，二姨媽似乎用得著一個有錢的姑爺。」

佩芳點著頭笑了一笑。

玉芬道：「怎麼樣？你不以我的話為然嗎？」

佩芳道：「自然是如此，不過在八妹一方面，年輕的姑娘，不沾上愛情兩個字則已，沾上愛情兩個字，富貴貧賤那是不成問題的。」

玉芬道：「所以做長輩的，對於這一層就不能不事先慎重考量，譬如老七這一段婚姻，當時一團高興，就是要打破一切階級觀念的，可是到了現在，怎麼樣呢？不是互相不情願嗎？若是早知道如此，不聯上這一段婚姻，那是多好！到了現在，兩方鬧得很僵，一時又收不轉來，何苦呢？」

她談到了這上面來，佩芳就有點不願意往下談，只得扯開來笑道：「君子成人之美，後事就不管它了。這件事你是有關係的，何不給他們漏一點消息出來呢？你把消息漏出來了，八妹要是不否認的話，就可以進行了。」

玉芬道：「我怎麼會有點關係呢？你這話大可考量。」

佩芳道：「我並不是說你有別的關係，不過是你首先發現的罷了，其實我也知道你很謹慎，哪會去漏出這消息？」

玉芬突然向上一站道：「那要什麼緊？這又不是不可告人的事情，我就去。」

佩芳笑著挽了她的手道：「你不要信我胡扯的話，你得考量考量，別去亂說。」

玉芬身子不動，回轉頭來笑道：「你以為我當真有那樣傻，去管人家的閒賬呢？我是試試你的態度的。」

佩芳笑道：「喲！你還不知道我是個老實無用的人嗎？你一說，我自然信以為真的了，還用得試嗎？下次你不要玩手段試試我，只要隨便對我一說，話裡套話，我自然會把心事說出來的。」

玉芬紅著臉，才掉過身來，索性笑道：「喲！我的老姐姐，你打我幾下好不好？我頑皮一點，偶然和你開了一點玩笑也不要緊呀，我玉芬就自己賣弄聰明，也不敢到孔夫子面前來背書文啦。」帶說帶坐，挨著佩芳坐在一張沙發上，用手抓著佩芳的手。

佩芳一縮手，笑罵道：「你這小刁鑽鬼，真厲害，鬧得我笑又不是，罵又不是，你這套玩藝兒別在我這兒使，去玩弄鵬振吧，我看你對鵬振也沒有給他過什麼顏色看，也沒有什麼大爭論，他對你像一隻小綿羊一樣的馴服，大概也就是受不了你這種手段。」

玉芬笑著點頭道：「是呀！無論誰對丈夫都免不了用這一著的，這是女將軍的甩手鐧，一甩出來，準沒有錯。」

佩芳還沒有答覆她的話，只見秋香匆匆地跑了來道：「三少奶快去吧，三爺不知道為什麼事只在屋子裡生氣呢。」

佩芳一推道：「快去使甩手鐧吧。」

玉芬聽說是鵬振在生氣，猜不透是為了什麼？卻急於要回屋子去看，也顧不得佩芳笑話了，跟著秋香就走。

走到院子裡，只聽到鵬振將桌子一拍，一人在屋裡嚷了起來道：「這真是世態炎涼了。別忙，老子總有一天報你們的仇。」說畢，又將桌子拍了一下。

玉芬聽了口音，分明是受了外人的氣，與自己夫妻們的事無關，在外面便道：「什麼事？這樣發了瘋病似的。」

鵬振卻在屋子裡長嘆了一口氣。玉芬走進來，只見他斜靠在沙發上，像害了病一般，一點精神沒有。玉芬道：「什麼事？嚇得秋香把我找了回來。」

鵬振突然站起來，兩手一拍道：「你瞧瞧，這是不是豈有此理？鹽務署裁人，竟會把我名字也裁掉了，這樣一來，一個月又少四百元的收入了。」

玉芬聽了這話，倒是一愣，問道：「真的嗎？」

鵬振道：「都發表了，怎麼不真？老實說一句，財政界的人物哪個沒有受過我父親的好處？而今就忘記了。」

玉芬道：「事先怎麼你一點消息也不知道呢？」

鵬振道：「就是這話了，他竟打了一個措手不及，我若知道一點消息，我不必託人去講情，我親身出馬，也要找這位署長大人談談。」

玉芬坐在他對面，用上嘴唇咬了下嘴唇皮，低頭想了一想，微微點著頭道：「我和你找一條路子試試看。」

鵬振道：「我知道，你找的是白家，他未必肯和我幫忙吧，白雄起現在是況巡閱使的靈魂，這班官僚最怕軍閥，只要軍閥肯說話，那比聖旨還靈的。」

玉芬道：「你不要說那一套，你到底是願意不願意呢？」

鵬振道：「只要能託人去說回來，那是再好不過的事，豈有不願之理？」

玉芬道：「不是那樣說，因為你府上有一部分很有志氣的人，是不肯找白家人做人情的，因為白家從前遠不如你們府上，現在你們要回轉頭來去找他，好像是有些丟臉了。」

鵬振嘆了一口氣道：「十年河東，十年河西，哪個保管得了那些？我這事就託重你了。」說著，站起來，向玉芬拱了一拱手。

玉芬笑道：「你雖是要託人，我看你還有點不服這口氣似的，我有言在先，要託人家，就不能埋沒人家的人情，我可不能秘密進行。」

鵬振道：「這也無須乎秘密呀！哪個能說一輩子不求人呢？」

玉芬道：「我看一個人還是要倒兩次霉才好，倒了霉之後，他就懂人事，說人話了。」

鵬振覺得夫人這話未免過重一點，但是這時要去駁倒夫人的話，又怕夫人生氣，只得淡笑了一笑。

玉芬道：「除我之外，你不妨再找一個人，讓老七對秀珠說一說，比我的力量又高上一倍。」

鵬振皺了眉道：「不要提這位先生了，我是整天整晚不見他露一回面。」

玉芬道：「這幾天，他常是到秀珠那裡去吃午飯的，你不妨在吃午飯的時候，打一個電話去找一找他，我想總十有八九可以碰到。」

鵬振哦了一聲。玉芬道：「你哦些什麼？好像說這就難怪找不著他了，其實他也就是那一會兒在那裡，其餘的時候不知道到哪裡去了？我還替他瞞著秀珠呢。」

鵬振道：「他到的地方，我倒彷彿聽到有人說過，恐怕也未必完全在那裡。」

玉芬道：「在什麼地方？你說！」

鵬振一時高興，先是無意說出來了，這時一想，自己又怎麼會知道燕西的所在呢？這未免有點嫌疑，頓了一頓，然後笑起來道：「我哪裡知道他在什麼地方？不過胡猜罷了，我想他無非是在戲園子和舞場這個兩地方罷了。」

玉芬聽說，鼻子裡哼了一聲，望著鵬振冷笑，而且抿了嘴，和他連連點了幾下頭。

鵬振一看夫人這種情形，大有生氣的樣子，這時惹不得，連忙在衣架上找了帽子向頭上一覆，笑道：「我是想到了什麼就要做什麼的，讓我去找找老七看。」說畢，匆匆忙忙就向外面走，所幸玉芬對於鵬振的行動卻未加以注意，於是他就很平安的走到外面來了。

現在外面幾重院子的事，並不都全歸金榮一個人管，金榮坐在大樓下那間二重門房裡，是不大走開的。

接著。

全家原來有五所電話，現在也只留下一個，電話機就在樓下，進來的電話都是歸金榮接著。

鵬振走出來時，只見金榮伏在一張小桌上，拿了一張包茶葉的紙，用墨筆胡亂寫了些大小不勻的字，看那樣子是十二分的無聊。他聽到腳步響，一抬頭見是三爺，隨手將字紙捏了一團，站將起來。

鵬振道：「你鬼鬼祟祟的，一人又在這裡瞎塗些什麼？」

金榮微笑了一笑，沒答覆出來。

鵬振道：「我不管你寫什麼，我問你，這一程子七爺總是在白蓮花那裡待著嗎？」

金榮怎麼敢說燕西到哪裡去了，只是微笑著說不知道。

鵬振道：「你瞞別人就是了，還瞞著我幹什麼？有人打電話給七爺，總瞞不了你的，他到哪裡去了，你還有個不知道的嗎？據我想，一定是在白蓮花那裡的時候居多吧？」

金榮微笑著道：「三爺當然是明白的。」

鵬振道：「這個時候，他在那裡不在那裡呢？」

金榮道：「這可不敢說定，不過……」

鵬振道：「你藏頭露尾做什麼？縱然是七爺知道了，就說是我問你的，也不要緊。」鵬振說著，看這情形，就斷定了燕西必在白蓮花那裡。若是打電話去，也許他還不接，自己已是改坐人力包車了，坐著車子直向白蓮花家來。

一到門口，便見自己家裡的一輛汽車在這裡，兩個汽車夫也都不見，似乎在門外停留了好久的時候了。

鵬振下了車，也不驚動人，悄悄地走了進去，到了院子裡，腳步放重著，先咳嗽，上房有個人掀著簾子迎了出來，正是白蓮花。她笑道：「這是什麼風，今天把三爺刮來了？」

鵬振道：「好久不見，我特意來看看你們，我家老七在這兒嗎？」說到這句話時，已是跟白蓮花鑽進簾子裡面來。

燕西見是老三一個人，而且料到此來必有所謂，並不藏躲，也就迎了出來，笑道：「你真有耳報神，就知道我在這裡，我是剛到呢，家裡有什麼事嗎？我這也就回去了。」

鵬振道：「你回去不回去我管不著，我有一件事要找你商量商量。」

燕西也想不到清秋在家裡出了什麼事，心中未免有點微微地跳。

鵬振道：「你不要多心，我不管你的事，我就是有兩件自己的事要和你談一談。」說著，臉便向裡邊一間房裡看去。

燕西笑道：「可以到裡面去坐的，我介紹一個朋友和你見見。」說著，就叫一聲「玉花，客來了」，便代著掀開簾子，讓他進去。

鵬振向裡一鑽，只見一個十六七歲的姑娘，蓬鬆著短髮，臉上並不曾撲粉，長眉入鬢，美目流盼，穿了一件淡青的旗袍，清淡之中別具風流，著實可愛。

她見了人來，緩緩地站起，微微地向鵬振一鞠躬，而且輕輕地叫了一句三爺。

鵬振連忙笑著點頭道：「別客氣，請坐下吧，頭兩次令姊出臺，我不知有你，要不然我一定捧場。」

白玉花卻不說什麼，只是微笑站著。

鵬振望了她，笑對燕西道：「和她姐姐的相貌雖然有一兩處相同，可是她更溫柔了，很好！不錯！」

說時，白蓮花已跟了進來，張羅一切。

鵬振笑道：「李老闆，你有這樣一個好妹妹，怎樣沒有和我們提過一聲呢？」

白蓮花道：「有半年了，也見不著三爺的面，就是要和三爺提一聲，又怎樣提起呢？」

鵬振笑道：「這是我的不對，許久也沒有和你打個照面。你這位令妹，是個可造之才，前途未可限量……」

燕西插嘴道：「你不是和我有話說的嗎？」

鵬振笑道：「我和人家初見面，總得應酬兩句，有話不妨慢慢地說，忙什麼呢？」

燕西初以為鵬振找了來，必有重大火急的事情，而今看起來，似乎也不要緊的，也就很淡然了。

白蓮花笑道：「別是因為我們在這裡，你們不好說話吧？那麼，我們就躲開吧。」

鵬振笑道：「我們無論說什麼話，也不至於和你們有什麼衝突，又何必這樣避嫌？」

白玉花聽了她姐姐的話，已是首先站將起來。

鵬振雖是解釋了一番，要加以攔阻，但是白玉花和她姐姐丟了一個眼色，就向外面走去。

白蓮花本來也想聽聽他兄弟說些什麼，既是白玉花都走了，自己怎好在屋子裡獨自待著，抿了嘴，也就微笑出去了。

燕西見她姊妹走了，就低聲向鵬振道：「你這是怎麼回事？特意跑來找我說話，找到了我，又是逍遙自在的，好像一點事情沒有。」

鵬振道：「怎麼沒有？我的話可不便當著人家說呀。」

燕西道：「這更怪了，剛才人家走開的時候，你還再三再四的留著人家，這會子人家走了，你又說是當著人家的面有些不便說，究竟是……」

鵬振皺了眉道：「不辯論這些無聊的話了，我有一件事和你商量，鹽務署這回裁員，居然把我的名字也勾了，你說氣死人不氣死人？據你三嫂說，這事不難挽回，只要託白雄起寫一封親筆信就可以實現，只是我和白家以往並沒有什麼私人交際，今天有了事才去找人家，有些不對，這是怎麼好？」說到這裡，眉毛是皺得更厲害了，望了燕西，很盼望地等著他回話。

燕西道：「我雖然常到白家去，但是也不常和他交談的，這事除非另找一個人去說，不過……」說著，嘴裡吸上一口氣，現出充分躊躇的樣子來。

鵬振道：「我只找你去說一說，至於你再去轉託哪個，我就不管，好在秀珠女士為人極是熱心，對我們姓金的，只要能幫忙，她決計沒有不幫忙的。這件事，我就請你轉託她，說我餘情後感吧。」

燕西笑道：「其實要去找她，不如讓三嫂去。」

鵬振道：「她怎比得你？她不過是親戚的關係罷了，你……」

鵬振覺得這以下不好說了，不能說是朋友的關係會比親戚還深些，因就頓了一頓，含糊著道：「你就努力試試吧，她自然也是要去的，雙管齊下自然更妙，現在你就去得了，你得著什麼消息，也不必回家，打一個電話告訴我就行了。你去吧。」

他原是坐著的，他口裡說著你去吧，燕西沒有站起來，他倒站起來了。

燕西笑道：「這也不是搶著辦的事，何必這樣急？」

鵬振不管，扯著他的衣服，把他拉了起來，因道：「趁著條子剛下來，鹽務署留我也好，財政部給我一個事也好，這回被裁，可以說是為了調動調動，我就不寒磣了。」

燕西站起來，伸手搔了一搔頭，又向他微笑。

鵬振道：「我知道你有為難之處，你只管走，這裡李老闆姊妹有什麼說出來，我可以和你講個情。」說著，便叫了一聲李老闆。

白蓮花走進來笑道：「你們的私下話說完了嗎？」

鵬振道：「沒有什麼私話，不過我有一件事要他和我跑一跑罷了。」說著，向白蓮花拱了一拱拳頭，笑道：「兩三個鐘頭之內，他準回來，你有什麼事，他不會誤的。」

白蓮花笑道：「這是什麼話？難道說我還能干涉七爺的行動嗎？」

鵬振道：「不是那個意思，因為燕西到你這兒來，總是有什麼約會的，約會沒有完，我怎麼好叫他走開呢？」

白蓮花笑道：「我們這兒成了七爺半個家了，差不多天天來的，還有什麼約會？」在她這樣說時，白玉花已經走了進來了，就不住地向她使眼色。白蓮花笑道：「你別著急，不要緊的，三爺也是我們的好朋友，許多事還得求求三爺幫忙呢，瞞著他幹什麼？」

白玉花道：「你瞧，我又沒說什麼，你怎麼說上這些個？」她說著這話，臉可就紅了，遠遠地走了開去，坐在牆角一把小椅子上。

鵬振看到，心想，在坤伶裡面，白蓮花那樣斯文的人已經是不可多得，不料白玉花的性情比她姐姐還要溫柔幾倍，看起來著實可愛得很。她穿了一件白地花點子長衫，瘦瘦的，長長的，越覺得是亭亭玉立。她低著頭，只管拿右手去撫摸左手的指甲。

燕西在一邊，見他一雙眼睛只管射在白玉花身上，便笑道：「你不是催我馬上就去嗎？現在你倒不急了。」

鵬振省悟過來，笑道：「哦哦！是，我先走，我在家裡等著你的電話了。」說畢，匆匆出門而去。

白蓮花追著送到大門口。白玉花在屋子裡，卻向燕西一撇嘴道：「你們兄弟都是一雙饞眼。」

燕西笑道：「怎麼我兄弟都是一雙饞眼？我老三看了你一會子，與我又有什麼關係呢？」

白玉花低著聲道：「你初見我的時候，不是像這一樣的嗎？」

燕西哈哈大笑起來道：「那天初見面的情形，你還記得呢！」

白玉花道：「我怎麼不記得，我一輩子都記得，你兄弟……」

燕西抽出身上的手絹，搶上前一步，一伸手，捂住了她的嘴，笑道：「不用說了，下面這一句話，我完全知道了。」

白玉花頭一偏道：「別在這裡胡鬧了，你哥哥有事託你，你也應該去替他辦一辦才好。只管玩，什麼正經事都放得下，這算什麼呢？」

燕西笑道：「得！我倒要你來教訓我，我這就走了。」說畢，便滿屋子張望，好像要找什麼。

白玉花斜著眼睛望他，只是發笑。好久才道：「你不是找帽子嗎？你今天就沒有戴帽子來，大概落在白小姐那裡了吧？你去會白小姐，順便帶著找帽子，再好不過了。」說畢，又是微微一笑。

燕西知道她把話聽去了，讓她揶揄得夠了，一轉身便走。

出門坐了汽車，就一直向秀珠家來。他看見秀珠，把鵬振的事實提了兩句，秀珠便說：

「已經得了玉芬的電話，知道是這一回事，這不值什麼，我追著哥哥寫一封信就是了。」

燕西見她已肯幫忙了，很是歡喜，坐著車子就回家來報信。剛到家門口，只見有一輛不認識的汽車停放在那裡，這是很少見的事了，是誰呢？心裡如此想著，且不去找鵬振，先到客廳裡去張望，看是誰人？

在雕花玻璃門外遠遠望去，便見有幾個人影子在裡面晃動，而且是一片的歡笑之聲。燕西倒不料家裡忽然熱鬧起來，趕緊向裡面一走，看到第一個人，就讓他大吃一驚，原來是拐走小憐的柳春江來了。

這一驚之下，燕西向後一退，柳春江見他那種吃驚的樣子，也是一愣。他等燕西站定了，然後搶上前一步，伸手和他握著，笑道：「七哥，久違了。」

燕西猛然聽到七哥兩個字，未免有點刺耳，本來彼此的交情並不見深，連見面用名號相稱都覺得勉強，現在忽然稱起哥弟來，卻有些突然。

一看鳳舉、鶴蓀在屋子裡坐著，都很坦然的樣子，自己也便鎮靜著，笑道：「我聽說你到日本去了，什麼時候回來的呢？」

柳春江道：「回來有一個禮拜了。這裡還有兩位朋友，你認識嗎？這位是賀夢雄，這位是余健兒。」說時，早有兩個穿西服的朋友迎上前來。

燕西道：「我們認識的，我們認識的。」於是一一握了手。

余健兒笑道：「我們這一來，你有點愕然吧？春江兄回國以後，家庭中是很歡迎的，聽說很好，其實在這二十世紀裡頭，婚姻問題，本來只要主角同意，其餘是不成問題，我們就勸他認府上做一門親戚走，他自然是贊成，而且他夫人……」

說到夫人兩個字，聲音低微極了，而且還頓了一頓，又接著道：「也是想回來看看，夢雄兄和令兄電話一說，令嫂就馬上要她來，我們這是前站先行，大元帥也就快要到了。」說著，哈哈一笑。

燕西這才明白，今天柳春江也算新親過門，他頭裡一聲七哥卻是從這兒來的。他這話當然是不假，樂得做個好人，便笑道：「那我們歡迎極了，她……春江的夫人，我們就像兄妹一樣，最好是……能來往更好了。」

柳春江見燕西說得那樣吞吞吐吐的樣子，覺得再逼他說，他是很窘的，掉過頭來，還是和鳳舉、鶴蓀談話。

大兄弟倆究竟是善於談吐一點，根本上就不談到小憐身上去，只談些日本人情風俗。談了一陣子，只聽到外面過道上一片腳步雜遝之聲，而且還有人說笑，燕西心裡明白，這一定是女眷們不曾有人介紹未便進來，先偷看看這位戀愛使女的柳少爺，究竟是怎麼一個人？

燕西聽外面有人起鬨，自己也鎮定不了，趁著柳春江和大弟兄們說得熱鬧，就溜了出來。走到外面看時，乃是阿囡、秋香、小玉、蘭兒四人。燕西和她們招了招手，走上前問道：「你們看什麼？有點不服氣嗎？」

小蘭向來老實，而且向來不敢和少爺說笑的，聽了這一句話，臉先紅了。燕西因客廳裡有人，也不便再說笑，因低問道：「我還指望是大嫂她們出來了呢，原來是你們。」

秋香嘴一撇，低聲道：「小憐隨便現在怎樣好法，總是這裡做使女逃走的，少奶奶們不怪也罷了，還能來歡迎她嗎？」

燕西搖著手，低低地道：「別瞎說，別瞎說。」說著，手向屋裡一指。

這時，門口有一聲喇叭聲，是汽車來了的表示，阿囡笑道：「來了。」一手挽著秋香，一手挽著玉兒，就向外面跑。

燕西緩步走了出來。還不曾到大門口，早見一個穿白底紅點子花紗旗衫的少婦，嫋嫋婷婷而來。燕西不覺想起去年見她穿花衣，笑她像觀音大士的事，時光容易，人事大變，和從前完全不同了。

小憐倒不像以前那樣小家子氣象，見著燕西，笑盈盈地早向燕西一個鞠躬，叫了一聲七爺。燕西倒愣住了，一時不知道叫人家什麼是好？只是笑著點了一點頭。

秋香這班人，不容分說，已是一擁而上，有的握著小憐的手，有的牽著小憐的衣襟，都圍著叫你好呀！可沒有人稱呼她什麼。小憐卻依舊姐姐妹妹的叫了一陣，問好的，答應好的，大家鬧了一陣，於是大家簇擁著她向上房裡走。這一番親熱，自然是不可以言語形容的了。

小憐到大門口的時候，還不覺察到情形有什麼不同，及至走到大樓下那個二門邊，只見兩旁屋子裡不像從前，已經沒有一個人。大樓下的那個大廳已經將門關閉起來了，窗戶也倒鎖著。由外向裡一看，裡面是陰沉沉的，什麼東西也分不出來，樓外幾棵大柳樹倒是綠油油的，由上向下垂著，只是鋪地的石板上已經長著很深的青苔。樹外的兩架葡萄，有一大半拖著很長的藤，拖到地下來，架子下倒有許多白點子的鳥糞，架外兩個小跨院，野草長得很深。

小憐問秋香道：「花兒匠簡直不管事了，你看，什麼東西也不收拾收拾。」

秋香道：「唉！花兒匠早辭掉了，前面院子這大地方，只有金榮哥一個人，他怎麼管理得過來哩。」

小憐哦了一聲，眉毛皺了一皺，等她走到第二重院子時，正門關上，卻讓人由旁邊小側門內進出。

這時，蔣媽由裡面迎將出來了，她老遠地便笑道：「小……」

這一個小字剛叫出口，猛然省悟，現在人家是正正堂堂的少奶奶了，如何可以還叫人家當ㄚ頭的名字？心裡一機靈，便笑道：「小姐，我的小姐，可把我想極了。」

小憐笑著點點頭道：「你很好，還是這個樣子。」

蔣媽笑道：「喲！我們還不是這個樣子，有什麼好樣子呢？」說著，迎上前，想要握她的手，猛然低頭一看，見人家手指上帶著一粒鑽石戒指，便將手縮回去了。

小憐雖看到她有些難為情的樣子，只好裝模糊當是不知道。

大家一齊進了裡院，小憐道：「我先看太太去。」於是向金太太這邊屋子來，一看那院子裡，兩棵西府海棠，倒長得綠茵茵地，只是四周的葉子有不少凋黃的。由這裡到金銓辦公室去的那一道走廊，堆了許多花盆子。遠望去兩叢小竹子，是金銓當年最愛賞玩的，而今卻有許多亂草生在下面。

那院子靜悄悄的，不見一個人影。金太太住的這上邊屋子裡，幾處門簾子低放著，更是冷靜得多。不過這個時候，小憐全副精神都注意在屋子裡面的老主人，心裡撲通撲通亂跳了一陣，那腳步也不知道是何緣故，也有些抖擻不定。

小蘭搶上一步，掀開了門簾子讓她進去。她笑著說了一聲不敢當，那聲音也是細微得很，她把一腳跨進了門，便見金太太端端正正坐在屋子裡，立刻渾身一發熱，臉紅了起來，遠遠地她就是一個鞠躬下去，口裡極低的聲音叫了一聲太太。

金太太對於小憐，是隔了一層關係的主人，她上次逃跑，雖然在大體上不對，然而與金太太無多大利害，現在她很闊綽地回家來了，對她私人言，也替她可喜，何況她又很謙遜，依然還用主僕的稱呼，因之也就立刻站起身來，點頭笑道：「好！很好。」接著，用了一句問行人的套話：「幾時回來的呢？」

小憐道：「回來一個禮拜了，早就應該回來請安的。」說時，身子偏著站在一邊。

金太太笑道：「快別這樣稱呼了，你現在總是一位少奶奶，柳府上也是體面人家，過去的事，提它做什麼？好漢不論出身低啦，只要心裡不忘本，大家都願意顧全體面的。你這樣就很好，不是那樣小人得志便顛狂的樣子，以後當一門親戚走就是了，你是無家可歸的，我們家也不嫌多一門親戚。你總是客，坐下吧。」

金太太先坐下了，小憐見身邊有一張椅子，倒退一步坐下，一回頭，見秋香、小蘭一班人都站在一邊，面上有點猶豫之色，又站了起來。

金太太笑道：「你一講禮，又太多禮了，和她們也客氣什麼呢？」便對小蘭道：「這有什麼看西洋景似的？客來了，也該倒一杯茶來吧？」

小憐笑道：「不用了，我先去見見各位小姐少奶奶，再來陪太太坐。」

金太太道：「那也好，你去吧。你回來了，我很歡喜，我有許多話要和你談一談呢。」說畢，她卻情不自禁地嘆了一口氣。

小憐退了一步，走出屋來。

秋香早搶先一步，忙著給佩芳去報信。小憐走到佩芳院子裡時，是舊日所居的地方了，第一件事，便是自己常喜徘徊的柏枝短籬，已經有好些焦黃的，走廊上一架鸚鵡架子還在那裡，舊日相識的鸚鵡卻不見了。

但是也來不及尋覓舊蹤，早見玻璃窗內，佩芳的影子一閃，便喊起來道：「少奶奶。」說著，秋香倒由屋子裡掀了簾子出來，然後引她進去。

小憐進來，見佩芳手上抱了一個孩子，由屋子裡笑迎出來，便覺臉上一紅。

佩芳笑著點頭道：「這是想不到的，你居然會回來。怎麼不和你們柳少爺一路進來呢？」

小憐道：「他早來了，在前面客廳裡。待一會兒，他自然是要進來的。」一伸手，將小孩子接過去抱著，吻了一吻小臉，笑道：「我在日本，就聽到說添個孫少爺了，很是快活的。這樣子，多麼像他爸爸呀！」說時，在身上掏出一把小金鎖來，提了絲條，掛在孩子脖子上。

佩芳笑道：「這樣子，你好像是早已預備下的了，你還是這樣有小心眼兒哩。」

小憐笑道：「不是我有什麼小心眼兒，是我們那邊母親吩咐下的，二少奶奶還有一個小孩，我也帶著的。」

佩芳說著話，將她引到自己屋子裡來坐，接過孩子，抱了他向前搖搖身子，笑道：「謝謝姑母了。」

小憐對於這種稱呼，也沒有什麼表示，只是一笑。

這時，金榮左右兩手提著兩只細絲藤蘿走了進來。在藤蘿外看到裡面左一包右一包的紙包，紅紅綠綠的。佩芳笑道：「這樣子是在海外給我們帶了東西來了？」

小憐笑道：「這些東西，雖不少洋貨，可是並不是日本貨。我在日本的時候，本想帶些日本出產回來，春江他說，我們國裡正在抵制日貨，我們為什麼還帶日本東西去送人呢？難道有意替日貨宣傳，提倡日貨嗎？我聽了他這話，倒不好意思再說什麼。到了上海，他倒想起來了，買了好些東西帶來。」

她在這裡說著，金榮已經放下了藤蘿要出去。

小憐將手一招，笑道：「你別走，我也送你一樣東西。」於是在藤蘿內挑了一個紙包，交給他道：「這是一件袍料，柳少爺叫我送給你的。」

金榮眼看著她長大的，當年她也叫聲金榮哥，今天她以少奶奶的資格回主人家來，自己對她不謙遜，是不懂規矩；對她謙遜，不服這口氣，所以見小憐的時候，只笑著說一聲你回來了。而且心裡也怕她照規矩賞錢，實在不好意思收她的，而今她只說送禮，而且還抬出柳少爺來，不卑不亢，措置得很當，自己也就不便再含糊了，趁接著紙包的時候，向小憐作了幾個揖，笑道：「請你替我謝謝柳少爺。」說畢就走了。

佩芳笑道：「你越發想得周到了，連聽差的也不得罪哩。」

小憐笑道：「並不是我想得周到，我聽說宅裡人都走了，只有他和李升依然還在這裡做事，這種人總算有良心的，所以我很器重他。」

佩芳嘆了一口氣道：「不要提起，自你去後，我們家是一天不如一天。總理一死，大殿倒了正梁了，家裡人心惶惶，接二連三地出岔事，就是我和你大哥也不知如何了局？」

小憐聽到了佩芳這樣稱呼，心裡又不免一動，想不到當年的主人現在變成阿哥了，這樣看來，富貴人家所談身分問題，也大可以通融，只要看作奴才的自己怎樣去努力罷了，不過佩芳都會談到將來不知如何了局，那麼，金家的前途也就可想而知，便微笑道：

「你也太過發愁了，總理雖然去世了，還丟下許多家產啦。再說，大爺自己的差事也就很不壞，將來爬到總理那個位分，也是不可知的。」

佩芳嘆了一口氣道：「別人說也罷了，難道你也不知道他的為人？他從前那些差事，哪一件不是靠父親的面子弄來的？現在已經有兩處發生問題了，至於丟下來的家產，要好好的過日子，未嘗不可以混一輩子。若要像你大哥那樣子，一個月一萬也花得了，請問又過得幾時？我是不問三七二十一把這些撈到手，替他保留起來再說。」

小憐還不曾答話時，只聽窗子外有人喲了一聲道：「你們真是久旱逢甘雨了，一見面，談得就分不開來，怎麼把客留住了，也不讓她和我們見面呢？」

小憐隔了窗子，昂著頭向外叫了一聲：「二少奶奶，你好哇？」

慧廠笑著自掀簾子進門來，搶上前一步，握著小憐的手，笑道：「好極了，你現在是十分得意了。」

小憐笑道：「我有什麼得意呢？就是得意，也是靠主子的福。」

慧廠道：「呀！快別再說這話。我向來就主張平等的，現在你結了婚，又不沾金家一草一木，更談不到什麼主僕了。」

小憐笑道：「人總不能忘本，雖然這兒大家都待我不錯，我怎能夠那樣自負呢？你添的小寶貝呢？」

佩芳笑道：「你還是以前那樣，肚子裡擱不住事，身上放著的那一件見面禮，你是急於要送出去是不是？那麼，你就先到她那邊去，和小孩兒見著面，把這問題解決了吧。」

慧廠握著小憐的手，就讓她一路跟著到自己屋子裡來。小憐經過走廊，到慧廠房門外，只見門口那一片玫瑰花地裡，生長許多牽牛花和野豆子，將花幹胡亂捲著，蓬捲著一大堆。花外的一堆假山石，爬山虎的藤卻是長得更茂盛，山石成了一個綠堆，然而東拖一條，西拖一條，倒垂下來，又捲著地上亂草，更覺上下一片氈了。

慧廠對於家庭瑣務，原來就不大愛清理，一切都歸下人去治理，現在院子裡，草長得多深，除了鵝卵石砌成的那一條人行路而外，一律都讓亂草鋪了。

慧廠見小憐四周的打量，便笑道：「你覺得我這院子裡太荒蕪了吧？」說著，嘆了一口氣道：「現在要辦而未辦的事也就多了，哪裡管得到院子裡這些草上面來？我們一天一天看慣了，倒也不過如此，大概初來的人是會覺得今昔不大相同的了。」

小憐走了幾重院落，所見各院子裡的情形都一律如此衰敗，對於金家不振的趨勢，也就看透了十分之七八，也不免暗暗替著大家嘆了一口氣。

走到慧廠屋子裡，倒是有一件可喜的事，首先射入眼簾，就是搖床裡面睡著一個白胖的小孩子，這是個正暑的天氣，那小孩子只穿了一件連叉腳短褲的兜肚，大半個身子全暴露在外面，非常的好玩。

小憐俯著身子，拿起來粉團兒似的小手，在鼻子上聞了一聞，站起對慧廠笑道：「這一個小孩兒，真是可愛！」

慧廠笑道：「這很容易的事呀，到了今年下半年，你自然有的。」

小憐紅了臉道：「我不要。」

慧廠笑道：「你說話真是一個大大的矛盾，剛才你說小孩兒好玩，這會子你怎麼又說起不要來了？」她說著話時，小憐又在她手拿的小皮包裡，取出了一把小金鎖，輕輕地給小孩兒掛上。趁著慧廠一謙遜，便把這個岔兒揭過去了。

這時，小蘭由外面跑了進來，笑道：「柳少奶奶，太太請你呢。」

小憐道：「喲！妹子，你這是什麼話？我們還能這樣客氣嗎？」

慧廠道：「自然名正言順的應當這樣稱呼，難道她還叫你的小名不成？」

小憐道：「叫小名要什麼緊?至多叫一聲姐姐……」底下一句還不曾續完，秋香也進來了，笑道：「姐姐，我們少奶奶請你去。」

慧廠笑著向小憐丟了一個眼色，指著秋香道：「這孩子的聰明不在你以下，她將來也許和你一樣。」

小憐只說了一個喲字，秋香一掉頭一轉身子道：「我沒那個福氣！」

慧廠笑道：「怎麼沒那個福氣，你就託你姐姐找柳少爺介紹一個，不就行了嗎？」

秋香一掀簾子，站在廊簷下，向屋子裡頭道：「姐姐，你去不去?我們少奶奶等著呢。」

慧廠笑道：「你一年不回來，成了個香餑餑了，你就去吧。」

小憐笑道：「這可不敢當，大家看得我起罷了。」

慧廠笑道：「怎麼不是香餑餑呢?若不是香餑餑，人家就不會想盡了法子來……」

她說到了這裡，也是覺悟過來，這句話，實在是不容一語道破的。

小憐裝著麻糊，匆匆地走出屋子，就向玉芬屋子裡去。

她怕這處到了那處不到，會得罪人，索性腳不停留，各處一轉，然後再到金太太屋子裡來坐，只是一位七少奶那裡，原來不認識，而且她是閉樓自居，熟人還不見，生人更是無法拜見，就不曾去。

不過在金太太面前，總還要表示一下，以期周到，因道：「這位七少奶，聽說長得極漂亮，學問又好極了，我又沒法拜見。」

金太太嘆了一口氣道：「這件事簡直不能談，現在我們家，什麼事都有了。你的七爺，現在還是以前那樣子嗎？唉！兩個人了。這位少奶奶呢，也是幾句書害了她，心高氣傲，弄成這一份僵的局面。這件事，親戚朋友無人不知，大概你也明白了。」

小憐道：「原來不曉得，還是剛才聽到三少奶說了一點。」

金太太道：「我們不能道人家不好，你回家以後，大概誰都見著了，就是沒看到燕西吧？」

小憐還沒有答話，燕西卻在門外答道：「怎麼沒有見著？大概全家和她見面最早的還要算是我吧？」說著，一掀簾子進來。

金太太見他身上穿了一件雨過天青色的直羅長衫，只是袖子上套了一個黑紗圈圈，下面又是白絲襪子，軟底漆皮鞋，上面頭髮梳得溜光。

金太太對著小憐原已有點笑容，及至燕西走了進來，她的臉色立刻向下一沉，便對他道：「這真是難得的事，今天怎麼會有工夫回家來了呢？其實家裡也沒有你什麼事，天倒下來，還有屋脊頂著呢，你大可在外面玩了一個夠再回來呀！」

燕西臉色略一遲鈍，接著又笑道：「你老人家沒有看到我，就說我不在家，其實我到外面去的時候也很少。忙一件事，不能老是忙著，我也總應當結束的呀。」

金太太冷笑一聲道：「你也知道結束的時候嗎？哼！」

燕西雖然受著母親的教訓，並不敢作聲。

小憐在一邊看到，心裡卻有些奇怪，為什麼太太現在對於七爺是這樣的厲害，難道兒子一討了媳婦，母親就有些不以為然的嗎？再看金太太的臉色時，依然是緊緊繃著。

燕西卻斜側了身子，坐在一把軟椅上，微笑著問小憐道：「在中國看到日本人，自己一生氣，頭髮梢子上都是有火的，你們在日本，終日和日本人鬼混，覺得自己怎麼樣？」

小憐道：「我是不大出門的，社會上一般的情形不大明瞭，若照我所知道的說，日本人倒很歡迎中國人肯在他們那裡花錢。我們遇事肯花錢，他也恭維得厲害，不過那些無知識的人，有時候不客氣起來，當面直說中國人會作亡國奴，好像說中國遲早是日本的。據我聽到人所說的，在日本留學的人，這種刺激是常常碰到的，沒有法子辯駁，也不敢把人怎麼樣，忍氣吞聲，只好含糊過去罷了。」

金太太坐在一邊，聽他們所說都是些正經的話，這也未便來干涉他們，就讓他們向下談去。

燕西說了一陣子，偷眼看母親並無怒色了，便向小憐道：「春江在前面，我還不曾和他談談呢，回頭見吧。」說畢，也不等金太太開口，連忙就鑽了出簾子來。

小憐笑道：「別忙走哇，還得請你引我去見見少奶奶呢，我有點小禮物，得當面交給小孩子。」

燕西站在簷廊下，只哦了一聲，人也就走遠了。

他回來，原是向鵬振報告白家那個消息的，偏是小憐夫婦一來，將這事打了一個岔，便扯開來了。這時走到前面，鵬振卻在他小書房裡等著。

他已是三天不曾進這書房的了，走這書房門口過，燕西原不打算進去，鵬振卻由裡面喊了出來。燕西道：「我正要到前面找你呢，說的那件事已經行了，你放心吧。」說畢，自己依然舉步向外走。

鵬振道：「你哪裡去？」

燕西笑道：「我是抽空回來的，還有幾件事不曾交代呢！」

鵬振道：「你有什麼事沒有交代？你的事我全知道，我託你的事，你也總得和我說個清楚明白，要不然，你說事情已經辦妥了，我知道你辦到了什麼程度？」

燕西被他一問，只得站住了，將一雙腳踏在走廊的欄杆上，再用手撐在大腿上，托住了自己的頭，笑道：「我到白家去……」

鵬振遠遠搖著手道：「你有什麼事那樣忙，連到屋子裡去談一談的工夫都沒有？這件事也不是那樣不值得注意，隨便站著說說就算了。」

燕西笑道：「其實也沒有什麼可說的，所以我不進去說，倒不知道你也是這樣念媽媽經，非要我說個清楚明白不可！那麼，我就陪著你進去說一說吧。」

鵬振還怕他溜開去，直等燕西走進屋子以後，才由後面跟了進來。

燕西向沙發椅上一躺。笑道：「你真不放我的心，我不進房來，你還不肯進來呢。」

鵬振道：「誰叫你這一程子鬧得太不成話呢？大概除了你自己，現在是沒有能信任你的了。」

燕西嘆了一口氣道：「各人有各人的難處，別人哪裡會知道？誰相處在我的環境之下，誰也會像我這樣的。」

鵬振連連搖著手道：「別談了！我不管你那一本賬。我現在所要問你的，就是你和我謀的事，是怎樣和前途說的？前途又怎樣答應的？」

燕西笑道：「官場也沒幹多久，官場的習氣倒是這樣的深，左一個前途，右一個前途，說得多肉麻呀！」

鵬振見兄弟譏笑他，很有些不高興，轉身一想，現在要託重著兄弟呢，也犯不著和他計較什麼，便笑道：「這也是一句很普通的名詞，有什麼肉麻？難道平常就不許說前途兩個字嗎？然而我這也不去深辯，你就告訴我你所要說的話得了。」

燕西道：「我覺得沒有什麼可說，你託我的事，我照樣告訴了秀珠，秀珠認為是不成問題的事，等她哥哥回家，就讓她哥哥寫信，最好的結果也不過如此，你還要我怎樣詳細地說？」

鵬振聽著，心裡一陣痛快，噗哧一聲笑了。只道：「就是如此簡單嗎？」

燕西道：「不如此簡單，照你說，還得把怎樣進大門，怎樣進客廳，怎樣坐著說話，一齊說了出來不成？反正你託我的事我替你辦到了也就行了，你還有什麼話說呢？」

燕西說到這裡，再也坐不住了，已是爬起身來就向外面跑，鵬振追到門外來，只搖了一搖頭，沒有他的法子，也就不作聲了。

燕西出得門來，坐了車子，一直就到白蓮花家來。

白蓮花笑著：「玉花，你瞧瞧，七爺來了不是？我說的話不會錯吧？」

燕西笑道：「我答應辦的事並沒有辦完，怎能夠不來呢？」說著話，自打簾子，走向白蓮花屋子裡面來。

白玉花手上拿了一本小說側著身體看，燕西進來的時候，她只斜著眼珠，向燕西瞟了一下，身子也不曾動上一動。

燕西一歪身子，也在她坐的椅子上擠將下去，一手搭了她的肩膀，笑道：「看的什麼書？我……」

白玉花不等他說完，將他的手一推，站了起來，頭一扭道：「斯文一點行不行？你怎樣老是這種樣子？動手動腳，我也不好怎麼樣說你了。」

燕西碰了一個釘子，默然了一會，也不站起來，斜斜地躺在靠椅上，只是抖文。白玉花又斜過眼睛來看了一看他，見他有些難為情的樣子，她就不是那樣驕氣撲人了，手上拿了書還是看著，退了一步，坐到椅子上來。

燕西也不理她，依然是左腿架在右腿上抖著文，白玉花見他依然是不理，這才掉轉身來，將書向他面前一伸，笑道：「你瞧，不過是一本武俠小說罷了。」

婦女們的笑，是有莫大力量的，在她這樣笑著一說之下，燕西又進了她愛力圈了。

白玉花一笑之後，燕西也就跟著笑了，因道：「這倒怪，你不看言情小說，倒要看武俠小說。這是什麼緣故？」

白玉花道：「一個人一天到晚只是醉生夢死地談愛情，哪還有什麼振作的精神？我現時全過的是胭脂花粉的生活，再要看言情小說，就一點丈夫氣都沒有了。我不是一個男子，我要是個男子，決定要轟轟烈烈幹一幹大事，不能夠整天的……」說到這裡，她頓了一頓。

白蓮花在外面聽到，覺得又是妹妹給燕西釘子碰，便笑道：「玉花，你別吹，自己說漏了，真要轟轟烈烈做一場的話，也沒有誰攔著你，幹嘛一定要做了男子才成呢？做女子的就不許轟轟烈烈幹嘛，這樣說，還是你自己不爭氣。」她說著笑了，一掀門簾子進來，對燕西眉毛一揚道：「七爺，我可跟你出了一口氣了。」

燕西笑道：「就讓你妹子說著痛快痛快吧，又何必把她的話駁回呢？」

白蓮花笑道：「你這人也是憫受罰不受賞的人，我幫著你，你倒不願意。」

白玉花斜著看了一眼，抿嘴微微一笑。

白蓮花笑道：「七爺匆匆忙忙地跑去了，匆匆忙忙地又跑了來，必有所謂。」

燕西道：「玉花不是要我和她去買點東西嗎？昨天我有事沒去成，今天我要再不去的話，你們會疑心故意推諉了。所以我今天無論怎樣地忙，我還是跑了回來，打算陪你們出去一趟。」

白玉花聽了這話，禁不住又是一笑，兩腮上微微露出兩個小酒窩兒，站起身道：「勞你駕了。」

燕西最愛看她這兩個小酒窩兒，也望著她笑了。

燕西知道她姊妹二人已經樂意了，便笑道：「要走我們就走哇，你們二位一出門，由洗臉以至換衣服，所消耗的時間太多了，快點吧。」

白玉花道：「你這樣鄭重其事地要帶我們去買東西，但不知道可以給我們買些什麼？」

燕西道：「你二位不是說要到印度公司去買些印度綢緞嗎？」

白玉花道：「我沒說這話。我這人有點頑固，不願穿外國料子。綢緞本來出在中國的，不穿中國料子，倒穿印度料子，這是什麼用意呢？」

燕西心裡想著，中國料子比印度料子就便宜多了，她不要印度料子，倒要中國料子，這是樂得省錢的事了，便笑道：「那就上綢緞莊吧，我有家熟鋪子，東西都是很好的。」

白玉花道：「我不等著什麼衣服穿，你真要送我東西的話，你就送我一掛金鏈子。」

燕西道：「成！少不得下面還有一個雞心小匣子，打算嵌誰的相片呢。」

白玉花道：「誰的相片我也不嵌進去，我用不著那個，我要掛一枝轉動的鉛筆。」

燕西向著白蓮花笑道：「她改了東西了，你打算要什麼呢？」

白蓮花道：「我陪你們一路上金店吧，也許可以找著一兩樣合適的。七爺，你還是別這樣慷慨吧，我們去了，回頭把首飾亂七八糟一挑，一個人真會花上你好幾百塊錢，你會後悔的。」說著，抿嘴一笑，望了白玉花。

白玉花因她姐姐的話很是俏皮，也就跟著她的笑，接上一笑，燕西到了這時，只有絕對地贊成去才是，不然就沒有面子了。

白蓮花自己一個人笑道：「我還是不去吧，我只剛說出來這一點子要求，七爺就有點不大願去的意思了。」

燕西笑道：「這是哪裡說起？我一個字也不曾嚮出來，你怎麼就知道我不願意去了？而且你兩個人說著，我還帶了一點笑意兒聽著呢。」

白玉花在一邊看了，只是抿嘴微笑。

白蓮花道：「你笑什麼？我說的可是真話呀！」

白玉花望了一望燕西，又望了一望她姐姐，依然是微笑。

燕西在這種一陽一陰的揶揄之下，實在不能忍受，便強笑道：「你姐妹倆大概有點信任我不過吧？但是我自己仔細想著，也不曾在你二位面前失信啦。」

白玉花道：「你怎麼提起我來？我沒有說你什麼。」

燕西道：「你雖然沒有說什麼，可是你姐姐說了許多俏皮話，你怎麼不代我駁回去一聲呢？」

白玉花道：「我又何必替你去駁回呢？你不會用事實來證明她的那句話不確嗎？」

燕西道：「你這話對了。那麼，我現在就請二位一路出門上汽車。若是二位不願去，那就存心讓我作滑頭，我也就無可說的了。」說畢，臉上可就微微泛出了一層紅暈。

白蓮花笑道：「七爺真急了，我們就去吧。」說時，就向白玉花丟了一個眼色，又道：「玉花，你就隨便換一件衣服得了，別再多耽誤時候了。」於是二人匆匆地換了衣服，就一同和燕西上汽車向金店而來。

燕西身上已帶了三百多塊錢。心裡想著，他們也不過買幾件零碎首飾，總也不至於用多少錢。也就毫不躊躇地陪著她二人去。

汽車停在一家金店門口，自己首先跳下車來，將二位老闆引著進去。

金店裡的夥友，一看是坐汽車來的主顧，料是不壞，相率迎上前來，連忙問著，要點什麼？白蓮花道：「我們要買兩掛鏈子，你拿出來挑挑。」

燕西心想，我就知道不能一個人要，一個人不要，這不就由一掛變為兩掛了嗎？默然不作聲，隨她二人去和夥友接洽。

夥友將他們引進玻璃櫃邊，等她二人隔了玻璃櫃指明了要盒子裡陳列的那一掛，然後由身上掏出鑰匙，將玻璃格子旁邊的活門打開，拿了一掛鏈子出來。依然把那活門關上，兩隻手拿了鏈子，交給了白蓮花，身子向並排的這一邊一閃，似乎有點障礙去路的樣子。

燕西站在一邊，原是微笑地望著，這時就禁不住發言了，笑道：「你們一小心起來也就未免太小心了，我就不說，站著離貨格子遠啦。憑這兩位小姐的樣子，身上總不會帶著手槍，你幹嘛這樣小小心心地防備著？」

夥友聽說，倒有些不好意思，便笑道：「笑話了。我們這行都是這樣，開了格子，馬上就得關上。」

一個小鬍子的夥友，走過來一拱手，笑道：「這位先生一雙眼睛好厲害，做生意買賣的人，我們替東家辦事，辦得……總得什麼一點……」

燕西搖搖手道：「不談這個了，做買賣吧。」便笑向白蓮花道：「挑好了沒有？挑好了給錢就去，別讓人家擔上一份心。」

白蓮花笑道：「我們反正花錢買東西就是了，管人家怎麼樣呢？」

她說著，向白玉花招了一招手，笑道：「你不挑一掛嗎？」

白玉花懶懶的樣子，很隨便地答應一聲道：「照你的樣子買一掛就是了。」這樣說著，於是夥友又拿出一掛金鏈子來，替她送到裡邊櫃房去，給他們包裹。

燕西走向前一步，對白蓮花笑著低聲道：「你看他們多小心呀，我們不給錢，他是不交貨的呢。」

白蓮花道：「當然的，這有什麼奇怪呢？」說了這句話，卻回頭對夥友道：「你們有白金的戒指嗎？給我挑一只拿出來看看。」

夥友到了這時，也看出他們幾分情形來了，就照著她的話，挑了兩只白金戒指，遞到她手裡。

她看了一看，拉著白玉花一隻手，向她一個指頭上輕輕套了上去，笑道：「你戴一只試試，合適不合適？」

白玉花戴著，平伸著手看了一看，笑道：「就是它吧。」

白蓮花笑道：「還得取下來，讓人家秤一秤分量呢。」笑著，就在她手上取下來，交給夥友道：「也是照樣的兩只。」

夥友拿到內櫃去了，白蓮花還伏在玻璃格子上，往裡面張望著。燕西看這情形，分明還是要挑東西，心裡不免有點焦急，身上並沒有帶著許多錢，再要挑了首飾，如何會得出賬來？但是果真要上前攔阻的話，又顯著自己小器，站在一邊，倒有些躊躇的樣子。

偏是白蓮花又看出來了，對夥友道：「東西挑好了，我們丟一百塊訂錢在這裡，回頭我們再拿錢來取貨。好在貨在你們櫃上，你們總可以放心的。」

夥友都笑著說：「不放訂錢，也沒關係。」

燕西倒不怕花錢多，就是怕受窘，既然可以暫時不付錢，就先拿出一百塊錢出來，倒也無所謂，因之在身上掏出一百元鈔票來，交給了櫃上。

夥友漸漸也就看出燕西是個闊少爺了，既是先放了一百塊錢的訂錢，而且東西又並不拿一樣在手裡，這買賣還有什麼不可以放手做的？因之二花要什麼，他就挑什麼出來看，結果，白蓮花挑了一個粉鏡盒子，白玉花挑了一個鎖鏈鐲子，一齊讓櫃上開了賬單子，一把交給燕西了。

燕西拿著賬單子順便看了一看，就向身上一揣，似乎是毫不注意的樣子。

白蓮花走向前一步，靠近了燕西，低聲微笑道：「你不是說和我們去買綢料嗎？我們可以一路去了。」

燕西一想，不是說好了只買首飾，不買衣料的嗎？怎麼首飾剛買到手，又要買衣料呢？然而不去的一句話，怎好當了金店的夥友們說出來？便含糊點了一點頭，首先向店門外走。

白蓮花姊妹跟著他一路坐上車去。汽車夫照例要回過頭來，問一句到哪兒？白玉花臉色一沉道：「把車子送我們回家去吧。」

燕西最怕是得罪了她，見她有不高興的神氣，便道：「怎麼回家去呢？不是說好了去買衣料的嗎？」

白蓮花微笑一笑，白玉花繃著臉卻是一字不響。燕西這卻無可推諉的了，便向汽車夫一揮手道：「向成美綢緞莊去。」

汽車夫當然是聽主人翁的命令的，便撥轉車機，一直向綢緞莊開來，而且開到綢緞莊大門裡的天棚下面才停住。

燕西還不曾下車，這裡的掌櫃認識他們金家汽車的牌號，早有幾個人迎了出來。等他下車時，大家便點著頭，鞠著躬，同笑著叫七爺你來啦，跟著白蓮花、白玉花走下車來，大家一看，並不是金府上的少奶奶和小姐們，那麼，其來由可知了。當時一陣歡迎，把他迎接到樓上去。

這一字通樓靠南的一帶，列著七八列長案，每張案子上都是綢料架子，雲霞燦爛地陳列了一片。這些東西，有絲織物，有毛織物，那些名字卻由著綢緞莊上的人去瞎謅，無非綾羅綢葛之上，再加些花月金玉的好看字眼。

燕西隨著二花之後，繞著這幾張長桌，轉了幾個圈圈。凡是顏色清淡一點的，花色新鮮一點的，幾乎兩人都要挑上一件。

燕西默記著，大概有十幾件了，燕西這倒放心，好在這個綢緞莊是和家裡有來往賬的，夏季的料子又無非是綢和紗，買得多也不過二三百塊錢材料，那也不要緊，只記上一筆大賬罷了。

這店裡的老夥友，一見七爺一聲不言語，只管由兩位女賓去挑選，料著七爺是要大大請一次客的，那麼，索性趁此機會多招攬一點買賣，因笑著在二花之前，將新到貴重料子指指點點，告訴了許多。

看了三五樣，當然總有一兩樣中意的。中了意之後，總是白蓮花笑著問燕西道：「這個料子怎樣？」

燕西明知在她一問之時，已經非買不可，若是說不好的話，徒然掃了人家的興致，所以也就乾脆說好。

二花將衣料挑選完了以後，老掌櫃的就把賬單子遞了過來，笑道：「七爺，這一筆賬還是記上吧。好久不照顧我們了，今天才來。」

燕西拿過賬單子來看了一看，點點頭道：「好吧，你就拿去記上吧，好在也快到付錢的日子了。」

老掌櫃捧了兩保拳頭，連連拱了幾下，笑道：「七爺說話，總是這樣客氣。」

燕西笑道：「只要你不客氣就好，我這衣料算是叨光了。」

老掌櫃不好說什麼了，夥友們已經是把衣料捆束四大包，兩個夥友們夾著兩包走了過來，老掌櫃的就借此笑道：「給七爺送上車子去吧。」說時，他先接過一個紙包裹來，便向旁一閃，有個讓路之勢。

燕西也不和他說什麼了，就引著二花一路走下樓，夥友先將綢料一齊送到汽車上去。

燕西上了汽車，就向二花問道：「你們還上哪裡去買什麼嗎？」

白玉花對她姐姐望了一望，白蓮花將腳向上抬了一抬，把鞋尖擺了兩擺，微笑道：「我們去買兩雙皮鞋吧。」

白玉花低聲微笑道：「也好吧。」

燕西對於這個要求，更用不著推諉了，便吩咐汽車夫一直開向安康鞋莊去。這個鞋莊，也是和金家極熟的，夥友滿盤招待。掌櫃的一看七爺後面跟了兩位女友，心裡就明白了一大半，便向燕西微笑道：「買兩雙坤鞋吧？」

燕西點了點頭，早有小徒弟們將高跟鞋平底鞋搬了許多雙放到玻璃格子上來。燕西呵呀了一聲笑道：「怎麼樣？打算讓我們給你去開鞋莊分號嗎？要不然是特別大廉價吧？」

夥友也笑起來道：「我是怕兩位小姐挑得費事，所以一齊搬了出來，讓大家看看。」

燕西指著向二花道：「人家都搬出來了，請二位挑吧。」

白蓮花笑道：「不用挑，都是好的，一樣拿一雙吧。」

白玉花也笑道：「就是那麼樣子辦吧。」

燕西聽他們所說，分明是有意負氣，也就跟著微笑，並不置可否。夥友在一邊也看出了一些情形，雖然趁此可以多賣幾雙鞋子，然而得罪了七爺，鬧得金家不來做買賣了，那也不好，何況這半年以來，金家也就不大有大生意可做呢，於是向學徒丟了一個眼色，低聲道：「收拾收拾。」

白蓮花道：「為什麼收拾起來？你怕人家買了去嗎？」

夥友笑著沒有作聲，白蓮花於是將最好的鞋子拿了幾雙試了一試，試過了一遍，又讓白玉花試了兩雙，然後她突然站著，將手一拍衣服道：「行了行了，不必再挑了，別……」說著，眼睛向燕西瞟了一下。

燕西只是微笑，什麼也不說，好在這個所需要的錢不多，就掏出錢來會了賬。

會了賬之後，索性不說回家，靜等她二人怎樣吩咐。

白蓮花抬起手腕上的手錶看了一看，笑道：「時候還早著，我們一塊兒到烏斯洋行去一趟，還來得及，能陪我們去嗎？」

燕西笑著拖了長音道：「可……以。」

白蓮花向她妹妹一笑，二人先坐上車去，燕西跟著上車以後，車子已是向回路上走了。燕西敲著前面的玻璃板隔扇道：「現在還不回去哩。你向哪兒開？」

汽車夫回轉頭來道：「李老闆吩咐了回去呢。」

燕西且不去理車夫，即回轉臉來向白蓮花道：「你不是說還買東西嗎？」

白蓮花道：「我倦得很，要回家睡覺去，今天我還沒有睡午覺呢，以後天氣涼一點的時候再去買吧。」

燕西笑道：「可以的，我總會人情做到底。」

這樣議決了之後，燕西才安心送了二花回家，不過心裡想著，小憐今天回家去之後，自然有許多話說，柳春江那人也怪有趣的，偏是自己在家裡只待一回子，匆匆忙忙地就出來了，將來事後說起來，我這人未免有些對不住人，於是笑著向白蓮花道：「差事算是我辦完了，現在我可以回去了。」

白玉花微笑道：「我可不敢要七爺辦差事呀！別走了，吃了晚飯再走吧。」

燕西知道她向來不易對人客氣的，現在也客氣起來，這一餐晚飯不能不吃，不過今天不回家去，又很容易令人注意的，這只有推謝白玉花這一段人情的了，於是笑著道：「像我這樣的客，人家家裡別來多了，一來之後，就是整天的不知道走。」

白玉花微笑道：「是了，出來久了，也該回去看看你們少奶奶了。」

燕西也不和她辯論什麼，只微笑著點了點頭。

白蓮花見他向外走，就跟著送到大門外來，趁著過道裡無人的時候，輕輕握了他的手道：「你明天是什麼時候來呢？我們一塊兒去遊北海去。」

她這一隻熱手在燕西手心一觸著，又嗅到一陣肉香，不覺心裡一動，忽然一轉念，還是不走吧，此念一轉，他的行動也變了，向她一笑道：「你們都留我吃晚飯，預備了一些什麼好菜呢？」

白蓮花笑道：「要說好菜，我們這裡可比不上府上，只是一點敬意罷了。」

燕西和她說著話，臉朝著裡，正也打算向裡面走。

只見白玉花悄悄地跟出來，站在院子門邊，嘿了一聲響，向燕西招了一招手。燕西以為她有什麼吩咐呢，就迎上前去。

白玉花微笑道：「快回家去吧。你們的貴管家打了電話來了，說是請你快快回去，有要緊的事呢。」

燕西曾和金榮說好了的，沒有十分緊要的事，可以不必打電話，免得人家擔心，便問道：「真的嗎？」

白玉花道：「你不信，你就自己打一個電話回去問問，我又幾時騙過你呢？」

燕西一想，她這話想是對的，不能留我吃飯之後，又突然要我回去，因笑答道：「也許家裡有什麼事發生，那麼，我就先回去吧。要是我趕不上來吃飯的話，我就先打回一個電話來通知你，不必老等著我了。」說畢，就向外面直走了去。

汽車夫先看到燕西出來，正要打開車門來，現在燕西又出來了，可不知是不是上車。因之呆坐在車座面前，卻未動身。

燕西一面開著車門，一面罵道：「你怎麼回事？想什麼事，想出神了？快開回家去。」

在他如此罵汽車夫的時候，臉上當然是有些生氣的樣子，在車子開著向前，臉回過來，一看二花之際，臉色還依然有氣，等他自己覺察出來的時候，彼此已離得很遠了。

燕西第二個感想，可就想著，這件事怎麼辦？人家好好地送我出來，我倒給她不好顏色看，這要不解釋一下，那是會發生極大的誤會的。一路想著，車子到了家門口。

下了車子，首先就向客廳裡跑去，看看柳春江可還在這裡坐著。這時，他大弟兄三個，除了依然陪著柳賀余三人之外，又添了朱逸士、何夢熊二人，大家說說笑笑好不熱鬧。

柳春江一見燕西進來，連忙起身相迎。笑道：「七哥是個忙人啦。」

燕西道：「我算什麼忙人？瞎胡鬧罷了。」

柳春江道：「其實年輕的人也不妨在外面尋些娛樂，因為娛樂是調劑人生的。若是光做事，不找娛樂，人生就未免太枯寂了。」

燕西原是一句隨便敷衍的話，不經過柳春江一番解釋倒也罷了，經過解釋之後，反而覺得自己所謂瞎胡鬧云者，是真個有些瞎胡鬧，不免臉上紅了一陣，怕是讓柳春江看出了什麼破綻，他故意當了大眾來洗刷的。

鳳舉在一邊冷眼看著，知道燕西是有些不滿意這句話的，便道：「不過我們在服中，要找什麼玩的，事實上也是不便，實不相瞞的話，到了現在，愚兄弟自身也得自去找一條新出路，怎能夠騰出工夫來娛樂呢？」

柳春江一句為人解釋失言的話，結果是弄得自己失言了，真是大為尷尬，只得借著站起身來，以取火抽煙捲為由頭，躲過了人的注意，同時大家也就向余賀二人去談話，把這一層緣由給他揭過去了。

燕西對於這話卻不十分在意，看見柳春江中指上戴了一個鑽石戒指，便迎上前看了看，笑道：「這個寶光很足，哪裡買的呢？」

柳春江笑道：「這算是我們訂婚的戒指，不是新買的。」

燕西聽說，心裡倒有些納悶，小憐跟著他逃走的時候，縱然還有幾個私蓄，無論如何不夠買這一只鑽石戒指的，這可見小柳是在信口胡謅。

柳春江似乎也就看出燕西躊躇不定的情形來，便笑道：「我是一對買來的，我們彼此各分了一個戴著的。」

燕西待要再問時，鳳舉望了他一眼，只得停止了。

約隔了兩三分鐘，鳳舉起身走出客廳來，燕西也跟著走。

鳳舉一回頭，見他跟著來了，便停住腳，望了一望後面，低聲道：「你這人怎麼回事？小柳總也算是個新親過門，你先打了一個照面就不見了，現在重見面，你什麼也不提，就是問上了人家的鑽石戒指，未免俗不可耐了。」

燕西紅了臉道：「他戴得，我還問不得嗎？你們談了一天的話，又談了一些什麼高尚風雅的事情呢？」

鳳舉道：「我是好意點破你，愛聽不聽都在你，你又何必強辯呢？」

燕西再想說兩句，卻也無甚可說的，正站在走廊下出神呢，只見金榮在前面一閃，心裡忽然想起來了，糟糕！是他打電話催我回來的，我也不問是什麼事，還有人等著我一塊兒吃晚飯呢。於是拋開了鳳舉，自走向前面來問金榮。

金榮見附近無人，才低聲道：「太太問你兩三次了，不定有什麼話和你說呢？」

燕西道：「你這個東西，真是糊塗蟲，既是太太有話對我說，為什麼我進門的時候不對我說明？現在我回家這久了，你才對我來說，耽誤事情不少了。」

金榮道：「我的七爺，你回家來了，我根本上就沒有看到你，叫我有話怎樣去報告你？」

燕西道：「你把事情做錯了，你還要混賴，難道你不會先在電話裡說明嗎？」

他嘴裡如此說著，腳步就開著向上房裡走。

到了金太太屋子外邊。聽到裡面靜悄悄的，並沒有什麼聲音，心裡就想著，母親屋子裡大概沒有旁人，正是一個進去說話的機會了，因之先在院子裡，故意放重了腳步，然後又咳嗽了兩聲，這才走進屋子裡面來。

金太太閒著無事，卻拿了金銓的一個小文件箱子，清理他生前一些小文件底稿，燕西進來了，她也只當沒有看見，還是繼續地清理著。燕西只得一步一步走上前，直走到她身邊來，先開口問道：「有什麼事找我嗎？」

金太太一回頭，淡笑著道：「你忙得很啦。你瞧，回來只打了一個照面，又公忙去了，連和我說句閒話的工夫都沒有呢。」

燕西只是笑道：「其實我也不曾跑遠，就在附近看了兩個朋友，而且老早也就回來的了。」

金太太放下了文件，向著燕西坐下來，問道：「附近的兩個朋友，是誰呢？」

燕西見母親全副精神都注視在自己身上，一刻兒也就不敢再撒謊，默然地站著。

金太太長嘆了一聲道：「最不得了的一個人，恐怕要算你了。」

燕西默然了一會兒，很從容的道：「我出去會兩個朋友，也不算什麼，這也值不得這樣重視啊！」

金太太道：「好吧，就算是你會朋友吧，不過你這樣一天到晚地會朋友，會到什麼時候為止？又會出了一些什麼成績出來？」

燕西被母親如此一問，倒無甚可說了，便笑道：「你老人家也不必追問，反正我不久就要出洋去的了，趁我沒有動身以前，先快活兩天，這也不過分。」

金太太道：「你不要說什麼出洋出陰，我不管這些的，兒女哪一個是靠得住的？我看透了，你只管走吧，我不怕的。」

燕西呆呆地站了一會兒，母親不說什麼，自己也就不能說什麼，躊躇著道：「媽沒有話說了嗎？我要到書房裡去清理清理書了。」

金太太聽他如此說著，向他看了看，冷笑了一聲。

燕西無可談的了，搭訕著撿著小箱子裡的文件看了兩頁，因母親總是不理，也就無法在這裡坐住，於是悄悄地步出屋子來了。

燕西原是想到前面客廳裡去混上一頓的，忽然記起還不曾通知二花，別讓人家老等著吃飯了，如此一轉念頭，自己就趕快跑到前面去，和白蓮花通了一個電話。

經過小客廳時，他兄弟們已經在陪柳春江一塊兒吃酒了，這個時候，也不便突然參加入席，只得一個人自溜回書房裡去。

躺在沙發上，加倍地覺得無聊，拿了一本書，隨翻了幾頁，也是看不下去，手按著書出了一會神，心裡便想到今天所用的款，由今天所用的款，又想到自己所有資財的總數。他如此想著，這兩個月來究竟消耗了多少，不能不結算一下賬，自己的現款都作了活期存款，究竟花了多少錢，自己也記不清，這只有將支票根清查一下子，便可以分明了。

想到了這裡，趕忙就回自己院子裡去，翻箱倒篋一陣，把幾家銀行的支票簿都拿了出來，清查一遍，查了頭一本，再查第二本時，只查了一半，把前面支票的數目就忘了，手裡還有兩本支票不曾算。

自從離開了學校，對於數目字就不願意去記，而今突然要幾分幾角堆上百十千萬算起來，實在不勝其煩，於是將支票向箱子裡一塞，嘆了一口氣道：「遲早反正是完，算個什麼勁兒？」於是關了箱子，躺在一張沙發上，靜靜地坐著出神。

當他如此出神的時候，便聽到一種微吟低誦之聲，緩緩的傳入耳朵來，這分明是清秋在樓上讀書。過了一會兒，又有毛孩子的哭聲，清秋的吟誦聲停止住了，便有拍孩子和哄引孩子的呵哈聲，那聲音由模糊變得清晰，似乎是由屋子裡踱到外面來了。

燕西仔細地聽，果然清秋是抱了小孩子，在樓下廊簷上踱來踱去，踱了許久，她把小孩子抱進去，然後又在沉寂的空氣裡，發出吟哦之聲了。

燕西心想，這個女人真算有忍耐性的，難道不知道我在樓下，只管看她的書？是了，她是知道我在樓下，故意裝出這種態度來的，她以為她很鎮靜，並不把我放在心上呢。哼！其實我也不會被你屈服的。

燕西想到這裡，一點也忍耐不住，將房門倒鎖著，又到書房裡睡覺去了。

他不出去，樓上的清秋還不知道，他到了院子裡，便撲通一聲反帶著外房的門，可就把清秋驚動了。不過她不知道這是燕西出去，反以為是燕西走進屋來，連忙停止了自己的書聲，熄了臨窗的電燈，只留著床面前一盞綠罩壁燈，斜照了床上，自己便斜靠了一張軟榻靜靜的出神。

然而她很沉靜的聽了許久，並不聽到樓下有一點響動，這倒有點奇怪，他這種人，絕不能如此沉靜的，莫非有什麼意外的舉動嗎？果然他有什麼舉動，那真是我雖不殺伯仁，伯仁由我而死，在天理良心上有些說不過去，因之悄悄的開了房門，伏在樓欄杆上，向下面看著，但是看了許久，依然不見有何動靜，而且樓下的各房子裡電燈，也一齊熄了，樓下幾間屋子黑漆漆的，沒有一點形跡，似乎不像是有人。清秋看到，這就更可怪了，他來之後，能閉門就睡覺嗎？

她如此的沉思著，伏在欄杆上更是不能走，只管向幾間屋子望著。

望有許久，因為吹了兩口風，一直嗆到嗓子裡去，不由自主地便咳嗽了兩聲。她這樣一咳嗽，把樓底下的李媽便驚動了。跑了出來，抬頭向樓上問道：「七少奶，要什麼東西嗎？」

到了此時，清秋不能不作聲了，只得答道：「不要什麼，我不過在屋子裡熱得厲害，出來乘乘涼罷了。沒有事，你去睡覺吧。」說著，她也就自回房間去了。

只在這時間，樓下走廊上的電燈又是一亮，清秋想著，究竟是燕西沒走，剛才自己伏在樓欄杆上的時候，就不定他藏在什麼地方呢，然而有人叫起來了，不是燕西，卻是道之。她道：「清秋妹，睡了沒有？」

清秋答道：「沒睡呢。」於是亮了電燈，也走出來。向下一看，只見道之走在前面，那位日本姨太太櫻子抱了小貝貝跟隨在後面，並無別人。

道之向樓上招招手道：「你能不能打開樓門，讓我們到樓上來坐坐？」

清秋躊躇了會子道：「有什麼事呢。等不及明天談嗎？」

道之道：「倒沒有什麼要緊的事，我現在不大回家，來了一趟，我總想和你談談。我今天晚上還要回去呢。」

清秋看那樣子，她自是誠意，一定拒絕她上樓來，也是不對。只得打開樓門，自己迎到樓梯口上。

櫻子還是第一次到清秋樓上，只見通樓上用花格扇隔成幾間房，正中一間，正面擺了一張琴臺，壁上掛了一幅靈山說法圖，下面一張長方桌，正中一個三腳鼎，左邊一個紫色膽瓶，插了一束鮮花，右邊一個玉瓷果盤，紫檀架子架著，堆了滿滿的一盤鮮果，兩面又是兩張琴臺，列著整整齊齊的幾十部經書，只臺前有一盞電燈，用綠紗宮燈罩罩著。屋子裡雖很簡單，微微地還帶有一點檀香味，令人絲毫感不到這是少婦深閨了。

右邊一個雕花圓門，有綠色的垂紗幔子，清秋自掀著幔子，讓她二人走進去。

大家走進屋子來，迎面所看到的，除了一床一桌一几而外，便只有三張軟椅，和一張小孩兒搖床，像金家什麼中西傢俱都全備的人家，真不料到屋子裡陳設倒如此簡單。

清秋讓這妻妾二人坐著，便坐在床上，一手靠了床欄杆，斜撐著身體。她雖不說什麼，可以知道她是疲倦極了的。

道之道：「我看你這樣子，身上似乎有些不舒服，你覺得怎麼樣？」

清秋搖搖頭笑道：「我一年到頭都是這樣的，無所謂舒服，也無所謂不舒服。」

道之笑道：「這就叫善病工愁了。但是這四個字，從前是恭維女子，而今可是咒罵女子。」

清秋嘆了一口氣道：「我這種人，還不該讓社會上去咒罵嗎？」

道之道：「你有什麼罪惡，應該這樣？」

清秋一手撐了頭，默然了一會兒，然後慢慢地低低地說了一句：「我自己知道。」

道之見她兩道眉峰深鎖，長睫毛低垂著，蓬亂的頭髮，配著清秀的臉兒，十二分的可憐，因道：「不是我又說廢話，人生不過幾十年光陰，遇事都應該看破一點，何必這樣消極，日坐愁城？」

清秋笑著，站起來道：「你的意思是要我積極呢？我從哪個地方去下手呢？」說著，牽了一牽自己衣服的下擺，又坐了下去。

櫻子坐在一邊，看了清秋鬱鬱不樂的樣子，對於個中情形雖不十分瞭解，但是也知道她是在婚姻問題上受了重大打擊的一個人，也就只管皺了眉望著清秋。清秋也想，日本人只管瞧不起中國人，但是不嫌嫁給中國人作妾。

道之見清秋一雙眼睛都射在櫻子身上，便問道：「你為什麼對她這樣注意？」

清秋笑道：「我想日本人都是強橫異常的，所謂共存共榮，那是靠不住的話，何以你們這位姨太太倒是這樣的溫柔？我每次看到她，總會有這樣一個感想。」

櫻子已很懂中國話了，清秋的意思，她已明瞭十之七八，於是向清秋微微一笑。

道之笑道：「她現在和我們守華不是實行共存共榮嗎？這話又說回來了，日本人都是腹劍森森的，一個外交官家裡討一個敵國的女子作姨太太，是有點危險性的，她之所以肯嫁到劉家來作二房，也許因為守華是個外交官吧。」

清秋聽了道之這一篇話，倒替櫻子捏了一把汗，覺得她的話實在嚴重一點。但是看看櫻子的態度一點也不在乎，只是將眼珠望著道之，微微帶些笑容，並不感到怎樣地難受。

清秋一想，這位日本太太是真心這樣地屈服呢？或者是假惺惺呢？也許道之是故意給她這種侮辱，然而就櫻子方面而論，真是能忍受的了。

道之笑道：「清秋妹，你真是一個好人，處在你自己這樣的環境裡，你還要顧念旁人。」

清秋道：「這個你有點不明白。你要知道，越是境遇不好的人，越可以和別人發生同病相憐的情形，我憐惜別人，正是憐惜自己呢。」

道之一拍手笑道：「這是天地反了常，日本人居然有足憐惜的，而且憐惜她的，還是中國人！」如此一說，連櫻子也跟著笑了起來。

櫻子坐在一邊抱著孩子，只管舉目四顧，她彷彿是猜不出清秋這樣居住含有什麼用意？清秋算是懂了她的意思，便笑道：「你別看我這屋子裡不華麗，我很心滿意足了，我只希望一輩子這樣住著，可是環境許可不許可呢？這可就難說了。」

道之笑道：「你說這話也未免過慮太甚了。就算老七會花錢，難道還能影響到你的生活問題上去不成？」

清秋對於這話並不理會，只是默然坐著。

還是道之知道她心裡又有了感觸，便將言語拉開來道：「你現在看的是什麼經書了？大概很有進步吧？」

清秋道：「進步是談不到，不過書是看得不少，現在我正做第二步功夫……」

道之笑道：「那麼更要參禪打坐了？」

清秋道：「絕對不是像你所猜想的什麼參禪打坐，我還是看書寫字，設法增進一點學問。我想一想，像我們做女子的，第一步就是要竭力去了寄生蟲這個徽號，所以我的第二步是幹，不是做了丈夫的寄生蟲之後，再變成一個社會或人類的寄生蟲。」

道之一拍手道：「你這話簡單痛快極了。都照你這法子去辦，那又什麼要緊？」

清秋笑道：「半夜深更，為什麼這樣大嗓子嚷嚷？」

道之道：「喲！你這裡真成了大雄寶殿了，連嚷嚷都不成呢？」

清秋道：「不是如此說，我這院子裡是寂寞慣了的，若是突然熱鬧起來，卻很能引起別人注意的。」

道之指著櫻子道：「那麼，讓她這種人陪著你得了，她是整日整夜不作聲的。」

櫻子笑了，搭訕著抱著孩子聞了一聞。

這時，樓下有人叫道：「四小姐，太太叫你去呢，我們哪兒不找到哇。」

道之聽說，又安慰了清秋幾句，便走了，走出了院子，回頭看看她院子裡那一分淒涼，倒不由得嘆了一口氣。

到了金太太屋子裡，金太太告訴她道：「倒是小憐回來，勾起了我一肚皮心事，你看，她和姓柳的，感情多麼好，偏是你這些兄弟班子，沒有一個像人家的。尤其是老七，他絕不能這樣以不了了之，大概冷家那方面也完全明白了，索性不來往，雖然不知道人家有什麼用意，就著表面看起來，人家總是二十四分讓步，真讓我心裡過不去。」

道之道：「我剛才也是由清秋那裡回來，看她那樣子，倒也安之若素了。」

金太太道：「她雖安之若素，我們能讓她就這樣閉門自守，這樣下去嗎？」

道之聽了這話，倒是怔怔若失，說不出一句什麼話來。

金太太道：「我也不過這樣說起，這也並不是今天就能解決的事情，慢慢再說吧。天晚了，你也可以回去了。」

道之一看金太太是個很傷心的樣子，這話也就不必怎樣地向下說了，說了也是徒惹她難過，便道：「我本來也就打算回去的了，兒女的事，到了讀書畢業，男婚女嫁之後，也就用不著父母再去操心了，他們各有各的主張，事到如今，說也是不行，你就由他們去吧，也別在屋子裡老開著電扇，這種風總是不自然的，吹在身上久了，不見得好，恐怕反而有礙，你最好是早點睡，萬一睡不著的話，出來涼涼也沒什麼關係。」

她說著一行三人自走了。

金太太屋子裡把所有的傭人都散了，現在只有金榮的姐姐和小蘭，道之走了，現在只有幾個姑娘們來陪著，少奶奶們都各有私事，姑娘不來，自然是一個人了，因見小蘭坐在靠門一張藤椅子上打盹，便道：「中午睡了一場午覺，也該過足了睡癮了，怎麼這時候又是這樣七顛八倒的？你去把二姨太請來，說我無聊得很，請她來談談話。」

小蘭揉著眼睛，在燈光下一笑，扶著門走出去了。

這正屋走廊上，本設有兩把藤椅和一個茶几，金太太自行搬到院子裡來，又把屋子裡一壺菊花茶和兩個茶杯一塊兒搬到院子裡，自己坐下，靜等二姨太來談天。

不料小蘭走回來說：「二姨太院子裡漆漆黑，叫了兩聲，八小姐在屋子裡答應，二姨太肚子痛，已經睡覺了。」

金太太道：「既是睡覺了，那就算了，你也乘涼去，讓我一個人在這裡休息休息。」

她一個人坐在藤椅上，四周無人，不知不覺地就抬著頭看了天上出神。

這時，一道深淺明暗的銀河橫攔在天空，成群結隊的星斗滿布在銀河左右，偶然一個長尾巴流星，箭一般地由高而下，她就想著，這又不知道天空中是那個小星球炸裂了，飛出隕石來？假使地球也有這樣的一天，什麼也就完了。

這樣想著，就看著天空中那閃爍不定的星光。當日金銓在時，夏天乘涼，他喜歡談天文的，他說，那就是另一個太陽系的太陽，那個太陽系，當然也有幾個像地球一樣的行星圍繞著，天空上有這些個閃爍的星光，就應該有許多太陽。

這個宇宙是有多麼大呀？我們看別個太陽系也不過一個銅盤大，一個星球也不過一粒豆子大，反過來說，那星球上有人類的話，一定看著地球也是一粒豆子。**全世界不過一粒豆子，全世界上一個家庭，那小的還能去研究嗎？唉！失敗就失敗了吧，照著宇宙看起來，反正是渺乎其小的一件事。**

金太太在今天晚上，本來有一肚皮的牢騷，不知怎樣子自己去解釋才好，於今由幾顆星星上一想，倒反覺得四大皆空，並不足介意了。自己心裡的積悶一經排除，心裡舒服得多了。悠悠的晚風，牆頭上吹來，那種涼意就不斷地向人催眠，昏昏沉沉的，也就睡過去了。

忽然有人推著身子道：「太太，你別著了涼，進去睡吧。」

金太太正入睡鄉，不願人家叫醒，說了一句不要鬧，偏過頭去又睡著，但是過了一會兒，推的人又來叫了，金太太知道是小蘭，說了一句你去睡吧，並不再說什麼。

也不知道經過了多少時候，突然怕人的聲音突破了寂寞的黑夜，只聽得說：「不好了！著火了！不好了！」

金太太聽了這話，猛然向上坐了起來，眼前通亮，滿院子都是紅光，所有院子裡東西都看得清清楚楚，抬頭看時，只見屋後頭冒出幾十丈高的火焰，火頭上的紅煙捲著團，向長空裡直冒，同時那零碎的火星在煙中間亂飛。因為火勢是這樣猛烈，只聽到一種呼呼的聲浪，猶如颳風一般。

金太太哎呀了一聲，轉身向外院走，跑了四五步，覺得不對，又向屋子裡跑，口裡也情不自禁的喊著不好了。

這時，金家男女都驚醒了，裡外亂跑。金太太定睛一看，火在最後進堆東西的空房起來的，到前面還遠，便站在院子當心，用手亂揮著道：「大家不要驚慌，叫人打電話到消防隊。各人先把貴重東西撿撿，再向外搬。」

玉芬一手提一個小箱子，七顛八倒，走到這院子中間站定，口裡只喊怎麼好？怎麼好？佩芳兩手抱了小孩子，渾身篩糠似的抖，牙齒抖得咯咯作響。

鳳舉赤了一雙腳，手裡拿了一只臉盆，鵬振兩手抱一只箱子。鶴蓀光著脊梁，披了一件白紗長衫，一面扣著一面跑，慧廠讓乳媽抱了小孩，自己跟著在後面走出來，抬頭周圍看了看，轉身又走進後院去。

鶴蓀頓著腳道：「你向哪裡去？你向哪裡去？」

慧廠一扭身子，發狠道：「傻瓜！你拉著我做什麼？你不要去救出一些東西出來嗎？看你這樣子，還斯斯文文的，拖上這樣一件長褂，這是做什麼？你要和火神拜會嗎？」說畢，跑了進去了。

這幾句話不但把鶴蓀提醒了，把由書房跑出來的燕西也提醒了，趕著就向他自己院子裡跑了去。

燕西跑到自己院子裡，只見那屋頭上的火焰向天空上亂噴，滿院子火光熊熊，全讓濃煙瀰漫著，樓上幾間屋子一大半都遮著了黑煙，分不出窗戶房門來。

燕西一想，清秋還在樓上呢，這個人脾氣很倔的，不要還鑽在樓上沒有下來啦。如此想著，且不進房間，就順著樓梯直衝上樓去。

不料那樓梯口上的房門竟是大大開著的，由門裡衝了進去，已是覺得煙味觸鼻，令人承受不住，尤其是兩隻眼睛，熏得不好受，這樣看來，清秋在屋裡面，那如何受得了？禁不住口裡喊了起來道：「清秋！清秋！不逃命去嗎？」喊著，直衝進屋子裡去。

這屋子裡，電燈雖還是亮的，只因黑煙重重包圍，也不十分清亮，在外屋子裡，卻看不到裡面屋子，外面屋子無人，伸頭看看裡面屋子，黑煙更甚，也是沒有人。她不是一個傻瓜，其餘的屋子自然是沒有人，樓下還有許多東西，趕快跑下樓去拿東西要緊，也不再喊清秋了，連竄帶跳，跑了下樓去。

自己剛下樓梯，身後卻也有樓梯一陣響，回頭看時，有陣小孩子哭聲，一個女子由走廊下一踅，已跑出院子去了。

燕西看到，心想，那豈不是清秋？我在樓上亂找亂嚷，她為什麼倒不作聲？因又喊道：「清秋！清秋！你不來拿一點東西走嗎？」

然而在他這樣喊時，人已經走過了迴廊，出院子去了，不但是沒有回聲，而且頭也不曾轉過來看一看。

燕西見她如此，也不再去追問，在煙霧中奔進了屋子，先把自己放現款支票的那個箱子拖了出來，帶跑帶拖，搶出了房門。一看樓上，已經有一角屋簷沾著了火焰，火聲風聲呼啦作響，已是鬧成了一片，似乎是救火會消防隊的人都到了，外面已經發出了軍號聲警笛聲，同時救火人的呼喊聲。

燕西生平不曾搬過什麼笨重傢俱，這時兩手一身和一個箱子廝搏，渾身是汗，再被聲音一驚擾，人簡直不知道如何是好，加上那火焰頭上冒出來的火星四面紛飛，灑到院子地上，更是嚇人。

燕西要走，手裡放不了那只箱子，不走，又站不住腳，正在萬分為難的當兒，只見煙火叢中，一個人跳了進來，高聲叫道：「七爺！七爺！快出去！火打後面來了！」

燕西聽那聲音是李升，便道：「快來吧，我這只箱子。」說著氣喘喘地將箱子拍了兩下響。

李升這時已看得清楚，跑上前來，舉起箱子向肩上一背，頓著腳道：「七爺，你在前面走，我在後面跟著，別耽誤了。快走快走！」

燕西見李升已經背了一個箱子，自己手上是空著的，卻待一轉身進去，再背第二只箱子，李升伸出手來一把將他衣服抓住，喊道：「怎麼著？你不要命了嗎？」

燕西聽到李升口出不遜之言，也有點氣，便道：「你怎麼回事？」

李升依然抓著他的手道：「我的爺，你也看看前面是一種什麼情景，還能走過去嗎？」說著，也不管燕西同意不同意，一手拉住肩上的箱子，一手抓了他的衣服，拼命地向外奔。

待燕西奔出那裡院子門時，只聽到轟隆隆一聲，也不知道是倒了牆，也不知道是坍了屋，只覺那火焰向四周一撒，煙霧裡夾著許多灰塵，向人身上直撲了來。燕西看了這種情形，也覺再耽誤不住，只得跟了李升跑。

到了前面院子看時，已是零零碎碎，搬了不少的東西在地面上。也有許多消防隊拿了鉤耙梯子，各種救火器四處亂跑，同時，親戚朋友家裡，也各有人來慰問和幫同搶救物件的，百忙裡抬起頭來，看那火焰沖上天空，大半邊天都是紅色。

在火光中，看到牆頭上和屋頂上站了許多人，尤其是注水皮管放出來的水頭，猶如一條水龍在火焰中，直穿了過去，射到燕西住的那所後樓去。

眼見那樓上的火光一伸一縮，極力和水抵抗。牆後面的火光兀自捲著幾十丈大小紅煙團慢慢上升，火勢還未見少煞，那些救火的人也不知得了一種什麼暗號，十幾個人一齊撲上牆頭，伸著鉤耙就把燕西住房前面的一排低屋一齊打倒，嘩啦啦一聲響得驚天動地，這一下子，算是把火頭已然斷住。

金太太站在人叢中，禁不住口裡念了一聲佛。

鳳舉嚷道：「不要緊了，火路算是斷了。」

不過他們雖是在慶幸著，然而燕西所住的地方，已經在火路裡面算是犧牲了。

## 八　生死未卜

金太太到了這時，目望著火光，已經出神了許久，忽然哎呀一聲道：「這可不好了。」

鳳舉道：「你老人家又發什麼急？火不至於再燒過來了。」

金太太道：「清秋呢？清秋呢？還有小孩呢？」

大家猛然想起，都叫了一聲哎呀。

燕西在人叢中擠出來道：「我進去拿東西的時候，曾搶到樓上去找她的，可是隨便怎樣地叫，也不見人，後來我下樓，看到她抱了孩子走出來了。」

金太太走近前一步問道：「是走出來了嗎？這不是鬧著玩的！」

燕西道：「事到如今，我哪裡還有什麼心思鬧著玩，她抱著小孩出來的時候，我還聽了小孩哭的呢。」

金太太道：「既是出來了，何以不見她出來？」

站在院子裡的人，大家都說沒人看到。

金太太道：「老七不要是看花了眼吧？若是有個三長兩短，一大一小，天啦，那……那……真作孽。」

燕西道：「我清清楚楚看了她走的，若不是她，除非是鬼顯魂。」

金太太道：「老說是她，人呢？」

慧廠道：「大家不要慌，好在火不要緊的了，四處找找看。」

燕西搶了一陣東西，心神剛剛粗定，這時經大家一恐嚇，他也慌了，轉身就跑向外邊去。

金太太抬著手喊道：「糊塗蟲，你到哪裡去？」

燕西道：「她膽子小，也許在大門口。」說畢，依舊向外跑。

這時，火路雖然斷了，火勢有沒有熄滅的希望，還是不可必，加之救火隊怕電線走火，已經把幾個總電門都關閉了，前前後後的電燈算是一齊熄了，大家只在暗中摸索，也沒有誰敢離開東西去找人。

金太太最擔著一分心，一個兒媳，一個孫兒，設若不幸葬身火窟，未免太慘了，兒媳們都要救東西，既沒人肯走，只得催著小蘭道：「你也給我找找人去，燒光不燒光，你反正是窮骨頭，為什麼捨不得走呢？」

小蘭雖然心裡害怕，已經燒了許久，恐嚇的時間一長，人也有些麻木了，既是金太太催著去，不能不分身去找找，但是她也沒有定見，隨便跑了幾個院子，一無所得的又回來了。

燕西跑出了大門口，問問人，也是不知蹤影，重回院子來。現在火勢漸漸低下，已不至於再行燃燒，結果，算是燒了一排堆東西的空房，和燕西住的半幢樓院，平房是拆掉的，隔壁院子裡，鵬振所住的也拆掉一間房。

照著警察章程，失火的人家，帶事主到區問話，要負失火的責任，但是體面人家，著個聽差到區轉一轉就行了，至於失火的原因，便可以說是空房電線走火，連失察的責任都不必去負的。

這裡的警察人物對於前國務總理家失火有什麼可說的？現在正是空房起火，這也不用金宅報告，他們自己調查所得，便是電線走火，現在金宅只兩位管家，彼此都極相熟的，也不便帶區問話，含糊便算了。

火勢既熄，把總電門重開，大家又重新來找人，這一會兒子，算是大家都動身了，然而由內及外，由外及內，找了幾個來回，哪裡看到清秋的影子？這就不能不疑心她是逃走了，或者燒在火裡的了。

現在金家算又熱鬧起來，親戚朋友們不斷地來慰問，外面客廳裡擁擠著好多男賓，金太太上房裡，是擠著全部的內眷，火的事都扔到一邊，大家議論著清秋失蹤的事，有些人說，清秋抱了厭世的主義，燒死了也未可知；有些人說，她不是那樣傻的人，要自殺，簡便的法子很多，何必跳在火裡去死呢？

今晚親戚朋友都有人來，只是冷家沒理會，他們有姑娘在這裡，豈有不過問之理？準是清秋跑回去了，所以冷家不必來人，倒是這一句話有相當的理由，金太太連忙派人到冷家去打聽，不到一小時，打聽的人回來說，冷太太就不知道這裡失火，還問七少奶平安嗎？我說，只燒了幾間閒房，沒事。冷太太說，夜深了，家中無人，不便出門，明天再來。

金太太得了這種報告，稍微鎮定一點的心事又復跳盪起來。這個人就算沒有燒死，只是不辭而別，就這樣走了，也是一種不好的現象呀！

大家紛紛議論，不覺得也就是東方發白，金太太再也忍耐不住了，親自帶了幾個人到燕西那幢院子裡去，將火燒的所在挑掘尋找了一陣，看看可有屍首？然而尋了許久，並沒有什麼形跡。

金太太尋過了一遍，鳳舉又帶著人來尋找一遍，這也就太陽高照屋頂了。金太太站在這院子門邊，整有二小時，見並沒有不幸的痕跡，心裡才算平安了許多。燕西、金榮已搶著來報告，說是冷太太來了，這句話不能不讓金太太心裡一跳。

這個時候，金太太還不曾轉了身子，小蘭已搶著跑了來報告，說是冷太太來了，金太太心想，這個地方怎好讓她來看？只是她已來了，自也拒絕不得，因此迎著出了院子門，先在那裡等著。

不大的工夫，冷太太來了。她總是抱著古套的，這個日子，上身穿了夏布褂子，下面還飄飄灑灑的繫著一條長裙子，那樣子自然是很鎮靜的。

金太太迎了上前來先皺著眉道：「我們不幸得很啦！」

冷太太道：「是呀，昨天晚上我聽說府上走了火，身上立刻就抖起來，後來聽說沒有多大的損失，我心裡就寬了，你是知道的，我家裡人口少，半夜深更，那是走不開的，清秋這孩子是大意的，這一程子總是淘氣，我也沒有她的辦法，她昨天晚上在……」

冷太太說著，一面只管向裡走。她一腳踏過了走廊門，哎呀了一聲，向後一退，她已看到那個很幽雅整齊的小院子變成瓦礫之場了。

她初進金家大門的時候，除了看到地面上透濕之外，其餘一切如常，原來種種揣測差不多一掃而空，倒也心裡很舒服，現在看到女兒所住的地方竟燒成了這種情形，大大出乎她意料之外，立刻臉上顏色青一陣白一陣，站著也有些前仰後合的不定。

她手扶著走廊上的一根柱子，望了金太太道：「她……她……我那孩子呢？」

金太太看她那種情形，臉上正也是一樣的青白不定，現在冷太太既問起來，只得鎮靜著道：「這還有緣故的，你不用慌。」

冷太太道：「有緣故的嗎？她究竟死了沒有死呢？別的我也不問了。」

金太太道：「死是沒有死，但是人也不見了。」於是把昨晚失火，燕西看到清秋的情形說了一遍。

冷太太道：「喲！他和她是冤家了，他的話哪裡會靠得住？這樣說，我的孩子準是沒命了。」

只說到一句沒命，早是哇的一聲哭將出來。

金太太雖不願意人家哭，然而人家丟了一個女兒，又怎能禁止人家不哭？只得靠了門框，站在一邊乾望著。

冷太太究竟是個斯文人，在人家家裡一個人放聲大哭也是不對，便掏了手絹捂住嘴，自己勉強地忍住了哭，然後揩著眼淚道：「還是在火場子裡面刨刨吧，也許可以找出來的。」

金太太道：「你就放心吧，你想，你的姑娘是我的兒媳，你的外孫是我的孫子，我能說馬馬虎虎不找個水落石出嗎？」

冷太太也不肯再說什麼，緩緩地走進了那院子門，見清秋住的地方，地下的磚瓦堆有一尺多厚，亂七八糟的在瓦礫堆上，架了幾根橫梁，三方的磚牆，禿向空間立著，屋子可是沒了。開窗戶的地方，牆上倒露了幾個焦糊的窟窿。

冷太太向著天嘆了一口氣道：「老天怎麼也是專和這孩子為難，偏偏是把她住的這屋子給燒了？這孩子命苦。」只這一個苦字說出來，嗓子一哽，兩行眼淚又滾將下來。

金太太道：「你放心，我決計不騙你，她實在沒有落在火裡。只是她這樣走了，走向哪裡去呢？我們然還是很納悶呀。」

冷太太又自己拿著手絹擦了一擦眼淚，向金太太道：「我到你屋子裡去坐坐吧，在這裡我瞧著怪傷心的。」

這句話兜動了金太太也是心裡一酸，只是人家剛停止哭，怎好又去招人家？便道：「我也有話和你細談一談呢。」說著，自在前面引路。

冷太太到了金太太屋子裡，只見所有的陳設收拾了一大半，桌子上椅子上都亂放幾只箱子，因道：「你這屋子裡也預備搬動的嗎？」

金太太道：「噯！你哪裡知道？昨天晚上的火，簡直紅破了半邊天，到處火星亂飛，不是消防隊拚命的救，十幢這樣的房子也燒掉了。因為火那樣大，大家各逃生命，就沒有顧到別人，等火勢稍頓一頓，我就想起清秋來，一陣亂嚷，大家這才急了。」

冷太太道：「你良心好，將來總有你的好處，你瞧，府上這些個人，沒有人注意到她都罷了，燕西和她是什麼關係？也會不知道。哎！」

冷太太嘆過了這一口氣，坐在椅子上，好久不曾說第二句話。

小蘭過來倒茶，冷太太道：「你七爺今天總應該在家吧？你請了他來。」

小蘭答應著要去，冷太太又道：「你可千萬別說我在這裡，要不然，你算白跑一趟。」

金太太聽她的話，很有些譏諷的意思，待要點破一兩句吧，燕西這個人是沒有準的，也許今天早上真不在家，原不必做什麼壞事，他一想左了，真能開了汽車滿城去找清秋的，因之金太太也默然坐著，但是只管默然也不行，好好兒地也嘆了兩口長氣。

小蘭去找了燕西一趟，還是一個人獨自回來。

金太太問道：「七爺呢？又不在家嗎？」

小蘭道：「七爺不大舒服，在書房裡躺著呢。」

金太太道：「你沒有說冷太太來了嗎？你這個傻東西。」

小蘭頓了一頓，想了一下，便道：「我是照著太太話說的，請他來。他躺在沙發上，沒有起身，只是說身子疲倦極了。」

金太太向冷太太道：「你看這孩子，真是不經事，昨天晚上就這樣鬧了一下子，今天他會病倒了，怪是不怪？」

冷太太道：「也不必他來了，我也沒有什麼話對他說。就是對他說，他不聽我的，也是白費幾句話。現在只有請求你，想個法子趕快把這娘兒倆找回來，不看僧面看佛面，你念著小孩子，也應當把她找著。我們親戚，彼此都用不著瞞的，我這種窮家，哪裡還拿得出錢來懸賞格呢？」

金太太道：「這件事，要那樣辦，那就會鬧得滿城風雨的了。老實說一句，清秋真是走了的話，無非為了他們夫妻不和睦，負氣走的，要回來自然會回來，不回來，絕不是報上一段廣告可以把她找回來的。」

冷太太聽了這話，突然將臉色一正道：「這樣子說，我們就看著她丟了，一點辦法都沒有的了？你是兒孫滿堂的人，可以不在乎，你想我就這一個姑娘，怎能夠不掛心呢？我把這孩子從小養到這樣大，真是不容易的呀。」

她說著話，情不自禁地又哽咽起來了。拿了手絹不住地擦眼淚，眼淚依然是不斷地向下流著。

金太太固然是個很精明的人，然而她的心術卻是很長厚的，她見冷太太一行眼淚一行眼淚地流著，自己雖有衛護燕西的意思，就也說不出口，只得默然坐在一邊。

冷太太哽咽著：「在一年以前，我絕想不到今天是這種情形，我本來就苦，如今索性只留我這一個寡婦，真是苦上加苦的了。」

這幾句話，也不免兜動金太太一番心事，心一酸，跟著就流下淚來。兩位太太彼此相對地流著淚，一句話不能說出，於是乎站在旁觀地位的小蘭，也不知有一種什麼奇異的感觸，眼圈兒一紅，眼淚也要向下落。

金太太一回頭，見她靠了一張高茶几，有那種悲慘的情形，便道：「這倒怪了，與你有什麼關係，要你做出這種縮頭縮腦的樣子來？」

不說明，小蘭倒無所謂，一說明之後，小蘭倒很是不好意思，只得一低頭走出了房門去。

冷太太是個柔懦的人，平常就不容易和人紅著臉說一句話，現時在親戚家裡又哭又說，已覺是萬分地越出了規矩，連著人家丫頭都引動得哭起來，如何再好向下去說？只得擦擦眼淚道：「咳！事到如今，哭也是無益，還總是請親母太太想個法子，就是找不著她回來，也要打聽打聽她究竟是死是活。」

金太太道：「這自然是我們這邊的責任，就是親母太太今天不來，不說這話，我難道也能置之不顧嗎？我已經告訴他們弟兄幾人，大家分頭去打聽，只要不出北京城，不會找不著的。」

冷太太對於這個答覆，雖不能十分滿意，然而在事實上，除了這個，也沒有第二個辦法，這也只好忍耐著，不能再去做第二步的要求，便嘆氣道：「只要親母太太看這辦法好，我也沒有什麼說的。她雖是由府上走的，總不成我還要向府上要人？」

金太太聽了她這話，自是有些不高興，然而看她那種悽楚的樣子，絕不能再與人以難堪，便道：「她究竟是個人，也沒有犯什麼法，當然可以行動自由，況且昨晚上，家裡又是那樣忙亂，她和家裡人一樣的逃難，誰又能夠禁止她不走呢？」

冷太太道：「雖然是如此說，假使燕西有一分心事關照她，我想也絕不會落到這步境況的了。」

金太太被這話頂住了，答不出所以然來。

恰是道之、敏之從後面進來，她們是比較和冷太太熟識些的，一齊走了進來。先安慰了冷太太一陣，然後又說出了許多辦法來。

冷太太道：「別的什麼都不說，事情已是鬧到這種樣子了，不談什麼責任不責任，在情分上說，我們這位姑爺也應當來和我商量個辦法。我真不料他躲個將軍不見面，簡直不理會我，我是又傷心，面子上又難看。」

道之道：「我又要替他辯護一句，他並不是躲著伯母，他實在因為這事對不住人，見了伯母有些慚愧，當了家母在家裡，他又怕更受什麼責備，所以暫時不出來，等一會兒我必定讓他到伯母家裡去，想出一個妥當辦法來。」

敏之道：「我看伯母暫時不要回府了，在我們這裡先等一等消息吧。」

冷太太道：「我在家裡，只知道府上走了火，真沒料到有這件慘事，家裡什麼事都沒有安排，整天地在這兒等消息可是不行。」

道之道：「伯母家裡有事，只管請便，我們這兒得著消息，隨時向你府上去報告。」

金太太道：「你就有事，也在我這裡寬坐一會子，等他們分途去找人的帶些消息回來。」

冷太太也沒有說好，也沒有說不好，嘆了一口氣，抽出一條手絹，擦了一擦眼淚，那眼淚水只是一行一行地向下滾著，道之敏之只管看了不過意，只管去安慰她。

又談了一小時，冷太太見沒有消息，又站起身來告辭，兩手伏在胸前，向金太太作了一個揖，很誠懇地道：「親母，孩子的事，託重你了。」說著，又轉過身來，向道之姊妹揖了一揖。

大家都譁然起來，說是不敢當。金太太握著她的手道：「親母，你放心，我還有四個女孩給人呢，你這樣，不是讓我更不過意嗎？」

冷太太垂著淚，點頭道：「親母這樣說，我就放心了。」一面說著，一面向外走。

金太太道：「各憑各良心，我反正不能把一個孫子犧牲了。別的話能假，這一句話，我總不會假的。」說著話，執著冷太太的手，只管向外面送著，一直送到洋樓重門下，才止住了不送。

道之姊妹更一直送到大門口，吩咐開汽車送了冷太太回去，直等汽車開走了，然後才回來。走到金太太屋子裡，只見她沉著臉色道：「老七這東西太可惡了，這樣重大的事情全不理會，就讓老母親一人替他扛著嗎？」

道之道：「實在也是不對，剛才冷伯母在這裡坐著，說的多好，他能夠出來見一面，也讓人家心裡好受點，我去問問他去，這是個什麼用意？」說著，就向燕西的書房裡走來。

走到門口，裡面是靜悄悄的，並沒有一點聲息，伸頭向窗子裡一望時，只見燕西躲在一張睡榻上，手上拿了一張白紙翻來覆去的，折疊著玩意兒，目光看了那張，只管出了神，似乎東西折疊成功不折疊成功都不在乎，只是要繼續折疊著方才有趣。

道之站在門外停了一停，見他並不注意到門外，便喊了一聲老七。燕西一回頭，連忙站了起來，讓道之坐下，問道：「你還沒有回去嗎？」

道之道：「家裡鬧了這樣大的事，我總得在家裡安慰安慰老人家，哪能像你這樣沒有心肝，一點兒不在乎？」

燕西道：「我怎麼沒有心肝？火已經燒了，燒的就是我，我算倒楣極了，我有什麼法子？叫我對火場痛哭一頓不成？」

道之道：「你還要強嘴？老婆兒子生死不明，你倒坦然無事？」

燕西道：「她走了，叫我有什麼法子？這大的北京城，叫我滿市亂找去不成？」

道之道：「隨便怎麼說，你都有理，剛才你岳母來了，你怎麼不去見一見？人家只有這個姑娘，嫁了你，只望前途光明，結果是火燒走了，你也不去安慰人家兩句，假使不是文明人家，和你要起人來，你打算怎麼辦？」

燕西兩手一撒道：「讓她要人得了，充其量也不過是打官司。可是我有嘴，我也會說，一個人不是一件東西，哪裡看守得住的？哪個丈夫也不負看守妻子的責任吧？」

道之冷笑道：「你倒辯白得有理，你會說這些個話，怎麼不去對你岳母說呢？若是一個人藏在屋子裡說這種話，那不算什麼。」她說著話，臉可就紅了。

燕西倒不料道之向來為著自己的，今日也是這樣有氣的樣子，便道：「你不要信旁人的話，以為我怎樣薄待清秋，把她氣走了，其實不過我忙一點，沒有工夫敷衍她，她就對我不滿。我的脾氣，你也是知道的，她既然是對我不滿，我又何必苦苦遷就她，因此二人就生疏了。你想，她忽然會搬到樓上去住，簡直要和我絕交的樣子，我這個人能受她那種手段，對她低聲下氣將就下去嗎？」

道之道：「她搬到樓上住，不是為了你要到德國去，才氣出來的嗎？」

燕西道：「這就不能往前推了，不是她有對我不住的所在，我也不會氣出這種話來的。」

道之道：「我以為這些話都不必去說了，我做姐姐的，總願沒有人說你的短處才好，難道讓大家說你虐待女人了，我還有什麼面子不成？只是現在人生死未卜，你總應該把她的短處忘了。」

燕西道：「不是這樣說嗎？我正躺在屋子裡發愁呢。」

道之道：「我本來也不願多管你們的事，可是母親說，你們的婚姻完全是我一個人促成的，現在鬧成這種樣子，我要負責，我聽了這話，我怎樣不生氣，當著你們可生可死，那樣要好的時候，拚命地要求結婚，我們在一旁的人，倒能說將來一定會翻臉，攔住你們不進行嗎？」

道之越說越有氣，嗓子也越說越高，到了最後，左腿向右腿上一架，兩隻手抱了左腿的膝蓋，偏著頭向一邊看著。鼻子哼一聲，冷笑道：「假如再換一個人的話，不見得比清秋好，苦還在後頭呢，這倒是我料得定的。」

燕西偷眼看著道之，實在有了氣，這個姐姐向來是疼愛自己，又肯幫忙，終不成把她也給得罪過來了，便站起來向她拱拱手微笑道：「不要提那些了，只要你能和我想個法子，我和她彼此兩全，我沒有什麼不遵照辦理的。」

道之向他望了一眼，哼了一聲道：「你還有心肝嗎？事到如今，你居然還笑得出，家裡固然鬧得是家敗人亡，你幾乎也是殺人放火了。」

燕西臉一紅道：「四姐，你這話也未免特重一點吧？」

道之把架的大腿放了下來，在地板上用腳連點了幾下道：「不重！不重！」

燕西兩手向胸前一抱，昂著頭，兩手又一揚道：「殺人償命，欠債還錢，天大事也完了，就算冷清秋是我逼走的，我也不過陪她一走，也就完了。」

道之道：「你陪她一走，這倒正合了你的計畫了。我告訴你，別起那種糊塗心事，以為靠著白秀珠的力量，到德國去就可以發財，秀珠根本上就是不可侵犯的小姐脾氣，你再要去依靠她，她這一分驕氣應該長到什麼程度？你受得了嗎？」說時，將手連連向燕西指點著。

燕西板了臉道：「你那樣瞧不起我，簡直損壞我的人格。」

道之道：「我是好話，你別以為我踢了你的痛腳*，你心裡難過，你要知道現時難過，比較將來難過好得多呢。你不必和我爭論，我們同到母親那裡去，看她對你說些什麼？一個人有理無理，決計不是自己可以強說出來的，總得求大家的公論，你不信，就和我一同走。」說時，推了他一推。

燕西身子一扭道：「我不去。」

道之道：「哼！我也知道你不去呢。」說畢，一掉頭走出屋子而去。

道之到了此時，總也算二十四分不滿意，一人走到金太太屋子裡來，臉上還是怒氣未息。

金太太道：「你見著他了，他說些什麼？」

道之道：「有什麼可說的？這孩子算是毀了。」她說了這話，也是一偏身子坐在椅子上，架了腿，兩手抱著膝蓋。

金太太道：「你也是這樣大的氣，他究竟說了些什麼？」

道之道：「他是利慾薰心，想靠了自家一條路子去找出身，所以家裡的事無論失敗到什麼樣子，他都是滿不在乎。我也不願說了，反正是我自己的兄弟，我要批評得他一個大不值，與我有什麼好處呢？你要願意知道他說些什麼，你就自己去問他吧，我是不好意思說的了。」

金太太究不知燕西說了些什麼，道之既是不肯說，自也不好怎樣問得。便又叫小蘭再去催燕西來。

這時，燕西一人躺在睡榻上，兩手牽了一根繩子，只管互相扭著，眼望了天花板，口裡隨便地哼著。

小蘭站在書房門口，先叫了一聲七爺。燕西手裡，依然牽著那繩子，不曾理會。小蘭又大聲道：「太太請你呢，七爺，你聽見沒有？」

燕西一翻身坐了起來，皺了眉道：「你們怎麼回事？我在書房裡靜靜地養一會兒神都不能夠嗎？去！去！別在這裡打攪。」說著這話，連連地揮了幾下手。

小蘭怎敢和燕西抵抗，沒有作聲，低頭走了。

燕西站了起來，長長地嘆了一口氣。昨晚上搶出來的一口箱子放在書房裡邊屋子，進去對箱子出了一會神，又嘆了一口氣。

他望了許久，忽然嘆了一口氣道：「我料不到呀。」說時，自己一個人想要上前去開箱子，手剛一扶到箱子蓋，又愣住了，還是退了回來，依然倒在睡榻上，架著腿搖撼了出神。

出神了許久，還是跳了起來，又到那間小屋子裡去開箱子。箱子打了開來，一看那裡面亂七八糟的，所塞的一些衣服和零用東西胡亂的糾纏著一處，簡直分不出哪項歸哪項起來。在箱子面上爬梳了一陣，好容易找出自己的存款摺子和支票來。

向來就怕校閱數目字，而今在失意的時候，倒要去仔細盤查幾個月來揮霍的總數，這如何不頭痛？因之兩手抱了這些有數字的文件，猛然向箱子裡一擲，又昂頭嘆了一口氣道：「反正是花費乾淨的了，完了就了事吧，算什麼勁兒？」

外面忽然有人插嘴道：「怎麼一個人在屋子裡嚷嚷起來了？」

燕西一回頭，原來是朱逸士來了，因道：「你瞧，糟心不糟心？好好地來這麼一場火，專燒我一重院子，我現在是合了那句俗話，人財兩空。你瞧，我是應當怎樣辦？」說畢，也到外邊屋子來，一仰身子在睡榻上坐了，接著兩手一拍。

朱逸士也皺著眉道：「說起來，真也是怪得很，怎麼偏是在這個時候嫂夫人會失蹤了？」

燕西搖搖頭，嘆了一口氣，又將腳在地上塗了幾塗，他胸中那一種抑鬱不平之氣，只在幾項表示上，可以知道他簡直是沒有法子可以發洩出來，其痛苦也就可想而知了。

朱逸士看了他發愁，倒沒有什麼法子去安慰他。一看燕西分開了兩條腿坐著，兩隻手肘撐了兩個膝蓋，將兩隻手托了頭，眼睛望了地板，頭髮向前散著，披了滿額和滿臉，朱逸士道：「事已至此，你懊喪也是枉然，你沒有打聽嫂夫人現時在什麼地方嗎？」

燕西道：「偌大的北京城，叫我到哪裡去打聽？她不下決心也不會走。這個我倒無所謂，只是我心裡有一種說不出來的痛苦，長了這麼大，我今天算是知道什麼叫痛苦的境遇了，這痛苦，自己也不知道是為了人，還是為了東西，你給我想個法子，要怎麼樣解釋這層困難呢？」

朱逸士不禁笑道：「我又不是你肚子裡的蛔蟲，連你自己痛苦在哪裡還不知道，我們做朋友的知道從何處下手？」

燕西依然兩手捧了頭，臉向著地板，不曾掉動。

朱逸士走向前，拍了他兩個肩膀，笑道：「前面客廳裡有許多人在那裡，大家到前面去談談吧。談談笑笑，你就會把煩惱解除了的。」說著，拉了燕西手臂就向書房外面拖。燕西勉強地站了起來，就讓他拖著走。

到了前面客廳裡，所有弟兄們的朋友差不多都在這裡，看見了燕西，大家都感到他是此次受難最重的一個人，都和他拉著手，說他受驚了。

燕西笑道：「也無所謂，向來就抱著隨地化緣的宗旨，火燒了，倒落個無掛無累。」說著，倒笑嘻嘻地在一張軟椅上靠了背，半躺著坐下去。

劉寶善口裡銜了一根雪茄，竭力地吸了兩口煙，閉了眼睛，出了一會神，嘆了一口氣道：「唉！這一程子，大家的運氣都不大好哟！」

鳳舉道：「你還發什麼牢騷？你的生活問題算是解決的了。」

劉寶善站起來，向鳳舉連作兩個揖，笑道：「我的大爺，別這樣抬舉我，我可受不了，許多人都說我生活問題解決了，以至於想找一點小事混混也不能夠，人家總說我用不著忙這個，上次那個大竹槓，不都是這空氣壞的事嗎？再要來一下子，可要了我的命。」

燕西道：「有什麼要你的命？反正比我強吧？我現在真是兩袖清風了。」

說著話時，鶴蓀嘴裡銜著一杆七寸長的象牙小旱煙袋，上面燃著大半截煙捲，身上穿了一件舊直羅長衫，可踏著一雙拖鞋。

他皺著眉，緩緩走進來，兩手輕輕一拍道：「這回可是真正地散了。」說畢，右手取下小煙袋，左手伸平了巴掌，彎腰向著痰盂子裡敲了敲煙灰。

鳳舉皺了眉道：「我們二爺真有點名士派，你看他這從容不迫的樣子，他帶了一句話到這裡來報告，只說了一個頭子，人家都等著聽他的下文，他倒是那樣沒事似的，許久也不露出一個字。」

鶴蓀依然將小旱煙袋在嘴裡銜著，向旁邊一張藤椅上坐下，吸著煙捲道：「忙什麼？反正沒有昨天晚上發火那樣著急。」

鳳舉道：「我就讓你從從容容地說吧，現在大家都在聽你下半截的話，這下半截怎麼樣？」

鶴蓀道：「母親剛才說的，說是家裡一切的用途都減少了，又何必住這所大房子？她決計搬出去獨自過活。你想，她老人家走了，我們還能住在這裡不成？慧廠說了，她真要搬。」

鳳舉道：「真有這件事嗎？」

鶴蓀道：「當然是有這件事，沒有這件事，難道我還成心來撒這樣一個謊不成？」

鳳舉道：「其實據我看來，也不必急急地走上這條路，只要別的事儉省一點就成了，至於房子大，是自己的，又不多花一個錢。」

鶴蓀道：「你這是只知其一，不知其二，雖然住著不花錢，倘是大家搬出去了的話，租給別人住，豈不會掙了一些錢進來嗎？」

鳳舉道：「難道我們家裡還差這幾個錢用？到了我們家都要幹吃瓦片的生活，大事就完了。」

他對於這幾句話，倒是輕飄飄地說出來的，可是大家一聽之下，都默然地不說一句話。

燕西是不大理會各人的意思，就問坐在身邊的鵬振道：「三哥對於這件事持著什麼態度？」

鵬振沉吟著道：「真是大家要搬出去的話，那也好，我的意思，以為各人組織了小家庭，大家有一種方便。」

燕西淡笑一聲道：「現在倒是我好了，大家庭也好，小家庭也好，對我反正無所謂，我一個人，哪裡也好安身。」

鳳舉道：「你這叫胡說！難道你的孩子和媳婦就聽其自然地消失，不去找了嗎？」

燕西道：「就是找回來的話，她也未必能和我合作，我覺得她不下散夥的決心，是不會走的，夫婦勉強結合，那也沒有一點趣味，倒是這樣地痛快。」

他如此一說，滿屋子的人又是一次默然。

還是燕西嘆了一口氣，站起來道：「大家別這樣愁眉苦臉的了，有什麼開心的話，大家談上一談吧。」

鶴蓀向朱逸士道：「你看到哪裡有適合的房子沒有？我倒不必要大，只要乾淨點就行了。」

朱逸士笑道：「你這個大字當然是以現在府上的屋子為標準。可是比這小下去，三間房是小，一間也是小，究竟要小到什麼程度才合適呢？」

鶴蓀笑道：「當然不致於小得到一間或三間房那種程度，像你們住的那個樣子，也就行了。」

鳳舉聽到鶴蓀所說，竟是搬定了，心中很不高興。但是果然老太太有了這個意思，兄弟們是遵慈命而行，自己哪裡干涉得了？皺了皺眉道：「這都是急其所緩的話。現在我們先要談到火場上的善後問題，你所說的，又不是今天明天的事，忙什麼呢？我看燕西倒應該到裡面去，向母親請示一下，應當怎麼樣去對付冷家？」

燕西道：「我悶得了不得，這些人在這裡，大家談談，也可以解解煩悶，你一定要我去見母親做什麼？見了母親，也不過是多挨幾句罵，要找人，只有兩條路，一條是在報上登廣告，一條是到區署裡去送個報告單子，報告走失，讓他們通知城內警察去留意，這兩件事似乎都此路不通吧？叫我滿街滿市找去，我可辦不到。」

鳳舉道：「沒有法子想，難道就如此置之不理不成？」

劉寶善點了點頭道：「這是規規矩矩的話，七哥總應該和老太太去商量一下，事已至此，總還是圖個結束，不再擴大才好。」

燕西道：「怪話了。還擴大些什麼，再燒一次房子不成？就算冷家和我要人，也不是我轟走的，何況我金家還有一個小的陪著去呢。」

朱逸士正著臉說道：「這倒是正話，置之不理總是不好，想辦法不想辦法是一事，辦法行得通行不通又是一事，若是老太太方面不免責備兩句，這也沒有關係，總不能因為老太太責備，你就永久不見老太太。」

燕西因大家都勸他去見母親，不便堅執不去，慢慢地站起來，微嘆了一口氣道：「真是讓我沒有法子！」說了這話，於是緩緩地踱出客廳門，走向金太太屋子裡來。

金太太正躺在一張睡榻上，手裡拿了一掛佛珠，一手掐著，一手數著，眼睛微微閉著，似乎是心無二用。

燕西緩緩走進來了，她依然在掐著佛珠，並不睜開眼來理會，燕西本想叫一聲媽，也不知道什麼緣故，這個生平最先會說的一個字，竟一時說不出來，既不能驚動母親，又不能來了之後，轉身就走開，只得在母親對面一張椅子上隨身坐下。

他手碰了桌上的茶杯，叮噹一下響，金太太這才睜開眼來，冷笑一聲道：「你還有工夫來看我？你不是很忙的嗎？」

燕西手扶著桌上的茶杯，轉著杯子，遠遠地看看杯子上的畫，並不曾作聲。

金太太道：「你現在腦筋有點麻木不仁吧？怎麼燒了房子丟了人，你還是一點沒有事似的？」

燕西道：「我怎麼會沒事似的呢？我到現在為止還是坐立不安，可是坐立不安，也只能急在肚裡，難道我還擺在臉上，只管又說又哭地道著苦情不成？」

金太太道：「事到如今，我也管不了你們了，我決計搬出這屋子去。」

燕西手拿著茶杯，只管轉著看花紋。他又望了金太太正要說什麼，只聽李升在外面叫道：「這樣熱的天，就是沒有什麼危險，那裡一股火氣沒有退，也不該過去，現在打傷你，你怪誰哩？主子家裡有這種不好的事，你倒要討小便宜？」

金太太便喊道：「李升，你說什麼？」

李升走到房門外，隔著紗簾子道：「那廚房裡一個打雜的，他跑到火場上到土裡去掏東西，牆上落下幾塊磚頭，由耳朵邊斜劈下來，肩膀上打腫了，他要跑來求求太太恩典，給他幾個錢養傷，我把他罵了一頓。你想，上上下下，大家心裡都怪難過的，他還要來求恩典，這種人簡直是沒有心肝。」

金太太道：「他在火場裡去掏東西，什麼意思？」

李升道：「他以為七爺屋子裡，金銀財寶是燒不了的，一定都埋在亂瓦亂磚裡頭，他趁著家裡人都沒有心思，想先掏出一些去，太太，你想這東西可惡不可惡？」

金太太嘆了一口氣道：「人心都是這樣的，無知識的人，也就不必和他去計較了。」

李升道：「我倒在土裡頭刨出一個小扁箱子，大概是七爺的，外面還沒有壞，好好還鎖著呢。」

燕西由屋子裡搶了出來道：「還有個箱子嗎？怎麼樣的？我看我看。」

李升手上提著一只二尺上下的長方形扁箱子，舉了一舉道：「你瞧，這不是？」

原來這是一只綠漆鐵皮的小箱子，原是放些信件和紙張零碎的，也不記得是擱在什麼所在。有了鐵皮保證，竟未燒著，這倒是出於意外的一件事了。

金太太在屋子裡問道：「找到一個什麼箱子？裡面有什麼嗎？」

燕西道：「不相干，是個裝文件的箱子，我書房裡有一把同樣的鑰匙，等我拿去開開看。」說時，連忙提了箱子，就向書房裡跑。找著鑰匙，將箱子打了開來，只一掀蓋子，自己倒失聲笑了。

原來裡面這些文件都燒成了焦黃的，手伸著一捏，卻是一把灰，因為箱子雖是鐵皮包的，不能燒壞，然而這種熱氣總可以傳了進去，隔了箱子，就是這樣把紙給煉焦了。

手提箱子，走到廊子外，就向地上一倒，以為這也不值一顧了，然而這樣一倒，卻是噹的一聲響，將腳撥開紙灰一看，原來這紙灰裡面藏著有一面鏡子呢，彎腰拾起來，不覺自己是一怔。

記得結婚後幾天，自己端了照相匣子，和清秋照了好幾張相。有一張相，在松樹下面，堆了幾盆菊花，清秋側著身子看花，姿勢照得好極了，自己一高興，配了個圓鏡框子，一面玻璃磚的鏡子，一面是薄玻璃蓋著相片，就放在桌上，不料一個不小心，把鏡子打破了，自己臉上當時很是不好看，幸而清秋不在屋子裡，趕快藏在箱子裡，心裡還想著，等到將來彼此年老了，把這相片取出來，打破迷信。

現在鳳去樓空，這事倒真有些可信了。心裡如此想著，手上捧了一個破鏡框子只是出神。身後有人問道：「站在太陽裡做什麼？不怕曬人嗎？」說著話，那人已將鏡子接了過去。回頭一看，原來是梅麗。

梅麗接過那鏡子一看，只見裡面夾了一張相片，那相片由鏡框子夾縫裡露出來大半截，都燒糊了，那在鏡子裡的，只剩了清秋大半截影子。

她接著，也是許久不作聲。燕西原來出神，被她接過，就醒悟過來的，現在看到如此，便道：「你老看著做什麼？」

燕西只管如此問，梅麗卻是不作聲，依然怔怔的將鏡子拿著，那鏡子上面，卻滴了幾粒水珠。燕西低頭一看，原來她哭泣著，已經滴下淚來了。

燕西道：「你這是做什麼？」

他不問則已，他一問之後，梅麗索性哭得窸窣有聲，那淚珠像拋沙地一般流了下來。

燕西道：「你這是怎麼著？站在大路上哭，人家看見，還以為是我欺負了你呢！」

梅麗道：「你不欺負人嗎？你你……你多損呀？我看著這相片，好像清秋姐就燒死了一樣呢。」她說著話，一扭身子就跑了。

燕西聽她所說雖是小孩的話，然而自己心中為了這事，卻也有一種說不出來的痛苦。趕緊走回書房裡去，將房門一關，兩手托了頭，靠著書桌坐了。

自己不知道坐了多久，有人敲著門，連叫了幾聲七爺，燕西糊裡糊塗的，叫了一聲進來吧，卻是金榮推門進來，低聲道：「唉！你也別傷心，保重身體要緊。前面客廳裡，開一大桌飯，我怕你吃不下去，叫廚房作些清淡的，送到屋子裡來吃好嗎？」

燕西道：「不必，我吃不下去。」

金榮道：「你總得吃一點，餓著肚子也是無濟於事。」

燕西站起身來，又復坐下。

金榮見他有些徘徊不決的樣子，又道：「七爺，你早上一點東西都沒有吃，總得吃一點。到了下午，你總還有些事，若是一點東西不吃，你會病的。」

燕西嘆了一口氣道：「像這日日向下落的家庭，死了倒也乾淨，省得用眼睛來瞧，也省得傷心。」

金榮道：「你吃得了多少，你就吃多少，可是你到大家一處坐著談談心也是好的。」

燕西站了起來一頓腳道：「好吧，我就依了你的話。」他說著，就走向前面客廳裡來。

這時，前面一桌賓主都坐下了，舉了筷子要吃菜，一見燕西到了，都站了起來，向他亂招著手道：「加入加入！」燕西往常遇到大群朋友的所在，有人歡迎他，他一定是歡歡喜喜的，也嚷著加入。這次可是例外，只是皺了眉毛，淡淡地一笑，在下手一張空椅子上坐下。

這一群人中，現在要算趙孟元最快活，因為他並不曾受金家勢力消歇的影響，而且自己在官場上另開了新路徑，還是很活動，所以在全桌上，他是最高興不過，話也說的最多。

他首先向燕西笑道：「七哥是個快樂之神，向來不知道這個愁人的愁字是怎樣寫，而今也是這樣老皺著眉頭，凡事總得看開一點，別儘管向失意的地方想。我們大家也都在和你想法子。你燒了一點東西，當然不算什麼，就是尊夫人，我們詳細地討論了一番，不帶孩子去，她或者有什麼意外，帶了孩子去，決不忍心拋了孩子怎麼樣的。」

燕西躊躇了一會子，望了桌上這麼些個人，開口要說一句什麼話，忽然又忍回去了。

趙孟元道：「你想想，我這話不對嗎？」

燕西沒有作聲。桌上的人可就根據了趙孟元的話，大家討論起來。燕西本是要坐到大家一處來，把這件事暫時丟了的，不料大家所議論的偏偏是這一件事，不免惹起了心中無限的煩惱，因之索性一句不提，只管聽旁人說去。

但是口裡雖不說話，同時也就吃不下東西去，手扶了筷子，只撥弄著碗上的飯粒，夾了幾粒，送到嘴裡去，並不曾扒上一口飯。

鳳舉看到，皺眉道：「我看你這樣子吃不下去，那就不必吃了，勉強吃下去，回頭心裡更是不好受用。」

燕西將筷子一放，將碗一推，就下桌來，坐到一旁去。

鳳舉究竟是個長子，看到家中連出事故，心中也是抑鬱不歡，只吃了大半碗飯。鶴蓀心裡自惦記著分居的一件事，不大說話的人也更沉默。鵬振深知清秋和自己夫人不大合適，很覺得自己夫人對她有些過分的地方，那麼，清秋出走，多少有點責任，心裡也是不安。

這四位少爺都是憂形於色的，在這裡的朋友們自然是不能喧賓奪主，很快地就把一餐飯吃完，桌上許多碗菜竟有不曾下箸的。

鳳舉繞著桌子走了一個圈子，嘆了一口氣，因對劉寶善道：「二爺，我們聚餐的時候總算不少，像這樣赴鴻門宴似的吃飯，大概不多吧？哎！風景已殊，舉目有河山之異。」

鶴蓀接過聽差的手巾把，擦了一把臉，自在身上拿出煙捲盒子，取了一根煙捲，放在旱煙袋頭上，拿出身上的自來火盒，划動了火機，蓋子一掀，火焰一冒，偏著頭，將煙捲就了火焰吸上，蓋了自來火盒，緩緩的放進口袋。卻趁著這時，噴出兩陣濃煙來，悄悄地坐在一張藤椅子上，人向後一躺，便架起腿來，見旁邊茶几上放有兩張印刷品，順手拿來，兩手捧起，擋了面孔看著。

鳳舉道：「鶴蓀，昨晚起火的時候，你在哪兒？」

鶴蓀依然在看印刷品，隨便答道：「在屋子裡睡著呢！」

鳳舉道：「你起來了沒有？」

鶴蓀道：「家裡失了火，焉有不起來之理？你這話問的是什麼意思？」

鳳舉道：「我看你這樣從從容容的樣子，一定是疾雷起於前而不變色，大家煩悶極了，你好像沒事。」

鶴蓀這才一放印刷品，站了起來道：「你叫我怎麼著？我向著大家哭一起子，跳一起子，事情就太平了不成？」

鳳舉皺了眉道：「你簡直是語無倫次！」

鶴蓀且不理會他，見趙孟元正背了手隔著玻璃窗向外張望，便喊了一聲老趙。他一回轉身來，鶴蓀笑道：「我現在知道古人說的什麼詩以窮而愈工，那倒是一句實話，你瞧我們大爺，不過三分鐘的工夫，肚子裡急出好些典故來了。」

大家也正覺鳳舉今天何以大抖其文？鶴蓀一說破，大家想著，不由得哈哈一陣笑了起來。這一笑不要緊，可是又引起一陣麻煩。

鳳舉兄弟在客廳裡吃飯，悲極轉喜，大家笑了一陣。

就在這時，李升由外面走進來，走到鳳舉身邊，低聲道：「老太太請。」

鳳舉看李升有一種鄭重的樣子，似乎不是什麼好消息，便跟著走了出來，也低聲問道：「又發生了什麼問題嗎？看你這樣子，倒好像有什麼大事。」

李升道：「老太太剛才由客廳外面過，臉色很不好看，到了屋子裡，就吩咐我請大爺。」

鳳舉也猜不出這是什麼事，一走到屋子裡，就看到金太太沉鬱著臉色，端坐在那大椅上，鳳舉進來，她許久不作聲。

鳳舉雖是不畏懼母親，然而在這家難期中，母親心裡悲痛之時，自不能不加上一分小心，因走近前來，低聲道：「有什麼事嗎？」

金太太又將臉色一沉道：「你們都是些毫無心肝的東西！到了現在這種時間，你們還能夠大吃大喝大樂？」

鳳舉遠遠地坐下道：「你是聽見我們剛才在客廳裡說話嗎？這都因為劉二爺這班朋友今天一早就來了，家裡的便飯留著他們吃一頓。我們有什麼可樂的？不過因話答話，笑了兩聲。」

金太太道：「還笑得出來嗎？」

鳳舉道：「我們家裡不幸，朋友家裡沒有遭不幸，自己不笑罷了，難道還……」

金太太手一拍椅子靠道：「我恨透了你們這班東西了，事到如今，你還強辯？我坐在這裡，是日坐愁城，今天下午，我就到道之那裡去住些時，這家不管了，由你們鬧去吧，好在也就只剩了這一所空房子。」

聽到這裡，鳳舉不覺得顏色一正道：「你若是氣頭上的話，我就不說了，若是你真有這個意思，我可要說一句，這是行不得的。無論怎麼樣說，多少還有四個不中用的兒子，難道家境一不好起來，這四個人就是如此無能，娘也供養不了，讓你到親戚家過活去嗎？你可別去。」

金太太道：「我願到哪裡去，我身體上的自由，誰管得著？我到她那裡去，她能給我一種安慰，你們呢？昨天晚上這一場火，我看不是無緣故的，我這一所房還值幾萬塊錢，我要保留著，我得想法子保留。」

金太太說著話，臉上可是變成了紅色，似乎很生氣。

鳳舉用右手五個指頭在桌上輪流地敲了一陣，眉頭緊鎖著，這樣子約摸有三分鐘之久，在沉默的當中極力地思索，終於是想出了一句話，冷冷地道：「這樣說，你是要大家搬出這一所房子去？」

金太太一點頭道：「對了，到現在，我為什麼不打一打算盤呢？我的幾個存款，已經全分給你們了，我不但沒有了進款，而且也沒有了積蓄，現在排場雖然小了許多，但是每月伙食用費，依然得拿出一兩千塊錢去，這樣下去，不到三年，我要窮個精光了。管他呢，只要大家好好地過日子，我也就能對付一日，就過一日，現在你們在一處，除了用小心眼兒之外，快活的還是快活，胡鬧的還是胡鬧，這不鬧到大家同歸於盡，你們不會覺悟！我勉強維持這一大家人，那不是維持大家，是送大家上死路了。」

鳳舉聽母親這一頓申斥，羞慚之下，不免憤激起來，突然向上一站道：「你這話說得是對的，不過真是大家要過下去，決計不能這樣沒有辦法的向下過，除了老七現在還沒有收入而外，我們兄弟三人當然每人每月要攤出一筆款子來維持家用，以後就不至於要你出錢了。」

金太太道：「現在的家用，就算每月一千塊錢吧，我問你們，每人能攤三百塊錢出來不能？」

鳳舉頓了一頓，又坐了下去，右手伸了一個食指，在茶几上連連畫著圈圈，緩緩地道：「這總可以的吧？」

金太太冷笑一聲道：「這總可以的吧？」

鳳舉不敢說了，那手指頭依然在茶几上去畫圈圈，母子都默然了一會子，金太太道：「老實說，我並不希望你們有這樣一天，只要你們自己養活著自己，不再鬧什麼虧空，我也就覺得是福星高照了。我叫你來，並不是商量這一件事，我早有了這個意思，還沒有決定哪一天實行，現在就是叮囑你一句，家門的禍事重重疊疊而來，雖然你們抱了那種達觀主義，滿不在乎，不過也只宜放在心裡，不可擺在表面上。人家說你們一句全無心肝，我也不去管他，若是人家說到我和你死去的父親會養出你們這種兒子，可是替我們添了一行罪，我想你們總也有些不忍心。我話說到這裡為止，外面還有你們那些好朋友在那裡等著，你快去高談闊論吧。」

鳳舉聽了母親的教訓，看她的臉上又是沒有一絲笑容，覺得母親真是氣極了，便躊躇著不敢走。

金太太看了鳳舉剛想起身一站，復又坐下，便冷笑道：「你不用做出這種樣子來。你們弟兄對於我的話，只要十句肯聽一兩句，我們家裡又何至於冰山一倒，大家就落成這一步田地？要好也不在現時這一下子工夫，你去吧。」

鳳舉本來還有許多話要說，但是直跟著說下去，又怕把話說僵了，只得還是站起來，緩緩地向外走去。到了客廳裡，原人都在，只差了鵬振。鳳舉便問鶴蓀道：「老三呢？」

鶴蓀道：「他說要出去一趟，但是沒見出門，似乎是到屋子裡換衣服去了。」

鳳舉道：「他哪是要出去……」說到這裡，一看屋子裡還有許多的朋友，把話突然忍耐下去了。

朋友之間，誰也明白大爺是個最要面子的人，三爺是個最會打算盤的人，大爺只這一句話，已經把他對三爺的態度完全表示出來。這話不好讓大爺再說下去，再說時，三爺的面子就要不好看的了，大家就趁著鳳舉說話頓了一頓，搶著說著些別的事情，把這種話鋒牽扯開去。

鳳舉躺在藤椅上，向著天花板嘆了一口氣道：「心有餘而力不足。」

燕西道：「什麼事心有餘而力不足？」

鳳舉皺著眉，將頭搖了一搖道：「說起來很牢騷，我不願談，回頭到裡面去問問，自然明白。」

燕西聽了這話也就明白十之八九，心裡想著，果然我們這一大家子人要分散了，倒剩了我一個孤獨者，這應當和誰去混在一處？母親是不大滿意我的，幾位哥嫂，既是說各立門戶了，我哪能去附和他們？二姨太，兩個姐姐，更是不能合作的了。

燕西由前想到後，真是全家散了的話，誰也不能和自己同在一起住著，一個人住著呢，又寂寞不堪，現在唯一的辦法，就是跟著秀珠一同到德國去，到了德國有事就做事，無事就讀書，總比在家裡捧著膀子賦閒好得多了。

他如此一想，心裡無限的煩惱似乎又解除了一點，最好是馬上到白家去，和秀珠談上一談，更是安定。

然而這個時候出門去，未免令人注意，要到秀珠那裡去，更是招物議，心中一不耐煩，坐在許多人一處，人家說些什麼都未曾聽到，有心事不如自己到一邊想去，如此一轉念頭，馬上起身到書房裡去。

走進房，先靜靜地躺了一會，躺著不能安定，爬起來又在走廊上徘徊著。徘徊了好久，依然走到屋子裡，在睡榻上躺著。伸手一按電鈴，金榮走了進來，不等他開口，燕西便道：「你知道嗎？我們快散夥了。」

金榮聽到這話，不明他用意所在，站在一旁，倒愣住了。

燕西又問道：「你沒有聽見說嗎？」

金榮笑道：「聽見說的，這不過是老太太一時氣頭上的話罷了，你別多心。」

燕西道：「絕不能是氣頭上的話了，一定要成事實，你看要怎樣辦？」

金榮哪知道燕西問這話是什麼意思，停了一停，慢慢地道：「我向來就是伺候七爺的，當然還是伺候七爺到頭。」

金榮總不是那種趨炎附勢的小人，燕西搖了一搖手道：「唉！你誤會了我的意思了，我不是問你的事，我是問我自己的事，你有什麼辦法沒有？」

金榮真不料七爺會說出這話，竟要自己作軍師，便笑道：「你這是笑話，怎麼叫我出什麼主意哩？」

燕西道：「那要什麼緊？真知道我事情的人為數就不多，所以能替我想法子的，也就只有幾個人，你說對不對？」

金榮聽了他如此說，雖然也可以出一點主意，但是一想到主僕之分，以及燕西的為人，還是不亂說話為妙，因此笑了一笑，向後退著，做個要出門的樣子，直退到門邊，才道：「你也別急，再過兩三天，大家心裡一安，就不會這樣煩惱的了。」說畢，他反帶著門就退出去了。

燕西為了沒有法子，才想到叫金榮來問，不料金榮也是說不出所以然的。一人便靜靜地在屋子裡躺著，也不叫人，也不出門，因為聽到冷太太留下了的話，回家去看看，下午還是要來的。

不料這天下午，冷太太卻不曾來，而且也沒有派人向這邊來打聽消息，心想，這可怪了，在這樣緊急的時候，他們那一方面竟會突然地停止打聽消息，難道放棄了干涉主義，聽其自然了？

想了一陣，在屋子裡又坐不住了，便踱著步子，緩緩地走到金太太院子裡來。先在院子門口站了一站，聽聽金太太在屋子裡有什麼表示沒有？聽了許久，卻是寂然，不知道金太太在休息著，還是不在屋子裡？因此雖然緩向裡面走，卻極端地放重著腳步，但是一直走到窗戶邊，依然不聽到屋子裡有一點聲音。這樣看起來，簡直母親不在屋子裡了，於是放開腳步走進去。他將門簾一掀，走進門來一看，這倒出乎意料以外，原來除了屋子裡坐著金太太而外，還有二姨太和敏之姊妹仨。

大家都是愁眉不展，對面相向，並沒有一個人開口說話。

燕西進來了，梅麗向他臉上望了望，問道：「怎麼臉上出那些個汗？」說著，在身上掏了一條手絹，向燕西身上一扔。

燕西道：「我沒有出汗啦。」說著，拿起手絹向臉上去揩，揩了幾揩，並沒有什麼汗，因道：「我照著鏡子，也看到臉上是黃黃的，這不是出汗，是出油。」他這一說，大家都笑了。

燕西道：「這是真話，笑什麼？天氣太熱，或者是人過分地著急，臉上都會出上一陣黃油的。」

金太太已是不笑了，便道：「據你這樣說，你倒是很著急的了？不過要打你去出洋的算盤，倒是這樣大家散了夥的為妙。你應該快活才是，怎麼倒會著急呢？」

燕西皺了眉道：「你老人家一天到晚地嚷著散夥，真是散了的話，可合不起來。」

金太太冷笑道：「你以為我願辦到九世同堂呢！」說完了這句話，她又不說了。她斜靠了躺椅坐著，正了顏色，並不看人。

敏之姊妹也是各靠了椅子背，彷彿各人都撐不住自己的身子，二姨太手上找了一張報紙，很無聊地看廣告上的圖畫，因為她雖然認識幾個字，卻不通文理的，大家都是這樣地悶著。燕西要一人打起精神來說話，也是很勉強，自覺坐著無味，站起身來，便向外走。

走到房門口，手一掀簾子，金太太道：「哪裡去？多坐一會子要什麼緊？」

燕西被母親這樣一喊，只得轉回身子，依然在原處坐了，皺著眉道：「我在這裡，看到大家都是很發愁的樣子，我坐不住。」

金太太道：「豈但這屋裡你坐不住，我看烏衣巷這一所房子都沒有法安頓你的大駕了。」

燕西聽了，卻不敢作聲。金太太又道：「到了現在為止，清秋的消息還是渺然，你雖不管這些，我總不能不擔一點心，我已經出了一個賞格，雖不便登報，請親戚朋友口頭傳說出去，把她母子尋回來的，酬洋一千元，有報確實消息的，酬洋五百元，同時，你也可以做一則廣告，登到報上去。就說無論什麼事都好解決，只要她回來就行。至於這報登出去，不用彼此真姓名，要怎樣使她知道，這卻在乎你。」

燕西道：「鬧來鬧去，還是要鬧到登報，我認為不妥。」說時，兩手環抱在胸前，昂了頭，只管出神。

金太太道：「你打算聽其自然嗎？不必說什麼感情不感情了，就是敷衍敷衍面子，你也應該有點表示。」

燕西昂了頭，還是在想著，不過他的腳卻隨著顛簸起來，正是更想出了神。

梅麗搶著答道：「這是應該的。假使七哥不肯出這個面子，我金梅麗不在乎，報上用我的名字得了。」

二姨太手上兀自看著廣告，這時突然將它向下一放道：「回頭你又要怪我多事了，只要是登報，管是誰出面子，不總是會鬧得無人不知的嗎？」

梅麗站了起來，頭一偏道：「倒要你幫著他說，他更要不聽大家的話了。」

金太太向梅麗瞪了一眼道：「你這孩子說話怎麼還是這樣的呢？你要知道，以後大家分開著來過了，你就得全靠著你媽一個人。她雖比你少認識幾個字，比你多活二十年，這見識就多著呢，你若是不聽她的話，還是這樣子鬧脾氣，你母親一傷心，不理會你了，你才是苦呢。這大歲數了，你還當著你是小孩子嗎？」

梅麗對於她親生母親實在是很憐惜的，只是讓這位老實的二姨太慣壞了，一點子事就使小性兒。而這位二姨太每逢說話又不免露怯，梅麗一番好心總要糾正過來，所以常是在人前搶白她母親。今天這幾句話，本來也不能說是壞意，現在金太太於傷心之餘切切實實地說了這幾句話，正是字字打入梅麗的心坎，一念母女二人果然離開了家庭，那種情形，自己正是冷清秋第二，而這位老實的母親，晚景也就不可以言宣了，心裡想著，低頭不語，不知不覺地竟會掉下幾滴眼淚來。

敏之笑道：「一說你嬌，你更是嬌成一朵鮮花了，說你這樣幾句，你會哭起來，怪不怪呢？」

梅麗聽到這句話，既不便否認自己撒嬌，也不好意思把自己的心事說了出來，只是低了頭垂淚。

燕西望了她許久，嘆了一口氣道：「這就夠瞧的了！你還趁著這個時候來上一分，那是什麼意思呢？」

金太太道：「什麼是夠瞧的？誰說了你什麼來著嗎？到了現在，我看你沒有發別人脾氣的餘地吧？」

燕西道：「我當然不能不擔點憂愁，但是說我一定要負什麼責任，我是不承認的，你想，一是說我一定要負什麼責任，我是不承認的，你想，一個人願意犧牲的話，有手有腳，隨時可生可死，旁人哪裡看守得住？」

潤之道：「一件事情，總有一個起因……」

金太太向她搖了一搖手道：「別說了，對這種人說話，那是對牛彈琴。」說著，臉向了燕西道：「我也沒什麼話對你說了，你去吧。」

燕西一想，一會子叫住我有話說，一會子又轟我走，也不知道母親這是什麼意思？雖不立刻就走，坐著也就沒有作聲。

金太太望了他兩手向後倒挽著脖子，枕在睡椅上，兩隻腳半懸著，在地板上帶點帶踏，很是無聊的樣子，因用手一揮道：「我說了沒有什麼話和你說，就沒有什麼話和你說，你還在這裡候些什麼？我們這幾個人還有別的話要談呢。」

燕西站起來道：「既是不讓我聽，我就走吧。」說畢，無精打采地走出房去。站在廊簷下停了一停，卻也沒有聽到誰說什麼，只是金太太嘆了一口長氣。

燕西也明知道母親不會有什麼事可以對著許多人說，倒不能對兒子說，因此也就走回書房裡去。一推門，有一個客笑面相迎，卻是謝玉樹。

燕西道：「好久不見，今天何以有工夫來？」

謝玉樹道：「我聽到府上有點不幸的事情，所以我趕來看看。」說著，偏了頭看著燕西的臉色，呀了一聲道：「你的氣色不大好。」

燕西一拍手又一揚道：「當然好不了，人財兩空，氣色還好得了嗎？」

謝玉樹道：「傷了誰？」

燕西道：「不是傷了，是跑了。你老哥總算是個有始有終的，她來的那一天，有你在此，她走的這一天，又有你在此。」

謝玉樹一聽這話，就明白了，還假裝著不知道，就對燕西道：「你和我打什麼啞謎？你說的這話，我全不知道。」

燕西道：「我們少奶奶趁著起火的時候跑了，不但是她跑了，還帶走我一個小孩呢。」

謝玉樹正著臉色道：「這話是真？」

燕西道：「跑了媳婦，絕不是什麼體面的事，我還撒什麼謊？」因把大概情形對他說了一遍。

謝玉樹道：「你們是完全戀愛自由的婚姻，都有這樣的結果，這話就難說了。」

燕西道：「合則留，不合則去，這才叫是婚姻自由呢。」

謝玉樹道：「或者是嫂夫人一時氣憤，急於這樣一走，出她一口氣，在親戚家住個三五天，也就回來了。」

燕西道：「你這話，若在旁人或者可以辦得到，至於這位冷女士，她的個性很強，恐怕不是這樣隨便來回的。」

燕西說著話，就躺在藤椅上，腿架了腿，只管搖撼著，口裡哼著道：「都說千金能買笑，我偏買得淚痕來。」

謝玉樹突然將臉向燕西一偏，問道：「你這是說嫂夫人的嗎？未免擬於不倫吧？」

燕西依然搖著他的腿，淡淡地道：「這裡頭的原因也是不足為外人道也。」

謝玉樹笑道：「不是我老同學說話不知輕重，在你滿嘴文章之下也不應該說這話，縱然你對這位嫂夫人不免十斛量珠，你所得的恐怕也不止一副淚痕。天下人都是這樣的，只會朝前想，可不會朝後想。」

燕西道：「若是照你這個說法，我以前不成其為人了。」

謝玉樹道：「這是笑話，你別多心。現在既是嫂夫人已出走了，當然要想個善後辦法，在這個辦法之中，你有用著我的地方沒有？若是有的話，我可以效勞。」

他說著這話，臉上現出很誠懇的樣子，絕不是因話答話的敷衍之詞，燕西心裡想著，這位先生卻也奇怪，我和他的交情究竟不過如此，至多也還是我請他當過一回儐相之後，才略微親熱，不料他常是和我表示好感，這次還由城外遠遠地跑來慰問，慰問了不算，而且還願效勞，這未知是何理由？

謝玉樹見他在一邊沉吟著，倒以為有什麼重大的事情相託，便道：「我們這樣交情，當然用不著什麼客氣，只要是我可以辦的事，我一定去辦。」他一面說著，一面望了燕西的面孔，靜等著他的回答。

燕西何曾有什麼事要拜託他？經他如此很鄭重地一問，倒不能置之不答，便故意沉吟的樣子，心裡去想著主意。因也放著很鄭重的臉色道：「只是這一件事未免令你為難一點了。」

謝玉樹道：「為難不要緊，只要是辦得到的。不要是為難而又辦不到的就得了。」

燕西道：「冷家那方面，我當然不能就這樣置之不理，可是他們執著什麼態度，我又不知道，我那位岳母就是早上來過一趟，以後並無下文。我自己既不便去探聽他們的意旨，非找個朋友去問問不可，你對於我們的婚姻總也有點關係，所以我想請你去一趟。」

謝玉樹不待燕西再向下說，將身子一站，慨然答道：「可以可以！若是這一點事我都不能效勞，那也不成其為朋友了，什麼時候去呢？」

燕西道：「那方面說了，今天下午再來給我的回信。既是他們答應來，我們先別忙著去。要不然，倒好像我們只管將就人家了。」

謝玉樹聽了這話，也摸不清燕西是什麼意思，既然是叫我去打聽消息，可又說是今天別忙著去，卻不知道是去好還是不去好？因笑道：「你覺得那些話應當怎樣地輾轉說的為妙，我就怎樣的說，現在我已經把演說這一道本事練習了多次，總不至於見人說不出話來的了。」

燕西道：「我不是這個意思。難得你老遠地跑進城來，今天不必回去，我們痛痛快快地談一下子，這一次長談，也許就是最後一次，因為我打算出洋了。」

謝玉樹也彷彿聽到人說，他要和另一個愛人一同到德國去，在他夫人走失之後，他說得如此肯定要出洋去，這裡當然不無問題，自己卻不便跟著問下去，斷章取義的，只能答他上半截的話，便道：「好極了，我也很願意和你談談，但不知你有事沒有？可不要為陪了我閒談，耽誤你的正事。」

燕西道：「我有什麼正事？正事不過是傷心罷了。」說畢，長長地嘆了一口氣。

在這時，金榮進來換茶，燕西道：「謝先生老遠地到城裡來，大概肚子也餓了，你到上房裡去看看，有什麼點心沒有？裝兩碟子出來請請客吧。」

金榮答應著走到上房裡來，便向金太太要點心。

金太太屋子裡坐著談閒話的這班人依然不曾走開，金榮走到廊簷下，見他姐姐正出來，便迎著道：「請你向太太問一聲，有什麼乾點心沒有？七爺來了客。」

金太太在屋子裡已經聽到了，倒插嘴道：「什麼乾點心濕點心？叫他少高興吧，什麼人來了，他特別恭敬？」

金榮走近窗戶道：「是那位當過七爺儐相的謝先生來了。」

金太太道：「他怎麼會來了？平常是不大肯來往的呀。」

梅麗道：「媽這裡有點心沒有？我們那裡倒還有些西洋餅乾和陳皮梅，倒可以湊兩個碟子。」

金太太道：「未免俗氣，客來了，擺什麼乾果碟子？」

梅麗道：「人家的學校在鄉下呢，老遠地跑了來，大概也就餓了。陳二姐，你到我屋子裡那玻璃格子裡去找一找，那玻璃罐子裡有些吃的。」

她站起身來，臉向了窗子外，這樣地說著。

潤之笑道：「你倒這樣子熱心，老七來了客，與你什麼相干？」

梅麗臉一紅道：「這算什麼熱心？七哥叫人進來要東西，一點也要不出去，豈不掃了他的面子？」

金太太道：「不用什麼乾點心了，金榮可以問問那小謝吃了飯沒有？若是沒有吃，乾脆讓廚房裡和人家下碗麵吃。」

潤之道：「媽又好像跟人家很熟似的，怎麼叫起他小謝來？」

金太太道：「我聽到老七和別人談到他的時候，總是叫他小謝，不知道倒有多大歲數了？」

梅麗道：「比我們七哥……」她一個不留神又插嘴了，等到自己感覺到不對時，不免頓了一頓，下半截話就說不出來。

金太太望了她的臉道：「怎麼說了半句又不說了？」

梅麗道：「我也是聽到七哥說過，說這個姓謝的比他小一歲，知道準不準呢？」

二姨太道：「說起和老七當儐相的，我看他們都不會比老七年紀大的，不知道你們說的是哪一個？」

潤之道：「別研究這年齡問題了，還是先讓金榮到廚房裡去要點心，人家可還餓著呢，這個人和我可沒什麼交情，我不過白說一聲。」說著話時，眼光可就向梅麗瞟了一眼，梅麗臉子只朝著窗外沒有理會。

金榮站在外面，屋子裡所說的話都聽見的了，便道：「太太，我就到廚房裡看看去吧。」說著，便走了。

金太太道：「這個人來了，我想老七應該有點感觸才對，當日娶新媳婦兒的時候有他，於今新媳婦跑了，又遇見了他，倒是這兩個做儐相的，有一個人占了便宜去，把我們佩芳的妹妹討去了。」

潤之道：「兩個之中，只有一個占便宜，那還不足為奇，那個沒有占便宜的，可是也在打著糊塗主意呢！」

金太太道：「這小謝也有什麼意思嗎？你說是誰吧？」

潤之向屋子裡的人，都看了一眼，笑道：「有是有一個人，不過我不知道猜得對不對？」梅麗聽潤之說到這裡，坐在二姨太身邊，把她母親看的那張報她倒拿過去看了。

金太太是個周遊世界，經過兩個朝代的人，從幼也是金粉堆裡長出來的，雖然時代思潮不同，然而兒女之情總跳不出那一個依樣葫蘆的圈套，這會兒她看了梅麗的舉動和潤之的口吻，已是昭然若揭了。

一個做母親的人，當然不便將女兒的隱秘在人前突然宣布出來，所以金太太心裡雖然明白，這時卻也不便跟著說什麼，只微笑了一下。

敏之究竟持重一點，她怕太說得明白了，二姨太夾槍帶棒一陣亂嚷嚷，就更是不好收拾，因之找了別的幾件事來談著，把這話扯了開去，本來金太太心中煩悶得很，也沒有這種閒情逸致，不提也就不提了。

到了這天晚上，冷太太那方面，依然不曾有人來探問消息，金太太心裡倒納著悶，難道這位親母對她姑娘倒是如此不注意？莫非這裡頭別有作用？但是以作用而言，也不過是在法庭起訴，然而看這位親母又不是那種人物，倒真的有些猜不透，金太太一人悶想了一會子。

到了晚上，究竟放心不下，便把燕西叫了進來，將自己的意思告訴了他。

燕西道：「他們家裡幾個人的脾氣，我是知道的，不會有什麼意外，只是拿不出主意來罷了。我已經託了謝玉樹，明朝到冷家去走一趟，看看他們有什麼意思沒有？好在我已經照媽的話實行，在好幾家報紙上登啟事了。稿子是小謝擬的，說得很懇切，那麼，明天拿了這張報到冷家去，說話也更好說一點。」

金太太道：「留了底子沒有？先給我看看。」

燕西道：「留了的，我原打算先送給你來看呢。」說著，在身上掏出一張稿紙，交給金太太。

接過來看時，是一張玉版箋，上面寫著行書帶草的幾行小字，覺得清秀靈活極了。金太太道：「這就是那個姓謝的親筆字嗎？現在學新文學的人，寫出好字來的倒是很少，有些人簡直不用毛筆，全是用鋼筆寫字呢。」說著，看那啟事道：

二松軒主人鑒：

君抱幼子不辭而別，大難之餘，倍增悲痛。某反躬自問，數月以來，對君雖有不德，而出入參商，君亦有所不諒。去留死生大計，苟意已決，非他人所可阻遏。君果以某為不足伍，欲另覓生機，從容商議，以瞻其成可矣。若以一走了之，於事既無可結束，徒增兩家堂上之憂，非計之得也。君從茲與某絕，不願晤乎？果爾，某亦不必相強，請於書面提出意見，以示標準，某自當於力可致處，儘量照辦。夫葉落不起，水覆難收，事已至此，豈能強求，君殊不必有所顧慮也。紙短情長，不盡欲言，諒之察之！

知白

金太太念了兩遍，笑道：「咬文嚼字，未免有點酸氣。」

燕西道：「文字雖然酸一點，我的意思倒都已包括盡了，我看他起草的時候倒有點費勁。」

金太太道：「這不去管他了，這二松軒主人就是清秋的別號嗎？」

燕西道：「她以前寫東西鬧著玩，喜歡署這個下款，只要她見著報，一看就明白的。」

金太太道：「咳！啟事只管登，我看也是白費力，盡盡人事而已。姓謝的既答應了明天到冷家去，你請他過來，我有幾句話當面囑託他一番。」

燕西道：「他怕見生人的，有什麼話我代說得了。」

金太太道：「我還是見不得你的朋友，還是怎麼著？你為什麼不讓他進來和我說話？」

燕西道：「你沒有聽清楚我說嗎？他是見生人說不出話來的。」

金太太道：「你更是胡說了。既是他見生人說不出話來，為什麼你倒推他去代表呢？」

燕西道：「這也不懂什麼原因，他對於我們家裡少奶奶小姐都格外不好意思相見，我想也許是那回當儐相讓人看怕了吧？」

金太太道：「這話不通，你把他請進來。」

燕西見母親一定要見，只得到書房裡去對謝玉樹說了。

謝玉樹臉一紅道：「這又是你和我惹下來的麻煩，我還是去見不去見呢？」

燕西道：「你若不去，連我都要受申斥的，說我不會傳話呢。」

謝玉樹聽了這話，面子上雖然很是害羞，可是心裡想著，果然金太太要見我做什麼，這倒不能不持重一點，免得人家說我不鄭重，於是站了起來，整了一整西服領子，又摸摸領帶，最後，還扯了一扯衣擺。

燕西笑道：「你這樣鄭而重之的，倒像是戲臺上唱戲，小官要見大官一般。」

謝玉樹道：「老伯母特意來叫我去，我怎好不整齊衣冠？寧可費事一點，也不要失儀呀。」他口裡如此說著，對了壁上懸的鏡子又照了一照。

燕西引著他到金太太這院子裡來，自搶上前一步，替他掀著簾子，同時笑著點點頭，意思是告訴他只管進去。謝玉樹聽了這話，連忙伸著手向頭上一舉，打算把帽子取了下來，不料是自己過於小心了，原來頭上並沒有戴帽子，自己倒不由得好笑起來。然而第一個感覺如此，第二個感覺，已經知道了自己的錯誤，趕快忍住了笑，一低頭走了進來。

剛一抬頭，便見金太太含著笑容，由一個內室走了出來。謝玉樹遠遠地立定了腳，便向前行了個鞠躬禮，然後才慢慢地移步上前。當他這樣向前走路時，臉上不免有點紅色，然而他自己也曾感覺到，竭力地鎮靜著，不讓紅色暈上臉來。

金太太早已知道他是善於害羞的人，不必讓他難為情，先就向他道：「請坐請坐，謝先生和燕西是多年的老同學，到這裡來了，也像家裡一樣，請不必客氣。」

謝玉樹點著頭，連說：「不客氣，不客氣。」

這個大屋子裡，算是金太太招待內客的，桌椅很多。燕西怕他不知道向哪裡坐下去才好，便伸著兩手，帶攔帶推，把他引到金太太向來喜歡坐下的椅子邊坐下。

謝玉樹一看這屋子裡，有湘妃竹的桌椅，有紅木大理石的桌椅，有細藤的桌椅，四處羅列，並不帶一點洋氣。綠紗窗配著綠色的細竹簾子，映著這屋子裡自然有一種古雅之氣。雖然是這種天氣，屋子裡自然涼風習習的。他心裡想著，不說別的什麼，只看這一點布置，這位太太就不是平常人的胸襟。

金太太在他對面一張藤椅上坐下，對他更是二十四分的注意。燕西總也怕謝玉樹回答不出話來，只得為他先容，因道：「我託你到冷家去的事，已經和家母說了，家母很同意。」

金太太道：「謝先生為我們家的事老遠跑了來，又要耽誤了功課。」

謝玉樹笑道：「伯母太客氣，小侄也不是那用功的學生，這樣進城一趟，哪裡就算耽誤。」

金太太道：「不必那樣說，你看我們老七不是和謝先生同學同班嗎？謝先生在大學好幾年了，他的成績又在哪裡呢？」

謝玉樹道：「這因為燕西打算出洋去，所以耽誤了。」

金太太一看燕西臉上有些難為情的樣子，究是自己的兒子，也不便讓他十分難堪。於是轉過一個話鋒，就問謝玉樹道：「謝先生還有幾年畢業哩？」

謝玉樹道：「早哩！還有三年半。」

金太太道：「好在年輕，那也不要緊。」

謝玉樹微微皺了眉道：「只是在經濟一方面支持不過去。」說著話時，偷眼看看金太太的臉色，看她對於人的貧寒是不是表示同情？

金太太點了點頭，又嘆一口氣道：「天下事都是這樣。有錢讀書的人，書偏是讀不出來。這極肯讀書的，經濟上又維持不了。府上現在還有什麼人呢？」

謝玉樹道：「就是家母在堂。還有一位家兄，在省城中學校裡當教員，除了養家而外，還要幫助小侄，簡直周旋不過來了。」

金太太點頭哦了一聲道：「令兄貴庚是？」

謝玉樹道：「三十歲了，小侄倒只有十九歲，兄弟的年齡相差得是很遠的了。」

金太太道：「令兄有了家眷了嗎？」

謝玉樹躊躇道：「家寒……」

金太太已經知道了他的用意，便笑道：「這很不算什麼，哪一個富貴人家能榮華一輩子？哪一個清寒人家又會窮苦一輩子？天下的事還不是在於人為嗎？」

謝玉樹道：「不過像愚兄弟，才學疏淺，年事又輕，恐怕救不了自己的窮，但是小侄自己也很明白，絕不能自暴自棄的。」

金太太聽他於說窮之後，自己又誇上了一句，心中也好笑，這孩子別看他斯斯文文的，倒也有些小心眼，因笑道：「除此之外，府上還有什麼人嗎？」

謝玉樹道：「沒有什麼人，我們的家庭真是簡單極了。」

金太太道：「府上是餘杭，就住在杭州嗎？」

謝玉樹道：「一向住在杭州的，鄉下還有點田，還有點桑樹，然而還不夠一個人花費的，算不得產業。」

金太太道：「一個人要創造一番事業來，只憑他自己的本領去混，不在乎有產業沒產業……」金太太如此的說著，不免向他看看，又向燕西看看。

燕西臉上，似乎有點驚奇的樣子。金太太心裡也明白，必是兒子怪自己太順著這位客人說話了，於是轉過話鋒來道：「杭州是好地方，西湖是名震全球的了。」

謝玉樹道：「不過這兩年，西湖也減色了，一來是物質文明，把許多古色古香的所在都破壞無餘了。二來湖裡魚蝦太多，把湖水全弄渾了。」

金太太道：「這話也誠然。城裡的城隍山，我曾去過一回，倒也有趣，比北京天橋這地方，總要算是高明些的所在了。」

燕西聽到此處，忽然噗嗤一笑。金太太道：「你笑什麼？」

燕西道：「我想起一件事了，有一次我上城隍山，走錯了路，由一條小巷上去，這一下子吃了大虧，經過許多人家的大門或後門，每家門口擺著一個馬桶，臭得我幾乎發昏過去。」

謝玉樹皺了眉笑道：「這倒也是事實。本來舊街市的市政衛生是不容易改良的。」

燕西聽到這裡，心想，母親是叫小謝進來，有幾句話囑託他的，而今看起來，簡直是說閒話，這是什麼意思呢？這樣說著，話就越說越遠了。母親在今日，絕沒有那種閒情逸致會好好的找個晚輩進來閒談，自己又不知道有什麼話要說，又不便將話鋒引了上去，只好坐在一邊乾著急。

金太太問了許久的話，無非是些家鄉風景和家庭細故，小謝不問，總是處於答覆的一方面。後來金太太對燕西道：「謝先生和我談話，很客氣，不免受一點拘束，你陪著謝先生到前面書房裡去吧。」說著，她首先站起身來。

燕西見母親並沒有什麼話說了，究竟看不透這是何緣故，只好又陪著他回到書房裡去。

這樣一來，燕西心中固然是納悶，就是謝玉樹自己也未嘗不納悶，這位老伯母，無緣無故地把我叫了進去，不曾談一句什麼重要的事情，只是談些閒話，用意安在呢？燕西叫了我進去的，是什麼意思，自然他一定知道，因笑問道：「伯母今天考了我一頓風土人情，我是樣樣照實說。你在旁邊聽著，我有什麼失儀的地方沒有？」心裡想著，燕西說話，從來是不大留神的，如此一問之後，多少總可以探得他一些口風，便望著燕西的面孔，看他如何回答？

燕西躺在藤椅上倒很自在，笑道：「我看家母很同情你的話，你有什麼失儀？」

謝玉樹原坐在他對面椅子上，這時站起來，在屋子裡踱來踱去，閒閒地道：「明天到冷家去的事，我倒想請示一二，可是你不提，我也不敢冒昧先說。」

燕西道：「就是我，也不知道家母請你去說話是何用意呀，你叫我又說些什麼呢？」

謝玉樹聽了如此說，這話倒有點不便追求，不過自己心裡，對這事已是很歡喜的了，因道：「這樣一來，明天到冷家去的事情，倒現著又重大些，更是讓我不勝其任了。」

燕西道：「那也無所謂，我們是預備最後一著棋的了，這都是些陪筆，辦得不好，沒有關係。」

謝玉樹道：「最後一著棋，是怎樣一著棋呢？」

燕西微笑一笑道：「暫時倒也不必發表。」

謝玉樹向來是抱沉默態度的，便也付之一笑。

這天晚上，在金家住了一宿，次日用過早點，便向落花胡同冷家去。到了那裡一問，冷太太不在家，宋潤卿也不在家。韓觀久出來說了幾句話，牛頭不對馬嘴，一點沒有結果。謝玉樹只得無所得回來，向燕西報告了一番。

燕西態度冷冷的，卻也不作什麼表示。謝玉樹急於要回學校去，只對燕西說，請代向伯母告辭，便走了。燕西自然把這話回覆了母親，金太太聽說，卻也是很淡淡的，倒不明原因何在？只是她隨後叮囑了一句，今天你無論有什麼大事也不必出去，可在家裡吃晚飯，我有要緊的話說，燕西料著是為清秋的事，便答應了。

這一餐晚飯，因為兄弟們都在家，還有幾位朋友，大家又都在客廳裡聚餐。吃過飯，閒談了一陣，金榮進來說：「老太太叫大爺二爺三爺七爺都去，四姑爺也去，有話說呢。」

鳳舉一聽，便知大有原因，對在客廳裡的拱拱手道：「各位請便吧，我們不定什麼時候出來了。」

燕西先走了出去，一會又走了回來，向在座的劉寶善道：「二爺，你若是沒事，先別忙著走，我還有話對你說呢。」

劉寶善道：「可以。就是我回家去了，你打一個電話給我，我就來。」

燕西也不曾多說，就隨著兄長們一塊兒到上房來了。

到了金太太屋子裡，只見外屋坐滿了人，金太太膝下子女竟不曾缺一個，另外還有位平輩的二姨太。這樣看起來，一定是有什麼重大事情商量，心想，自己的亂子惹得大了，母親若發起脾氣，當然是找著自己先申斥一頓，這樣看來，倒不如坐遠一點，省得首當其衝。

金太太坐在靠椅上，將全屋的人看了一周，大家坐定了，便先開口道：「很好！都在這裡。我叫你們來，你們心裡應該也明白。」說著，又向大家看了看。

大家都覺得情形非常嚴重，哪個敢插嘴說話？因之雖然滿屋子是人，屋子裡卻是一點聲息沒有。然而大家不作聲，形勢又非常之僵，更是不便。只是劉守華是個外姓人，不在嚴重情形之下，受什麼恐懼，便微笑道：「這話說別人可以，我就不大明白。」

金太太道：「無論明白不明白，當然我不能說那樣一句就算了事。」說著，想了一想，因道：「昨天我不是提議大家散了嗎？你們不要以為我是一句氣話，這是實話。你們想，這一大家子人，每月叫我拿出一兩千塊來養活著，那算一回什麼事？我不想兒女養活我，老實說一句，我一個寡婦，也不能這樣揮霍去養活一群兒女。」

金太太說到這裡，臉色又是一正。大家心裡已是恐慌，還敢說什麼？依舊是默然無語。

金太太道：「一切過去的舊賬，現在不必算了，算也是無益。你們弟兄和你們姊妹，除了梅麗而外，大家都可以自立的了。先說鳳舉，你父親在日，你就在政界裡混著，你父親所認識的人，你認識一大半。縱然世態炎涼，現在差你父親一點力量，然而人家總不好意思絕對不幫忙。要不然，以前你在外面交際忙些什麼？佩芳也是很識大體的，撐起門戶來，將來在我以上。你兩人應當有辦法。鶴蓀呢，辦事能力雖差一點，守成是行的，有慧廠大刀闊斧地幫著他，生活也不成問題，而且慧廠很羡慕西洋的小家庭生活，自然分出去有辦法。」

說到這裡，就應該輪著鵬振夫婦了。玉芬搭訕著自起身倒了一杯茶，手捧了杯子，慢慢喝著。金太太先望了一望她，然後對了鵬振微笑道：「你處事很精明，不過用起錢來，也就有點糊塗，這一件事，我不免替你發愁，好在玉芬很能補你這點不足，你也非要她來幫助你不可。」

玉芬偷眼看婆婆的臉色，有很嚴肅的樣子，於是又把手上那個茶杯依然送到茶几上去，不敢在原來的地方坐，坐到更遠的一把椅子上去。

金太太也很鎮靜，當她走動的時候，並不說話，及至她坐下了才道：「不過話又說回來了，過猶不及，無論什麼事，太做過分了總也是不妙。我告訴你們大家一句話，以後做事，總要適可而止。」

大家聽了這話，雖然知道是指著玉芬說的成分居多，然而言外之意，未嘗不兼指著大家。所以在這種情形之下，誰也覺得面子上難看，都不能作聲。

金太太道：「我這幾句話，還得補充兩句，就是這個年月，人跟著人學，大家都學機靈了，自以為機靈，要去把人當傻子，結果，也許傻子玩機靈人，多少人都是自作聰明，結果是聰明自誤了。」

這幾句話，分明是指著玉芬了。玉芬雖極力地鎮靜著，然而臉上總是不斷地一陣一陣發熱，跟著自然也有些紅了起來。

金太太見她雖泰然坐著，眼皮下垂，可是不能平了視線看人，知道她已夠受的了。於是鼻子哼著冷笑一聲道：

「燕西不必我說了，一天到晚都是計畫著出洋。出洋也是好事，不到外國去鍍一回金回來，是不值錢的。不過也要看是什麼東西鍍金？像你現在這樣學問，未必需要鍍金吧？可是總而言之一句話，在你們自己，都以為自己了不得了。

「我好比一隻燕子，把這一窠乳燕都哺得長著羽毛豐滿了，那麼，這一個燕子窠也收藏不下，大家可以分開來，自己去築巢，自己去打食。老燕子力有限，不必再來為難牠了，哺長大了一窠燕子，老燕子已經去了一春的心血，也該讓牠休息一下，自己會飛自己會吃，還要老燕子一個一個來哺食，良心也不忍吧？我這樣說著，話總算很明白，你們也不必過於孝順了，有話只管當面說，我現時是在氣頭上，也許我的話不對。」

所有在座的人都受了一頓教訓了，哪個還敢在這個時候去向金太太回話，都默默地低了頭。

鳳舉究竟是個居長的人，對於這件事本來不能漠然置之，現在母親又再三聲明了一回，大家有沒有話說？若是不作聲，不但是對分居的事業已承認，就是母親剛才所申斥的那一大段話也完全承認了。只得將身子挺了一挺向著金太太道：

「母親這段提議，本來好幾次了，我們晚輩除了自己承認無用而外，還有什麼話說？不過母親昨日所說每月貼出家用一兩千元的事，那是一時的情形，當然不能永久這樣下去，這件事不妨我弟兄幾個來商量一下子，大家分別負責。」說著，看了三個兄弟一眼。

金太太淡笑了一聲道：「你還不改這大爺的脾氣，什麼大問題都是一句稀鬆的話就解決了。分別負責，你就有那樣的力量，恐怕還沒有那個權柄呢！你們掙幾個錢，還是拿去開心用吧。我還有幾個死錢養老，用不著你們出份子來養活我的。」

鳳舉碰了這樣一個釘子，也不知道如何是好，接著向下說吧，母親把話都說死了。不接著向下說吧，在許多人當面，很現著自己無用，於是也微微一笑道：「誰又敢自負是有用的呢？不過兒子養娘是一個問題，能供養不能供養娘，又是一個問題。」

金太太道：「這一層你不必顧慮，以為你們離開了我，人家就會責備你們不孝順。這個不成問題，是我不要你們養，並不是你們弟兄不養我。」

慧廠見大家在座，只管受著教訓，卻沒有一個人理直氣壯能答覆兩句的，於是站了起來道：「媽這些話，教訓得很對，我們都應當接受。老實不客氣一句話，哪個要獨力撐持這個家，當然是不容易。要說合作，為的是顧全面子嗎？分居並不見得有損面子。何況合作的家，一國三公，大家攤錢，大家出主意，也許倒惹些糾紛，分開來，大家獨立組織小家庭，自尋發展，母親願意到哪家去看看，就到哪家去看看，大家不敢說是能比以前好，對於母親，當然是盡力而為。母親不管理這大的家，也可以少操許多心了。這又並不是爭田奪地來分開的。這是由大組織化為小組織，由一種保護勢力之下，各尋出路去奮鬥，這並不是有傷和氣。我們當然不敢說是羽毛豐滿，然而也沒有一輩子倚賴上人之理，現在只是要求母親寬限幾天，等大家去找好房子，布置小家庭一切應用的東西。」

潤之和敏之坐在一張沙發上，低低地道：「你聽聽二嫂說話滿口的新名詞，倒好像在哪裡演說一樣。」

敏之也不好說什麼，將身子碰了潤之一下。慧廠說完，依然坐下。

金太太道：「那當然，我還能要你們走立刻就走不成？我今天叫大家來當面說明了，不過就是要宣布我這點意見，大家能瞭解我這意思，那就好極了，其實我主意拿定了的，你們就是不瞭解，我也是一定這樣的辦，倒是慧廠這樣說得痛快極了。」

金太太說畢，直視著大家，兒女接觸著她的眼光，都低了頭下去，在眾無異議之下，這分家一件事，可以說是成了定局了。

燕西這一股子勁跑到了白家，不料一進大門，偏是那門房的嘴快，第一句便迎著問道：「七爺今天怎麼坐洋車來了？」

燕西一想，不料偶然改坐一輛車子都令人人注意，以後還是坐汽車來吧，一路想著，一路走了進去。白家現在是來得很熟的了，只管進去，也用不著什麼通報，走到上房走廊下，恰是正面遇到了白秀珠。

燕西是低了頭的，並不曾看到人，秀珠先笑道：「你想什麼心事？到了我家裡來，還是這樣地低著頭想了去。」

燕西一抬頭笑道：「我在街上看到一件事，所以想著不斷。」

秀珠道：「什麼事？這樣的耐人尋味。」

燕西想了一想笑道：「不說也罷。」

秀珠笑道：「還是我不問也罷。」說著話，她引著燕西到她的小書房裡來坐，由這小書房過去，便是秀珠的臥室，原是一年以來不曾引燕西進來過的，燕西忽然見她今天特別優待，倒不明用意何在，不過自己正想與她合作之時，這樣地接近，自是可喜。

坐下來，首先嘆了一口氣。秀珠道：「你這個人真是合了那句迷信的話，現是在倒運的時候了。家裡失了火，哪裡也沒有損失，偏是燒掉你住的幾間屋子。」

燕西道：「咳！這也許是合了那句話，在劫的難逃吧。」

秀珠道：「這就不對了。又不是遭了劫遇了難，怎樣提得上在劫的難逃這一句話起來？」

燕西用一隻手撐了頭，斜靠了椅子坐著，又微微地嘆了一口氣。秀珠道：「我聽說，除了東西之外，還有別的損失，是真嗎？」

燕西點了頭，又突然問道：「難道你還不知道嗎？」

秀珠道：「你們家的事，我怎麼會知道呢？」

燕西笑道：「你不知道我家的事，怎麼昨天你會打電話去安慰我呢？」

秀珠道：「照你這樣說，倒是我多事，安慰你壞了？」

燕西聽說，連忙站起身來，向秀珠作了幾個揖，笑道：「這實在是我的不對，連個好歹不知道，用話把你沖犯了，我這裡和你賠禮。」

秀珠說過話以後，原是將臉繃著的，燕西做了兩個揖之後，也笑了一笑，立刻又把臉繃住了。

燕西道：「你難道還生我的氣？」

秀珠道：「我也不能那樣不懂好歹呀？人家對我用好話來表示，我倒怪上人家了。」

燕西覺得秀珠這句話，依然是罵著自己，可是再要反問兩句時，秀珠更會生氣的了，因之向秀珠一笑，自坐到一邊去。秀珠不作聲，燕西也不作聲，屋子裡倒靜默起來了。

秀珠究竟是忍耐不過，便道：「你冒夜而來，必有所為吧？」

燕西道：「沒事呀。」

秀珠道：「你自己家裡許多事都要去辦善後，沒有什麼事，怎能夠跑了來？」

燕西向她微笑了一笑道：「這個你有什麼不明白的？我們有兩三天沒見面了，又勞你的駕，打好幾次電話去安慰著我，我應該來看看你，和你道謝。」

秀珠笑道：「就是這個事嗎？你也太客氣了。」

燕西聽了她的話音，又看看她的顏色，心裡自覺得是老大的不舒服，可是要像一年以前，她有話來，便頂了回去，現在卻沒有這種勇氣，然而不頂回去，再和她陪笑臉，實在又有些不甘心，因此靠了椅背坐著，架起右腿，只管搖撼，像是沉吟什麼事似的。

秀珠看到燕西有一種很不自在的樣子，便道：「你晚飯是吃過的了，要不要喝杯？」

燕西見她說話時，臉上已經帶有一種笑容，也就跟著笑了，便道：「不必費事。」

秀珠道：「這也不費什麼事呀。」

燕西笑道：「我這話有一種別解，以為我到府上來，最好就是你一個人知道，不要放大家去注意，若是一來之後，又是要吃的，又是要喝的，四處八方都驚動了，我很覺得無味。」

秀珠笑道：「回頭又要說我批評你了，彼此正正堂堂地交朋友，一年來一回，不見為稀，一天來一回，也不見為密，這就看彼此相處的感情如何？為什麼你來了，只許我一個人知道？而且你一進大門，就有門房看到，你要不讓人知道，也是不可能的事，我聽了你這話，我真有點不高興。」說著話，臉上立刻又呆板起來。

燕西真不料秀珠這樣容易生氣，若是駁她，固然是怕因此在友誼上發生了裂痕，若是向她賠小心，又實在有些不甘心，心裡在頃刻之間起了好幾個念頭，結果還是忍住了這口氣，一句話沒有說。

秀珠見他又默然了，笑道：「你為什麼現在這樣斯文了？」

燕西道：「我肚子裡既沒有中國墨水，也沒有西洋墨水，怎麼斯文得起來？這兩天，我魂不守舍，人有一半成了呆子了，我們是無話不談的，我一點東西都燒光了，我想到將來，一點根基也沒有，也許有挨餓的一天呢，你想想看，在這種情形之下，我還有什麼事高興，蹦跳得起來哩？」

秀珠聽了他的話，又看了他那種發愁的樣子，又不忍跟著向下和他為難了，便伸手抓住他一隻手，握了一握，笑道：「我和你鬧著玩的，你急些什麼？你真有什麼為難的事情，我也很願意幫忙。」

燕西等了許久的機會，才得著一點話縫，而且秀珠執著自己的手，表示非常的誠懇，於是向她笑道：「你總算是我的好朋友，別人看到我發愁，誰肯說句幫忙的話？求著他，他還要推三阻四呢，這只有你慷慨，用不著我說什麼，我心裡的一番意思，你早就一寶押中了。」

秀珠笑道：「也並不是我押中了，不過我和你相識這多年，彼此的情形都是知道的，第一你沒就事，第二，你的積蓄現在讓火一燒，自然是更加困難，再說，你那一位……」

燕西兩手亂搖著：「你又提到她做什麼？」

秀珠瞟了他一眼，又靜默了一會，笑道：

「這就是你的不對。難道她和你一年夫妻，還有一個小孩，說走了就走了，一點不動心嗎？你不要以為她是我的情敵，我就不願你對她有一點憐惜的表示，其實不然，她現在走了，就是表示在我手上失敗下去，一個人怕了一個人，那就是了，我還有什麼對她過不去？說句作孽的話，她果然是尋了短見，一了百了，那倒沒有什麼，若是她還帶了一個孩子去尋生活，她是個窮苦出身的人，一點經濟力量沒有，叫她怎樣去維持呢？據你說，她很有點舊道德，那更是不肯胡來的這個社會，能容一個規規矩矩的女子去謀生活嗎？」

燕西笑道：「你倒很體諒她。」

秀珠道：「我這人心眼就不壞，公是公，私是私。」

燕西道：「我倒要請教，什麼叫公？什麼叫私？」

秀珠一笑。二人話說到這裡，感情更好了，聲音也更小了，唧唧噥噥，談了許久。

## 九 紅樓夢斷

秀珠因為聽到屋子外面有人的腳步聲，料著是僕人們經過，便高聲道：「你看我這人說話，真是有頭無尾，說了沖蔻蔻給你喝的，現在我會把這事忘了。」說著話，就伸手去按叫僕人的電鈴。

燕西一伸手，掩在電鈴機上，笑道：「我們彼此心照，我說了不用喝，絕不是客氣，當然就不用喝，你何必和我客氣呢？」

秀珠回手一把捏住燕西的巴掌，向他一笑道：「說了半天，你還是保持你那種態度。那麼，我就不叫他們。你早點回去吧，我叫車子送你。」

燕西道：「不必了，令兄的車子不定什麼時候要用的，我沒事的人坐出去了，倒耽誤他的正經事。」

秀珠道：「他今天不大舒服，已經睡覺了。」

燕西道：「他就是不用，我也不坐他的車子。他已經表示過，我不該坐汽車，我放了自己的汽車不坐，倒坐起他的車子來，更沒有道理了。」

秀珠瞟了他一眼，笑道：「你倒有些怕他，那為什麼呢？」

燕西臉一紅道：「並不是我怕他，他說的話實在有理哩，讓我說什麼？我走了，明天見。」

秀珠因為他有一句彼此心照的話，笑著點了一點頭，握著他的手，一路出了小書房。燕西停住了腳，現出很躊躇的樣子來，因低聲道：「我的事，就是這樣說，有什麼消息，你隨時告訴我。」那握著秀珠的手緊了一緊，表示誠懇的意思。

秀珠笑著向他點了兩點頭，笑道：「我知道，你放心得了。」說著話，燕西讓她送到重門邊，笑道：「你不必客氣了。我們這種交情，難道還要在這種俗套上來分別嗎？」

秀珠笑道：「我也不是故意的，好像不這樣送你幾步，我是缺乏誠意似的。」

燕西對於她這話，在可解不可解之間，然而心裡就立刻麻醉了一下，然後笑嘻嘻的，走出大門，依然雇了車子回家去。坐在車上，便一路想著如何到德國去做事，如何和秀珠作共同生活，到了外國去，要洗心革面幹自己的事，不要像在北京一樣，糊塗瞎混了。

他如此想著，到了家，由大門口直想到鑽進幾重院子去，一直回自己那個二松軒去。不料到了那院子門口，漆漆黑的，竟沒有一盞電燈，猛然一抬頭，卻看到星頭滿天，原來是房子燒光了，只剩一院子殘磚敗瓦，自己這才想起來，經過了一次大火了。於是轉身，走向自己書房裡來。

因為在秀珠家裡談話談得久了，肚子裡倒有些餓，很想吃點東西，便按著鈴，把金榮叫了進來。

金榮道：「你這時候才回來，老太太找你好幾回了。」

燕西道：「反正是那幾句話，我聽膩了，我肚子餓了，你到廚房裡去看看，有什麼吃的沒有？」

金榮道：「廚房今天又去了一個人，除了兩餐飯，一餐粥，不另外預備什麼了。」

燕西道：「難道稀飯這時候也沒有嗎？」

金榮道：「稀飯剛開過去，也不知還有沒有？我瞧瞧去。」

燕西道：「不必去瞧了，有了這幾句話，我就夠飽的，還吃什麼？我馬上就要睡覺了。」說畢，和衣就向床上一倒，腳撥著腳，脫了鞋子，拖著枕頭來枕了頭。

金榮看他這樣子，自是有滿肚子的牢騷，不便再在這裡嘮叨了，轉身出去給他帶上了門。

燕西一人躺在床上，情不自禁地用手連拍了幾下床，心裡可就想著，這個家庭真是越過越壞，到了晚上竟會吃不著點心，真是末路了。如此想著，掉轉身子向裡，就這樣地睡了。一覺醒來，還是半夜。屋子裡懸的電燈，亮燦燦的發著白色，窗紗眼裡，一陣陣地向裡冒著涼氣，睡著覺得很是衣單，趕忙起床，把窗戶關了。

然而在人擋住窗口，向外關著窗子的時候，恰好又是一陣很大的涼風，向人身上刮了來。初睡醒的人，身體是疲倦的，不覺得打了一個寒噤，趕忙再躺下來。

當時並不覺得怎麼樣，及至天亮的時候，自己待要抬起頭來，便覺昏沉沉的，有些昂不起來，同時胸中說不出來有一種鬱塞難受的情形，覺得要吐出來才算痛快，於是伏在床沿上，也不管是不是對著痰盂子沒對著痰盂子，哇啦哇啦，向地上一陣大吐。吐過之後，一個翻身向裡，才覺得舒服一點。

然而這時候太早，全家都未起床，他吐了一陣，並沒有一個人知道，鼻子裡有一種臭味，聞到很不好受，同時嘴裡又乾又苦，很想點清水漱漱口，再喝一杯茶，然而電鈴不在床面前，既不能起床，就無法去按，輕輕叫了兩聲，也沒有人答應，這時心裡恨極了，這樣的家庭簡直不如住旅館還舒服些，大家主張散，我也散吧。

燕西一人在床上發狠，他家裡人有誰知道？依然還是靜悄悄地，直待過了一個多鐘頭之後，才聽見走廊上有了步履聲，燕西不由得罵了一聲道：「總也算是有人還陽了，真氣死人！」

外面人答道：「七爺，你醒得這樣早？要什麼嗎？」說著，已推門進來，原來是李升。燕西道：「我昨晚要是死了，恐怕到今天上午才有人收屍呢。我昨晚上就病了，簡直沒有人理會，你瞧瞧床面前，我吐了那麼多。」說著，將手向床下面一指。

李升一見，先呀了一聲，因道：「你這是怎麼了？你可別亂來呀。」說時，眼睛對了燕西臉上，很注意地看著。

燕西道：「你以為我急得服了毒嗎？憑怎麼著，我也犯不上如此，我是半夜起來關窗戶，受了一口涼風了，嘴裡渴得要命，先去給我弄口水來喝吧。」

李升口裡說著話，眼睛依然望著燕西的臉，便點頭答應著道：「好！我去叫金榮來給你收拾屋子，我自己去弄水。」

李升走出書房門來，先不叫金榮，一直就向上房跑，正好遇到陳二姐，猛然問道：「老太太沒醒嗎？七爺不舒服了。」說畢，轉身向外走。

陳二姐見他如此來去匆忙的樣子，也是吃了一驚，趕快跑到屋子裡去，就走到金太太床面前叫道：「老太太，你快起來吧，七爺人不舒服呢，看看去吧。」

金太太被她驚醒，一個翻身向上坐了起來，望著她道：「你說誰病了？」

陳二姐道：「剛才李升跑了進來，說是七爺不舒服，也沒有說第二句話，就跑了，大概……」

金太太聽說，也不問個詳細，穿好了衣服，趕緊就向外走。只走到燕西書房門口，先問了一聲道：「老七，你身體怎麼了？不大要緊嗎？」說著話，已是很快地走進屋子來。

這時金榮在屋子裡掃地，李升捧了一壺茶來，倒了一杯，放在床面前。不問燕西有病無病，倒是像一種害病的樣子，因道：「孩子，你還是怎麼了？可別亂來呀！」

燕西道：「這很怪，我不舒服，你怎麼會知道呢？沒事，我不過吹了一口涼風，受了一點感冒罷了。」

金太太雖然聽他如此說，究竟不大相信，又走上前，用手摸了一摸燕西的額頭，坐在床沿上，低著頭，看了一看他的面色，然後掉轉臉來向金榮問道：「你看看七爺的情況，是哪裡不舒服？」

金榮道：「昨晚上一點鐘了，七爺要吃點心，廚房裡沒有，精神還挺好的。今天我還沒起來，李爺就來告訴我，說七爺不舒服了，我哪裡知道呢？」

金太太笑道：「這樣說，他是饞出病來了，哪有這樣的事呢？」

金太太一說，大家都笑起來了。

金太太見燕西一樣地有笑容，料著他的話是真的，不過是感冒而已，這倒算解除了一種心事。便站起身來道：「只要你果然是受感冒，那倒沒有什麼要緊，可以好好兒地在床上躺一會兒，還有一件，你可別亂吃東西。我還沒洗臉呢，回頭我再來瞧你吧。金榮，你照應著他一點兒。」說著，緩緩走出房去，到了房門，又回轉頭來道：「老七，你可別亂動，只管躺著。」

陳二姐因金太太不曾漱洗，匆匆忙忙地就跑出來瞧七爺的病，自己也跟著出來看看，究竟怎麼回事？站在門外邊聽了許久。及至金太太走了出來，她就微笑道：「你實在是疼兒女的人，這幾位少爺，誰不是生兒養女的人了？可是你還這樣地掛心他們。」

金太太嘆了一口氣道：「這也只怪我的心太慈善了，我這些兒女，誰是這樣掛心我的呢？」

陳二姐笑道：「你嘴裡又是這麼發牢騷，只要哪位少爺有事，你就不知道怎麼好了。」

金太太聽說，倒是一笑。走回房去之後，陳二姐就忙著運茶運水，一面又陪著金太太談心。

金太太喝了一杯茶，靜坐了一會，究竟是按捺不住，復又起身走向燕西這書房裡來。這時他已起了床，拿了一床薄毯子蓋著下半截，斜躺在一張沙發上，口裡還銜著一支煙捲，很自在的兩手捧了一張報紙在看。

金太太道：「你瞧你這孩子，現在全沒有事了，倒嚇了我一大跳。」

燕西放下報，便伸腳到地板上來踏鞋。金太太連連搖著手道：「你和我拘這些禮節，只要少放蕩些，少讓我擔一分心，什麼也就夠了。你現在好一點子了嗎？」

燕西道：「哪裡好了？頭還在發暈呢。」

金太太道：「既是頭在發暈，你還抽著煙瞧報做什麼？」

燕西道：「我哪是瞧報？我找找報上，我登的那個啟事，清秋有答覆沒有。」

金太太道：「你傻了，她又不是無處通信，有答覆的話，她不會寫信來嗎？何必花那筆錢，還登一道廣告呢？」

燕西道：「我也是這樣想，不過自我們啟事登出以後，如石沉大海，她竟是一點響聲沒有。我猜著這個裡頭多少總有點原因，所以我在報上找找看，或者她有些反響。她是每日非看報不能過癮的人，我所登的這幾家報，又都是她常看的報，不能沒有見著我們的啟事呀。」

金太太道：「這話也怪，今天三天了，你那岳母她也不曾再來過一次，她母女二人是相依為命的，難道把這樣大一個女兒跑掉了，她也像你一樣置之不問不成？」

燕西道：「你這話，我不能承認啦，我又何嘗置之不問呢？」

金太太道：「我們自己也用不著去抬這些槓，我就問你，你私下去打聽過冷家的消息沒有？」

燕西道：「我打聽做什麼？他不來找我，我倒要去找他嗎？」

金太太道：「你瞧！聽你這話，你就是不大掛心了。孩子，你別糊塗，天下沒有這樣容易了結的事，你不理會人家，也許人家正在安排巧計動你的手哩，等到人家的錘子打到你的頭上，你再來想法子挽回，那可就遲了。」

燕西聽了這話，仔細一想，也覺有理，冷太太和清秋是彼此十分親愛的，清秋走失了，就是丟了她半條命，她如此放過金家，不向金家找人，絕無此理。既然沒有這個道理，一定是在想什麼法子來擺弄金家了，於是兩手一拍腿道：「母親這話說得是很對的，我馬上到她家去看看，她若有什麼表示，我們也好想法子對付她。」

金太太道：「你這孩子總是這個脾氣，哪一件事情是不愛辦的，就不怕延長到周年半載，哪件事情，若是要辦的，立刻就辦。」

燕西道：「並不是我說要辦就辦，無奈我想起了這件事，心裡就拴了一個老大的疙瘩，非解除不可。」

金太太道：「又不是今天拴的疙瘩，為什麼忙著今天立刻要解除呢？」

燕西道：「我自己也不知道是什麼緣故，不這樣是不痛快的，我吃點東西，早上就去吧。我還有車，坐了車子去，雖然有點毛病，也沒有多大關係。」

金太太道：「我也知道你的毛病，你要去就先去吧，誰讓咱們虧著理呢？見了你的丈母娘，你可得好好地說幾句話，別火上加油，又惹出麻煩來。」

燕西答應著，就按鈴叫金榮進來，吩咐他隨便弄點吃的。金太太一看他身體也不怎樣難受，上房裡還有事，便先走了。

燕西見金太太一走，哪裡坐得住？在衣架上抓了一件長衫，帽子也來不及戴，披在身上，一面扣鈕扣，一面就向外走。

到了門口，自己叫了德海開車，車子由車房開到大門口，剛剛停住，燕西就自己開了車門坐上車去，敲著玻璃板道：「走！走！」

德海回轉頭來道：「你上哪兒？不說一聲，我向哪裡走呢？」

燕西道：「上落花胡同冷家。你不是常去的嗎？還有什麼不知道呢？」

德海知道七爺脾氣上來了，不便多問，開了車機，直向落花胡同而來。

燕西在車上，憋著一肚子心事，見了冷太太，要說些什麼話，自己都預備好了，不料汽車開到了冷家門口，在車上看到是雙扉緊閉。

燕西急忙跳下車來，要上前去按門鈴，忽然一張紅紙條映入眼簾，這卻不由得大吃一驚，原來上面大書有「招租」兩個字，原來通到外面的電燈線也割斷了，電鈴的機鈕也不見了，這只好用手去拍門。

拍了好幾下，裡面才有一個老頭子出來開門，向著燕西問道：「是瞧房的嗎？」

燕西道：「我不是看房子的，我是來拜訪朋友的，原來住在這裡的冷家，現時搬到哪裡去了？」

那老人搖著頭道：「這個我說不上，我是看房的。」

燕西道：「這冷家是哪一天搬走的，你總知道吧？」

那老人道：「我是昨天來看房的，以前的事我全不知道。」說著，他兩手就要來關上門。

燕西一看，這個倔老頭子似乎無甚話可對他說了，心想，這裡關了門，隔壁自己作詩社的那所房子，以前讓給邱惜珍家賃下去了，不如到邱家去問問，於是不坐車子，步行繞到圈子胡同來。

胡同口上停著的人力車，那些車夫是常年停著車在這裡，做老主顧生意的，這時看到燕西步行過來，兩三個人呀了一聲，有個多嘴的，還搶著上前，向燕西請了一個安，笑道：「七爺，好久不見你啦，你好！」

燕西點了一點頭，走過去幾步，又回轉身來，問道：「我們親戚搬家，是你們拉的車嗎？」

車夫道：「坐汽車走的，用不著我們啦。那天搬家，我們沒瞧見你。」

燕西本想再打聽，然而明知這些車夫嘴快，讓他們知道了所以然，也是不好，於是點頭走開。

燕西轉到了圈子胡同這邊，一看邱家的大門也是緊緊的關上，原來這大門口有燦亮的一塊銅牌，刻著邱寓兩個字，現在牌子沒有了。只是那牌子原釘的地方，還有個釘牌子的印跡，在那印跡之下，也是照樣的貼了一張紅字招租帖子。這樣看來當然也是一所空屋子，不用得上前去敲門了。

自己打算將車夫找來問一問，然而又怕車夫看破了情形，消息外漏起來，更是與體面有關。躊躇了一會子，汽車已由隔壁胡同追了過來，燕西想著，當了汽車夫的面胡亂打聽，也是不好，他吩咐汽車開到胡同口去等著，自己一人緩步而行，只是出神。

後面忽然有人叫七爺，叫了過來，看時，卻是看房人王得勝。他搶上前請了個安，笑道：「老見不著你。」

燕西皺了眉道：「我家運不好，總理去世了，不大出門，房子讓給邱家以後，他們不短房錢嗎？」

王得勝笑道：「七爺介紹過來的，那還錯得了嗎？怎麼上個月，邱家說是回南，就全家都走了？」

燕西這才知道邱惜珍家回南了。便笑道：「他們走的時候，我正不便出門，為了什麼，我也不大清楚。」

王得勝道：「怎麼你外老太太也是走得很忙？第一天辭房，到第二天就搬走了呢？」

燕西聽他的話音，也是不知道底細，便裝出故意反問，讓他猜的樣子，因道：「你知道他們搬上哪兒？」

王得勝道：「說是搬出大城去住了，我想不能吧？」

燕西和他說話，卻見街旁停的人力車夫很是注意，又怕露出什麼馬腳，只笑著點點頭。王得勝也摸不清他是什麼用意。跟著說了幾句話，告辭去了。

燕西一人在胡同裡轉了一陣子，並不能得有什麼結果，只好轉出胡同口，坐上汽車，垂頭喪氣而去。

**天下事，原有不少出人意料以外的。但是像這樣的事，卻是出乎意料以外太多了。**

燕西在車上一路想著，這可真奇怪，冷家不向金家要人，反倒是全家都走了，她既不曾拐去我的金錢，我又不是不讓她離婚，何必有這種行動？是了，一定是怕我要回小孩子來，所以帶著他隱藏起來了，其實我不過二十歲的人，哪裡會愁到沒有孩子？你帶了去就只管帶了去，我是絲毫也不關痛癢的。

到了家裡。下車就直奔上房，在金太太屋外院子裡，便嚷起來道：「你看這事怪不怪？冷家一家全逃走了。我真不明白，這是為了什麼？」一面說著，一面走進屋子裡，草帽也不曾取下。兩手將長衫下擺一抄，向藤椅子上坐著靠下去。

金太太坐在屋子裡，正自默念著這件事，聽他由外面嚷了進來，心中也很驚異。及至他走進房時，倒是很坦然的樣子坐下，便望了他道：「你這話是真的嗎？」

燕西一拍手道：「當然是真的，難道無緣無故我還會撒這樣一個大謊？」

金太太道：「既然是真有這件事，我可要引為奇談了，你們兩個人的婚姻，你說要離，她也說要離，誰也不礙著誰的事，你都不躲開她，為什麼她倒會躲開你呢？難道還怕金家把她包圍起來嗎？」

燕西道：「我也是這樣猜著，這件事很奇怪。我自己本想在街坊面前打聽打聽，又恐怕太著痕跡，所以我跑了回來，先向你報告，打算叫金榮到那胡同前後仔細去打聽，她若是逃了，我想沒有別的用意，無非是捨不得把那個孩子扔下。」

金太太皺著眉想了想道：「除非是如此，然而也不至於呀。」

燕西道：「我真猜不出這裡面還有其他的緣故。」

金太太將如意釘上掛的一串佛珠取著拿在手上，一個一個的由前向後掐著，低眉垂目地坐著，只管出了神。

許久，然後向燕西一點頭道：「這個法子倒使得，你就叫金榮去打聽一趟試試看。」

燕西道：「事不宜遲，馬上就叫他去。」說著，起身便向外走。

金太太道：「別忙，你也把他叫了來，讓我教他兩句話。」

燕西只管向外走，哪裡聽到他母親最後說的兩句話？已經一直走回自己書房去了。

這天金榮得了燕西的命令，到落花胡同前後打聽了一個夠，直到晚上七點多鐘方才回來。燕西已是自己走到大門外，等著他有兩三次了。

金榮回家來了，他也知道燕西性急不過的，一直就向他屋子裡去報告。燕西見他滿臉帶著憂色，料得事情有些不妙，先搶著問道：「怎麼樣，他們預備了什麼手段，對付我們嗎？」

金榮搖搖頭道：「那談不到了。」

燕西道：「怎麼會談不到？難道他們還有更厲害的手段嗎？」

金榮道：「並不是更厲害，七少奶奶大概……去……世了。」

金榮說到這裡，也不免嗓子哽了起來。

燕西吃了一驚，原是靠在藤椅子上坐著的，這時突然站立起來，向著金榮的臉問道：「那是怎麼回事？你別是胡打聽的吧？」

金榮道：「我怎能胡打聽這種消息？我為這個整跑了一天呢。我先跑到落花胡同，站在那裡和車夫閒談天，他們似乎知道一點，看我那樣子是打聽消息去的，他們不敢亂說，只說冷家已搬到鄉下住去了，至於怎樣搬到鄉下去，住在什麼鄉下，他們也不知道。後來我索性冒個險，等到南隔壁有人出來開門，我就走上前和他們鞠了一個躬，抬頭一看，我才知道上了當，敢情是個十二三歲的小姑娘。可是說起來，還是算沒有白行這個禮。」

燕西一正臉道：「要說就乾脆說出來吧，說話為什麼繞這大的彎子？快說吧。」

金榮道：「那姑娘是個小孩子，倒也心直口快，我只問隔壁冷家搬到哪裡去？她就反問著我，他們家那大小姐跳了河了，你知道嗎？我問在什麼地方跳河的？她說在城外跳河的，冷家人哭了一天呢。」

燕西道：「小孩子知道什麼？這樣重大的事情，你怎麼到小孩子嘴裡去討消息？」

金榮道：「我也是這樣想。可是小孩子不知道輕重，也不會無緣無故地撒什麼謊，所以我問了那小姑娘以後，我又對那小姑娘陪著笑臉，問她家裡有什麼人？她說有父母，我就告訴她，是冷家親戚打發來的，請她父親出來見見。那個人出來了，倒也是個混小差事的，聽是我們宅裡打聽消息，很願報告。據他說，他果然聽到冷家婦女們哭了兩宿，起一個早，搬家走了。由他們的老媽子口裡傳說出來，說是冷家大小姐到城外去跳河了。我當時聽了，心裡很是難過，幾乎要掉下眼淚來，不忍怎樣地仔細盤問下去。你要不信，自己到那人家去拜訪，可以當面問他一問。」

燕西聽了這話，怔怔地坐著，許久不能作聲。金榮站在他面前，走是不好，不走也是不好，也是只管發愣。

燕西嘆了一口氣道：「消息是越來越不像話，我有什麼法子呢？我得去和老太太報告一下，看看她老人家怎樣說？但願這消息不的確也罷。」說著，站起身來向上房走。

金榮雖然不便跟著走了去，也知道金太太得了消息之後一定會來盤問的，因之就在書房外面站了等著。

果然不到三十分鐘，陳二姐走出來叫喚，說是老太太叫去問話。金榮跟著到了上房，金太太和三位小姐，都坐在走廊下乘涼，眼圈兒都是紅紅的，金榮看了這樣子，知道所報告的消息，已經是夠惹著太太一陣傷心的了，遠遠地站著，不敢過去驚動。

金太太用手絹擦了眼睛道：「據七爺說，你是到過冷家去了一趟的了，你打聽得那消息很的確嗎？」

金榮要說的確，讓老太太更是傷心。若說不的確，為什麼以先胡亂報告？猶豫了一陣子，才道：「我打聽是打聽了好幾處的，都是這樣說，可是七少奶奶家裡的人，我一個也沒有見著，又哪知道這話靠得住靠不住呢？」

金太太道：「你沒有聽說是哪一處城外嗎？」

金榮道：「聽說是出西直門的。」

敏之聽到這裡，點了一點頭道：「這就是了。」

金太太看了她那種神氣，望了她道：「難道你還知道這裡頭有什麼緣故嗎？」

敏之道：「我也不過這樣猜想罷了，誰又敢說一定是這樣的，清秋以前常和我說，玉泉山昆明湖一條好水脈，假使要尋死的話，最好就死在那裡，我還笑著說，無論那地方怎樣好，死了也不得一個好死，她就大駁我一陣，說死就是一個死字罷了，還有什麼好死壞死？而且古來高明的人，死在水裡的也很多，什麼屈原啦，什麼李太白啦，說了許多，我也鬧不清楚。當時我雖知道她是一種牢騷話，議論很是奇怪，所以記在心裡，於今用事實一引證起來，竟是很有幾分可信的了。」

金太太手上拿了一把小芭蕉扇子，慢慢地在胸面前招著風，點點頭道：「這話也很有幾分近情理，她那種人，這種事會做得出來的。」

燕西道：「若果這話靠得住，這也沒有難處，到了明天，我可以自己跑到城外去調查一趟。假如她是如此下場，以前一切的事不必提了，我私人所分得的錢願拿了出來，和她辦理善後。」

敏之望了他，想帶一點冷笑，但是立刻又把這笑容收起來了，就對他道：「哦！若是她有了不幸的事情，你就要拿出錢來，和她辦理善後。若是她並不見得有這種事情哩，那麼，你就還是不管她的事了？」

燕西先看了金太太一眼，見金太太的顏色還是和平常一樣。然後向敏之拱拱手道：「你說這話，我真有點受不了。我這人倒好像是成心望她死，等她死了，再來給她風光一下子，做個好人，是也不是？」

敏之道：「是與不是，我哪裡知道？不過你自己說話，有些前後不能關照，露出馬腳來了。我既不姓冷，我又不是清秋的表姐表妹，她走得遠遠的去了，難道我還會幫著她說你什麼不成？」

敏之越說越急，說到後來，臉色都變紅了。

金太太道：「這種人你還說他做什麼？他有了他一定的主意，旁人說他也是枉然，白費一番氣力，他又知道什麼好歹？」

敏之低了頭望著地上，只冷笑了一聲，並不再說什麼。

燕西雖然覺得敏之的顏色和言辭，都過於嚴刻一點，然而有老母在當前，看那樣子，是不會幫著自己的，再要申辯兩句，無非又是一場是非，只得懶懶地道：「我只認錯就是了，有什麼可說的呢？」一面說著，一面向外走。

這時，金榮帶來的這個消息已傳遍了全家了，無論與清秋感情如何的人，聽了這句話，都不免傷心一陣。那樣一個人竟會落這樣一個結果，加之她又帶了一個小孩子去的，這個小孩子出世才得兩三個月，倒跟著母親受了這種無故的犧牲，也是一件很造孽的事，因之大家又紛紛議論起來。

這種話，當然不免傳到燕西耳朵裡去，他雖然自信不負清秋生命的責任，可是在大家這樣傳說著的時候，總感到有些心神不安，若不表示一點追悼的意思出來，這會讓旁人更疑心了。自己心裡存了這個念頭，到了次日，一清早起來，就叫金榮告訴德海，開汽車出大城。

金榮因他臉上顏色不大好看，而且一下床，絲毫也不曾考慮，就告訴開車出城，似乎打了一夜主意似的，這也許又要出什麼事故，不能不向老太太報告一聲。於是在燕西當面儘管答應，步出書房，立刻就到上房，去向金太太報告。

自己隔了窗戶，先叫了一聲。金太太在紗窗子裡，看到金榮匆匆地由外面走了進來，心裡就知道他必有什麼要緊的事報告。在屋子裡就答應道：「有什麼事，你只管說吧。」

金榮回頭看了一看，究竟還不敢大聲說出來，一直走到窗戶邊，才低聲道：「太太你瞧，七爺一早起來，什麼事也沒提到，就要趕著出大城去。我看他臉上的顏色不大好，你把他叫進來問他幾句話吧。」

金太太道：「他要出城去什麼意思呢？」接著又道：「這孩子做事這樣任性，簡直有些胡鬧！把他叫了進來。」

金榮巴不得一聲，把燕西叫進來。金太太問道：「你這樣一早出大城，打算到哪裡去？」

燕西道：「我想到頤和園玉泉山都去看看，究竟有什麼形跡沒有？若是那裡出了事，當地人當然知道的。」

金太太道：「你一個人瞎撞，未見得能撞出什麼結果，我看叫鳳舉陪著你去吧，李升也可以去。你們有些地方，不肯謙遜去問話，可以讓李升去問人。」

燕西對於這個辦法，倒也無所可否，便順便地答應了好吧兩個字。金太太讓他在屋子裡等著，讓陳二姐去叫鳳舉。

鳳舉不曾來，梅麗先來了。一見燕西，便道：「一早就到母親屋子裡來了，有什麼消息報告嗎？」

燕西道：「正打算出城找消息呢。」於是把意思告訴了她。

梅麗很高興的道：「我也……」只說了兩個字，回頭先看看金太太的顏色怎樣，金太太道：「他又不是去玩，你跟去做什麼？」

梅麗道：「我也不是要跟去玩呀，老實說，我對於清秋姐這件事，真比七哥還著急呢。」

燕西道：「那為什麼？」

梅麗道：「我和她感情很不錯，譬如說，這個時候，秀珠姐要有個三長兩短，你不著急嗎？」

燕西見金太太向著梅麗，臉上有點微笑的樣子，就不敢說什麼，只淡笑著說了胡扯兩個字，金太太卻呆呆地注視著燕西的面孔，那意思好像說梅麗的話是對的。燕西便站起來望了窗子外道：「大哥還沒有起來嗎？怎麼還請不來？」

鳳舉披著一件長衫，一路扣鈕扣走了進來，問道：「聽說一早就要到西山去，這是為什麼？」

金太太道：「並不是到西山去，燕西高了興了，他要去打聽清秋的下落了。」因把話告訴了他。

鳳舉道：「我就猜著是要我去的，所以索性穿了長衣出來。」

梅麗道：「我也要去呢，行不行？」

鳳舉道：「只要媽讓你去，我就不反對，要不然，這又不是去玩……」

梅麗道：「誰又是去玩？父親去世以後，就只有玉芬姐帶我到北海去過一趟，我才真不要玩呢。」

燕西也知道梅麗既說要去，也推辭不了，只得答應了。

梅麗看看金太太的顏色，似乎也不至於攔阻，就趕著回房去換了出門的衣鞋，就到燕西書房裡去等候。

一會兒鳳舉出來了，三人坐了汽車，直向頤和園而來。

管理頤和園的人，向來不收金家人門票的，現時金總理雖已去世了，自也抹不下面子來要票。他們三人進了大門，不假思索，直奔前山昆明湖邊。當然，這宏壯的風景裡面，山水宮殿一切依舊，並看不出什麼出了事故的痕跡。

李升跟在後面，隨他們走過了長廊，便道：「大爺，我們先找個人打聽打聽吧。」

鳳舉道：「這是什麼有面子的事嗎？怎好胡問人？我們這種體面人家，會有內眷跑了，還是投水，說起來，大家臉往哪兒擱？」

李升碰了釘子不敢作聲，默然相隨在後面走。梅麗道：「既不打聽，我們為什麼來著？」

鳳舉皺了眉道：「別嚷！別嚷！慢慢的自然可以打聽出來。」

梅麗道：「這又不是什麼不能對人說的事，為什麼別嚷？就算不能對人說的事，我們自己都調查來了，人家還有個不知道的嗎？」

鳳舉嘆了一聲，皺著眉對這位小妹望了一望，又不說了。

燕西道：「你們真也肯抬槓，這個時候到了這種地方，還要說個是非。」

這長廊盡頭，排雲殿下方有個水榭，正向著昆明湖，開了一所茶社。兩個穿白衣服的茶房看到這二男一女很有些豪華氣象，後面跟著一個聽差，分明是少爺小姐一流，一齊跑出來笑臉相迎，請到裡面去休息。

鳳舉因這裡在水邊，正好打聽消息，就一同進去了。

大家坐下，李升也在外面走廊欄杆上坐著。茶房忙亂了一陣，遠遠的坐到一邊去。鳳舉先問問這裡可有什麼吃的？茶房說：「只有乾點心。」

鳳舉道：「現在天氣熱，這裡逛的人正多，怎麼倒不預備一點呢？」

一個茶房走了過來，站著在桌子犄角邊，彷彿是很鄭重的，半鞠著躬微笑道：「你不知道，這兩天雖是逛的人多一點，其實一天也不過來百兒八十的人，第一，到城裡太遠了，第二，門票又是一塊錢一張，哪能像城裡中央公園那樣人山人海的？我們這小買賣，哪裡敢多預備？」

鳳舉一看這人三十多歲年紀，手臂上刺著一朵花紋，頭上一把頭髮，向後梳得溜光，因笑著點點頭道：「我在什麼地方見過你，一時想不起。」

茶房道：「我在城裡潔身澡堂待過三年。」

鳳舉哦了一聲道：「這就是了。」

茶房笑道：「先生你貴姓是金吧？」

鳳舉點頭道：「我姓金，你怎麼知道？」

茶房道：「從前我侍候大爺洗過澡的，於今我想起來了，你今天有工夫到這兒來逛逛？」

鳳舉點著頭哼了一聲。那茶房他要表示殷勤招待的樣子出來，拿著桌上的茶壺向各人茶杯子裡斟了一遍茶，然後退到一邊去。

一個當侍役的人，在主顧不和他說話的時候，他自然也不便無端插嘴說話，因之靜悄悄地站在一邊。

梅麗看了，倒有些急。心想，和那茶房說得很投機，正好探問消息了，怎麼又不作聲？她心裡如此想著，就不住地看看鳳舉，又看看燕西。

燕西明白了她的意思，自己也是有些忍耐不住了，就對茶房道：「大爺二爺你都知道，你倒很能打聽消息。」

茶房道：「金總理家裡，那是北京城裡大有名望的人家，誰不知道？」

燕西喝了一口茶，笑了一笑，目光望了昆明湖一片汪洋的白水，很不經意的樣子問道：「這湖裡水深不深？」

茶房道：「也有淺的地方，也有深的地方。」

燕西道：「假使落一個人下去呢，危險不危險？」
茶房笑道：「深的地方，自然是危險。」
燕西依然用眼光射到湖面上，很隨便的問道：「若是有人到這裡來投河，地方又大，水又深，又沒有人救，那總是活不了的。」
他如此一說，鳳舉、梅麗都望了茶房，等他的回話了。
茶房笑道：「那可不是！」茶房也是很隨便答覆的，然而只他這樣一句話，各人心裡立刻緊張起來。
燕西情不自禁的問了一聲道：「真有這樣一件事？」
茶房笑道：「沒有這回事，你幹嘛問起這個？」
鳳舉也就插嘴道：「你這叫笑話了。你想，到這裡面來，還要買一塊錢的門票，哪個尋死的人，那樣清閒自在的到這裡來投湖？」
茶房又接嘴說了一聲道：「可不是！」
梅麗坐在一邊，就望了鳳舉一眼，心想，你還是打聽消息來著呢？還是證明消息不確來著呢？剛問得了一點消息，你倒說絕沒有這件事。
鳳舉看了梅麗的臉色，可是他又有他的心事。他以為真有這事，自己說是沒有，茶房必會反駁的，若真沒有這事，話就遮掩過去了，免得露出馬腳來，現在茶房果然說沒有，就默然了。
他不作聲，梅麗不便作聲，燕西也是呷了茶望著湖水出神，不過老遠地跑了來，不打聽個實在，就這樣含糊回去，也有些不甘心，因又裝出很不經意的樣子來問道：「前幾天，報上好像登過這樣一條社會新聞，大概是謠言了？」

那茶房靠了亭子的木樁站定，突然將身子向前一挺道：「我也聽見的，這新聞可是不假。」他這句話不要緊，不但把在座三個人嚇得心裡亂跳，就是在水榭外邊站的李升也臉色變了，一腳踏進亭子來道：「是有這麼一回事嗎？」

鳳舉聽到這裡，也是一怔。梅麗也禁不住問道：「怎麼不假呢？」

茶房見大家都注意這件事，倒有些莫名其妙，望了大家緩緩地道：「我也不知是真是假，這萬壽山前後，很有些人傳說，說是玉泉山有個人投河，過兩天，報上就登出來了，說是昆明湖裡出的事，其實不是。」

燕西道：「哦！玉泉山出的事，你不知道是怎樣一個人嗎？」

茶房道：「聽說是個年輕女的。」

他這一說不打緊，大家的臉色都變了。

正要向下問時，遠遠地有個人跑了來，站在亭子外向李升打量一遍，問道：「你是金府上來的嗎？」

大家一聽，又是一驚。那人道：「你們宅裡來了電話，請大爺去接，說是有要緊的話說。」

鳳舉道：「難道又有什麼要緊的事發生了？」說著，就向亭子外走。

燕西、梅麗都是驚弓之鳥，見了這種勢頭，心裡都蹦跳起來，也不問茶房話了，就這樣相對坐著。

這個電話之謎，各人都是急於要打破的，這一種焦急，那一分鐘之久，大概也不遜於一年的了。

俗言道：等人易久。其實燕西等鳳舉，也不過二十分鐘罷了。老遠地看見他跑回來，高舉著兩隻手嚷道：「清秋回來了，清秋回來了，我們快回去吧。」

燕西聽了這話，臉上一怔。梅麗聽到，卻不由得站起來，連跳了兩下道：「好了好了，我們回去吧。」

燕西等鳳舉走近前來，才低聲問道：「這是怎樣一回事？你在電話裡聽清楚了嗎？」

鳳舉道：「我哪有那麼糊塗，連在電話裡聽這兩句話都聽不清楚嗎？」

燕西道：「她是怎樣回去的呢？」

鳳舉道：「在電話裡，何必問得那樣清楚呢？我們不是馬上要回去嗎？等著回去再談，也是不遲吧？」

梅麗連連將腳頓了幾下道：「走走！我們快回去。」說著話，已是跳到亭子外長廊下欄杆邊去。

鳳舉道：「看你忙成這個樣子，你比燕西還急呢。」於是會了茶賬，匆匆地走出園來。大家坐上汽車，鳳舉對梅麗道：「大約回家之後，首先和清秋談起來的，就是你。你一定要把我們向茶房探聽消息的話，說個有頭有尾。其實她跑出來又回家去，怪難為情的，你對她還是少說話吧。」

燕西道：「為什麼少說？這種人給她一點教訓也好。」

梅麗道：「你這人說話，也太心腸硬著一點吧？我們為著尋她的下落才到城外來的，我們原來的目的，不過是要知道人家的死信，如今不但人沒有死，而且還是活跳新鮮地回來著，比我們原來的希望要超過幾倍去了，你怎麼倒反是不高興？難道你不樂意她回來嗎？」

燕西淡淡笑了一聲，並不說什麼。

梅麗道：「你不說，我也明白，你當然是不願意她回來的了，但是據我看來，絕不是沒有辦法回來的，回家之後，你看到人家的態度再說吧。」

燕西依然是不作聲，又淡淡地一笑。

汽車到了家門口，梅麗一進大門，見著門房就問道：「七少奶奶是回來了嗎？」老門房倒為之愕然，望了梅麗發呆道：「沒有呀，沒有聽到說這話呀。」

梅麗道：「怎樣沒有？剛才我們在頤和園，家裡打電話把我們找回來的呢。」門房道：「實在不知道這一件事，若果然有這一件事，除非是我沒有看見。」

梅麗再要問時，燕西和鳳舉已經很快的走進大門，直向上房而去。

梅麗也是急於要得這個消息，直追著到上房來，早聽到鳳舉大聲道：「怎麼和我們開這樣大的玩笑？」

梅麗走到金太太屋子裡看時，屋子裡許多人，鳳舉手上捧了一張信紙在手上，圍了七八個人在那裡看，梅麗也向人縫裡一鑽道：「看什麼？看什麼？」

鳳舉道：「別忙，反正信拿在我手上是跑不了的，你等著瞧吧。」

梅麗既看不到，又不能伸手來奪，卻很是著急。

金太太在一邊看到，便對鳳舉道：「你就讓她看一看吧。這一屋子人，恐怕要算她是最急的一個了。」

鳳舉咳了一聲，便將那信攤在茶几上，牽了梅麗的袖子，讓她站近前來，笑道：「乾脆你一個人念，我們大家聽，好不好？」

梅麗道：「我念就我念吧。」於是她念著道：

燕西先生文鑒：

西樓一火，勞燕遂分，別來想無恙也。秋此次不辭而別，他人必均駭然，而先生又必獨欣然。秋對於欣然者，固無所用其不懌，而對於駭然者，亦終感未能木然置之。何也？知者謂我逃世，不知者謂我將琵琶別抱也。再四思維，於是不得不有此信之告矣。

秋出走之初，原擬攜此呱呱之物，直赴西郊，於昆明湖畔覓一死所。繼思此呱呱之物，果何所知？而亦遭此池魚之殃。況吾家五旬老母，亦唯秋一點骨肉，秋果自盡，彼孑然一身，又何生為？秋一死不足惜，而更連累此一老一少。天地有好生之德，竊所不忍也。

為此一念徘徊郊外，久不能決。凡人之求死，只在最初之五分鐘，此五分鐘猶豫既過，勇氣頓失，愈不能死。於是秋遂薄暮返城，託跡女友之家，一面函告家母，約予會見。家母初以秋出走非是，冀覆水之重收。此秋再三陳以利害，謂合則在君勢如仇敵，在秋形同牢囚。人生行樂耳，乃為舊道德之故，保持夫妻名義，行屍走肉，斷送一生，有何趣味？若令秋入金門，則是宣告我無期徒刑，入死囚之牢也。

梅麗將信念到這裡，不由嘆了一口氣道：「就是這信前半段也就沉痛極了，真也不用得向下念了。」

鳳舉道：「這不是講《古文觀止》，要你看一段講一段，大家還等著聽呢。」說著，便要伸手過來，將信拿過去。

梅麗按住了信紙道：「別忙別忙，我念就是了。」於是念道：

家母見秋之志已決，無可挽回，於是亦毅然從秋之志，願秋與君離異，以另謀新生命。唯是秋轉念擇人不慎，中道而去，知者以為君實不德，秋扇見捐，不知者以為秋高自攀附，致遭白眼。則讀書十年，所學何事？夫趙孟所貴，趙孟能賤之，本不足怪。然齊大非偶，古有明訓，秋幼習是言，而長乃昧於是義，是秋之有今日，秋自取之。而今而後，尚何顏以冷清秋三字以與社會相見乎？因是秋遂與母約，揚言秋已步三閭大夫後少，葬身於昆明湖內，從此即隱姓埋名，舉家而遁於他方。金冷婚約，不解而解矣。

秋家今已何往？君可不問。至攜一子，為金門之骨肉，本不應與同往。然而君且無伉儷之情，更何有父子之義？置兒君側，君縱聽之，而君所獲之新愛人，寧能不視此為眼中釘，拔去之而後快耶？與其將來受人非種必鋤之舉，則不如秋保護之，延其一線之生命也。俟其長大，自當告以棄兒之身世，一日君或欲一睹此贅疣，當尚有機緣也。

行矣！燕西。生生世世，吾儕不必再晤。此信請為保留，即作為絕交之書，離婚之約。萬一君之新夫人以前妻葛藤未斷為嫌，則以此信視之可也。

行矣！燕西。君子絕交不出惡聲，秋雖非君子，既對君鍾情於前，亦雅不欲於今日作無味之爭論。然而臨別贈言，有未能已者，語云：高明之家，鬼瞰其室，虎尾春冰，宜有以防其漸。以先翁位高德茂，繼祖業而起來茲，本無可議。若至晚輩，則南朝金粉之香，冠蓋京華之盛，未免兼取而並進，是非青年所以自處之道也。願有則改之，無則加勉焉。

慈姑老大人，一年以來，撫秋如己出，實深感戴。寸恩未報，會當銜結於來生。此外妯娌姊妹，對秋亦多加愛護，而四姊八妹，一則古道熱腸，肝膽相照，一則耳鬢廝磨，形影相惜。今雖飄泊風塵，而夜雨青燈，每一回憶，寧不感懷？故秋雖去，而寸心耿耿，猶不免神馳左右。顧人生百年，無不散之筵席，均毋以秋為念可也。蓬窗茅户，几榻生塵。伏案作書，恍如隔世。言為心聲，淚隨筆下。楮盡墨枯，難述所懷。專此奉達，並祝健康！

冷清秋謹啓

梅麗將這封信一口氣念完，念到最後一段，大家覺得清秋的文筆固然不錯，就事論事，也說得很沉痛。

鳳舉首先道：「我算今日領教她的筆墨，真是看不出來，一個十幾歲的女子有這樣好的文字，前途實在未可限量。大家都說她漢文有根底，我也沒有去十分注意，於今看起來，很是名副其實，老實說一句，目前的人，恐怕還沒有誰趕得上她？」

玉芬坐在一邊，插嘴微笑道：「大哥一抬舉人，又抬舉得太過分一點了，固然像我們這種人，自然是學識淺陋，趕不上人家，可是大哥和二哥的國文都是很好的……」

金太太不等說完，便皺了眉道：「管她文章好不好，不是現在所要討論的事情。」說著，便向鳳舉道：「我接著這封信，自己真愣住了大半天，不用提心裡多麼難受，知道的呢，不過說是燕西夫妻感情不好，她不願在我們家，不知道的，倒以為是我們這一大家人不能容物，硬把人家擠著跑了。別的我都不怕，我就怕她這一封信輾轉傳到新聞記者手上去了，老實不客氣給我們發表出來，這讓我承認是不好，否認也是不好。」

鳳舉道：「這倒不必去過慮。她這信上明明說著自己隱姓埋名，要另去找新生命，分明是一種秘密行動。若是把這信公開出來，試問又從哪裡去秘密起來？」

金太太道：「這話也難說，她若是為洩憤起見，也許犧牲她自己的成見，宣布出來，和我們幹一下子。」

玉芬心裡有一個對字，衝口要出，她感覺很敏捷，想到剛才插嘴說了兩句話，已經碰了一個大釘子，現在怎好又去多嘴？因之嘴唇皮只動了一動，這個對字又忍回去了。

金太太坐在屋子裡說話，眼光是不住地四處射著的，尤其是對於玉芬，那目光是常常地照顧著。玉芬欲言又止的情形，正好是看到，便問道：「你要說什麼？」

玉芬道：「我很贊成你的話，不過照她為人，不至於這樣，所以我要說，又忍回去了。」

金太太未答言，點了點頭。這時，大家對於這封信都不免有一番議論，玉芬見大家都有點惋惜的意思，她未便獨持異議，也皺了眉毛，裝出苦臉子來。

金太太側著身子，坐在藤椅子上，只是不言語，默默靜坐，慢慢地也就垂了眼淚來了。

鳳舉嘆道：「你又何必傷心？連老七他自己還看得十分平淡呢。」

金太太搖了一搖頭道：「我倒不是這樣想。」

佩芳道：「我明白，你是捨不得一個小孫子。」

金太太道：「當然也有一點，但是這還不是最大的原因。」說著，兩手抄在胸前，長長地嘆了一口氣，同時，便將眼光射到燕西身上。

燕西知道母親有十二分不滿意的表示，但是不滿意的是哪一點？卻不能猜中，自己只好避開母親的眼光，低了頭看著自己的鞋尖，兩腳不住地在地上顛抖著，似乎心不在焉的樣子。

金太太又嘆了一口氣道：「我也管不著，反正是大家要散的，與其將來鬧得不可收拾，再來散家，倒不如早早地散場，大家落個好來好去。」

大家聽金太太如此說著，都不敢作聲，默然坐著。金太太站起來，將那紙長信拿到手上，又重新看了一遍，然後遞到燕西手上道：「這個交給你吧，你也好留著做一個紀念。」說畢，又冷笑一聲道：「這算是白家小姐戰勝了，你可以把這信給她看看，只要她相信了，也就是你一個升官發財的一重保障。」

燕西聽了這話，臉上不由得紅上一陣，搭訕著笑道：「你說這話，我受得了嗎？」

金太太不說什麼，又是一陣冷笑。

鳳舉料著金太太動了慈善心，燕西若是不離開，還是有許多話要說他的。便向燕西瞟了一眼道：「你在頤和園那一分子跑法，想必是很累，這也應該休息休息去了。」

燕西會意，搭訕著伸了一個懶腰，就回書房去了。心裡想著，這樣一來，人既不曾死，婚姻又脫離了關係，總算如釋重負，她自己願意寫這信和我脫離關係，我也沒有什麼對她不住的。只是自己第一個兒子，白白是讓她帶走了，心裡總不能完全拋得下。但是留了兒子，其實也不能不留他的娘，嶄新的人物，犧牲個把兒女，又值得什麼放在心上？

他是一個人在屋子裡踱來踱去，這樣想著的，於是突然立住了腳，連頓兩下，表示他不以為意的決心。

就在這時，書房門悄悄的有人推了開來，略聽到一些響聲，燕西心裡正在不耐煩的時候，於是用腳一頓，立刻將身子一扭道：「又是誰進來搗亂？」說時，一回頭，瞪了兩眼。

但是這一回頭之下，卻是梅麗。自己還沒有放出笑容，改去怒容，梅麗已是不耐煩，將嘴一撇道：「幹嘛對我們生這樣大氣？我不是來說你什麼的。」

燕西笑道：「請進來吧，我真不知道是你，我一個人在這生悶氣呢。」

梅麗道：「我倒不管你生悶氣不生悶氣，我心裡擱不住事，有話就要來報告你一聲。聽二嫂說，她的房子已經看好，也許兩三天之內就要搬走了，我也不知什麼緣故，聽了這個消息，心裡怪不好受似的。」

燕西道：「什麼？他們就要搬走嗎？怎麼這樣子的快？」

梅麗走進屋來，向屋子四周看了一遍，嘆了一口氣道：「這些個東西，你能都帶到外國去嗎？當然是留下的了。這幾架書格子，我都很歡喜，你就送給我吧。」

燕西道：「這又不是我私人的東西，怎麼讓我送給你？」

梅麗點點頭道：「這算你說了句公道話，可是我聽到說，各人院子裡的東西都歸各人搬去，有的嫌不夠，還爭著要這樣要那樣。」

燕西道：「咳！讓他們去爭，讓他們去分吧。家都散了，搶奪這些木器傢俱又有什麼用？你要這書格子，你就連這些書都可搬了去。我反正是個不讀書的人，又要這些書做什麼？」

梅麗點頭笑道：「你這倒乾脆，表明態度是不要書本子。」

燕西兩手一撒道：「你想，從前有的是機會去讀書，我都耽誤掉了，到了現在，自己要去經營飯碗問題了，哪裡還有工夫讀書？你難道還不曉得我為人？我在你面前還要個什麼虛面子？」

梅麗道：「這倒也說得是。不過你現在也不必煩惱，你受著拘束的事，算是完全解除了。以後你一個大人，愛怎麼著就怎麼著。天下之大，一個人到哪裡去混不到飯吃？我跟你計畫著，晚上可以在飯店裡跳舞。睡到下午兩三點鐘起來，公園裡也好，戲館子裡也好，混到六七點鐘，上小館子吃晚飯。吃完晚飯，上電影院瞧電影，到了十一二點跳舞場上，正是熱鬧……」

燕西皺了眉道：「你幹嘛也學了這樣一張貧嘴？」

梅麗道：「我是貧嘴？就算我貧嘴吧，我猜著這樣浪漫的生活，你總是願意過的吧？」她一面說著，一面向外走，就回到了二姨太屋子裡來了。

二姨太見她臉上，似乎還帶著一些怒色，便道：「你又是和誰生氣？」

梅麗撅了嘴道：「別提了，我心裡有二十四分不痛快呢。」

二姨太道：「咳！你倒喜歡管那些閒事，準是清秋的事，你瞧著又有些不順心了。你管得著嗎？」

梅麗道：「也不光為這個，你瞧，二哥的房子看好了，馬上就要走，自然別人也是要走的。今天說散夥，明天說散夥，這可真要散夥了。」

二姨太坐在一張藤椅上是半躺著的，頭枕在椅靠上，眼望了梅麗，半晌不作聲。

梅麗道：「你又什麼事發愣？」

二姨太將頭點了一點道：「你說我老實，可是你也夠老實的了。不散夥怎辦？難道我們還顧全得了不散夥嗎？」

梅麗道：「誰又說能顧全得了？不過我瞧著，心裡怪難受的。」她說著，也就在對面一張藤椅子上坐下了。母女二人，彼此對面默然坐著，靜默了好久。

二姨太因是斜躺著的，目光斜射在對面牆壁上一張二人合拍的半身相片，只是出神。那相片的膠紙都變了黃色，人影也有些模糊，年月可知了。

梅麗也回頭看時，是父母二人的合相。二姨太見她目光也回過去，因用手一指道：「你瞧，這是我初嫁你父親時候的一張相片。那個日子，你父親剛從外國回來，老太爺也還在世，門面比這些年還闊多了，因為你祖父是個總督，和現在的巡閱使差不多呢。」

梅麗道：「這和這張相片又有什麼關係呢？」

二姨太道：「自然有關係呀。你祖父除了收房的丫頭不算，一共有五房姨太，你瞧是多不多？真也是怪事，可就只添了你伯父和你父親兩個。你伯父三十幾歲就過去了。只剩你父親一個，而且他真也有些才學，上人是怎樣地疼愛，那就不用說，可是你父親倒不像你那些模糊蟲哥哥，玩笑雖是免不了的，正經事也是照樣子辦。

「討我的時候，老實說，你那位母親是不高興的，無奈上面一層人就是多妻的，她也沒法兒反對。祖老太爺自然也看出了這番情形，聽說在你那位母親面前還說了一番大道理，索性讓我進門的時候，還行了一大套禮節，末了，就是照這張相，祖老太爺的意思，就是說他作主替你父親討二房的，不讓你母親壓迫我。

「我年輕的時候，就不知道什麼叫脾氣，你那母親，看我也是很容易說話的，也就不怎樣和我為難。那個時候，你大哥二哥都在英國留學，其餘的都在家裡，燕西還只兩三歲呢，一家的小孩子，你父親和你母親是很和氣的，我又不多一丁點兒事，所以家裡頭大家只是找法子享福，不知道什麼叫鬧氣。後來小孩子大了，人口多了，不是這個瞧著那個，就是那個瞧著這個，只要瞞了上面兩個人，就什麼事也幹得出來。這樣地鬧，至少至少有五年了。我老早就猜著好不起來，現在看起來，也是癤毒破了頭了。」

梅麗道：「照你這樣說，散夥倒是應該的。」

二姨太道：「也不能說是應該的。不過有你父親在，大家坐著享福，還有些不耐煩，如今不能坐著享福了，有這個家庭呢，少不得大家要負一分責任，你瞧誰是肯負責任的？誰又讓誰不負責任？恐怕會鬧得大家刀槍亂起吧？從前就是燕西沒有辦法，現在清秋走了，他可以靠白家這條路子去找出身，也是不要緊的了。」

梅麗道：「人家最忌諱的是這個，別說了。」

二姨太道：「說也沒有什麼，反正這是公開的事。」

梅麗道：「公開也好，秘密也好，反正攤不到我們頭上來說。」

二姨太道：「咳！說是不必說。可是我們一家人總望一家人好，鬧到這步田地，誰也是好不了，我們心裡當然是難受。我早知道就不能有什麼好結果的，那天吞鴉片，你們讓我一閉眼睛，睡了過去，是多麼的好，偏是你們又想法子把我救了過來。」

梅麗噘了嘴道：「你這話倒說得好，讓你一閉眼睛，睡了過去，那麼，把我扔下來，我又怎麼辦呢？」

二姨太道：「我自己的性命都不要，別人我就管不著了，可是這話又說回來了，我就是不死，你的事情我哪裡又管得著呢？」

梅麗聽了這話，望了她母親一會，並不作聲，意思好像不明白母親命意所在，打算要問一句是哪件事沒讓母親管？然而這句話說出來，又怕母親誤會到什麼自由不自由上面去，對答上也更感到困難，就不如不問了。

二姨太看到梅麗那沉吟不定的樣子，便也是不解，望了她問道：「你想什麼？」

梅麗坐在躺椅上，將腳懸著，擺了幾擺，放出很自然的樣子，臉上微微笑道：「我也不知道有什麼事讓你管不著？」

二姨太想了想，微笑道：「我管不著你的事嗎？那可多了。」

梅麗也不多說，依然還是將兩條腿垂著搖擺，右手一個食指，卻在左手掌心裡，只管畫著字。二姨太看到她那種出神的樣子，也只管望了她那臉，梅麗在手裡亂畫了一頓，眼皮一抬，見母親很注意的樣子，抵在當面，頗有些不好意思，於是突然站起身來，就向裡邊屋子裡走去。

二姨太一看梅麗那神情和她說話的話音，覺得她那心中當然含有一段隱情，這話在她自己不說出來，做母親的自然也無法追問。

她到了隔壁屋子裡去，默然不作聲，有兩個鐘頭之久，那邊一點響動也沒有。二姨太隔了一道繡花屏風，叫著問道：「梅麗，你怎麼樣，睡著了嗎？」

梅麗在那邊，依然是不作聲。二姨太以為她真的睡著了，就悄悄的在屏風邊溜了過來，及至轉過門來一看，只見她伏在一張小寫字檯上，手上拿了自來水筆，只管在那裡寫。

她彷彿聽到身後有點響動，猛然回頭一看，見是母親來了，好像是吃了一驚，連忙將自來水筆一放，扯開抽屜，就把桌上的紙張，用手一捲，一齊捲到抽屜裡去，撲通一聲，把抽屜跟著就關上了。

二姨太道：「這為什麼？這為什麼？」

梅麗臉上一紅，站起來靠著寫字檯道：「人家在這裡作文呢，你跑了來，打斷人家的文思。」

二姨太道：「打斷你的文思？你又作什麼文？」

梅麗笑著推她母親道：「你出去吧，我練習學校裡的國文課呢。」

二姨太道：「怎麼著？你這屋子還不許我來嗎？」

梅麗依然向前推著她母親道：「你去吧，我這裡不要你了。」

二姨太笑著連連說：「你這孩子。」

梅麗道：「真是的，人家作文作得正有味的時候，你跑來搗亂，你說討厭不討厭呢？」

母女倆正這樣說笑拉扯著，恰是玉芬到這裡來找什麼東西。一掀門簾子，將頭一伸，不由先笑了起來道：「你瞧，娘兒倆這樣親熱，還鬧著玩呢。」

二姨太笑道：「咳！哪是鬧著玩呢，她在這屋子裡作文，不許我打斷她的文思，把我轟了出來呢。」

玉芬道：「這樣用功，那是好事，你別攔著呀！」

二姨太和梅麗就都不說什麼了，和她一路到外面屋裡來坐著。二姨太知道玉芬是無事不到這裡來的，既來了，不是要什麼東西，就是有什麼話要說，陪了她坐著，只是說閒話，等她開口，梅麗覺得無意思，一人自走了。

玉芬談了一陣子，才問：「二姨媽，八妹不是有一個開書格子的卐字鑰匙嗎？和我那開書格子的鑰匙大小差不多，我要借著去開一開書格子。」

二姨太道：「她的東西，我不知道，也許在那寫字桌子的抽屜裡，你自己去找一找吧。」

玉芬道：「她自己不在這裡，我可不好去開她的抽屜。」

二姨太道：「你也太見外了，這讓外人聽見，豈不是笑話？」

玉芬笑道：「不是那樣說，我們這位妹子，心高氣傲，有點像我，若是不徵求她的同意，糊裡糊塗先就去搜她的抽屜，她聽到了會不樂意的，也並不是說她有什麼不能公開的東西，讓我翻著了，可是人家整理得好好的東西，旁人給她一陣亂翻，翻得亂七八糟，看了也不順眼。而且……」

二姨太笑道：「哎呀！我的三少奶，你解釋了這麼些的話也就夠了，下面還有而且，這樣一轉，又不知道要轉出多少議論來！會說話的人，真是不同。」

玉芬說著話，帶笑著，也就走向梅麗屋子裡來。

二姨太因為怕她多心，坐在那邊屋子，沒有動身，自讓她一個人來開抽屜。

玉芬見這桌上，一枝自來水筆斜放在吸墨紙上，正是梅麗匆忙中沒有收起。隨手抽開正中一個屜子，只見三四張西洋紙信箋，蓬鬆著放在紙張上面，那紙上是鋼筆寫的紅色字，正是梅麗的筆跡。信箋的橫頭上，注有碼子字一二三號，於是拿起第一張來一看，起頭四個字，乃是玉樹先生。

玉芬身上倒像受了什麼刺激一般，肌肉抖顫一下，撲通一聲，就把抽屜關上。然而關閉了之後，雙手依然扶了桌沿不肯就走，定了定神，回頭又看看，見二姨太並沒有過來，於是又輕輕地將抽屜拉開，將一共五張洋信箋拿在手上。

然而那字寫得很細，除了四張信箋寫滿之外，第五張也寫了一大半，頃刻之間，如何可以看得完？只看那第三張中間，有幾行抬頭另寫的，卻是可以注意。

玉芬將身子半側著，一手托了信紙，一手扶著抽屜，預備一聽到隔壁的腳步聲，就把信紙放下，抽屜關上。再仔細看那另行的字句，恰是每句一行，下面加著一些新式標點，不用提，這是新詩了。一念那詩是：

悵惘的前途，布著重重的煙霧！
憧憧的鬼影，在哪裡徘徊回顧。
我要大著膽子上前呵，覺得那是危險之路。
我要站住不前呵，荒野中怎容留得住？
看呵！那裡有一線曙光。
自由之神穿了白色的衣裳，
她手拿著鮮花，站在鵝絨似的雲上。
呀！她含著微笑，和我點了點頭。
好像告訴我說：她那裡可以得著自由。
自由之神呀！你援一援手。
我為著你，要奮鬥！奮鬥！奮鬥！

玉芬念了一遍，心想，咦！自由之神，這自由之神是誰？她要為他奮鬥呢。這憧憧的鬼影又指著是誰呢？這小鬼頭真有點兒看不出，倒會做愛情詩了。別說那個小謝，正是想吃這隻天鵝的人，就是讓別一個人看到這種詩，這文字隱隱之中，正含著一種乞憐求助的意思，有個不動心嗎？

她這小人兒嘴尖舌快，總說別人在喪事辦這樣辦那樣，都是全無心肝，那麼，她自己大談其愛情，又當怎麼解說呢？

玉芬這時只聽到屋子外面得得得得一陣腳步聲，似乎是梅麗來了，因為她不脫小孩脾氣，有時是喜歡跑的。玉芬趕快就把信放下，身子向後一靠，關上了抽屜，停了一停，並不聽到梅麗說話，於是大聲道：「二姨媽，你說這鑰匙在哪裡？我並沒有找到呀。」

二姨太道：「她也不一定把鑰匙放在抽屜裡的，只好等她自己來拿吧。」

玉芬對於這個鑰匙原無得著之必要，既是二姨太說等梅麗來拿，就不必再問了，於是走到外面屋子來，向二姨太道：「回頭等八妹來，找出來了你給我收著，我回頭叫人來拿吧。可是一層，你千萬別說我翻了她的抽屜。她那個脾氣，我惹不了。」

二姨太也沒有料到她在隔壁屋子裡會偷看了梅麗的信，並沒有去找鑰匙，因之她如此說著，也就信了她的話，答應不說。

玉芬走出房去，後又回轉身來，正色道：「真的，不說笑話，回頭八妹來了，萬萬不能說我翻了她的抽屜。其實她也沒有什麼，可是要說做嫂子的，不是來找鑰匙，是借緣故捉她的弊病來了，我成了什麼人？現在我是十分後悔呢。」

二姨太笑道：「喲！我的少奶奶，你也太多心了，一個寫字檯抽屜，做嫂子的翻著尋一尋東西，有什麼要緊呢？」

玉芬依然正色道：「是真的，不能告訴她。」

二姨太道：「好，我決計不告訴她，你放心就是了。」

玉芬一看這情形，大概是不會說的，於是才笑著走了。

過了兩小時以後，梅麗回房來，二姨太怕惹下什麼禍，果然照玉芬叮囑的話，沒有說出來。但是不多一會兒，玉芬自己又來了。

二姨太倒有些奇怪，她說派人來取鑰匙，怎麼自己又來了？不用提，一定是怕我把話告訴了梅麗，所以特意來預防著。哎！這種人，真是用心良苦。

梅麗倒是很坦然的，對於玉芬的行動一點不曾留意。她倒以為玉芬是打聽鶴蓀搬家事情來的，忍不住先問起來了，便道：「二哥說走就走，後天就搬了，你知道嗎？」

玉芬淡淡地答道：「我倒沒有知道呢？」

梅麗道：「三哥找著房子了嗎？」

玉芬皺了眉道：「我真不解母親什麼意思？一點兒不肯遷就，說要我們搬，就要我們立刻搬走。已經有一個開始了，我們哪裡又能夠久住？所以鵬振這兩天找房子，我倒也不攔阻他。大概也找妥了一所，哪日搬走，雖是說不定，可是母親逼著我們搬的時候，我們只好跟著你二哥搬了。世上的事真是難說，幾個月前，我們哪裡會料到現在這種樣子？」

梅麗道：「我看也沒有什麼可悲觀的，大家分散開來，各人去找各人的出路，也許我四個哥哥將來造成四個這樣的門面，那是多麼好呢。」

玉芬說：「八妹現在很會說話，不能把你當小孩子看待的了。」

二姨太道：「不把她當小孩子看待嗎？那除非是兩三年以後的事，現在她知道什麼？」

玉芬聽了這話，又想到剛才所看見梅麗寫的愛情新詩，於是向著梅麗微微一笑。

梅麗道：「你笑什麼？我看你這笑裡面很包含著一點意思的。」

玉芬依然偏了頭望著她道：「有什麼意思呢？你說！」

梅麗道：「我哪知道你包含著什麼意思？因為你這種笑相我是看慣了的，事後研究出來，總是有意思的，所以我就說你笑著有意思了。」

玉芬一想，不要再向下說，真會露出什麼馬腳來，於是站了起來，拂了一拂衣襟，笑道：「這樣說，我倒成了一個笑臉曹操了。」一面說著，一面就走開去。

梅麗讓她走得遠了，才道：「你看這個人，無所謂而來，無所謂而去，這是什麼意思？」

二姨太正知道她是有所謂而來，有所謂而去，不過玉芬再三叮囑說，別告訴她開了抽屜，因此也就不去糾正梅麗的話，便道：「她也許是自己因為要搬走，來探探我們口氣的。」

梅麗道：「可憐！我們是未入流的角兒，去也好，留也好，絕對礙不著誰的事，她跑到這裡來，打聽什麼消息？」

二姨太道：「也許是打算在我們口裡，套出別人的消息來呢。」

梅麗臉色又一紅，頓著腳道：「散了好，散了好！這一家子人，大家總是勾心鬥角，你看著我，我看著你。散了以後，這就誰也不用瞧著誰了。」

二姨太也沒說什麼，只嘆了一口氣。

梅麗坐了一會，又回到隔壁那小屋子裡去了，直到晚上亮電燈的時候才出來。二姨太總以為她在做功課，哪裡料到她有別的什麼用意。

第二日清早，梅麗找了一陣子郵票，後來就出去了。不一會兒工夫，她由外面走進來，先嚷著道：「咳！二哥真成，還雇了一輛長途汽車來，停在大門口，等著搬東西呢。」

二姨太道：「你一早到哪裡來？」

梅麗倒不料自己無心說話就露出馬腳來了，因道：「我也沒上哪兒去，不過是到門口去望望，就看見搬東西的汽車了。」

二姨太道：「這樣一早就動身搬家，真肯下工夫，我到外面瞧瞧去。」

二姨太剛說完這句話，梅麗倒起了身，先在她前面走，一路走到金太太屋子裡來。看時，只見金太太態度很安然的樣子，半躺著坐在一張安樂椅上。慧廠也在她對面一張椅子上坐了，一手捧了一個日記本，一手捏了一枝自來鉛筆，臉望著金太太，顯出笑嘻嘻的樣子來。

金太太口裡說一句，慧廠就答應著在日記本子上寫一筆，二姨太看著，倒有些莫名其妙，走到門外，就站住了，不敢衝了進來。

金太太笑道：「瞧你這老實人，倒也知道避嫌疑，沒有什麼，你只管走進來吧。」

二姨太被人說破，倒有些不好意思，笑道：「我又避什麼嫌疑呢？因為太太報一句，二少奶寫一句，我不知道什麼意思，所以站著猜了一猜。」

慧廠將手上捏著的鉛筆反過來拿著，用鉛筆頭敲著日記本子的面頁，笑道：「你猜猜看，我們是在寫什麼呢？」

梅麗知道慧廠是快走開的人了，說不定是金太太的一番好意，留下幾句治家格言，讓她在日記本子上寫著，好牢牢記住。便笑道：「一定是些傳家之寶。」

慧廠對金太太道：「你瞧瞧，連八妹都會說這種話了，我說是記下來公開的好不是？家裡用不了的東西，我拿去一點，自是可以少花錢去買，可是我絕不想占大家的便宜，一人獨吞。」

金太太道：「梅麗這孩子喜歡鬧著玩，你倒注意她的話。」

梅麗道：「喲！二嫂是在寫什麼呢？我還不知道呢。」

金太太道：「你既是不知道，為什麼倒瞎說一陣子？是你二嫂和我另要幾樣木器，我答應了，心裡想著，有多少可以拿出去分配的，於是乎我慢慢地想著，想得了一樣，就讓慧廠寫上一樣。」

梅麗道：「這完全是我弄錯了。我以為你有什麼治家格言告訴了她，讓她去寫，倒不料是些木器傢伙。二嫂，得啦，算我對不起你。」說著，向慧廠勾了勾頭。

慧廠知道梅麗是個要強的人，這樣子和人道歉，簡直是一百年一回的事，便笑道：「你這樣一來，倒弄假成真了。好吧，明天我搬過去，第一個要請的，就是你。」

梅麗道：「喲！還要下個請字兒，成了生人啦。」

金太太淡笑了一笑，點點頭道：「這個你會不曉得，俗言道得好，分家如比戶，比戶如遠鄰，遠鄰不如行路人。」

慧廠聽了這話，又瞧老太太的顏色，覺得是牢騷話又要來了。便低了頭翻著日記本，用鉛筆一樣一樣地點著，數那木器傢伙，口裡還帶念著。

二姨太又覺得是梅麗的話問出禍事來了，便道：「二少奶為人是很爽快的，要辦什麼，心口如一，這就好，我就喜歡這種人。」

她在金太太下手坐著，揚了臉向金太太問道：「太太，你說是不是呢？」

金太太還未曾答話，慧廠笑著插嘴道：「二姨媽怎麼平空無事地加上一段贊詞，這是難得的呀？」

金太太笑道：「大概你沒有懂她的用意。」

慧廠道：「這還有什麼意思？我一時倒想不出。」

金太太道：「她的意思說，搬家是誰都願意的，只不開始去做，你很痛快的贊成，又願先搬，所以她誇獎你。」

梅麗也搶著說道：「像二嫂這麼的心口如一，一點不作假，確是不可多得的，就是我，也很是贊成她的這種舉動。」

慧廠點了點頭，笑道：「我們八妹書算沒有白念，可以諒解到這一層，就沒有平常婦女……」

慧廠說到這裡，突然將話縮住，自己明白這句話說出來，得罪的人就太多了，在屋子裡的人，都也瞭解她的意思，就沒有人追問她這句話了。

恰好是玉芬進來，看到慧廠手裡倒拿著鉛筆，只管去打日記本的封面，一眼就射在上面。

慧廠也不等她問，將日記本子舉著，揚了一揚道：「你猜這裡面記些什麼？」

玉芬道：「分明是日記本子，你還要我猜什麼呢？」

慧廠道：「你想想，若是這上面還寫的是日記，我又何必說這句廢話呢？老實告訴你，我搶了大家一個先，和母親要了許多木器。」

玉芬聽了這話，臉上立刻有些不好看，不免掉過臉來，向金太太看了一看。

金太太道：「木器我是給了她一些，但是這也無所謂先後，我已經把家中的木器傢伙全盤估計了一下，大家都可以分得一部分，你別聽了她的話著急。」

玉芬被金太太一說，心中更是不高興，自己何曾著什麼急呢？便笑道：「你自然是公心的，可是我也沒說什麼呀？」

金太太笑道：「你不願意嗎？反正也多不了，送人總是送得掉的。」

梅麗道：「三哥是講究的人，三嫂又好個面子，這些舊東西當然是不要。」

二姨太究竟是個忠厚心眼，恐怕玉芬下不了臺，插嘴道：「木器傢伙有什麼新舊？而且俗言道得好，富家必有舊物，一個人家製了滿堂新，那也不見得闊。三少奶這點事還不知道嗎？家傳的東西，無論什麼都是好的，哪有不要的道理？」

她這樣幾句不見經傳的典故，倒很合了玉芬的心思，笑著點頭道：「還是二姨媽說對了，就是母親不給我，我還要討一點東西作紀念哩。」

金太太道：「什麼大事也完了，我留著這些木器又幹什麼？說了給你們，自然是給你們。你也找一張紙來，我把給你的東西告訴你，你自己去寫上。」

玉芬向四周看看，看哪裡有現成的紙筆？因之站起身來，但是剛一站起來，又坐下去，微笑道：「也不忙在這一會子。」

慧廠將日記本子和鉛筆，一齊遞給了她道：「你由後面倒著頁數向前寫，寫完了，你撕下去就得了。」

玉芬依然將日記本子遞回道：「好好兒的又撕了一本日記簿做什麼？我可以找筆去。」她說著，就到隔壁屋子裡，將硯臺筆墨和一疊白紙，一起搬了來放在桌上，自己也在桌子邊椅上坐下。

金太太冷眼一看，微撇著嘴，卻不作聲。

玉芬一頭高興，起先還不理會，將墨在硯臺裡磨著，抽出筆來蘸墨，依然還不聽到金太太開口。這要向下寫，可寫些什麼呢？於是放下筆，把桌上一張白紙整理著折了一折，向桌上吹了一口灰，將紙端端正正放著，但是金太太依然望了不作聲。

金太太明知道她等著開口，故意將乒字格子上的佛珠拿到手裡來，一個一個地掐著，垂下了眼睛皮，作個要參禪的樣子。

玉芬心裡一著急，心想，若是像她這種神氣，一參禪下去，不定什麼時候回轉過來，呆等到什麼時候呢？只得將臉向金太太望著，微笑道：「你不說是報給我寫嗎？」

金太太放下了佛珠子，笑道：「你老沒作聲，我以為你不要了呢。」

玉芬對於這句話雖有點不願受，然而為了馬上可以承受東西起見，這時也就高傲不得，便笑道：「我以為母親在全盤推想，想完了才告訴我呢，我在這裡等著，就不敢打斷你的思想。」

金太太因她已經承認了要東西，也就不必再和她為難了，於是就將所能記憶的木器，隨報了幾樣給她聽。玉芬就也不再謙遜，聽著一樣，就寫上一樣了。

寫了十幾分鐘，金太太還在報，慧廠便插嘴道：「快夠了。」

玉芬微笑道：「你怎麼知道母親的心事，就說快夠了？」

慧廠道：「這絕不是胡猜，自然有原因的。我照著我的日記本子算，你所得的，和我只差一兩樣，豈不是快夠了？母親口裡報著，哪裡記得多少件？我心裡聽到一樣記一樣，和日記本子上的總數比了一比，所以知道。這樣提一聲，咱們兩人一樣很是公平。以後還有別人要，咱們還是這樣照方吃炒肉，事後可少許多是非。我這話是厲害一點，可是我說在明處，就是你見怪，總還可以諒情一二。」

玉芬笑道：「這些話幸虧是二嫂說的，若是我說的，那可不得了了。」

慧廠道：「既要做那件事，就免不了人說，與其讓人說，就不如自己說出來的乾淨，你覺得我這人痛快不痛快？」

梅麗笑道：「老實說，剛才我看到二嫂向日記本子上寫木器傢俱，我是有點不高興，如今聽到二嫂說的這一篇話，就很有道理，我又高興了。」

玉芬覺得她過於抬高慧廠，正是有點瞧不起自己，只是在正面上說，慧廠這話本是有理，卻又不能不附和著贊成，因笑道：「二嫂和二哥相配得是正好，二哥是個很沉默的人，遇事總是慢慢地去辦，二嫂是個很爽快的人，幹就說幹，不幹就說不幹，正好彼此抵補起來。」

慧廠笑道：「他也不能算沉默，只是遇事退後，我也不能算爽快，只是遇事胡來，可是你和老三，一個精明強幹，一個強幹精明……」

金太太皺了眉道：「不必說這些話了，大家在一處還有多少日子？說這些俏皮話，大家明白過來，不過是鬧著玩，一個不明白，又要生許多是非。」

慧廠對於老太太這話，也很覺有理，只得一笑了之。

可是她們二人這樣一番抄寫了傢俱單之後，佩芳也不知如何得了消息，趕到金太太屋子裡來，也照樣地和她要東西。

到了這天晚上，大家坐在金太太屋子裡討論分配木器傢俱的事，除了燕西而外，兄弟姊妹都到了。金太太便叫人到書房裡找去，回來報告已是到白家去了。金太太點著頭，微嘆了一口氣。

這晚議論，算是最後的一幕，大家心裡都有一種說不出的感想，越談越晚，到了兩點鐘，大家方始散去。

次日上午，鶴蓀夫婦將檢點好了的東西，重加捆束一番，然後同到金太太屋子裡來吃午飯，金太太似乎有為兒媳餞別的意思，還讓廚子多做了兩樣菜，在一同吃飯的，有梅麗三姊妹。

慧廠坐下來便道：「今天還多添了許多菜。」

金太太道：「就是吃這一餐飯了，大家放開懷來，要吃一個飽，所以我讓廚子多添兩樣菜。」

鶴蓀在金太太對面一張椅子上坐了，將面前放好的一雙筷子用手按著，讓它比齊來，低了頭，一句話也不說。

金太太扶起筷子，向清燉鴨子的大碗裡，挑了一絲鴨肉起來吃，口裡咀嚼著，把筷子又放下，拿了長柄銅勺子，只管舀了湯向飯碗裡浸泡著，舀了一勺又是一勺，一直把這碗白米飯都浸過來了，然後才扶起筷子來。

敏之偷看母親的臉上，一點兒笑意沒有，而且有點心不在焉的樣子，當然是心裡很難受。回頭向潤之、梅麗望望，大家打了一個照面，彼此莫逆於心。

慧廠雖是不見得怎樣難堪，然而一桌子的人都愀然不樂，偏是自己一個人歡歡喜喜的，也有些對人不住。因之也就低了頭吃飯，不說什麼。

金太太吃了小半碗飯，倒把浸的湯完全喝乾了，於是又拿起勺子，伸到鴨子碗裡去舀湯。梅麗笑道：「媽心裡難受，既是吃不下去，就別勉強了。」

金太太勉強笑道：「這又不是到歐洲美洲去，同在北京一個城圈子裡，要見面，天天可以見面，這有什麼難受？」

梅麗看了金太太那個樣子，知道她是在外表上極力來掩飾她的態度，可是心裡憋住了一層理由，又不能不說，便道：「這話可不能那樣說，出門去了，無論十年八年，總是短期的。這一分開來往，就是不回來，而且……」

潤之望了她道：「這也不必你說，誰都明白，你這一說出來，母親倒真要難受了。」

金太太情不自禁的嘆了一口氣道：「其實，我也沒有什麼難受，不過大家在我面前，我雖是個幌子，多少有個照應，家庭小事讓我作個參謀也是好的，從此我就管不著你們了。你算算，你父親去世到現在，有多少日子，那樣轟轟烈烈，真是合了那句古話，鐘鳴鼎食之家，如今風流雲散，人都要跑光了，我真是做夢想不到。說變就變，會落到這樣一個下場。」

她說著說著，兩行眼淚早是順著腮幫子就流了下來，連忙放下筷子碗，掏出袋裡的手絹，緩緩的揉著眼睛，將眼淚擦乾了，站起來坐到一邊去，向大家一揮手道：「你們吃吧，我是吃不下去東西的了。」

鶴蓀本來也覺心裡有許多不痛快之點，如今一看到母親如此，自己又怎吃得下去？也只好淘了一大碗湯，連吞帶倒將大半碗飯吃下了，起身也自坐到一邊去。敏之姊妹自然也是吃不下，剩下慧廠一個人，如何又可以吃得飽呢？一餐飯就是這樣草草了事。

大家擦洗過了手臉，坐在一邊，都沒有走開的意思，只慧廠很無意地看了兩回手錶，金太太便道：「你東西都撿齊了嗎？」

慧廠道：「都撿齊了。」

金太太道：「你兩個人，應該先把一個到新屋子裡去照應，一個人在這裡料理東西上汽車，別坐著了。」

鶴蓀向慧廠道：「那麼我到那邊去看看，你在這裡料理吧。」

慧廠也不反對，點了點頭。鶴蓀站了起來，向金太太道：「那麼，我走了，媽！」說著，望了望金太太，很有些依戀不捨的樣子。

金太太強自鎮靜著，微點了點頭道：「好吧，以後要好好的幹事，撐起一個局面來，不要再馬馬虎虎的了。這是你自己成家立業的第一個日子，我也沒有什麼可說的，只是祝你成功而已。」

鶴蓀雖然覺得母親的話，並不怎樣地深刻，但是這些話似乎比平常聽的話更耐於咀嚼，怔怔地站了許久。

金太太道：「你還等著什麼呢？去吧。」

鶴蓀答應一聲，低頭走了。

慧廠也不多談，自回房去料理東西，料理過了一會兒，然後再到各方去告別，先到佩芳院子裡走了一趟，然後到敏之、潤之屋子裡去，最後又到二姨太屋子裡來。

二姨太不等她開口，先就道：「二少奶，你老說要獨立謀生活，現在算是你辦到了。恭喜呀，你這一去，願你大成功。」

慧廠倒不料這位老太太劈頭就說了一句恭喜，說她是一番好話固然可以，說她有意在反面說上這樣一句，也未嘗不可以，這倒不好怎樣地對答了。

梅麗在裡邊屋子裡，趕著跑了出來道：「喲！二嫂要走了，我得送送呀。」

慧廠笑道：「又不是出什麼遠門，送什麼勁？大家還不是三天兩天就見面的。」

梅麗道：「話雖如此，究竟是你從今天起跨過了這大門，還是得送送。」正說著，玉芬、佩芳也趕來了，這樣子正是送客。

慧廠笑道：「說一聲要走，大家都多禮起來了，我若是一定不要你們送，倒覺得我這人有些不認抬舉，我只好愧受了。」於是她在前面走，大家在後面跟。

她本來和金太太告辭了的，臨到要出大門，又到金太太屋子裡去叫了一聲，說是要走了。金太太眼眶子裡含著兩包眼淚，哽著喉嚨，答應了一個好字。

慧廠走出院子來，金太太也站到上房門口，向她的後影遙遙望著。

慧廠雖是一個很灑落的人，但是見老人家都如此依戀，覺得自己這樣毅然決然而去，也太任性一點。正自這樣徘徊著，恰好乳媽抱著小雙兒由外面進來，她笑道：「剛才大爺在門口遇著，說是小孫少爺要走了，讓他辭辭奶奶。」

慧廠雙手接過孩子來，笑道：「真的，是我忙著撿東西，把這事就忘了。來，辭辭奶奶吧。」說著，她抱孩子回轉身來，走到金太太面前，將孩子向下彎彎腰。

金太太接過孩子來，用老臉靠著小臉，笑道：「和奶奶親一個吧，我的孩子，若是你爺爺在，我也許可以看到你們在家上小學上中學，如今你是和爸爸媽媽過去了。孩子，長得康康健健兒的，別讓奶奶掛心。」說畢，又在小孩子臉上聞了一聞。

金太太這幾句話，聽去好像是很仁慈的，但是一玩味這語後的餘音，卻是十分地哀切。不但是敏之姊妹聽了心裡難受，就是慧廠聽到，也是心裡一動，於是她就對金太太道：「奶奶，你別捨不得，我一天二天的就回來看望你。」

金太太道：「奶奶也不會在這兒待著的了，回來看我，這回來兩個字，可是應當研究研究的哩！」

慧廠也是沒有什麼可說的了，只好站了一站。

金太太道：「車子在門口等著哩，你娘兒倆去吧。」

敏之也道：「新屋子裡什麼也得布置，你就去吧。」

慧廠這才緩緩回轉身，向大門口而去。

金太太依然站在原地方沒動，平輩都一直送到大門口，直等著慧廠上了汽車，然後才回去。

玉芬夫婦也是急於要搬走的人，好在有人開始了，這便也用不著顧慮。

第二日隔了一天，當天晚上便在金太太屋子裡閒談，坐了很久的時候，金太太一想，兒媳們既是要走了，也犯不上和她再弄什麼手段，便先問道：「你們的房子都安排好了嗎？」

玉芬很從容地低聲答道：「都安排好了。」

金太太道：「安排好了，就早早搬過去吧。省得兩邊布置，一切都忙不過來。」

玉芬道：「是……還沒有定日子呢。鵬振的意思，想明天就搬，我怕是來不及，不如先搬過去一部分吧。」

金太太沉思了一會子，很沉重地道：「東西也不是怎樣地多，作兩回搬，那更顯得累贅，一勞永逸的還是一次搬去的好，你們都搬走，也好讓我收拾這屋子。」

這樣一問一答的，終於是把玉芬搬走的日期很明白地固定出來，就是明天。玉芬雖是無所戀戀，然而自己要做出慧廠那種滿不在乎的樣子出來，是有些不可能的，而且也覺得那種樣子更會引人疑慮，因之她只管在金太太屋子裡說話，把時期延得很長。談了一陣子，好像要走，卻又不走，接著再談一陣子。這樣好幾次，不覺是到了深夜十二點鐘。

金太太道：「你也可以去睡了，今天天氣很涼快，睡得足足的，明天好早些起來，預備搬家。」

玉芬笑道：「這屋子裡是沒有什麼外人，不然，又要疑心我說假話。真奇怪，說到一個走字，心裡好像就有一件事老放不下來似的。多坐一會兒，多聽你說幾句話，將來治家過日子也有一個張本。」

金太太道：「談到治家過日子的事，我就不成。主持家務的人，極平常的事是煮飯洗衣裳。說句笑話，你問我鹽是多少錢一斤，麵是多少錢一袋，我全答不上來。自己別談洗衣服，連一塊手絹都得人家洗好了，疊好了，自己拿著用，這算是過日子嗎？過日子的人都是這樣，那可完了。」

玉芬笑道：「這就合著大才大用，小才小用的那句話了。你是治大家的人，只管著哪裡可以收存一萬，哪裡可以省下八千就得了，柴米油鹽小事用不著你去問呀。」

金太太點點頭微笑道：「你倒是有志氣，在經濟學方面很是留意。不過公債買賣這件事，以後倒是要少做，第二回再搗個大漏子，就不見得白家表兄再能幫忙了。」

玉芬重重地受了金太太這一番話，心想，她怎麼全知道了？只哼著答應了幾聲是。又談了一會子，比較往日更多禮，還說了一句道：「媽，我去睡了。」然後走開。

玉芬去了之後，在屋子裡陪坐的人也走了，金太太一個人坐在電燈之下，半昂著頭呆想，半晌，自嘆了一口氣。

就在這個時候，門外卻有一個人，輕輕地低聲問了一句道：「媽還沒有睡嗎？」

金太太向外一看時，是鵬振一腳踏著走進來了。

金太太道：「不早了，你還不睡覺？」

鵬振很從容的，在金太太對面一張椅子上坐上，因道：「心裡好像有許多事擱著，睡也睡不著。」

金太太道：「也不是我故意地一定逼迫你們走，我有了幾個月的考量，我覺得一勞永逸，是這樣散了的好。你也不必把什麼事擱在心裡，以後好好地奮鬥，做出一番事業來，我做娘的自然是歡喜的。」

鵬振道：「什麼事也有個困難，絕不能像心中想的那樣便宜。」

金太太道：「好在你們出去，不過是住家過日子，也沒有什麼為難之處。住家過日子，第一個問題就是錢，只要有了錢，什麼事情都好辦。你這一房，現在人口還少，大概在錢的一方面你們總好辦。」

鵬振已是聽了他夫人傳去的一番話，母親說是有錢。現在彼此當面，母親又說是有錢，這顯然是一家大小都說自己夫婦有錢了。對於母親這話，待要更正兩句，恐怕更引起母親的不快，若是不更正，這又是自己承認有錢了。只得淡淡笑了一笑道：「這都是玉芬做公債做出來的空氣，其實也沒有多少錢。」

金太太本來還有一大篇牢騷話想對著鵬振說出來，一見他坐在那裡很躊躇的樣子，許多話也不肯說，就忍回去了。

母子們默然地對坐一會，金太太道：「你去睡吧，夜深了，我都坐不住了呢。」

鵬振只得站起來，問道：「媽沒有什麼話吩咐嗎？」

金太太道：「也沒有什麼可說的了。燕西今天一天沒見面，明天早上你見著他，告訴他不要出去。」

鵬振道：「這兩天，大概他在白家的時候多，真有事找他說，叫金榮打個電話，他就回來了。」

金太太冷笑一聲道：「從前白秀珠一天到晚在我們家裡，現在燕西一天到晚倒在她家裡。這成了賽球一樣，彼此換球門了。」

鵬振不料母親老人家還會說這種俏皮話。因為大家都是有心事的時候，也不敢笑出來，默然地就走了。

到了屋子裡，見玉芬正將屋子裡的零碎東西，大一包，小一卷的，歸併到一個大籃子裡去。便道：「夜深了，明天早上起來再收拾吧。」

玉芬道：「我做事就是趁高興，在高興頭上，把要辦的事說辦就辦完了。」

鵬振低聲道：「你是隨便一句話，若是讓別人聽去了，我們骨肉分離地搬出去，還有什麼事高興？」

玉芬脖子一扭道：「人家聽去了，我也不怕。」然而她雖是如此說著，說出來的聲音比鵬振的聲音還要低下去許多。

見桌上現成的一杯涼茶，拿起來就喝了，笑道：「忙我一身的汗，我得由裡向外涼涼。幾點鐘了？我怎麼一點也不倦呢？」

鵬振見玉芬也有些怕事的樣子，便笑道：「據一般人的意思所露出來的，好像都是說我們鋒芒太露，以後總要小心一點才好。」

玉芬道：「我不信這話，那是別人要多心罷了。將來我們過我們的日子，和別人井水不犯河水，就露鋒芒也礙不著別人，何況我根本就是個笨人呢！」

鵬振本來還想說兩句，然而夫人的談鋒甚健，不要為了不相干兩句話惹著她又談個不歇。明天要搬出去了，今天還鬧一場，那就太沒有意思，於是笑而不言的自去睡覺，玉芬一個人還是很高興的將東西檢點了許久，方才安歇。

到了次日上午，她也是照慧廠的樣子，各處告辭了一遍，大家也是送到大門外。只是今天相送的裡面，多了一個燕西。

燕西送她走，還沒有什麼感觸。只是走到家裡，向各人院子裡一看，剩出一幢幢的空房，紙片和破瓶破罐，院子裡扔了滿地。走到屋子裡去，腳踏著地板，咚咚作響，好像較往常響得更厲害，在慧廠、玉芬屋子裡，各巡視了一遍，也說不出來有一種什麼感觸，嘆了一口氣，自回書房去了。

因為鵬振也叮囑著說不定母親有什麼話要說，先別走開，因此就留在家裡，暫不敢走了。不多一會兒，金榮就來說：「白小姐打了電話來，讓你趕快去。我問有什麼事沒有？電話就掛上了，七爺可以打個電話去問一聲，若是沒有要緊的事，就別忙去，今天老太太心裡可透著難受呢。」

燕西聽了這話，很躊躇一會子，因道：「照說，我今天是不應當出門，可是白小姐要沒有要緊的事情，也不會這樣來找我，我還是去一趟吧，萬一老太太有什麼事找我，你就打電話到白家去告訴我就是了。」

金榮怎敢攔阻他不出門？只得答應了兩聲是。燕西的汽車夫已經辭退了，這時，只有走出大門來，雇了人力車前去。

金家到白家，路途不甚近，人力車子坐了來，已經有半個鐘頭了。燕西匆匆忙忙一直向裡走，往秀珠的書房來。因為他和秀珠究竟是朋友的關係，不是秀珠引導著，他就不敢再向前進，只在書房裡等著。

白家現在客多，聽差也增加了不少，現在有個聽差張貴，就是金家的舊人。燕西來了，他以舊僕的關係，常常來伺候著，這時，他又走到書房來，燕西便問道：「你們姑小姐在哪裡？」

張貴道：「在太太屋子裡打牌。」

燕西道：「不能吧？她剛才打電話給我，說是有要緊的話說呢。」

張貴道：「我給七爺去問問看，也許有要緊的話。」

燕西昂頭想了一想道：「你別問她有什麼話說沒有，你就說我請她出來就是了。」

張貴答應著走到上房去，自己不敢進太太屋子，站在窗戶外面，卻託了一個老媽子進去問，說是金七爺來了。

秀珠打牌正打得興濃，鼻子裡隨便哼了一聲。張貴在窗子外聽到沒有下文，便問道：「你不是有事和七爺說嗎？他請你出去呢。」

秀珠道：「我知道了，讓他等著吧。」

張貴總算是碰了個釘子，料著再問不得，可是七爺的脾氣也未嘗不大，假使把這話直對七爺說了，他二人鬧僵了，倒又是自己的過錯，只好走到書房來，對燕西道：「姑小姐就來的，你等一等吧。」

燕西也不疑有他，果然在這書房裡等著，殊不料等了有一個鐘頭之久，還不見秀珠出來。這就不由得他心裡不著急了，說了有急事把我找來，找來之後，卻讓我一個人在書房裡坐著，這是什麼用意呢？而且母親原囑咐著，今天要守在家裡的，倒偏是老早地跑出來，就在這裡等著，母親不明緣故，倒好像是自己和母親為難了。

想著不耐煩，就背了兩手在屋子裡踱來踱去，又過了許久，還是不見秀珠出來，他忍無可忍了，只得走出書房來，看見一個老媽子走過，就對她道：「你去告訴姑小姐，有什麼話說沒有？若是沒有什麼話，我就要回去了，因為家裡還有事呢。」

老媽子答應著去了。過了有十五分鐘之久，老媽子出來道：「姑小姐輸了錢了，七爺你等著吧。」

燕西道：「莫不是她生了氣？」

老媽子笑道：「可不是！這個時候，我可不敢去和她說話。」

燕西皺了一皺眉頭，只得又走回書房，在書架子上翻了兩套書下來，放在桌子上，隨便揭著看。恰巧翻的兩套小說都是自己看過的，看著一點也不起勁。將書疊好，依然送到書架子上去。然後緩步走到上房來，遠遠地卻聽到裡面有一片麻雀吵動之聲，正是熱鬧。

燕西心裡想著，這豈不是和我開玩笑？既叫了我來，又不見我，既不見我，也不讓我走，就是我們對付聽差老媽子，也不能用這種手段，於是自己暗暗將腳一頓，就走了出來。

但是走出來之後，又怕秀珠以不辭而別加罪，只得回轉身來，再到書房裡來，就了現成的筆墨，寫了一張字條，放在桌上。那字條寫得是：

秀珠：

我接你電話，立刻跑來，偏是你在竹戰，候駕一小時有餘，促駕兩次，還不見出。舍下今天實在有事，不能久等。你牌完之後，請賜一個電話，若有必要，我立刻再來。

請你原諒！

燕西留上

讀完了這張字條，覺得這辦法圓滿，然後才回家去。

不過他心裡想著，這幾天，正有大事要和她商量，得罪她不得，總希望沒有急事商量才好，要不然，她以我自己錯過機會為名，不再和我商量，倒是自己誤了自己的事了。

他如此想著，回家之後，還是不放心，在書房裡坐了一會，也不等秀珠的電話來，先打了一個電話去，那邊聽差接著電話，燕西就問：「上房裡牌打完了沒有？」

聽差說：「沒有打完，是請姑小姐說話嗎？」

燕西道：「既然還是在打牌，就不必去攪她了。」說畢，自己把電話掛上。這才放下了心，秀珠一定是沒有什麼事，要不然不會繼續地打牌，幸是我回來了，若是老在她家書房等著，也許要等到晚上去呢。

他自己覺得是無事，便到上房來看老太太。金太太在屋子裡，也是疲倦得很，正閒躺著。看見燕西進來，也沒有怎樣理會。

燕西問道：「你不是讓我今天別出門嗎？有什麼事？」

金太太望了他一望，板住了臉不作聲。燕西知道母親又是不高興，要多問，少不了又是碰釘子，只好在金太太對面的軟椅上坐下。心裡可就望著，今天真是倒楣，在白家憋住了一肚子氣，回來又憋住一肚子氣，別的罪都好受，唯是有話不許說，這個氣可受不了，因是嘴裡雖不說什麼，臉上的顏色當然也不大好看。

金太太見他在身上掏出一個銀幣，在硬木桌上，只管用手轉旋著，他兩隻眼睛也是射在那銀幣上，不理其他，金太太便冷冷地問道：「你既無聊得很，坐在我屋子裡做什麼？不會出去找開心的事情去嗎？」

燕西一手將銀幣按住，說道：「因你叫我別出去，我就別出去，怎麼著？這倒是我不好，你又不願意。」

金太太道：「你一天到晚在外面鬼混，有一天在家，這也算不了什麼，值得到我面前來賣弄。」

燕西道：「並不是賣弄，我怕有什麼事……」

金太太道：「沒有事，我要你今天不出去，愣在家待一天。」

燕西明知母親不會那樣，可是她有話儘管不說出來，又有什麼法子？只好正襟危坐，默然不作聲。

金太太道：「你這人，難道總不前後想一想？現在家裡人這樣東逃西散，各尋各的出路，你鬧得人是沒有了，錢大概也花去不少了，究竟打算怎麼樣，也該對我有個商量。」

這時燕西氣憤不過，又把那個銀幣掏了出來，繼續地放到桌上來旋轉。

金太太冷笑一聲，卻到裡邊屋子去了。

燕西雖是不怎樣懼怕母親，可是到了現在這種家庭情形之下，總不便讓母親太傷心。母親雖是走了，他還是坐在桌子邊，旋轉那銀幣。

過了一會兒，佩芳進來了，一進門便笑道：「今天很難得，怎麼你一個人在這裡坐著呢？」燕西明覺得話中帶著譏刺，要駁兩句，又怕惹出許多是非來，只得向裡邊屋子一努嘴道：「媽在裡邊屋子裡呢。」

佩芳怕金太太在裡面有什麼事，不敢擅自進去，就在外面屋子叫了一聲。金太太答應著走出來，手上捏了一本書。佩芳道：「媽看什麼書？悶得很，不會找兩個人來打小牌？」

金太太道：「我看的是佛經。原來這東西根本就說人生是空的，什麼事也值不得計較，自然也就無所謂煩惱了。」

佩芳道：「你又何必那樣消極？」

金太太談笑道：「年紀輕的人怕老，年紀老的人怕死，怕死沒有什麼法子，從積極方面去做，就是迷信神仙之說，去修長生不老。從消極方面去做，就是把人生看空來，以為活著也不過那一回事，死了沒有關係。修長生不老這個辦法，我當然還不至於，把生死看空過來，這並沒有什麼難。我現在就是這個樣子去想。」

她說著話，斜躺在藤椅上，又帶看著書，好像很自然的神氣。

燕西在一邊聽了這話，並不敢搭腔，只是抬了一隻手放在桌上，撐了自己的頭。

佩芳道：「老七這個時候在屋子裡有什麼事商量嗎？我就不在這裡坐了。」

金太太道：「你想想，我還有什麼秘密的事和他商量的嗎？我是要悶他一天，看看會誤了什麼大事？」

佩芳笑道：「既是這麼著，老七可以出去，我看他坐在這裡是怪悶的。」

金太太望了燕西一眼，也並沒有說什麼，燕西看到金太太並沒有責罵的意思，就慢慢起身，走了出去。

到了外面，金榮立刻迎上前低聲道：「白小姐打了兩次電話來了，我沒有敢上去回。」

燕西一頓腳道：「你怎麼不上去回聲呢？」

金榮道：「我在窗戶外面，聽到老太太在高聲說話，我怕回了話，大家都要碰釘子，所以不敢作聲，退回來了。」

燕西嘆了一口氣，無精打采地道：「這也沒有辦法，你和我叫一個電話過去吧。」

金榮知道七爺現在是最能湊合白小姐的，便依著話打了電話過去。打通了，請燕西說話。不料燕西拿著耳機之後，那人說了句姑小姐就來，請等一等，這一等足足等了十分鐘之久，何曾見秀珠來接話？對著話筒子裡連喂了兩聲，也是一點迴響沒有。

燕西急得要命，只管跳腳。又過了五分鐘之久，秀珠才來接話，她道：「你真是忙呢？或者是架子大呢？把你請來了，你坐不住。打電話請你，三番兩次你都不肯接話。好吧，要搭架子就大家搭起架子來吧。」

燕西在電話裡聽到這一番話，覺得秀珠有點誤會，便道：「這兩天我家裡總不免有一點事，我當然比較忙一點，你就不能原諒我一點嗎？」

秀珠道：「我為什麼原諒哩？我能跟著你家一樣地倒楣嗎？我管不著！」說畢，電話機裡嘎的一聲，分明是那邊將電話掛上了。

燕西連連喂了兩聲，也不聽到有回答的聲音。到了此時，不由得他心裡不發狠起來。心想，她連不跟著我家倒楣的話都說出來了，那是二十四分地看不起我，不但看不起我個人，連我全家人都看不起，你哥哥不過是巡閱使手下一個大走狗，巡閱使做了大總統，充其量你哥哥作個督軍而已，就把官來比比，我家也是世代簪纓。若在學問道德上說，除了我這輩不算，上兩輩，哪個不是名震中外的？無論如何，我自己總可以找個飯碗，不至於無路可走，去依附你白家。

你天天把出洋這件事來引誘我，這又算什麼？就是我自己手上還拿得出一筆出洋費來，非倚靠你不行嗎？現時還不曾娶你，你就這樣在我面前擺架子，假使我娶了你過來，那還了得，你不會常把軍閥妹妹的勢力來壓迫我嗎？

好！我覺悟還不算遲，從今天起，我和你斷絕來往，永不理會你了。

他手扶了電話機，站著竟不知道移動，就是這樣地想呆了。還是金榮走了出來，問道：「七爺，你這是怎麼回事？想哪處的電話號碼想不出來了嗎？我給你查一查得了。」

燕西心裡十分激憤，也不去理金榮的話，掉轉身軀，自向書房去了。

金榮哪知道他會不願意白小姐了，便跟著到書房裡來問道：「七爺，還要打一個電話到白小姐去嗎？」

燕西一正臉色道：「打電話給她做什麼？以後她有電話來，你不要理會，說我不在家就是了。」

金榮看了這情形，真是出乎意料以外，我們七爺居然會和白小姐不通電話了。這樣看起來，七爺究竟不是一個好惹的，說翻臉就會翻臉的。金榮也不敢多說什麼，遲遲鈍鈍地，就挨著房門走出去了。

# 十 繁華看盡

這一天，燕西已經不出去了，秀珠也不曾有電話來。

到了晚上十二點鐘，秀珠的電話卻來了。金榮接了電話，不敢照燕西的話直說，便道：「我們七爺不是在你公館裡嗎？」

秀珠道：「沒有，現時不在家嗎？」

金榮道：「七爺下午就出去了，我也是剛從大街上買東西回家，不知他回來了沒有，我給你瞧瞧去。」說著，放下電話機，跑到燕西書房來，把話告訴了他。

燕西正躺在床上翻弄一本圖書雜誌，將手一揮道：「我不是告訴了你，說我不在嗎？怎麼你又來問我？我不在家，我不在家，我一百個不在家！你就是這樣去回答她。」說時，手裡將書本子亂拍。

這一下子，金榮才明白這位和那位是真決裂了，只得回轉身去向電話裡報告著道：「白小姐，我們七爺還沒有回來呢。」

秀珠道：「他還有什麼地方可去的嗎？」

金榮想著，難道除了白家，他就沒有地方可去？因答道：「那可說不上。」

這樣的回覆著，那邊的電話也就掛上了，約過了一點多鐘，秀珠的電話又來了。

這回金榮接著電話，有了主意，不再去報告燕西了，就在電話裡答應說：「我們七爺還沒有回來呢。」

秀珠道：「怎麼這樣夜深，還沒有回來？難道是上跳舞場了嗎？」

金榮道：「那可說不上。」他如此回答了一句，就掛上電話了，這次電話打過，已十分夜深，秀珠當然不再打電話來。

到了次日早上，金榮向燕西說：「白小姐昨夜一點多鐘又打過一次電話來，就是照著七爺的意思，說沒有回來。」

燕西道：「這樣就得，以後就是她親自來了，也不必讓她進門，就說我不在家。她若想挾制我，那怎樣能夠？我為人也不是輕易就受人家挾制的。」

金榮見燕西處處聽秀珠的指揮，也有些不平，心想，我們七爺的脾氣向來都是指揮人的，如今倒要別人來指揮，白小姐學問也罷，相貌也罷，性情也罷，哪一樣比得過七少奶去？偏是那種人逼得人家跑了，反倒來受白小姐的冷眼，心中只是不平。

現在見燕西有和秀珠翻臉之意，他雖是第三者，瞧著也就很快樂，便道：「七爺，這幾天，你也真得少出去，外頭閒言閒語的不少，我聽了也直生氣。」

燕西道：「誰說什麼閒言閒語？」

金榮站在書房門口，呆立了一會子，卻是一笑。

燕西坐著的，便站起來，一直問到他面前來道：「你怎麼倒笑起來了？」

金榮道：「我想那些說閒話的人太沒有知識。」

燕西的態度，這回果然是變了，絕對不去理會秀珠的事，金榮看他情形淡淡的，倒像自己得著什麼似的，很是高興，含著笑容走了出來。

鳳舉由裡院走出，頂頭碰到，便問他笑什麼？金榮一肚子原委不是三言兩語可以說完的，而且這種原委，也不便在書房外面說，因道：「沒有什麼，我和七爺說話來著。」

鳳舉以為燕西有什麼可笑的事，就走進書房來。

燕西拿了一疊報，躺在藤椅上看。鳳舉道：「你今天倒起得這樣地早？」

燕西道：「我起來兩個鐘頭了。」

鳳舉道：「起來這樣早，昨晚沒有到白家去嗎？」

燕西道：「我為什麼天天去？我還不夠伺候人的呢。」

鳳舉見他躺在椅上不動，臉上並沒有好顏色，似乎極不高興，料著和秀珠又鬧什麼彆扭，這也是他們的常事，不足為奇。在他手邊，拿了幾張報過來，也在一邊看。

他不作聲，燕西也不作聲，二人都沉寂起來。還是鳳舉想起來了問道：「你和金榮說什麼？剛才他笑了出去。」

燕西道：「我沒有說什麼可笑的事呀。哦！是了，我說了，以後秀珠打電話來了，不要接她的就是，她到我家來，我也不見她。大概金榮這東西他以為我辦不到，所以笑著出去，一個男子丟開一個女朋友，這有什麼稀奇？自己的女人，說離開也就離開了呢。」

鳳舉點點頭道：「你大概也有些後悔。」

燕西道：「我後悔什麼？我做事永不後悔，做了就做了，你們都散了，我也走，我做和尚去！」

鳳舉笑道：「你又要做和尚去？你真要是去做和尚的話，那倒很好。你手上大概還存著一點錢，把那個置點廟產，你一個人去過粗茶淡飯的日子，那真是舒服極了。」

燕西道：「你別小看了人，我要是下了決心，什麼事都做得出來的。」

鳳舉笑道：「你下了決心，就下了決心吧，做兄弟的，也不過勸解勸解而已，你真是要去做和尚，與兄弟們有什麼了不得的關係？母親現在已經夠傷心的了，你又何必再說這種氣話呢？」

燕西道：「你不打算搬出去了嗎？」

鳳舉道：「什麼都預備好了，怎麼不搬？」

在他剛說完這兩句話之後，第二個感覺忽然來到，自己剛說母親已經夠傷心，自己又忙著要搬，還不是一樣不體諒老人家嗎？於是皺了皺眉毛道：「你想，母親下了那個決心，誰能挽回過來？再說，老二老三都搬走了，就留我一個人在身邊，縱然他們不說我什麼，外人也會疑心我別有用意，所以我現在所處的環境，十分困難。」

他越說眉毛皺得越緊，接連著嘆了兩口冷氣。

燕西明知老大是借此自圓其說，也不便跟著再去逼問他，就很隨便地點了點頭。鳳舉也沒有什麼可說的，拿了一張報，又捧起來再看。

燕西道：「你是出來看報的嗎？別忘了什麼事沒去辦吧。」

鳳舉道：「我不是來看報，也沒有別的，這兩天，我就是這樣心裡亂得很，坐立不安，順著腳步，走出來看看，其實我也不知道為了什麼。」說著，放下報來，站起身要走。見桌上有茶，又回轉身來，倒了一杯茶喝著。

燕西道：「我看你倒很是無聊的，不如早搬開去，這一顆心還算是平安了。」

鳳舉道：「那是什麼話？」說著，倒了一杯茶，隨便地喝著，然而他臉色很有點猶豫，對於燕西這一句話，似乎有點射中心病了。便端起茶來，喝了一杯，才很從容地道：「凡事總不能呆看了。」說著，緩緩地踱出書房門去。

燕西聽他最後所說的這句話，簡直莫名其妙，但是老大為人較為渾厚，他對於家產不會像老三那樣，抱著什麼濃厚的希望，而且他又最愛面子，向不肯使家裡有一件不體面的事發現。上次家中解散傭人，他就暗中為難，後來母親說是分家，他又明向老二反對。如今家中大勢崩潰，他還有什麼面子？假使烏衣巷這個大家庭還能維持的話，讓他攤出一筆用費來，料著他還是真肯。

他這兩天起坐不安，當然係事實。他向來用著一個頭等公子的身分在社會上活動，家庭這樣崩潰，未嘗不是他的致命傷。這話又說回來了，自己又何嘗不是公子的身分在外面活動？如今父死兄散，妻走子失，自己又有什麼面子？不看別人，從前秀珠是如何將就自己，如今自己極力將就著她，她還不高興。這樣看來，一個人實在是不可無權無勢。

燕西如此想著，覺得向來受不到的痛苦，如今都感受到了。以後應當如何應付呢？去做和尚，那自然是一句氣話，要成家立業，做官是無大路子，而且二三百元一月的薪水，更何濟於事？此外，又絕沒有可幹的事了。

燕西如此思想著，昏沉沉地躺在書房裡，已經是過了一上午。到了吃午飯的時候，金榮來告訴，請他到老太太屋子裡去吃飯。燕西皺了眉道：「我也懶到那裡去吃飯，隨便端兩樣到這裡來就行了。」

金榮站著呆了一呆，低了腦袋，許久說不出話來。一會兒才低聲道：「我的爺，你還不知道嗎？現在就是開上房裡一桌飯了，都在一處吃，廚房裡現在就剩了兩個人了。」

燕西站起來道：「原來如此，那也好。」說畢，依然是在藤椅上很沉靜地躺著。

金榮道：「菜已開上去了，你去吃飯吧。老太太也知道你在家裡，你去晚了，倒是不合適。」

燕西想著，既是只有一桌飯，這倒不能不去，於是站起來，緩緩踱到上房去。金太太外邊的屋子裡臨時加了一張圓桌，敏之姊妹、鳳舉夫婦、兩位老太太正團團坐下，還不曾扶上筷子，梅麗看到燕西進來了，連忙側著身子，將靠近的一張方凳子移了一移，笑道：「你到這兒來坐吧，咱們兄妹親近一回是一回了。」

燕西不便說什麼，含笑點著頭就坐下去。

敏之對梅麗丟了一個眼色道：「你這是什麼話？難道咱們從此就天南地北，各走各的嗎？」說著，臉又向金太太看看。

梅麗會意，便不作聲。金太太對於他們的舉動只當是不知道，將大半碗飯端著，用長銅勺子不住地舀了火腿白菜湯，向裡面浸著。舀完了湯，用筷子將飯攪了一陣，看看桌上的菜，大半是油膩的，便皺了皺眉。

佩芳一看，又是老太太心裡有些不舒服了，不便在桌上多說什麼，只是低頭吃飯而已。倒是金太太先向著她道：「我已經定了這個星期六到西山去。今天已是星期四，明天你們搬，來得及嗎？」

燕西插嘴問道：「為什麼到西山去呢？」

金太太道：「你就是那樣鐵打心腸嗎？家裡搬運一空，難道我在這裡守著就一點沒有感觸嗎？我到西山去住幾天，只當遊歷些時候。家裡的事，就讓敏之和二姨太結束，我要住到秋末再進城，那個時候在哪裡住，再作打算。」
燕西道：「西山的房子還借著人家住呢。」
金太太道：「我既然要上山去，自然早就預備好了，這個何待你說？」
鳳舉看看全桌人的顏色，及看看母親的顏色，便道：「你又何必到西山去？」
金太太正吃完了那碗湯飯，將筷子一放，臉色一正道：「這是我的自由。」
佩芳在一旁，就瞟了他一眼。鳳舉心想，這樣碰釘子，老太太定是在怒氣正盛的時候，少說話為妙，因之也就不說什麼了。
燕西許久不曾和家人團聚，這一餐飯之後，倒有無限的感觸，覺得老太太現時所處的環境，實在也令人不堪，滿堂兒女，結果，讓她一人到山上去住，人生在世，還養兒女做什麼？自己本無事，而且也是懊悔，倒不如陪著母親一路到西山去也好，在山上住，用二百塊一個月罷了，自己的私蓄還準可以住上好幾年哩。
他心裡如此想著，吃完了飯，將一枝筷子當了筆，在桌上塗著字。
金太太坐在一邊椅子上，看到燕西這樣子，便道：「你發什麼呆？」
燕西這才省悟自己愣著坐在桌子邊，就站起來道：「我想起一件事，都走了，我呢？」
金太太道：「難道不分黑夜白日的，你就這樣忙，還不曾忙出一個辦法來嗎？」
燕西不敢說自己不曾忙，又不敢說和秀珠鬧翻了，只是默然。他不說話，別人說話，就把這個問題揭過去了。
吃過飯以後，燕西還是不曾出門，下午就走到敏之屋子裡來，見她大姊妹倆，坐在一張寫字檯兩面，正在填對一張表格，不知道是不是能看的，就坐在一邊。

敏之將手上的鋼筆插在墨水瓶子裡，將吸墨紙壓按了一按填的表，然後十指相抄，放在桌子，很從容地回轉頭來問道：「你到這裡來，一定是有什麼事來商量的吧？」

燕西點了點頭。潤之手上捧了一本賬簿在看，放下賬簿笑道：「你什麼不如意了，態度這樣消極？」

燕西道：「我怎能夠像你們這樣鎮靜呢？」說畢，又皺了一皺眉毛。

敏之對潤之道：「不和他說笑話吧。」因回頭來道：「你說。」

燕西兩手一揚道：「都走了，我怎麼辦呢？」

敏之道：「你是有辦法的呀，你不是要和秀珠到德國去嗎？」

潤之道：「我們也上歐洲去呢，若是你坐西伯利亞火車的話，我們還可以同道。」

燕西道：「上什麼德國？人家不過是那樣一句話罷了。」

敏之道：「什麼？鬧了許久倒不過是一句話！」

燕西點點頭道：「咳！可不是！」

潤之道：「那為什麼呢？你算白忙一陣子嗎？」

敏之道：「這是怎麼一回事？以前說得非常之熱鬧，盤馬彎弓，好像馬上就要動身，到了現在，怎麼鬧個無聲無臭？」

燕西道：「可不是！我是肚子裡擱不住事的人，得了一點消息，十分認真，預備馬上就走，連餞行酒都吃了好幾回，到了現在，鬧個杳無下文，我真不好意思對人說。」

潤之道：「難道秀珠以前是把話冤你的嗎？她這可就不該！」

燕西道：「冤倒不是冤，本來白大爺派兩個專員到德國去，是辦軍火的，因為那筆辦軍火的錢，聽說要移到政治上去用，這兩個人動身就緩下來。當這事已經緩辦了，秀珠還沒有給我消息，恰是家裡都不要我走，我也沒有去打聽。後來我和秀珠談起來，說是錯過了機會。她說人還沒有走，機會還在，我倒很高興，我又在別一處打聽，知道是這麼一回子事，就問她究竟能不能走？她說不要緊，巡閱使方面就不辦軍火，也要派人到德國去考察軍事的，至遲八月以前可以走。我問是陰曆八月是陽曆八月？她就不耐煩，說我太囉嗦了，所以我不知究竟。我看這事，簡直有點靠不住。」

敏之正色道：「這是多重大的事，她哪這樣和你開玩笑？你這東西，迷信著她家是新起來的軍閥，把自己妻子弄走……」

敏之越說越氣，真個柳眉倒豎，兩隻手摸著表格，帶著拍灰，在那沉重的聲音裡面，啪啪作響，可以表示她心中含著憤怒。

燕西向來是怕姐姐的，低了頭，只管用手摸額角。

潤之道：「秀珠也有點貧兒暴富，亂了手腳。這年頭兒，三年河東，三年河西，有點兒風頭，就得什麼勁？這叫小人得志便顛狂，我最瞧不起這種人，也是老七這種人太沒有志氣，倒肯去小小心心地伺候她！」

燕西紅了臉道：「誰伺候她？我為了這事，告訴了金榮，叫以後秀珠來了電話，不必接她的。」

敏之微笑道：「你能下那個決心？」

燕西道：「你們總不肯信我有點志氣。」

潤之點點頭道：「他這個人喜好無常的，也許做得到。」

燕西聽了這話，越發是臉上漲得通紅的了。

敏之道：「我們兩人都說你，說得你是怪難為情的，既往不咎，這些話也不必說了。我現在問你，你不出洋打算怎樣辦？」

燕西道：「母親不是要到西山去嗎？我可以一路跟著到山上去陪伴她，母親什麼時候進城，我就什麼時候回來。」

敏之道：「你知道山上的生活是很寂寞的嗎？你可別因為一時高興，隨嘴就說了出來。」

燕西將腳一頓道：「不！絕不！」

潤之搖搖頭，微笑道：「這個話，我不能相信你。山上沒有戲聽，沒有電影看，也沒有跳舞場消遣，許多你所愛的東西都沒有。你上山去玩個新鮮，兩三天就跑回來。剩下母親一個人，那倒不如讓她根本就是一個人去的好。你要去也可以，先到後面園子裡那間小書房裡住三天不出來，試一試，若是你守得住，你就可以上山去，要不然，趁早別提，免得又鬧一樁笑話。」

敏之道：「何必說那些？母親也絕不會讓他一道去的。」

燕西想了一想道：「你這話說得也是，但是我要不到山上去，我住在北京城裡，就剩我一個孤鬼，我怎樣生活呢？」

敏之望了望他，又望望潤之，沉吟著道：「我倒有個辦法，只是這件事關係很大，我不敢做這個主，等我向母親請過示，我再告訴你。」

燕西站起來，向她作了個揖道：「你若是有辦法，就告訴我吧，也省得我胡著急。」

敏之皺了眉道：「你這個人就是這樣不好惹。我聽你說得可憐，願意和你出個主意，你倒又逼著我說出來。」

潤之笑道：「你既不肯說出來，就不該預先告訴他有辦法，自己的兄弟，你還有什麼不明白的？他那個急性子，你說出這樣半明半暗的話來，不是要他的命嗎？老七，你別的聰明，這事你有什麼猜不出來的？五姐的意思，願意帶你到歐洲去。只是你還願意念書嗎？」

燕西望了敏之笑道：「六姐說的這話……」

敏之道：「我倒是有這一點意思。只是有兩個大前提先要解決。其一，每年在外國不花一萬，也要花好幾千，設若有個六七年不回來，你自己可擔任得起？其二，你現在還是二十歲的人，亡羊補牢總算不晚，你到歐洲去，可要實實在在的念書，不能抱著鍍金主義前去，你那個本領，自己應該知道，先要下死功夫預備兩年，然後才進大學，你能不能夠吃這種苦？」

燕西搶著答道：「能能能！只要你替我想出辦法來了，無論怎樣吃苦，我都願意幹的了。」

敏之一揮手道：「你暫且出去，等我把這賬目弄完，晚上再談。你不是不用伺候白小姐了嗎？就不必出去了。」

燕西笑道：「你瞧，五姐也說這樣重的俏皮話？」

敏之道：「我並不是俏皮你，只是你做的事太要不得了，我若不說你兩句，我心裡也出不了這一口怨氣哩。」

燕西不敢再說什麼，自己走出去了。

這裡敏之、潤之自辦她們的表冊。到了晚上，她倆將謄清的表冊送給金太太過目。金太太仔細看了一遍，點點頭道：「你們寫得很仔細，重要的東西都記上了，這些東西，你們都檢查過了嗎？」

敏之道：「都檢查過了，到今天為止，已經是四天四晚了。」

金太太道：「咳！能幫我一點忙的，偏是要出門了，四個兒子就都是生下來的少爺，預備做大老爺的。」

潤之笑道：「你就別再這樣比方了，知道的，你是刺激三個哥哥，一個兄弟，不知道的，還要說你有點偏心，重女輕男呢。」

金太太道：「現在也無所謂了，不是大家都散了嗎？」

她說著話，態度倒是很坦然的，人坐在藤椅上，旁邊的茶几上放了一大杯菊花茶，她一手捻著一串佛珠子，一手扶了茶杯，端起來喝一口，又復放下，臉上並不帶一點愁容。

敏之望了望潤之，潤之微點著頭，又將嘴動了幾動。

敏之說道：「媽，我有件事和你商量，你可別生氣。」

金太太道：「你不用說，我明白了，下午我看到燕西由後面出來，準是他又託你們說人情來了，男女婚姻自由，我早就是這樣主張的。到了如今，……」說著，人向椅子上一靠，又嘆一口氣道：「他娶姓紅的也好，他娶姓白的也好，我一了百了，也管不了許多。」

敏之笑道：「和老七講情，那是真的，可是他除了婚姻問題而外，不見得就沒有別的事。你一不滿意他起來，就覺得他樣樣事情都不好了。」說著，就把燕西受了秀珠的欺騙，自己願意帶他出洋的話說了一遍。

金太太道：「你們能相信他有那種毅力嗎?我看他這種人是扶不起來的，不必和他去打算了。在北京城裡，無論他鬧到什麼地步，不過是給金家留下笑柄，若到外國去，做了不體面的事，可是替中國人丟臉。你明白嗎？」

敏之聽了這話，默然了一會兒。

潤之道：「他究竟年紀輕一點，他自己既然拿不出主意來，我們多少要替他想點法子才好，難道看到任什麼事不成，就丟了他不管嗎？」

金太太道：「我真也沒有他的法子了。」說著，又搖了幾下頭。

敏之道：「話裡如此，我想人的性情多少也要隨著環境更改一點，老七在家裡，沒有和什麼研究學問的人來往，所以不容易上進。若是到了外國去，把他往學校裡一送，既沒有朋友，遊戲的地方又不大熟，自然不得不念書。」

金太太道：「初去如此罷了，日子久了，一樣的壞。不過我對於他，實在沒有辦法。若是你們願意帶他到歐洲去，我也不攔阻，可是將來錢用光了，別和我要錢。我現在沒有積蓄了，你們是知道的，我還能供給他去留學嗎？」

敏之道：「他自己還有一點錢呢。」

金太太點點頭道：「好吧，那就盡他的錢去用吧，別在我面前再提他了。」

潤之笑道：「你管總是得管的，凡事也顧全不了許多，只好做到哪裡是哪裡，現在一定把事情看死了，料著他不能回心轉意，就把他扔在北京城裡，眼看他就要不得了，那還不是將來的事呢！」

金太太默然了許久，才淡淡地答應一聲道：「好吧，這件事我也就交給你們去辦，我不管了。今晚上咱們說些別的，別談這個。」

敏之道：「你要走的話，也得和大哥提一提吧？」

金太太道：「那不是找麻煩嗎？你們只管依了我的話去辦就是了，他要怪你的話，你就說是我吩咐的，不能違抗就是了。等到後天我要走的時候，我自會告訴他。」

敏之心想，鳳舉夫婦也是知道這事的，不過時間沒有確定罷了，就是今晚上不說出來，似乎也不要緊，於是也不問其所以然，坐了一會兒，各自回房去。

到了次日早上，敏之到九點鐘方始起床，只聽得佩芳在院子裡嚷道：「兩位姑娘還沒有起床嗎？」

敏之身上披著睡衣，正對鏡子敷雪花膏，在鏡子裡就看到佩芳其勢匆匆地走來了，倒很是詫異，連忙將身子一轉，問了一句怎麼了？

佩芳老遠地站住，就對了她現出很驚異的樣子，兩手一揚道：「你看這事不很奇怪嗎？母親在今天一早七點鐘就坐了車子到西山去了。」

敏之道：「是嗎？她老人家雖是早就說要走，我以為那是氣話，不會成為事實，不料她老人家真個走了，帶了行李走的嗎？」

佩芳道：「行李沒有帶，說了叫我們預備好了送去。」

敏之道：「我不料老太太就是這樣一個人走了，這個樣子，今天要勸她回來，那是不可能的了，我們倒不如照著她的意思，撿一些應用的東西，下午送了去。」

佩芳道：「那也除非是這樣。」

敏之立刻和佩芳到金太太屋子裡去，撿了一小提箱衣服，另外又找了個小柳絲籃子，將零碎應用物件裝得滿滿的，預備吃過午飯就送去。

這時不但家裡人知道了，搬出去的兩房人和道之夫婦都得了消息，大家趕回家來，都要到西山去。

敏之道：「我又要多一句嘴了，母親正是嫌著煩膩，才出城去的，現在我們一家子人，男男女女全擁到西山去，那裡還是熱鬧，她老人家又要嫌麻煩了。依我說，只去一兩個人，她願意讓人陪著，就把人陪著，讓小蘭和陳二姐在山上陪著她先靜養兩三天再說，我就是這個主意，你們斟酌斟酌。」

大家仔細議論了一陣，大家心裡都有個數，沒有幾個人是金太太所喜歡，可以去陪伴的，最好是梅麗，其次也只三個姊妹，別人去了，恐怕不能得金太太的好顏色，於是商議的結果，就公推敏之和梅麗兩個人上山。

梅麗自是願意的，敏之有點避嫌，說今天不去，於是改推了道之，帶著小貝貝去，吃過午飯，坐了汽車，就追蹤到西山去了。

當天二人果然未曾進城，到了次日下午方始回家。

梅麗進門之後，先問大爺七爺在不在家？聽說鳳舉在家，一直就向鳳舉屋子裡來，鳳舉先搶著問道：「老太太怎麼樣？還有幾天就回來了嗎？」

梅麗在身上掏出一封信，交給鳳舉道：「這是媽寫給你的，家事都吩咐在上面了。」

鳳舉正是急於要知道一切家事的，趕快就把信抽出來看，那上面是：

鳳舉兒知悉：

予不忍見家庭荒落之狀，遷居西山，聊以解憂，又恐兒等不解予意，加以挽留，故事前不告以的確時期，並無他意，兒等放心可也。家事尚未完全料理清楚，分別告兒於下：

一，兒夫婦既已覓妥房屋，仍按期遷居。二，敏之、潤之下星期往哈爾濱，由西比利亞赴歐，燕西願去，可以聽之，其京中一切賬目可代為料理。三，二姨太願隨我山居，亦佳。梅麗可暫住劉婿處，因其上學便利也。每星期六可來山小住。四，家中傭人一概遣散。兒等願用何人，可自擇。五，烏衣巷大屋，只留粗笨東西，一律封存屋中，將來再行處置，如有人願代守屋，由後門進出。其餘小事，兒自斟酌之。予在山上，將靜養，無事不必來擾我，即兒等之孝心也。

母字

鳳舉看完，嘆一口氣道：「這倒處置得乾淨。事到如今，我也管不了許多，只好照著老人家的意思去辦，只是梅麗有這些兄嫂，何必還寄居到親戚家去？」

道之在一邊就插嘴道：「姐姐家裡和哥哥家裡又有什麼分別呢？」

佩芳不知那信上說些什麼，不便接過去看，也不便問，只是向著鳳舉發愣，鳳舉就把信遞到她手裡道：「你也拿去瞧瞧，這件事還叫我說些什麼？」

佩芳將信接到手，看了一遍，又看了一遍，嘆了一口氣道：「事到如今，那也就只好照著老太太的話去辦了，此外還有什麼法子呢？」

這時，敏之、潤之、燕西以及二姨太都到了鳳舉屋子裡來，大家坐下，立刻開了個家庭小會議，他們兄妹行的事都沒有什麼問題了，只是讓這位二姨太跟著老太太住到西山去，也是一件不堪的事情。

全家人向來因為她老實，雖是庶母，卻不曾賤視過她。如今到了偌大歲數，還讓她跟著老太太作個旁邊人，她就不能獨立嗎？倒是佩芳想到了此層，便笑道：「我想二姨媽不像母親，在山上悶住了，可以借書本兒消遣。大家都組織小家庭，二姨媽為什麼就不能呢？何況八妹又要在城裡念書的。」

二姨太道：「我的少奶奶，你叫我去和誰組織小家庭呢？我這大年紀了，又無用，和誰也說不攏來。倒不如跟著太太，老姐妹倆還有個談的。我壓根兒就沒有怎樣逍遙快樂過，也沒有什麼捨不得這花花世界的，我反正是多餘的人，我不去陪著太太，該誰去陪著呢？」

佩芳起了身子，向著二姨太太笑道：「你把話聽擰了。」

梅麗就亂搖著手道：「大嫂，你還有什麼不知道的？她老人家有好話，不能好說。」

二姨太紅著臉，正待辯兩句，鳳舉站在許多人中間，向大家拱拱手道：「什麼話不必說了，恭敬不如從命，從今天起，咱們就照著老太太的話去辦。」

燕西站在一邊，早是待了半天，這時等大家都不說話了，才淡淡地笑了一聲道：「這倒也散得乾淨！」

梅麗瞪了眼睛道：「虧你還笑得出來呢！」

燕西道：「不笑怎麼著？見人就哭，也哭不出一點辦法來呀。」

鳳舉皺了眉道：「現在什麼時候，還有工夫說閒是非呢，現在是最後五分鐘了，你也別閒著，幫著我點點家裡東西，由今天起就動手。」

燕西因為和秀珠生著氣，絕對是不去白家的了，白蓮花那方面，也是耗費得可觀，自己也怕去，所以差不多是終日在家，既是鳳舉要他在家檢點東西，就很慷慨地答應了。事已至此，大家也無須乎再討論，只是照著金太太信上的話去辦。

平常金家有一點事，秀珠就得了消息，現時玉芬自己要忙著自己的事，不像以前的閒身子和她不時通電話，因之金家鬧到快大了結了，她還不知道。

總拗著那一股子勁，非燕西向她陪著不是不行，及至三天之久，燕西人也不來，電話也不來，她知道這事再鬧下去，非決裂不可，像燕西這樣的男子，朋友當中未嘗找不著第二個，只是在許多人面前表示過，自己已把燕西奪回來了，如燕西依然不來相就，這分明是自己能力不夠，於面子上很是不好看。只得先打一個電話到玉芬的新居，打算套了她的口氣。

玉芬因為得著金太太由西山帶回書信來的消息，也由新居趕回烏衣巷來。秀珠隨後又打電話到烏衣巷來，玉芬看燕西的情形，已經知道他是和秀珠惱了，這時秀珠打了電話來，自己很不願意再從中吃夾板風味，不過秀珠這個人是不能得罪她的，便接著電話，將自己的家事告訴了她一遍，說完之後，她就嘆一口氣道：「你瞧，家裡鬧到這種樣子，慘是不慘？所以我們這些人，都是整天地發愁呢。」

秀珠聽了燕西要和敏之出洋去的話，心裡倒是一動，怪不得他不理我，他已經有了辦法了，這樣想著，在電話裡就答道：「原來如此，那也好，那也好。」

玉芬明知她連說那也好兩句是含有意義的，自己又不好說些什麼，便道：「我一兩天內來看你，再細談吧。」秀珠也不好怎樣談到燕西頭上去，就把電話掛上了。

玉芬自己想了許久，覺得燕西和秀珠真決裂的話，自己在事實上和面子上都有些不方便。

對於這一層，最好維持著，寧可讓秀珠厭倦了燕西，不要燕西對秀珠做一次的秋扇之捐*，如此想著，看到燕西到書房裡去了，也就借著張望屋子，順步走了來。推開門，伸頭向屋子裡看著道：「喲！這屋子裡東西並沒有收拾呢。」

燕西道：「進來坐坐吧，現在你是客了。」

玉芬走了進來，燕西果然讓她坐著，還親自敬茶。

玉芬笑道：「你突然規矩起來了，很好，你總算達到了目的，要出洋是到底出洋了。」

燕西冷笑一聲道：「有錢，誰也可以出洋，算什麼稀奇？又算得了什麼目的？現在出洋的人，都是揩國家的油，回國以後，問問他們和國家做了什麼？不過是拿民脂民膏在自己臉上鍍一道金罷了，我不做那樣的事。」

玉芬道：「你和我說這些話做什麼？我又不弄官費出洋。」

燕西也覺剛才這些話有點兒無的放矢，便笑道：「你別多心，我並不說哪一個。」

玉芬也只微笑了一笑，心裡可就很明白，他這些話都是說秀珠的，就用閒話把這事來扯開，因道：「你現在要出遠門去，就不知要多久才回來了，這在我應該請請你。哪個日子得空，請你自己定個時間吧。」

燕西道：「這就不敢當，我這樣出洋和亡命逃難都差不多，還有什麼可慶幸的？別的我不要求你，請你替我小小的辦一件事。就是我要出洋的話，不必告訴白秀珠小姐。」

玉芬聽到他忽然用很客氣的話稱呼起來，本來應當問一句的，然而既知道他生著氣的，不如含糊過去，倒可以省了許多是非，便道：「為什麼不告訴她呢？你還怕擾她一頓嗎？」

燕西冷笑了一聲，接著又是微微地一笑。

玉芬道：「這是什麼意思？我倒不懂。」

燕西道：「老實告訴你吧，我和她惱了。」

玉芬道：「為著什麼呢？」

燕西道：「不為什麼，我不願意伺候她了。」說著，將頭一搖。

玉芬覺得他的話越來越重，這當然無周旋之餘地，紅了臉默坐了一會子，便起身笑道：「你在氣頭上，我不說了，說擰了，你又會跟我生氣。」

燕西連說：「何至於。」

但是玉芬已經出門去了，燕西和秀珠之間，只有玉芬這個人是雙方可以拉攏的，玉芬自己既是打起退堂鼓來，燕西是無所留戀了，秀珠也不屑再來將就他，於是就越鬧越擰，結果彼此的消息就這麼斷絕了。

在大家這樣各找出路的時候，自然都很忙，因為忙，日子也就很覺得容易過去，隨便地這樣混著，就過去了一個禮拜。家中的事情已料理了一大半。

燕西就和鳳舉商量著，無論是母親高興不高興，總應該到山上去看看她，而且敏之已擇定了下星期動身，自己也得預先去和母親說一聲。

鳳舉也很同意，就同乘了一輛汽車到西山來。

因為天氣很早，在山下並沒有找轎子，二人就步行上山。轉過了別墅面前那道小山彎，走到一叢樹林裡，就嗅到一種沉檀香味，由樹梢上吹了過來。

鳳舉道：「這裡並沒有廟，哪裡來的這股子檀香味？」

燕西道：「山上是很幽靜的，人的心思一定，遠處的香味，只要還有一絲在空氣裡流動著，也可以聞得到，這就叫心清聞妙香了。」

鳳舉也不答話，步行到了大門前那片廣場上，卻有一群小山雀在草地上跳躍著，人來了，哄的一聲，飛上樹梢，再由廣場上登著石臺階，那香味更是濃厚，這就聞著了，乃是後進屋子裡傳出來的。

鳳舉推開了綠紗門，卻見小蘭伏在一張小藤桌上打瞌睡，一點響動沒有。

鳳舉正想叫醒她，陳二姐手上捧了一小捆野花，由後面跟著進來，叫道：「大爺，七爺，你來了。」

鳳舉道：「老太太呢？」

陳二姐道：「在上面屋子裡看書。」

鳳舉道：「我們走進來許久，也沒有個人言語，要是小偷進來怎麼辦？」

陳二姐笑著，在前引路，叫著上臺階去，報告著道：「大爺、七爺來了。」

聽到金太太在屋子裡答道：「叫他們進來吧。」

鳳舉和燕西走到上層屋子去，只將鐵紗門一推，倒不由各吃一驚，原來這屋子正中懸了一幅極大的佛像，佛像前一張桌子，陳設了小玻璃佛龕，供著裝金和石雕的佛像，佛像面前，正列著一個宣爐，香煙繚繞的，正焚著沉檀，原來剛才在山路上聞到的沉檀香氣，就是這裡傳出去的了。

佛案兩邊，高高的四個書格子，全列著是木板佛經，在書格子之外，就是四個花盤架子，架著四個白瓷盆子，都是花葉向榮的盆景。在佛案之下，並不列桌椅，一列三個圓蒲團。乍來一看，這裡不是人家別墅，竟是一個小小的佛堂了。

鳳舉、燕西正自愕然著，不知進退。左邊落地花罩之下垂著白色的紗幔，紗幔掀開，金太太由裡面走了出來，她穿了一件黑色的長衣，越是襯著她的臉加了一層消瘦。只是臉雖瘦削，氣色很好，兩顴骨之下微帶著紅黃之色，表現著老人精神健康。

金太太不等他兩人開口，先就點點頭道：「你兄弟倆來了，很好。」

鳳舉在這種地方看到母親這樣孤零零地在這裡，萬感在心，竟不知要說一句什麼話才好？叫了一聲媽之後，便呆呆地站著。

燕西看著老大臉上有種為難的情形，他又如何高興得起來？也是望了母親發呆。

金太太向他們招了招手道：「你們弟兄裡邊屋子裡來坐吧，我有些話要問你們呢。」

二人走到紗幔屋子裡一看，很簡單地陳設了幾樣木器，一張小鐵床，連蚊帳都不曾撐起。金太太倒是很坦然的在一張藤椅子上坐著，向他二人點點頭道：「坐下來說吧，事情都辦得怎麼樣了呢？」

鳳舉先把家事報告了一遍，隨後燕西也將自己的事說了一遍。

金太太道：「那就很好。」

鳳舉道：「你信上寫的事情，我們都照辦了，現在就是請你進城去決定一下子。」

金太太道：「照辦了就行了，還要我進城去決定什麼？我不到秋天是不進城去的了。」

鳳舉頓了頓，才低聲道：「難道真在山上住許久？那也不是辦法。」

金太太道：「住在山上，有什麼不是辦法？住在城裡辦法又好在哪裡？我老實告訴你吧，我今年五十四歲了，中國外國，前清和中華民國，無論那一種繁華世界，我都經過了，如今想起來又在哪裡？佛家說的這個空字，實在是不錯。我想趁著精神還好，在山上靜靜心，學習點佛學。我不像那些老太婆要修什麼來世，也不鬧什麼出家，談什麼大徹大悟。我就只要把心裡的煩惱洗刷一個乾淨，在未死之前，享幾年清福。你們若是再要我到城裡去過繁華日子，就是再要我進地獄。你問問陳二姐，自我上山來以後，怎麼樣？飯量也好，精神也好，天黑就睡，天亮就起，沒有一點發愁的事，這樣過著日子，真許我活個七十八十的，難道你們還有什麼不願意嗎？」

鳳舉道：「那當然是願意的。」

燕西在一邊聽著，先是沉默了許久，等金太太和鳳舉把話都說完了，他才道：「母親的事，我們自然也不能勉強，不過母親是兒孫滿堂的人，到了現在，一個人在山上學佛念經，倒好像做兒女的人……」

金太太連連搖著手道：「我在山上這些日子，精神上很是痛快，爭名奪利，酒色財氣，那些事一齊不到我的心上，你現在又談這些話，打算把我的煩惱又勾引起來嗎？若要是這樣，你們以後不許來，你兩個人趕快下山去。」說畢，金太太板著臉，就要向別個屋子裡走。

燕西嚇得不敢作聲，鳳舉連忙站了起來，向金太太陪著笑臉道：「媽，你別生氣。你要怎麼著，做兒子的人還敢多說什麼嗎？我們不談這個就是了。」

金太太這才坐下道：「既是這麼著，你們可以坐下。大概你們還沒有吃飯，叫陳二姐多做一點菜。」

鳳舉道：「我們打算到下午才進城去呢。」

金太太道：「你們好好地在這裡談話，我倒也是不攔阻你們。」

陳二姐正在外邊屋子裡撣經書架子上的灰塵，聽了這話，就走進來笑道：「添幾個雞蛋嗎？」

金太太想了一會兒，點頭答應一聲好吧，又道：「其實不添呢也沒有什麼，不過他們吃慣了好的，總得給他添上一點。」

燕西心想，母親小看起我們來就十分地小看我們了，難道我們把雞蛋都當著好菜來吃不成？當時也只默然地擱在心裡，不好再說什麼，大家依舊談些山上的風景來消遣。

二小時之後，陳二姐說是飯已燒好了，請太太和二位爺去吃飯，於是金太太起身先走，引著他們到下層堂屋裡去。

那正中一張小方桌上陳列著飯菜，母子三人在三方坐下。燕西看那菜時，一碗口蘑燒扁豆，一碗炒藕絲，一碗筍乾燒豆腐，一碗絲瓜清湯，另外卻是一個碟子，盛了炒雞蛋。而且那雞蛋還有一股子芝麻油氣味。燕西這才明白了，原來全是蔬菜，做一碗雞蛋是特別優待的了。

金太太見他們的眼睛都注視在菜碗裡，似乎已明白了他們的意思，便道：「我實告訴你們，自到山上來的那一天起，我已經斷葷了。這雞蛋雖是葷，但是這是沒有生命的東西，所以你們來了，我還准許你們吃，你們吃慣了葷菜，大概上山來偶然吃一回素菜，還比較地有味，總不算我虧負你們吧？」

鳳舉還有什麼可說的，只有扶起筷子來，先夾著菜吃。

吃過了飯之後，母子三人依然到上面屋子來坐，因為金太太不許他兄弟二人說回城去的話，二人談了一陣子，又默然對坐一陣子。

金太太道：「你們來了許久了，可以進城去了。」

鳳舉、燕西都說進城去沒有什麼事，還要在這裡坐坐，金太太道：「坐坐自然是可以的，不過我一人在山上住久了，心思是很定的，你們來了，不免又引起我許多無謂的煩惱。我希望你們以後少來吧。」

鳳舉、燕西都默然。

金太太望著他兄弟二人的臉，有一口氣要嘆出來，復又忍回去了。

金太太道：「假使你們能早聽我兩句話，何至於鬧到現在這種田地？唉！這話也無須說了，你們下山去吧。」

鳳舉看看母親那樣子，真箇像人所說，她那顆心已成「槁木死灰」，已經再三再四地催著下山去，若是不走，也徒然惹起老人家的不快，於是向燕西道：「你還有什麼話說？若是沒有什麼話，我們現在就走吧。」

燕西望望鳳舉，又望望金太太，看這樣子是不能強留的，就站起身來。

鳳舉也慢慢地站起，低聲向金太太道：「那麼，我們走了。」

金太太向他們點了點頭，於是二人說聲走了，走出屋子下臺階去。

到了臺階半中腰，鳳舉站住腳，回轉身來問道：「媽，現在沒有什麼事嗎？」

金太太也不出來，只在屋子裡，掀起半幅窗紗，向他們道：「沒有什麼事了，你去吧。」

燕西雖不說什麼，也回轉頭來望著，金太太又說句回去吧，二人同答應了一個唯字，然後一同走出去。到了別墅門外草場上，繼續著又聞到那股沉檀香氣。

鳳舉低聲和燕西道：「你瞧瞧，這個樣子，母親一定是長齋念佛，不會再回家的了，在她老人家說是享清福，然而這種消息傳到別人耳朵裡去了，與我們大家面子攸關。」

燕西道：「你是無論到什麼地步，都要顧全面子問題的，然而事到如今，也就顧全不得許多，只求各人找著各人的生活之路也就是了。」

鳳舉低了頭，順著山路向下走，也並不作聲。燕西隨在他身後，回頭望望別墅，又連嘆幾口氣。

鳳舉在前面走著很快，一直下了山口才停住腳。燕西落在後面，還在想心事，約離著有半里地。燕西到了山口時，鳳舉到路旁小茶棚子裡找汽車夫去了。燕西站在大路上四處張望，見山澗外邊，一條人行道上有兩匹驢子跑了過去，一匹驢子上，坐著一個短衣老頭子，手上拿著草帽子，正是韓觀久。

一匹驢子上坐著一個女子，穿了藍竹布長衣，撐了一柄黑布傘，斜擱在肩上，看那身材，好像是清秋，他情不自禁地哎呀了一聲，就跑了幾步，追上前去。

正在這時，鳳舉把汽車夫已找著了，在後面大叫燕西。當他大叫的時候，那驢子停了一停，驢背上的女子卻回頭看了看，然而那時間極短，燕西還不曾看清楚她的面目，她已掉過臉去，催著驢子走了。

鳳舉由後面追來，問道：「你看些什麼？」

燕西道：「剛才有個女人騎驢子過去，好像清秋。」

鳳舉道：「她跑到這種地方來做什麼？你錯認了。」

燕西道：「可是後面那個老頭子是韓觀久，我可認得清清楚楚，韓觀久有門親戚，聽說住在碧雲寺附近，他們很有到這地方來的可能。」

鳳舉道：「既然如此，剛才你為什麼不叫她一聲呢？」

燕西道：「我也是愣住了。」

鳳舉道：「他們是往哪方走？」

燕西道：「他們順著大路向東走，大概是進城去。」

鳳舉道：「不管她進城不進城，只要是在大路上，差個十里八里，我們也可以把汽車追上去，這是很容易解決的問題。」說著，拉了燕西跑上汽車，催著車夫快開。

汽車一路走來，雖然追上幾個騎毛驢的，並不是一男一女。追到了海淀附近，遠遠看到兩匹驢子，其中有個騎驢子的正是撐著一柄黑布傘，燕西指著道：「那就是的了。」

不到一分鐘，汽車喇叭嗚嗚幾聲響，追到驢子跟前，將車子停住了，那兩個騎驢子的見汽車忽然停住，倒嚇了一跳，各按住了驢子，向車上呆看。

這時看那撐傘的，是位帶連鬢鬍子的老道，那個沒撐傘的，是個禿子，二人灰塵撲面，又染著黃汗，形象很是難看。

燕西大失所望，鳳舉禁不住要笑起來，催汽車夫開車。

燕西心中本是砰砰亂跳，車子開了，定了定神，向鳳舉道：「這話回家去不必說，說出來，人家又拿去當笑話，以為我對於清秋還是夢寐思之呢。」

鳳舉道：「你就對於她夢寐思之，這也不算過呀，這有什麼可笑的？」

燕西道：「那不管他，反正我不願提這事就完了。」

鳳舉道：「你不願提就不願提吧，這也不關我的事。」

燕西坐在車子上，就都不說什麼。

到家而後，家中人自不免包圍著詢問山上的情形，忙著報告一番，也不暇再惦念到清秋身上去。過了兩天之後，還是鳳舉把這話說出來，敏之、潤之都抱怨燕西，說是不管那女子是不是清秋，反正那個老頭子你認清楚了是韓觀久，為什麼不叫喚一聲？何況大哥叫著燕西，她又回頭來看，分明是清秋了。這可見你對她是一點情也沒有。

燕西對於他們這種批評，實在無法否認，自己也就不去否認，人家說得最厲害的時候，自己只是微笑而已。

倒是道之多情，聽了這個消息之後，派了好幾個人到碧雲寺一帶去查訪，然而燕西也不知道韓觀久有什麼親戚在那裡，那親戚姓什麼，也是不知道。查訪了兩天，並無蹤影，對於這事也只作罷了。

光陰很快，轉眼又是已涼天氣未寒時，敏之、潤之的行李都已預備妥當。敏之的意思，現在大家並不是那樣高興，最好是免除親戚朋友那番送別的應酬，關於行期一層，事前守著秘密。

又怕燕西好事，會說出來，再三叮囑不要說，燕西現在是靠姐姐攜帶了，自然也就不敢違拗。到了行期前三天，道之四姊妹送著二姨太到西山去，大家又團聚了一晚。

到了次日，直待夕陽西下，四姊妹才告辭進城。

金太太和二太太見這四個花枝兒似的姑娘齊齊的走著，很是動人憐愛。然而下山之後，馬上天涯海角，就各自分飛，看到也就不免心裡難受，於是兩個母親緊隨在她們後面走，一步一步地向前走著，不覺直走到最下一層的草場上來。

道之立住腳道：「我們要坐轎子了，你進去吧。」

金太太道：「你們走你們的，我在這裡看看夕陽晚景。」

敏之、潤之也就回轉身來，向二位老人家呆立著。

二姨太道：「五小姐，你定著什麼時候結婚，務必寫封信告訴我。一路之上，要不斷地寫信來。」

金太太道：「你也太兒女情長了。你在城裡，大概說了不少離別的話，上得山來，又談了一天一宿，這種話也不知道談過多少回，臨走你還得叮囑一遍。」

二姨太道：「你有什麼不知道？我就是這樣心軟。」說著，用手絹去擦眼睛。

敏之深怕惹著金太太傷心，便道：「咱們快上轎子吧，回頭會趕不上進城的。」說著，向三姊妹丟了一個眼色。於是大家向二位老人說聲走了，走出別墅的大門，各乘轎子下山。

金太太忙走到山崖上那個草亭子裡，手扶了亭柱，向山路上一行人望著。

二姨太走過去，陪著她望。直等人看不見了，金太太就看山下平原的晚景，這太陽落到山後去，在山之陽已先陰黑，可是平原上，山陰所蓋不到的地方，依然有太陽曬著。

平原之中，有兩行疏落的楊柳，夾著一條人行大道，正是進城去的馬路。看看北京城，在夕陽煙裡籠罩著，霧沉沉的，一圈圈黑影子。北海的塔，正陽門的城樓，在一圈黑影中透出兩個黑尖。

金太太回頭對二姨太道：「你看，那烏煙瘴氣的一圈黑影子，就是北京城，我們在那裡混了幾十年了，現時在山上看起來，那裡和書上說的在螞蟻國招駙馬有什麼分別？哎！人生真是一場夢。」

二姨太用手一指道：「你看，那不是他們的汽車？」

金太太順著她手指的所在看時，只見人行大道上，黃塵滾滾，果然有一輛汽車風馳電掣而去，到了遠處，便只看到一道黃塵，看不到車子了。

金太太嘆了一口氣道：「這些孩子們興高采烈地還正在那裡做夢呢。」於是她在亭子裡木欄杆上坐著，只管向那煙霧平原，靜靜地呆望。

她不作聲，二姨太也不敢作聲。二人靜靜地在草亭子裡坐著，那晚風吹得草瑟瑟作響，聲聲入耳，那平原上的太陽也慢慢黯淡下去，漸漸暗到看不見人家樹木。

陳二姐手上拿了兩件夾斗篷，走到亭子邊來，向金太太道：「老太太，到屋子裡去休息休息吧。」說著，將兩件斗篷遞了過去。

金太太手上接過斗篷，並不向身上披著，搭在手胳膊上，依然站在亭子邊。陳二姐站在身邊，不敢催，又不敢就走，也是呆在那裡陪著。

二姨太先是陪了金太太看看景致，現時景致全看不到了，站在那裡，實在是站不出一點趣味來，便道：「果然我身上覺得也有些涼，我們可以進去了吧？」

金太太雖然是不曾答應出來，覺得也不必太違反了她們的意思，於是默然著掉轉身來，先在兩人頭裡走。到了最後一通堂屋裡，自掀簾子進去。那佛案上點了白錫清油燈，燈草由油碟子裡，伸出菜豆大的火焰，屋子裡昏沉沉的，在那邊垂著紗幔的屋子裡，倒是點著四支白蠟，在這邊看到那邊幔子裡，反是清楚得多。

二姨太昨天上山，住在前進，大家擁在一處談話，還不感到什麼寂寞，今天晚上，直走到後進來，見這樣青隱隱的燈光，加上檀香爐裡檀香燒著細細的火，屋子裡停留著那股香味，如在廟裡一般，因笑道：「這裡什麼也有，就是差了一面銅磬和一個木魚，要不然，猛然走到這裡來，會疑心是古廟裡的觀音堂。」

金太太道：「真要是觀音堂，那算我們修到了家，我覺得我還是塵心未斷，不能說走就走。」說著話，她就坐到桌子下面那疊蒲團上去。

陳二姐看到，趕快就走過來，將二太太的袖子一拉。二太太料著有故，看了陳二姐向門外走，也就跟了出去。

到了前進屋子裡，陳二姐低聲和她道：「人家這是要做功課了，你可別在那裡打攪。」

二姨太道：「喲！太太還念書呀？」

陳二姐道：「不是念書，每天早上中午晚上，太太有三起在蒲團上打坐，打坐的時候，口裡念著心經。心經是什麼，我也不知道，老是聽了太太念著摩訶摩訶，多利多利，這就叫功課，是太太自己說的，她做功課的時候，吩咐我們別進去，所以我告訴你。」

二姨太聽了這話才恍然大悟，向她點點頭道：「我明白了，有事你就去做你的事，我不到上面去了。」

陳二姐在山上是兼做廚子的，這時要預備去做晚飯，自然走了，小蘭也陪著去洗菜，只剩二姨太一個人在屋子裡。

大門口有個園丁和打雜的，也離著一個大院子，在這裡幾乎聽不到人的說話聲了，二姨太從這時起，才領略到山居寂寞的風味。

這屋子裡，是金太太特許的，點了一盞白瓷罩子的煤油燈，比上房亮得多，只是屋子裡，隔了窗子向外看，反而現著黑沉沉的了。

二姨太靜坐了許久，果然聽到上進屋子裡，金太太只管念著摩訶摩訶，多利多利。自己為好奇心衝動，就輕輕地開了屋門，輕輕地走上臺階。到了窗戶邊，將臉貼著窗紗，向裡面看去。只見金太太盤膝坐在蒲團上，兩手放下來，微按了膝蓋，微低著頭，閉了眼睛，絲毫不曾晃動。

二姨太看著，見所未見，心裡想著，這不要是……這個念頭還不曾想完，金太太忽然嘆了一口氣，向窗子外道：「你請進來吧。」

二姨太被她說破，倒不好意思不答應，便道：「我進來不礙著你的功課嗎？」

金太太已下了蒲團，代她打著簾子讓她進來，向她點頭道：「咱們裡面屋子裡坐吧。」

二姨太跟著她進了裡面屋子，二人相對坐下，在燭光之下，見金太太臉上很多的愁容，望了她道：「你怎麼啦？」

金太太沉思一會，嘆著氣道：「我七情不能自主，大概不能久於人世了。」

二姨太聽了這話，卻是不大懂得，依然向她呆望著。

金太太道：「我說出這句話，大概你也不明白這事的究竟，我自上山以來，心思是很把得定的。可是昨天晚上幾個女孩子上山來一鬧，鬧得我心裡只管慌亂起來，今天她們下山去了，我還戀戀不捨，剛才我打坐，心思就按捺不定，只管想到她們身上去。」

二姨太道：「做娘的想女兒，這也是常情，這有什麼不好？」

金太太道：「這個你哪裡曉得？」

二姨太道：「這個我也沒有什麼不懂，太太的意思，不就是說出了家的人，不可再染紅塵嗎？」

金太太噗嗤一聲笑了。因道：「你的意思是對的，不過話說錯了，我現時並沒有做姑子，怎麼能說起出家兩個字？」

二姨太紅了臉，說道：「你瞧，我這人真不會說話，一說話就露怯。」

金太太倒也不去追究她露怯不露怯，自己一人低了頭在那裡坐著。那四支白蠟燭的光焰正是有些晃動，將金太太的人影子在牆壁上只管動搖著。

二姨太偷眼看她時，眉毛又已深鎖，似乎在發愁。自己勸解吧，怕說的話人家不中聽。不勸解吧，坐在這裡豈不是個呆子？因之就向金太太道：「我想到廚房裡去看看，沒事也可以幫助他們一點，咱們現時又不住在城裡，還講個什麼虛面子？」

金太太對於她這話，似乎表示著很深的同意，將頭深深的點了幾點。

二姨太不說什麼，就走出來了。她走到廚房裡去，陳二姐也不肯要她動手做什麼菜，她站了一會子，覺得是很無聊，依然又走回上房來。窗子裡面有燭光，隔著窗紗，自然看得是很清楚的。只見金太太竟還坐在原椅子上，只是她低了頭，一動也不動。二姨太心裡突然有個怪思想，太太這是什麼舉動？有點病了吧？連忙用臉貼近窗戶，仔細向裡面看了去。

金太太這時一人坐在屋子裡，心卻在北京城裡烏衣巷，那舊時憧憧的幻影，正一幕一幕的在眼前映演著，兩眼淚珠兒在眼眶子裡，是無論如何也藏留不住，由微開著的眼縫裡，一粒一粒的，直流出淚珠來。

二姨太在外面看了許久，總算是看清楚了，就走進屋來，先輕輕叫了一聲太太。金太太抬頭對她望著，點點頭，並沒有說什麼，那臉上的淚珠依然流著，卻不曾擦去。

二姨太道：「你這是怎麼著？你想空點吧。」

金太太道：「你這話算是勸著我了，我就是想不空，你瞧，我老早地就說要定定心，學起佛來，可是到了如今，我還是把持不定，還要你來勸我看空些，這豈不是一場笑話嗎？」

二姨太道：「喲！你可別信我的話，我懂得什麼？」

金太太點著頭道：「你勸著我是對的……」說畢，她依然低了頭，不再作聲。約摸停了有五分鐘之久，那淚珠兒又是拋沙一般的落將下來，這淚珠不落則已，落起來無論用如何的力量，也是抑止不住，流了還只管是流，由臉腮上直滾到衣襟上來。

二姨太先還是想勸勸她，後來見金太太哭得厲害，想起自己全家人，各各遠走高飛，落得兩位老婆子住到山上來，這個收場實在也太慘了，怎麼禁得住不哭呢？心裡想著，眼前又正看到一個人在傷心落淚，她心裡只是一陣悽楚，那眼睛裡的兩行眼淚也就不知不覺的一齊滾將下來，只是金太太不曾放聲哭，她也不敢放出聲來。

金太太流淚一陣子，抬頭看到二姨太更是傷心，就連忙拭乾眼淚道：「我哭我的，你還陪了我哭做什麼？」

二姨太道：「不是我要哭，我看到太太哭得怪可憐的，也就自然地傷心起來。」

金太太並不作聲，靜坐了許久，陳二姐來了，就叫她打了一盆水來洗過手臉，讓二姨太也洗了，然後叫陳二姐在外面檀香爐裡，重新焚了一爐香。

陳二姐道：「現在還不吃晚飯嗎？」

金太太道：「稍微等一等。」

陳二姐去了，金太太依然靜坐著，因向二姨太道：「我看我不行了，快要跟著他們父親一路去了。」

二姨太倒吃了一驚，向著金太太臉上觀察了許久，並觀察不出什麼情形來，皺了眉頭道：

「也許你是在山上悶的，可是在臉色上瞧不出來，進城去讓大夫瞧瞧吧。」

金太太搖搖頭道：「不是那個意思，你猜錯了，我自到山上以來，看看佛經，研究研究佛學，心思是很空的了。不料昨天到今天，我心裡亂極了，簡直按不定。到了晚上，我在佛像下打坐，口裡只管念心經，心裡只想到繁華下場，禁不住眼淚直滾下來。我這樣心慈，一點鎮定不下去，我想我道心不堅，是精神渙散的緣故。在佛學上說，是入了魔道，俗話可就是魂不守舍，在這點上，我知道我是不久於人世的了。」

二姨太聽了許多解釋，大概是明白了，便道：「太太，你這話我可要駁一句，佛爺是慈悲為本的，難道說作上人的惦記兒女，想起亡人，這也是道心不堅嗎？」

陳二姐在外面屋子裡，倒有些納悶，不知道今天老太太有什麼傷心的事？金太太沒作聲，微抬著頭，似乎想一句答覆，然而始終沒答覆出來，只管是要哭，於是慢吞吞地走到屋子裡來，又輕聲問道：「不早了，老太太開飯了吧？」

金太太點點頭道：「好吧，開到下面屋子裡吃。」

陳二姐忙著開飯，金太太首先站起來，向二姨太道：「咱們吃飯去，在一天總得吃一天。」

二姨太也不知道她是解脫的話，或者是傷心的話，就陪著她一路到下層屋子裡來。

桌上飯菜都擺好了。金太太坐下來，卻是先拿勺子，舀了豆腐湯喝，二姨太吃了一碗飯，她卻粒飯未嘗。二姨太知道她心裡難受，自己也不會勸人，不敢多說，便道：「太太，明天打個電話進城去，讓梅麗來給你解個悶兒吧。」

金太太點點頭。過了許久又道：「不必吧。」於是起身回上層屋去，出了門，又道：「明天再說吧。」等她回上面屋去了，陳二姐低聲向二姨太道：「你瞧，老太太說話有些顛三倒四的，她從來不是這樣子的，我想一定是她心裡悶成這樣。」

二姨太道：「是啊！學佛可不是一件容易事，當年總理就常說，現在闊老們喜歡把談佛學當時髦事，其實不會學佛的人，不是學迂了，就是學病了，太太這樣精神不振，可得找梅麗來，她準能給她找個樂子。」

陳二姐道：「好！我明天一早就到山下旅館裡去打電話，今天晚上，你陪著點吧。」二姨太擦了把臉，又到上面屋子來，然而在山上的人，睡得極早，金太太已是安眠許久了，二姨太也只好走回自己的屋子去悶睡。

到了次日清晨，陳二姐把瑣事料理清楚，正要到山下旅館裡去打電話，一看山外的天色，卻是陰黯黯的，太陽不曾出山。自己心裡想著，也許是心裡有事，起來得太早些了。可是走到屋子裡，一看掛鐘時，已經是八點多了。

照平常論，這個時候，應該是日高三丈，高高懸在天空的了，這才想起來，今日天陰了，接著發現地上已是蒙上一層黃沙，由院子裡經過了兩趟，連衣服上都灑著一層細微的黃粉，用手一撲，便有塵土氣襲入鼻子來。

這是北方最劣的氣象，叫著下黃沙，有了這種日子，天像要倒下來，終日不見陽光，那太陽在黃沙裡埋著，現出一團模糊的紫影，慘澹怕人，今天黃沙更下得重，連那團紫影都沒有了。趕快跑到屋後山坡，向山下看去，便是山腳下的人家樹木，已經昏暗不明，只有叢叢的黑影，再遠些，便只如煙如霧，天地不分的沙層了。

陳二姐心想，這樣的天，怎好叫八小姐出城來？電話也就不打了。接著金太太和二姨太也都起來了，陳二姐送著水到金太太屋子裡去的時候，只見金太太兩隻眼睛皮已是微微的腫起，眼睛也有些紅色，想昨天定是流著眼淚不少。

這時，屋子外面轟隆一片怪聲大起，院子裡也淅瀝淅瀝有雨點聲，隔著窗子向外看時，吹起大風來了。山上的樹木一齊彎著向下，到了不能再彎的程度。在呼呼聲中，許多樹葉和枯樹枝如下雨一般，打到院子裡來。

金太太道：「哎呀！天氣變了。」

陳二姐道：「可不是嘛！你沒有到坡上去瞧瞧，彷彿是天倒地坍一般，天地都分不開了。」

金太太也不再說，也不出去看看。這正中屋子裡，倒很像是天色昏黑了一樣，那佛像面前放的一盞香油燈，菜豆似的火光，倒照著屋子裡有些亮色。

她不由得點點頭，自言自語的道：「還是佛爺面前有一線光亮呢。」說著，自向蒲團上坐著，垂頭不語。

陳二姐以為她是做早上的功課來著，也不敢去驚動她，自走開了。

但是這一天，金太太茶飯都不用，只是呆坐著，坐久了，就垂下淚來，一日之間，那臉子就瘦削了許多。

陳二姐雖沒念過書，人是很聰明的，看看這情形，覺得不甚好，便問金太太要不要什麼東西？可以打個電話到城裡去。她那意思，正是要探探她的口氣，要不要叫人來。

金太太點點頭道：「正好，我有話告訴他們，五小姐六小姐七爺，都是後天要走的人。你告訴他們，我吩咐的，叫他們不必到山上來辭行，他們來一趟，惹得我心裡兩天不能自在，他們再要來，我心思一亂，把我鬧病了，他們負得起這個責任嗎?實話實說，你就把我今日的情形告訴他們。五小姐六小姐心裡明白，就不會來的了。」

陳二姐道：「電話裡說不清楚，要不，我下山去一趟，趕著長途汽車進城，下午再回來吧。」

金太太一聽，靜默著想了許久，便道：「你既是要去，索性後天送了他們上車再回來。」

陳二姐說：「這兒的事呢？」

金太太道：「裡面的事都有小蘭呢，那個打雜的本來是廚房出身，讓他做兩天素菜飯，還有什麼不可以的？」

陳二姐在山上住了這些時候，實在也想到城裡去看看，只是沒有工夫可以抽身，既是金太太如此說了，落得以公濟私，進城去混兩天，於是很高興地收拾收拾東西，就下山搭長途汽車進城來。

陳二姐到了西直門，立刻換了人力車回烏衣巷，心中好像有很緊急的事要辦，其實與她自己沒有什麼相干，就是和金太太傳的話也並不十分急，可是她心中，只以快到金宅舊居為快。及至到了大門，第一件事映到她眼簾中，便有些異乎常情，原來向不曾關閉一次的大門，這時卻掩了一扇，只開著一扇讓人進去。

大門外空蕩蕩的，不見一輛車，也不見一個人，幾棵槐樹落了許多半黃的葉子在地面上，風吹著，兀自捲了黑沙打迴旋。

陳二姐給了車錢，由開著門的地方進去，門房裡緊關著門，門上貼著一張紙條。陳二姐本認得幾個字，半猜半認，見那上面所說的是郵差請至裡門投信，大概前面門房沒有人，由這裡經過外客廳，及聽差車夫所住的房屋，一律閉著。走廊外擺的盆景，也搬了一大半。到樓房二門下，金榮才一露頭向外鑽了出來，問道：「二姐回來了，老太太呢？」

陳二姐道：「我一個人回來的。前面怎麼沒有人了？」

金榮道：「裡頭哪裡又有人？」

陳二姐道：「怎麼裡邊也會沒有人？」

金榮道：「你瞧去。」

陳二姐向後走來，果然是靜悄悄的。走廊上倒放著許多木器，似乎放在這裡待搬走的樣子。樓下大廳，以前是個最偉大的一個會客室，現在卻空洞洞的，只零亂著有兩三件桌椅，各處的窗戶都閉著，玻璃窗上還有幾處落下了玻璃，各處掛的簾子都取消了，滿地倒顯著許多碎紙木片與幾分厚的積灰。

心裡正如此想著，為什麼就亂到這種程度？只見李升提了一個包袱哭喪著臉，低頭走出來。陳二姐道：「李爺，送東西上哪兒？」

李升蹲了蹲身子道：「陳二姐，我散了。」

陳二姐道：「喲！李爺是老人啦。」

李升站著回頭看了看，低聲道：「也只怪我嘴直，多說了幾句話。這話可又說回來了，咱們不是那種吃主子飯，望主子家出事的人，這話說出去，總是可以聽的，大爺不高興了，今天對我說，讓我回家休息休息，工錢照日子給了，賞了我一百塊錢，這一包袱是七爺賞我的舊衣服。陳姐，我沒想到這樣下場，我打算明天上山辭辭老太太。」

陳二姐道：「你別去了。」於是把金太太在山上的情形說了一遍。

李升嘆了一口氣道：「那麼，請你替我向太太告辭吧，大爺後天搬到西城新宅裡去住，這兩天我還是要來，再見吧。」說著，用袖子揉揉眼睛走了。

陳二姐走到上房，先就看鳳舉來，他踏了一雙鞋，長夾衫倒有好幾個鈕扣敞著，口裡銜了煙捲，在走廊下來回踱著。陳二姐未曾上前，老遠地就叫了一聲大爺。

鳳舉看到，倒吃一驚，問道：「你怎麼來了？有事嗎？」

陳二姐道：「倒沒什麼事。五小姐六小姐和七爺後天動身了，老太太叫我來瞧瞧。」

鳳舉道：「今天是天氣不好，不然今天就到西山去了，明天準去，瞧什麼呢。」

陳二姐道：「老太太說不讓去呢。」

佩芳聽她說話，在屋子裡伸出手來招著，讓她進去。陳二姐進去看時，屋子全不是個樣子，第一就是四周牆壁空空的，所有字畫陳設一齊除了，便是桌椅也減少了許多，倒是箱櫃見多，全在各處堆疊著。

佩芳道：「你瞧，都走了，剩下我們兩口子，也沒法看守這大屋子，所以我們也只好是走。我們是後天搬了，老太太怎樣不讓人去？我還有許多事要報告呢。」

陳二姐聽了這話，也不知能不能把實話說了出來，只得先籠統地說了一句道：「老太太那個脾氣，你還不知道？」佩芳也沒有料到有什麼特殊情形，也就不曾追問。

陳二姐稍坐一會兒，又到敏之屋裡來，這裡是更零亂了，只有床和桌子沒動。

陳二姐便問：「後天上車，為什麼行李都先兩三天收起來了？」

敏之道：「預備今天一早就上山去，後天回來就上車，哪曉得天氣這樣壞。」

陳二姐又把金太太的意思告訴了。敏之皺眉道：「這是什麼意思呢？我們這回出門，說不定是三年五載回來，怎麼老太太不讓我們見一面再走？」

陳二姐道：「晚上我慢慢告訴你吧，你在城裡有什麼事，只管去辦。」

敏之道：「這話我倒有些不明白，難道老太太連我們要走的人都惱恨起來，不願見我們嗎？」

陳二姐道：「自然有個道理，你忙什麼呢？」

潤之在一邊聽了，許久皺著眉道：「陳二姐幹嘛也學得這種樣子？有話只要擱在肚子裡。你要是憋到晚上再告訴我們，我們這一天也不能好好地過著，心裡會老惦記著這事的。」

陳二姐道：「只要二位小姐不上山去，我就可以告訴你。」於是把金太太這兩天在佛前枯坐的情形說了個大概。

敏之，潤之彼此對望著，許久作聲不得。

潤之皺了眉道：「老太太這種情形，簡直要成了死灰槁木才痛快，我們若是走了，她越發對世情要冷淡起來，我們豈不是逼老人家上梁山？」

敏之嘆了口氣道：「當然哪，不過這也不止我們一兩個人負這種責任。」

潤之道：「我們絕不能讓母親就這樣在山上住一輩子，我現在不走了，必要把她老人家安頓好了我才動身，要不然的話，我們萬里迢迢，遠隔重洋，無論做什麼事也是不放心的。」

敏之也點點頭道：「果然的，我覺得也是要把母親的事安頓好了才能夠走。」

陳二姐皺了眉道：「喲！這可是我惹下的禍。」

敏之道：「有你什麼事？你想，你不來報告，我們明天還不要上山去嗎？看見了老太太那樣子，我們當然也是不能走。」

陳二姐站在一邊，默然了許久，忽然微笑道：「我想，這件事，不如請四小姐回來，多少準有個辦法。」

潤之笑道：「你是說我們姐兒倆拿不出一個準主意來嗎？」

陳二姐道：「我的小姐，多早我敢這樣說呀？我想四小姐是出了門子的姑奶奶，有些事情經驗過的，或者她說的話，老太太就相信一點。」

敏之想了想道：「找回來談一談，倒也是不壞，那麼，你就去打個電話吧。」

陳二姐也怕這事僵了，就打了個電話給道之。道之因兄弟妹妹要出門，本來是要回來一趟，得了這個電話，她馬上就回家來。及至見了敏之，知道了詳細的情形，便道：「你們要走只管走，老太太還有這些兒女在身邊，有什麼事，我們就不能管，非留著你們在北京不可嗎？而且你們不走，也不見得老太太就肯下山，也許她就因為這件事更加是不快活呢。」

敏之、潤之也沒拿定主意，又把燕西找了來商量，燕西倒是最好說話，他說，聽兩位姐姐的便。

道之笑道：「這樣說，人家還要你來商量什麼？我看還是你們走的好，一來大家什麼都籌劃好了，外國還有人等著，若不去，等的人還不知道有什麼變卦；二來，你們不走顯然是為了老太太，老太太絕不肯負這種責任，誤了老七的前程，又誤了五妹六妹的婚期，老太太原是靜養得很好的，只因為你們去攪亂了她，所以不能靜養。你們為顧全老太太起見，你看是走還是不走呢？」

他三人聽了這話，仔細研究一番，本來各人都是急要走的，既然四姐說出這些理由來，也就不必留在北京了。

經過幾個鐘頭的商議，結果還是按期動身，不過另外還有一個問題，就是三個要走的人，是不是要到西山去向金太太辭行？道之極力主張不要去，說是：「原為老太太不願見你們，才讓陳二姐來攔阻你們的，你們又何必去呢？我們原是要老人家心裡安適，我們去了，老太太心裡安適，我們就去；我們不去，老太太心裡安適，我們就不去。這是極易解決的一件事，何必只管猶豫？」

大家原是心裡有些不定，經道之如此說了，深感到不去的為是，於是就不去了。

潤之、敏之因為此番出洋已是第二次，並不怎樣受人家的應酬，只有燕西想到今日果然出洋，自是一喜。想到因為自己無可托足才出洋的，又發生不少的感慨，在他自己，也不知是悲是喜。不過他一班男女朋友知道這個消息，都少不得請他一餐。

白蓮花、白玉花那裡，已經有個月不去了，最大的原因，就是自己要出門去，二花已經有些知道了，表面裝著馬虎，拚命和他要錢買東西。

燕西心裡也有些明白，先還藉故推辭，故意俄延了日子，後來感到俄延不了，他就說身體不舒服，不去見她們。她們來了電話，也是不接。二花心中明白，在燕西朋友面前，只說金七爺這個人真不好伺候，說翻臉就翻臉，真讓人寒心，我們姐兒倆還有什麼對他不住的地方嗎？朋友們誰又不知道她們的事情？都是一笑置之。

燕西對於這事，覺得不過是花了些冤錢而已，也就不怎樣放在心上了。

次日上午，劉寶善專請燕西在公園吃早茶，有話要談。燕西以為特別，也就來了。到了茶座那條路上，早早看見劉寶善同了兩個女子在那裡坐著嗑瓜子。燕西看那兩人，正好像是二花，若果然走上前去，說起話來，這半個月工夫做什麼去了？現在劉寶善請客，又正是餞行的表示，自己都要到外洋去了，事先對於二花都不給一點消息，有點把人不當朋友了。如此想著，是上前去還是不上前去呢？自己就有些猶豫。

偏是那劉寶善眼尖，遠遠地就看到了燕西，在茶座站立起來，用手向燕西連招了兩招，燕西想要馬虎過去已是不可能，只得也取下頭上的草帽子，在空中招展著，作為向他答禮，腳步一面也就迎上前去。

白蓮花跟著站了起來，拿了一條大的花綢手絹舉起來左右晃動，燕西走到茶座邊，她首先笑著叫了一聲七爺，滿臉都是笑容，好像並不知道燕西要走似的，白玉花卻不然，坐在那裡不動，手裡端了一杯檸檬水，只管在那裡喝，及至燕西扶開椅子坐下去，她才抬起頭來，向著他笑道：「短見哪，七爺！」說畢，眼睛一瞟，向他撇嘴一笑。

燕西笑道：「短見是短見，不過這些時候，我忙著收拾東西，所以少看你們，論起來，原是可以原諒的。」

白玉花鼻子裡哼一聲道：「收拾東西，就要兩三個禮拜嗎？」

白蓮花心裡正也怨著燕西，只是不便怎樣說他。現在白玉花在說那俏皮話，正可以替她洩憤，她並不攔阻，依然站在那裡，手上只管將那條手絹不住地舞弄著。

劉寶善恰是不會看風色，他笑起來道：「別忙呀！招手絹這是明天在車站上的事，幹嘛在這兒就招了起來呢？」

白蓮花道：「照說，我們是應當到車站上去送行，可是金府上的人到車站上送行的，一定也是很多，他們不會把我打出站來嗎？」

燕西笑道：「言重言重！」二花都笑了。

燕西對於劉寶善不大高興之下，心想，你知道我是和她們斷絕來往的，為什麼一大早的就把她招請在一處，讓我大為掃興一下？於是也不說什麼，只是微笑著。

茶房知道人到齊了，便將早茶的菜牌子遞了過來。燕西接過來看時，是雞蓉湯，牛排，什錦盒子，煎布丁，咖啡，搖了一搖頭道：「早上我什麼東西也不要吃，和我來個牛油茶就得了。」

劉寶善笑道：「你總得吃一個菜，或者……」

燕西皺了眉道：「你難道不知我的脾氣？」

劉寶善原是要鬧著玩兒的，就不敢勉強了，他和二花倒是老老實實的各吃一全分早茶。燕西把一小杯牛油茶喝完了，推說有事，站起來就走。二花都說再見，明日恕不奉送了，燕西口裡和人家客氣著，腳下是不停地走，已經走到老遠去了。

不料剛剛逃出這個難關，在走廊拐彎的地方，一位摩登姑娘迎面而來，近前一看，不是別人，正是白秀珠。

這真巧了，她為什麼也是早上到公園裡來？走廊兩邊有短欄，當然不便跨進短欄去躲避她，只好迎面向她一點頭道：「早哇！」

秀珠道：「七爺還有工夫逛公園嗎？」

燕西隨口答道：「是劉二爺一早打電話叫我來的，所以我沒有多停留，我就要走了。」

秀珠道：「我聽說你早就走了，所以也沒打電話給你，大概還有幾天動身嗎？」

燕西停了停，笑道：「對了，還有幾天。」

秀珠道：「怪了，劉二爺也為什麼打電話給我？我倒要去看看。」說畢，彎腰一個鞠躬就走了。

燕西對著她的後影望著，呆了許久，點點頭又長嘆一口氣，然後才緩緩出園回家去。因為自己東西都已收拾齊了，反而覺得清閒著沒事做，只好走到敏之屋子裡來坐著。敏之、潤之也是沒有事做，在屋子裡一張空桌子上打乒乓球。

燕西道：「大清早的就幹這個？」

敏之笑道：「東西都收起來了，書也沒有得看，家裡也沒有人，怪無聊的。」

燕西笑著，接過潤之的球拍子，也要來一個。潤之也不爭奪，就讓開了，但是敏之又不肯來，走到後面花園子裡去閒步。燕西無所事事，也是跟著他們走，這樣糊裡糊塗地混了一天。

到了晚上，所有搬出去的男女兄弟輩都回來話別，到了夜深方始散去。次日一早，阿囡將動身三人的隨身零用物也收拾好了，到了中晌，是鵬振夫婦在西車站食堂餞行，全家人作陪。所有十幾件行李，由李升、金榮二人送到車站去，先掛上行李票。

到了十一點多鐘，敏之、潤之、燕西三人共坐一輛汽車到各家親友地方辭行完畢，直接到西車站食堂來。本來這都是家裡人，在一處吃飯是常事，可是大家心裡都有一種說不出的感想，覺得異乎平常。

玉芬笑道：「不短人了，就請坐吧，一定要到了火車上，三位的心才能夠安的。」

鵬振夫婦坐了主席，大家不分次序坐下。玉芬對茶房道：「拿兩瓶香檳來。」

敏之道：「這又何必？」

玉芬笑道：「不！這裡面有些原因的。二位妹妹大概是會在外國結婚的，我們不能親賀，只先賀了，老七當然去讀書，已是可賀，也許在外國再結婚……」

她說到這裡，才覺得失口說出了一個再字，這是很令人家不歡喜的，只好將聲音提高了，把事情扯開。笑著連連向茶房招手道：「來來來，開香檳吧。」

茶房於是拿了兩瓶酒，向滿席斟起來，斟完了，玉芬端了一杯酒，站起來笑道：「喝吧，賀你三位，以壯行色。」

大家聽了這話，也跟著站了起來，自然都是隨便喝一點。

唯有燕西不同，端著杯子，將底子朝了天，一杯香檳一口氣就喝完了。

玉芬笑道：「老七還喝嗎？」

燕西將杯子向旁邊一伸，對茶房點了點頭道：「來！」茶房笑著將香檳又向玻璃杯子裡斟下去，燕西端起來就喝下去了。而且咳了一聲，表示喝得很痛快的樣子。

玉芬待再要叫茶房斟酒時，鵬振對她以目示意，頭微微地有些搖擺。玉芬會意，笑道：「老七怎麼今天放起量來了？香檳是很貴的，我請不起客，我不再讓你，給你來汽水吧。」

燕西搖了頭道：「不！三杯同大道，至少還得來上一杯。」

玉芬且不答覆他的話，先用眼睛看看同桌的人，是什麼顏色？敏之很知道這其間的用意，便向燕西道：「你大概是打算喝醉了，到車上去躺著。出起門來，我們都希望你照應我們一點兒。這個樣子，倒會要我們去照應你。」

燕西笑道：「香檳酒像甜水一樣，要什麼緊？多喝兩杯，也不過開開胃口，與腦筋不相干的。」

梅麗靠了燕西坐著的，手上端了八成滿的一杯香檳，放到嘴邊抿了抿，然後笑向燕西道：「喝吧，七哥我陪你一杯。」

燕西自己走下席來，在旁邊桌子上拿起香檳瓶子，就向酒杯裡倒，站在那裡舉杯子對梅麗笑著，也不說什麼，端起杯子來就喝了。

梅麗只喝了半杯，搖著頭就放下了。玉芬笑道：「夠大道的了。你可以止矣了吧？」燕西放下杯子來道：「好！要喝到火車上喝去，我不喝了。」大家說笑著吃起來，把這喝酒的事就揭開去了。

到了上咖啡的時候，燕西首先站起來，笑道：「我們可以先上東車站瞧瞧去了。」說著，和茶房要個手巾把，先走出食堂去。

梅麗在後面跟著走了來，笑道：「七哥！我們一塊兒走，咱們不過一兩小時的盤桓了。」走到正陽門那箭樓下，燕西對箭樓看看，然後向那對石頭獅子呆立著點點頭道：「朋友，我們再見了。」說畢，還把手一揮。

梅麗攙了他一隻手道：「你真有些醉了嗎？」

燕西且不理會她的話，又向前門大街，來來去去的行人車馬，注視了一番，然後昂著頭嘆了一口氣。

梅麗以為他是真醉了，挽了他那隻手胳膊，就拖向東站裡面走。車站行李處，金榮、李升都把行李料理停當了，見燕西走進來，便迎上前道：「七爺就來了，早著呢，開車還有一個鐘頭。」

燕西道：「我先來瞧瞧。」於是金榮在前引路，將他兄妹引上頭等火車去。

敏之三人共要了兩個包房，而且是兩房相通的，二人走上車來，燕西先嘆了口氣。

梅麗道：「男子漢大丈夫，四海為家，今天出門，你幹嘛總是這樣不快活？」

燕西坐著望了她道：「妹妹，你瞧，我們鬧到這步田地，我過得無路投奔，只好去出洋，這還有什麼快活嗎？你要知道我這回出洋，自己的前途一點沒有把握，能不能回北京，固然是不能說，就是能回北京，也未必還是坐頭等車來吧？所以今天離開北京，我是大大地要變更環境的了，想起這樣親密熟悉的北京，我能不嘆上兩口氣嗎？」

梅麗聽了他的話，不由得心裡有種深深的感觸，立刻也是眼圈兒一紅，兩手按了膝蓋，在那軟椅上坐著，還只管低了頭。

燕西到了此時，也沒有什麼話可說，在網籃裡翻出一筒煙捲來慢慢地找著火柴，慢慢點了煙捲抽著，偏頭看車外月臺上的來往男女，只管出了神。也不知道有多少時候，回過頭來看時，只見梅麗臉上掛了兩條淚痕。她手上捏了手絹，不住地在兩腮上揩著。

燕西道：「你這又是小孩子脾氣了，剛才你還教導我，說是要四海為家，怎麼只一會兒工夫，自己倒哭起來了？這不是笑話嗎？」

他不說則已，一說之後，梅麗索性嗚嗚咽咽，放聲哭將起來。

燕西低聲道：「不要小孩子脾氣了，送客的人是很多，一會子讓人看到了，你看那有多麼不好意思。」

梅麗極力將哭忍住，用手絹不住地擦了眼睛，便默然地坐在一邊。

燕西向外看看，只見劉寶善、孔學尼這班熟朋友，共到有二三十位，很雜亂的擁在月臺上站著。燕西落下了窗上的玻璃板，伸出頭來和大家打招呼。這一群人，自己也不知道和哪個人說話合宜？只是誰走近來，他就向誰點頭說上兩句，接著敏之、潤之上車，送客的女眷們也陸續的來著，人叢中立刻加上了一種脂粉香味。

有些女眷們，比較親近些的，都走到車上來談話。這時除了兩個包房裡已經擠滿了人而外，就是包房外的小夾道也是擁擠著許多人，來往的人都感著極不便利，敏之就出包房來向大家點頭道：「各位請便吧，這樣擁擠著，在車上怪不舒服的。」大家上車來，本是送出洋的遠客，可是到了車上，找不到遠客話別，卻是送客的自己互相說話，這也很感到無聊。既是敏之請大家下車，有些人趁機下車去了，只有金府上自己的人還在車上坐著。

後來金府上的人也因鐘點到了，陸續下車。梅麗坐在燕西那包房裡，總還不走，燕西道：「快要打點了，你下車去吧，要不然你會讓火車帶到天津去的。」

梅麗站起來，看了看手錶道：「還有十分鐘呢，我再坐一會吧。」

燕西不但是對於這位妹妹，對於全火車站的人可以說都捨不得離開。

梅麗向車子外看了許久，都呆住了。敏之走過來握著她的手笑道：「好妹妹，你下車去吧，真要讓我們帶到天津去嗎？這一別，也沒有多久的時候，也許兩年三年一齊都回北京來了，也許兩年三年，我們都在歐洲相會。」

梅麗道：「怎麼會在歐洲相會呢？」

敏之笑道：「這話倒虧你問，難道外國就許我們去，不許你去的嗎？」正說到這裡，噹噹噹，一陣打點響，車上就是一陣亂，送客的人紛紛下車。

敏之也催著梅麗道：「下車去吧，下車去吧。」說著，就挽了她一隻手胳膊，扶了她走出包房來。

梅麗也怕讓火車帶走了，匆匆地就向火車外走。走到月臺上時，看到那些送客的人都高舉了帽子，在空中招展，車子裡的人也不能再有什麼話可說了，只是笑著向送客的人點頭而已。百忙中，汽笛嗚嗚叫著，火車撲通地響了起來。車輪子向東碾動，已是開車走了。

車窗子裡的人慢慢地移著向遠，敏之、潤之都拿了一條長手絹，由窗戶裡伸了出來，迎風招展。但是人影越遠時，車子已走得越快，許多人由窗戶裡伸出手來揮帽子揮手絹，已經認不出來那是敏之、潤之的手了。

梅麗手上也是揮了手絹，還跟著火車跑了幾步，然後突然站住，向火車後影子都望呆了。唯有燕西做的法兒最令人注意，他用幾十丈的小紙條，捲成了個小紙餅，早是把紙餅心裡的一個紙頭抽了出來，交給車下站的道之，他在車窗子裡捧著紙餅，火車開了，紙條兒由裡抽動，拉得挺長。不過幾十丈長紙條，終於不夠火車一分鐘的牽扯，當梅麗看著發呆的時候，道之手上兀自揑著在地上拖長了的紙條一端。紙條兒拉不住火車，火車可把靠窗眺望的金燕西載出了東便門。

燕西在火車上先是看不見家人，繼之看不見北京的城牆，他與北京城的關係，從此停頓一下了。

燕西出了東便門，這裡送的人也紛紛出了東車站，梅麗是跟著道之住的，這時卻不上道之的汽車。自己家裡一輛大汽車，今天鳳舉還坐著，梅麗就和佩芳一路上去。

道之在車上還開了車門喊著。梅麗道：「明天我要坐這車到西山去，今天不上你那兒了。」於是跟著鳳舉夫婦一路回烏衣巷來。

到家以後，大門口鴉雀無聲。大門半掩，下車直走進去，也無人問。樓門下，原來第二道門房的地方，一張舊藤椅子，有個老門房在那裡打盹。人走到身邊，他才猛然站起，鳳舉原來極講家規，現時卻也不去理會他。走了進去，一重重院落，都是倒鎖著院門。

鳳舉這院子裡，門雖是開的，房子裡東西都搬得堆疊到一處，中間屋子更是四壁空空的，而且是一個人沒有，佩芳便連連叫了兩聲乳媽和蔣媽，走廊外有人答應著走了出來，並不是蔣媽和乳媽，乃是金榮和他姊姊陳二姐。

佩芳道：「蔣媽哪裡去了？」

陳二姐笑道：「這些空屋子裡剩下來的破布頭，破紙片，清理清理，裡面可有不少的好東西，真許在裡面可以尋出鈔票來，大家都不在家，他們為什麼不去撿一撿便宜？」

佩芳道：「乳媽罷了，來的日子不多，蔣媽是見過世面的，何至於鬧到這步田地？」

陳二姐笑道：「在這兒雇工的，誰不是這樣？這也不是蔣姐一個人的事。」說著，蔣媽抱了一個大包袱來，見佩芳回來了，卻笑著向後退去。

梅麗看了這種情形，覺得用了這些年的老媽子還是不免見財起意，一點規矩和情面也不顧，可見**人家有錢有勢是坍不得臺的，一坍臺，各人的醜相都露出來了。**

她如此想著，卻又不信空屋子裡真會有鈔票可撿，於是自己也就走了幾間屋子，伸著頭向裡面去看看。一個屋子還罷了，唯有那一間更套著一間屋了的所在，空空洞洞的，寬大許多。一人咳嗽著，屋子裡似乎還有迴響，加之屋子裡花格子的雙合小門被人震動，有些搖撼，彷彿空屋子裡東西有些作怪，嚇得一縮腳，立刻就回去。

她來看空屋子的時候，一徑地走來，不覺走了幾個院子，這時走回去，經過燕西住的舊院，是個火場。天已晚了，一抹殘陽，在禿牆上照出金黃色來，映得這院子很是淒涼。有幾根沒有燒死的瘦竹子被風吹著，在瓦礫堆裡向梅麗點著頭，好像是幾個人。

梅麗不覺身上一陣毛骨悚然，掉轉身子就跑，走過月亮門，忘了跨過門檻，撲都一聲摔了個大跟頭。所幸無人看見，站起拍了拍兩腿的黑灰，跟著就向佩芳院子裡來。到了屋子裡，還是不住地喘氣。

鳳舉看她臉上青一陣白一陣的，便問為了什麼？梅麗說是看到空屋子害怕。鳳舉倒說她太孩子氣。佩芳也笑了一頓。梅麗有些生氣，就不和他們說什麼了。到了吃晚飯的時候，她只用開水舀了大半碗飯吃，就說有些頭暈，自去睡覺去了。

次日一早起來，天色依舊是那樣昏沉沉的，又是黃沙天。當梅麗起來時，陳二姐在院子裡徘徊著，只管抬了頭望著天上，看到梅麗來了，便道：「八小姐，天氣非常之壞，你今天不要出城去吧。」

梅麗道；「不行，我馬上就要走，昨天晚上睡在這裡，就像在大廟裡一樣，一點人聲音沒有，向窗子外看著，黑洞洞的。」

陳二姐道：「今天大少奶就搬家了，晚上又不在這裡住。」

梅麗道：「晚上不在這裡住，就是白天，我也有些害怕，五小姐六小姐和七爺走了，我怪難過的，到山上去混一兩天再回來，就不覺得了，你找車夫開車吧。」

鳳舉在屋子裡收拾東西呢，便答道：「車子是有，汽車夫是借用幾天的，昨晚上他就走了。你要出城，只好讓金榮開車子送你們去。」

梅麗只要有人送，倒不拘是哪個，就要陳二姐去催著金榮開車。金榮正也想去見金太太，好決定個下場辦法，就很快活地答應開車。

梅麗一動了要走之念，比什麼人還急，忙著梳洗了，就和鳳舉告別，佩芳一直送到大門口來，向她笑道：「這樣的黃沙天，你也是一定要走，見了老太太，可別說是我們不留你。你對老太太說，我們今天就到新屋裡去住，這邊算是完全空出來了。」

梅麗答應著坐上車去，等了許久，卻不見陳二姐出來，梅麗急得只是跳腳。蔣媽跑出來報告道：「小姐下午再走吧，陳二姐忽然腦袋發暈起來，上不得車。」

梅麗道：「上不得車，她不去就是了，幹嘛要我等著呢？」說著話時，用手敲著座位前的玻璃板，向金榮道：「你快開吧。」

金榮一想，好在是自己的車子，下午再跑一趟，也沒有什麼關係，於是開了車子就飛奔出城來。

出城以後，風雖不大，那黃沙下得卻是極重，幾丈路以外就有些模糊。金榮雖是將車子開得極慢，還碰傷了一條野狗，他只得一路按著喇叭，慢慢前進，比人走路也快不了許多。

梅麗急著跺腳道：「什麼時候才能到呢？急我一身的汗。」

金榮索性不開車了，扳住了閘，回轉來，用手絹揩著額頭上的汗道：「我的小姐，我的心碎了，現在連五丈路以外的東西，全看不見，別說怕碰著人，碰上了一棵樹，或者開到水溝裡去，那怎麼辦？我瞧是慢慢地走，走得比人慢才行。到了萬壽山，把車子寄在車廠子裡，再換洋車走，那就安心得多了。」

梅麗鼓了嘴，氣得不作聲。

梅麗坐在車子裡，恨不得跳了出來。想了許久道：「不如回去吧。」

金榮道：「回去路也不少，一樣地怕出毛病呢。」

梅麗沒有什麼可說的了，只向車子外張望。過了一會，有幾匹驢子挨車而過，驢子上的人都向車子裡看來，其中一個，卻是謝玉樹，兩個人打個照面，隨著點起頭來。

謝玉樹向車子看看，以為是出了毛病，跳下驢子，就向金榮問道：「是車子壞了嗎？讓我去和你找幾個人拉吧。」

金榮和他本是很熟，便道：「車子沒壞，只是我不敢開。黃沙特重，我怕撞了人。到了萬壽山，我把車子存到車廠子裡，我就可以雇洋車，送我們小姐到西山去了。」

謝玉樹就走到車門邊，向梅麗道：「八小姐，要不然，請你騎我的驢，我先送你到頤和園門口，等著你們管家，省得在車子裡著急。」

梅麗開了車門，站在車子邊，笑道：「我騎驢讓謝先生走，我也是過意不去呀！」

謝玉樹道：「這也無所謂。」他只說了這句話，不能再有其他的解釋法，也是向梅麗站著。

和他同路走的幾匹驢子，早是走遠了，那個驢夫站在驢子後面望了他兩人，只是呆著，可又說不出什麼來。正猶豫著，他發現路旁月老祠邊停有幾輛人力車，他就插嘴道：「那邊有空車，先生，你還是騎我的驢，讓這位小姐坐了車子去，你看好是不好？」

謝玉樹向著他手指的所在看去，笑道：「那就好極了，你快去把車子叫過來吧。」

梅麗笑著，倒是並不推辭。驢夫把車子叫了過來，那車夫看是坐汽車的小姐要坐車，不肯說價錢，只管讓梅麗上車，說是瞧著給。梅麗也就只好上車，笑起來道：「現在算是人力車上前，要等汽車了。金榮，我在哪裡等著你呢？」

金榮聽說，倒愣住了，頤和園外面雖然有一條小街，開了幾家茶飯鋪，可是那種地方，如何可以讓小姐進去？想了許久，才笑道：「除非是咱們倒退回海淀去，那裡可以找出乾淨點的地方坐著，我把車子安排好了，再坐洋車重來，同到西山去。」

梅麗道：「怎麼著？來來去去，我們是要在大路上遊春嗎？」

謝玉樹道：「我倒有個法子，過去不遠，就是敝校，八小姐可以先在敝校接待室等著，貴管家把汽車開到那裡，我可以找個地方安頓著。我聽說兩位伯母都在西山，我今天沒事，然後我可以送八小姐去，順便和伯母請安。」

梅麗笑道：「那可不敢當。」

金榮道：「就是這樣辦吧，八小姐可以到謝先生學校裡先等一等。」說著話時，謝玉樹又騎上了驢背，笑向梅麗道：「趁這個機會，到敝校參觀參觀去，不也很有意思嗎？」

梅麗心裡可就想著，這有什麼意思？不過面子上倒不十分拒絕。只好說：「好，我瞧瞧去吧。」

人力車夫早是不肯將買賣放過，扶起車把，就拉走了。謝玉樹一提韁繩，驢子由車後也追了上去，緊緊貼著，向前走來，一車一驢，慢慢地在柳樹林下，走到黃沙叢裡去，漸漸有些模糊了。

金榮看到，卻想起一件心事，那年春天，七爺騎馬遊春，不就是在這地方遇著七少奶奶的嗎？這個樣子很有些相像，而且他二人似乎也很有愛情，不過金家不是當年了，他倆將來又要演出一些什麼悲歡離合，可不得而知呢。

**世事就是這樣，一場戲緊跟了一場戲來，哪裡一口氣看得完呢？**

**正是：西郊芳草年年綠，多少遊人似去年？**

## 尾聲　人生如戲

光陰似流水一般的過去，每日寫五百字的小說，不知不覺寫了八十萬字。用字來分配這日子，加上假期又有誤卯的時間，這部《金粉世家》，寫了六年了。在楔子裡面，我預先點了一筆，說一年作完，不料成了六倍的時間。然而就是六倍的時間，昨天也就完了，光陰真快啊。

當我寫到《金粉世家》最後一頁的時候，家裡遭了一件不幸的事件，我最小偏憐歲半女孩子康兒，她害猩紅熱死了。我雖二十分的負責任，在這樣大結束的時候，實在不能按住悲慟，和書中人去收場，沒有法子，只好讓發表的報紙停登一天。

過了二十四小時以後，究竟為責任的關係，把最後一頁做完了，把筆一丟，自己長嘆了一口氣說：「算完了一件事。把這件事告訴我的朋友。」

他在前兩個月，忽然大徹大悟，把家庭解散了，隨身帶了小小包裹，作步行西南的旅行去了。這個時候，大概是入了劍閣，走上棧道，快到成都了，我就再想寫些金家的事情，也是不可能。金家走的走了，散的散了，不必寫得太凄慘，太累贅了，適可而止吧，我如此想著，如釋重負。

又有一個朋友到我家來安慰我，他是有《金粉世家》迷的，每日非在報上看完一段不可，現在見我桌上的稿紙已把小說寫完了，他大不謂然，說是沒有交代的人太多，我就問道：「依你的主張，要交代到什麼程度，這小說才算完卷呢？」

他對於我這一問，一時倒答覆不出來，躊躇著微笑。他想了許久，才道：「依我的意見，最好是書上的人全有個交代。甚至伺候敏之、潤之的阿囡，玉芬的丫頭秋香，我在書上和她發生了一點友誼，我總希望知道她一個結果。就是冷清秋的下場，你雖先在楔子上面點明白了，她成了個賣字的婦人，可是不能賣一輩子的字……」

我不等他說完，笑道：「這樣說來，恐怕我沒有那樣長的壽，你想，我寫金家一年多的事，已經費了六年的時間，寫他們家十年八年的事，那要多少日子呢？」

朋友一想，這話也對，便道：「就讓你收束吧，不過我要問句外行話，假使有人不願它完，跟著續了下去，你有什麼感想？」

我說：「我沒有感想。因為我做《金粉世家》，是我導演一齣戲，有人續撰《金粉世家》，是他導演一齣戲，各幹各的，有什麼關係？」

他聽了，也就點點頭。

我把話說完了，又勾起了我別的心事，我想，做小說是我在這裡導演，可是我身後，還有一個造化兒在那裡和我導演，假使有人和我做起小說來……

我那朋友，他以為我又在悲慟，便用話來扯談道：「你這書愛看的人不少，編一個劇本來演幾幕戲，也許能叫座，你以為如何？」

我道：「這不行，這部小說，不過是寫著富貴人家一本破爛人情賬，不成片段。」

朋友道：「這樣一部大書，不能無一詩一詞去題詠它，你喜歡作詩的，何不來首七言古，總結一筆？」

我道：「我沒有這心緒，老僧從此休饒舌，後事還須問後人吧。」

朋友不過是扯談而已，只要我不發愁，倒不去管，陪著我說了許多話，又拉我上了一次公園，方才分手。不過他這幾句話，卻引起了我一件心事。記得我那朋友對我說過，冷清秋在小樓的時候，百般無聊，很感到人生無趣，大有厭世之意。雖期間她是否尋過短見，外人不得而知，可是她卻填了三闋《臨江仙》，表示她那時候的感想。那詞我還記得乃是：

銀漢紅牆消息斷，夜闌夢也匆匆。茜窗人去碧廊空，西風飛白露，冷月照孤松。
幾次欲眠眠不得，蕉心剝盡重重，隔屏數遍五更鐘，淚珠和恨滴，封在枕函中。
說與旁人深不解，愁多轉覺心閒。紙窗竹户屋三間，垂簾無個事，抱膝看屏山。
一樓沉檀縈佛火，小樓今夜新寒。斜風細雨撲疏欄，殘更來永巷，如水夢初還。
懺盡紅情猶有恨，隔簾羞見牽牛。淒涼佛火黯高樓，擁衾無一語，敲折玉搔頭。
但願思君休再夢，夢時醒也還休。倩魂頻斷莫勾留，好乘今夜月，一探廣寒秋。

這三闋詞，不是一夜做的，但是這第三闋詞，說的是很明白的，又是恨，又是忿，恨極忿極，夢也不要做，魂斷了也不必去躊躇，香銷玉碎了就拉倒。大概總是有這樣一個晚上的了。這三闋詞，據我看來，雖說不能成家，可是裡面也不無一二句可取的。

朋友二次來了，我就把詞念給他，他聽了倒十分欣賞。他本寫得一筆好字，後來因為和書畫展覽會寫扇面，就把這三闋詞寫上去了，而且在詞後面隱隱約約加了一段按語，說這三闋詞是位朱門棄婦所做。這扇面子在會場裡展覽起來，人家不賞玩字的好壞，倒要研究這詞是那種婦人所做，偏是為了新聞記者打聽去了，在新聞裡宣布起來，參觀的人更是注意。

後來來了一個中學校的男學生出了八塊錢，把這面扇子買了，而且當時就要拿走，會裡人說，在沒有閉會以前，陳列品不能拿走，可以先開張收條給他，到了閉會的日子，有一定的地方，憑條換扇面。那青年人再三地說，非拿去不可。最後他說明，他和這把扇面上的題字有些關係，人家就只好讓他拿走了。

我那朋友把這事很高興地告訴我，料著這位青年便是冷清秋的兒子，不然一個窮學生不肯花許多錢買把扇面的，我想，或者有之，好在我這部書，年月地址越糊塗越有趣，承認了我朋友的話，不過是糊塗里加上一層糊塗，倒也沒關係，將來有人要續書，卻也不愁沒有線索可尋了。

這是初夏的事情，到了這年秋天，事隔數月，我已經把這件事忘了。一天和那朋友同去看有聲電影，把這舊案又重翻起來，原來這天電影院映的片子，名字是《不堪回首》，是個哀情片子。我們到影院入座以後，馬上就開映了，倒也沒有計較別的，可是在我們前一排的座椅上，有一個婦人不斷地批評這影片裡的情節。她是和她身邊一個半大孩子說話，聲音非常之低小，聽不出來究竟批評的是些什麼。

只是後來銀幕上出來一個中年婦人，聽到她道：「這個是邱惜珍啦，原來她演電影了，為什麼改了名字呢？」

我聽到邱惜珍三個字好像很耳熟，一時卻又想不出來，及至電影休息的時候，電燈復明，我正打算看我前面這位批評的婦人是個什麼樣子，不料那婦人連和身邊一個穿灰布制服的學生說了幾聲走，就起身走了。

她走的時候，拿一塊手絹，不住地擦著眼睛，那眼圈兒可是紅紅的。那婦人雖有三十多歲，細皮白肉，穿了件半舊黑色長夾衣，不擦脂粉，在端重裡面，還透著幾分清秀。我彷彿在什麼地方看見過她，只是她走得很快，來不及細認她。

我那朋友卻對我說，那個半大孩子，便是收買清秋詞扇面子的人，卻不知那個婦人是誰？何以電影不看完就走呢？我一時想不到那樣周全，也沒有答覆我朋友的問題。我自展著影院的一張影報來看，那影報載明著這個片子的主角景華，是大家公子，西洋留學生出身，在德國某電影公司實地練習電影多年。其夫人秋月魂有演劇天才，亦研究電影有年。

我看到這裡，不由將腿一拍，心裡恍然大悟，這個做主角的，不是別人，就是金燕西。因為燕西單名一個華字，所以他不用號用名，那個景字，不用說，是金字諧音，剛才那個婦人說這個女主角就是邱惜珍，影報上說，她是景華的夫人，換句話說，她是金燕西的夫人了。燕西何以倒和她結了婚，又變成了演電影呢？這件事真是不可究竟了。

當時我因為看電影，不便說話，免得吵鬧了別人，就擱在心裡，先看電影。那電影上的情節，是說一位有錢的青年，在讀書的時候，不好好讀書，專門去追求愛人，因之把書耽誤了。只因家中遭了天災人禍，家道中落，沒有錢供給愛人，愛人和他翻了臉。他一氣之下，身染重病。幸而病養好了，神經衰弱，書沒念得好，又沒一點學問，一點事也找不著。結果，白天在戲院當小工，和人貼廣告。

後來來了一位大名角，他把廣告貼倒了一張，名角大怒，要求戲院老闆把他革除。他為了和名角去解釋這件事，和他在後臺相遇，原來這個人，就是他從前的愛人，不過現在改了一個名字了，於是他掉頭不顧而去，電影完了。戲是演得極好，前半段簡直就是燕西本人的事，大凡一個主角能演著與他有關痛癢的劇本，他一定是演得更親切，由這一點上來證明，也覺得主角是燕西的化身了。

我那朋友在旁邊看到我的情形，追問我是什麼事？我把我所想得的事告訴他。他也說：「不錯，這個男主角大概就是金燕西。剛才那位冷女士，還是很樸素的樣子，沒有緣故，她不會母子花了兩塊錢來看電影的，你不見她走的時候，眼圈兒紅紅的，擦著眼淚想要哭出來嗎？」

我說：「我早就疑到這一點哩。」

我那朋友也是點著頭拍著腿，連說是是。還是茶房走過來道：「二位先生請吧，不早了。」

我們抬頭看時，座位上已是走得一個人沒有，二人大笑起來，方始回家。

由這次看電影起，我得了金燕西的結果，很是欣然。可是過久了，我又疑惑起來，俗言道得好，百足之蟲，死而不僵。像金家那樣富貴，除了親戚朋友不去說，就是燕西兄弟姊妹輩，手頭多少都有些積蓄的，難道就沒人替燕西想點法子和他找條出路？這也並不是把演電影就當為不是好職業，不過中國電影界，演員向來薪水不多，而且工作很辛苦，尤其是男演員，充量不能過二百塊錢。

燕西未出洋之前，三四百元月薪的事，他還以為不好，何以出洋之後倒這樣小就呢？我這樣想著，把我以前猜想的情形幾乎又要全部推翻，不過我再轉個念頭，高明之家，鬼瞰其室，燕西倒楣了，他的兄弟姊妹又焉能保著不跟著倒楣？再說，大家庭制度固然是不好，可以養成人的依賴性。然而小家庭制度也很可以淡薄感情，減少互助，弟兄們都分開了，誰又肯全力救誰的窮呢？我的思想是如此的，究竟錯誤了沒有，我也不能夠知道。

大概是半個月後的工夫，又有張景華主演的片子到了。片子的名字叫做《火遁》。是這個人演的片子，已經能夠讓我注意的了，加上這樣一個奇怪的名字。我不能不去看。那片子裡的情節，卻是說一個中年丈夫，對一個青年妻子竭力愛護，但妻子對於丈夫的行為不大瞭解。丈夫因為得不著妻子諒解，就到外面跳舞捧女戲子，以至夫妻兩人感情更壞。

丈夫有一天回家很晚，這妻子恨不過，放了一把火，將房燒了。抱著一個周歲的孩子，跳到火裡去燒死了。丈夫看到，要到火裡去救人，被救火隊拉開了，但是他吃了一大驚，把人嚇瘋了，以後遇到有火的，甚至一個小爐子，他都要用水去把它撲滅，惹了不少的亂子，結果受傷死了，臨死的時候，口裡還喊著，火裡有個女人，有個孩子，救哇救哇！

電影表演得是很沉痛，這分明是隱射清秋火場逃去的一幕，不過把男子說得太好了，於是我知道燕西對清秋還是不能諒解。假使他母子要看到這張片子的話，又有什麼感想呢？

天下事卻總是相反的，後來我在報上看到一條銀幕消息，說是景華主演《火遁》後，聲名大起，有許多女子寫信給他，和他表示同情，還有許多女子，將自己的相片親筆簽字在上面，寄了給他。

他最偉大的一張片子又在拍攝中，叫做《春婆夢》，說是有一個眼看全家盛衰的老太太作主角。我看了這段消息之後，疑他有點醒悟了。然而許多女子迷戀他，他又不難找著出路，走到溫柔鄉裡去，或者再做第二次夢呢。這樣說來，千古情場得失，究竟是男子之過呢？還是女子之過呢？

全書完

# ＊書中字詞考釋

1 廢曆：指陰曆，亦稱夏曆。一九一二年中華民國臨時政府通令各省廢除陰曆，改用陽曆。後國民黨政府又再下令廢除之，故名。

2 焦：著急。

3 飄茵墜溷：出自《梁書・儒林傳・范縝》，比喻由於偶然的機緣而有富貴貧賤的不同命運。亦多指女子墜落風塵。

4 向火：面向火，即烤火。

5 介介：孤高耿直，有節操。

6 遜清：清朝以宣統皇帝遜位而告終，故稱「遜清」。

7 有偏：方言詞，吃飯時表客氣的禮儀話，表示「不好意思，很抱歉，我吃飯時，沒有請你」的意思。

8 格姆：game的音譯，比賽、遊戲之意。

9 達必留：wife字首w的音譯，妻子之意。

10 凡呵零：violin的音譯，小提琴。

11 會銜：兩人或兩人以上在公文簽署名銜。

12 上人：方言，指父母或祖父母。

13 陰私：即隱私，隱秘不可告人的事。
14 龜奴：妓院中的勞役或雜工。
15 一握：一把，比喻微小或微少。
16 拿喬：裝出為難的樣子或找借口刁難別人以抬高自己身分。
17 伏脫：Ford福特，汽車品牌。
18 游夏不能贊一辭：出自《史記・孔子世家》，原意為文章寫得很好，後指一言不發。
19 大：舊時「大子兒」或「大錢兒」的省稱。泛指一般的錢，多見於北京官話和冀魯官話。
20 出首：檢舉告發別人的犯罪行為。
21 四向：四周，四方之意。
22 告朔之餼羊：出自《論語・八佾》，比喻虛以應付，敷衍了事。
23 掐腰兒：方言詞，叉腰，把手放在腰間。
24 小姑居處：出自李商隱《無題》：「神女生涯原是夢，小姑居處本無郎」，意為尚未婚配。
25 厲階：出自《詩經》，指禍端，禍患的來由。
26 通人：學識淵博，貫通古今的人。
27 阿要：阿，相當於「還」（在地方方言中，因為發不出送氣音，將「還」音變成了「阿」音），表示選擇，「是否」「是不是」的意思。
28 康密辛：commission的譯音，佣金之音。
29 樂昌破鏡：出自馮夢龍《喻世明言》，比喻夫妻分離。
30 文章掃地：文章代指讀書人，文化，意思是指文人不受尊重，或文人自甘墮落。

31 三上構思：三上，出自歐陽修《歸田錄》，指馬上，枕上，廁上。

32 痛腳：比喻短處或話柄。

33 秋扇之捐：出自漢・班婕妤《怨歌行》，舊時比喻婦女遭丈夫遺棄，後多用來形容女子失寵。

# 金粉世家【典藏新版】下

作者：張恨水
發行人：陳曉林
出版所：風雲時代出版股份有限公司
地址：10576台北市民生東路五段178號7樓之3
電話：(02) 2756-0949
傳真：(02) 2765-3799
執行主編：朱墨菲
美術設計：許惠芳
行銷企劃：林安莉
業務總監：張瑋鳳

初版日期：2021年2月
ISBN ：978-986-352-921-7
風雲書網：http://www.eastbooks.com.tw
官方部落格：http://eastbooks.pixnet.net/blog
Facebook：http://www.facebook.com/h7560949
E-mail：h7560949@ms15.hinet.net
劃撥帳號：12043291
戶名：風雲時代出版股份有限公司

風雲發行所：33373桃園市龜山區公西村2鄰復興街304巷96號
電話：(03) 318-1378
傳真：(03) 318-1378
法律顧問：永然法律事務所 李永然律師
北辰著作權事務所 蕭雄淋律師

行政院新聞局局版台業字第3595號 營利事業統一編號22759935


國家圖書館出版品預行編目資料

金粉世家／張恨水 著. -- 初版 -- -- 臺北市：風雲時代出版股份有限公司，2021.01- 冊；公分

ISBN 978-986-352-921-7（下冊；平裝）

857.7　　109019454